Edgar Murray

Bruno im Paradies Jamaica.

Bruno,s unglaubliche Abenteuer auf der Bob Marley-Insel.

Buch 2

Technische Leitung

Martin ten Hoor.

Die Kapitelliste.

Kapitel 1 Deutschland

Es ist wieder Fruehling und Samstagnachmittag in der Kleinstadt Hameln. Wir schreiben das Jahr 1994. Bruno der im Gesicht dem Strafraumungheuer Horst Hrubesch doch sehr aehnelt, hat Samstag seinen freien Tag, er liegt in seiner Unterkunft auf dem Bett, guckt entspannt zur Decke hoch, laesst die Gedanken baumeln. Seit gut einem Jahr ist er nun zurueck aus seinem Paradies-Urlaub in Thailand hat sein altes Leben wieder aufgenommen, doch dieses alte Leben ist jetzt viel besser als zuvor. Ja er hat noch seine alte Stelle im Krankenhaus, ist immer noch ein Single und wohnt in derselben Unterkunft, doch finanziell geht es ihm wirklich gut, dank des Oberarztes Dr. Merk, der in seiner stattlichen Erscheinung doch sehr dem frueheren Bundeskanzler Helmut Kohl gleich ist. Dr. Merk der immer noch heimlich mit der Krankenschwester Lisa liiert ist verschafft Bruno viele private Kochjobs, man kann auch sagen excellente Gala-Dinner bei dem Doktor zuhause und auch auswaerts, Bruno kocht dann fuer ein halbes Dutzend Leute am Abend seinen einmaligen, ja schon beruehmten Sauerbraten mit dicker Sauce, Bandnudeln und Preisselbeeren, ausserdem setzt der Oberarzt den Koch bei Grillpartys ein, dort grillt er dann Bratwuerste und Steaks, aber keinen Fisch, kein Seegetier, das mag er nicht. Dr. Merk bezahlt ihn gut und das zusaetzliche Trinkgeld das er noch von den Gaesten bekommt ist auch nicht von schlechten Eltern. Diese neue Fuelle an Geld bringt ihm Freude, er weiss jetzt dass Wohlstand und Gluecklichsein zusammengehoeren. Auch Brunos, Mutter freute sich, war stolz auf den Kochaufstieg ihres Sohnes, sie meinte dieser Dr.Merk muesse ein gutes Herz haben, er solle nur lecker fuer den Doktor kochen.

Sie selber war noch gut in Schuss, Bruno,s Postkarten vom Urlaub in Thailand klebten im Wohnzimmer an der Wand, so dass sie jeder Besucher gleich sehen konnte. Seine Kumpels vom Stammtisch bewunderten Bruno immer noch, seine einmaligen Inselerlebnisse, die er ihnen kundtat taten seiner Seele wohl, machten ihn auch selbstbewusster. Einmal im Monat wenn Bruno Zeit hat faehrt er mit dem Zug nach Hannover besucht seinen Freund Horst in seiner Wohnung, sie gehen auch in die Kneipe trinken ein Bier zusammen. Manchmal schweift Bruno allein in Hannover,s Rotlichtszene umher aber so einfach so locker wie es auf der Paradies-Insel ablief, geht das hier nicht mit den Maedels, ganz zu schweigen von der Bezahlung. Ja Horst der aussieht wie der Fernsehkommisar Schimansky, dieser hatte doch tatsaechlich seine Thaifreundin Kim " Die Einsatzfaehige" fuer drei Monate nach Deutschland zu sich nach Hannover eingeladen. Anfangs waren die beiden ein Herz und eine Seele, verliessen das Bett nur selten, doch schon nach einem Monat kuehlte die Beziehung ab, das Thaimaedchen vermisste ihre gewohnte Umgebung, ihren scharfen Som Tam-Salat, hatte keinen Freundeskreis, das Wetter war ihr zu kalt, Kim schien nicht geschaffen im Ausland zu leben. Horst war oefters geschaeftlich unterwegs, das Maedel fuehlte sich alleine " Die Einsatzfaehige " allein im Haus. Wenn sie mal mit Horst ausging ins Kino, ins Restaurant mal zum Tanzen in die Disco, dann setzt sie ihren Flirtblick auf, guckte noch frech fremden Maennern hinterher. Horst entgingen diese Blicke nicht, er dachte bei sich die Kleine solle nur bei ihm einsatzfaehig sein und nicht bei anderen geilen Boecken. Bruno bekam das alles mit, er besuchte Horst ein letztesmal am Vorabend ihres Heimflugs nach Thailand.

Horst oeffnete die Tuer, Bruno trat ein, die roten Lippen des Maedels oeffneten sich leicht, ihre braunen Augen musterten Bruno neugierig, toll sah sie aus, rosa Pulli, hellblaue Jeans, die schwarzen Haare hochgesteckt. Nach einem kurzen Hello verschwand sie mit ein paar Klamotten unterm Arm in ein anderes Zimmer, der Koch aus Hameln guckte ihr nach. Die zwei Maenner waren nun allein, Horst, der schnelle Bube guckte Bruno grinsend an, meinte "Letzte Chance-letzte Ausfahrt Erfolg, morgen ist sie weg! " Bruno war ueberrascht, konnte nicht glauben was Horst da von sich gab, aber er verstand sofort, er war ja nicht auf den Kopf gefallen. " Ja meinst Du wirklich und Du hast nichts dagegen ?" " Ach kein Problem, eine kleine Aufbesserung ihrer Reisekasse wird das Maedel sicher freuen. " " Du meinst sie macht da mit? " " Na klar sie kennt Dich ja schon von der Insel, sag dem Maedel ich bin in einer guten Stunde wieder da", dabei schluepfte er eine Jacke ueber ging zur Tuer. " Mensch Horst Du bist unglaublich! " " Ja viel Spass mein Freund ", seine Augen lachten, dann schloss er die Tuer hinter sich. Da stand er nun in der Wohnung seines Freundes wartete auf " Die Einsatzfaehige ". Es dauerte nicht lange, das Maedel kam zurueck ins Zimmer, sie hatte wieder ihr unergruendliches Laecheln aufgesetzt, sie stutzte, guckte um sich " Wo ist Horst ? " Oh Horst kommt zurueck in einer Stunde" stotterte Bruno verlegen" er hat noch was geschaeftliches zu erledigen ", er konnte ihr gar nicht so richtig in die Augen gucken, doch ihre Professionalitaet verstand sofort diese Situation, sie roch den Braten, waehlte ganz galant die Offensive, ging auf ihn zu, parkte behutsam ihr huebsches Koepfchen auf seiner Brust, hauchte mit verfuehrerischer Stimme " Mr. Bruno I think you like me, sie fuhr leise fort, wenn er mit ihr noch ein bisschen Liebe machen moechte, das waere okay, dabei drueckte sie seine Hand zaertlich. " Ja,ja okay", er japste nach Luft, es ging ihm alles viel zu schnell, doch sein kleiner Bruno streckte, reckte sich, wurde immer haerter, ja es gab kein zurueck, kein zurueck mehr. Das Maedel kiekste, dass sie morgen zurueckfliege, morgen gehe ihr Flugzeug ob er ihr noch ein kleines Abschiedsgeschenk schenken koenne. " Ja kein Problem ", Bruno keuchte, er war entflammt, da zog ihn das Maedel langsam ins Schlafzimmer, beide zogen sich wortlos aus, dann umarmte er das nackte Maedchen, schmusste ihre Lippen, legte sie ins Bett auf den Ruecken, o Mann war sie schoen, er kuesste von oben nach unten, schleckte von unten nach oben, sie liess alles gewaehren, Bruno's Geschoss war einfuhrbereit das Maedel war einsatzbereit, man machte genussvoll zusammen die aeltesten Bewegungen der Welt. Unter den Bewegungen der Liebe dachte er" Mmh der Horst ist schon ein wahrer Freund und gar nicht geizig, mmh das tut gut". Beide kamen voll auf ihre Kosten, als dieses leckere Intermezzo zu Ende war, huschten die zwei schnell unter die Dusche, er konnte es nicht lassen, unter dem Duschstrahl steckte Bruno noch seinen Mittelfinger in ihre Moese, da quietschte sie auf. Wieder angekleidet setzten sie sich ganz brav nebeneinander in einen Polstersessel im Wohnzimmer, da stand Bruno kurz auf, kramte in seiner Hosentasche herum, ueberreichte dem Maedel ein paar schoene Scheine, das sei eben ein bisschen Reisegeld , meinte er schmunzelnd. " Thank you, Mr. Bruno " antwortete die " Einsatzfaehige " laechelnd, sie machte ihrem Namen alle Ehre. Bruno setzte sich wieder in seinen Sessel, nun folgte ein bisschen Smalltalk, das Maedel erzaehlte, dass es ihr in Deutschland schon gefallen habe mit Horst, aber fuer immer hier, das waere nichts, sie vermisse ihre Heimat doch sehr. Bruno erzaehlte dass Thailand fuer ihn ganz wunderbar war, ein kleines Paradies, die Sonne , das Meer, das warme Klima, das exotische Flair und die Maedels natuerlich, es gab viel Spass mit Horst, die Thais waren freundlich und nett, er erzaehlte die Sache mit den Insekten, die er nicht essen konnte, da lachte Kim, sie redeten die Zeit verging, ploetzlich hoerte man Schluessel rasseln. Horst kam zurueck, spuerte gleich dass alles zur gegenseitigen Befriedigung abgelaufen sei, das erfreute ihn, schnell zauberte er drei Glaeser herbei, holte eine Flasche Rotwein aus dem Schrank, waehrend er sie oeffnete meinte er " Lieber Rotwein als tot sein " da lachte der Koch aus Hameln, bedankte sich bei "Schimansky" fuer die suesse Uberraschung in seiner Wohnung, der meinte ganz cool" Ja fuer was hat man denn Freunde ", fuegte hinzu, er habe seine Bude freigemacht fuer ihn, er sei eben auch ein Freiraum-Manager, danach trank man zusammen Rotwein, stiess an auf einen morgigen guten Flug der " Einsatzfaehigen " nach Thailand. Noch am selben Abend fuhr Bruno mit dem Zug zurueck nach Hameln. Ja der Krankenhauskoch liegt in seiner Behausung im Bett am Samstagnachmittag, das Mittagessen war heute delikat, er hatte sich zwei Schweinenierchen in der Pfanne gebraten in einer guten Butter-Whiskey Sauce, Pfeffer, Salz fertig, das schmeckte herrlich deftig, dazu gabs Gurkensalat nebst einem Bier. nach dem Essen machen viele Leute einen Verdauungsspaziergang, Bruno legt sich lieber ins Bett, zieht ein Verdauungsnickerchen vor, denkt an das was er alles wieder erlebt hat, seit er vom Paradies in Thailand zurueck ist, er dachte an seinen Winterurlaub im Januar 1994 mit seinem Freund Horst, dieser hatte ihm wieder ins Ohr gefluestert, er habe einen neuen Geheimtip fuer Bruno, ein anderes Inselparadies allerdings mit einigen Abstrichen wie sich der schnelle Bube auszudruecken pflegte. Horst meinte, es gibt da so eine Redewendung " Auch im Paradies muss man mal ueber die Strasse gehen "das heisst soviel wie sich bewegen, etwas Neues erleben, Leben ist Bewegung und immer spannend, deshalb das gefluegelte Wort "Auch im Paradies muss man mal ueber die Strasse gehen ", sein Freund meinte es waere jetzt nicht vorteilhaft fuer Bruno wenn er jetzt gleich nach Thailand zurueckkehren wuerde, er sollte etwas Anderes kennenlernen, der schlaue Bube erzaehlte es gaebe da eine Insel die ist auch supergeil, er war schon dort im Urlaub und die Insel heisse Jamaica. " Ah Jamaica " rief Bruno, davon habe er schon gehoert - Reggae-Musik, Bob Marley und alle sollen dort Marihuana rauchen, aber er fragte seinen Freund warum ein Paradies mit Abstrichen? Horst meinte Jamaica sei eben nicht wie Thailand, ein" Ein Land des Laechelns ".Die Jamaicaner sind auch nett, aber eben etwas rauher, urwuechsiger, der Service fuer die Touristen hinke ein bisschen nach und in der Nacht ist die Sicherheit nicht so gewaehrleistet wie auf der Sonneninsel in Thailand, das seien die Abstriche, Horst fuhr fort aber sonst ist es dort traumhaft schoen, die wuchernd gruene Vegetation, die herrliche Landschaft, die Sonne, das Meer, die braunhaeutigen Maedels auf der Insel seien superheiss, die Musik ist sowieso affengeil, die Rumcocktails schmecken einmalig und natuerlich gibt's dort das beste Gras, das beste Marihuana der Welt gibt's auf dieser Insel, das sind die Vorteile. " Ja auf ins Paradies Jamaica, da will ich hin was Neues erleben ", rief Bruno, am besten gefiel ihm natuerlich dass die Maedels da superheiss sein sollen " im Personalbuero des Krankenhauses stehn, wie er im januar 1994 seinen dreiwoechigen Urlaub beantragt, dieser wird ohne weiteres genehmigt, danach besucht er den Oberarzt Dr.Merk auf der Station mit dem er inzwischen freundschaftliche Bande pflegt, der muss es auch gleich wissen, erzaehlt dem Doktor wo er diesmal seinen Urlaub verbringen wird. " Ah Jamaica " ruft Dr. Merk " da denkt man ja gleich an die Reggae-Musik, da ist bestimmt was los auf dieser Insel, er guckt seinen Koch sehnsuechtig an, fasst ihn an der Hand. " Herr Bruno ich muss Ihnen etwas sagen, am liebsten wuerde ich mit Ihnen mitkommen, aber ich kann nicht weg von hier, ich kann einfach nicht weg, das Krankenhaus ist zur Zeit voll belegt, aber ich hoffe doch, dass es vie lleicht naechstes Jahr klappen wird Herr Bruno ". " Aber s" wenn das alles stimmt, was Du mir erzaehlt hast Horst, die Vorteile ueberwiegen doch die Abstriche bei weitem, ja dann lass sie uns mal ueberqueren die Strasse im Paradies, auf nach Jamaica". Bruno raekelt sich im Bett, streckt die Glieder, die Erinnerung ist noch voll da an das Gespraech mit Horst, er besitzt die Gabe sich zu konzentrieren und beschliesst seine wahren Erlebnisse, seinen ganzen Urlaub 1994 mit Horst noch einmal im Traum zu erleben, es dauert nicht lange und die ganze Jamaicageschichte traeumt er von Anfang an. Er sieht sich in der nahen Vergangenheit icher doch Herr Dr. Merk, naechstes Jahr klappt es bestimmt ".Dr. Merk, der in seiner ganzen Statur dem Bundeskanzler Helmut Kohl doch sehr aehnelt wuenscht Bruno einen schoenen erholsamen Urlaub, wenn er zurueckkomme im Februar habe er schon wieder ein paar Grillparty's fuer seinen Koch nebenbei. " Jamaica " fragt seine Mutter, als er sie besucht, " ist es da nicht gefaehrlich dort ?", er solle nur gut auf sich aufpassen, nicht alles glauben, was die Leute so erzaehlen, ein bisschen Misstrauen kann nicht schaden, Bruno verspricht misstrauisch zu sein, als die Mutter hoert dass auch Horst mit von der Partie ist wird sie ruhiger, das beruhigt sie, er soll wieder ein paar schoene Postkarten schicken, die kommen dann an die Wand zu den anderen Karten aus Thailand, zum Abschied wuenscht die Mutter ihrem Sohn einen erholsamen Urlaub, bei seiner Rueckkehr werde sie ihm ein saftiges ungarisches Paprikagulasch servieren mit Bandnudel, zum trinken gibts Rotwein. " Ja lieber Rotwein als tot sein ", scherzt Bruno, " das hat der Horst gesagt", da lacht die Mutter.   Seine Kumpels vom Stammtisch kriegen den Mund nicht mehr zu als sie hoeren, dass er wieder auf grosse Reise geht, nach Jamaica fliegt. "Du bist schon eine Granate Bruno, Du bist echt cool", sagt ein Stammtischfreund zu ihm, sie nehmen ihm das Versprechen ab, seine heissen Urlaubserlebnisse am Stammtisch wahrheitsgetreu zu erzaehlen, das verspricht er hoch und heilig, zum Abschied klatschen die Kumpels und rufen " Bruno, Bruno, Bruno!!" Sein Freund Horst sagt ihm genau die Reiseroute, er soll von Frankfurt aus nach Kingston fliegen mit Anschlussflug nach Montego Bay, am Flughafen in Montego Bay soll er ein Taxi nehmen und sich zum Cornwall Beach-Resort fahren lassen, da gebe es einen Superstrand mit kleinen huebschen Bungalows, er koenne einen Bungalow mieten oder ein Zimmer im Beach- Resort, fast jede Nacht finden dort Party's statt mit Reggae-Musik und huebschen Maedels, da werde es ihm bestimmt gefallen, er selber kaeme dann bald nach auf die Insel, genau wie in Thailand, er haette noch wichtige Geschaefte in Hannover zu erledigen,

Kapitel 2 Montego Bay.

wuerde aber mit Bruno gemeinsam nach Deutschland zurueckfliegen. " Typisch Schimansky " dachte Bruno, " immer kommt er spaeter nach wegen seiner Geschaefte, aber mir solls recht sein ". Das Reisebuero in dem Bruno seinen Flug buchte, empfahl ihm Reiseschecks mitzunehmen, falls er sie verliere koennen sie nach schneller Meldung bei der Reiseversicherung wieder ersetzt werden Dies tat er , bald war es soweit, am 9.Januar 1994 flog der Koch aus Hameln in schwarzer Jeans und gruenem Safarihemd nebst leichtem Gepaeck von Frankfurt aus mit einer englischen Fluggesellschaft nach Kingston, den Flug dahin verschlief er fast voellig, er hatte zwei Schlaftabletten eingeschmissen, von Kingston ging es dann nach einer kurzen Pause weiter nach Montego Bay, als er gegen Mittag aus dem Flugzeug stieg, die Sonne stand hoch am Himmel, schien heiss herunter, da merkte er gleich ah..das ist hier eine andere Hitze, ein anderes Klima als auf der Sonneninsel in Thailand, hier spuerte sich die Luft heiss feucht an, in Thailand eher heiss trocken, es stiegen mehr schwarze Leute aus der Maschine als weisse Touristen, in der Flugzeughalle sah man was kein Tourist uebersehen konnte, auf einem Podest stand eine uebergrosse geschmueckte Gitarre, auf dem Gitarrenbauch war ein Foto aufgeklebt von Bob Marley, das sah toll aus. Bruno dachte, "Ja Bob Marley, der beruehmteste Jamaicaner aller Zeiten, ein Nationalheld von Jamaica ". Er spaziert zu einer Wechselstube tauscht Reiseschecks gegen Jamaica-Dollar, ein dicker Taxifahrer mit brauner Schieberkappe kommt schnell auf ihn zu, fragt gleich auf englisch wohin er denn wolle " Nach Montego Bay zum Cornwall Beach-Resort"

Der Fahrer meinte das sei nicht weit, nannte seinen Preis, der Koch war einvestanden, in einem alten blauen Ford gings dann die Beachroad entlang. Bruno sitzt im Taxi hinten, denkt sich was mach ich eigentlich hier in Jamaica, na jetzt bin ich schon mal da, er habe sich einfach auf seinen Freund Horst verlassen, sein Thailand-Paradies Tip war ja total super, aber jetzt lerne er etwas Neues kennen, er sei gespannt auf Jamaica, er sei auch gespannt wann er hier auftaucht, der Schimansky. Bruno guckt aus dem Fenster, sieht Palmen auch Kokospalmen, aber bei weiten nicht so zahlreich wie auf der Kokosnussinsel in Thailand, auch die ganze Infrastruktur ist hier viel einfacher, kleine Restaurantbuden, Lehmhaeuser huschen an ihm vorbei, an den Hauswaenden Bob Marley Zeichnungen, Malereien von Sonne , Strand und Meerwellen. " Cornwall Beach ruft der Fahrer nach hinten, Bruno bezahlt, bedankt sich, steigt aus. Ah..das ist also Cornwall Beach, wunderschoen", sagt er zu sich selber mit seiner Reisetasche am Strassenrand stehend, er erblickt einen sonnigen weissen Sandstrand, blaues Meer, Palmen, Liegestuehle, bunte Holzhaeuser abseits im Schatten, Leute die umherspazieren, das eigentliche Beachresort sieht aus wie ein breitgelber Flachbau in Beton, eher klein als gross, daneben aber ein stattliches Strandrestaurant unter freiem Himmel mit vielen Tischen und Stuehlen , die gut besetzt sind von einem gemischtem Voelkchen, neben dem Restaurant schlaengelt sich eine lange Bar seitwaerts die man gar nicht uebersehen kann, sie ist ueberdacht zusammen mit einer kleinen Musikbuehne, das alles gefaellt Bruno sehr, sein Magen meldet sich, erst einmal was essen und sich dann um eine Unterkunft kuemmern. Er nimmt Platz an einem der freien Tische, der Kellner kommt mit der Speisekarte, doch Bruno will erst einmal ein Bier, er liebt Bier, der Kellner fragt ihn ob er ein Jamaica-Bier will, nach seinem zustimmenden Nicken bekommt er ein Flaeschchen Red Stripe-Bier auf den Tisch gestellt, das Bier laeuft gut runter, es hat nicht viele Gaeule auf der Brust, ist nicht sehr stark aber sueffig, leichtbitter und schmeckt angenehm weich. Bruno hat grossen Durst, eine trockene Kehle, einen guten Zug, er denkt diese Flaeschchen leeren sich ja von selbst im Eiltempo, am besten man bestellt gleich zwei davon, zum Essen entscheidet er sich fuer einen Cheeseburger mit Pommes, dazu ein neues Red Stripe-Bier. Die Luft ist feucht, es ist heiss, Reggae-Musik toent leise von der Bar herueber, das Bier entspannt den Koch aus Hameln angenehm, er guckt auf die Trimm Dich - Geraete die am Strand herumstehen, denkt sich das sei hier schon einer kleiner Freizeitkomplex, sein Blick schweift umher, er sieht Jamaicaner, Touristenpaerchen, Kinder, natuerlich suchen seine Augen die Weiblichkeit, er beobachtet die Jamaica-Maedchen die umhergehen und auch ihn neugierig angucken. Als wuerde jemand ein interessantes Programm im Fernseher suchen, Bruno hatte sein Programm gefunden, es waren die Girls, das war seine Welt, genuesslich musterte er die braunschwarzen Schoenheiten langsam mit Bedacht von oben bis unten, von unten bis oben, liess seine Augen auf ihnen ruhen " Mann das sind doch geile Geraete ", sagte er leise zu sich selber. Im Gegensatz zu den feingliedrigen Thai-Maedchen mit ihren langen seidigen Haaren sind die Jamaica-Girls eher kraeftiger gebaut, sie besitzen gut geschnittene Gesichter, die Haare sind meist lockig, strubbelig oder kraus, ihre Haut scheint spiegelglatt zu sein, viele Maedls haben ein fest pralles Hinterteil, Aersche die nach oben ragen, das sieht sehr sexy aus.

Ja der Sex hat viele Gesichter, der Cheesebuerger und der Kellner reissen ihn aus seinen Gedanken, er macht sich ans Futtern, der Buerger schmeckt lecker, sein Bier ist auch gleich wieder leer," Nach einem Bungalow muss ich hier mal fragen ", denkt er sich, seine Augen wandern zur Bar, da steht ein Schwarzer in einem weissen Leinenanzug, unterhaelt sich gerade mit ein paar Touristen, er guckt zu Bruno winkt, der winkt einfach zurueck, der Schwarze beendet das Gespraech an der Bar, geht in Richtung Bruno,s Tisch, er taenzelt mehr als er geht, Bruno denkt vielleicht ist das auch ein Ladyboy, gibt es die auch in Jamaica? Der Typ fuchtelt mit seinen Haenden in der Luft herum ruft laut" Hello, hello how are you ", er scheint ein Spassvogel zu sein, galant fragt er " hello where you come from? ", sein Englisch ist gut. Bruno faehrt mit seiner Hand hoch in die Luft, markiert ein Flugzeug meint er komme von Germany. " Oh wie geht es Dir mein Freund". " Oh Du kannst ja Deutsch sprechen ". " Ja ich habe von Touristen gelernt kann nur sprechen, lesen,schreiben kann ich nicht ". " Das macht nichts, Du lebst ja nicht in Deutschland ". Die beiden Maenner laecheln, von Anfang an war zwischen dem schwarzen und dem weissen Mann ein gutes Feeling, eine Sympathy. Bruno bietet ihm Platz an, der Jamaicaner setzt sich mit einem froehlichen " Ja Mann ", er sieht sehr gepflegt aus, ist eine stattliche Erscheinung, das Gesicht voller Lachfaeltchen, die braunen Augen in Bewegung, sein dicht krausiges Haar traegt er kurz. Bruno denkt, der sieht ja aus wie der farbige Saenger Roberto Blanco aus Deutschland, das koennte sein Zwillingsbruder sein. Man stellt sich gegenseitig vor, Bruno erfaehrt nun , dass ihn die Leute Bobby Barracuda rufen, weil er ja frueher Perlentaucher und Fischer war, er koenne ihn Bobby nennen, jetzt sei er ueber 40 Jahre alt, arbeite nun hier im Cornwall Beach-Resort als Touristenbetreuer und Animator, eigentlich als Maedchen fuer alles, dabei fuchtelte er wieder mit seinen Haenden in der Luft herum, manchmal singe er auch mit der Band bekannte Reggae-Songs. Bruno erzaehlt er sei das erstemal auf Jamaica, sei Koch von Beruf, sein Freund Horst habe ihm diesen Tip gegeben der auch noch nachkommen wird, ihm gefalle es sehr gut hier an diesem Platz, fragte Bobby gleich nach einem Bungalow " Oh Ja Mann ", dieser sprang hoch vom Stuhl wie von der Tarantel gestochen, hatte er heute schon 5 Tassen Kaffee getrunken, winkte einen Kellner zu sich, redete mit ihm blitzschell jamaicanisch, setzte sich wieder, der Kellner verschwand. Bobby Barracuda meinte very sorry Mr. Bruno, fuer die naechsten drei Tage sei hier alles ausgebucht, er hielt inne, guckte sein Gegenueber gross an sagte er haette da einen Tip, " Einen Tip, einen Geheimtip vielleicht ", fragte Bruno. " Ja einen Geheimtip! " Bobby ich freue mich dass Du so gut deutsch sprechen kannst, wirklich, super", liess ihn der Koch aus Hameln wissen. Bobby erzaehlt Bruno dass gar nicht weit weg von hier ein Freund von ihm eine Villa hat, ein bisschen hoch am Berg oben, er lebt dort allein mit seiner Haushaelterin, seine Zimmerpreise seien okay die Hotels hier sind alle teuer, er vermietet Zimmer an Touristen am liebsten nach Fuersprache von ihm, der Besitzer heisse Larry ein Eigenbroetler aber ein netter Kerl, er bekomme auch oefters Besuch von netten Maedchen, das gefiel Bruno,

Bobby meinte sie sollten gleich mal hochfahren zu ihm, der Koch war einverstanden, warum nicht, er verlangte nach der Rechnung merkte, dass in Jamaica doch alles teurer ist als in Thailand. Die zwei bestiegen ein Taxi, schon nach kurzer Fahrt auf der Beachroad gings dann links hoch auf den Berg serpentinenmaessig bis der Fahrer vor vor einer weissen zweistoeckigen Villa hielt, die sehr beindruckend aussah." Schon wieder ein Geheimtip ", dachte Bruno " aber bis jetzt bin ich immer gut gefahren mit Geheimtips ". Die Villa glich einer Festung, die Raubritter standhalten konnte, Gitter an den Fenstern, auch der Balkon war vergittert, eine meterhohe dichte Grashecke um gab das Anwesen. Die beiden stiegen aus, das Taxi wartete, Bobby rief laut, klopfte an die Haustuer, ein kleiner Jamaicaner oeffnete rief gleich " Ja Mann " seine zwei Goldzaehne in der Mitte oben fielen sofort auf, sein Gesicht hatte etwas Piratenhaftes an sich, Bobby und er redeten gleich maschinengewehrmaessig miteinander, Bruno dachte dass die Jamaica-Sprache fuer ihn klingt wie kaputtes Englisch, aber sie klingt auch lustig wie die hollaendische Sprache. Schnell sagte Bobby zu Bruno er koenne hier wohnen, eine Nacht koste 25 US-Dollar, die Hotels kosten hier das Dreifache und mehr, er bekaeme die gesamte obere Etage fuer sich allein, da er im Moment der einzige Gast hier waere . Bruno und der Hausbesitzer der sich Larry nannte machten sich bekannt, die drei Maenner gingen hinein in die Villa, eine junge Farbige huebsch anzusehen in einem blauen Kittel wischte knieend mit einem Putzlappen den Fliesenboden, ihre weissen Zaehne erblitzten als sie Bruno sah, ein heisses Teil dachte dieser, von der Bettkante wuerde ich die nicht stossen, aber mit dem Personal sollte man besser nichts anfangen. Larry kramte aus einer Schublade ein paar Schluessel gab den beiden ein Zeichen ihm zu folgen, ausserhalb der Villa an der rechten Seite gab es noch einen separaten Eingang, eine Treppe fuehrte gleich ins obere Stockwerk,Bruno erblickte eine Halle mit Couchgarnitur, Zimmertueren und eine Veranda vergittert, Larry schloss ein Zimmer auf, die Einrichtung machte einen sauberen Eindruck, das waere also sein Zimmer mit Bad 25 US-Dollar die Nacht, Bobby fragte ob es ihm gefalle, dem Koch aus Hameln gefiel es sehr, er buchte fuer sieben Tage, zahlte gleich cash im voraus, die Sache war geritzt. Larry meinte am liebsten nehme er nur noch Gaeste die ihm Bobby zubringe, er habe schon schlechte Erfahrungen gemacht, Leute haben geklaut, haben Sachen kaputt gemacht, Bruno sollte ein bisschen vorsichtig sein mit den Maedels, denen kann man nicht immer trauen, Frauen sind Schlangen wie er sich auszudruecken pflegte. Die drei maenner gingen nach unten, Larry gab Bruno zwei Schluessel, einen fuer den Separateingang und einen fuer sein Zimmer, dann verabschiedete sich Larry freundlich mit einem " Ja Mann "wuenschte noch einen schoenen Urlaub und verschwand, das huesche Putzmaedel war auch verschwunden. Bobby zog die Augenbrauen hoch, fluesterte " Ja der Larry, den besuchen immer Maedchen vom "Churchill" fuer eine Nacht, manchmal gehen sie wieder wenn ihnen Larry nicht genug bezahlen will ".

Ja den Larry den besuchen immer Maedchen vom " Churchill " fuer eine Nacht, wenn ihnen Larry nicht genug bezahlen will. " Was ist das " Churchill ? " " Das " Churchill " ist ein kleiner Tanzschuppen zum Maedchenabschleppen, vom Cornwall Beach ein paar hundert Meter weiter auf der selben Seite ". " Das muss ich mir anschaun, das Churchill, aber jetzt erstmal die Fuesse hochlegen". " Okay" rief Bobby " ein Taxi kannst Du bei Larry bestellen, zu Fuss sind es nicht mehr als 20 Minuten von hier zum Cornwall Beach". Bruno bezahlte noch das Taxi, Bobby fuhr zurueck, dann ging er hoch in sein Zimmer legte sich aufs Bett, guckte zufrieden hoch zur Decke, seine Gedanken wanderten, er habe gelernt das Wort " Ja Mann " wohne schon am ersten Tag in einer weissen Villa am Berg oben mit einer tollen Aussicht, da wird der Schimansky aber Augen machen wenn er kommt, wie sagte er doch" Auch wenn man im Paradies lebt muss man mal ueber die Strasse gehen ". Viel Gepaeck hatte der Koch nicht dabei, nur eine kleine Reisetasche, nach einer laengeren Dusche legte er sich nieder schlief bald ein. Bruno erwachte, es war schon dunkel und immer noch bruetend warm, seine Uhr zeigte 6 Uhr abends, schnell schluepfte er in seine blaue Jeans, waehlte das braune Safarihemd, steckte seine zwei Schluessel in die linke Vordertasche, seine Reiseschecks in die Gesaesstasche, da er noch vorhatte Geld zu wechseln, Pass und Flugticket uebergab er dann an Larry im Erdgeschoss, sie verschwanden in seinem Safe, Larry erfuhr dass er heute abend zu Fuss zum Cornwall Beach spazieren moechte, ein wenig Jamaica einatmen. Er solle auf die Maedels aufpassen, feixte dieser, dabei lebte sein Piratengesicht auf." Ja Mann " hoerte Larry von seinem Gast, lachte wuenschte ihm noch einen schoenen Abend.

Ja in der Dunkelheit war der Serbentinenweg schwach beleuchtet, Bruno ging vorsichtig Schritt fuer Schritt nach unten, die Luft dampfend feucht, Froesche quakten laut um die Wette, Voegel gaben schrill grelle Laute von sich, allerlei Insektengetier floetete, troetete was das Zeug hielt, Bruno atmete tief ein und aus, fing an zu schwitzen, der Schweiss lief ihm uebers Gesicht, fuehlte wie sich sein Koerper dehnte, sich ausdehnte, als er unten an der Beachroad angekommen war, fuehlte er sich breiter, kraeftig gut, jetzt wurde ihm klar warum viele Jamaicaner so gut beieinander sind, bei diesem Klima kein Wunder dass hier eine Menge Grosskaliber herumlaufen, ja ganze Truemmer von Menschen, die Beachroad erstrahlte im Halbdunkel, gelbe Taxis fuhren umher, wenig Betrieb, Haendler sassen am Strassenrand priessen lautstark ihre Waren an, eine Gruppe junger Jamaicaner kommt Bruno entgegen, einer von ihnen ist bewaffnet mit einem riesigen Kofferradio aus dem Reggae-Musik ertoent " Ja Mann Rastafarai " gruessen sie ihn " Ja Mann", gruesst dieser zurueck. Ein Strassenverkaeufer gekleidet in schwarz, gruen, gelb von oben bis unten mit Kettchen, Baendern, Ringen bestueckt bleibt vor ihm stehen " Souvenier Jamaica ", ruft er. Bruno entdeckt ein schwarzes Lederband,handelt nicht lange kauft es gleich, er wechselt nun zur Strandseite der Beachroad, denkt in dieses " Churchill " werde ich heute auch noch gehen. Auf der Strandseite ist es ziemlich dunkel, niemand ist zu sehen, da ploetzlich taucht eine schwach beleuchtete Telefonzelle vor ihm auf , was ist da - da steht ein Maedchen drin mit dem Hoerer in der Hand, er tritt naeher hinzu, erblickt ein sehr attraktives junges Teil, sie traegt einen kurzen gelben Minirock, vorne durch einen Schlitz nach oben leicht geoeffnet, weisse Strapse umhuellen lange Beine, Bruno guckt auf ihren prallen Busen, der unter ihrem rosa T-Shirt hervorquillt, guckt auf ihr lockig braunes Haar das von Silberstraehnchen durchzogen ist, die Durchblutung seines Koerpers steigerte sich deutlich, er dachte " Was macht die denn da in der Telefonzelle", sagte zu ihr " Hello how are you ". Das Maedchen legte den Hoerer auf die Gabel trat nach vorne unter die Gluehbirne grinste ihn an, erwiderte " Thank you Im fine ". Der Koch wollte wissen was sie hier mache, jetzt sah er auch ihr Gesicht grosse braune Augen die ihn musterten, sah ihre breiten roten Lippen, die sehr anziehend wirkten. " Was ich hier mache ", sagte sie in verfuehrerischem Ton " Ich warte auf Dich ".

" O Gott ", dachte Bruno, das ist eine Professionelle, eine Oberprofessionelle, hat nicht auf der Sonneninsel in Thailand die Hochzeiterin in der Nacht auch zu mir gesagt " Ich warte auf Dich". Und die sexy Biene fuhr fort, dass sie einen guten blow job geben kann hinter den Straeuchern. Bruno sagte er habe keine Zeit fuer einen blow job, er treffe jetzt einen Freund. Oh das Maedel setzte augenblicklich eine traurige Miene auf, ging langsam auf ihn zu, streichelte seinen Bauch guckte ihn verloren an " Du magst mich nicht schade dass Du mich nicht magst, ich gehe jetzt nach Hause ". In diesem Moment fand eine kleine Auferstehung unterhalb seines Bauchnabels statt, der kleine Bruno erwachte wurde groesser, immer fester, da war es um ihn geschehn, als sie an ihm vorbeiging, fasste er ihre Hand, ja der Geist ist willig aber das Fleisch ist schwach, das Fleisch von Bruno war aeusserst schwach. Er fragte sie nach Ihrem Namen " Buggy ", sein Name sei Bruno. Er hielt immer noch ihre Hand, wieviel sie denn wolle "50 US-Dollar", das war kein Problem okay. " Come, Bruno come", dabei zog sie ihn ganz behutsam an der Hand nach hinten, hinter der Telefonzelle war ein Baumgebuesch, hineinsehen von vorne konnte man nicht, eigentlich ein guter Platz fuer ein Stelldichein. " Ein geiles Luder diese Buggy ", dachte Bruno griff gleich voll nach ihrem satten Busen, kuesste sie auf ihre roten Lippen, waehrend sich das Maedel an seiner Hose zu schaffen machte, sie staunte als sie dann Bruno's Kaliber freigelegt hatte, ging auf die Knie im Gebueschboden oeffnete weit ihren Mund und der Koch aus Hameln schob sein Geraet voll hinein bis zum Anschlag, Buggy machte ihre Sache gut, sie lutschte gefuehlvoll mit einer Hand rieb sie gleichmaessig seine Vorhaut mit der anderen Hand knetete sie seine Eier, es lief alles gut, Bruno wurde immer geiler, er war geladen, feuerbereit, er spuerte es dauert nicht mehr lange und freute sich dass er bald spritzen werde wie ein Wasserfall. Ploetzlich liess das Maedel deutlich nach, sie lutschte nur noch leicht an seiner Eichel, was war geschen? Bruno wusste sofort an ihm kann es nicht liegen, sein Schwanz war hart, er stand kurz vor dem Hoehepunkt, da spuerte er dass sich jemand an seiner Hose zu schaffen machte, die er noch halb anhatte, da packte er das Maedel an beiden Handgelenken " What you do ", rief er fasste nach hinten in seine Gesaesstasche seine Reiseschecks, sie waren weg. " Oh " schrie er, ein eiskalter Schauer durchzuckte ihn, sein ganzes Scheckpaeckchen war weg " where are my Schecks ". " I dont know " winselte das Maedchen ganz unschuldig, er war ausser sich sein Herz fing an zu trommeln, er japste nach Luft " You take my Schecks " schrie Bruno das Maedchen an, "give me back my Schecks". Das Maedel guckte ihn theatralisch an, sie habe keine Schecks. Bruno durchfuhr ein Gedanke ruhig bleiben ganz ruhig bleiben, sie muss die Schecks haben, die koennen sich nicht in Luft aufloesen, die muessen hier irgendwo sein, er fing an sie knallhart zu durchsuchen, fuhr zwischen ihre Beine, grabschte sie an der Moese, riss ihre Arschbacken auseinander, wirbelte ihre Titten herum, durchsuchte die Grasbueschel am Boden, nichts keine Schecks, das Maedel schrie auf " Let me go!" Sie muss sie haben ganz sicher, rumorte es in seinem Hirn, sein Blick fiel auf ihre weisse Strumpfhose, er hielt sie fest, das Maedel entriss ihm die Strumpfhose schrie " I have no Schecks, let me go now", er griff wieder nach der Strumpfhose, fuhr mit seiner Hand in die linke Seite hinein, tief hinunter bis zum Ende nichts. " No,no,no", plaerrte das Maedel, jetzt fuhr Bruno in die rechte Seite der Strumpfhose hinein langte wieder bis zum Ende bis es nicht mehr ging, da an der Vorderseite, was war das, er spuerte Papier, ja da waren sie - die Schecks! " Oh " Bruno schrie auf wie ein Ungeheuer, wie ein Dinosaurier aus grauer Vorzeit, er zog die Schecks aus der Strumpfhose heraus und bruellte" Oh you fucking Bitch, you stole my Schecks ". Mit den Schecks in der Hand schlug Bruno voller Wut mit geballter Faust dem Maedel mitten ins Gesicht, sie flog rueckwaerts ins Gebuesch, er schimpfte wie ein Rohrspatz auf sie ein, sie sei eine Diebin, eine gemeine Diebin, sie soll bloss abhaun, sonst hole er noch die Polizei, was er aber nie im Sinn hatte. " Du hast mich geschlagen, ich blute " schrie das Maedel aus dem Gebuesch heraus, er schrie zurueck, sie solle bloss die Fresse halten, sonst haue er ihr noch eine rein, er richtete seine Hose zurecht, verstaute seinen kleinen Bruno der diesmal nicht zum Abschuss kam und machte sich von dannen. O Gott, Bruno fiel ein Stein vom Herzen, nein eher ein Felsbrocken, er zog das Paeckchen Reiseschecks aus seiner Tasche kuesste es, fuehlte sich gluecklich in diesem Moment, nicht auszudenken wenn schon in der ersten Nacht in seinem Urlaub seine gesamte Barschaft, sein ganzes Geld weggewesen waere, da waere sein Urlaubsfeeling auf null geschrumpft, seinen Freund Horst haette er anrufen muessen, ihn bitten um eine Geldueberweisung, war es das was Horst gemeint hatte, Jamaica - ein Paradies mit Abstrichen? Ach Quatsch, die Reiseschecks haetten in den Safe gehoert, eine Bank war sowieso nicht mehr offen zum wechseln der Schecks, Larry, der Villaboss hatte ihn auch gewarnt, er solle aufpassen mit den Maedels, ja alles nochmal gutgegangen, in seiner vorderen Hosentasche befand sich noch genug Bargeld, seiner Mutter kann er dieses Erlebnis nicht erzaehlen, vielleicht den Kumpels am Stammtisch, wer weiss. Als Bruno im Cornwall-Restaurant ankam, taenzelte ihm Bobby entgegen, er schien nicht mehr nuechtern zu sein. " Jah Mann Irie,Irie ". " Was heisst Irie! " " Irie heiss good feeling alles okay ". Bruno war aufgekratzt " Bobby Du glaubst es nicht was ich gerade erlebt habe, komm ich lade Dich zum Essen ein und erzaehle Dir alles ". Gesagt, getan, die beiden nahmen Platz bestellten Cheeseburger mit Pommes und Red Stripe-Bier, dann erzaehlte Bruno von dem Maedel Buggy in der Telefonzelle, Bobby ging emotional voll mit, schuettelte den Kopf, seine Haende flogen in die Luft, rief freudig " Gut dass Du sie richtig untersucht hast, irgendwo mussten die Schecks ja sein und super dass Du dieser Buggy noch eine reingehauen hast, wenn ich sie sehe, dann haue ich ihr auch noch eine rein", er hielt inne, seine Stirn faltete sich, Bobby meinte dieses Maedel war in erster Linie auf Bargeld aus, die Schecks nahm sie natuerlich auch, aber Schecks kann sie nicht so leicht einloesen, wenn Bruno die Schecks sofort sperren laesst bekommt sie gar nichts, wenn sie einen Scheck einloest, muss sie ihre ID-Card vorlegen, da werden die in der Bank auch stutzig, ausserdem war sie sehr ungeschickt, ja gottseidank ungeschickt, da war eine Amateurin am Werk, aber jetzt sei alles " Irie, Irie". Bruno witzelte er lerne allmaehlich jamaicanisch, das Bier kam, die beiden stiessen an auf den gluecklichen Telefonzellenausgang, das Restaurant fuellte sich. Bobby meinte die Jamaica-Maedels seien im Allgemeinen okay, ja eher zurueckhaltend cool, da sei noch eine Sache mit den Maedels die er wissen sollte, wenn nachts ein Auto anhaelt neben ihm auf der Strasse mit einem Typ am Steuer und auf dem Ruecksitz sitzen Maedels, die dann der Typ anbietet, da soll Bruno lieber die Finger davon lassen, Maedels die einen Zuhaelter dabei haben, Bobby zog die Nase hoch, das sei gar nicht so sexy. Das sah der Koch aus Hameln genauso, das gefaellt ihm auch nicht, er erzaehlt Bobby Barracuda von der Sonneninsel in Thailand, dort haben Maedels keine Zuhaelter, vielleicht haben sie ein paar Leichen im Keller, ja ein paar unsichtbare Nebenfreunde von denen niemand etwas weiss, aber das ist auch alles. Bruno meinte er moechte spaeter noch das "Churchill" kennenlernen, ob Bobby mit ihm gehe er sei eingeladen, " Natuerlich " rief dieser, liess seine Zaehne blitzen, klopfte ihm auf die Schulter und nach dem Essen wollte er Bruno noch seinen Bungalow zeigen hier im Cornwall-Resort, er koenne ihn jederzeit besuchen dort. Bobby mauschte den Kellner an, wo denn das Essen bleibe, der meinte nur trocken" Soon come, soon come " es kommt bald, es kommt bald. Bruno nahm einen Schluck Bier sagte dass er heute abend noch etwas staerkeres trinken moechte, sofort schnallte Bobby mit den Fingern, ein Kellner erschien, er bestellte 2 Cola-Rum mit Eis, er lachte Rum sei so eine Art Nationalgetraenk auf der Insel, leise fuegte er hinzu dass morgen ein Freund ihm etwas zu rauchen bringe, wir nennen es Weed, das Marihuana hier sei eine Superqualitaet.

Bruno meinte er sei eigentlich ein Nichtraucher aber ein gutes Pfeifchen oder ein Joint ist auch okay, da kam auch schon das Essen, zwei prall gefuellte Cheeseburger mit Pommes, im Anschluss folgten bald zwei Glaeser Cola-Rum auf Eis, Bruno spuerte sofort das ist Rum von der Kokosnuss, Bobby meinte, es gaebe viele verschiedene Rumsorten auf der Insel, diese Mischung hier schmeckt hervorragend. Waehrend des Essens erzaehlte Bruno von der Satisfaction-Bar in Thailand, dort mixen sie den " I can't get no Flip " Cocktail, er besteht aus Wodka, Gin, Thekila, Kokosnusswasser, Ananassaft, Grenadine und ein bisschen Eis. Da staunte Bobby meinte dass er den " I can't get no Flip ' auch mal probieren muesse, er lachte, er kenne ja das Lied von den Rolling Stones " Satisfaction ". " Hier auf der Insel", fuhr Bobby fort " hier haben wir die Zombie-Cocktails, die haben es in sich, die sind kraeftig, verschiedener Rum, Gin, Fruchtsaefte, jeder Barmixer mixt ein wenig seinen eigenen Zombie, seine eigene Kreation ha, ha, ha , Bobby lachte schallend laut, Bruno dachte er hat schon viel von Roberto Blanco. Nach dem Essen gingen die beiden zu Fuss Richtung Bobby's Unterkunft, links vom Restaurant gab es einen Strandabschnitt unter Palmen, dort standen nebeneinander ein halbes Dutzend Holzbungalows einfachster Art, vor jedem stand ein Tischchen nebst zwei Stuehlen, da standen sie nun vor Bobbys Bungalow Nummer 3, er sperrte die Tuere auf, daneben vor Nummer 4 sass ein aelterer Mann, eine gepflegte Erscheinung, silbergraue Haare, weisser Pulli, schwarze lange Hose, er rauchte eine lange Zigarre, er gruesste Bobby.

dieser begruesste ihn mit " Hi James, morgen fliegst Du zurueck nach London",
dann machte Bobby James mit Bruno bekannt,dieser sagte gleich dass seine
Zigarre ganz toll dufte, der alte Mann nickte freudig. Bobby's Bungalow war
spartanisch eingerichtet, ein Bett, ein Rundtisch mit Minifernseher , ein paar
Stuehle, eine Toilette mit Dusche. Als Bruno auf einem Stuhl Platz nahm,
erzaehlte Bobby dass James jedes Jahr fuer zwei Wochen hierher kommt, er
habe viel Geld, koennte es sich auch leisten in einem der teuren Hotels in Negril
zu wohnen, aber er meint hier auf Montego Bay ist es noch sehr urspruenglich,
er raucht die teuersten Zigarren der Welt, raucht immer nur Davidoff Nr.1, er
wohnt hier mit Sela, einer Schwarzen aus den Slums und wenn er nach Hause
fliegt, geht sie mit einem grosszuegigen Geschenk wieder zurueck ins Getto.
Bobby fragte ob er jetzt Lust haette ins Churchill zu gehen und einen Zombie
trinken. " Nichts lieber als das" meinte dieser, sie verliessen den Bungalow,
James sass immer noch da paffte genuesslich seine Zigarre, hinter ihm oeffnete
sich ploetzlich die Tuer, ein huebscher Frauenkopf schaute heraus, die Frau
schien nicht mehr die Juengste zu sein, doch sie sah attraktiv aus breitrote
Lippen, ihr kurzes Kraushaar fein gebuerstet, sie guckte Bruno interessiert an
wie ein Fuechslein auf der Pirsch; das sei auch keine Stubentreue,dachte der
Koch bei sich, James meinte das ist Sela seine Freundin hier, sie laechelte ein "
Hallo " in die Runde, danach schloss sie die Tuer hinter sich. Bobby und Bruno
sagten Goodby zu James, liessen ihn wissen sie gehen jetzt ins Churchill er
meinte vielleicht komme er nach,

es sei ja heute abend sein letzter. Nach ein paar Minuten Fussmarsch erreichten die beiden das Churchill, die weissen Aussenwaende bemalt mit allerlei Grafitti, es sah leicht abgehalftert aus, ein Typ sass auf einem Stuhl vor dem Eingang, jeder musste Eintritt bezahlen, dafuer bekam man einen blauen Stempel auf den Handruecken gepresst. Das Churchill war eine geraeumige Disco im Halbdunkel gehalten, mit Nischen und finsteren Ecken, die Waende gestrichen vertikal in silberschwarzen Streifen, neben einer kleinen Tanzflaeche auf einem Podest erhoeht sass ein Disjockey legte Platten auf. Und da sassen sie alle die huebschen Maedels im Zwielicht auf langen Baenken nebeneinander in kurzen Miniroeckchen dass man die schoenen Beine sehen konnte, ueberhaupt waren fast nur Maedchen anwesend. " Das ist der Fleischmarkt von Montego Bay " stahlte Bobby, die beiden nahmen Platz an einem Ecktisch, Maedels guckten nach ihnen, ein Kellner kam in sekundenschnelle, Bobby bestellte zwei Zombie Cocktails-Hausmarke. Bruno genoss das rundherum, das Churchill war keine Bar unter freiem Himmel, das Angebot an Girls konnte sich sehen lassen, in diesem Abschleppzentrum fuer braunschwarze Schoenheiten fuehlte sich Bruno nicht unwohl. Derweil quatschte Bobby mit einem Bekannten am Nebentisch, dieser gab ihm laechelnd einen fertigen Joint in die Hand, er fischte eine Streichholzschachtel aus der Hose zuendete das Ding an, das sei kein Problem hier er zog kraeftig daran, gab dann weiter an Bruno, dieser inhalierte tief, wouh ein angenehmes Kribbeln durchzog seinen Koerper, augenblicklich fuehlte er eine Art Entspannung dachte " Hallo Jamaica ich bin gerade angekommen", das sagte er auch zu Bobby, dass er gerade angekommen sei auf der Insel, der verstand sofort "Ja Mann wenn man ein guten Joint raucht, dann ist man wirklich in Jamaica angekommen, dann spuert man Jamaica". Und fuer Bruno wurde alles noch schoener als es schon war, die Musik klang noch toller, die Maedels sahen noch besser aus und die sich drehende Farbenscheibe ueber der Tanzflaeche strahlte, ja gluehte noch staerker herab.Da tauchte ploetzlich James der Englaender auf, er setzte sich zu den beiden, meinte an seinem letzten Abend wollte er noch ein wenig ausgehen. Bobby fragte den Kellner wo denn die Zombies bleiben, dieser meinte erregt " Soon come, soon come", da war es wieder das soon come, soon come. Der Englaender bestellte auch gleich einen Zombie Cocktail- Hausmarke, sagte zu Bruno dass er ihn sehr sympatisch finde und ihm ein kleines Geschenk mitgebracht habe, dann zog er langsam aus dem Innentaeschchen seines Jackets eine laengliche duenne Zigarre und meinte die moechte er Bruno schenken, es sei eine Davidoff Nr.1, fuer ihn die weltbeste Zigarre ueberhaupt, das ueberraschte den Koch aus Hameln voellig, er sei zwar Nichtraucher, aber das freue ihn doch immens, James fuegte hinzu er koenne sie gleich rauchen " Ja wunderbar " rief Bruno, roch vorsichtig an der Zigarre sie duftete herrlich nach feinem Tabak, er steckte das Ding in den Mund, das Feuerzeug von James blitzte auf gab ihm Feuer, er dampfte genuesslich, meinte er sei kein Experte, aber die Zigarre habe einen ganz leichen Rauch sehr angenehm sie rieche einfach goettlich, das erfeute wiederum James der Bruno anerkennend auf die Schulter klopfte.

Da brachte der Kellner auf einem Silbertablett zwei Zombie-Cocktails serviert in Glaskelchen mit einer Pepita-Kirsche am Rande verziert,die gelbe Fluessigkeit sah aus wie Ananassaft, Bruno prostete Bobby zu, dann tranken beide,wouh war der Zomie stark, da muesse eine Menge Rum drin sein, schnaufte der Koch doch es scheint noch Ananassaft ihm Alkohol zu sein, Bobby klaerte ihn auf neben verschiedenen Rumsorten ist da noch Gin und Wodka drin, natuerlich auch ein bisschen Ananassaft aber nicht zuviel, Bruno meinte der Zombie-Cocktail sei noch staerker als der " I can't get no Flip " von der Satisfaction-Bar in Thailand. Da sass er nun in der Churchill-Disco in der linken Hand die Davidoff Nr.1, in der rechten Hand den Zombie-Cocktail, da hielt ihm noch Bobby den Joint an den Mund, er zog gleich kraeftig an und dachte " Bruno im Paradies Jamaica ", da hat mir der Schimansky wieder einen goldenen Tip gegeben, bin ja gespannt wie hier alles weitergeht. da kam auch schon der Zombie fuer James, als alle zusammen tranken dachte er, heute werde ich noch gut beieinander sein, er erzaehlte James dass er Koch sei in Hameln und selber bodenstaendiges Essen liebe, sprach ueber seinen Thailand-Urlaub, James berichtete er sei ein Leben lang ein Buero-Hengst gewesen bei einer Versicherung, habe gut verdient jetzt im Alter komme er immer fuer zwei Wochen nach Jamaica.Bobby meinte, er koenne Bruno ein bisschen die Gegend zeigen, mal tagsueber in die Altstadt von Montego Bay fahren, weil nachts sei es zu gefaehrlich fuer Auslaender dort. " Ah sagte Bruno wieder ein paar Paradies-Abstriche, ich verstehe ", da lachte Bobby, die Zeit verging die Davidoff Nr. 1 war aufgeraucht, es sei ein wunderbarer Genuss gewesen hoerten die Ohren von James, der DJ legte einen Song von Bob Marley auf " Coud you be loved " da huepften die Maedels auf die Tanzflaeche, zwei davon gingen laechelnd auf James und Bruno zu, streckten ihnen ihre Haende entgegen. " Ah Damenwahl " rief James, die beiden sahen nett aus in ihren kurzen Miniroeckchen und bunten T-Shirts, da liessen sich die zwei Maenner nicht lumpen, sie ergriffen die Haende die sich ihnen entgegenstreckten und los gings im Reggae-Beat. Wouh, das machte Spass da kam noch Bobby hinzu, Bruno spuerte inzwischen den Joint, die Davidoff Nr.1, den Zombie-Cocktail, hatte er nicht zu Bobby gesagt, er braucht heute etwas staerkeres nach dem Telefonzellenerlebnis, er war auch nicht mehr in der Lage mit seiner Tanzpartnerin ein grosses Gesspraech anzufangen, stattdessen bedankte er sich hoeflichst fuer den Tanz, die Kelche waren leer, da bestellte er beim Kellner 3 Zombie-Cocktails auf seine Rechnung, auch James und Bobby machten jetzt Tanzpause, Bruno fuehlte sich wunderbar, geloest und frei, mit Bobby hatte er den Richtigen gefunden, ein netter Kerl der sich hier auf der Insel auskannte, ihm viel zeigen konnte, James war ein grosszuegiger Englaender der einem Fremden eine tolle Zigarre schenkt, weil er ihn symphatisch findet. Bobby meinte er solle morgen um 12 Uhr mittags zu seinem Bungalow kommen, er haette da was fuer ihn, das treffe sich gut meinte dieser da kann ich auch noch James einen guten Flug wuenschen, James nickte freudig. Als Bruno zur Toilette aufbrach, da speurte er heute zu nichts mehr faehig zu sein, musste selber in sich hineinlachen, denn auch seine Begleiter waren gut beieinander, doch nachdem die drei einen weiteren Zombie-Cocktail ausgetrunken hatten, waren die drei Churchill-Besucher dicht und fett., Bruno zu Bobby dass er heute nacht kein Maedchen mitnehmen wird in die Villa. " Ja noch einen Zombie mehr und Du wirst selbst zu einem Zombie ", rief Bobby laut, nachdem die Rechnung beglichen war stapften die drei langsam aus der Disco heraus, ein paar Maedels riefen ihnen nach " Where you go, where you go". " I come back " rief der Koch aus Hameln zurueck. An der frischen Luft dachte Bruno ploetzlich er sei ein Kleiderschrank, ja wirklich, er fuehlte sich zwei Meter auf zwei Meter im Quadrat, die Zombies und der Joint verwandelten Bruno in ein Grosskaliber, das Lust verspuerte alle Viere von sich zu strecken. Er verabschiedete sich von James der ein Taxi zum Cornwall-Beach nahm, dankte ihm nochmal fuer die Zigarre fragte Bobby ob er ihn noch begleiten koenne nach oben zur Villa " Natuerlich mein Freund ", meinte dieser, die beiden fuhren mit dem Taxi die Serpentinen hoch, nachts sah die Villa gespenstisch aus, sie war nur schwach beleuchtet, Bruno sagte er freue sich Bobby kennengelernt zu haben, ein dankeschoen fuer seine Hilfe, ja bis morgen um 12 Uhr bei ihm, Bobby sparte auch nicht mit Komplimenten, Bruno sei ein Supertyp und sie werden noch eine schoene Zeit miteinander haben, ja bis morgen, die beiden umarmten sich kurz, Bobby fuhr mit dem Taxi zurueck. Bruno verschwand in der Villa, niemand war zu sehen, mit ausgestreckten Armen und Beinen pflanzte er sich in seinem Zimmer aufs Bett dachte wouh, die Zombies haun ja rein, der viele Rum und der Ananassaft,danach darfst Du keinen Termin mehr haben, morgen werde ich mal eine mitnehmen aus dem Churchill, habe ja noch soviel Zeit, werde jetzt ersrtmal wunderbar schlafen, er langte nach hinten an seine Gesaesstasche freute sich dass er seine Schecks gerettet hatte, dies war sein letzter Gedanke, vollbekleidet schlief er ein. Bruno erwachte ploetzlich, atmete tief, das ganze Zimmer roch nach Rum " Ja Mann" kam aus seinem Mund, es war 11 Uhr vormittag, er fuehlte sich schwer noch zombietrunken, doch es ging ihm gut, es dauerte eine Weile bis er aus dem Bett kam, sich entkleidete und unter der Dusche verschwand. In schwarzer Jeans und gruenem Safarihemd verliess er sein Zimmer auf der anderen Seite wedelte die huebsche Farbige gerade einen Tisch sauber, sie winkte ihm zu, er winkte zurueck, dachte irgendetwas Begeherenswertes hat diese Person an sich, aber mit dem Personal soll man ja nichts anfangen. Unten im Erdgeschoss erwartete ihn schon Larry, stand breitbeinig vor ihm, fragte ihn freundlich ob er denn gut geschlafen habe, ob alles okay sei, er erzaehlte kurz vom Churchill und von den Zombie-Cocktails, da lachte Larry, die Sache mit der Telefonzelle behielt er fuer sich, Larry gab ihm den Tip mit Bobby doch mal ins " Stop Inn "zu gehen, das sei so eine Art Barbecue-Biergarten, dort mixen sie auch tolle Zombies, die seien so stark dass man meinte man gehe auf Wolken, ob er ein Taxi rufen soll, sein Gast lehnte dankend ab, er wolle lieber zu Fuss die Serpentinen hinuntermarschieren, da wuenschte ihm Larry noch einen schoenen Tag. Gesagt, getan, es war ein heisser Tag, die Luft war feucht, doch Bruno genoss die Hitze sie entspannte ihn unten auf der Beachroad angekommen erledigte er so einiges, tauschte auf der Bank Reiseschecks in Jamaicadollars, an einem Souvenierstand kaufte er ein halbes Dutzend huebsche Ansichtskarten von der Insel fuer die Mutter, die Stammtischfreunde auch fuer den Oberarzt Dr. Merk kaufte ausserdem zwei kurzaermilige Freizeithemden, eins davon in den Jamaicafarben schwarz, gelb, gruen auf dem anderen weissen Hemd war vorne der Kopf von Bob Marley abgebildet. Bruno's Magen meldete sich, im Gegensatz zu Thailand gab es hier auf der Beachroad keine umherfahrenden Suppenkuechen, Obstkarren oder Staende mit gegrillten Haehnchenkeulen, was fuer einen Service die Touristen in Thailand doch bekommen. Um 12 Uhr sollte er ja bei Bobby vorbeischauen, so ging er mit seiner Einkaufstuete gleich zum Cornwallstrand, klopfte an Bobby's Tuer, niemand oeffnete, dafuer oeffnete sich die Nebentuer, da stand Sela die Freundin von James in einem hellrot kurzem Minikleid, ihre Kraushaare zu einem Zopf hochgesteckt " Hello Mr. Bruno how are you ", sie schmiss ihm einen langen Blick zu, er erwiderte es gehe ihm gut, habe eine Verabredung mit Bobby, sie meinte dieser sei schon vor ein paar Stunden in die Stadt gefahren, aber sie denke Bobby soon come, da war es wieder das soon come. Er fragte Sela wo denn James sei, James sei schon frueher zum Flughafen gefahren, um dort noch ein paar Sachen zu kaufen, sie packe gerade ein, laechelnd mit Zuneigung im Blick meinte sie er koenne ruhig kurz zu ihr hereinkommen, dabei oeffnete sie ihre Tuer voellig, Bruno wusste nicht so recht, dachte diese Sela ist schon geil, sein Hungergefuehl war weggeblasen, ihre schlanke Erscheinung machte Lust auf etwas anderes, sein Ding erwachte wurde groesser, Sela nahm ihm die Entscheidung ab, streckte die Hand entgegen, er griff zu folgte ihr ins Zimmer. Kaum war die Tuer hinter den beiden geschlossen, langte Sela ihm behutsam zwischen die Beine offenbarte Mr. Bruno koenne mit ihr Liebe machen wenn er wolle, sie legte ihr Koepfchen an seine Brust, dieser Mister legte erstmal seine Einkaufstuete auf den Boden, umarmte Sela sagte zu ihr " You look very nice", fragte dann gleich in pragmatischem Sinne wieviel Jamaicadollars es ihm koste, die Summe war okay, kein Problem. Sela befreite sich galant von seiner Umarmung ging zum Bett mit dem Ruecken zu ihm, faltete einige Kleidungsstuecke die auf der Bettdecke lagen, dabei streckte sie aufreizend ihr Hinterteil, wackelte leicht hin und her. Bruno wollte nur noch eines, er wollte einzipfeln bei ihr von hinten, ging zum Angriff ueber, langte ihr zwischen die Beine schob ihr rotes Minikleidchen nach oben ihr hellblaues Hoeschen nach unten, waehrend er keuchend seinen Standardsatz von sich gab " Sela you are sexy Lady ", das hoerte sie anscheinend gern, denn von selbst gingen ihre Beine auseinander, alles lief ab wie ein Uhrwerk, seine Hose fiel zu Boden, mit der rechten Hand griff er an ihre Muschi, massierte sie, ein gutes Zeichen sie war schon ziemlich feucht, die schwarzhaarige Moese war jetzt einfuhrbereit, Sela bueckte sich ein wenig nach vorne, der Koch aus Hameln schob sein dickes Kaliber von hinten in Sela hinein, mit beiden Haenden griff er nach ihren Hueften, hielt sie fest, sein Schwanz stiess kraeftig zu. " Ah good " seufzte Sela, die sich mit ihren Haenden am Bett abstuetzte, er spuerte dies ist ein Genuss fuer beide Seiten, Sela hoerte dass er gerne mit ihr Liebe mache, sie wippte mit ihrem Aerschchen herum, nach einer Weile rief sie ploetzlich " Mr. Bruno I soon come ", da war es wieder, soon come, da haette Bruno beinahe lachen muessen, beinahe waere er aus dem Rythmus gekommen, aber er riess sich am Riemen sagte" Yeah I soon come, same,same, ", auf deutsch, ja ich komme auch bald, da war es auch schon geschehen, spitze Schreie folgten beiderseits, anscheinend kamen beide gleichzeitig in den Sexhimmel hinein " Ah very good ", keuchte Bruno happy schmuste ihren Hals Sela nickte sagte " Good for me, good for you", beide setzten sich kurz aufs Bett, sie deutete auf die Dusche" Shower, Shower ", sie zogen sich aus verschwanden unter der Dusche, das Wasser prasselte auf ihre Koepfe, er bewunderte ihren festen braunen Koerper, spaeter bekam Sela die Jamaicadollars, die fiel ihm um den Hals kuesste seine Lippen, ja es war das erstemal dass Bruno in Jamaica zum Schuss kam. Es ist Fruehling in Hameln im Mai 1994, Bruno wacht auf, den Anfang von seinem Jamaica-Urlaub der im Januar 1994 begann, den hat er gerade getraeumt, das war schon ein toller Anfang, doch noch gar nichts im Vergleich zu dem was noch alles folgte, es macht ihm richtig Spass seinen unglaublichen Urlaub noch einmal im Traum zu erleben, es ist spaeter Samstagnachmittag, nach einem Schluck aus der Wasserflasche neben seinem Bett schliesst er bedaechtig seine Augen, es dauerte nicht lange und der Koch aus Hameln ist wieder live im Geschehen auf Montego Bay. Nachdem die Freundin von James ihren Liebeslohn erhalten hatte, verlaesst er mit seiner Einkaufstuete das Zimmer, Sela an der Tuer stehend winkt ihm nach, wie es der Teufel will taenzelt ihm Bobby entgegen in kurz blauer Sporthose, weissem T-Shirt mit Loewenkopf auf der Vorderseite, entschuldigt sich ein paarmal fuer seine Verspaetung, er sieht Sela, die grinst nur, Bobby guckt zu Bruno der grinst auch, er fragt wo denn James sei, der waere schon am Flughafen hoert er von Bruno aha, Bobby ueberschaut die Situation sofort " Du hast mit Sela ? " " Ja ich habe mit Sela ". " Ja Kompliment Mensch Bruno Du wirst noch ein richtiger Jamaicaner, ja geil Sela ist auch ein heisses Teil". Bruno nickt zustimmend, sein Magen faengt an zu krachen, sagt zu Bobby er habe fuerchterlich Hunger, Larry von der Villa hat ihm erzaehlt von Stop Inn-Biergarten, da wuerde er gerne hingehn zum Essen mit Bobby, er sei eingeladen." Yeah Man thank you " johlt er auf, das ist eine super Idee, Bruno's Geschenk zeige er ihm spaeter, sie koennen jetzt gleich mit dem Taxi ins Stop Inn fahren, es ist nicht weit weg. Gesagt getan, im Taxi erzaehlt Bruno dass es sich mit Sela einfach so ergeben hat, es war nicht geplant und schoen mit ihr, auch nicht zu teuer. Der Jamaicaner lacht, erwidert in Jamaica kann man viele Maedchen haben, wenn man ihnen dafuer etwas gibt, alles auf freiwillger Basis, jeder bekommt von dem anderen was er moechte. Bruno gab zum Besten wenn Bobby heute puenktlich gewesen waere, haette er mit Sela kein tolles Erlebnis gehabt, manchmal hat zu spaet kommen auch seine Vorteile. Bald haelt der Fahrer an, auf der Huegelseite der Beachroad ist ein gelb rotes Holzplakat an einem dicken Baumstamm angenagelt, darauf steht in schwarzen Buchstaben " Stop Inn", Bobby bezahlt das Taxi, unter hohen dicht gruenen Baeumen erblickt Bruno eine Art Biergarten mit brauen Holztischen und Stuehlen, auf zwei grossen ueberdachten Grills wurden Schweinesteaks und Haehnchenteile gegrillt, hier war Barbecue angesagt. Unter einem herrlich gruenen Baumriesen befand sich der Getraenkeausschank, mit grossen Augen guckte Bobby zu wie der Griller das Fleisch hin und her drehte, es roch fantastisch, er ist ja selbst ein Griller auf seinen Privatparty's in Hameln. Bobby meinte er werde jetzt etwas aussuchen von allem etwas, seinem Begleiter lief schon das Wasser im Mund zusammen, der Griller uebergab Bobby ein grosses Tablett mit lauter Koestlichkeiten, ein paar Schritte weiter war die Kasse Bruno bezahlte, dann setzten sich die beiden unter einen Baum der Schatten spendete, im Barbecue-Garten herrschte noch wenig Betrieb, der Jamaicaner besorgte noch zwei Red- Stripe Bier nebst zwei Glasschalen mit Sauce. Bobby meinte in der einen Schale waere eine gruene Essigsauce mit Kraeutern, in der anderen Schale eine rote Chillysauce, man kann das Fleisch huebsch eintauchen, die Saucen waeren vorzueglich, das liess sich sein Begleiter nicht zweimal sagen, er tauchte Spareribs in die rote Chillysauce, die Schweinesteaks und die Haehnchenkeulen in die gruene Essigsauce, als Beilage gabs weisse Toast-Brotschnitten, diese scharf suesse Chillysauce passte hervorragend zu den fetten Spareribs, doch die gruene Essigsauce zu den Schweinesteaks und den Haehnchenkeulen war der absolute Hit, vom Geschmack her seit langem das Beste was sein Gaumen schmeckte, diese gruene Essigsauce wolle er bei seinen Grillparty's in Deutschland praesentieren, die Leute werden schlecken, liess er Bobby wissen, dieser meinte die Sauce sei ein Geheimrezept, viele Gaeste moechten wissen was da alles drin ist, aber der Koch sagt das niemandem. Bruno schmeckt, raetselt ein bisschen herum, die Sauce koennte bestehen aus Essig, Oel, Salz, irgendein Pfeffergewuerz, Zitrone, Schnittlauch Petersilie, da kann noch drin sein vielleicht Waldmeister oder Senf keine Ahnung. Auf jeden Fall liessen es sich die beiden schmecken, das Red-Stipe Bier passte gut dazu, es gaebe hier auch hausgemachte Zombies mit Fruchtsaeften, aber fuer Zombies ist es heute noch zu frueh, meinte der Jamaicaner, unterm Essen erzaehlte er dass ihn sein Freund in der Altstadt versetzt hatte, sein Auto war kaputt, so kam er von den Bergen eine Stunde spaeter mit dem Bus, von seinem Freund bekomme er immer das beste Gras, das beste Marihuana das es auf der Insel gibt, er verkaufe ein wenig an gute Freunde und Touristen, schob Bruno unterm Tisch ein kleines Cellophanpaeckchen zu, das sei sein Geschenk, weil dieser ihn immer zum Essen einlade, der bedankte sich bei ihm, erwiderte er selber koenne keine Joints so gut drehen, Bobby solle doch von seinem Geschenk gleich einen Joint machen, der sah ihn mit grossen Augen an, streckte seinen Daumen nach oben, dies sei eine wunderbare Idee, sogleich machte er sich ans Werk, fabrizierte unterm Tisch einen herrlich gedrehten Joint, ein kleines Kunstwerk, fast zu schade zum Anzuenden, doch Bobby tat es behutsam das Gras duftete ein Rauchwoelkchen wehte durch die Luft, hier im Stop Inn schien das kein Problem zu sein. Nach dem ersten Zug spuerte Bruno eine angenehme Entspannung, meinte das sei ja eine Spitzenqualitaet, teilte Bobby sein Wohlsein mit es sei noch besser als gestern im Churchill. " Das ist das beste Marihuana von Jamaica, das macht jeden Kranken wieder gesund ", Bobby's Augen funkelten sein Gesichtsausdruck war ueberzeugend, das sei das beste Gras der Welt. Sein Begleiter nickte zustimmend mit dem Kopf nahm den naechsten Zug, danach war Bruno high sagte zu Bobby " Jetzt bin ich schon wieder high, das ist ja unglaublich, das ist ja wunderbar, ob ich in diesem Urlaub noch einmal runterkomme, ich weiss es nicht, aber es ist ja so schoen da oben, da gehts mir gut! " Da quakte Bobby lauthals wie ein Frosch, den Mund sperrangelweit offen, klopfte sich dabei auf die Schenkel. " Do you know Roberto Blanco ", fragte Bruno ploetzlich sein Gegenueber, dieser schuettelte den Kopf, da erzaehlte ihm der Koch aus Hameln, Roberto Blanco sei ein schwarzer Schlagersaenger in Deutschland, auch ein toller Showmann und Bobby sehe genau so aus wie Roberto Blanco, Bobby meinte wenn er einmal ein Foto habe von diesem Saenger, dann solle er es ihm zeigen, der Joint war zu Ende, Bruno sagte Bobby solle sein Geschenk aufheben fuer den naechsten Rauch, er wolle lieber kein Gras bei sich haben, das verstand der Jamaicaner total, machte einen Vorschlag einmal die Altstadt von Montego Bay die " Down Town " zu besuchen, dort sei nichts besonderes zu sehen, aber wenn er schon mal auf der Insel sei, beide waeren jetzt superhigh, da ist sowieso alles schoener als es in Wirklichkeit ist, da lachte Bruno war gleich einverstanden, nachdem all die guten Sachen aufgegessen waren verliessen sie das Stop Inn, man war sich einig dieser Besuch war nicht der Letzte hier. Im Taxi nach Down Town fragte Bobby wann denn Bruno's Freund auf die Insel kaeme, der entgegnete er weiss es nicht genau, vielleicht schon in ein paar Tagen, er beschrieb Horst ob er ihn kenne von frueher, doch Bobby arbeite erst ein knappes Jahr im Cornwall Beach-Resort, nein er kenne Horst nicht, aber ein Freund von Bruno sei bestimmt schwer in Ordnung ha, ha, er lachte so laut dass der Taxifahrer nach hinten guckte, bald hielt der Fahrer an hier sei Down Town Bobby bezahlte und meinte dass sie jetzt gleich zum grossen Marktplatz gehen, der in der Mitte der Stadt liegt.Die Down Town machte einen sehr aermlichen Eindruck auf Bruno, viel Muell lag auf den Strassen, die Haeuser und Geschaefte sahen schmuddelig aus, ja schmutzig, wie im Dornroeschenschlaf fuhren alte Autos umher, da sassen Typen am Strassenrand oder lehnten an Hausmauern, manche Gestalten guckten ihn an als kaeme er vom Mond, er spuerte Blicke die ihn fragten was er hier wolle, er guckte auch in wilde Gesichter, die finster und agressiv erschienen, doch das machte der lieben Sonne nichts aus, sie schien freundlich herab, feucht und bruetend heiss und wenn man dazu noch herrlich high ist, dann stoert einen gar nichts mehr. Bobby spuerte dass die Altstadt Bruno etwas schreckte, sagte zu ihm die Leute hier seien bitterarm und jeder Tourist sei ein kleiner Millionaer fuer sie, fuer Auslaender ist es schier unmoeglich sich nachts in der Down Town aufzuhalten, das sei lebensgefaehrlich zu viele Ueberfaelle und Schlaegereien, die Down Town ist kein angesagtes Ausflugsziel fuer Touristen, die wird in keinem Reisefuehrer angeboten, doch tagsueber mit ihm als Bodygard sei Bruno ziemlich sicher hier, dieser meinte sein Freund Horst hatte zu ihm gesagt Jamaica sei ein Paradies mit Abstrichen " Oh ja, ja das hat er gut gesagt dein Freund "lachte Bobby. Sie erreichten den Marktplatz, es war ein kunterbunter Anblick, auf Dutzenden von Holztischen priesen die Haendler ihre Waren feil, dicke schwarze Frauen sassen auf Tuechern am Boden und boten Berge von verschiedenem Obst an, Reggae-Musik droehnte aus grossen Boxen die auf der Ladeflaeche eines Lkw's standen, Leute riefen Bobby zu " Jah Man Rastafarai ", dieser schallte zurueck " Jah Man Irie Irie ". Ihr Ziel war die Markthalle, da gab es ein kleines Restaurant, dort wurde gegessen, getrunken, die beiden nahmen Platz an einem Tisch, ein Ventilator oben an der Decke versuchte die dampfende Hitze wegzublasen, doch nur mit geringem Erfolg. Bruno guckte was die Jamaicaner am Nebentisch denn auf dem Teller hatten, ihm fiel auf dass alle dasselbe assen " Das ist Ackee mit Saltfish ", klaerte ihn Bobby auf " das ist das jamaicanische Nationalgericht ", das muesse er auch mal probieren, aber im Moment seien ja beide vollsatt noch vom Stop Inn-Barbecue, jetzt werde er erstmal zwei Cola-Rum bestellen, hier in der Markthalle schmeckt der Cola-Rum super, dies tat er dann auch lautstark bei einem Kellner, der Koch aus Hameln fuehlte sich gut aufgehoben bei Bobby Barracuda, er genoss das Zusammensein mit ihm, der meinte im Moment waere es das Beste einen kleinen Joint zu drehen, auf Bobby's Schenkel halb unter dem Tisch ging das ganz schnell, da wurde auch schon der Cola-Rum serviert,die beiden nahmen einen herzhaften Schluck, ja ausgezeichnet, Bruno suchte ein Wort fuer den Geschmack, der Rum in seinem Gaumen schmeckte einfach vollmundig, das wollte er Bobby mitteilen, das deutsche Wort vollmundig wuerde er kaum verstehen, so sagte er zu ihm "From this rum full feeling in my mouth in German we say-vollmundig", Bobby lachte nur zuendete behutsam den Joint an, sie rauchten, sie tranken Bruno fragte was es denn noch so sehenswertes auf Jamaica gebe, Bobby erwiderte da gaebe es noch einiges zu sehen, den Ort Negril die Toutistenhochburg, dann Ocho Rios mit seinem beruehmten Wasserfall. die Hauptstadt Kingston bei Nacht, das Bob Marley Museum sei auch interessant, Bruno meinte er warte erst einmal auf seinen Freund Horst, dann wuerde man entscheiden wo es ueberall noch hingeht. Ein baertig bunt bekleideter Souveniermann schon in die Jahre gekommen gesellte sich an ihren Tisch sagte freundlich "Souvenier, Souvenier" dabei schien sein Gesicht zu glitzern, er war bepackt mit allerlei Kettchen, Baendern, Anstecknadeln, Pfeifchen, Karten und Bildern von Reggae-Stars, Bruno war gleich interessiert am kaufen, Bobby redete kurz mit dem Haendler, versicherte seinem Freund dass er einen fairen Preis bekomme da kaufte er zwei kleine Pfeifchen fuer die Kumpels am Stammtisch, ausserdem eine weisse Muschelkette fuer seine Mutter und fuer Dr.Merk ein Holzbildchen mit farbigen Fischen und sonnigen Straenden, nach der Bezahlung uebergab ihm der Haendler eine Plastiktuete mit den Sachen und verschwand, so hatte er schon zwei Einkaufstueten auf die er aufpassen musste. Mittlerweile glotzten immer mehr Jamaicaner zum Tisch der beiden, Bobby meinte es waere allmaehlich Zeit die Down Town zu verlassen aus Sicherheitsgruenden, das taten sie dann auch, auf dem Rueckweg draengelten sich doch einige zwielichtige Gestalten sehr nahe an Bruno vorbei, Koerperkontakt fand statt, das war deutlich zu spueren, doch Bobby passte schon auf dass keine Hand sich in Bruno's Tasche verirrte, er sei ein guter Bodygard sagte der Koch spaeter im Taxi zurueck zur Beachroad" Ja kein Problem " schallte dieser, erzaehlte er vergass dass Bruno noch einen Deutschen kennenlernen muesse, der schon ein paar Jahre hier lebt auf Montego Bay, er heisse Konrad sei ein unglaublicher Typ, er esse fast nichts den ganzen Tag dafuer trinke er aber taeglich ein halbes Dutzend Red-Stripe Biere und mehr,   Konrad komme oefters ins Beachrestaurant, sein Bungalow liegt am Strand, er ist Rentner, geht gerne spazieren, geht gerne schwimmen, laesst sich oft massieren, es koenne sein dass wir ihn heute abend treffen im Restaurant, das treffe sich gut, meinte Bruno, dort moechte er auch hingehn, spaeter dann noch ins Churchill wandern, einen Zombie trinken und die Maedels begucken, jetzt wolle er sich aufs Ohr legen, sich in der Villa einen Schoenheitsschlaf goennen fuer die Nacht, Bobby lachte, das Taxi setzte zuerst Bruno mit seinen Einkaufstueten in der Villa ab, dann fuhr Bobby an seinen Arbeitsplatz am Cornwall Beach-Resort. Der Villabewohner fuehlte sich wohl schlaefrig noch angeturnt von den Joints legte er sich aufs Bett mit Vorfreude auf den Abend bald fielen ihm die Augen zu. Er erwachte kurz vor 8 Uhr nach einem wunderbaren Schlaf, sicher hatte das mit den herrlichen Joints zu tun, die Bobby gedreht hatte, das lauwarme Wasser der Dusche tat gut, danach kleidete er sich an, kurze schwarze Sporthose, braunes Camelhemd mit vielen Safaritaschen, ein Taxi kam gerade an als er die Villa verliess, zwei Schoenheiten der Nacht stiegen aus, sehr sexy in ihren hautengen schwarzen Jeans, vor allem ihre wohl proportionierten prallen Hinterteile stachen Bruno ins Auge. Larry kam aus der Villa heraus, begruesste die Maedels grinsend, nahm sie an der Hand verschwand mit ihnen schnell in der Villa, dieser Larry ist auch kein Kostveraechter dachte Bruno, zwei Maedchen auf einmal das ist doppelter Spass, es traf sich gut, denn er stieg ein in das leere Taxi das ihn gleich zum Cornwall- Strand fuhr, Musik drang an sein Ohr, auf der Buehne neben dem Restaurant spielte eine Band Reggae-Musik.Auf dem Weg kam ihm schon Bobby entgegen der heute festlich gekleidet war als haette er einen Showauftritt, weisse Leinenhose, weisse Turnschuhe schwarzes Hemd verziert mit Silberkugeln, der Koch machte ihm ein Kompliment wegen seines Outfits, dieser entgegnete er singe heute abend ein paar Songs, eine kleine Einlage nichts weiter. " Er ist da " rief Bobby. " Wer ist da ". " Konrad ist da Du weisst schon der Deutsche von dem ich Dir erzaehlt habe, der fast nichts isst".

" Ah Konrad ja ", die beiden gingen zu einem gedeckten Tisch unter freiem Himmel, da sass ein Maennchen, schon etwas aelter, sofort erinnerte er Bruno an jemand, ja an einen Seemann an den Spinatmatrosen Pop Eye aus den Comic-Heften von frueher, das breite Laecheln, das lustige Antlitz, es fehlte nur noch die Pfeife im Mund und die Schiebermuetze auf dem Kopf stattdessen kurz geschnittenes fast weisses Haar nach vorne gekaemmt, er begruesste die beiden mit einem heiseren " Hello ". Bobby machte die beiden miteinander bekannt, man nahm Platz am Tisch. Bruno sagte Konrad gleich auf den Kopf zu dass er ihn so stark an Pop Eye den Spinatmatrosen erinnere, dieser erwiderte laessig, da sei er nicht der Erste dem das aufgefallen ist seine Aehnlichkeit mit dem Seemann, er selber kenne ja auch die Cartoons. " Ja Konrad bist Du der Mann der fast nichts isst, Bobby hat mir schon erzaehlt, aber ich sehe Du isst heute eine Suppe mit Broetchen und trinkst ein Red Stripe Bier ". Konrad schmunzelte, ab und zu muss er ja auch was essen. Ein Kellner kam hinzu, Bruno bestellte bei dieser Gelegenheit ein Rumpsteak mit Pommes und ein Red- Stripe Bier, Bobby der nur ein Bier bestellte liess seinen neuen Freund Bruno wissen, morgen zeige er ihm wo man Ackee und Saltfish essen kan, die Jamaica-Nationalspeise." Lecker, lecker , das muss ich probieren" rief Bruno, danach fragte er Konrad wie es ihn denn auf Jamaica verschlagen hat, dieser erzaehlte ganz locker seine Geschichte, er sei ein Schwabe, komme aus Stuttgart ein paar Jahre lebe er schon hier auf Jamaica, er war einmal ein echter Volksschullehrer aber mit den Jahren haetten ihn die Kinder so genervt, ja gepisakt, dass er schon frueher in Pension ging, seine beiden Soehne sind erwachsen, schon verheiratet, seine Frau und er haetten sich auseinander gelebt, mit schelmischem Blick erzaehlte Konrad weiter, dass er eine friedliche Scheidung hinter sich habe, seine Angetraute hatte sich ploetzlich in ihren Zahnarzt verknallt, sie zog aus der gemeinsamen Wohnung aus, die beiden leben jetzt zusammen in seinem Haus. Ihm selber wurde es stinklangweilig in Deutschland, das schlechte Wetter tat das uebrige dazu, dass er sich entschied wegzugehen, Sommer Strand und Reggae-Musik das sei genau sein Ding, finanziell habe er keine Probleme, seine vorzeitige Pension sei ausreichend, er ist jetzt 61 jahre jung und bleibe erst einmal hier, ausserdem habe er noch die Wohnung in Deutschland und sei dort noch krankenversichert. Viel Spass mache ihm die Bewegung hier in der freien Natur, gesund bleiben ist jetzt das Wichtigste fuer ihn, dabei guckte Konrad wie ein kluger Kaspar. Wie das mit den Maedels sei wollte Bruno wissen, mit den Maedels mache er nichts mehr hier, verzog sein Gesicht als haette er auf eine Zitrone gebissen, das Kapitel Sex ist abgehakt, er sei jetzt in Sex-Rente gegangen, die Frauen wuerden ihn immer noch anbaggern, die wollen halt schnell Kohle machen, manchmal rauche er einen Joint mit Bobby, seine Augenaepfel gingen nach oben, am liebsten trinke er Red-Stripe Bier, viel Red-Stripe Bier deshalb fuehle er sich immer high, immer angeturnt. Bier sei ja auch ein Nahrungsmittel gab Bruno zum Besten, Konrad fuhr fort dass sich das mit dem fast nichts essen so ergeben hat, weil er einfach wenig Appettit habe,

Durst habe er viel, darum trinke er mehr Bier ha, ha, ha..lachte breit, eine kleine Banane haette man waagrecht in seinen Mund hineinschieben koennen.Eine gute Company dachte Bruno, ich sitze hier am Tisch zusammen mit dem Animator Roberto Blanco aus Jamaica und dem Seemann Pop Eye aus Deutschland, jetzt fehlt nur noch der Kommisar Schimansky, das kann ja noch ein geiler Urlaub werden. Bald kam das Rumpsteak mit Pommes auf den Tisch, gleichzeitig ertoente der Song "Stand by me " von der Buehne her, die schwarze kleine Saengerin mit kurzen Strubbelhaaren sang das Lied mit einer grossartigen rauhen Stimme, dass die Gaeste im Restaurant ihre Koepfe zu ihr drehten, das war Gefuehl pur. " Das ist Paula ", rief Bobby, aber alle nennen sie hier nur die Graefin, weil sie immer so herumstolziert wie eine Diva". Ja die Graefin sang wirklich mit voller   Leidenschaft schrie und schluchzte zugleich als wuerde sie um ihr Leben betteln, Bobby sagte nachdenklich die Graefin haette laengst schon internationale Karriere machen koennen, aber sie haenge zu sehr an der Flasche, an der Rumflasche, weil sie auch keine Schoenheitskoenigin ist beisst auch kein guter Typ bei ihr an, in ihrer Stimme hoert man dann die ganze Einsamkeit, ihre Sehnsucht nach Liebe, kaum hatte Bobby seinen Satz beendet, da fiel die Graefin auf die Knie bruellte " Darling Darling stand by me", Bruno war kein Musikfachmann, doch die Graefin ueberzeugte ihn voellig, einen grossen Applaus bekamm die kleine Jamicanerin in ihrem zerfledderten dunklen Anzug am Ende von Stand by me. Nun war Bobby an der Reihe, er stand auf ging zur Buehne huepfte nach oben redete kurz mit den Musikern, dann gings los mit einem Bob Marley - Medley, Bobby sang die Lieder ganz locker auf seine Art mit sonorer Stimme wie ein erfahrener Entertainer, hatte nebenbei das weibliche Geschlecht im Auge, genial, Konrad knabberte an seinem Broetchen herum, Bruno neckte ihn ob er das Broetchen noch schafft, er denke schon erwiderte dieser ironisch " Konrad willst Du mit Bobby und mir spaeter ins Churchill gehen? " " Auf jeden Fall ein bisschen das Tanzbein schwingen", " Ja super Dich kennengelernt zu haben ", sie schuettelten die Haende, Bruno hatte eine neue Urlaubsbekanntschaft gemacht, er streckte die Glieder, dachte heute Nacht wird eine mitgenommen aus dem Churchill in die Villa hoch. Nach dem Essen schlenderten die drei Bruno, Bobby und Konrad am Strand herum, vom Resort her erhellten bunte Gluehlaempchen die Dunkelheit, Liebespaerchen entspannten sich auf Liegestuehlen bei leichtem Meeresrauschen, die drei setzten sich auf ein umgedrehtes Ruderboot, Bobby sagte ein bisschen Rauch nach dem Essen sei immer eine gute Sache breitete alles dazugehoerige vor sich aus und meinte Bruno solle doch mal versuchen einen zu drehen, der ging gleich frisch ans Werk mit Blaettchen, Tabak und Gras, doch am Ende wurde es ein krummer Hund das Gegenteil von Bobby's geraden Kunstwerken, Bruno rauchte kurz an, gab dann weiter an Bobby, doch zu aller Ueberraschung haute das schiefe Ding von Bruno brutal rein. " Mann ist der stark aber gut ", kraechzte Konrad, auch Bobby zog es halb die Schuhe aus von diesem heissen Ding." Mensch Bruno Du bist ja ein Naturtalent im Jointdrehen" huestelte Bobby

" Jeh haesslicher desto besser lachte Konrad, " Ja ich habe auch viel reingetan von dem Zeug ", nach dem Rauch vergub Bobby den Filter im Sand. Die drei waren high von Bruno's Spezialjoint, Konrad schmunzelte einen Schoenheitspreis bekomme er fuer das Ding nicht aber so einen guten Joint habe er schon lange nicht mehr geraucht "Gratulation Bruno". Das tat dem Koch aus Hameln natuerlich gut, waehrenddessen Bobby schnell noch einen Mini-Joint drehte, der dann vorne in seiner Hemdentasche verschwand, redete der Gratulant ein wenig dass sein Bauwerk eine Katastrophe war, aber Ende gut alles gut. Langsamen Schrittes setzte sich das Trio in Bewegung, alles war schoen war wunderbar, sie verliessen den Strand gingen zur Beachroad, ihr Ziel war das Churchill. Ja wie gesagt auf der Beachroad erschienen die Lichter bunt und glaenzend, huebsche braunhaeutige Maedels liefen umher, lachten unterhielten sich, aus fahrenden Autos schallte Musik, Touristen standen vor Souvenierstaenden beaeugten das Angebot, vor einem Spirituosenladen machte Bruno halt, im Schaufenter waren gut ueber ein Dutzend verschiedener Rumflaschen ausgestellt " Ah lauter guter Rum, da moechte ich jeden Rum einmal probieren!" " Du bist ja noch laenger hier, Du hast noch alle Zeit der Welt ", rief Konrad ihm zu. Ein junger Polizist schlank in blauroter Uniform mit schwarzem Lackguertel an dem ein Schlagstock herunterhing naeherte sich dem Schaufenster " Ah das ist Ronnie mein Freund ', sagte Bobby, er begruesste ihn herzlich, die beiden schienen sich zu kennen, redeten miteinander in der Landessprache,

Bobby stellte seine Begleiter dem Polizisten vor, dieser fragte freundlich" You like Jamaica? ", die zwei Deutschen nickten brav, er fragte weiter " Jamaica-Lady beautiful ? ", " Very beautiful ", rief Bruno selbstsicher. Und dann passierte das Unglaubliche, Bobby zog seinen kleinen gedrehten Joint aus dem Hemdentaeschchen, der Polizist verdrehte kurz die Augen, Bobby steckte den Joint zwischen die Lippen machte Anstalten mit dem Finger schnalzend, dass ihm der Bulle Feuer gebe, der fackelte nicht lange herum holte aus seiner Hosentasche eine Streichholzschachtel und zuendete Bobby's Joint an. Ja das schlaegt doch dem Fass den Boden aus, das haute Bruno fast um, da gibt ein Polizist auf der belebten Beachroad einem Mann fuer einen Marihuana-Joint Feuer, nicht in seinen kuehnsten Traeumen haette er sowas fuer moeglich gehalten, ja Paradies-Jamaica. " das muss ich gleich meinen Kumpels vom Stammtisch erzaehlen", schoss es ihm durch den Kopf" die werden die Ohren spitzen, ja super, Dr. Merk wird es auch erfahren, ob er mir das glaubt? ". Bobby inhalierte kraeftig, der Bulle zog mit seiner Nase den Duft ein, aber er machte selber keinen Zug, Bobby reichte das Ding gleich weiter an Bruno, der etwas verlegen vor dem Polizisten rauchte, gab schnell weiter an Konrad der nach seinem Zug Bobby das Ding in die Hand drueckte, dieser lachte, erzaehlte seinem Freund Ronnie, dass sie jetzt auf dem Weg seien zum Curchill, der Bulle hob zaehnefletschend seine Hand zum Gruss und die drei zogen weiter. " Unglaublich was hier alles moeglich ist ", murmelte Bruno den Kopf schuettelnd einen Polizisten fragen ob er Feuer fuer einen Joint hat, das ist wirklich cool.

Bobby meinte das man das auch nicht bei jedem Polizisten machen kann, aber Ronnie sei eben ein Freund von ihm, wenn er seine Polizistenuniform ausgezogen hat, dann raucht er auch, viele Leute rauchen hier wenn sie privat sind. Konrad gab auch seinen Senf dazu, naemlich das die Leute in Italien Spagetti und Pizza essen und Grappa trinken, in Frankreich trinken sie Rotwein, essen Pastete und leckeren Kaese, in Deutschland trinkt man Bier und isst eine Schweinshaxe und hier ist man eben Ackee und Saltfish, trinkt Rum und raucht Marihuana, andere Laender, andere Sitten. Bruno erzaehlte dass er morgen Ackee und Saltfish probieren werde mit Bobby zusammen, der nickte heftig. Und da kamen sie auch schon an beim Churchill, bestaunten gleich die vollmundige Fleischbeschau braunhaeutiger Maedchen vor dem Eingang auf der Strasse, die drei bezahlten ihren Eintritt, bekamen ihren Stempel auf den Handruecken gedrueckt und verschwanden im Inneren. Das Trio war natuerlich voellig high von den Joints, die bunten Scheinwerfer flatterten hin und her, der Tanzbeat kribbelte Bruno in seinen Knochen herum, er fuehlte sich wunderbar, eigentlich wunschlos gluecklich, die Disco war halbvoll oder halbleer wie man es eben sieht, viele schoene Maedels sassen herum abholbereit zum Mitnehmen. Die drei nahmen Platz an einem Tisch, jeder bestellte ein anderes Getraenk, Konrad ein Red-Stripe Bier, Bruno einen Zombie, Bobby ein Glas Rum-Cola. Bruno's Blick schweifte umher, schnaufte zu seinen Begleitern, vielleicht nehme er heute abend gleich zwei mit, der Larry in der Villa da oben, der hat auch Besuch von zwei Maedels bekommen

" Ah zwei auf einmal auch nicht schlecht", kraechzte Konrad " mit einer allein da kann man sich schnell einsam fuehlen". Gelaechter brach aus, die drei genossen den Zauber des Augenblicks, wieso er eigentlich immer so kraechze, wollte Bruno von Konrad wissen der klaerte ihn auf er musste als Lehrer die frechen Bengels so oft zur Ordnung rufen, so oft laut schreien, dass seine Stimme heiser wurde von dieser permanenten Ueberanstrengung, er koenne ja noch Saenger werden mit seiner Kratzstimme und Millionen machen quakte Bobby, die Getraenke kamen auf den Tisch man stiess an " Zum Wohle zum Wohle, Cheers Cheers !". Bald waren die drei von Maedels umringt , Bruno fragte Bobby, ob er denn keine mitnehmen will, dieser meinte er habe in Down Town in der Altstadt zwei Girls, zwei nette Exemplare, die er jederzeit besuchen kann wenn er will die reichen ihm vollkommen, dabei grinste er so breit als waere er der Playboychef Hugh Hefner aus Amerika persoenlich. Der Song "Exodus" von Bob Marley lief ploetzlich, Bruno rief dass er eigentlich ein Rock'n Roll und Bluesfan sei, aber diese Reggae-Muisk gefalle ihm immer besser, da erhoben sich die beiden Deutschen und schwebten auf die Tanzflaeche die Arme nach oben streckend, Konrad rief das sei das Fitnesscenter-Churchill hier, wie Motten um die Gluehbirne schwirrten einige Maedels um sie herum, laechelten und riefen " How are you, how are you", doch am Ende des Songs machten Bruno und Konrad nassgeschwitzt erst einmal Pause und setzten sich an ihren Tisch, bald musste Konrad fuer kleine Maedchen, als er sich vom Stuhl erhob, schwindelte er , fiel zurueck auf seinen Stuhl

er habe ein bisschen Kreislaufprobleme, kicherte Konrad " Weil Du zu wenig isst
" rief Bobby ihm zu, " Ja Du musst mehr Spinat essen, wie der Spinatmatrose
Pop Eye ", meinte Bruno scherzhaft. Konrad konterte dass er keinen Spinat mag,
noch nie schmeckte ihm dieses gruene Zeug, aber er werde sich heute noch ein
kleines Cocktail-Broetchen goennen " Aber nur ein Cocktail-Broetchen ", warf
Bruno ein, sonst bekomme er noch Blaehungen war Bobby's Befuerchtung. " Ja
ihr zwei seid lustig ", kraechzte Konrad " wenn ich mit jemand nicht albern sein
kann, der kann auch nicht mein Freund sein", beim zweiten Aufstehen klappte
es und Konrad schaffte es auf die Toilette. Bruno war inzwischen derart
tiefenentspannt, dass er seinen Plan aenderte, anstatt zwei Maedels nehme er
nur eine mit hoch in die Villa. Ein junges Maedchen nicht sehr gross in einem
braunen Lederkleidchen mit schwarzen Zoepfen warf ihm von der Tanzflaeche
aus einladende Blicke zu, ihr ausgefranztes Minikleid war bestickt mit kleinen
bunten Perlen, sie tanzte ein wenig herum, die Arme nach oben gestreckt, die
Hueften hin und her wippend, das Maedchen gefiel Bruno, die sehe ja aus wie
eine Indianerin, dachte er, eine Jamaicanerin im Indianer-Look, ja immer wieder
etwas Neues erleben hatte Horst gesagt, Bruno stand auf schwaenzelte laessig
zu ihr auf die Tanzflaeche, ihr Gesicht war eher hellbraun, ihre Augen glaenzten
lebendig, ein kleiner Smalltalk enstand, er erfuhr dass sie Sheila hiess, Sheila
guckte ihn froehlich an, am besten gefiel Bruno ihr " Ja ich will-Blick ", er fragte
sie, sie war bereit mit ihm spaeter die Nacht zu verbringen

er nahm das Maedel mit an den Tisch, erzaehlte dass er aus Deutschland komme und als Koch arbeite, ja sie kaeme aus Kingston. Eine neue Runde Getraenke wurde bestellt. Sheila waehlte Rum-Cola, Konrad nochmal ein Red-Stripe Bier, Bruno stieg auch um auf Rum-Cola, nicht noch ein neuer Zombie, er wuerde dann auf Sheila einschlafen, wuerde zu nichts mehr faehig sein, auch Bobby nahm noch ein Rum-Cola. Bruno fragte das Maedel direkt was sie haben wolle fuer eine Nacht, sie fluesterte ihm den Preis ins Ohr, er war einverstanden, fuer eine laengere Unterhaltung war die Musik zu laut. Der DJ legte " Nightfever " auf von den Bee Gees, da nahm Sheila ihn an der Hand zog ihn auf die Tanzflaeche Bobby und Konrad blieben sitzen, Bruno war schon heiss stellte sich vor spaeter ihren Koerper nackt zu sehen, doch Eile war nicht geboten, nach der Tanzeinlage unterhielten sich die drei miteinander die Insel zu erkunden, wenn auch Horst Bruno's Freund mit an Bord war und da war es Zeit als alle Getraenke ausgetrunken waren, bezahlte jeder fuer sich man verliess das Churchill, Konrad freute sich, dass er Bruno kennengelernt hatte, dies beruhte auf Gegenseitigkeit, Bobby der Entertainer war sowieso eine Frohnatur, sie verabredeten sich fuer morgen mittag um 12 Uhr, Treffpunkt das Cornwall Beach-Restaurant, danach bestiegen Bruno und Sheila ein Taxi liessen sich hochfahren in die Villa, Bobby und Konrad wanderten zu Fuss zurueck zum Cornwall Beach. Nur der Mondschein erhellte die Villa oben am Berg, leise schloss Bruno die Tuere auf, schnell verschwanden die zwei in seinem Zimmer, er umarmte das Maedel kuesste sie auf den Mund fluesterte seinen Standardspruch, diesmal " Sheila you are sexy Lady" diese grinste " Thank you " mehr sagte sie auch nicht gierig befreite er sie von ihrem Indianerkostuem, von ihrem blauen Slip, Sheila legte sich nun mit dem Ruecken breitbeinig aufs Bett liess ihn gewaehren, der war nun in seinem Element, schnaufend entkleidete er sich, voellig nackt mit halbgeschlossenen Augen spaehte sie Bruno an, dieser bestaunte ihren festen dunkelbraunen Koerper, legte sich ueber sie knetete mit beiden Haenden ihren Busen " Die ist auch vollmundig ", schoss ihm durchs Gehirn, fragte ob sie okay sei das Maedel nickte leicht, war sie kurz vorm Einschlafen oder nur megapassiv, es spielte keine Rolle, rasch fingerte er aus der Nachttischschublade ein Kondom, stuelpte es ueber seinen kleinen Freund der sich schon sehr freute auf seinen Einsatz bohrte langsam hin und her dem braunen Kaliber seine Genusswurzel in den kleinen Urwald hinein bis diese verschwand. Sheila hatte ihr Gesicht zur Seite gedreht, roechelte leicht ihm machte es Spass auf ihr zu reiten, doch die Joimt's und auch der Alkohol au weia, sein Herz pochte laut, als er dann abspritzte fuehlte er eine angenehme Befriedigung, das volle Kondom landete im Abfalleimer. Bruno spuerte in der naechsten Minute ist er weg, so war es dann auch, noch halb auf dem Maedel draufliegend, noch ihr eine gute Nacht wuenschend fiel er in einen Tiefschlaf. Die Sonne spitzte schon durch die blauen Vorhaenge hindurch als Bruno erwachte, sein Wecker zeigte kurz vor 11 Uhr, das Maedel lag breit neben ihm, da wurde er ganz spitz, fuhr mit seinen Fingern ueber ihre Scham die noch feucht war, kuesste ihre Brueste, da ploetzlich erwachte Sheila, guckte ihn grossaeugig an " Oh you want make Love one more time" " Yes I want one more time", da wurde das Maedel endgueltig wach, meinte " You sex me already onetime if you want sex one more, you have to pay me again ". " What ?" Bruno hatte richtig gehoert, noch nie hatte er bei einem Maedchen fuer die zweite Nummer nochmal neu bezahlen muessen, das gab er ihr auch zu verstehen in seinem Englisch, er fragte sie" Machen das alle Maedels hier auf der Insel beim zweitenmal extra Geld zu verlangen ? ", das wisse sie nicht was die anderen Maedels machen, sie grinste strich ihm mit ihrem Zeigefinger ueber seine Nasenspitze sagte cool bei ihr bei ihr muesse er eben fuer neuen Sex neu bezahlen , dabei streckte sie ihm ihr pralles Arschlein entgegen, eine kleine Spinne krabbelte ueber dem Bett an der Wand hoch,er dachte " Ja Spinne am Morgen bringt Kummer und Sorgen" er spuerte Lust auf ihren Hintereingang, schob seinen Mittelfinger zwischen ihre Arschbacken, sagte dass er sie neu bezahle, aber er moechte jetzt Backdoor. Das Maedel verstand sofort, ihre Augenbrauen nach oben ziehend " Backdoor no, only Frontdoor, only Pussy ". Backdoor, Frontdoor, only Pussy, das war zuviel fuer Bruno und das schon am Vormittag, das machte er dem Maedel deutlich, winkte ab, Sheila sah dass nichts mehr weiterging, sie huepfte aus dem Bett und verschwand in der Toilette sich abduschend. " Dieses Teil hier ist ja ziemlich resolut ", dachte der Koch aus Hameln, es machte ihm nicht viel aus, als Sheila angezogen war bekam sie ihren Lohn, noch ein bisschen Taxigeld dazu, in seiner kurzen schwarzen Sporthose begleitete er sie nach unten zur Haustuer, noch ein Kuesschen fuer ihn, das Taxi schenkte sie sich ging zu Fuss zur Beachroad hinunter. Im Erdgeschoss traf Bruno das Hausmaedchen Anna in ihrem blauen Kittel, sie war mit Schaufel und Besen bewaffnet, kehrte den Boden zusammen, niemand war zu sehn, sie gruesste Bruno freundlich mit einem Hello, dieser gruesste zurueck mit einem Thank you Im fine, dachte bei sich, welch apartes Geschoepf doch dieses junge Maedchen ist, da trat sie naeher an ihn heran, wischte ploetzlich auf den Knien vor ihm herum, erzaehlte dass sie heute ganz allein sei im Haus, denn Larry sei schon am fruehen Morgen nach Negril mit dem Bus gefahren, was denn Larry in Negril mache wollte Bruno wissen, oh er besuche da ein Maedchen eine Freundin kikste Anna, hielt sich verschaemt die Hand vor den Mund, Larry komme erst morgen mittag wieder zurueck nach Montego Bay, sie sass jetzt in der Hocke vor ihm, ihr blauer Kittel rutschte nach oben, sie spreizte die Beine leicht, wouh das war ein Anblick fuer Bruno, ihre braunen sexy Schenkel, ja er konnte einen Fetzen von ihrem weissen Slip sehen, das Maedel guckte nach oben zu ihm, mit Unschuldsmiene sagte sie leise fasste dabei mit ihrer Hand an sein Bein, sie wuerde sich schon um ihn kuemmern und auch Liebe mit ihm machen wenn er moechte, da erwachte augenblicklich sein kleiner Freund " Das ist ja ein Angebot " dachte Bruno und das schon am Vormittag, man soll ja nichts mit den Angestellten anfangen, aber man soll auch nichts anbrennen lassen. " Larry komme erst morgen zurueck ", hauchte die Kleine suess, mittlerweile hatte er einen vollen Steifen, wieviel sie denn wolle fuer die Liebe erkundigte er sich, fuhr dabei kraulend durch ihre halblangen glatten Haare was er ihr gebe sei okay, da nickte er laechelnd, irgendwann hatte er mal gelesen das Schoenste an einer Verfuehrung kann sein, wenn man ihr erliege, sein Laecheln war fuer Anna sein okay, sie fasste ihm zwischen die Beine, Bruno zog sie nach oben, verschwand mit ihr in einer Nische, kuesste ihre vollen Lippen da oeffnete Anna ihren breitgeschwungenen Mund und glitt nach unten, er wusste was sie wollte zog seine Sporthose herunter, holte seinen Kloeppel heraus und schob ihn in Anna's offenen Mund hinein, die jetzt vor ihm kniete das Maedel fing gleich an voll zu lutschen, nicht zu fest, nicht zu weich gerade richtig, Bruno dachte dass sie das gut kann, das hat sie bestimmt nicht zum erstenmal gemacht, mit der einen Hand hielt sie seinen Kloeppel mit der anderen kraulte sie seine Eier, dieser wurde immer geiler, sagte zu ihr auf englisch dass sie das gut mache, sie solle so weitermachen, ja er spornte sie an, sie lutschte mit vollem Eifer als ginge es um viel, Bruno fuehlte gleich sei er im Sex-Paradies, er keuchte " Ja Jamaica-Lady" und da passierte eine wunderbare Explosion unterhalb seines Bauchnabels, Anna schluckte alles hinunter, seine ganze Sahne. " Das war super ", dachte er, nicht so ein Ende wie mit der Telefonzellen-Lady, seine Knie zitterten, hob das Maedchen zu sich hoch, Anna fragte gleich ob es gut fuer ihn war, ja sehr gut war seine Antwort, werde jetzt gleich hoch in sein Zimmer gehen und ihr Geld bringen, auch sie war ausser Atem, ein leises okay kam ueber ihre Lippen, Anna machte sich ein wenig zurecht nahm wieder den Besen in die Hand, kehrte weiter den Boden als wenn nichts geschehen waere, mit Pudding in den Knien stapfte Bruno nach oben in sein Zimmer, kramte ein paar schoene Scheine zusammen, ging hinunter zu der huebschen Haushaltshilfe und gab ihr das Geld, eine lange Umarmung beiderseits folgte, das Maedchen meinte wenn Bruno moechte sie stehe immer zur Verfuegung, Larry wuerde nichts davon erfahren, das finde er sehr nett es war auch sehr schoen mit ihr, jetzt muesse er erstmal hinuntergehn zur Beachroad, dann spaeter seine Freunde treffen, doch er ging nochmals in sein Zimmer hoch, nahm eine zweite Dusche, dachte ja hier in Jamaica gefaellt es mir immer besser, bevor er sein Zimmer verliess fiel sein Blick auf die Postkarten in der Tuete, da nahm er sich noch die Zeit sie zu beschreiben an alle mit vielen Gruessen aus dem wunderschoenen Jamaica, dann wanderte er zu Fuss zur Beachroad hinunter, in einem Souveniergeschaeft kaufte er Briefmarken, ein Briefkasten war schnell gefunden dort schmiss er seine Postkarten hinein, so das war auch erledigt. Am Strand kamen ihm schon Bobby und Konrad entgegen der Jamaicaner rief, er hoffe Bruno habe Hunger, denn jetzt werde er beide einladen auf das jamaicanische Nationalgericht" Ackee und Saltfish", der Koch fragte Konrad ob er denn auch was esse, dieser nickte, ein klein bisschen schon, Bobby ging voran, man ueberquerte die Beachroad, neben einem Supermarkt fuehrte ein schmaler Feldweg ins gruene Dickicht hinein, schon bald stand da eine groessere Gruppe Einheimischer zusammen mit viereckigen Pappschachteln in den Haenden die mit Essen gefuellt waren, einige assen mit Gabeln, andere mit den Fingern auf einem langen Holztisch standen drei Riesenschuesseln, die eine gefuellt mit der gelb glaenzenden Ackee-Frucht, die andere mit kleinen braunen salzigen Fischen, die dritte war voll mit dicken Weisswurzeln, sahen aus wie Salzkartoffel. Die Jamaicaner standen in der Reihe, warteten bis eine korpulente Koechin ihre Pappschachteln fuellte, das Essen war hier sehr billig, Bobby uebernahm die Bezahlung, vorsichtig stocherte Bruno in der Nationalspeise herum, Konrad der eine Kinderportion in seiner Schachtel hatte spiesste auf eine Gabel ein paar salzige Fischlein fuehrte sie in den Mund, ein hungriger Vogel haette mehr genommen. Bobby langte kraeftig zu, ass mit Lust und Leidenschaft, er mampfte los dass das Essen den Koerper kraeftig mache, darum laufen auch hier viele lebendige Kleiderschraenke herum, fragte seine Begleiter ob es ihnen schmecke, hier gaebe es das beste Ackee und Saltfish von Montego Bay, beide nickten aber ihr Nicken war nicht ueberzeugend, man ass langsam Konrad fragte Bruno an was er gerade denke, dieser sah ihn an mit sehnsuechtigem Blick er denke an einen Cheeseburger mit Pommes und viel Majonaise, da lachten seine Mitesser. " Ja gewiss es schmeckt schon gut, aber es isst nicht mein Ding", meinte Bruno gab seine halbvolle Pappschachtel weiter an Bobby der alles genuesslich verzehrte, Konrad legte seine Schachtel beiseite streckte seine Arme in die Hoehe rief dass er jetzt ein Red-Stripe Bier brauche, ja die drei marschierten zurueck zum Beachrestaurant, dort bestellten alle ein Bier und Bruno einen Cheeseburger mit Pommes, bruehwarm erzaehlte er von Sheila dass sie heute morgen fuer die zweite Nummer neue Bezahlung forderte, eine Vereingung kam nicht mehr zustande. " Vielleicht ist das ein neues Geschaeftsmodell hier bei den Maedels", kraechzte Konrad, Bobby war aergerlich, das sei nicht nett, wenn er sie sehe werde er sie zur Rede stellen. " Ach lass sie in Ruhe Bobby das ist eben Sheila, das ist ihr Geschaeft ", sagte Bruno nachdruecklich. Sein Freund beruhigte sich wieder, verzog grinsend sein Gesicht, meinte die Jamaicaner machen hier alle was sie wollen, die brechen alle Regeln, ja sie brechen alle Regeln, er fuhr fort ob sie denn wuessten dass auf Jamaica mit die meisten unehelichen Kinder geboren werden ueberhaupt, wouh das wussten die beiden Deutschen nicht. " Gut dass ich schon in Sex-Rente bin ", liess Konrad wissen, "aber die Maedels wollen halt Kohle machen das ist schon okay ", das Erlebnis mit dem Hausmaedchen Anna behielt Bruno fuer sich, Konrad schlug vor wenn er mit seinem Cheeseburger fertig sei, dann koennten sie in seinem Bungalow einen kleinen Rauch geniessen, er haette da noch ein bisschen Gras fuer besondere Gelegenheiten. Dies wurde auch in die Tat umgesetzt, am Strand entlang spazierten die drei zu einem nahegelegenen Resort mit einigen Bungalows, einer davon war seiner, ganz in weiss huebsch gepflegt von aussen, doch in seinem Zimmer sah es eher schmuddelig aus, dazu ein Nebenraum mit Dusche und Toilette, Konrad bemerkte die Blicke der beiden, meinte trocken eine Ausstellung wolle er sowieso nicht machen hier, seine Gaeste nahmen auf einer rosa Plastikcouch Platz, die auch schon ihre besten Tage hinter sich hatte, der Hausherr grabschte aus einem Geheimversteck ein bisschen Marihuana nebst Tabak und Zigarettenplaettchen, das Aussergewoehnlichste in Konrads Zimmer waren die vielen leeren Red-Stripe Bierflaschen auf dem Boden in einer Ecke stehend. Konrad sagte zu Bobby er solle doch drei Biere aus dem Kuehlschrank holen, waehrend er selber genuesslich einen Joint drehte, dieser tat wie ihm geheissen, schrie auf als er den Kuehlschrank oeffnete, Konrad habe hier ein halbes Schinkensandwich liegen, er solle sich nicht zuviel zumuten, dieser entgegnete die andere Haelfte habe er schon zum Fruehstueck gegessen, schoen satt fuehle er sich, heute werde wahrscheinlich nichts mehr gegessen, sein Joint war fertig gedreht, er sah viel kunstvoller aus, als das schiefe Ungetuem von Bruno, er war auch nicht so stark doch mit dem Bier zusammen alles okay, die Joints von Bruno solle man besser nur nachts rauchen, feixte Bobby, denn nachher sei man platt, eigentlich zu nichts mehr faehig, die drei kicherten der Koch aus Hameln fasste dies als Kompliment auf, Konrad erzaehlte er fuehle sich hier ganz wohl in seinem Bungalow, oefters habe man ihm schon angeboten ein kleines Haeuschen in den Bergen zu kaufen oder ein Appartment, in den Bergen sei es ihm zu einsam, etliche Haeuser werden dort ueberfallen und ein Appartment kaufen-warum? Hier sei er direkt am Meer, der Preis ist okay, falls es ihm hier nicht mehr gefalle koenne er jederzeit weiterziehn. Dies sei die beste Einstellung stimmte ihm Bruno zu. Beinahe habe er es vergessen, meinte Bobby, heute abend finde im "Pier-One" eine Party statt, das "Pier-One" sei eigentlich ein altes Schiffsdeck ueberdacht und zu einer Disco umgebaut, viele huebsche Maedels tanzen dort oft die halbe Nacht lang, da spitzte Bruno die Ohren da moechte er hin, Bobby fuhr fort, es sei gar nicht weit weg von der Down Town in der sie ja beide waren, jeder Taxifahrer kenne das "Pier-One" einmal in der Woche sei das immer ein Treffpunkt fuer die Nachtschwaermer, fuer das sehen und gesehen werden, die Musik sei dort superfetzig, wahrscheinlich werde er spaeter nachkommen, vorher muesse er noch eine Freundin besuchen in Down Town, ploetzlich bemerkten die zwei das Konrad weggedoest war, doch bald oeffnete er wieder die Augen kraechzte alles" Alles klar, ja das " Pier One" vielleicht komme ich noch auf einen Sprung vorbei ". Da spuerte Bruno, dass ihm auch nach einem Nickerchen zumute war, liess wissen dass er sich jetzt in die Villa begebe, sich aufs Ohr lege um heute abend fit zu sein fuer das " Pier One". Er verabschiedete sich, verliess Konrads Bungalow und marschierte gut gelaunt und angeturnt im Sonnenschein zur Beachroad, dort angekommen ueberquerte er die Strasse, ploetzlich hielt ein alter blauer Amischlitten direkt vor ihm mit quietschenden Reifen das Verdeck herunter, zwei Maedels sassen hinten, ein Maedel sass vorne neben dem Fahrer, das waren lauter heisse Teile und sie trugen alle bunte Sonnenbrillen, der Fahrer ein junger drahtiger Typ ziemlich taetowiert mit Goldkettchen um den Hals rief Bruno zu" Hey Mister you want Lady, sexy Lady..", die Girls strahlten ihn an, setzten ihr Sonntagslaecheln auf, Bruno dachte gleich an die Worte von Bobby, wenn ein Auto vor Dir anhaelt voll mit Maedels mit einem Typ am Steuer-Vorsicht! Ihm fiel nichts anderes ein, er sagte zu dem Fahrer " No I not want Lady's..I like only Boy's". " Oh no ", ein Aufschrei kam aus dem Strassenkreuzer heraus

"Oh no Bloodcloud, Bombercloud" schrie der Fahrer zu Bruno, er gab Gas, der Schlitten heulte auf, weg war er. Er verstand nicht was der Typ ihm zugerufen hatte, aber Bobby werde es ihm schon sagen, nach dieser verrueckten Episode setzte der Urlauber seinen Weg fort, ging im Sonnenschein die Serpentinen hoch, in der Villa war niemand anzutreffen, keine Anna, kein Larry nach einer erfrischenden Dusche legte er sich aufs Bett, fuehlte sich wohlig, schlief bald ein. Es ist schon Nacht in Hameln, Bruno wacht kurz auf, seine Armbanduhr zeigt auf 10 Uhr abends, nimmt einen grossen Schluck aus der Wasserflasche die neben seinem Bett steht, freut sich dass er in seinem Traum noch einmal alles wieder erleben darf, seine Augen wollen gar nicht richtig aufgehn, er will sie gar nicht oeffnen, will gleich weitertraeumen wie denn alles in Jamaica weiterging, denkt an das " Pier One" entspannt sich voellig, es dauert nicht lange und Bruno ist wieder direkt im Geschehen in Jamaica. Er erwacht in der Villa, Dunkelheit umgibt ihn, wouh es ist schon kurz nach 9 Uhr, er hat voll durchgeschlafen, fuehlt sich frisch, ah das "Pier One", die Disco, schmeisst sich in Schale, lange schwarze Jeans, schwarze Turnschuhe, gruenes Safarihemd, guckt in den Spiegel, sein zwei Tage-Bart sieht nicht schlecht aus, unten im Erdgeschoss trifft er Larry, dieser schenkt ihm sein Piratenlaecheln, besorgt ihm ein Taxi, der Fahrer kennt natuerlich die Disco, die Fahrt dauert einge Zeit, ja Bruno in der Nacht allein unterwegs, dort angekommen das Taxi bezahlend schallt ihm gleich Musik entgegen und bunte Scheinwerfer zucken zun Himmel hoch, er erblickt ein groesseres Schiff das verankert ist an einem Pier, es ist ueberdacht, das Schiffsdeck ist ueberall mit farbigen Lampen und Lichtern bestueckt, der glatte Holzboden der Tanzflaeche erstrahlt in hellbrauner Farbe auf dem ein gemischtes Voelkchen zu Disco-Rythmen tanzt, ein DJ steuert seine Anlage ganz unscheinbar aus einer kleinen Nische heraus, ueber eine Eisenplatte gelangt man auf das Schiff, dort sitzt ein Typ mit einer Kasse, Bruno muss Eintritt bezahlen genau wie in der Churchill-Disco, mischt sich unter jung und alt, guckt herum es ist ziemlich voll hier erspaeht viele Auslaender und Einheimische, die Stimmung auf dem Schiff fuehlt sich lebendig an, er schlendert zu zwei grossen Tischen, dort gibts Getraenke, seine Wahl faellt auf ein Red-Stripe Bier, ausserdem steigt ihm der Duft von Barbecue in die Nase, neben den Getraenketischen wird fleissig gegrillt, seine Entscheidung faellt auf eine Haehnchenkeule, sie ist heiss schoen saftig, gleich vor dem Grill wird das Ding verschlungen, danach stapft er herum, keine Spur zu sehen von Bobby oder Konrad, wann Horst wohl kommt denkt er kurz, mit seinem Bier in der Hand setzt er sich auf einen Stuhl, mit einem guten Blick zur Tanzflaeche beobachtet die Maedels sich heiss zum Rythmus bewegend, das geht so eine Weile, nichts passiert, die Welt scheint still zu stehn, doch da auf einmal etwas passiert, ploetzlich erscheint ein aeusserst attraktives Maedchen in einem weissen Kleid, es war als wuerde die Sonne aufgehn, ja Sonne in der Nacht, sie erregt Aufsehen, Leute drehen sich nach ihr um, Bruno sperrt die Augen auf denkt" Wouh die schaut ja super aus und eine Ausstrahlung hat sie", guckt wie ein Oelgoetze, beobachtet das Maedchen, das sich direkt gegenueber von ihm an den Rand der Tanzflaeche stellt, in ihrer Hand haelt sie ein kleines weisses Lacktaeschchen das sie jetzt um die Schulter haengt, sie verschraenkt die Arme guckt den Leuten zu wie sie tanzen " Die sieht ja einmalig aus ", denkt Bruno, anscheinend eine Jamaicanerin, das ist das schoenste Maedchen das ich bis jetzt in meinem Urlaub gesehen habe, ja die waer mal was, die hat bestimmt einen reichen Typen, die hat viele Verehrer diese zierliche Figur, ihre halblang lockigen Haare sie steht da als wuerde sie auf jemand warten", es rumort in Bruno weiter dass das bestimmt ein Fotomodell sei, er nimmt einen Schluck Bier beobachtet die Szene, die Zeit vergeht, nichts passiert, diese Augenweide steht immer noch mit verschraenkten Armen da, es ist auch komisch dass kein Typ sie anspricht oder flirtet mit ihr, kein Bekannter kommt vorbei, niemand kommt. Bruno wird langsam unruhig, die Distanz zwischen ihr und ihm betraegt nicht mehr als fuenf Meter, ploetzlich denkt er, also mir gegenueber da steht eine wahre Schoenheit, voellig allein, voellig ohne Kontakt und ich glotze nur, wenn ich da jetzt nicht mache, dann bin ich wohl ein Trottel auf dieser Welt, aber wie macht man sowas, wie rede ich sie an, er guckt auf sein Red-Stripe Bier, da kommt ihm die erloesende Idee, einladen zu einem Bier oder sonstwas, er steht auf geht wie auf rohen Eiern ueber die Tanzflaeche, zwischen den Tanzenden hindurch langsam auf das Maedel zu, der doch schon erfahrene Krankenhauskoch spuert halbweiche Knie, hoert sein Herz pochen, fuehlt sich schuechtern als waere es das erstemal, dass er ein Maedchen anredet, ploetzlich steht er vor ihr mit dem Bier in der linken Hand guckt er sie an, denkt Mann, die ist ja noch viel schoener von der Naehe als von der Weite, diese grossen Augen, der breite Mund, die vollen Lippen, das ganze Drum und Dran an ihr, die ist wirklich die Spitze der Nahrungskette. Er nickt leicht mit dem Kopf, schnauft aufgeregt " Hello how are you my name is Bruno and I come from Germany", dabei faehrt seine rechte Hand nach oben, er markiert ein Flugzeug das dann wieder nach unten saust" nice to meet you". Sie ergreift laechelnd seine Hand " Nice to meet you", jetzt erblitzen ihre strahlend weissen Zaehne, ohne viel nachzudenken, sagt er spontan" You look very nice" " Thank you " ihr Haendchen vorsichtig zurueckziehend doch Bruno bleibt am Ball, fragt sie nach ihrem Namen " Doreen " erwidert sie mit suesser Stimme, Doreen sei ein schoener Name meint er suessholzraspelnd, sagt er wuerde ihr gerne einen Drink spendieren, ein Bier oder einen Cocktail, ja sie haette gerne ein Bier, er schnauft tief, die Kleine hat es ihm angetan, sie soll dort stehenbleiben wo sie jetzt steht, nicht weggehen, er komme gleich zurueck mit dem Bier, ein letzter Blick zu ihr, dann hastet er zu den Getraenketischen, nebenbei sein Bier austrinkend, denkt das ist ja unglaublich, jetzt lade ich hier das schoenste Maedel zum Bier ein, das ist ja geil, mal schaun wie das alles noch weitergeht, mit zwei Red-Stripe Bieren kommt er zurueck zu dem Maedel das immer noch am selben Platz steht, die beiden trinken ein " Cheers ", Bruno bemerkt wie Doreen auffallend mit ihrem Koerper zur Musik wippt, fragt gleich ob sie tanzen moechte, diese nickt freudig mit dem Kopf, sie scheint ein bisschen zurueckhaltend ein wenig scheu zu sein, das gefaellt dem Koch aus Hameln.

Und dann fangen die beiden an zu tanzen, das Maedel die Arme in die Hoehe
mit dem Becken leicht wippend und Bruno so aehnlich, ja nicht geplant es wird
ein richtiger Tanzmarathon der nur unterbrochen wird wenn er nach einer guten
Viertelstunde wieder zu den Getraenketischen marschiert, zwei neue Red-Stripe
Biere holt, Doreen erweist sich als trinkfest, sie trinken setzen die Flasche an
einem Tisch ab, tanzen weiter, die Zeit vergeht wie im Fluge, Bruno ist happy,
guckt seine Eroberung aufmerksam an die jetzt ihre Sandalen ausgezogen hat
und barfuss weitertanzt. Er spuert seine Fuesse kaum noch, denkt dass er nie in
seinem Leben so lange getanzt hat, der Schweiss rinnt den beiden uebers
Gesicht, aber der Mann aus Germany will nicht sagen " Doreen ich kann nicht
mehr ". Als er nun zum sechstenmal mit zwei Red-Stripe zurueckkommt ist
Schluss. Doreen sitzt auf einem Stuhl schwitzt keucht und lacht, hier das letzte
Red-Stripe Bier fuer sie, das sie jetzt trinken kann, erschoepft setzt sich Bruno,
meint fast zwei Stunden haetten sie getanzt. Sie begannen eine Unterhaltung,
Der Koch sagte ehrlich, er habe sich gewundert, dass ein so schoenes Maedchen
allein unterwegs war, ob sie denn einen Freund habe, das Maedel guckte zur
Seite, vorher habe sie einen gehabt, war mit ihm ueber ein Jahr zusammen,,
doch seit einem Monat wieder solo, mehr wollte sie auch nicht darueber sagen.
Bruno fing an zu erzaehlen, doch vorher machte er ihr noch ein ernstgemeintes
Kompliment, dass sie fuer ihn heute abend das schoenste Maedchen im" Pier-
One " ist, ein verlegenes Grinsen entsprang ihrem breiten Mund, nachdem
Bruno preisgegeben hatte, er sei Koch in einem Krankenhaus

und hier im Urlaub warte er noch auf seinen Freund Horst der ihm ja geraten hatte nach Jamaica zu fliegen war Doreen an der Reihe, er ehrfuhr dass sie 21 Jahre jung sei, seit sechs Monaten in einer Fabrik arbeite die T-Shirts herstellt und das fuenf Wochentage lang, es stellte sich heraus, sie war ein ganz einfaches Maedel, gar nicht prominent oder bekannt, nur wunderschoen und solo. Bruno meinte mit ihrem Aussehen, ihrer tollen Figur, sie war so gross wie er, da koennte sie doch spielend leicht als Fotomodell arbeiten, sie warf ihren Kopf nach hinten lachte laut mit angenehm knarzender Stimme rief sie das waere hier nicht so leicht auf Jamaica, niemand haette sie bisher darauf angesprochen. Das Thema wurde gewechselt, Bruno liess sie wissen, dass er hier auf Motego Bay hoch oben auf dem Berg in einer Villa wohne, es brannte ihm nur noch eine Frage auf der Zunge, fasste das Maedel an der Hand, raeusperte sich und sagte " Doreen you come with me tonight? " Da oeffnete sie ihre Lippen, ihre Augen guckten ihn gross an, aus ihrem breiten Mund kam leise "Tonight I go with you everywhere ". Ah da war Bruno froh, ganz ueberwaeltigt das aus ihrem Mund zu hoeren, trotz seines Alkoholkonsums schwoll sein kleiner Freund an, der sich auch ueber diese Nachricht freute. Die beiden machten sich auf das " Pier-One " zu verlassen, das Essen, das Bier alles bezahlt, doch halt die Minibar in seinem Zimmer war zwar gefuellt, doch zur Sicherheit liess er sich noch an den Getraenketischen zwei Red-Stripe in eine Tuete packen, er fuehlte sich wohl dachte da verlasse ich die Disco hier mit dieser schoenen Jamaicanerin, fahr mit ihr hoch in die Villa, sehe sie bald nackt   , dann schlafe ich mit ihr o Gott, das sind ja schoene Aussichten ja Bruno im Paradies angelangt. Im Taxi sassen beide hinten, er zog Doreen sanft zu sich, kuesste ihren Hals, ein kurzer Kuss auf seinen Mund folgte, sie fragte nicht nach Geld, dieses Thema wurde nicht erwaehnt, der Koch hatte Feuer gefangen, sich vergafft in das Maedel, sie war ja so begehrenswert wouh! Die Taxifahrt verlief schnell, bald standen sie oben vor der dunklen Villa, nur ein paar funkelnde Sterne erhellten die Nacht, das Maedel war beeindruckt, ein netter Platz hier zu leben, meinte sie ihr huebsches Koepfchen nickend, Bruno stellte die Tuete mit den Bieren auf den Boden, umarmte Doreen fluesterte charmant wenn sie hier ist dann ist der Platz hier noch schoener, sie kuessten sich zaertlich, darauf packte er wieder die Tuete mit den Bieren, kramte nach seinem Schluessel, oeffnete die Tuer, die beiden huschten hinein nach oben in sein Zimmer, er stellte die Tuete ab, knipste die Nachttischlampe an, er war heiss, grottenscharf auf Doreen, umarmte sie hauchte in ihr Ohr, dass er mit ihr schlafen moechte, das habe sie sich schon gedacht meinte sie grinsend, schlug ihre Arme um ihn, er hoerte ein leises okay. Jetzt gab es kein Halten mehr, nicht von ihm, nicht von ihr, die Leidenschaft flammte, schnaufend entkleideten sich die beiden gegenseitig im Rekordtempo. Da stand sie nun vor ihm in nackter Pracht, ihre braunen festen Titten ein Gedicht, am liebsten haette er gleich hineingebissen, ihr schwarz dezentes Dreieck war so anziehend, er beguckte ihre heissen Beine, sein Schwanz wurde immer steifer, das Maedel umfasste ihn behutsam, beide bewegten sich hinzu aufs Bett, Doreen legte sich auf den Ruecken , spreizte ihre Beine, sagte leise fuer ihn kein Problem, sie habe eine Drei-Monatsspritze, ah wieder eine gute Nachricht fuer ihn. Er legte sich vorsichtig auf das Maedel, ihre Scham war feucht, da schob er vollgeil seinen Schwanz in sie hinein, Doreen stoehnte kurz auf, doch dann schob sie ihr Becken hoch und nieder, machte voll mit. Bruno fuehlte sich wie im siebten Himmel, der Alkohol half ihm nicht gleich zu kommen, es ein bisschen hinaus zu zoegern, nuechtern haette er vor lauter Geilheit schnell abgespritzt, auch verbalmaessig war er voll unterwegs mit seinem sonoren Bettgefluester, dass es sehr schoen ist mit ihr zu schlafen, er langte kraeftig zu, kuesste sie inbruenstig, drueckte ihre Titten lutschte gleichzeitig an ihnen, auch Doreen genoss das Zusammensein mit ihm, ihr Becken arbeitete auf Hochtouren, sein Schwanz verspuerte Hochgenuss, eine ueberaus angenehme Feuerlawine machte sich da Platz unter seinem Bauchnabel die immer heisser wurde, ein starker Orgasmus kuendigte sich an, da passierte es, Bruno schrie auf vor Lust, sein Schwanz flutete los, Doreen krallte ihre Fingernaegel fest in seine Ruecken, fuer einen Augenblick spuerten die beiden das Paradies. Sie hielten sich noch umschlungen, er kuesste ihren Mund sagte dass es wunderschoen war, sein Ohr hoerten dieselben Worte von ihr. Mit letzter Kraft taumelten sie aus dem Bett, beinahe waeren sie unter der Dusche eingeschlafen, doch man schaffte es noch zurueck aufs weisse Laken, Doreen fielen die Augen zu, er gab ihr noch einen dicken Kuss, sie hauchte morgen habe sie arbeitsmaessig frei, Bruno sagte er habe morgen auch arbeitsmaessig frei, dann verschwanden die beiden im Reich der Traeume. Bruno erwachte als erster gegen ein Uhr mittags, da lag dieses tolle Maedel neben ihm, verspielt strich er mit den Fingern ueber ihre glatte braune Haut, fuhr ueber diese makellosen Schenkel und Beine, seine Nase roch an ihrem Hals, sie duftete ferment suesslich. Er fuehlte etwas fuer dieses Maedchen das weit ueber die Sexualitaet hinausging, hatte dasselbe liebliche Gefuehl, das er bei seiner ersten Liebschaft spuerte, ja bei der Kellnerin Ilse im Gasthaus in Hameln, als er dort in der Kueche arbeitete, daraus wurde bekanntlich nichts, Ilse suchte das Weite mit Charly der einen roten Sportwagen fuhr, eine Idee kam, er werde Doreen fragen ob sie denn nicht bei ihm bleiben moechte, seinen ganzen Urlaub lang, Geld hatte er genug dabei, ihr sexy Koerper erregte ihn so, dass sein Kloeppel immer haerter wurde, da schlug das Maedel die Augen auf" Good Morning" hallte es aus seinem Mund, er verwoehnte sie gleich mit zuckersuessem Gerede, sie sehe einfach hinreissend aus und dass er jetzt nur noch einen Gedanken habe, da blitzten ihre weissen Zaehne auf, sie antwortete man muesse kein Hellseher sein um jetzt seinen Gedanken zu erraten, sie umarmte ihn und Bruno liebte Doreen in der Missionarsstellung zaertlich und leidenschaftlich, danach schuettete er ihr sein Herz aus, dass er sie gerne mag, sie solle doch seinen ganzen Urlaub bei ihm bleiben und hier in der Villa wohnen, er komme auf fuer Speis und Trank, zusaetzlich bekomme sie am Ende noch eine schoene Geldsumme von ihm. Sie guckte ihn uberrascht an als wuerde sie ueberlegen, was gab es da noch zu ueberlegen? Da umarmte sie ihn laechelnd sagte "Yes I want", aber erst muesse sie das mit ihrer Arbeit regeln, ob sie solange Urlaub bekaeme, ein paar Klamotten koennte sie spaeter aus ihrem Zimmer holen, sie erzaehlte ihm, dass sie noch einen fuenf Jahre aelteren Bruder habe, der mit ihrer Mutter auf dem Land lebe, ihr Vater sei vor ein paar Jahren gestorben, er nahm das alles zur Kenntnis, sprach sein Beileid fuer den Tod des Vaters aus und sprach auch gleich eine Essenseinladung aus fuer das Cornwall-Beachrestaurant am Strand, sie wuerde dort seine Freunde kennenlernen, gesagt, getan. Larry den sie unten im Erdgeschoss trafen, rief ihnen schnell ein Taxi, er bestaunte das Maedel in ihrem weissen Kleid, seine Augen glotzten, sein Mund oeffnete sich voll Bewunderung, als haette er ueberraschenderweise etwas entdeckt, vielleicht einen Goldschatz auf einer einsamen Insel, Larry sprach kurz mit Doreen auf jamaicanisch, das Taxi kam bald, er wuenschte den beiden noch einen schoenen Tag zusammen. Im Taxi fragte Bruno was sie denn mit Larry geredet habe, er habe gefragt wo ihr zuhause sei, er hoerte dass sie hier in Montego Bay arbeite, sie waere viel zu huebsch um in einer Fabrik zu arbeiten, war sein Kommentar " Das denk ich auch ", hakte Bruno ein. Und dass Du ein netter Kerl bist ", hat Larry gesagt. Endlich war es soweit, auf dem Weg zum Restaurant, sie gingen Hand in Hand, war Bruno natuerlich stolz mit Doreen mit seiner Premiumbeute der letzten Nacht hier aufzukreuzen. " Das ist aber ein huebscher Kaefer ", kraechzte Konrad los, der mit Bobby zusammen am Tisch sass, als er Bruno mit seinem heissen Teil erblickte, " Das ist der huebscheste Kaefer ueberhaupt", rief Bruno " Respekt, Respekt, what a beautiful Lady", polterte Bobby sichtlich beeindruckt, eine kurze Vorstellung erfolgte, das Paerchen nahm Platz am Tisch, Bobby sprach gleich mit ihr auf jamaicanisch,

Konrad meinte, dass er da einen schillernden Fisch an Land gezogen habe, murrte geheimnisvoll, da gaebe es noch eine Ueberraschung fuer ihn, da sitze jemand im Liegestuhl am Strand schon seit einer Stunde, er denke es sei sein Freund aus Deutschland, " Oh das muss Horst sein ", rief Bruno, sagte zu Doreen, er schaue mal kurz nach seinem Freund, sie koenne bestellen was sie moechte, nur keinen Champagner fuer viele hundert US-Dollar, sie lachte, meinte auf Kaviar wird auch verzichtet. Bruno entdeckte seinen Freund unter einem Sonnenschirm sitzend mit nacktem Oberkoerper und schwarzer Sonnenbrille, von hinten hielt er ihm die Augen zu, wie damals Horst ihm auf der Sonneninsel die Augen zuhielt in der Bar. Dieser wusste sofort das kann nur sein Freund sein, rief gleich " Hey Bruno alles okay bei Dir, na war mein Tip wieder gut hier nach Jamaica zu fliegen? " "Ja wunderbar "! Der Ankoemmling stand auf, die beiden umarmten sich. Horst der ja aussieht wie der Kommisar Schimansky erzaehlte er sitze schon eine Weile da " Deine Bekannten im Restaurant haben gemeint Du wirst hier bald auftauchen ". Und Bruno sprudelte los sein Tip war Gold wert, ein neues Paradies lerne er kennen, er wohne in einer Villa hoch oben am Berg, dort sei auch noch Platz fuer ihn, man muss hier ein bisschen mehr auf sich aufpassen als auf der Sonneninsel in Thailand, dafuer ist Jamaica-vollmundig! Die Frauen sind hier vollmundig kraeftig, der Rum ist stark vollmundig, das Gras auch, das Klima sei heiss, schwuelstig vollmundig, abgefallene Blaetter von Baeumen sind riesengross, sogar ein Blatt hier ist vollmundig, gestern Nacht haette er das schoenste Maedchen der Insel erobert schwaermte Bruno, und die sei auch vollmundig.

" Die muss ich sofort sehen", rief Horst in seiner kurzen schwarzen Sporthose, " Die wird jetzt bei mir einziehen " fuegte sein Freund stolz hinzu. Horst meinte das wird ja immer besser, er packte seine Reisetasche und die beiden stapften zurueck zum Restaurant. Wie denn seine Geschaefte gelaufen sind, fragte der Koch aus Hameln seinen Freund. " Gut , sogar sehr gut, ja meine Geschaefte waren diesmal auch vollmundig, oh beinahe haette ich es vergessen, ich habe noch eine Ueberraschung parat fuer Dich mein Freund in den letzten Urlaubstagen, aber mehr verrate ich nicht, aber diese Ueberraschung wird Dich endgueltig auf eine Wohlfuehlwolke des Gluecks befoerdern". " Das klingt aber hochgestochen, aber ich lasse mich gerne ueberraschen, wenn die Ueberraschung so toll ist wie deine Tips dann ist wirklich der Baer los. Am Tisch der Freunde angekommen gab es erst einmal eine gegenseitige Vorstellung, man nahm Platz. " Ja die wuerde mir auch gefallen ", witzelte Horst zu seinem Freund, als er Doreen erblickte. Was Horst denn so arbeite in Germany, fragte ihn Bobby neugierig. Horst antwortete trocken, er kaufe und verkaufe, was er denn kaufe und verkaufe, wollte Konrad wissen, "Alles moegliche ", sagte dieser " alles was Geld bringt", mehr verriet er nicht, und weil die Geschaefte so gut liefen moechte er Bruno und seine Freunde alle zum Essen einladen, da liess man ihn kurz hochleben mit einem " Ja Mann " und einem " Thank you very much ". Horst war wieder einmal spendierfreudig, wie damals im Reggae-Pub auf der Paradiesinsel als er all die Maedels und ihn in die No-Problem Bungalows eingeladen hatte, die es am Ende gar nicht gab und trotzdem wurde es fuer alle Anwesenden eine unvergessliche Nacht, Doreen hoerte zu, laechelte leicht verlegen. Bobby outete sich als Saenger, Entertainer und Touristenbetreuer, Konrad stellte er vor als seinen Freund, der hier lebe, gerne Bier trinkt aber wenig isst. " Hast Du denn heute schon was gegessen ", fragte Bruno Konrad, dieser verneinte, aber er haette vorgehabt am Spaetnachmittag ein Cocktailbroetchen zu sich zu nehmen, aber jetzt kaeme ja die Einladung von Horst dazwischen, der guckte Konrad mit einem Kommisarblick an, er erinnere ihn an jemand " Ja, ja " rief sein Freund, "aber da musst Du selber draufkommen an wen" Horst tat sich schwer, Bobby half ihm ob er Pop-Eye, die Comic-Figur kenne, da fiel der Groschen bei ihm, " Ja der Spinatmatrose richtig, der Pop-Eye, Mensch Konrad koennte ja als Doppelgaenger auftreten ". Ein Kellner tauchte auf, man einigte sich knallhart auf fuenfmal Rumpsteak mit Pommes und Salat, dazu fuenf Red-Stripe Biere. Ob Horst schon weiss wo er wohne, fragte Bobby, der mit den Spendierhosen an antwortete er werde mal die Villa von Bruno unter die Lupe nehmen, dieser gab zum Besten das war Bobby's guter Tip. Nun unterhielt sich der Entertainer und Animator mit dem Maedel auf jamaicanisch, Konrad plauderte mit Horst und Bruno fuehlte sich einfach wohl im Paradies Jamaica. das Bier kam auf den Tisch, ein Grund zum Anstossen auf einen guten Urlaub der beiden Deutschen. Doreen musste mal fuer kleine Maedchen, da erzaehlte Bruno die Sache mit den heissen Maedels im Strassenkreuzer an der Beachroad, der Fahrer bot ihm an " You want Lady ", als er ihm dann zurief dass er nur Boys mag, schrie ihm der Typ zu " Bloodcloud, Bombercloud" sei das ein Schimpfwort oder was.

Bobby runzelte die Stirn, meinte das sei hier ein wuester Fluch auf Jamaica, das duerfe er zu niemandem sagen , das koennte lebensgefaehrlich sein, so hat halt jedes Volk seine eigenen Flueche. Horst war ueberrascht dass Bobby so gut deutsch sprach, sagte in Deutschland fluche man " So eine Scheisse, oder Drecksau oder so ein Arschloch" Konrad kraechzte dass die Amerikaner fluchen " Fuck you, what the fuck oder son of a bitch ", Bruno gab auch seinen Senf dazu die Hollaender fluchen " Goodverdomme ", aber die Bayern fluchen auch " Kruzefix ", da lachten alle, fluchen sei ja keine Suende rief Horst " Ja manchmal tut es gut", schallte Bobby " es ist eine Befreiung von einem Aerger die Jamaicaner fluchen eben ", da fielen ihm die drei Deutschen ins Wort, wiederholten einfach laut " Bloodcloud, Bombercloud ". In diesem Moment kamen zwei Kellner mit den Rumpsteaks und den Beilagen an den Tisch, sie erschraken als sie die Auslaender auf jamaicanisch fluchen hoerten, es war peinlich, ein Kellner zitterte guckte verstoert, doch Bobby klaerte die Situation, da waren die Kellner aber erleichtert und Doreen kam auch zurueck an den Tisch.Konrad gackerte wie ein aufgescheuchtes Huhn das Rumpsteak waere ja viel zu viel fuer ihn, so ein grosses Stueck Fleisch" Jetzt iss mal soviel Du kannst, den Rest essen wir dann ", wetterte Horst, vorsichtig schob er einen Pommes in den Mund, nahm sofort einen grossen Schluck Bier danach, der Rest der Truppe liess sich die Steaks schmecken. Nach dem Essen meinte Doreen sie wolle jetzt erst einmal nach Hause zu sich, die Kleider wechseln, ein paar Sachen einpacken und dann gegen Abend hochkommen zu ihm in die Villa. Bruno fragte ob sie sicher kommen wuerde,

" Sicher ", war ihre Antwort, er grinste wie ein Honigkuchenpferd, gab ihr Taxigeld und ein Kuesschen, das Maedel winkte Goodby zu den Anwesenden und verschwand. Konrad schaffte tatsaechlich ein halbes Steak, an den Beilagen verging er sich nicht, Bobby guckte auf sein Essen, da schob Konrad ihm den Teller hin, der Jamaicaner liess es sich schmecken. Horst bezahlte anschliessend die Rechnung, das vierblaettrige Kleeblatt verabredete sich sogleich fuer heute abend um 7 Uhr im Beachrestaurant. Bruno und Horst gingen zurueck zur Beachroad nahmen dort ein Taxi, fuhren die Serpentinen hoch. " Das ist aber eine schoene Villa, Donnerwetter ", rief Horst " Ja die ist auch vollmundig ". meinte Bruno., das Taxi fuhr ab, er oeffnete die Tuer, da war Anna das huebsche Maedchen in ihrem blauen Kittel zu sehen, sich gerade ueber einen Tisch beugend mit einem Lappen in der Hand, ihr suesses Hinterteil den beiden entgegenstreckend. Horst bekam grosse Augen, das Maedel drehte sich um, rief " Hello ". " Hello "echote Bruno zurueck. " Die sieht ja geil aus ", wisperte Horst, von der hast Du mir gar nichts erzaehlt ". Sein Freund wisperte zurueck, er habe ihm einiges noch nicht erzaehlt, was er hier schon alles erlebt habe auf der Insel. Anna wippte laessig auf die beiden zu, berichtete dass Larry aufs Land gefahren sei, erst morgen mittag wieder komme.Sie guckte Bruno an, dann folgte ein langer offener Blick zu Horst laechelnd, der auch aufgeregt zurueucklaechelte, sein Freund machte die beiden bekannt, von Anfang an spuerte er dass da was war zwischen Horst und Anna, in ihren Gesichtern spiegelte sich eine Art Zuneigung, ein Interesse fuer den anderen, leider musste Bruno dazwischenfahren, diesen optischen Flirt beenden,

Anna mitteilen dass sein Freund das andere Zimmer bei ihm oben mieten will, sie war darueber erfreut, sogleich gingen alle drei nach oben, das Maedel zeigte Horst das Zimmer, das sich gegenueber befand von Bruno's Zimmer, sie sagte mit der Bezahlung soll morgen alles mit Larry klar gemacht werden, der Schimansky inspizierte sein neues Zuhause, es gefiel ihm, aber noch mehr gefiel ihm das Putzmaedchen Anna, die ihm noch einen moegenden Blick zuwarf, dann nach unten verschwand. Nachdem er seine Reisetasche ausgepackt hatte, besuchte er Bruno in seinem Zimmer, der holte aus der Minibar zwei Biere, oeffnte sie -zum Wohle! Horst fiel gleich mit der Tuer ins Haus diese Anna gefalle ihm sehr gut, sie sei genau seine Kragenweite, ob er denn mit ihr schon was gehabt habe, sein Freund meinte sie seien sich einmal naehergekommen- Blaskonzertmaessig-, da erzaehlte ihm Bruno alles, das Maedel sei wirklich okay, aber er habe jetzt Doreen und die bleibe bei ihm seine ganze Urlaubszeit, er denke wenn er will kann er Anna haben, ja einfach ran an den Speck. Ja ran an den Speck, das verstand Horst, der schnelle Bube gut, wo auch jetzt dieser Larry der Boss hier auf dem Land sei, das waere eine gute Gelegenheit. Es klopfte an der Tuer, Bruno oeffnete es war Anna die da stand mit weissen Handtuechern in der Hand. " Oh sorry Mr. Bruno " sagte sie leicht verlegen, sie haette da frische Waesche fuer Mr. Horst, dem kam sie gerade recht, er rief " Oh thank you very much okay ", " Aber jetzt auf sie mit Gebruell ",fluesterte ihm sein Freund zu. " Aber sicher doch". Und Horst verschwand mit dem Putzmaedchen in seinem Zimmer. Bruno legte sich aufs Bett, trank sein Bier, starrte an die Decke, an die Decke hochstarren, darin ist er Weltmeister, seine Gedanken kreisten herum, jetzt ist Horst auch da, wohnt gleich bei mir in der Villa, hat sich sofort vergafft in die huebsche Anna, die er jetzt wahrscheinlich in seinem Zimmer begluecken wird, ja das geht schnell hier im Paradies Jamaica. Seine Gedanken schweiften zu Doreen, die spaeter zu ihm kommen wird, ihr betoerendes Laecheln, ihr unfehlbarer nackter Koerper, er schloss die Augen schlief ein. Es war schon Nacht in Hameln als Bruno erwachte, der Wecker zeigte auf 1 Uhr morgens, sein Magen knurrte, er stand auf ging zum Kuehlschrank, ah-da war noch leckere Leberwurst da, ein Brot wurde gestrichen mit viel Butter und noch mehr Leberwurst, danach legte er sich wieder ins Bett, verspeiste dort das volle Brot mit Hochgenuss, nach einem Schluck aus der Wasserflasche war es Zeit weiter zu traeumen und es sollten noch unglaubliche Dinge in seinem Urlaub passieren. Ein Klopfen an der Tuer riss Bruno aus seinem angenehmen Daemmerschlaf, er oeffnete die Tuer. Horst trat ein mit einem fetten Grinsen im Gesicht, setzte sich triumphierend aufs Bett, sein Freund fragte wie es denn war mit Anna, umwerfend prahlte Horst, ja diese Anna sei ein richtiger Schatz und sehr sexy, die war ausgehungert, aber ich hab's ihr gegeben, so richtig schoen das hat ihr gefallen, jetzt ist sie wieder unten und arbeitet weiter, Geld hat sie auch schon bekommen." Und wie die mich angelacht und sich fest an mich gedrueckt hat, ja die gibt mir das Gefuehl angekommen zu sein-frauenmaessig-verstehst Du Bruno, als muesste ich keine andere Frau mehr suchen hier und das schon am ersten Urlaubstag ". " Du hast Dich vergafft Horst in Anna", stellte sein Freund nuechtern fest.

" Ja das ist der richtige Ausdruck, am liebsten sie waere laenger bei mir". " Hoer mal, das ist doch kein Problem, morgen mittag kommt Larry zurueck, der Villaboss, Du kannst ihn doch fragen ob Du die Anna nicht ausloesen kannst zum Beispiel fuer eine Woche, so wie man in einer Bar ein Maedchen ausloest, natuerlich muss der Preis stimmen ". " Natuerlich der Preis muss stimmen ".Aber wenn Du schon so einen Tiefgang hast mit dem Maedel ", Horst meinte das sei eine gute Idee, morgen werde er gleich mit diesem Larry sprechen. Ein Klopfen an der Tuer " Hi hello, its Doreen ". Horst scherzte, Bruno's Supermodell sei angekommen, dieser oeffnete die Tuer, da stand sie mit einer leichten Reisetasche voller Klamotten, schoen wie die Suende, stand da in hellblauer Jeans, gruenem T-Shirt alles hauteng am Koerper, ihr Gesicht glaenzte frisch wie sexy sie aussah, am liebsten haette Bruno gleich den Reissverschluss ihrer Jeans heruntergezogen, aber das war im Moment nicht moeglich, stattdessen umarmte er sie " Oh my darling you look wonderful ". Doreen trat ein, legte ihre Tasche ab, sie begruesste Horst, fragte Bruno was denn heute noch so geplant sei, der meinte am Abend ein gemeinsames Treffen im Beachrestaurant, dann werde man weitersehn, vielleicht moechte Horst spaeter noch ins Churchill gehen. Doreen rief " Oh Churchill, many Lady's for Horst and Bruno", dieser zog sie an sich und gurrte dass er schon Lady habe, dabei zwickte er sie in den Po, Doreen kreischte auf. Da sprang Horst, der schnelle Bube hoch vom Bett, gerade sei ihm eine tolle Idee gekommen, er moechte heute abend Anna mitnehmen, sie zum Essen einladen wenn sie will.

Dieser Gedankenblitz ueberzeugte, das Maedel waere bestimmt froh, mal aus ihrer Putzwelt herauszukommen, eine luxurioese Umgebung gefalle ihr bestimmt. Das leuchtete Horst ein, er verabschiedete sich um gleich eine Einladung fuer heute abend auszusprechen. Bruno auf dem Bett liegend beobachtete Doreen wie sie ihre Sachen im Kleiderschrank verstaute, guckte auf die Uhr, kurz vor sechs, die Zeit verflog, noch ein Quickie mit Doreen, nein das muss nicht sein, Zeit war genug vorhanden mit ihr, ob sie duschen will jetzt mit ihm fragte er, guckte das Maedel dabei lecker an, Doreen meinte sie habe schon geduscht und er haette sie gerade mit seinen Augen ausgezogen, lachte, wahrscheinlich denke Bruno nur an eines. Der Koch aus Hameln erhob sich langsam aus den Laken, rief dem Maedel zu dass er im Urlaub sei und im Urlaub sollte man nur das tun wozu man Lust hat, verschwand dann unter die Dusche. Ein schwarzes Pepita-Minikleid mit weissen Puenktchen erblickte er spaeter an Doreen, toll sah sie aus in diesem Kleidchen, dazu rot geschminkte Lippen und braune lange Beine-umwerfend. Es war Horst der an die Tuer klopfte und happy erzaehlte, dass Anna heute mitkommt ins Beachrestaurant, ein Taxi kaeme gegen 7 Uhr. " Perfekt " rief Bruno, ja die Karten waren gemischt, man machte sich schick fuer den Abend, er schluepfte in eine schwarze Jeans und stuelpte ein hellgruenes T-Shirt ueber mit einem Kopf von Bob Marley auf der Vorderseite, vor dem Spiegel stand Doreen, frischte nochmal ihr Make-up auf bis zu ihrer Zufriedenheit, sie sah aus wie eine farbige Prinzessin. Bald hupte das Taxi, Horst entschied sich fuer ein Schimansky-Outfit, blaue Jeans, graulaessiges Safarihemd

Anna fesch in einem lila Jeansroeckchen und gelber Bluse, sie sperrte die Villa zu, das Taxi fuhr los. Als die zwei Paerchen im Beachrestaurant ankamen waren sie erstaunt, die Tische festlich gedeckt mit weissen Tischtuechern und bunten Servetten, ein reichhaltiges Bueffett war aufgebaut, das Restaurant im Freien war gut besucht, Bobby und Konrad sassen an einem Tisch zusammen, tranken Red-Stripe-Bier, Grillduft stieg den Ankoemmlingen in die Nase, Horst stellte seine Eroberung vor, meinte sie sei die gute Fee der Villa, auch eine huebsche Fee ulkte Konrad, nach der Begruessung meinte Bobby er habe doch tatsaechlich vergessen zu erzaehlen, dass es heute ein Bueffett-Angebot gebe plus Barbecue, das gaebe es nur einmal in der Woche, er erkundigte sich ob denn Bruno und die anderen hierbleiben oder woanders hingehn wollen, woanders essen. Die beiden Deutschen beratschlagten sich kurz, wenn schon hier lauter Koestlichkeiten aufgebaut sind, dann koennen sie auch hierbleiben, meinte Horst, die Maedels nickten zustimmend, man schob zwei Tische zusammen, nahm Platz, ein Kellner kam vorbei, Bobby bestellte viermal Bueffett, fuer den Spinatmatrosen eine Spargelsuppe mit Cocktailbroetchen, fuer ihn selber einen Cheeseburger mit Pommes, zum Trinken Bier fuer alle. Horst sagte zu Konrad er koenne ja eine Menge Geld zusammensparen, wenn er fast nichts esse, zudem auch noch in Sexrente sei, das stimme schon erwiderte dieser, aber die vielen Bierchen und der gute Rauch, das koste auch Geld. Bruno spuerte ganz deutlich heute abend sei er dran, tat kund dass heute alles auf seine Rechnung gehe, da kam Freude auf am Tisch, Horst rief" Jetzt gehts los zum ersten Gang".

Das liessen sich die vier nicht zweimal sagen, marschierten los zum Bueffett, besorgten sich Teller, Besteck, Mann da gab es alles was der Magen begehrt, gebratene Fische , Raeucherlachs, gegrillte Riesenkrabben, das war was fuer die Maedels, Bruno lud lieber Saftschinken, Steaks, Haehnchenkeulen auf seinen Teller, Horst hielt sich an Lammkeule, Muscheln, Roastbeef, zurueck am Tisch eroeffnete Bobby den Maedels sie koennen hier soviel essen wie sie wollen, ja bis man platzt, kraechzte Konrad dazwischen. Bobby stand auf gesellte sich zu den Musikern, wartete auf seine Gesangseinlage, am Tisch herrschte das grosse Schmatzen, Konrad staunte was die vier Personen alles so in ihren Rachen hineinschoben in Windeseile,der Koch spuerte dass Anna und Doreen solche Delikatessen wie heute abend selten zu essen bekommen, als die Teller leer geputzt waren hiess es " Jetzt gehts weiter", die vier standen abermals auf machten sich auf den Weg zur zweiten Bueffet-Runde mit Bratwuerste, Spanferkel und Sahnetorten, die Maedels meinten morgen werden sie ein paar Pfunde mehr auf den Rippen haben, aber so ein Superessen sei nun mal eine Ausnahme. Inzwischen brachte der Kellner die Spargelcremesuppe mit Broetchen und den Cheeseburger fuer Bobby an den Tisch. langsam loeffelte Konrad ein bisschen Suppe, biss vorsichtig in sein Minibroetchen, beobachtete die anderen am Tisch wie sie hemmungslos die Koestlichkeiten in ihre Muender hineinschaufelten. Jetzt war Bobby dran als Saenger, als Animator bedankte sich bei den Gaesten fuer ihr Vorbeikommen, wuenschte allen eine gute Unterhaltung, danach sang er " Wonderful tonight " im Reggae-Stil.

Am Tisch von Bruno waren alles pappsatt, zwischen leeren Bierflaschen meinte Horst, dass sie jetzt das Getraenk wechseln sollten, Doreen schlug vor Rum-Cola, der Vorschlag wurde angenommen, sie bestellte beim Kellner vier Rum-Cola, nur Konrad blieb beim Bier, fragte die zwei Deutschen was sie denn spaeter noch vorhaben, vielleicht einen Abstecher ins Churchill, die zwei guckten sich an, guckten ihre braunhaeutigen Schoenheiten an, sie waren sich einig, ein Besuch im Churchill wuerde heute nicht mehr stattfinden, weil sie schon alles haben was sie brauchen fuer die Nacht. Bobby hatte kurz Pause, hetzte zum Tisch, biss von seinem Cheeseburger, weg war er,die Musiker spielten immer fetziger, bald kamen die Rum-Cola an den Tisch, gut gemixt gaben sie dem Kreislauf einen gehoerigen Schub. " Staying alive " spielte die Band mit Bobby als Saenger, Anna wippte mit ihm Rythmus, Horst konnte ihr ansehen, dass sie tanzen wolle fragte das Maedel, sie nickte guckte zu Doreen, da nahm Doreen Anna an die Hand, guckte auch zu Bruno, doch der winkte freundlich ab, dachte sogleich an den Tanzmarathon in der Pier One-Disco, so gingen die zwei Huebschen alleine los, in zwischen tanzten mehrere Gaeste vor der Band. Die drei Maenner schauten zu wie sich die Maedels sexy bewegten, Anna im lila Jeansroeckchen und Doreen in ihrem Pepitakleidchen, Tanz-Reggae war angesagt, die Musiker riefen " Rasta, Rastafarai ". Konrad nahm einen Schluck Bier, meinte ja die Rastamann haben hier ihre eigene Religion, er habe gehoert sie glauben, dass der schon verstorbene Kaiser Haile Selassie, ja die Wiedergeburt von Jesus Christus war, aber er interessiere sich nicht fuer Religion, weil er eine Relligionsallergie habe.

" Was hast Du ? " rief Horst " Ich habe eine Religionsallergie, wenn mir jemand ueber Religion was erzaehlen will, dann suche ich schnell das Weite". Horst meinte fuer ihn war immer klar, Religion soll Privatsache sein. Bruno nickte, sagte jeder koenne glauben was er will, aber niemand soll einem anderen seinen eigenen Glauben aufzwaengen. Konrad erzaehlte der Baghwan, ein Guru aus Indien soll mal gesagt haben, seit ueber 2000 Jahren bringen Priester und Politiker das groesste Unheil ueber die Menschheit. " Die ganzen Religionskriege die da statt gefunden haben", mischte sich Horst ein " da kaempfen dann die angeblich Glaeubigen gegen die angeblich Unglaeubigen und jede Partei ruft " Wir sind im Recht, Gott ist auf der Seite der Gerechten, Gott ist mit uns ", "ist das nicht wie im Kindergarten? " " Eben nicht wie im Kindergarten " rief Konrad " kleine Kinder wissen nichts ueber Religion gottseidank, das wird ihnen alles spaeter von den Eltern und den Lehrern in der Schule eingetrichtert. " Koennen sich die Menschen nicht einfach als eine grosse bunte Menschenfamilie sehen ", gab Bruno zum Besten. " Schoen waers", rief Horst " aber anscheinend brauchen die Menschen etwas an das sie glauben koennen, an eine hoehere Macht , an einen Schoepfer der sie alle erschaffen hat ". Da kam Bobby schwitzend an den Tisch, biss herzhaft in seinen Burger, heute sei was los hier viele Leute, er singe noch ein paar Lieder, ging zurueck zur Buehne. " Ja wo waren wir denn stehengeblieben ", meinte Konrad, beantwortete seine Frage gleich selber" ja bei der Religion". Und er fragte die beiden am Tisch direkt" Wer war der erste Priester auf der Welt, was denkt ihr?"

" Das wissen wir doch nicht ", rief Horst "aber Du wirst es uns bestimmt gleich sagen Konrad ". " Das weiss ich auch nicht wer der erste Priester war ", jetzt guckte Konrad ganz verschmitzt drein, ja ein wenig wie der Pop Eye, der Spinatmatose, er habe da so eine Theorie, wer der erste Priester haette sein koennen, also meiner Meinung nach ereignete sich vor tausenden von Jahren ein grosses Gewitter, es blitzte und donnerte ganz fuerchterlich, der Himmel war nur noch ein duesteres Zerrbild des Schreckens, der Blitz schlug ein in die Huetten der Menschen die brannten lichterloh und in den Staellen verbrannte das Vieh, am naechsten Tag als dann alle Bewohner des Dorfes zusammensassen und den furchtbaren Schaden beaeugten, da stand ein Bauer auf und sagte" So ein grausames Unwetter darf nie wieder passieren, wir muessen den Gott des Gewitters gnaedig stimmen, wir muessen ihm ein Opfer darbringen um ihn zu besaenftigen und dieser Typ - das war der erste Priester auf der Welt. " Der erste Priester auf der Welt", brummte Horst " geboren aus der Angst ". Wouh, die Philosophiestunde war eroeffnet, sie tranken Rum-Cola, der schob schoen den Kreislauf an. " Ja wir alle wissen, es blieb nicht beim opfern von Obst und Gemuese ", fuhr Konrad fort " einige Zeit spaeter wurden Tiere geopfert, doch nicht genug, dann kam der totale Wahnsinn - Menschenopfer, ja Menschenopfer auf einem Pyramidenberg legten sie dann einen nackten Mann, ein Priester schnitt ihm bei lebendigem Leibe voll das Herz heraus, dieses blutige Herz hielt er dann zum Himmel hoch um die Goetter zu ehren, den Koerper des Mannes stiess man dann achtlos die Steintreppe hinunter". " Puh das waren ja geile Zeiten" roechelte Bruno

" vielleicht sollten die Menschen versuchen ohne Religion zu leben". Horst sagte darauf, es ist schon so wie Bruno meint, koennen sich Menschen nicht einfach als eine grosse Familie sehen Ende aus! Konrad schlug vor anstatt Religionen koennte man in den Staedten grosse oeffentliche Haeuser errichten, ein Haus der Gemeinschaft, der Zusammenkunft, wo sich Leute zusammenfinden, die sich einsam und verlassen fuehlen, ja die Einsamkeit kann Menschen krank machen, sehr krank machen. Da kamen ploetzlich Doreen und Anna diese zwei wunderhuebschen, braunen Maedels ziemlich durchgeschwitzt vom Tanzen zurueck an den Tisch, dadurch wurde die Religionsdebatte beendet, beide hatten grossen Durst tranken ihre Rum-Cola Glaeser leer, auch Bobby kam zurueck, der sah gleich die Bescherung, leere Glaeser, teilte den Anwesenden mit, dass es auch hier im Restaurant gut gemixte Zombie-Cocktails gibt, " Einen Zombie brauchen wir jetzt, na klar " rief Bruno, das sei eine gute Idee von Bobby, der Jamaicaner bestellte beim Kellner gleich fuenf Zombies und ein Bier fuer Konrad. Bruno sagte zu Horst nach so einem Ding fuehlst Du dich wie ein Kleiderschrank. Bobby beschwichtigte, die vier haetten ja eine tolle Essensunterlage vom Bueffett her, die wuerde den Alkohol schon aufsaugen, es dauerte kuerzer als man dachte, da standen fuenf grosse Kelch-Cocktails auf dem Tisch, dazu ein Bier fuer Konrad, die Maedels lachten, hielten sich die Hand vor den Mund, Bruno keuchte" das sind ja Doppelzombies", "Fuer besonders gute Gaeste ", sprudelte Bobby, forderte alle auf die Kelche hochzuheben. " Na gut " rief Horst " auf die guten Gaeste ". Und die fuenf Kelche klatschten aneinander, dass die Gaeste an den Nachbartischen zusammenzuckten, die Zombies waren natuerlich gut gemixt, was da wirklich drin war, das interessierte niemand, der Stimmungspegel erhoehte sich immens, die zwei Huebschen unterhielten sich jetzt auf jamaicanisch zwitscherten um die Wette, Bobby machte Vorschlaege die Insel ein bisschen kennenlernen, vielleicht morgen mittag mit einem Minibus nach Negril fahren, das sei Jamaica's Touristenhochburg, die ueber fuenfzig Kilometer weit weg sei von Montego Bay, dort ein wenig herumspazieren, sich alles angucken, doch Horst winkte ab, er sei erst heute angekommen auf der Insel, wohne jetzt in einer Villa, habe schon eine Freundin und nette Freunde, aber er brauche erst einmal ein paar Faultage ohne Plan und ohne Termin um die naehere Umgebung zu erkunden, spitzbuebisch guckte er dabei Anna an, er brauche jetzt ein bisschen Privatsphaere. Kichernd sagte Konrad zu Bobby Horst brauche horizontale Privatsphaere, dieser stutzte, so gut war sein Deutsch nicht. " Horizontale Privatsphaere ", verstehst Du Bobby, Horst machte ein paar eindeutige Handbewegungen, jetzt fiel der Groschen bei ihm. " Ah horizontale Privatsphaere, so nennt ihr das in Deutschland gut, gut ", schallte Bobby laut " hab wieder ein bisschen deutsch dazu gelernt ". Abgemacht, es wurden zwei Faultage ausgemacht fuer die zwei Urlauber mit ihren Maedels, am dritten Tag wuerden dann alle zusammen nach Negril fahren, auch die zwei Suessen bekamen Bescheid ueber diese Abmachung, die freuten sich, ein weiterer Grund mit dem Doppelzombie anzustossen. Bobby erzaehlte munter weiter an einem anderen Tag sollte die ganze Truppe mal mit dem Bus das Staedtchen Ocho Rios besuchen, es waere nicht sehr weit von hier, und in Ocho Rios gebe es einen legendaeren Wasserfall, der beruehmt sei in ganz Jamaica, die Einheimischen sagen er habe heilsame Kraefte. Bobby uebersetzte kurz fuer die Maedels, die erwiderten sie haetten auch schon gehoert von diesem Wasserfall in Ocho Rios. Horst nahm einen grossen Schluck von seinem Kelch fing an zu grinsen" Ein Wasserfall der geheime Kraefte hat den muss ich unbedingt kennenlernen", der Pop-Eye kraechzte da sei ihm auch schon was zu Ohren gekommen, dass da irgendwas ist mit diesem Wasserfall, Bobby sagte dass man sich nur fuenf Minuten darunter stellen muesse, schon wuerde man einige Zeit spaeter es spueren, ein totales Wohlgefuehl, vielleicht auch eine Gesundung, er selber habe es mit dem Busfahrer Charly schon gespuert, dieses zeitlich kurze Hochgefuehl danach. Konrad rief, dass er sich statt fuenf Minuten lieber zehn Minuten unter den Wasserfall stellen werde, dann sei die Wirkung noch staerker als bei funf Minuten, da setzte Bruno noch einen drauf, er stelle sich eine Stunde unter den Wasserfall, dann lebe er zehn Jahre laenger, ein Gelaechter brach aus am Tisch und weil die Essensunterlage den Alkohol ja so gut aufsaugt und weil auch alle Kelche leergetrunken waren wollte Bruno nochmal fuenf Zombies bestellen " Oh no" riefen die Maedels " no more Zombies". Horst mischte sich ein, sagte zu Bobby der Kellner soll noch drei Zombies fuer Bobby, Bruno und Horst bringen, zwei Rum-Cola fuer die beiden Suessen und ein Red-Stripe Bier fuer Konrad, weil so jung wuerden sie ja nicht mehr zusammenkommen. Bobby tat wie ihm geheissen gab die Bestellung weiter an den Kellner.

Doreen und Anna teilten den Anwesenden mit, dass es Zeit fuer sie sei, sich ein bisschen frisch zu machen, die Maedels erhoben sich vorsichtig von den Stuehlen, Hand in Hand leicht schlangenlinienenmaessig gingen sie los. Bobby guckte ihnen nach, meinte die muessen sich jetzt das Naeschen pudern, er sei sicher sie finden den Weg wieder zurueck, die Maedels haetten jetzt auch Urlaub, fuegte Bruno hinzu, da muss man auch nicht immer nuechtern sein " Warst Du schon mal nuechtern in diesem Urlaub hier? ", fragte Horst wonnevoll seinen Freund, bestimmt nicht lange, war dessen Antwort. Horst gab zum Besten hier auf Jamaica nuechtern zu bleiben, das sei ein schwieriges Unterfangen, da lachte Bobby schallend laut, Konrad rief" Das ist doch fast unmoeglich bei diesem Angebot", lebte dabei richtig auf" hier gibt es Sommer, Sonne, Meer, ein Supergras, es gibt den besten Rum hier, Zombies, Reggae-Musik, heisse Frauen, wie kann man da noch nuechtern bleiben? " Nun war die Gelegenheit guenstig, Bruno erzaehlte seinem Freund sein Erlebnis mit der Telefonzellenlady Buggy und auch von Sela der Freundin von James dem Englaender, da staunte Horst nicht schlecht als er dies alles hoerte, meinte Bruno habe grosses Glueck gehabt, dass seine Reiseschecks nicht gleich weg waren schon am ersten Tag, aber seinen Freund haue man nicht so leicht uebers Ohr, er lasse auch nichts anbrennen, siehe das kurze Intermezzo mit Sela. Da kamen all die Getraenke an den Tisch, Bruno klaerte auf dass wenn er im Urlaub meist nuechtern sei, dann sei es ja kein Urlaub mehr fuer ihn, darauf klirrten die drei Kelche aneinander, Konrad war leicht weggedoest, hatte nichts richtiges gegessen, da wirkten die Red-Stripe Biere natuerlich doppelt, der Zombie-Cocktail schmeckte immer besser, das blieb nicht ohne Folgen, denn Bruno, Horst und Bobby hatten jetzt einen richtigen Rausch an ihren lustigen Gesichtern konnte man ablesen, dass sich die drei irgendwo im Alkoholuniversum befanden. Die beiden Suessen kamen von der Toilette zurueck, Doreen stuetzte Anna ihr schien es nicht gut zu gehen, sie meinte ihr sei schwindlich, trotzdem tranken die Maedels von ihrem Rum-Cola, Anna umarmte Horst kicherte sie sei betrunken ja ziemlich, sie moechte sich am liebsten ins Bett legen. " Ins Bett liegen ah das klingt gut, ich bin auch reif fuers Bett ". Der Abend war gelaufen, Bruno bat Bobby er solle sich um die Rechnung kuemmern, dies tat er dann und er solle nach einem Taxi Ausschau halten, als der Kellner mit der Rechnung kam, staunte Bruno die Rechnung war auch vollmundig, alle bedankten sich nochmal fuer die Einladung bei ihm. Aufbruch war angesagt, schweren Fusses erhoben sich die vier Bruno und Horst mit ihren Maedels, wouh..da merkten alle die Kraft der Zombies, die sie hin und hertaumeln liess. Bobby weckte Konrad auf dem gleich wieder die Augen zufielen, Horst stuetzte Anna beim Gehen, Bruno stuetzte Doreen, doch wer stuetzte die beiden Deutschen, das tat Bobby, der von allen noch am besten beieinander war, er schob von hinten an, als sie die Beachroad erreichten, schob auch noch der Fahrer Charly, ein Freund von Bobby mit an und verstaute seine kostbare Fracht vorsichtig in sein Taxi. Bobby wuenschte dem vierblaettrigem Kleeblatt noch zwei wunderschoene Faultage, danach freue er sich schon auf die gemeinsame Reise nach Negril,

" Oh ja, oh ja", groehlten die beiden Freunde aus dem Taxi heraus " by,by Bobby ", dann fuhr Charly der kleine Jamaicaner los. Horst berichtete dass er fliegt und faellt und schwebt, alles auf einmal zugleich, Bruno keuchte bei ihm sei es aehnlich, es gehe rauf und runter, kreuz und quer. " Die Cocktails haben uns auf dem Gewissen", er umarmte Doreen, gab ihr einen gefuehlvollen Schmatz auf ihren herrlichen Kussmund, sie kicherte er soll es nicht im Taxi tun, nach soviel Zombiegenuss sei er selber ein kleiner Zombie geworden und biss ihr draculamaessig in ihr Haelschen, Doreen schrie auf, das gefiel Horst, rief dass sie jetzt alle Zombies seien und streckte seine Zunge in Anna's Ohr hinein, Anna schrie auf, Charly schien das Geschrei von hinten nicht zu stoeren, guckte cool in seinen Spiegel, meinte auf englisch, er merke schon dass die beiden Freunde viel Spass in ihrem Urlaub haben. Mittlerweile oeffneten sich die Schleusen des Himmels, der Regen prasselte herab auf die Windschutzscheibe des Taxis als Charly die Serpentinen hochfuhr leisteten die Scheibenwischer Schwerstarbeit, doch er schaffte es bis ganz nach oben zur Villa die in der Dunkelheit und im Gewitterregen aussah wie ein Geisterhaus in einem Gruselfilm. Bruno bezahlte den netten Charly, die vier huschten schnell zur Haupttuer, Anna sperrte auf, die Villa war leer, sagte zu Horst dass sie heute in ihrem Zimmer schlafen werde, da Larry der Villaboss noch nichts weiss, dass sie und Horst zusammen sind, er muesse deshalb morgen mit Larry sprechen, dieser meinte laechelnd alles sei okay, denn heute nacht wuerde kein grosses Kino mehr ablaufen zwischen den beiden, nach einer heissen Umarmung von Horst ging Anna in ihr Erdgeschosszimmer, die drei stiegen langsam nach oben, ja ein geiler Abend war das heute, darueber war man sich einig, man verabschiedete sich, bis morgen. Doreen die sich kaum noch auf den Beinen halten konnte, liess sich sogleich baeuchlings auf das Bett fallen, saeuselte etwas sie werde gleich einschlafen, Bruno legte sich vollbekleidet daneben, drehte das Maedel so dass sie auf dem Ruecken lag, versuchte sie zu befreien von ihrem leicht durchnaessten Kleidchen, es gelang ihm, er glotzte auf ihren weissen Slip, auf ihren weissen Bikini, auf ihre braune Figur, wie geil sie doch aussah mit geschlossenen Augen tief atmend, Horst hatte recht, grosses Kino wuerde heute nicht mehr stattfinden, er merkte dass seine Kraefte dahinschwanden, spuerte jeden Augenblick kann er weg sein, so war es dann auch. Ja in der Natur eines Faultages liegt es, dass nicht viel los ist und die Passivitaet ist ein guter Freund eines Faultages. Am spaeten Mittag klopfte Horst an die Zimmertuer von Bruno, fragte ob alles okay sei, der oeffnte die Tuer in Zeitlupe meinte er sei noch im Zombiereich, aber es gehe ihm gut, Horst sagte Larry sei jetzt unten, in zehn Minuten werde er runtergehn und die Sache mit Anna klaeren, ob er auch dazu kommen will, jetzt kraechzte Bruno wie Konrad " In zehn Minuten treffen wir uns unten klar, bis gleich ". Doreen schlief noch fest. Gesagt, getan, spaeter im Erdgeschoss da freute sich Larry, er war gut gelaunt Bruno's Freund Horst kennenzulernen, meinte gleich mit deutschen Touristen immer gute Erfahrungen gemacht zu haben, Horst sagte er haette ein Anliegen und er will nicht lange um den heissen Brei herumreden, er guckte Larry freundlich an, seine Hausangestellte Anna gefalle ihm sehr gut und er wuerde das Maedchen gerne ausloesen fuer eine Woche vorerst, natuerlich gegen eine angemessene Ausfallentschaedigung". " Oh la, la", meinte Larry interessiert, er guckte die beiden Deutschen an, die noch ziemlich muede aussahen von der letzten Nacht, da nannte ihm Horst eine Geldsumme fuer eine Woche. Larry's Blick war erfreut, doch dann guckte er nachdenklich drein, er schaetze dieses Angebot von Horst, seine Stirn faltete sich, es sei gar nicht so leicht gleich einen geeigneten Ersatz fuer Anna zu finden, Horst spuerte sofort wo der Hase im Pfeffer lag, die Geldsumme machte Larry nicht happy, da zog der Schimansky ein Buendel Geldscheine aus der Tasche, es war viel mehr als sein erstes Angebot, drueckte Larry alles in die Hand, bekraeftigte, dass er jetzt bestimmt einen Ersatz finden wuerde fuer Anna. Da flutschten Larry's Augenbrauen nach oben, seine ganze Miene erhellte sich, ein erloesendes Grinsen erstrahlte aus seinem Gesicht, wie er so dastand zu Horst hochblickend mit seinem roten Kopftuch und seinen Bartstoppeln, seine Augen blitzten, erfreuten sich an den vielen Geldscheinen in seiner Hand, man konnte sagen Larry sah aus wie ein gluecklicher Pirat. " Oh Mr. Horst thank you very much", rief der Villaboss in dankbarem Ton, er koenne das Maedel auch ein bisschen laenger haben wenn er moechte und er wuensche Horst und Anna noch einen schoenen Urlaub zusammen, da jetzt er und Bruno beide ein nettes Maedchen gefunden haben. Anna sei gerade beim Einkaufen in der Down Town, aber wenn sie zurueckkomme werde er ihr gleich Bescheid sagen, die Sache war geritzt, die beiden Urlauber gingen nach oben. Inzwischen war Doreen aufgewacht, sie lag im Bett sagte zu Bruno, dass sie gerne noch weiterschlafen moechte, er koenne ruhig mit Horst auf die Beachroad gehen und ihr spaeter etwas zu Essen mitnehmen, vielleicht ein Sandwich und ein leckeres Eis, dabei laechelte sie ihn verschlafen an, in diesem Moment erinnerte ihn ihr Laecheln an jemand, ja an die Saengerin Whitney Houston ganz deutlich, sagte, er werde ihr das beste Eis von Montego Bay besorgen, fuer diese Ansage bekam er einen Kuesschen auf die Lippen, die beiden Deutschen machten sich fertig. Ein Taxi parkte vor dem Eingang der Villa, Besuch fuer Larry, Damenbesuch, ein huebsch geschminktes Maedel begruesste ihn, dieser schrie nach oben ob die beiden ein Taxi nach unten zur Beachroad wollen " Ja wir nehmen es", hallte es von oben, das traf sich gut, so hatte der Fahrer gleich eine Rueckfahrt. " Das Maedel ist bestimmt eine vom Churchill von Churchill - Disco", sagte Bruno zu Horst im Taxi nach unten fahrend. " Ja man lebt nicht vom Brot allein ", sinnierte dieser, "der hat schon ein schoenes Leben dieser Larry, er wohnt in seiner eigenen Villa am Berg oben und bekommt immer netten Damenbesuch, das ist schon..das ist nicht schlecht! " Ja heute war ein bruetend warmer Tag, die Sonne schien sich noch zu verstecken. Bruno in kurz schwarzer Sporthose und braunem Safarihemd, Horst in blauer Jeans und gruenem T-Shirt, beide hatten Lust auf einen guten Kaffee und ein Donut, sonst war nichts geplant, heute war ja ein Faultag angesagt, ihren Kaffeewunsch erzaehlten sie gleich dem Taxifahrer, der fuhr sie an einen Kioskstand mit Sitzplaetzen, bei Kaffee und Donut's guckten sie dem Treiben auf der Beachroad zu, Horst meinte die Ausloese fuer Anna war nicht billig, aber Frauen kosten immer Geld, ah ja da fiel ihm ein, was er Bruno schon gestern sagen wollte diesmal kann er nur 17 Tage bleiben 17 Tage und keinen Tag laenger, ein wichtig termingebundenes Autogeschaeft warte auf ihn in Hannover, das muss er durchziehen, da kann er gut dran verdienen, ja schade manchmal laueft es ebenso, da rechnete Bruno seine restlichen Urlaubsstage durch, sagte ploetzlich" Ach was Horst, ich flieg mit Dir zurueck, ein paar Tage mehr oder weniger, darauf kommt es jetzt auch nicht mehr an, ich muss nur mein Flugticket aendern, das kann ich morgen machen ". Horst war ein wenig ueberrascht, doch am Ende freute er sich " Hey super ,ja dieser neuen Entwicklung muessen wir Rechnung tragen und ein Bier trinken", ein Bier sei immer gut meinte Bruno und Horst bestellte zwei Red-Stripe Biere. Irgendwie war es schoen hier an dem Kiosk zu sitzen, ganz entspannt um sich zu schauen, voellig im hier und jetzt zu sein, es blieb bei einem Bier, die beiden spazierten weiter, bis sie einen echten Supermarkt fanden in dem sie einkauften, verschiedene Sandwiches, ein paar Flaschen Bier, Schokolade und Eiscreme fuer die beiden Suessen, mit einem Taxi gings dann wieder hoch in die Villa, da war Anna an der Tuer sie grinste, Larry habe gerade Damenbesuch in seinem Zimmer, er haette mit ihr schon gesprochen, alles sei okay, Horst verschwand mit ihr nach oben, Bruno guckte nach Doreen die immer noch im Bett lag in leichtem Daemmerschlaf " Eiscreme, Eiscreme " drang an ihre Ohren, da wurde sie wach, Bruno gab ihr einen dicken Kuss auf den Mund, fragte ob sie zufrieden sei mit dem "Roomservice", der sei very okay, aber jetzt habe sie erst einmal Hunger, das Thunfischsandwich schien ihr zu schmecken, danach lechzte sie nach dem Eisbecher, als dieser leer war, streckte sie ihre Glieder in ihrer weissen Unterwaesche lag sie verfuehrerisch da, legte ihren Arm auf Bruno's Knie der neben ihr auf dem Bett sass, schloss wieder die Augen meinte er soll sich doch neben sie legen und ein kleines Nickerchen machen, ja was sollte er tun, eigentlich hatte er etwas ganz anderes vor, aber aufgeschoben ist nicht aufgehoben, es tat ihm sogar wohl ihre Hand zu halten und seine Augen zu schliessen, beide schliefen ein. Ein Prasseln auf dem Dach liess Bruno erwachen, es war schon dunkel und kurz nach 7 Uhr, es regnete in Stroemen, auch Doreen wurde wach. " Wouh big raining " gab er von sich, stand auf ging zum Fenster, es war als wuerde jemand viel Wasser vom Himmel herunterschuetten, Doreen zog ihr Pepitakleidchen ueber, sie verliessen das Zimmer und beobachteten von der ueberdachten Terasse aus das Gewitter. Horst und Anna kamen hinzu, in Strandtuechern eingehuellt " Heute regnet es ja Hunde und Katzen " rief er, schuettelte den Kopf, " bei dem Wetter kannst Du es vergessen in den Ausgang zu gehen ". " Ja anscheinend will der Wettergott, dass wir hierbleiben mit den Maedels in der Villa ", resuemierte Bruno, " aber es kann ja noch aufhoeren zu regnen ", doch es hoerte nicht mehr auf, alle vier lauschten dem starken Regengewitter " Da legen wir uns gleich wieder hin und schlafen durch bis morgen frueh ", entschied Horst zu Anna guckend, " ja weine nicht wenn der Regen faellt dam dam, dam dam, Du kennst sicher den alten Schlager Bruno"," Ja den kenn ich was macht man in einer einsamen Regennacht hoch oben auf dem Berg in einer Villa mit einem schoenen Maedchen in seinem Bett?"

" Lass mich raten ", schmunzelte Horst, " man kommt sich naeher ". " Erraten, genau Sandwisches sind noch uebrig, Schokolade ist noch da und Bier auch, die Minibox ist gut gefuellt, also kein Grund den Notstand auszurufen ", ueberlegte Bruno laut und wuenschte Horst und Anna noch eine gute Nacht, danach zogen sich die zwei Deutschen mit ihren braunen Jamaicaperlen in die Zimmer zurueck, Bruno dachte an das, was ihm vorher in den Sinn kam, aufgeschoben ist nicht aufgehoben, die beiden nahmen erstmal eine Dusche seiften sich gegenseitig ein, das machte ihnen Spass, mehr passierte unter der Dusche nicht, zurueck im Bett nackt nebeneinander liegend trank Bruno Bier, Doreen knabberte an der Schokolade, reichte ihm ein Stueck doch der machte ihr klar, dass er lieber an ihr herumknabbere. Ploetzlich fing es an kraeftig zu donnern und der Regen prasselte ja volle Sahne auf das Dach, als waere es ein Zeichen, als sei es eine Aufforderung nun aber zur Sache Schaetzchen, der Koch aus Hameln empfand das so, ihr nackter prachtvoller Koerper erregte ihn sehr, er begann ihn zu betatschen, sie zu schmusen, das Maedel schien das zu geniessen, streichelte gefuehlvoll seine Brust, Bruno's Genusswurzel wurde haerter und haerter und sie forderte ihr Recht in solchen Situationen, da kam wieder sein Standardspruch zum Einsatz " Oh Darling you are sexy Lady ", dabei schob er seinen rechten Mittelfinger in ihr schwarzes Dreieck hinein, Doreen schien nichts dagegen zu haben, spreizte artig ihre Beine, das war fuer Bruno das Startzeichen sich ins Paradies zu begeben, er legte sich auf sie, schob sein hartes Geschoss hinein in ihre leckere Muschi stiess sie gleichmaessig in ruhigem Takt beide stoehnten und es regnete unaufhoerlich, mit seinen Haenden knetete er nebenbei Doreen's Brueste, das Maedel wand sich in Leidenschaft, das machte ihn noch spitzer, als er nach ihrem Aerschchen griff, wurde er so geil, dass er anfing sie fester zu stossen, immer fester, raus und rein, als waere in seinem Schwanz ein Kompressor eingebaut, Doreen schnaufte tief, seufzte eine halbe Tonleiter hoch, es dauerte nicht mehr lange, Bruno spuerte wouh, er kommt gleich..gleich kommt er..er kam daher tornadomaessig, sein Orgasmus war kraftvoll wild, sein Becken wurde durchgeschuettelt ein uriger Schrei entkam ihm der durchs Zimmer hallte,   hochbaeumend schrie jetzt das Maedel auf, krallte ihre Fingernaegel in Bruno's Ruecken, ihr Koerper zitterte, beide hielten sich eine Weile fest umschlungen, bis sich Bruno langsam zur Seite herunterrollte, ueber solche Hoehepunkte begleitet von einem Gewitterkonzert kann man sich nicht beklagen. " Bruno you love me like you Zombie " schnaufte Doreen lag regungslos auf dem Ruecken, dieser erwiderte er wisse nicht wie Zombies Liebe machen, legte seine Hand auf ihren Bauch, er fasse es dennoch als Kompliment auf, aber seine Jamaica-Freundin sei eben sehr sexy, da lachte das Maedel, gab ihm einen fetten Kuss auf den Mund, danach war duschen angesagt. Bruno nahm einen Schluck aus der Bierflasche die neben dem Bett stand, dann inspizierte er die Minibox ah die war ausreichend sortiert mit Bier, Cola und kleinen Sodaflaschen, er entnahm gleich zwei Red-Stripe Biere, nachdem auch er geduscht hatte lagen die beiden auf dem Bett und lauschten dem Regen, assen Sandwiches und tranken Bier

Bruno drueckte ihre Hand das Maedel meinte Glueck habe sie gehabt, dass ihr eine Woche Urlaub genehmigt wurde, das tue ihr Arbeitgeber in der Hemdenfabrik eigentlich ungern, doch sie habe einen aelteren Herrn kennengelernt der auch ihre Familie unterstuetzt, hoerten die im Personalbuero von ihr " Danke fuer den aelteren Herrn " rief Bruno, dafuer bekam er von ihr ein Kuesschen auf die Lippen, Doreen fuhr fort wenn morgen wieder die Sonne scheint wuerde sie gerne an einen Strand fahren und ein bisschen schwimmen im Meer, Bruno sagte, das sei eine gute Idee, er war in seinem Urlaub ueberhaupt noch nicht im Wasser, er moechte nur morgen frueh mit Horst kurz ins Reisebuero fahren und seinen Flug umbuchen, so dass sie zusammen zuruckfliegen koennen nach Deutschland, aber da waere noch genuegend Zeit sich danach faul in die Sonne zu legen fuer sein sexy Maedel und ihn, da lachte sie herzlichst und wieder flammte ihr Whitney Houston-Laecheln auf, da sagte er, ihr Laecheln erinnere ihn ein bisschen an die Whitney Houston " Wirklich ? ", das ueberraschte sie " ja Whitney Houston sei eine tolle Saengerin", dabei kroch sie unter die Bettdecke, holte ihn zu sich und meinte sie sollten jetzt dem Regen lauschen, er haette eine beruhigende Wirkung auf die Menschen " Ja dass sie dann irgendwann einschlafen ", entgegnete Bruno, doch vorher wolle er noch ein Bier trinken mit Doreen, das taten sie auch, als dann endgueltig die Minibox gepluendert war lagen die beiden engumschlungen und lauschten gespannt dem nicht zu Ende gehenden Regen, das Maedel war die erste die voll einschlief und bald folgte ihr der Koch aus Hameln.

Ja Bruno und Doreen hatten Glueck am naechsten Morgen schien die Sonne wieder in alter Hitze, als haette es letzte Nacht nie geregnet, er machte sich fertig, zu Doreen sagend er fahre kurz mit Horst ins Reisebuero wegen der Flugumbuchung danach wird sofort an den Strand gefahren, es gab noch ein Kuesschen fuer die Huebsche und by,by. Horst war auch schon abfahrbereit, von Larry bekam Bruno Flugticket und Pass ausgehaendigt, er fragte die beiden schmunzelnd ob sie die Regennacht gut ueberstanden haetten, aber sie befanden sich ja in guten Haenden, Horst, der schnelle Bube antwortete ihm grossspurig " In meinem Zimmer hat es nicht geregnet, da schien nur die Sonne die ganze Nacht ", da setzte Larry sein Piratenlaecheln auf, das gefiel ihm, ein Taxi wurde schnell gerufen das die beiden zu einem Reisebuero fuhr, das Taxi wartete, es klappte alles mit der Umbuchung, sie flogen ja mit derselben Fluglinie, Bruno musste dafuer ein bisschen Geld bezahlen, das war kein Problem, danach fuhr das Taxi sie wieder hoch zur Villa und es sollte dort warten, Horst gefiel die Idee einen ganzen Tag am Strand zu verbringen, ganz faul in der Sonne liegen, ein bisschen schwimmen im Meer, auf dem Liegestuhl doesen und dem Herrgott einen schoenen Tag sein lassen, die Maedels warteten schon vor der Villa, alles war gepackt fuer den Strand in einer Tasche, nachdem Bruno alle Papiere dem Larry zurueckgegeben hatte fuer den Safe, bestiegen die vier das Taxi das sie hinunterfuhr zur Beachroad, die Maedels aeusserten den Wunsch an einem abgelegenen Strand zu baden, dort koenne man besser entspannen, die zwei Urlauber waren einverstanden und Anna sagte dem Fahrer wohin es geht.

Auf der Fahrt kamen sie an einem Souvenierladen mit Strandutensilien vorbei. Doreen zupfte Bruno an seinem Freizeithemd, sie erblickte dort eine aufgepumpte rosa Luftmatratze, rief die sehe ja wirklich toll aus, guckte ihren Freund lieblich an, dieser sagte zu dem Fahrer er solle vor dem Laden kurz anhalten, die Maedels stiegen aus, Anna's Blick fiel auf einen uebergrossen Schwimmreifen auch in rosa, guckte zu Horst ruehrselig, er nickte cool drueckte Anna ein paar schoene Scheine in die Hand, die verhandelte mit dem Verkaeufer, machte alles klar, bezahlte, die Luftmatratze und der Schwimmreifen wurden in das Taxi hineingequetscht, die Maedels waren happy, bald deutete Anna auf einen eher kleinen Strandabschnitt etwas abseits der Beachroad, er gefiel allen, Bruno bezahlte das Taxi und die vier wanderten bepackt mit ihren Einkaeufen zum Strand, ein Kiosk, etliche Liegestuehle, ein paar Holzkabinen anscheinend zum Kleiderwechseln, das war alles, Touristen waren nicht zu sehen, genau so ein Strand war richtig fuer einen Faultag, am Kiosk gab es Kaffee und Sandwiches gefuellt mit Majonaise und Eierscheiben, da alle Hunger hatten, wurde im Stehen gegessen und getrunken, fuer die Benutzung der Liegestuehle musste etwas bezahlt werden, auf grobkoernigem Sand breiteten dann die Maedels zwei mitgebrachte Decken aus, entledigten sich ungeniert ihrer Klamotten, beide sahen toll aus in ihren hellblauen einteiligen Badeanzuegen, auch Bruno und Horst waren vorbereitet, die hatten schon schwarze Badehosen an, noch bevor sie sich in die Liegestuehle pflanzen konnten wurden sie von den beiden Huebschen ins Wasser gezogen, ah das Meer war nicht kalt, es kitzelte angenehm auf der Haut, man plantschte herum, Doreen holte schnell die Luftmatratze und den Schwimmreifen, legte sich auf die Matratze, paddelte los, Bruno holte sie ein zog das Ding nach unten wouh da fiel Doreen in seine Arme, Anna und Horst hielten sich am Schwimmreifen fest, verliessen das seichte Wasser, solange sie noch Boden unter sich spuerten, alles okay, weiter hinaus ging man nicht. Ja viel mehr als ein bisschen Entspannung am Meer, am Strand passierte nicht, sollte auch nicht passieren, denn es war ja ein Faultag. Man blieb den Rest des Tages an diesem wundervollen Platz, doeste auf den Liegestuehlen, liess sich die Sonne auf den Pelz brennen, auf der Decke sitzend rieben die Maedels Bruno und Horst mit Sonnencreme ein, damit sie ja keinen Sonnenbrand bekommen, Bruno scherzte schon das sei hier ihr Privatstrand, weil niemand anders da sei ausser dem Kioskbesitzer, Horst meinte das sei hier ein VIP-Strand fuer " very important people", da lachte Anna laut auf der Decke. Bruno erzaehlte Horst wenn Doreen voll lache, dann erinnere sie ihn ein wenig an die Whitney Houston, Horst guckte zu Anna, er habe auch schon gedacht an wen sie ihn erinnere, an irgendeine bekannte Frau, beide glotzten Anna jetzt an, ja genau, jetzt fiel der Groschen bei Horst - an Donna Summer, an die Saengerin Donna Summer, sein Freund guckte weiter Anna an " Stimmt Horst wenn sie so lacht, dann hat sie eine wirkliche Aehnlichkeit mit Donna Summer, die zwei erzaehlten den Maedels gleich ueber was sie geredet hatten, da lachten die Huebschen, Anna rief " Oh I am Donna Summer and Doreen is Whitney Houston o wouh ", beide brachen in Gelaechter aus, " Ja " rief Bruno

" Doreen is Whitney from Jamaica". " And Anna is Donna from Jamaica ", fand Horst. Und die Stimmung an diesem Faultag-hervorragend. Bruno schlug vor heute abend in das Stop-Inn zum Essen zu gehen, es sei ein tolles Barbecue-Restaurant, er war schon da einmal mit Bobby, Horst liess wissen, er kenne das Stop-Inn schon von seinem letzten Jamaicaurlaub es ist sehr zu empfehlen, alle waren einverstanden. Gegen sechs Uhr abend packte man zusammen, ein Taxi kam schnell vorbei, es ging hoch zur Villa abduschen, umziehen, die Luftmatratze und den Schwimmreifen verstauen, dem Taxifahrer machte es nichts aus zu warten bis dann die vier in kurzen Sporthosen und bunten T-Shirts abfahrbereit waren, in sein Auto stiegen und sich ins Stop-Inn kutschieren liessen. Ja den Tag ueber in der Sonne liegen am Strand und im Meer schwimmen, das entspannte das vierblaettrige Kleeblatt doch sehr, die gegrillten Schweine und Haehnchen-Delikatessen schmeckten einfach herrlich, besonders die dazu gereichte Chilly- und die gruene Essigsauce hatte es ihnen angetan, natuerlich passten die vielen Red-Stripe Biere super dazu. Hully - Gully in der Nacht war nicht mehr angesagt, so liess man sich nach dem Essen leckersatt und wunschlos gluecklich von einem Taxi wieder hochfahren in die Villa. Um dem Faultag noch alle Ehre zu machen wuenschte Bruno vor seiner Zimmertuer Horst und Anna noch eine gute Nacht, dieser bemerkte noch er werde Anna fragen ob es ihr gut geht, er koenne sie auch ein bisschen untersuchen ob alles okay ist bei ihr. Eine gute Idee, meinte Bruno, auch er werde jetzt bei Doreen nachschauen, ob alles okay sei mit dem Maedel. Am naechsten Tag gegen 1 Uhr mittags hupte ein Taxi vor der Villa.

Bruno kam herunter, es war wieder der Fahrer Charly in einem braunen Freizeitanzug, Bobby haette ihn geschickt er soll die vier abholen wegen des Ausfluges heute " Alles klar " rief Bruno, Charly solle eine Viertelstunde warten, dann kaemen alle herunter.Gesagt, getan. Horst und Anna erschienen im Partnerlook in kurzen blauen Jeans und dunklen T-Shirts, beide trugen schwarze Sonnenbrillen. Doreen sah aus wie eine sexy Sekraeterin in ihrer kirschroten Bluse und ihrem weissen Rock, der uebers Knie reichte, es fehlte nur noch der Schreibblock in ihrer Hand. Bruno entschied sich diesmal fuer sein gruenes Safarihemd mit seinen vielen Taeschchen, dazu trug er eine kurze schwarze Sporthose. Larry der Villaboss tauchte ploetzlich auf, meinte der Wettergott sei heute auf ihrer Seite, hob die Hand wuenschte allen eine schoene Zeit. Waehrend der Fahrt zur Beachroad erzaehlte Charly er werde auch heute den Minibus nach Negril fahren, das sei alles schon mit seinem Freund Bobby abgesprochen, nebenbei fragte Bruno Horst leise wie denn gestern nacht die Untersuchung bei seiner Freundin gelaufen sei, der witzelte das Maedel sei voellig gesund, aber zur Sicherheit habe er ihr noch eine Vitamin-Spritze gegeben, aber nur zur Vorsorge. " Du glaubst es nicht mein Freund ", zischte Bruno, " bei mir war es genauso, die Untersuchende voellig gesund, aber eine Spritze hat sie trotzdem bekommen, zur Sicherheit ", da kicherten die Urlauber vor sich hin. Bobby und Konrad warteten schon auf der Strasse, als das Taxi vorfuhr quetschten sich beide hinein. Charly fuhr noch ein paar Strassen weiter, auf einem Parkplatz hielt er an, dort stand ein weisser Minibus er parkte sein Taxi,

Charly hatte die Schluessel oeffnete die Seitentuer des Busses die vier Maenner stiegen ein, ganz hinten Bobby, Konrad davor Bruno und Horst vorne neben dem Fahrer nahmen die Maedels Platz, oeffneten die Fenster, die Sonne schien heiss herunter vom Himmel, die Luftfeuchtigkeit dampfte ein sanfter Wind schickte eine salzige Meeresbrise vorbei, das Wetter es war einfach vollmundig, sie konnte losgehen die Reise nach Negril. Bobby heute in weisser langer Jeans nebst weissem Leinenhemd klaerte kurz das Geschaeftliche, das Finanzielle mit Horst und Bruno, die sich die gesamten Buskosten teilten, morgen liess Bruno wissen wuerden sie gerne mit den Maedels nochmal ein paar Faultage einlegen, weil die letzten zwei Tage ein voller Erfolg waren. Bobby verstand sofort, sie koennten auch fuenf Faultage einlegen wenn sie wollen, schallte er laut " Nein, nein ", rief Horst" nochmal zwei Tage sind genug und dann fahren wir zu diesem geheimnisvollen Wasserfall, ich freu mich schon darauf". Konrad kleidete sich heute wie ein amerikanischer Tourist, huebsch bunt rotgruen gemusterte Bermudashorts, dazu ein knallgelbes Strandhemdchen, weisse Sportschuhe auf dem Kopf trug er einen weissen Strohhut der fuer seinen Kopf eher zu klein schien. Charly gab Gas fuhr los auf Bobby's Anordnung hin solle er schoen gemuetlich fahren und dass die Reisenden nicht verhungern und verdursten muessen, da hatte Bobby schon vorgesorgt, hinten im Bus befand sich eine grosse Tuete mit Schinken-Kaese Sandwiches, ausserdem eine Packung Wasserflaschen, zu guter letzt meinte Bobby habe er noch eine Ueberraschung parat, dabei quakte er wie ein happy Frosch. Ja was war die Ueberraschung?

Was konnte die Ueberraschung schon sein auf der Grasinsel. Als die Sandwiches verputzt waren verkuendete Bobby stolz heute morgen habe er von ein paar Rastaleuten ein Supergras geschenkt bekommen, es seien alte Freunde von ihm und jetzt werde ein Superjoint gedreht, da freuten sich alle, sogar Charly der Fahrer der angenehm durch Montego Bay fuhr meinte, wirklich, die Ueberraschung sei gelungen. " Da siehst Du Horst was ich meine ", sagte Bruno zu seinem Freund " gleich werden wir wieder high sein, das ist doch schoen, aber nicht high zu sein auf Jamaica, das ist fast unmoeglich ". Horst nickte zustimmend "Ja wer will schon nicht high sein, keinen Joint rauchen auf Jamaica, das waere genauso als wuerdest Du in Bayern kein Bier trinken, das geht doch gar nicht ". Bobby machte sich gleich ans Werk, er hatte alles parat, Zigarettenblaettchen, Tabak, Gras von allem eine Menge, es dauerte eine Weile, er drehte ein Riesending eine weisse lange Rakete kerzengerade. Konrad kraechzte nach dem Genuss dieses Kunstwerks werden wir von Negril nicht mehr viel mitbekommen. Bobby konterte danach werde Negril allen noch viel schoener erscheinen. Unter den neugierigen Augen der Mitreisenden zuendete er die Rakete an, inhalierte tief, blies eine Rauchwolke aus, die die Gesichter der Mitfahrenden einhuellte, er reichte den Joint gleich weiter, die drei Deutschen guckten unschluessig, da nahm Horst das Ding zwischen die Finger, zog daran wie ein Wasserbueffel, dann war Bruno an der Reihe, danach Konrad der weiterreichte an den Fahrer Charly der genussvoll rauchte uh..die Maedels neben ihm, sie winkten gleich ab, Doreen meinte, sie werden schon high von der Rauchwolke hier im Bus.

Und so machte die Riesenrakete die bis zur Haelfte fertiggeraucht war nochmal die Runde unter den Maennern, am Ende war das Ding voellig abgebrannt und die Reisenden ziemlich angeturnt. Inzwischen hatte der Minibus Montego Bay verlassen, Charly schaltete das Radio ein, liess leise ein bisschen Reggae-Musik laufen. " Wouh bin ich fett ", kicherte Konrad kleinaeugig " das ist ja guter Stoff, kannst Du mir da was abzweigen fuer mich privat Bobby". " Kein Problem Konrad ". Bruno klopfte Horst auf die Schulter ob er auch schon dicht sei wie er, der Schimansky anwortete darauf, er sei ziemlich dicht. Charly drehte sich nach hinten keuchte heiser " Good stuff man, good stuff ". Konrad sagte ploetzlich in die Runde mit Lippenbaertchen und Sombrerohut koennte man Charly fuer einen Mexicaner halten. " Und mit Schiebermuetze und Pfeife im Mund koennte man Dich fuer Pop-Eye halten, fuer den Spinatmatrosen" rief Horst. Doreen guckte nach hinten ,kiekste mit suesser Stimme sie und Anna haetten nicht mitgeraucht aber genug davon abbekommen. Der Minibus fuhr jetzt durch laendliches Gebiet, Bobby meinte man solle jetzt die gruene Landschaft geniessen, Bruno Horst und Konrad wurden jetzt zu Fensterguckern, aber eigentlich gab es nichts besonderes zu sehen, Baeume, Straeucherdickicht, Wellblechhuetten, zerzauste Waeldchen huschten an ihnen vorbei, die Ausfluegler erblickten halbfertige Haeuser mit Graffiti bemalte Hauswaende, kleine Kioske, am Strassenrand sassen oft aeltere Frauen mit Kindern an ihrer Seite die Obst und Gemuese verkauften. Bobby bemerkte dass die drei Gucker beindruckt waren von dem was sie sahen, ein wenig konnte er ihre Gedanken lesen, er sagte in Jamaica gebe es viel mehr arme Leute als reiche Leute und nur eine kleine Mittelschicht, besonders auf dem Land herrsche eine grosse Armut, Bobby hielt kurz inne, die drei Ausfluegler lauschten was er zu erzaehlen hatte, da auf einmal erhellte sich sein Antlitz, als wuerde ein Geistesblitz durch sein Hirn rasen, seine rechte Hand fuhr in die Hoehe, Zeige-und Mittelfinger gespreizt zum Siegeszeichen, in triumphierendem Ton liess er seine Mitfahrer wissen, dass der liebe Gott als Ausgleich fuer die bittere Armut auf der Insel den Jamaicanern das beste Marihuana auf der Welt geschenkt hat. Seinen Freunden ging ein Licht auf, sie kamen zu dem Schluss dass Bobby nicht unrecht hatte mit dem was er da von sich gab, dieser fuhr fort wenn die Jamaicaner das herrliche Marihuana rauchen, dann sind sie high, sie fuehlen sich wunderbar wohl entspannt, ja innerer Friede kehrt bei ihnen ein, die Alltagsmuehe verschwindet fast, die Sorgen ihres Lebens fallen von ihnen ab wie reife Blaetter von einem Baum, ja sogar ihre Lehmhuetten in den Slums in den Ghetto's erscheinen ploetzlich bunt, problemlos, farbenfroh. " Das stimmt ", kraechzte Konrad dazwischen, wenn er jetzt zum Fenster rausgucke, dann komme ihm auch alles angemalt, lustig und farbig vor. " Weil Du high bist Konrad ", rief Horst, da lachten alle, Bobby fuhr fort das gute Gras foerdere auch den guten Schlaf, dabei guckte er zu Doreen und Anna, die auf ihren Vorderplaetzen eingenickt waren, dann fragte er Charly ob alles okay sei, dieser nickte zufrieden. Bruno fasste zusammen das sei alles richtig was Bobby ueber die positive Marihuanawirkung gesagt habe, aber wenn die Leute wieder nuechtern werden, dann spueren sie ja ihre Not und ihr Elend wieder, wenn sie vom Marihuanarausch runterkommen. " Dann muessen sie halt wieder einen neuen Joint rauchen ", stellte Konrad emotionslos fest, " dann gehts wieder aufwaerts nach oben ". " Ach so einfach ist das ", wunderte sich Bruno, Konrad meinte soviele Moeglichkeiten haben die Leute hier nicht, das ganze Leben sei sowieso ein einziges rauf und runter, einen neuen Joint zu drehen sei nie eine schlechte Loesung. Bobby schallte er haette es auch nicht besser ausdruecken koennen, als es Konrad jetzt getan hat. Somit war die Unterhaltung vorerst beendet, die vier guckten wieder aus dem Fenster und genossen den bunt gruenen Urwald den sie zu sehen bekamen. Bald wanderten Bruno's Augen zu seiner Freundin Doreen wie sie da vorne schlief, ihr Koepfchen leicht zur Seite gedreht, wie schoen dieses Maedel doch war, immer mehr Ueberlegungen kamen in ihm hoch, was waere wenn er diese bildhuebsche junge Jamaicanerin mitnehmen wuerde nach Deutschland vielleicht fuer drei Monate wie es auch Horst gemacht hat mit der " Einsatzfaehigen ", ja da wuerden sie staunen die Hameln, die Leute auf der Strasse wuerden die Koepfe schwenken und wenn ich Doreen zum Stammtisch mitnaehme, die Kumpels wuerden im Dreieck springen, ihren Mund nicht mehr zukriegen wenn sie das Maedel zu Gesicht bekaemen, ein Besuch von Doreen im Krankenhaus in der Kantine, das gaebe einen Auflauf aber keinen Kartoffelauflauf, die Kranken wuerden aufhoeren zu essen, die Verschluckgefahr waere gross und der Oberarzt Dr. Merk erst, mein geheimer Lustfreund, beim Anblick von Doreen koennte es sein dass sein Pulsschlag in die Hoehe geht, mit seiner grossen schwarzen Brille wuerde er sie anglotzen, vielleicht ihr einen guenstig finanziellen Gesundheitscheck anbieten in der Hoffnung an Fraeulein Jamaica ein bisschen herumfummeln zu koennen, auch die gute Mutter waere stolz auf ihn, wenn ihr Sohn so etwas nettes Braunes aus dem Urlaub mitbringt. Bruno fasste den Entschluss heute nacht in der Villa fragen, ob sie sich denn vorstellen koennte mit ihm fuer drei Monate nach Deutschland zu kommen, gestand sich selber ein, er hatte Feuer gefangen, hatte sich verknallt, verliebt in dieses exotische Prachtgeschoepf, in dieses junge Maedchen Doreen, in die Whitney Houston von Jamaica. Charly meldete nach hinten, dass sie schon durch Vororte von Negril fahren, bald wurde die Strasse besser, weiss gestrichene Mittelklassehotels wurden sichtbar, Negril ist ja die Touristenhochburg der Insel, in der Ortsmitte befand sich die Flaniermeile, die Ausfluegler erblickten Restaurant's, Reisebuero's, elegante Boutiqen, Souvenierlaeden, eine Menge Touristen spazierten herum, Autoverkehr droehnte durch das Oertchen. Charly parkte den Bus vor einem groesseren Hotel, davor befand sich ein blumengeschmuecktes Strassencafe, er meinte hier im Cafe zu sitzen da haette man einen tollen Ausblick auf das ganze Geschehen rundherum. Wie von der Tarantel gestochen fuhr Konrad ploetzlich hoch, beinahe haette er seine Ueberraschung vergessen, zog dabei aus seiner Bermudashort eine silberne Minipfeife heraus, sie war nicht groesser als ein Ringfinger, vorne mit einem winzigen Pfeifenkopf, Bobby's Augen blitzten auf, schnell zog er ein wenig Gras hervor stopfte die Pfeife liess wissen gut sei es noch im Bus zu rauchen, dann wuerde Negril allen noch besser gefallen.

Gesagt, getan, er zuendete das Ding an und die Maenner zogen ein was das Zeug hielt, danach verliess man den Bus, alle sieben Personen nahmen Platz in diesem netten Cafe, zwei Tische wurden zusammengeschoben, Bobby rief den Kellner. Konrad machte sich bemerkbar in Negril gehe alles auf seine Rechnung, da freuten sich alle, ja heute war der Spinatmatrose dran zum Bezahlen. Eigentlich war es voellig egal ob die ganze Truppe jetzt in Negril sass im Cafe oder in Miami, Hawai oder in Mallorca oder Paris, die ganze Mannschaft war so herrlich bekifft, so unglaublich stoned, dass der Ort wo sie sich aufhielten keine Rolle mehr spielte, der Kellner kam die Maenner bestellten fuenf Bier und zwei Eisbecher mit Sahne fuer die Maedels " Geht's euch auch so gut wie mir ", kraechzte Konrad in die Runde, er bekam viel nickende Zustimmung. Bruno fragte Doreen ob alles okay sei, ihr bejahendes Laecheln war zauberhaft, anscheinend verschob sich seine Optik ein wenig denn ein lustiges Bild ueberflutete ihn, kurz erschien ihm das Maedel als eine junge Loewin, kicherte zu Horst er sei so dicht habe Doreen als Loewin gesehen mit einem Loewenkopf. Horst meinte das sei kein Wunder, der Stoff ist so gut er haue so rein, dass man an jedem Menschen ploetzlich Tieraehnlichkeiten sehen kann, gerade habe er gedacht als Anna um sich guckte, sie habe doch ein huebsches Schlangengesicht, grinste und sagte " Aber bei Dir Bruno, da hat sich nichts veraendert, Du siehst immer noch aus wie das Ungeheuer im Strafraum aber noch mehr monstermaessig". " Und Du siehst aus wie der Kommisar Schimansky mit seinem Schnauzer, aber original, nur die graue Jacke fehlt noch, dann kannst Du seinen Zwillingsbruder spielen im Fernsehn ", beide lachten,

Horst klaerte Bobby und Konrad auf um was es ging, dieser informierte Charly dass sich die Urlauber hier praechtig amuesieren. " Wir kommen alle noch auf einen Lachtrip ", meinte Konrad verwundert, " Wir sind schon voll drauf " erwiderte Bobby breitgrinsend, zwei Kellner kamen an den Tisch, brachten das Bier und die Eisbecher, Anna und Doreen machten sich gleich happy darueber ueber diese suesse Leckerei, die angetuernten Fuenf stiessen an mit dem Bier, die Kellner verschwanden, Konrad grinste ueber beide Ohren, ja warum er Bobby so angucke, kopte kurz auf, nein er sei so vollfett, er traue es sich gar nicht zu sagen, doch Bobby rief ploetzlich er solle es doch sagen, da fasste sich der Pop-Eye ein Herz und meinte dass Bobby's Kopf ihn an eine Affenart erinnere, an welche fiel ihm nicht ein " Schimpanse " rief Horst, Konrad verneinte " Orang Utan " rief Bruno, Konrad verneinte, doch ploetzlich " Gorilla, Gorilla "rief er siegessicher, da imitierte Bobby mit den Armen nach oben einen Gorilla uahhahaa, schallte laut dass Doreen und Anna aufschauten, die sich gerade auf jamaicanisch unterhielten und immer mehr zu dieser bunten Modeboutique auf der anderen Strassenseite hinblickten, seine Freundin sagte zu Bruno sie moechte mit Anna die Kleider betrachten in diesem Laden was es da alles zu sehen gibt, von Geld sagte sie nichts. Doch Bruno sah ihren sehnsuchtsvollen Blick nach drueben und weil Doreen in der Fabrik arbeitet und Anna als Putzfrau arbeitet und weil die beiden Deutschen das Herz am rechten Fleck haben gaben sie den Maedels Geld, viel mehr als ein bisschen, sie sollen sich doch etwas Nettes aus dem Laden kaufen zum Anziehen, freudestrahlend nahmen die beiden Suessen das Geld, es gab noch ein Dankekuesschen fuer die beiden Spender, dann verliessen die Maedels das Cafe Richtung Boutique. Konrad guckte Bobby an, keuchte er habe einen kleinen Hunger, da platzte dieser los verschluckte sich fast, mein Gott was war passiert, Bobby stotterte er habe Konrad als Giraffe gesehen mit langem Hals und kleinem Kopf, ergaenzte als wenn ihn jemand am Hals gepackt haette und dann seinen Kopf nach oben geschoben hat, Konrad rief "Die Giraffe hat Hunger ", aber die Speisekarte lesen, das war viel zu anstrengend, Bobby machte es einfach bestellte beim Kellner fuenf Cheeseburger mit Pommes. Ja da sassen sie nun zusammen in einem schoenen Strassencafe in Negril, die Sonne wuchtete heiss herab, drei Deutsche Bruno, Horst und Konrad und zwei Jamaicaner Bobby und Charly mit dem Gesicht zur Hauptstrasse hin, alle fuenf waren hackezu, hackedicht vom besten Gras auf der Welt, sie beobachteten die vorbeigehenden Touristen, die Einheimischen, sie waren zu nichts mehr faehig, konnten nur noch eines - lachen. Konrad kraechzte er sei dermassen breit, dass er keine Zweibeiner mehr wahrnehme Maenner, Frauen, Kinder er sehe nur noch einen bunten Tierpark vorbeiziehn, ja ein ganzer Zoo schien heute Ausgang zu haben, sei hier unterwegs mit Voegel, Tigern, Baeren, Nashoernern, Elefanten, die scheinen heute einen Ausflug zu machen wie wir auch. Horst uebersetzte zu Bobby und Charly dass Konrad schon auf dem Lachtrip ist, weil er nur noch voruebergehende Leute mit Vogelkoepfen, Affenkoepfen, Baerenkoepfen sieht, Bobby und Charly schuettelten sich vor lachen, meinten da sei Konrad nicht allein, ihnen gehe es naemlich aehnlich.

Ein Souvenierhaendler mittleren Alters vollbepackt von oben bis unten mit Armbaendern, Kettchen und Ringen kam am Cafe vorbei, guckte Bruno an, dieser schaute in ein faltig braungebranntes Gesicht, er erschrak, sagte leise zu Horst und Konrad der hat ja einen Krokodilkopf auf, Horst gab die Information gleich an die Jamaicaner weiter, alle fuenf guckten jetzt das " Krokodil ' an, keiner konnte es mehr zurueckhalten, ein irres Kichern war die Folge. Der Souvenierhaendler hatte natuerlich keine Ahnung um was es geht, er wusste nicht dass die vollfetten Gaeste hier im Cafe dachten, sie gucken in ein Krokodilgesicht, doch Bruno meisterte die etwas peinliche Situation in dem er gleich zwei Armbaender kaufte, ein braunes und ein schwarzes, beschloss auch alle seine Armbaender zu verschenken an die Kumpels vom Stammtisch, er gab Geld und der Krokodilhaendler zog zufrieden von dannen. Da trottete langsamen Schrittes ein Tourist, ein Fettwanst vorbei mit einem Riesenbauch und er schleckte genuesslich an einem Himbeereis, alle lachten schon " Dem schmeckt's auch " meinte Konrad " Und er ist nie allein " rief Horst " Warum nie allein ", fragte Bruno " Weil er immer jemand bei sich hat, seinen Bauch " sagte Horst " der Mensch ist nie allein auch nicht in der Nacht im Bett, da liegt immer sein Schmerbauch neben ihm ". Der Mann im fortgeschrittenen Alter hatte kurz braune Haare, ein Meckischnitt zierte seinen grossen Schaedel, das Gesicht war stark roetlich, hatte er einen Sonnenbrand abbekommen, das Himbeereis leckte er mit Inbrunst. Bobby guckte zweimal nach ihm " Mann, der hat einen Schweinskopf auf ', meinte er verwundert, da lachten sie sich wieder die Hucke voll, sassen im Cafe, waren prall wie die Sau, guckten vollfett die vorbeiziehenden Teile an. Der Kellner mit Spitznase und kleinen Aeugelein kam an den Tisch, auf einem grossen Tablett hatte er fuenf Cheeseburger mit Pommes, servierte diese, Charly drehte seinen Kopf zur Seite, versuchte seinen unkontrollierten Lachausbruch zu ersticken, der Kellner wuenschte allseits einen guten Appetit und verschwand, da holte Charly Luft meinte der hatte doch einen Fuchskopf auf, er wusste nicht dass es sowas gibt in schwarz, darauf sagte Konrad er wusste nicht dass es Jamaicaner gibt die aussehen wie Mexicaner " Viva Mexico " kraechzte er los, " Viva Mexico ", riefen die am Tisch versammelten, nein, es wollte nicht aufhoeren, aber da kamen die Maedels zurueck bepackt mit Tueten und Taeschchen, sie haetten was Nettes zum Anziehen gefunden, Doreen und Anna oeffneten die Tueten, die Ausfluegler erblickten Minikleidchen nebst bunten T-Shirts, es habe etwas laenger gedauert erzaehlte Doreen, sie haette noch nach Hause telefoniert mit ihrer Mutter gesprochen und mit dem aelteren Bruder ein wenig gequatscht, alle seien wohlauf, " Wir sind auch wohlauf hier " stellte Bruno fest, ja das Essen der Genuss der Burger holte die Urlauber langsam aber sicher herunter von ihrem Lachtrip und die bizarren Tiereinbildungen verschwanden zusehends. Die Maedels nahmen Platz bestellten zwei Mineralwasser, allseits fand eine seichte Unterhaltung statt, Konrad war schnell pappsatt, die Haelfte seines Burgers verschlang Bobby. Nach einer guten Weile rief Horst " Ich glaube wir haben genug gesehn von Negril, wir koennen wieder zurueckfahrn nach Montego Bay " eigentlich hatten sie fast gar nicht gesehen von Negril, dafuer aber immens gelacht, dank der Naturheilkraeuter Jamaicas, man verlebte hier eine herrlich spassige Zeit, hier in diesem netten Cafe auf der Flaniermeile in Negril, das war genug fuer einen Tag, nur keine Hektik aufkommen lassen, keinen Stress im Urlaub fabrizieren, morgen standen zwei weitere Faultage auf dem Programm, danach ein weiterer Ausflug nach Ocho Rios, eine Reise zu einem geheimen Wasserfall. Konrad bezahlte die Rechnung vom Cafe, angenehm entspannt stiegen alle in den Minibus, Charly fuhr gemaechlich los Richtung Montego Bay, den Mitreisenden fielen bald die Augen zu, das Gras machte sie schlaefrig ausser Charly genehmigten sich alle ein Nickerchen und wachten erst wieder auf in Montego Bay. Auf der Beachroad hielt Charly vor einem Supermarkt, die Maedels wollten Obst kaufen, da gingen ihre Freunde natuerlich mit, aber Bruno und Horst wollten natuerlich kein Obst kaufen, sondern Bier, zwei Sixpack Red-Stripe Bier mmh..in diesem Supermarkt gab es leckere Sachen zu kaufen in Cellophan verpackte Brathaehnchen, gegrillte Barbecuewuerstchen, Sandwichbroetchen, fertig gebratene Schweinesteaks waren im Angebot, Bruno kam eine Idee heute nicht auswaerts zu essen, sondern ein Picknick veranstalten in der Villa auf der Terasse im ersten Stock, Horst war sofort einverstanden, die Maedels auch, so kauften die beiden Villabewohner zum Essen und zum Trinken all die Sachen plus Obst die ihr Magen so begehrte, vollbepackt mit all den Delikatessen fuhr Charly dann die Serpentinen hoch zur Villa, Konrad und Bobby entschieden sich heute abend fuer das Beachrestaurant, es wurde schon dunkel, morgen und uebermorgen waren wieder zwei Faultage angesagt, man machte aus am dritten Tag Treffpunkt um 1Uhr mittags im Cornwall-Restaurant fuer die Reise nach Ocho Rios, oben am Berg angekommen fand ein freudiges Verabschieden statt, war sich einig dass der Ausflug nach Negril ein voller Erfolg war, sie hatten sich ja kaum bewegt in Negril, trotzdem war ihr Erlebnisreichtum immens. Der Villaboss Larry schien ausser Haus zu sein, die Urlauber verschwanden gleich mit ihren Einkaeufen in die Zimmer, duschten sich ab, ah-das tat gut, alle hatten einen heissen Tag hinter sich, in einer guten Stunde solle das Picknik auf der Terasse beginnen.Nach diesem herrlichen Duschvergnuegen legten sich Bruno und Doreen nackt auf frische weisse Bettlaken, beide spuerten es ist Zeit fuer die Liebe, ohne viel Worte fingen sie an sich zu kuessen, sich behutsam zu beruehren, ein Koerper hatte Verlangen nach dem anderen Koerper, Doreen lag auf dem Ruecken, massierte mit ihrem Haendchen gefuehlvoll Bruno's Eier, dieser verschluckte jetzt zaertlich ihre festen Brustwarzen, er befand sich schon im Reich der Sinne, legte sich auf sie und drang jetzt mit seinem geladenen Colt in die huebsche Jamaicanerin ein, das braunhaeutige Maedchen stoehnte aufreizend, mit der Zeit spreizte Doreen immer mehr die Schenkel bis sie ihre langen Beine ploetzlich nach oben streckte und in dieser Stellung verblieb, das machte Bruno ganz geil im Kopf, er bediente ihren feuchten Liebeseingang jetzt mit kraeftigen Stoessen, Doreen's Lustlaute wurden lauter und lauter, gleichzeitig umschlossen nun ihre Beine Bruno's Ruecken, der Koch aus Hameln war jetzt ausser Rand und Band, er gab alles, spuerte deutlich noch ein paar Sekunden zum Paradies..o Gott noch ein paar Sekunden dann war es soweit, mit einem gurrenden Erloesungsschrei entlud er sich koeniglich, ein zufriedenes Keuchen folgte, es war vollbracht und es war gut, Doreen schien auch auf ihre Kosten gekommen zu sein, sie laechelte entspannt, bald rollte sich Bruno herunter von ihr, nahm sie in den Arm, sagte mit belegter Stimme dass es wunderschoen war mit ihr, das Maedel kuesste ihn auf den Mund, sie hielten sich fest umschlungen, Ruhe kehrte ein, da passierte es, sie doesten einfach weg. Ein Klopfen an der Tuer schreckte beide ins Leben zurueck " Picknik, Picknik " rief Horst, er habe schon Hunger, Bruno rief dass sie gleich erscheinen werden, heisshungermaessig drueckte er nochmal die nackte Schoenheit an sich, verwoehnte sie mit einem tiefen Zungenkuss, danach machten sich beide frisch und schluepften in ihre Klamotten. Bald war auf der Terasse alles aufgebaut, auf zwei weissrunden Steintischen lagen die Koestlichkeiten vom Supermarkt angerichtet zum Verzehr, die Brathaehnchen, die Barbecuewuerstel, die Schweinesteaks, die Broetchen, das Obst und natuerlich die Biere, Bruno und Doreen nahmen Platz auf einer weissen Marmorbank, die andere Bank gegenueber teilten sich Horst und Anna, der Ausblick nach draussen war gespenstisch. Die Terasse schwarz vergittert, doch durch die Gitterstaebe konnte man gruen dunklen Urwald erblicken, soweit das Auge reichte, ein verruecktes Stimmengewirr von Voegeln, Froeschen und allerleiem Getier lieferte eine knisternde eine grandiose Akkustik, ja eine tolle Urwaldmusik. Mit Bier stiessen die vier auf ihr Picknik an, danach wurde lecker gegessen, man war sich einig dass die Villa hier ein toller Platz sei, die Urlauber schienen verzaubert zu sein von dem was ihnen geboten wurde, hoch oben auf dem Berg, umgeben von einem exotischen Urwald, der zu dem auch noch musizierte. Eine grosse Unterhaltung fand nicht statt, es wurde mehr geschmatzt als geredet, man freute sich auf die beiden Faultage, die vor ihnen lagen, nichts tun, die Seele baumeln lassen, beschloss den morgigen Tag wieder an diesem einsamen Strand zu verbringen, doesen im Liegestuhl und schwimmen im blauen Meer. Als alle pappsatt waren meinte Horst genuesslich zu einem guten Essen gehoert auch ein guter Nachtisch, zog ein kleines Tuetchen mit Gras und Zigarettenpapier hervor, Bobby hatte es ihm gegeben, alles uebergab er seinem Freund, dieser solle doch bitte einen seiner legendaeren Bruno-Joint's drehen " Oh Gott zuviel der Ehre, zuviel der Ehre ", rief Bruno, da lachte Horst, sein fertiger Joint war peinlich krumm und schief, eigentlich sah er grausam aus, er zuendete ihn an, das Ding haute so rein, war so stark, dass den Anwesenden die Luft wegblieb, jemand sagte ein paar Worte, da fingen die anderen an zu kichern, doch ploetzlich verguckte sich Horst in Anna, kuesste sie kraeftig, Anna presste ihre Lippen auf die seinen, da schien Leidenschaft im Spiel zu sein, nach diesem bemerkenswerten Kuss meinte Horst zu Bruno sueffisant, dass er jetzt gerne mit Anna weiterpickniken moechte, ganz privat. Bruno verstand sofort was sein Freund wollte, bald erhoben sich die zwei verliessen die Terasse, man wuenschte sich gegenseitig noch einen schoenen Abend. Jetzt guckte Bruno Doreen an, wollte wissen ob sie denn gesehen haette, wie sich die beiden gekuesst haben, das Maedel grinste, hob den Daumen nach oben " Das koennen wir auch " sonorte Bruno, presste seine Lippen auf ihren Mund

Doreen legte den Arm um seine Schulter, kuesste ihren Freund zaertlich. Bruno hielt inne, er war mit Doreen allein auf der Terasse, beide waren voellig high von diesem wunderbaren Joint, jetzt war die Zeit gekommen sie zu fragen was er schon laenger im Sinn hatte, hielt ihre Hand fest, guckte sie verschmitzt an, nannte ihren Namen, fragte ganz locker ob sie denn Lust haette mal zu ihm nach Germany zu kommen, urlaubsmaessig, vielleicht fuer drei Monate, er wuerde ihr den Flug bezahlen und natuerlich fuer alles aufkommen, sie koenne dann bei ihm wohnen. Doreen stutzte, die Ueberraschung stand ihr im Gesicht, etwas grossaeugig schaute sie ihren Freund an, in ihrem huebschen Koepfchen rasten anscheinend eine Menge Gedanken umher. Bruno dachte bei sich, sie haette mir auch gleich um den Hals fallen koennen aus lauter Freude, wenn ich sie schon nach Deutschland einlade, neugierig fragte ihn Doreen, warum er sie denn mitnehmen will nach Germany. Bruno ist ja ein sehr bodenstaendiger Mensch, auf diese Frage antwortete er ganz simpel, weil er sie mag, sie gerne mag und ob ihr diese Antwort genuege, schnell erwiderte sie mit einem suessen Stimmchen, dass auch sie Bruno gerne mag und da endlich - ihr Antlitz erstrahlte, leuchtete auf in heller Freude " Okay " rief sie " I go with you to Germany ! " Die zwei umarmten sich, er fluesterte ihr ins Ohr das sei eine gute Entscheidung und versetzte ihr einen dicken Schmatz. Doreen sprudelte los dass sie noch nie im Ausland gewesen sei, darauf sagte Bruno er war auch noch nie in Jamaica, sie lachten, bei der folgenden Unterhaltung meinte das Maedel vor dem Fliegen muesse noch eine Menge geklaert werden, das mit ihrer Arbeitsstelle, auch ob sie nach ihrer Rueckkehr wieder dort arbeiten koenne, einen Reisepass benoetige sie auch, Bruno sagte ein bisschen Papierkrieg sei unvermeidbar, eine Einladung nach Germany wuerde sie bekommen von ihm, danach muesse sie die deutsche Botschaft in Kingston besuchen und dort vorsprechen. Doreen guckte ein wenig ueberfordert drein und wie die beiden so redeten ueber all das was noch erledigt werden muss bevor es losgehen kann mit der Reise, da erklang ploetzlich aus der Dunkelheit aus dem Urwald heraus glasklar eine Stimme " Don't worry about a thing cause every little thing its gonna be allright", es war Bob Marley der da sang, man hoerte nur seine Stimme, es war gruselig. Doreen und Bruno guckten sich an " Was ist das denn?" rief der Koch aus Hameln " jetzt hoeren wir schon Stimmen ". Die Stimme kam durch das Gitter der Terasse hindurch zu ihnen hinein, es war keine Einbildung, doch so ploetzlich sie gekommen war, so ploetzlich verstummte sie wieder. Ehrfuerchtig fluesterte Doreen genau in dem Moment in dem sie ueber ihre Probleme geredet hatten, da hoerte man Bob Marley's Stimme, er wollte uns mitteilen sich keine Sorgen zu machen, alles sei okay, alles sei allright, der bodenstaendige Bruno erwiderte darauf, er gebe ihr recht, dass das eine Botschaft war fuer sie, die Stimme kam von einem Kassettenrecorder oder Radio her, aber von keinem Geist. Doreen lachte, fragte ihn ob er an ein Schicksal glaube, dieser beantwortete die Frage mit einem klaren Ja, sein Freund Horst kenne sich da gut aus mit der Philosophie, er sagt immer es gibt keinen Zufall" Das Leben ist vorgegeben und will doch gelebt werden". " Das denke ich auch ",meinte Doreen. Dann war es auch kein Zufall dass wir uns kennengelernt haben", sagte Bruno.

" Bestimmt nicht ", anwortete Doreen mit einem lieblichen Laecheln im Gesicht, darauf stiessen die zwei an, goennten sich einen Schluck Bier, dabei fiel Bruno ein er habe einen Wunsch an sie, fasste ihr ans Knie, meinte leicht euphorisch er moechte gerne eine Nacht bei ihr uebernachten da wo sie wohnt, das Maedel wirkte irritiert, erwiderte dort sei es gar nicht schoen, da wuerde es ihm nicht gefallen, Bruno erwiderte trocken, er wohne auch nicht in einem Palast in Germany, da wurde Doreen ernster, teilte Bruno beschaemend mit, dass sie in den Slums von Montego Bay wohne in einer kleinen Huette, dass es dort ziemlich dreckig und laut sei in der Nacht, dort war auch noch nie ein Auslaender gesichtetet worden. " Dann bin ich eben der erste Auslaender der mit dem schoensten Maedchen von Jamaica in den Slums eine Nacht verbringt ", rief Bruno selbstsicher, " das moechte ich einfach erleben, kennst Du den Song von Elvis " In the Getto ", er fing an zu singen mit tiefer voller Stimme " In the Getto, In the Getto ", da brachen beide in Gelaechter aus, das Maedel spuerte, sie kann ihm diesen Wunsch nicht abschlagen, sagte zu ihm wenn Bruno wirklich will, einmal mit ihr im Getto schlafen dann okay, aber sie habe ihn gewarnt. Das freute den Koch aus Hameln, Doreen meinte wenn sie von der Reise zum Wasserfall zurueckkommen, dann wuerde sie Bruno mitnehmen in die Slums zu sich nach Hause. die beiden beschlossen das Picknik auf der Terasse zu beenden, die Leckereien waren laengst verputzt, ein paar volle Bierflaschen nahmen sie noch mit aufs Zimmer, sie wurden ueberfallen von einer ueberaus angenehmen Bettschwere huebsch nackt legten sie sich beide auf ihr weissen Laken, Doreen meinte, es scheint dass Larry schon Haushilfeersatz fuer Anna gefunden hat, weil alles frisch ueberzogen ist, Bruno zog die Bettdecke hoch ueber ihre Koerper, da drehte sich Doreen auf die Seite, hielt ihm ihr suesses Aerschlein hin, mmh das war ein Angebot, sie machte ihm ein Angebot das er nicht ablehnen konnte, er massierte sanft ihre Pobacken, weitete ihr geiles Hinterteil ein wenig, schob dann ganz cool sein geschwollenes Ding in ihre kleine Moese hinein, raus und rein, rein und raus, schon gut wenn die Kleine bei mir in Hameln ist, dachte er unter der Liebe, dann habe ich jede Nacht " Brown Sugar" in meinem Bett, den braunen Zucker kann ich dann richtig herbeuteln, das wird der Jamaicanerin gefallen, doch ihm Moment ging ihm die Puste aus, hatte gerade noch die Kraft ein bisschen zu spritzen, ja die guten Joints hatten ihn voellig entspannt, langsam zog er sein bestes Stueck aus ihr heraus, fluesterte Doreen ins Ohr dass ihm gleich die Augen zufallen, sie kicherte leise das sei kein Problem gab ihm einen Kuss auf die Lippen und sagte " Gute Nacht Bruno" " Gute Nacht Doreen ". In den naechsten zwei Tagen wurde man noch fauler als zuvor, kein Besuch von Sehenswuerdigkeiten oder Wassersportaktivitaeten stand auf dem Programm, die Sonne schien heiss herunter, die zwei Paerchen bewegten sich an ihrem einsamen Strand nur zwischen Liegestuhl und Meer, zwischen doesen im Schatten und gelegentlichem Abkuehlen, man ernaehrte sich von Chips und Sandwiches aus dem Kiosk, ein paar Bierchen durften nicht fehlen die bei dieser Hitze natuerlich voll jegliche Gedanken aus der Birne entfernten.

Die Zeit stand still, die Welt war angehalten, am Abend als es kuehler war, spazierte man auf der Flaniermeile von Montego Bay entlang, kaufte Essen in einem Supermarkt das dann oben in der Villa auf der Terasse gemeinsam verzehrt wurde, danach verschwanden die Urlauber zufrieden den ganzen Tag von der Sonne gebraten mit ihren huebschen Freundinnen in die Zimmer. Bruno und Doreen legten sich aufs Bett tranken Bier und bevor ihre Lebensgeister endgueltig erloschen fand noch eine intime deutsch-jamaicanische Vereinigung statt. Und wieder schenkte die Sonne den Jamaicanern einen strahlend heissen Morgen, heute stand der Ausflug nach Ocho Rios auf dem Programm. Was war das denn, es schien als waere hier die deutsche Puenktlichkeit ausgebrochen, Punkt 1 Uhr mittags war die gesamte Mannschaft um den Minibus versammelt Bruno, Horst, Bobby, Konrad, Doreen, Anna und der Fahrer Charly. Die Maedels hatten ihre Luxusklamotten aus dem Modegeschaeft von Negril uebergezogen, Doreen praesentierte sich in einem hellgelben Minikleidchen mit weissem Elefantenkopf auf der Vorderseite, eine gruene Palme zierte Anna's blaues Kleid, schoen sahen sie aus zum Reinbeissen diese beiden braunen Geschoepfe, Bobby in weissem Leinenanzug, Bruno in schwarzer Sporthose und braunem Safarihemd, Horst wieder im Schimanskyoutfit lange blaue Jeans, graues T-Shirt, nicht zu vergessen Konrad in gruen gelb schwarzem Freizeithemd und roter Sporthose, Charly in seinem blauen Arbeitsanzug sah aus wie ein Handwerker, ein Klempner. Aufgeregt winkte Bobby einen Haendler zu sich der sich dem Minibus naeherte, er hatte einen Holzkasten um die Brust geschnallt, die Hautfarbe des schon in die Jahre gekommenden Mannes war pechschwarz, doch als er Bobby anlaechelte blitzten seine Zaehne schneeweiss. Bobby gab zum Besten, sein Freund habe hier echt kubanische Zigarren zu verkaufen, einige davon seien Weltklasse, eine Raritaet, er sei nur kurz in Montego Bay etwas spaeter werde er nach Negril aufbrechen und dort seine Zigarren in den teuren Hotels anbieten, wenn jemand von ihm eine original Havanna-Zigarre kaufen moechte dann jetzt. Der Haendler trat naeher, die Maenner guckten neugierig in den Holzkasten hinein, da gab es kleine, grosse, dicke, duenne Zigarren aber auch lange Riesentruemmer, der Mann war gut sortiert, Bobby klaerte auf dass es natuerlich verschiedene Preislagen gibt " Ich bin kein Fachmann, ich gehe nur nach dem Geruch", meinte Horst " eine Zigarre muss gut riechen". Bruno nahm so ein Ding in die Hand schnueffelte an einer Riesenzigarre herum war sich sicher die duftet ja herrlich, Bobby lachte, bemerkte dass die auch die Teuerste sei, eine echte Montecristo-Zigarre handgerollt, einer der besten Zigarren ueberhaupt auf der Welt, davon habe der Haendler auch nur vier Stueck. " Das passt ja gut, rief Horst bestimmend " wir nehmen alle vier Stueck fuer uns, dann braucht dein Freund auch gar nicht mehr nach Negril fahren ". Konrad fragte was denn mit Charly sei. " Der kriegt eine kleine Zigarre " erwiderte Horst " besser eine kleine als gar keine ". Bruno schaute zu den Maedels ob sie auch so ein Ding haben wollen, doch die winkten dankend ab. Der Handel war perfekt, der schwarze Mann freute sich sehr, Bobby nannte den Preis wouh der konnte sich sehen lassen,

Horst hatte wieder einmal seine Spendierhosen an, hatte gut gekauft und verkauft in der Grauzone alles was Geld bringt, danach war er immer spendabel uebernahm die Bezahlung der Zigarren, meinte es sei ja immer schoen wenn man anderen eine Freude machen kann, da bedankten sich die maennlichen Mitreisenden bei ihm, der Haendler schnippelte noch an den Zigarren herum, liess Bobby wissen, dass sie jetzt rauchbereit seien. nachdem der Zigarrenmann verschwunden war, stiegen nun alle in den Minibus ein die Maedels nahmen wieder vorne Platz neben dem Fahrer, Charly startete den Motor fuhr los. Bobby jellte laut " Ocho Rios wir kommen ". Konrad keachzte wie ein Geier klatschte in die Haende dass er schon sehr gespannt sei auf den geheimnisvollen Wasserfall, er glaube heute abend kommen dann alle ein paar Jahre juenger zurueck nach Montego Bay. Horst aeusserte sich eher skeptisch, scherzte dass Bobby und Charly ja schon unter dem Wasserfall standen und nicht juenger geworden sind, vielleicht sogar aelter. Charly rief nach hinten " Ja alle werden ihn sehen und alle werden ihn fuehlen ". Die Truppe schien Appetitt zu haben, mit Heisshunger wurden die Schinkensandwiches in Minutenschnelle verputzt die Bobby als Reiseproviant im Bus verstaut hatte dazu trank man Wasser. Danach konnte endlich die Zigarrenparty beginnen, Horst verteilte die vier grossen Dinger an die Maenner, Charly bekam die Kleine. Bruno liess seine Montecristo-Zigarre spielend durch die Finger gleiten, roch genuesslich daran, meinte dass die alle aussehen wie kleine Minitorpedos, im Nu blitzte Bobby's Feuerzeug auf, er stellte auf grosse Flamme, es dauerte eine Weile bis diese vier Riesenzigarren alle brannten, eine dichte Rauchwolke breitete sich im Minibus aus, die Maedels schnappten nach Luft, hielten sich die Haende vors Gesicht, jetzt kam noch Charly mit dem Anzuenden dran, ah die Ausfluegler lachten, husteten, pafften um die Wette wie die Kinder wer die groesste Wolke in die Luft blasen kann, sie wollten nur Spass der Genuss einer feinen Montecristo-Zigarre war zweitrangig, vor lauter Uebermut vergassen sie die Fenster zu oeffnen bis die Qualmwolke so dicht wurde dass einer den anderen nicht mehr richtig sehen konnte, Doreen und Anna schrien los, schoben ihre Seitenfenster voll auf, Charly tat dasselbe, die Hintermannschaft krakelte vergnuegt weiter, plaerrend machten sie sich an den Fenstern zu schaffen, doch die liessen sich nur zur Haelfte oeffnen, aus dem fahrenden Minibus rauchte es heraus wie die Sau, die Menschen auf der Strasse waren schockiert, dachten sie doch Feuer im Bus der Bus brennt, doch mit der Zeit und den offenen Fenstern verschwand der Qualm, die Raucher hatten ihre teuren Zigarren nun bis zur Haelfte abgepafft, Bruno murrte ploetzlich Wasser sei nicht das ideale Getraenk zu so einer guten Zigarre, Rum-Cola wuerde jetzt gut passen, Konrad fuhr hoch das sehe er auch so, Charly soll doch beim naechsten Supermarkt anhalten, er spendiere eine Flasche Rum mit Cola und Eis, Bobby informierte den Fahrer dieser machte stop beim naechsten Getraenkemarkt. Charly wartete vor dem Bus mit seiner Zigarre neben ihm stand Horst der in jeder Hand zwei grosse brennende Montecristos hielt, rief den anderen zu sie sollen sich beeilen bevor er hier noch abbrennt mit den Zigarren, dass man sie auch ausmachen koenne auf diese Idee kam keiner.

Der Rest der Truppe ging einkaufen, im inneren war der kleine Markt vollbepackt mit Waren fast bis zur Decke gestapelt, Doreen und Anna besorgten sich Eis am Stiel und Knabbergepaeck. Konrad, Bruno, Bobby hielten nach Rum Ausschau, erblickten ein ganzes Regal voller verschiedener Rumflaschen, Konrad nahm vorsichtig eine Flasche in die Hand " Oh die haben auch einen "Captain Morgan " hier ", Bobby klaerte allseits auf Captain Morgan sei ein sehr beruehmter Jamaicarum, er schmeckt toll ist aber auch sehr stark. Konrad ueberlegte laut ob eine Flasche Rum reicht fuer sieben Personen, besser seien zwei Flaschen zur Sicherheit. " Du willst zwei Flaschen Rum kaufen " schallte Bobby. " Hey " rief Bruno " unsere Zigarren brennen da draussen mit dem Horst schnell schnell wir muessen raus hier". Eiligst raffte man alles zusammen zwei Flaschen Rum, zwei grosse Cola, Pappbecher nebst einer Packung Eiswuerfel, Konrad bezahlte alles im Akkord vollbepackt verliess man schnellstens den Laden,Horst huepfte draussen schon von einem Bein auf das andere ungeduldigst herum mit den qualmenden Zigarren zwischen den Fingern, war froh dass sie ihm jetzt abgenommen wurden. Alle Mann an Bord, Charly zaehlte kurz ab, dann gab er Gas und fuhr los. Nun konnte die Rum-Cola Party beginnen, die Maedels halfen die Plastikbecher zu verteilen, dann schenkten sie einen satten Schluck Captain Morgan ein, darauf Cola aber nicht zuviel dass man den guten Rum noch spueren kann, zum Schluss gabs noch Eiswuerfel in die Becher , auch die Weiblichkeit war mit von der Partie. " Auf den Wasserfall dass er uns alle gluecklich macht ", rief Konrad der edle Rumspender und die Runde stiess an mit Rum- Cola.

Zu ihrem neuen Getraenk schmeckte den Rauchern ihre halbe Zigarre noch besser, die uebriggebliebenen Klumpen dufteten, gluehten langsam vor sich hin, Bruno erzaehlte der Mannschaft nicht, dass er heute nacht in den Slums von Montego Bay schlafen wuerde mit Doreen in ihrer Behausung, es waere dem Maedel sicher peinlich, sein Freund Horst erfahre es dann spaeter von ihm. Konrad wurde zum Wortfuehrer, gab zum Besten ob es nicht besser sei sich pudelnackt unter den Wasserfall zu stellen, vielleicht waere dann die Heilkraft des Wassers noch staerker. Bobby uebersetzte gerne auf jamaicanisch was der Spinatmatrose vorgeschlagen hatte Oh..die Maedels am Vordersitz schrien auf, sie winkten sofort ab, das kaeme gar nicht in Frage, sie truegen beide Badeanzuege unter den Kleidern. Horst ulkte dass Konrad doch nur die Girls nackt sehen moechte, ja die Whitney Houston und die Donna Summer von Jamaica. Bruno bezweifelte ob Konrad schon wirklich in Sexrente sei, der schuettelte den Kopf, das mit der Sexrente stimme schon, aber er sei auch ein FFK-Anhaenger, ein echter Fan der Freikoerperkultur und schoene Maedchen sehe er immer noch gerne an. " Vor allem wenn sie nackt sind ", rief Bruno, Bobby uebersetzte fleissig, Gelaechter erfuellte den Minibus, Bruno fuhr fort man sollte Konrad mit zwei jungen Maedels in ein Zimmer einschliessen, alle drei Personen muessten splitternackt sein fuer ein paar Stunden, dann koenne man schon sehen was es mit der Sexrente auf sich hat, vielleicht werde Konrad kurz ins Arbeitsleben zurueckkehren. " Auf die Rueckkehr ins Arbeitsleben", rief Horst, Bobby uebersetzte darauf tranken die Ausfluegler kraeftig, auch die Maedels und Charly tranken tapfer mit, bald war die Captain-Morgan Flasche leer, was nun? Da sagte Bruno der alles andere als nuechtern war " Siehst Du Bobby Konrad hat uns gerettet, er hatte die grandiose Idee noch eine zweite Flasche mitzunehmen, sonst wuerden wir jetzt auf dem Trocknen sitzen". " Konrad, Konrad, Konrad "riefen Bobby, Bruno und Horst im Chor. Waehrend der Jamaicaner die zweite Flasche oeffnete, meldete sich Charly zu Wort sprach zu ihm in der Inselsprache, dann uebersetzte Bobby an die drei Deutschen, dass wenn sie einverstanden waeren Charly nicht hinein in das Staedtchen Ocho Rios fahren wuerde sondern gleich Richtung Wasserfall, da gaebe es eine Abkuerzung. " Zum Wasserfall, zum Wasserfall ', groehlten alle miteinander sie waren sich einig, Konrad meinte er freue sich schon auf eine kalte Dusche, der Rum heize ihm ganz schoen ein, hoffentlich sehe er den Wasserfall nicht schon doppelt. Charly wusste Bescheid wohin es geht, mittlerweile waren die Zigarren aus und die Pappbecher wieder gefuellt, der Fahrer liess wissen es dauere nicht mehr lange,dann waeren sie am Ziel, er kenne da einen Weg zum Wasserfall der voll durch die Botanik fuehre, die Mitfahrer guckten jetzt wieder zum Fenster hinaus, sie waren neugierig, es ging von der Strasse ab in ein Waeldchen, nach kurzer Zeit tat sich eine Lichtung auf mitten im Gruenen, sie erblickten ein bunt bemaltes Holzhaeuschen das sich als ein Minimarkt entpuppte, daneben stand ein leerer Bus mit einer Hotelaufschrift, Leute waren nicht zu sehen. Charly parkte vor dem Markt der allerlei anzubieten hatte Getraenke, Obst, Suesswaren aber auch T-Shirt's, Pfeifchen und Strohhuete. Ziemlich beschwipst verliessen die Reisenden den Bus, tapsten vorsichtig ins Freie, die zweite Rumflasche wurde nicht voellig geleert, was fuer eine Ueberraschung, ein derart heisser Sonnenstrahl krachte vollmundig auf die Koepfe der Ausfluegler hernieder, dass ihnen die Luft wegblieb. " Mann ist das hoellenheiss ", rief Konrad, den anderen schien das nicht viel auszumachen, im Gegenteil Bruno und Horst rissen die Arme hoch ja sie suhlten sich in diesem Hitzekessel " Besser verbrannt als erfroren ", toente der Krankenhauskoch. Bobby bemerkte dies, schaltete schnell deutete zu den aufgehaengten Strohhueten schallte mit seiner Bassstimme " Leute jetzt werde ich mal was spendieren eine Kollektion Strohhuete die sollten wir jetzt alle tragen, die Sonne scheint heute mit Superpower, anscheinend ist sie gut gelaunt. Das Echo kam promt im Chor " Bobby, Bobby thank you very much ". Es ging schnell sechs weisse Huete waren noch vorhanden, Charly verzichtete band sich gekonnt sein rotes Halstuch um den Schaedel, meinte das waere jetzt die letzte Einkaufsmoeglichkeit vor dem grossen Ereignis, die Maedels deckten sich ein mit Orangensaft nebst Kartoffelchips, alle setzten jetzt ihre weissen Huete auf, das sah lustig aus als waere eine Reisegruppe aus Mexico unterwegs, Bobby bezahlte.Die Stimmung war gut, der Rum-Cola haute ganz schoen rein auch bei den Maedels die losriefen hoffentlich werde man den Wasserfall auch finden. Jetzt setzte sich die angetuernte Sombrerotruppe, jetzt setzten sich die glorreichen Sieben in Bewegung Bobby ging voran auf einem schmalen Feldweg, der Rest folgte ihm in Zweierreihe, es wurde nicht mehr geredet, man bewunderte die abgeholzte gruene Landschaft die unterschiedlichen Gruenfarben dazwischen die Brauntoenungen der Holzstaemme ja es wurde immer stiller, bis man nur noch den puren und wunderschoenen Klang der Tierwelt vernahm. Nach einiger Zeit muendete der Weg in ein kieselerdiges ausgetrocknetes Flussbett hinein, die Sonne schien nicht mehr jetzt brannte sie herunter, ob es noch weit sei kraechzte Konrad, man koenne hier doch eine kleine Pause machen, aber die anderen wollten von einer Pause nichts wissen, es dauert nicht mehr lange, sie waeren bald am Ziel beruhigte Bobby die Wanderer. Die Maedels reichten eine Orangensaftflasche in die Runde, ploetzlich hoerte man Stimmen, da tauchten Leute auf, zwei Paerchen mit nassen kurzen Hosen und T-Shirt's dazu ein junger Jamaicaner, die Truppe hielt kurz an und beaeugte die Fremdlinge.Bruno vermutete es seien Japaner oder Chinesen dem Klang der Sprache nach, auf jeden Fall sind es Asiaten stellte Horst fest. Und die Asiaten quatschten laut und lustig, sie waren richtig aufgekratzt gruessten freundlich mit einem " Hello ". Charly sprach gleich mit seinem Landsmann auf jamaicanisch und gab gleich weiter es sind Japaner. Konrad sagte leise " Wie die alle drauf sind mit ihrem happy Singsang in der Stimme. Eine Japanerin rief der Truppe in Englisch zu " Waterfall hi, hi..very good " streckte Zeige - und Mittelfinger in die Hoehe zum Siegeszeichen, danach lachte sie ohne Unterlass, hurtig rauschten die Asiaten vorbei, setzten ihren Rueckweg fort, so ploetzlich sie aufgetaucht waren, so ploetzlich verschwanden sie wieder. " Die waren doch alle dicht, die waren doch keine 100 Prozent mehr ", raetzelte Horst. Bobby setzte ein breites Grinsen auf, meinte der Wasserfall habe die Japaner bestimmt positiv verhext.

" Ich will auch positiv verhext werden, einmal im Leben", liess Konrad wissen. Charly berichtete von dem Gespraech mit dem Touristenfuehrer der kenne natuerlich auch diesen Schleichweg, die Japaner naechtigen in einem Hotel in Ocho Rios und hatten eine Menge Spass mit dieser kalten Wasserdusche, die sie da verpasst bekamen. " Das wird ja immer spannender, immer unglaublicher", ulkte Bruno. Doreen und Anna schalteten sich ein " Yeah let's go let's go", schnell war man sich einig und die glorreichen Sieben marschierten tapfer weiter durch das ausgetrocknete Flussbett, es dauerte nicht lange da fuehrte ein schmaler Pfad hinein in die volle Botanik, es ging bergauf zwischen allerlei Gruenpflanzen und schrillen Insektenlauten bahnten sich die Marschierer den Weg hoeher hinauf. Ploetzlich blieb Bobby stehen, die Hand am Ohr " Hoert ihr es, hoert ihr es, das Rauschen ", die Truppe hielt an lauschte, tatsaechlich ein leises Rauschen war hoerbar, Bobby versicherte bald waeren sie da, es sei nicht mehr weit, eine Freude machte sich breit unter den Anwesenden man legte einen Zahn zu, das Rauschen wurde immer lauter, das Gelaende ebenerdiger, sie erreichten eine Lichtung und dann sahen sie ihn - seine Majestaet, der Wasserfall. Auf einem gruenen Huegelvorsprung ragte ein hoher, grauweisser Felsen kerzengerade in die Hoehe empor aus dem mit voller Wucht ein kraeftig breiter Wasserstrahl herunterschoss, auf felsigem Gestein bildete sich unten ein seichter Wassersee, von dem aus das Wasser versickerte in Rinnsalen zu allen Seiten in die Erde.

" Ja Mann " rief Bobby " das ist er ", nahm seinen Strohhut vom Kopf, wischte sich den Schweiss von der Stirn, erleichternde Seufzer hoerte man aus der Truppe, Bruno war beeindruckt " Das ist ja ein Superwasserfall wie im Film, wie im Bilderbuch ", Bobby orakelte das sei ein gutes Zeichen, von Touristen keine Spur, sie waeren jetzt ganz allein hier, da koenne man sich richtig frei fuehlen. " Dann gehoert die ganze Zauberkraft uns, uns alleine " toente Konrad. " Mensch Konrad ", polterte Horst " Du wirst schon genug Zauberkraft abbekommen wenn es denn eine gibt, danach wirst Du ein paar Jaehrchen juenger sein und auch noch viel schoener aussehen, aber Konrad so schoen wie die Maedels hier wirst Du nie werden ", er guckte zu Anna meinte suessholzmaessig, dass die Maedels gar nicht mehr schoener werden koennen, Bobby uebersetzte flink, da lachten die zwei Huebschen, das ging ihnen natuerlich runter wie Honig und Anna sagte Horst sei eben ein " Big Charmeur ". Ehrfuerchtig traten die Ankoemmlinge an den Wasserfall heran, beobachteten dieses nasse Schauspiel, da erblickten sie hinter dem Wasserstrahl eine Einbuchtung, eine Art Grotte gross genug fuer ein halbes Dutzend Leute, von da aus konnte man sich voll unter den Wasserstrahl stellen, dann wieder ein paar Schritte zurueck gehen. " Da muessen wir rein in diese Grotte " rief Bruno. " Ja alle ausziehen hinein ins Vergnuegen ", schmetterte Horst ' die Klamotten koennen wir einfach auf den Boden legen hier ist ja niemand ". Waehrend Bobby uebersetzte, begannen Bruno, Horst und Konrad sich zu entblaettern, alle hatten Badehosen an, Doreen und Anna guckten leicht ratlos, doch dann fummelten auch sie an ihren Kleidchen herum,

Bobby zog sich aus, Charly stand da unbeweglich, er redete mit ihm auf jamaicanisch doch Charly blieb stumm ploetzlich sagte er grinsend dass einer aufpassen muss auf all die Gewaender, die Wertsachen und ueberhaupt, einer muss aufpassen, er deutete nach links zu einem breiten Lehmweg das sei die offizielle Auffahrt zum Wasserfall, aber ein anderes Ereignis stahl ihm die Aufmerksamkeit, denn mittlerweile hatten sich die Maedels von ihren Kleidchen befreit, standen da in einteiligen hautengen blauen Badeanzuegen. Wouh..sah dieses braunhaeutige Duo scharf aus, die Urlauber glotzten sie an als haetten sie vorher noch nie ein Maedchen im Badeanzug gesehen, die zwei Suessen bemerkten dies natuerlich, bedeckten scheu ihren Busen mit den Aermchen, Doreen feixte mit den Haenden herum " Hey what you looking, what you looking ". " Yeah two sexy girls ", echote Bruno. " Huch ", die Maedels kiksten, guckten sich an und liefen zum Wassersee, Bobby rief ihnen nach sie sollen vorsichtig sein das Kieselgestein am Boden waere sehr spitz und glitschig, doch die beiden ueberquerten ohne Muehe dieses seichte Plantschbecken, schnell durch den Wasserstrahl hindurchgehend verschwanden sie in der Grotte. " Ja Mann jetzt gehts los ", rief Bobby schallend, das war das Zeichen fuer den Rest der Truppe mit lautem Getoese und Indianergeheul liefen Bobby, Bruno, Konrad und Horst dem Wasserfall entgegen stellten sich schreiend kurz unter den kraeftigen Strahl und suchten dann Zuflucht in der Grotte, dort standen Doreen und Anna, ihre Koerper bibberten, sie meinten das Wasser sei eiskalt aber frisch und klar. Horst bekraeftigte er werde Anna gleich waermen, nahm sie in die Arme, zwickte ihr dann ins Hinterteil

Anna quiekte auf, Bruno hielt Doreen spassig leicht im Wuergegriff, schmatzte ihr voll auf die Backe und gab jetzt lautstark das Kommando aus " And now all together under the water..one two three." " Uaah ", schreiend stellten sich alle zusammen zugleich unter den Wasserstrahl, diesmal ein bisschen laenger als vorher, bis ihnen die Luft wegblieb und sie dann zurueckwichen in die Grotte. Die Mannschaft japste nach Luft, hustete, quakte durcheinander " Das war geil " rief Bruno als Konrad wieder bei Puste war sagte er " Ich spuere nichts ". Bobby wollte wissen was er nicht spuere, der Pop-Eye war sich sicher er fuehle keinerlei Zauberkraft vom Wasserfall. Bruno meinte dass das nicht so schnell gehen kann. " Das Einzige was ich merke, ich werde langsam nuechtern von dem Rum Cola ", wetterte Horst sueffisant. Bobby sagte man solle jetzt die Gegenwart geniessen, einfach Spass haben, die Wassermassen ueber sich ergehen lassen und nicht immer an die geheimnisvolle Heilkraft denken, ja das verstanden alle und es wurde der Auftakt zu einer tollen Wasserfallparty, die Ausfluegler schrien und johlten herum wie Kinder im Freibad, rein ins fallende Wasser, raus aus dem Wasserstrahl, bald verliessen alle die Grotte und die Truppe watschte herum im Wassersee, bis man auf ein Neues sich wieder unter die Wassermassen stellte. Doch Konrad liess nicht locker, fragte ernsthaft Bobby wann denn die magische Kraft bei ihm einsetzen wuerde, wie oft er sich noch unters Wasser stellen soll, Bobby konnte nur noch lachen ueber Konrad. Charly der Fahrer sass im Gras rauchte eine Zigarette, beobachtete schmunzelnd seine Mitfahrer bei ihrer Ausgelassenheit.

Nach einer guten Stunde waren Maennlein wie Weiblein mit ihrer Kraft am Ende, die vielen Wassergaenge und das Herumtollen in der Sonne hatte muede gemacht. Zusammen auf einem Felsen sitzend beschloss man die Wasserfallparty zu beenden, doch wie die Fussballer in der Bundesliga nach einem Spiel legten sich die Urlauber noch in den kleinen Wassersee, das war eben ihr Entspannungsbecken, man dankte Bobby und Charly aufrichtig fuer den schoenen Ausflug hierher, er hatten allen grossen Spass bereitet. Heilkraft hin, Heilkraft her, das war im Moment nicht mehr wichtig, bald schluepfte man hinein in die Gewaender, jetzt hatte die Truppe Lust den Rueckweg anzutreten. Charly ging voran, Konrad quatschte dass das vielleicht nur ein Werbegag war mit der Wasserfall-Heilkraft um Besucher, um Touristen anzulocken. Bobby meinte voraus schauend " Da wird schon noch was kommen ", da sei er aber gespannt, echote Konrad. Die Strohhut-Mannschaft liess es langsam angehen, diese herrlich dichtgruene Natur in der sie sich bewegten, war einfach faszinierend. Eine Weile spaeter erreichten sie wieder das ausgetrocknete Flussbett, sie marschierten tapfer weiter, ploetzlich aus heiterem Himmel blieb Horst stehen hielt beide Arme hoch, die Augen weit offen, was war passiert, die Truppe hielt an. Mit gestreckten Armen guckte jetzt Horst nach oben zum Himmel, sein Mund wurde breiter, er sprach mit sanfter Stimme zeitlupenmaessig dass eine angenehme Energie seinen Koerper durchflute, es tue ihm gut, es tue wirklich gut, jeh mehr er die Arme nach oben ausstrecke, desto staerker wird dieses Gefuehl, er hielt kurz inne, schnaufte wie ein Pferd, fuhr fort mit keuchender Stimme dass das Gefuehl immer staerker werde vergleichbar mit einem kommenden Orgasmus. Bobby uebersetzte rasch, die Maedels nebst Charly staunten was da Horst von sich gab " Das ist die Zauberkraft " rief Konrad siegessicher " also doch !" Bobby schuettelte unglaeubig den Kopf, schaute zu Charly der zuckte mit den Achseln. Anna deutete grinsend auf seinen Kopf" Maybe Horst too much sun ! " Bruno fragte seinen Freund ob denn alles okay sei, der antwortete nicht, da dachte der Koch aus Hameln der Schimansky will uns bestimmt verarschen oder irgendwas ist mit ihm. Horst forderte die Umherstehenden auf es ihm gleich zu tun, guckte in die verwunderten Gesichter um ihn herum, seine Stimme klang beschwoerend und er rief in voller Lautstaerke " Ja jetzt alle zusammen streckt eure Arme zum Himmel, everybody your arms to the sky, to the sky ". Den Ausflueglern blieb gar nichts anderes uebrig als es zu versuchen, Konrad's Arme schossen als erstes in die Hoehe, zoegernd folgten die Aermlein von Anna und Doreen sie wussten nicht so recht, auch Bruno und Bobby machten mit, Charly stand da die Haende halbhoch, als haette jemand zu ihm gesagt Haende hoch, Geld her !"Ploetzlich gab Horst einen gewaltigen Jauchzschrei von sich, bruellte zur Sonne hoch " Ah its coming, its coming, ja ich spuer es, es kommt, es kommt!" Konrad schon auf den Zehenspitzen stehend, die Arme weit nach oben streckend kraechzte inbruenstig "Ich spuer nichts, es kommt nichts, bei mir kommt nichts"

139

Jetzt liess Horst die Maske fallen. " Bei mir kommt auch nichts" rief Horst schnitt eine Zombiegrimasse, nahm ganz laessig die Arme herunter, ging in die Hocke, guckte belustigt seine Mitreisenden an die alle schockiert dreinschauten. " Na war ich gut als Verhexter des Wasserfalls ha..ha ". Er brach in schallendes Gelaechter aus. Jetzt war der Baer los unter den Mitreisenden. " Oh Horst what you do ", kiekste Anna trommelte mit ihren Faeustchen auf seiner Schulter herum. " You make us all crazy oh my god ",rief Doreen, guckte erleichtert zum Himmel hoch die Ueberraschung war spuerbar bei allen ,doch Bobby schien hoechst entzueckt, klatschte voll in die Haende." Bravo, bravo Horst very good show, very good Orgasmusshow uahaaa ", dabei schallte er so laut dass die Insektenwelt ganz lebhaft um ihn herumflog, auch Charly klatschte Beifall " Horst very crazy show ". Konrad war perplex wirkte irritiert, doch dann zollte er Respekt sagte zu ihm dass er wirklich glaubte.., es schien ihm ein wenig peinlich zu sein ja Horst war auf jeden Fall sehr ueberzeugend, er wusste gar nicht dass er soviel schauspielerisches Talent besitzt. " Tolle Show mein Freund ", meinte Bruno beindruckt der Kommisar Schimansky hat uns ja eine Raeuberpistole aufgetischt, ja super ". Dieser verteidigte sich grinsend ihm sei das nur eingefallen, er habe das nur gemacht weil der Konrad genervt habe, nicht mehr aufgehoert hat zu fragen wann er denn endlich die Zauberkraft spueren werde. Horst wendete sich an Bobby und Charly schlug ihnen vor wenn sie wieder mal Touristen zum Wasserfall begleiten, dann koenne doch einer von den beiden die Wasserfall- Orgasmusshow auf dem Rueckweg auffuehren, die Show waere doch im Preis inbegriffen. Charly meinte Bobby koenne diese Einlage bestimmt gut praesentieren, er sei naemlich ein echtes Showtalent. Bobby rollte mit den Augen streckte seine Arme ehrbietig gegen den Himmel, aeffte Horst nach doch weiter kam er nicht " Oh my god " rief Doreen, fasste sich ploetzlich an den Bauch murmelte leise dass ihr Magen laut grummle, ja alle hatten jetzt eines gemeinsam - Hunger, deshalb setzte die Truppe ihren Marsch fort, man entschied gleich nach Montego Bay zurueck zu fahren um dort im Beachrestaurant etwas leckeres zu essen und weiterhin genossen die Wanderer unter Jamaica's heisser Sonne den Weg zurueck zum Minibus, der Besuch im Staedtchen Ocho Rios war ihnen entgangen, aber das spielte keine Rolle, denn die Truppe hatte gesehen was sie sehen wollte - den Wasserfall. Auf der Rueckfahrt wurde im Minibus nicht viel gesprochen, Horst murrte, er denke aehnlich wie Konrad der ganze Wasserfallzauber sei eben doch nur ein netter Werbegag, nein die spaerliche Unterhaltung drehte sich jetzt nur noch ums Essen, Bruno lauschte er hoere jetzt seinen Magen deutlich knurren, er habe Lust auf etwas bodenstaendiges vielleicht Spareribs oder Bratwuerste mit Senf, Horst schloss sich an wuerde sich jetzt wuenschen ein Spanferkel, ein geiles Spanferkel, Bruno schnalzte mit der Zunge ein saftiges Spanferkel jetzt dann das waere ein Traum, Konrad mischte mit so eingegrilltes Ferkel wuerde ihm auch schmecken. " Du wuerdest ja eh nur ein bisschen Knusperhaut essen ", neckte ihn Horst ob er denn eine normale Portion ueberhaupt noch hinunter kriege in seinen Schrumpfmagen, das wisse er auch nicht so genau meinte dieser, aber ein bisschen was geht immer und bei einem Spanferkel sowieso. Aus dem Nichts heraus veraenderte sich etwas in diesem Minibus, auf einmal verstummten die Gespraeche als haette eine Explosion stattgefunden, eine Explosion der Ruhe fand statt, die Gesichtszuege der Mitfahrer entspannten sich zusehends, mit kindlicher Unschuld im Blick guckte man sich gegenseitig an. Bruno ergriff als erster das Wort, ob es denn allen gutgehe, weil ploetzlich er fuehle sich so wunderbar wohl und leicht, weiss gar nicht warum, er spuere alles sei okay, vollkommen okay. Horst war auch erstaunt meinte es gehe ihm so aehnlich wie Bruno, im Moment fuehle er als haette jemand einen Mantel der Friedfertigkeit ueber ihn gestuelpt. " Das kommt vom Wasserfall, das kommt alles vom Wasserfall ", erregte sich Konrad " jetzt wirkt die Zauberkraft". " Ich habe ja gesagt da kommt noch etwas " rief Bobby stolz, streckte seinen Daumen nach oben " mir gehts auch blendend ". Bruno wandte sich nach vorne fragte die Maedels ob es ihnen gut gehe, Doreen und Anna antworteten einstimmig " Yeah excellent excellent ", sie meinten von einem Augenblick auf den anderen voellig ueberraschend. Bruno und Charly redeten auf jamaicanisch ihre kurze Unterhaltung hoerte sich an als wuerden zwei Maschinengewehre gegeneinander losrattern, unverhofft liess Charly das Steuer los, klatschte ein paarmal in die Haende rief " Ja Mann Ja Mann ", nach dieser Einlage fuhr er normal weiter mit beiden Haenden am Steuer . Bobby liess die Truppe wissen dass auch Charly sich saugut fuehle und sorgenfrei. Bruno fasste Doreen an die Schulter, die drehte sich um und strahlte ein Laecheln Richtung Hintermannschaft.

Ja da fuhr ein Minibus flott nach Montego Bay in dem alle Mitreisenden in einem Hochgefuehl schwebten, es wurde gelacht, gejohlt, glueckselig durcheinander geredet die Ausfluegler glaubten die Zauberkraft des Wasserfalls hat zugeschlagen, sie hat geliefert, der rationale Verstand half da nicht weiter, die einzige Frage die alle brennend interessierte war die Frage wie lange diese goettliche Naturdroge Wasserfall anhalten wuerde eine Stunde, zwei Stunden, fuenf Stunden oder laenger, das wusste niemand, deshalb wurde darueber nicht mehr nachgedacht. " Mich durchflutet kuehler Morgentau " kraechzte der Spinatmatrose " ah wie angenehm". " Mich durchflutet ein wunschlos Gluecklichsein, das ist es, genau das ist es ", meinte der Koch aus Hameln. " Mich durchflutet etwas anderes " hoehnte der Schimansky, guckte dabei lechzend Richtung Anna. " Kein Sex im Minibus ", groehlte Bobby der den Maedels kurz uebersetzte, die lachten auf, Anna meinte Horst denke eben nur an eines, dieser gab zu bedenken dieses Denken sei ihm warscheinlich angeboren. Konrad ulkte es waere doch am Gescheitesten wenn er sich neben dem Wasserfall eine Holzhuette bauen liesse, das waere geil jeden Morgen eine Heilkraftdusche um dann fuer den Rest des Tages voellig high zu sein. Auf diese glorreiche Idee von Konrad kamen bestimmt schon vor ihm eine Menge Leute aber das sei natuerlich unmoeglich, der Wasserfall wuerde umringt sein von Holzhuetten, viele Menschen wuerden ihre Benzinkanister mit Heilwasser auffuellen und dann verkaufen, stellte Bobby fest, er sei selber ueberrascht ueber sein herrliches Gutfuehlen, er habe es ja schon einmal vorher aehnlich erlebt.

Bobby befand sich jetzt in ekstatischer Stimmung, meinte man solle jetzt gluecklich sein im Augenblick klatschte in die Haende fing an zu singen. " Dont worry about a thing " und alle im Minibus sangen zusammen " cause every little thing its gonna be allright". Horst sagte zu Bruno, Bobby habe schon eine kraeftige Aehnlichkeit mit Roberto Blanco, dieser rief nach vorne Charly soll ein bisschen das Radio aufdrehen, da wurde gerade ein so nicht bekannter Song vom Reggaekoenig gespielt " Lively up yourself ", da begann Bobby ueber Bob Marley zu sprechen, ja Bob der Jahrhundertsaenger und Songschreiber, er war auch ein Rebell, lebte manchmal mit einem Dutzend Frauen zusammen, zu seiner Zeit schien er der populaerste und meistgeliebteste Saenger auf der Welt zu sein, Songs wie " One Love ,one Heart " auch " Get up stand up " das waren seine zentralen Botschaften an die Menschheit, leider war ihm nur ein kurzes Leben auf dieser Erde beschieden, warum auch immer. Da spielte Horst wieder den Philosophen meinte trocken das Leben sei eben vorgegeben und muesse doch gelebt werden bis zu dem Zeitpunkt an dem es endet und da er von der Wiedergeburt der Seelen ueberzeugt ist sei Geburt und Tod ein einziges Kommen und Gehen, ein Abenteuer ist zu Ende, ein neues Abenteuer beginnt. " Wenn es denn so waere, das waere doch schoen ", erwiderte Bobby. " Ja es ist schoen " setzte Horst noch einen drauf, " vielleicht befindet sich Bob Marley schon in einem neuen Koerper und erlebt ein neues Abenteuer, ein neues Leben hier auf der Erde ". Konrad begann zu rufen dass ihm das gefalle, er sei schon jetzt sehr gespannt was er im naechsten Leben sein werde, ja vielleicht eine sexy Lady

" Oder ein Ladyboy " rief Bruno dazwischen, da lachten die vier Maenner im hinteren Teil des Busses. Bobby uebersetzte fuer die Vorderfront was sich die Girls denn wuenschen wuerden fuers nexte Leben. Oh da kam Doreen ins schwaermen sie wuensche sich ein schoenes Haus, viel Geld, ein schickes Auto, tolle Kleider, da waren sich " Whitney Houston " und " Donna Summer " einig. " Und was ist mit mir ? ", fragte Bruno, da nahm Doreen seine Hand, stellte ihr Glimmerlaecheln zur Schau und stoehnte " Oh no I don't forget you Bruno, I want you too ". Da sei er aber froh, antwortete dieser mit spitzbuebischem Blick, diese Doreen hat einen anziehenden Charme dachte er ploetzlich, ja unglaublich. Charly machte eine Durchsage sie seien jetzt gleich in Montego Bay, Bruno's Hunger kam zurueck, er habe jetzt grosse Lust auf ein dickes Pfeffersteak mit Pommes, Konrad merkte es als erster, er fuehle sein Hochgefuehl schwinde allmaehlich, die Zauberkraft lasse nach, auch beim Rest der Truppe machte sich Ernuechterung breit, es ging allen gut doch bald war dieses zauberhafte Gluecksgefuehl gaenzlich verschwunden, es hatte eine gute halbe Stunde angedauert, doch der Hunger der glorreichen Sieben dauerte an. " Das war ja ein Hammer " gurrte Horst " jetzt sind wir wieder im Normalzustand ". Bobby plaerrte aus Spass nach vorne, Charly solle doch umkehren wieder nach Ocho Rios fahren zum Wasserfall, Konrad bemerkte vielleicht haetten sie sich noch eine Stunde laenger unter den Wasserstrahl stellen sollen. Charly beschwoerte nach hinten er habe gehoert in der Nacht wuerden in dieser Gegend die Klabautermanngeister hausen um den Wasserfall vor Wasserraeubern zu schuetzen, die Geister schubsen die Leute, dort koennen sie ausrutschen auf glitschigem Fels, niemand gehe in der Nacht dorthin. " Hunger, Hunger " riefen Doreen und Anna ihre Maegen knurrten schon. Bruno fantasierte vor sich hin nach dem Pfeffersteak werde er noch Spareribs bestellen, so ein Steak gehe doch in seinen hohlen Zahn. Die Mannschaft kam in Montego Bay an Charly parkte den Minibus auf der Beachroad, das Finanzielle wurde mit Bruno und Horst geregelt danach wolle er gleich nach Hause fahren denn seine Freundin Sandra haette heute Geburtstag, da gab ihm Bruno noch ein paar Extradollars mehr um noch einen schoenen Geburtstag feiern zu koennen mit Sandra. Die Urlauber bedankten sich noch fuer die gute Fahrt bei Charly dieser wuenschte allen noch einen schoenen Abend und fuhr los. Die sechs Mitreisenden blieben alle zusammen nahmen Platz im Beachrestaurant verlangten eiligst nach den Speisekarten und da wurden all die Leckereien bestellt von denen die Reisenden im Bus schon getraeumt hatten, ausser Spanferkel das stand nicht auf der Karte. Bruno nahm das Pfeffersteak mit Pommes, Bobby und Konrad waehlten Cheeseburger, Horst entschied sich fuer Spaeribs, die

Maedels fuer gebratene Fische mit Salat und Red-Stripe Beer fuer alle. Jetzt drehte sich alles nur noch ums Essen, weitere Plaene fuer den Abend wurden nicht mehr gemacht, die Luft war lau wunderbar warm, das Restaurant gut gefuellt, die entspannte Truppe war positiv ausgepowert von der Reise nach Ocho Rios. Bruno beugte sich zu Horst teilte ihm mit heute nacht werde er bei seiner Freundin uebernachten, da wo sie wohnt in den Slums. Horst guckte ueberrascht, meinte Bruno wolle heute dem Armenviertel von Montego Bay einen Besuch abstatten, ein Armenviertel sei noch vornehm ausgedrueckt erwiderte sein Freund, es sei eben ein echter Slums wie man ihn immer im Fernsehen sieht. Horst sagte da muesse Bruno aber vorsichtig sein, besser die Uhr gleich abnehmen, ein wenig das Hemd demolieren, die Schuhe beschmutzen, aber am wichtigsten sei es ein bisschen gebueckt zu gehen als haette Bruno einen Buckel, ein Bein nachzuziehen waere auch von Vorteil und er solle das Hinken nicht vergessen, dann sei die Chance doch realistisch am naechsten Morgen den Slums lebend zu verlassen. Das klinge ja alles sehr beruhigend keuchte Bruno, bedankte sich fuer all die guten Ratschlaege die ihm der Kommisar Schimansky gegeben hat, jetzt sei er innerlich beruhigt. Da sagte ploetzlich Doreen zu Bruno, sie moechte kurz zu Hause anrufen, ob denn alles okay sei, ob es Probleme gaebe fragte ihr Freund " Nein, nein " rief das Maedel mit spitzer Stimme alles sei okay nur ein bisschen plaudern mit der Mutter. Bobby gab ihr den Rat sie koenne an der Rezeption vom Resort telefonieren, die schoene Jamaicanerin erhob sich wanderte los, zu Anna hinguckend meinte Horst er werde heute eine schoene Liebesnacht mit ihr verbringen, fuegte hinzu das Maedel erzaehlte sie wolle etwas mit ihm besprechen, Konrad schaltete sich ein " Vielleicht will sie Dir ja einen Heiratsantrag machen ", " O Gott " polterte Horst " da hat sie sich aber den Falschen ausgesucht ". Bobby uebersetzte nicht fuer Anna. Noch bevor der Hunger unertraeglich wurde kam das Essen angerollt, jetzt wurden die Koestlichkeiten genossen, nebenbei fing die Band an zu spielen gedaempfte Dinnermusik.

" Was die immer so lang telefonieren muss", wunderte sich Bruno " das Essen wird ja schon kalt ", doch dann kam Doreen zurueck und erzaehlte alle seien wohlauf die Mutter und der aeltere Bruder, doch als er sie genau betrachtete empfand er ihren Gesichtsausdruck als sorgenvoll das Maedel befasste sich gleich mit dem Riesenfisch der auf ihrem Teller lag. Bruno hatte einen Riesenhunger dass er seine Drohung wahrmachte und noch eine Doppelportion Spareribs bestellte, alle am Tisch koennen dann noch zugreifen ausser Konrad natuerlich der schon nach der Haelfte seines Cheeseburgers satt war, Bobby freute sich verputzte die andere Haelfte. Irgendwann spielte die Band den Song " Red, red, wine", Horst rief ploetzlich das sei doch ein Zeichen von oben, wenn die den Song spielen dann sollten wir auch Red Wine trinken, sein Freund war erfreut ueber diese wunderbare Idee, Konrad bemerkte frohlustig man muss die Zeichen der Zeit erkennen. Einig war man sich Bobby muesse eine Flasche Rotwein bestellen, weil der sich hier am besten auskennt, dieser holte den Kellner an den Tisch, Horst rief dazwischen besser zwei Flaschen bestellen sie seien ja schliesslich sechs Leute, Bobby quatschte mit dem Kellner in der Landessprache erzaehlte dann er habe einen guten Discountpreis fuer die beiden Flaschen ausgehandelt, vollmundig solle er sein der Wein, hier sei ja alles vollmundig auf der Insel. Als der Kellner verschwand stopfte Konrad unterm Tisch seine kleine silberne Minipfeife mit gutem Gras zuendete sie an und bald wehte ein Marihuanadueftlein in der Luft herum, das Silberpfeifchen machte die Runde, doch die Maedels lehnten dankbar ab. Besser konnte sich die Reisetruppe nicht fuehlen als gegenwaertig, angeturnt und voellig entspannt lauschten sie den angenehmen Reggaeklaengen. Bald brachten auch zwei Kellner die Weinflaschen und sechs Glaeser dazu. Ausgezeichnet schmeckte der Truppe dieser wohltemperierte nicht zu suesse doch starke Rotwein. " Vollmundig genug? " sueffierte Bobby. " Super vollmundig ", bestaetigte Bruno. Da fragte Doreen den Koch aus Hameln ob er denn wirklich bei ihr uebernachten will " Mehr denn jeh ", war seine Antwort, seine Freundin meinte sie sollen nicht allzu spaet auftauchen wo sie hause, die Gegend dort sei nicht so sicher. " Ihm koenne ja nichts passieren er habe ja einen tollen weiblichen Bodygard bei sich , scherzte Bruno. Nein es wurde kein Endlos-Abend hier im Beachrestaurant, der Pop-Eye kraechzte er werde sich in seinem Bungalow noch ein Pfeifchen stopfen und mit Musikbegleitung ins Land der Traeume hinueberschwinden. Horst hatte vor in der Villa oben mit Anna noch einen Gutenachtschluck zu trinken danach schauen was noch passiert, ausserdem sei er gespannt was sie mit ihm noch besprechen will. Bobby entschied sich hierzubleiben im Beachrestaurant ein wenig mit den Gaesten plaudern. Ja die Ausfluegler hatten einen wunderschoenen Tag miteinander verbracht, Bruno und Horst teilten sich die Zeche, fuer den naechsten Tag war ein Treffen geplant gegen 7Uhr hier im Restaurant und nach einer allseitigen Goodbyumarmung schnappten sich Bruno und Doreen ein Taxi, das Maedel sagte wohin. Es ist kurz vor Morgengrauen in Hameln Bruno erwacht in seiner Unterkunft, gerade noch war er in Jamaica hat alles glasklar noch einmal erlebt im Traum, das Liebemachen mit Doreen, die leckeren Barbecuezeiten im Beachrestaurant, die Reise nach Negril wo sie alle dicht waren wie die Sau und die darauffolgende Terassenparty wo er Bob Marley's Stimme aus dem Dunkel hoerte, ja er hatte sich in die schoene Jamaicanerin verliebt und eine Einladung nach Deutschland ausgesprochen, einen Wunsch geaeussert mit Doreen im Getto zu uebernachten, natuerlich erlebte Bruno die Reise nach Ocho Rios noch einmal die Sache mit den Zigarren und dem Rum-Cola, er wanderte im Traum durch das ausgetrocknete Flussbett, genoss die Wasserfallparty und die Orgasmusshow von seinem Freund Horst und bei der Rueckfahrt im Bus das einmalige Zauberkraftgefuehl des Wasserfalls. Bruno nahm einen grossen Schluck aus der Wasserflasche neben seinem Bett das tut gut, ja wie gings weiter, es ging noch unglaublich weiter, deshalb schloss der Koch aus Hameln schnell seine Augen wollte wieder weitertraeumen, weitererleben wie sich alles weiter entwickelte, es dauerte nur kurz bis Bruno wieder voellig in Jamaica war im Taxi sitzend neben seiner Flamme Doreen. Jeh laenger die Taxifahrt dauerte desto mehr veraenderte sich die Aussenwelt, auch in der Dunkelheit konnte man sehen dass sie jetzt durch das Armenviertel fuhren, verfallene Haeuschen, schmuddelige Geschaefte, die Strasse wurde holpriger, Touristen waren nicht mehr zu erblicken. Doreen guckte Bruno an meinte grinsend es kaeme noch schlimmer, der antwortete ihm koenne nichts passieren, er habe einen huebschen Schutzengel an seiner Seite. bald liessen sie das Armenviertel hinter sich und erreichten die echten Slums, auf Doreen's Ansage blieb der Wagen stehn ihr Freund bezahlte bemerkte die schiefen Blicke des Fahrers die beiden stiegen aus dem Taxi. Bruno erschrak, das war eine neue Qualitaet der Armut deutlich unter der Guertellinie wie Menschen hausen sollten, seine Augen sahen eine weite horizontale Flaeche von zusammengepferchten Bretterbuden und Wellblechhuetten spaerlich beleuchtet, Hunde bellten um die Wette alles sah verwahlost aus. War dies der Eingang zur Hoelle im Paradies Jamaica? " Willkommen in den Slums ", sagte Bruno zu sich selber. Doreen nahm ihren Freund an der Hand fuehrte in vorsichtig im schalen Neonlicht durch enge Gaesschen, Strassen gab es keine nur Lehmwege auf denen allerlei Unrat herumlag, es ging nach links, es ging nach rechts vorbei an ueberfuellten Muelleimern, Doreen ermahnte ihn er solle auf den Boden schauen hier gebe es eine Menge Pfuetzen, da passierte es schon, er rutschte aus auf etwas glitschigem gerade noch konnte das Maedel ihn festhalten, das war knapp sie hielt seine Hand fest, beide tapsten weiter da ploetzlich " Wouh " wie der Hund von Baskerville schoss aus der Dunkelheit ein laut bellendes Ungetuem auf Bruno zu, geistesgegenwaertig verpasste er dem Vieh einen Fusstritt bevor der Hund zubeissen konnte. " Hau ab Du Scheisskoeter " schrie Bruno, jaulend machte der Koeter den Abflug. Doreen atmete tief durch " Darling ich habe Dich gewarnt komm schnell wir sind gleich da", Hand in Hand hasteten die beiden weiter auf diesem Schicksalspfad der unteren Zehntausend, zwei dunkle Gestalten kreuzten ihren Weg, sahen ihnen lange nach. Bruno konnte nicht tief durchatmen denn es stank so bestialisch um ihn herum, dass ihm kurz Zweifel kamen ob das wirklich eine gute Idee war in den Slums zu uebernachten, aber jetzt war er schon mal hier.

Eine Wellblechhuette tauchte vor ihnen auf die nicht so mitgenommen aussah wie viele andere. Doreen fischte einen Schluessel aus ihrem Kleidchen, oeffnete das Vorhaengeschloss an der Tuer, die zwei traten ein, es war nur ein Raum , das Maedel drueckte den Lichtschalter gelbes Licht erhellte das Dunkel danach knipste sie die Nachttischlampe neben dem Bett auf dem Boden stehend an, mattes Rotlicht erstrahlte die beiden Lichterfarben ergaben zusammen eine lebendige Atmosphaere, eigentlich sah dieser Platz ziemlich ordentlich aus, die Waende waren mit bunten Tuechern geschmueckt, ein Bett an der Wand weiss ueberzogen, ein kleiner Holztisch, zwei Stuehle, ein Waschbecken darueber ein Spiegel, das Maedel reichte ihm eine Wasserflasche die auf dem Tisch stand, er genehmigte sich einen tiefen Schluck, stellte dann die Flasche zurueck, seine Liebhaberin stand immer noch vor ihm guckte ihn an, alles schien ihr ein wenig peinlich zu sein, sagte leise sie wisse dass es hier nicht so schoen ist, doch in diesem gelb-rot warmen Schimmerlicht sah Doreen einfach zauberhaft aus, das erregte Bruno, machte ihn so an dass er diese Schoenheit splitternackt sehen wollte, jetzt gleich ihren goldbraunen Koerper betatschen moechte, ihn zaertlich liebkosen, ihn abschlecken wie eine Katze und dann Liebemachen mit ihr in ihrem weissen Bett. Sein Schwanz war auch schon hart, der wollte nur eines raus aus der Hose, hinein in die Jamaicanerin, darum raspelte er kraeftig Suessholz, es mache ihm nichts aus dass es nicht so schoen sei hier, dafuer sei sie doch umso schoener, zeitgleich fing er an ihren Reissverschluss zu oeffnen, Doreen blieb einfach stehen guckte ihren Freund schmunzelnd an das Kleidchen fiel zu Boden, schnaufend befreite er das Maedel von ihrem blauen Badeanzug wouh-seine Augen betrachteten ihren makellosen Koerper, geil, da stand sie nun in betoerender Schoenheit vor ihm, Lady Sex in Person. Bruno vergass voellig dass er sich in den Slums befand, wie von Sinnen umarmte er das Objekt seiner Begierde kuesste, presste das Maedel an sich, Doreen stand da liess alles mit sich geschehen, das turnte Bruno noch mehr an, er tat alles was er wollte und als er sich sattgeschleckt hatte nahm er ihre Hand fuehrte sie zum Bett, wortlos legte sich Doreen mit dem Ruecken auf die weissen Laken guckte ihren Liebhaber einladend an, spreizte lasziv ihre huebschen Beinchen, seine Augen parkten auf ihrem schwarzen Dreieck in Rekordzeit war auch er nackig legte sich auf die Jamaicanerin und schob langsam sein feuerbereites Maschinengewehr rein in die Moese, genussvoll fing er an auf ihr zu reiten bis sein ganzer Koerper von einem angenehmen Zucken erfuellt wurde guckte ihr ins Gesicht das sie zur Seite gedreht hatte, knetete nebenbei ihre festen Titten, ihm wurde immer heisser, um ihn herum nur noch gelb-rote Blitze die sich vermischten mit der Hitze in seinem Becken, Bruno spuerte deutlich er ritt sich hinein in eine Ekstase, sein Koerper kribbelte sich high bis zu den Zehenspitzen, hatte nicht Horst gesagt " Alles was wir brauchen ist Ekstase ", ploetzlich verstummten alle Gedanken und dann kam er, der explosionsartige Hoehepunkt der ihn sekundenlang in ein Sex-Universum hinein katapultierte, um ihm dort ein Gefuehl der tiefen Befriedigung zu bescheren. Die zwei doesten kurz aufeinander ein doch Ruhe war ihnen nicht lange beschieden, ein donnernder Knall gepaart mit einem erschuetterden Schrei liess die beiden hochfahren, was das war fragte Bruno seine Freundin, die meinte ein wilder Hund, es hoere sich eher nach einem Wolf an entgegnete ihr Freund. " Woelfe haben wir hier nicht, nur viele Hunde und Ratten, grosse Ratten die es ab und zu schaffen ins Zimmer hinein zu kommen ", O Gott " sagte Bruno " auf diesen Besuch koennen wir verzichten ". Und der Laerm ging knallhart weiter, es bummste und rummste als wuerde jemand einen Fernsehapparat vom vierten Stock auf die Strasse schmeissen, ein lautes Kratzen an der Tuer, ein immenses Gebelle und Gehaeule hoerte nicht mehr auf, ob diese Horrorshow jede Nacht hier stattfinde wollte Bruno wissen, fast jede Nacht antwortete Doreen, aber nach zwei Jahren gewoehne man sich allmaehlich daran, tagsueber in der Hemdenfabrik arbeiten und nachts dann dieses Chaos doch ihre Tage seien gezaehlt hier. Bruno dachte natuerlich seien die Slums kein Ort der Erholung, dieses Viertel sei keine Rehaklinik, irgendwo fing ein Kind an zu weinen eine Frau schrie, da heulte das Kind noch lauter, Bruno nahm einen Schluck aus der Wasserflasche, danach verschwanden die beiden unter der Bettdecke, aber an schlafen war nicht zu denken im Gegenteil Maennerstimmen in agressiver Unterhaltung konnte man nicht ueberhoeren, gingen einem voll ins Ohr, ein zweites Kind fing an zu plaerren, jemand schlug auf ein Wellblech ein. " Da haben wir den Salat ", meinte Bruno spoettisch " vielleicht wissen die Bewohner dass heute ein Auslaender uebernachtet hier und wollen ihm ein bisschen Gettomusik hoeren lassen. Doreen schuettelte unglaeubig den Kopf, heute nacht sei es ja besonders laut es gehe wohl bis zum Morgen so, neben dem Bett kramte sie vom Boden einen Streifen Tabletten hervor erzaehlte ihrem Freund das seien Schlaftabletten wenn es gar nicht mehr geht so wie heute dann nehme sie eine Pille oder zwei, besser zwei danach waere einschlafen moeglich. Bruno war sofort einverstanden diesen Hoellenlaerm bis zum Morgengrauen ertragen auf diese Art von Folter konnte er verzichten, die beiden schluckten jeh zwei Tabletten mit Wasser. es waren starke Dinger die Wirkung liess nicht lange auf sich warten, bald waren die Lebensgeister ausgeknockt. Bruno erwachte als erster, benommen guckte er um sich schaute auf seine Armbanduhr - wouh es war kurz vor 12 Uhr mittags und ziemlich ruhig um ihn herum, die Schlaftabletten hatten ganze Arbeit geleistet, Doreen raekelte sich neben ihm, mit einem " Guten Morgen " begruesste er seine Freundin, fischte nach der Wasserflasche trank einen Schluck reichte dann weiter an Doreen fragte ob sie okay sei, ein schuechternes Nicken folgte. Bruno meinte die Pillen waren super er wohne zuhause auch in keinem Palast und so ein Freiluftkonzert wie letzte Nacht koenne er ihr nicht bieten. Da schluckte Doreen tief, umarmte ihn vergrub ihr Gesicht auf seiner Brust was denn los sei wollte er wissen, da setzte sich das Maedel aufrecht ihre Augen wurden feucht sie fing an zu reden mit kleinlauter Stimme ihre Hand auf seinem Schenkel " Bruno ich muss Dir etwas sagen, ich wollte es Dir schon lange sagen aber ich war irgendwie durcheinander und alles war unklar..ja ich haette es schon lange sagen sollen ", Doreen guckte drein wie ein Haeufchen Elend " es gibt da einen anderen Mann den habe ich vor ein paar Monaten kennengelernt, auch im Pier 1 in der Disco wo auch wir uns kennengelernt haben, ja ich war mit ihm zusammen fuer einen Monat, er arbeitet als DJ in London er hat gesagt er liebt mich und will mich mitnehmen nach England und heiraten, er ist ein netter Kerl und hat mir erzaehlt vorher muessen noch einige Dinge geklaert werden. Bruno war leicht vom Blitz getroffen als seine Ohren dies alles so hoerten, doch er sagte sie solle nur weitererzaehlen, Doreen fuhr fort als sie Bruno in der Disco traf fuehlte sie sich allein, seine Aufmerksamkeit tat ihr gut, er war sehr nett und charmant, ausserdem gefiel ihr Bruno, so wurde der DJ verschwiegen. Die Zeit mit ihm und seinen Freunden war wunderschoen fuer sie die sei unvergesslich, ein paar Traenen flossen ueber ihre Backen, und als er gefragt habe ob sie mit ihm nach Germany komme da wollte sie ihm alles sagen, doch sie schaffte es nicht, beim Ausflug in Negril hatte sie in London angerufen ob er es denn ernst meine, total ernst war seine Antwort, er komme nach Jamaica und nehme sie dann gleich mit. Bruno schuettelte nur noch den Kopf, das war alles zuviel fuer ihn das Maedel an den Armen packend rief er " Liebst Du diesen Disjockey !" " Ich mag ihn sehr gerne, wie ich Dich auch sehr gerne mag, aber schau ich wohne in den Slums, Du siehst ja wie ich wohne, arbeite in der Fabrik fertige T-Shirts an und John so heisst er will mich mitnehmen auf eine DJ-Tournee durch ganz England, er ist schon ziemlich bekannt mit seinen 25 Jahren und verdient viel Geld." Der Koch aus Hameln dachte gleich mit seinem Krankenhausgehalt kann er da nicht mithalten, eine DJ-Tour kann er dem Maedel nicht bieten. Doreen sagte sie hatte es sich fest vorgenommen ihm heute frueh die Wahrheit zu sagen.

Da spuerte Bruno dass er Doreen verloren hatte, seine Stimme klang ueberzeugend " Doreen ich will deinem Glueck nicht im Wege stehn tue was Du fuer richtig haelst wenn das alles wahr ist was Du mir erzaehlt hast, der DJ gibt Dir eine Fahrkarte hinaus in die Welt, geh nach England ergreife diese Chance ". Da umarmte sie ihn und auch Bruno's Augen fingen an zu schwitzen. " John kommt heute mit der 5 Uhr Maschine in Montego Bay an, das hat er mir gestern mitgeteilt am Telefon im Beachresort, danach fahren wir zusammen nach Kingston wegen Reisepass machen und Visa ". Bruno antwortete nicht er spuerte Doreen's festen Knospenbusen an seiner nackten Brust das Maedel bemerkte es gleich fluesterte ihm ins Ohr ob er nochmal Liebe mit ihr machen moechte noch einmal zum Abschied. " Ah jetzt schlaegts 13" rumorte es in Bruno's Kopf, hier geht's ja immer weiter bis zum letzten Blutstropfen, rein in den Slum, das Hundsvieh von Baskerville, Liebesekstase im gelb-roten Farbenlicht, Chaosgeschrei, Schlaftabletten, das Supergestaendnis, das Ende meiner Liebschaft, die Einladung zur Abschiedsnummer ich kann wirklich nicht sagen mein Urlaub sei langweilig. Von selber legte sich Doreen auf den Ruecken spreizte die Beine, griff nach seinem Schwanz, ein Vorspiel war nicht mehr angesagt, Bruno dachte geizig ist sie ja nicht meine Verflossene und man solle ja nichts anbrennen lassen sah nur noch die schoene Jamaicanerin die da lag und schob sein steifgewordenes Geraet in ihre Liebesgrotte hinein, dieses Angebot konnte er nicht ablehnen, noch einmal liebte er Doreen ,noch einmal gab er Gas, noch einmal spuerte er ein volles Orgasmuswohlgefuehl seine letzten Samenspritzer in sie hineinspritzend.

das wars dann wohl, dachte er. Doreen stand auf schob einen Vorhang beiseite, erst jetzt merkte Bruno eine kleine Wandnische mit einem Wasserkuebel am Boden stehend, er folgte ihr in die Nische beide begossen sich mit Wasserschoepfern, Handtuecher hingen an Haken an der Wand, spaeter beim Anziehen fragte Bruno " Doreen kommst Du noch mit in die Villa Du hast ja noch deine Kleider bei mir ". " Oh kannst Du sie bitte Anna schenken, die freut sich bestimmt, ich muss packen und noch ein paar Sachen regeln mit dem Raum hier, ich begleite Dich noch bis zum Eingang, dort muessen wir uns dann verabschieden okay ? " " Okay ". Die Sonnenstrahlen stachen Bruno in die Augen, stahlen im kurz das Tageslicht als er mit Doreen Hand in Hand durch die schmalen Gaesschen zum Gettoausgang hastete. Dort angekommen guckten sich beide sehnsuechtig an, wussten nicht so recht was sie sagen sollten, da nahm Bruno das Maedel in die Arme " Ja Doreen ich wuensche Dir alles Gute und danke fuer die schoene Zeit mit Dir, ich denke uns war nur eine kurze Zeit bestimmt zusammen zu sein, aber das ist okay". " Auch fuer Dich alles Gute Bruno ", sie kuesste ihn auf die Lippen, befreite sich von seiner Umarmung, nochmal ein kurzes Laecheln fuer ihn ungefaehr wie " Tschuess war nett, ich muss leider gehn ", er laechelte zurueck, leicht suesssauer, Doreen drehte sich um und lief zurueck in ihre Welt fuer die sie viel zu schoen war. Da stand er nun schaute dem Maedel nach sagte zu sich " Ja unglaublich, gestern nacht gehe ich mit Doreen in die Slums und heute mittag ist sie weg, sie ist weg meine schoene Freundin Doreen die " Whitney Houston " von Jamaica.

Er griff in seine Hosentasche was sie ihm noch zugesteckt hatte, es waren die Schlaftabletten. Ja super dachte Bruno, das ist alles was noch uebriggeblieben ist von meiner Beziehung. Auf der anderen Strassenseite parkte ein Taxi er winkte, der Wagen setzte sich in Bewegung hielt vor ihm an. Bruno stieg hinten ein mit den Schlaftabletten herumfuchtelnd sagte er hektisch zu dem Fahrer er soll Richtung Cornwall Beach-Resort fahren, dann wuerde er ihn weiter dirigieren, ein aelterer Jamaicaner mit dichten Kraushaaren fuhr los, derweil sprach Bruno zu sich selber " Nein, in einem Slum werde ich nie mehr uebernachten" dabei musste er so lachen dass es ihn richtig schuettelte. Der Fahrer guckte in seinen Spiegel fragte nach hinten " You okay, you okay my friend ? " " Yes I am okay, I am okay..I live in Paradies ", der Koch aus Hameln verschluckte sich fast und lachte weiter. Der Taximann guckte ein wenig aengstlich drein, sein Fahrgast erschien im nicht ganz klar im Kopf, bestimmt dachte er der Typ ist nicht ganz dicht, der ist doch keine 100 Prozent, er kommt aus den Slums steigt bei mir ein mit Tabletten in der Hand fuehrt Selbstgespraeche, lacht grundlos vor sich hin und sagt er lebe hier im Paradies, das koennte ein Psychopath sein. Vorsichtig fragte er den moeglichen Psycho ob er denn in den Slums lebe, nein nein, sein Fahrgast erzaehlte ihm er haette dort mal eine Freundin gehabt aber das sei jetzt vorbei. Der Fahrer nickte, fragte nicht weiter, gedankenlos guckte Bruno zum Fenster hinaus, alles huschte vorbei, ploetzlich dachte er an Doreen, sie habe ja auch eine Leiche im Keller gehabt, einen geheimen Liebhaber im Hintergrund von dem der aktuelle Freund nichts weiss, genauso wie es bei einigen Maedels auf der Paradiesinsel in Thailand ist, Doreen hatte eine englische Leiche im Keller versteckt, eine DJ-Leiche. Das Taxi erreichte die Beachroad nach Bruno's Anweisung fuhr es die Serpentinen hoch, machte halt vor der Villa, schwer zu verstehn fuer den Fahrer eine Fahrt von den Slums hoch zu diesem tollen Anwesen was ging da ab, Bruno bezahlte das Taxi fuhr ab. Im Erdgeschoss traf er Larry den Villachef unrasiert und ein rotes Piratentuechlein ums Haupt gebunden, sah aus wie ein echter Seeraeuber im Kino, anscheinend war er mit seinen Nerven am Ende, begruesste Bruno hektisch mit einem hallo und sagte, er wisse gestern nacht haette sein Gast nicht in der Villa geschlafen, sich an den Kopf fassend jammerte er dass Anna weg sei, heute frueh sei das Maedel zu ihrer Familie aufs Land gefahren ihre Mutter ist krank und er habe keinen Ersatz fuer sie was soll er nur machen, gleich zwei Wochen will sie wegbleiben, wo Doreen seine Freundin sei fragte Larry, Bruno's Antwort nicht abwartend feixte Larry schief nach oben guckend " Jemand muss Anna Geld gegeben haben, dass sie nach Hause fahren kann ",damit meinte er natuerlich Horst, sein Gegenueber versuchte ihn zu beruhigen er werde schon jemand finden als Aushilfe fuer Anna. " Hey Bruno kommst Du mal rauf zu mir in mein Zimmer ", es war Horst der da von oben rief, da klopfte er dem Villaboss noch auf die Schulter und liess ihn dann mit seinem Dienstbotenproblem allein. Horst sass in seinem Zimmer auf dem Bett in kurzer schwarzer Sporthose nebst gruenem T-Shirt guckte ein wenig nachdenklich drein, Bruno fragte ihn gleich ob alles okay ist, was denn los sei mit Anna.

" Sie ist weg schon seit morgen frueh ". " Wo ist Doreen ? " " Sie ist auch weg, vorbei Schlusss ! Oh Horst Du glaubst es nicht das ist eine unglaubliche Geschichte aber zuerst Du was ist mit Anna? " Da erzaehlte Horst dass Anna mit ihm was besprechen wollte, wie er schon von Larry gehoert habe Anna ist aufs Land gefahren fuer zwei Wochen ihre Mutter sei schon laenger krank, sie wollte dass ich mitkomme, er habe ihr gesagt seinen Resturlaub moechte er aber hier mit seinen Freunden verbringen, seinen Vorschlag nur ein paar Tage zu bleiben bei der Familie lehnte sie ab sie wollte unbedingt laenger zu Hause bleiben bei der Mutter, das kann ich auch verstehen." Tja das wars dann, wir haben uns getrennt in beiderseitigem Einvernehmen wie man so schoen sagt, ich habe ihr noch ein bisschen Extrageld gegeben fuer die Reise, ja Anna hat mir gut gefallen, die Zeit war schoen mit ihr, was ist mit Doreen ? " " Oh Doreen, meine schoene Doreen ! " Und dann erzaehlte Bruno ausfuehrlich die ganze Geschichte, am Ende habe er zu dem Maedel gesagt " Doreen ich will deinem Glueck nicht im Wege stehn ". Horst schuettelte belustigt den Kopf " Mensch das ist schon Stoff fuer Hollywood nach einer Liebesnacht in den Slums erzaehlt die wunderschoene Gettoprinzessin am naechsten Morgen ihrem verduzten Prinzen, dass da noch ein anderer Prinz von frueher sei der heute abend noch ankommt auf der Insel und mit dem sie bald zusammen nach England fliegt und der ihr eine umfassende sorgenfreie Zukunft bieten kann, das alles klingt wie aus einem Maerchenbuch ". " Und wenn sie nicht gestorben sind dann leben sie noch heute ", rief Bruno, die Freunde umarmten sich kichernd.

Bruno meinte die Englandreisende haette noch viele Kleider in seinem Zimmer sie hat gesagt, ich solle alles der Anna schenken die werde sich auf jeden Fall freuen ueber die schicken Klamotten. " Ja unsere Weiber sind weg, wir sind wieder solo " toente Horst. " Ja beide sind weg die " Donna Summer" und die " Whitney Houston ", rief Bruno. Ploetzlich machte Horst grosse Augen, es schien in seinem Gehirn zu rumoren, mit ruhiger Stimme meinte er " Na wenn das kein Zeichen ist von oben dann fress ich einen Besen, Du weisst ja fuer mich gibt es keinen Zufall beide Maedels sind weg, dann gehn wir beide auch weg, morgen mittag verlassen wir Montego Bay, wir fahren nach Kingston fuer eine Nacht und dann weiter nach San Antone dort verbringen wir unsere letzten Urlaubstage, in San Antone wartet dann die grosse Ueberraschung auf Dich von der ich Dir schon erzaehlt habe ". Bruno guckte Horst zustimmend an " Ja Montego Bay ist vorbei es war einmalig und heute abend feiern wir zusammen einen geilen Abschied mit Bobby und Konrad im Beachrestaurant ". " Genau das machen wir ", meinte Horst " ich geh gleich runter zu Larry erzaehl ihm die Neuigkeit dass wir morgen ausziehn, okay Treffpunkt heute abend im Beachrestaurant um 7 Uhr, ich kauf jetzt noch ein paar Sachen im Supermarkt ein ". " Alles klar Horst bis heute abend 7 Uhr ". Bruno stapfte zurueck in sein Zimmer, schloss die Tuer hinter sich, blickte umher ein bisschen Wehmut kam auf, sein Zimmer kam ihm leer vor, so leer ohne Doreen, er oeffnete den Schrank guckte vertraeumt auf ein weisses Kleidchen seiner Verflossenen, roch daran, Doreen's angenehmer Duft stieg ihm in die Nase, danach schloss er den Schrank wieder legte sich aufs Bett, guckte hoch zur Decke, was war alles passiert in den letzten 48 Stunden, die Reise nach Ocho Rios, der geheimnisvolle Wasserfall, die Rueckfahrt im Bus als sie die Heilkraft spuerten, das gemeinsame Abendessen im Beachrestaurant dann die Nacht mit Doreen in den Slums, das jaehe Ende am naechsten Tag mit dem wunderschoenen Maedchen, das hatte ihn gebrannt, es tat gut morgen Montego Bay zu verlassen, er war auch neugierig auf Kingston die Hauptstadt Jamaica's und zum Schluss San Antone dort wo die grosse Ueberraschung auf ihn wartet, da passierte es, seine Augen fielen zu, weg war er. Bruno erwacht, hoert die Stimme von Larry und eine Frauenstimme, sie unterhalten sich lautstark, es ist schon nach 6 Uhr, nach der Dusche schluepft er sein braunes Safarihemd ueber waehlt fuer heute abend eine schwarze lange Jeans, als er seine Utensilien beisammen hat verlaesst er das Zimmer, im Erdgeschoss trifft er Larry der ihm happy erzaehlt er habe eine Aushilfe gefunden fuer Anna und weiss schon dass er und Horst morgen ausziehn, ja morgen bekaemen sie dann ihre Paesse und die Flugtickets. " Alles klar Larry, ja ich gehe jetzt ins Beachrestaurant zur Abschiedsparty mit den Freunden ". Larry wuenschte ihm noch einen schoenen Abend. Bruno verzichtete auf ein Taxi und ging entspannt die Serpentinen nach unten, es war noch bruetend warm, unzaehlige Vogellaute um ihn herum begleiteten ihn, schoen war es hier in Montego Bay dachte er unter seinem Fussmarsch, ja Jamaica ist schon eine geile Insel und neue Abenteuer warten schon auf ihn. Es wurde schon dunkel, kaum spazierte Bruno ein paar Meter auf der Beachroad, da passierte eine verrueckte Wiederholung, mit quietschenden Reifen hielt wieder der Strassenkreuzer direkt vor ihm mit offenem Verdeck, am Steuer der junge Schwarze mit einem dicken Goldkettchen um den Hals, doch auf dem Ruecksitz sassen keine jungen sexy Maedels wie beim letztenmal sondern zwei gutgekleidete junge Boys schick hergemacht mit Goldstraehnchen in ihren modegeschnittenen Kraushaaren. " Hey Mister, hey Mister " schrie der Fahrer (deutsch uebersetzt) "Erinnerst Du Dich, erinnerst Du Dich an mich..Du sagtest mir Du stehst nicht auf Maedels..Du stehst nur auf Boys..ich hab hier zwei ganz nette Jungs fuer Dich die sind ganz lieb ". Die zwei " Goldenboys " auf dem Ruecksitz in engen Glitterjaeckchen bestueckt mit Silberpaletten hauchten Bruno ein paar Kuesschen entgegen. Oh Gott jetzt bin ich in der Falle, dachte er, waehrenddessen wiederholte der Fahrer eiligst " Du hast mir gesagt Du stehst auf Boys ich bring Dir was Du willst ! " Dem Koch aus Hameln fiel nichts anderes ein als zu sagen dass es ihm leid taete, die Boys saehen ja wirklich sehr niedlich aus, aber er sei gerade auf dem Weg zum Abendessen mit seinen Freunden im Restaurant und morgen fliege er nach Kingston und dann gleich weiter nach Germany ja sorry, sorry er habe keine Zeit mehr. Der Fahrer war leicht aergerlich er rief " Mister, hey Mister ich glaube Dir nicht..ich glaube Dir nicht ". Er drehte sich nach hinten zu den Boys, redete kurz mit ihnen, die guckten ein wenig traurig aus der Waesche, der Fahrer schaute Bruno nicht mehr an startete den Motor mit einem Fluch " Oh Bloodcloud, Bombercloud " er gab Gas und der Amischlitten verschwand. Den Fluch kannte Bruno schon vom letztenmal,

Bruno war erleichtert dass der Typ weg war mit seinem Angebot, aber der Service von Girls und Boys im Strassenkreuzer beeindruckte ihn doch, ja amuesiert setzte er seinen Weg auf der Beachroad fort mit cooler Elvisstimme wiederholte er "Bloodcloud, Bombercloud, Bloodcloud " bis er merkte dass ihn die vorbeigehenden Leute mit seltsamen Blicken anglotzten, Herrgott das ist ja ein Fluch fiel ihm und sofort verstummte er, nur gut dass kein Polizist seinen Weg kreuzte und seinen Fluchgesang hoerte, vielleicht haette er den moeglichen Psychopathen gleich aufs Revier mitgenommen. Als der moegliche Psycho im Beachrestaurant ankam schaute er erst einmal in lange Gesichter, seine Freunde sassen an einem Tisch zusammen Horst in gruenem Jeanshemd war schon da, alle tranken Red-Stripe Bier, Bobby heute wieder im weissen Leinenanzug und Konrad der sich fuer ein himmelblaues Freizeithemd entschieden hatte fragte ihn ob alles okay sei. " Alles okay " war Bruno's Antwort, er nahm Platz bestellte ein Bier und erzaehlte gleich sein Erlebnis auf der Beachroad mit den " Goldenboys ", da lachten alle kurz am Tisch und Horst meinte mit Bruno habe der Typ am Steuer kein Glueck gehabt, doch ein anderes Thema beschaeftigte die Anwesenden, Bobby ergriff das Wort dass sie schon Bescheid wissen, Horst habe ihnen alles erzaehlt die Sache mit Doreen und Anna und dass sie morgen nach Kingston fahren, er holte tief Luft guckte hoch zum Himmel, fuhr fort das Ende mit Doreen sei unglaublich-ja schocking. Konrad kraechzte Doreen war sich vielleicht nicht ganz sicher hat gepokert bis zum Schluss zwischen Bruno und dem Englaender, aber wenn das alles wahr ist was sie erzaehlt hat, dann war es richtig sich fuer England zu entscheiden, da nickten alle zustimmend. Horst scherzte wenn es bei einem wunderschoenen Bluemchen vorbei ist, dann findet man bestimmt ein anderes huebsches Bluemchen auf der Insel. Bobby ueberlegte Anna hatte gutes Geld von Bobby bekommen und wenn die Maedels genuegend Kohle in der Tasche haben, dann wollen sie schnell nach Hause zur Familie und die Eltern sind stolz auf die Toechter wenn sie Geld mitbringen. Konrad sagte ploetzlich er war auch schon in San Antone, es sei schon laenger her, dort gaebe es viel gruen, eine bluehende Vegetation und kleine Strandhotels direkt am Meer, ausserdem spazieren da viele schoene Maedchen, viele huebsche Bluemchen auf der Beachroad herum. Der Kellner kam an den Tisch nahm die Bestellung auf, zweimal Pfeffersteak mit Pommes fuer die zwei aus Deutschland und zweimal Cheeseburger mit Pommes fuer Konrad und Bobby. Eigentlich passe alles gut, dass Bruno und Horst in ihrer letzten Urlaubswoche noch einen neuen Teil von Jamaica kennenlernen, sagte Bobby er werde morgen frueh gleich mit Charly reden, dass er eine Tour nach Kingston hat das freut ihn bestimmt. Da hob Konrad den Finger seine Augen glaenzten, er sagte " Ich will auch mitfahrn nach Kingston und dann mit Charly zurueckfahren nach Montego Bay, ja ausflugsmaessig!" " Ja dann fahr ich auch mit nach Kingston ", rief Bobby " wir fahren alle nach Kingston und liefern unsere Freunde dort ab ". " Das ist super dass ihr alle mitkommt das freut mich wirklich", sagte Bruno stolz " und jetzt habe ich Lust auf einen Zombie, auf einen vollmundigen Zombie ".

" Ich auch, das ist eine gute Idee " rief Konrad. " Ja Bobby bestell mal vier Zombies " toente Horst " heute abend geht alles auf meine Rechnung ". " Das ist eine noch bessere Idee " schallte der Jamaicaner, gab beim Kellner die Bestellung auf. Die Band spielte heute Wunschkonzert, die Gaeste konnten sich alle moeglichen bekannten Songs wuenschen, am Tisch kam man ueberein morgen um 1 Uhr ist Treffpunkt hier im Beachrestaurant, Bobby wuerde Charly Bescheid sagen, ja ein junges Paerchen waehlte " Lady in red " von Chris de Burgh und tanzte miteinander in galanter Manier, doch dann passierte es, ein aelteres Paar er im schwarzen Anzug und seine Partnerin im blauen Abendkleid wuenschten sich von der Band " I will always love you " von Whitney Houston, als die Saengerin der Band diesen Titel ansagte, da wurde es Bruno ganz anders, das brachte seine Gefuehlswelt durcheinander, das Paerchen guckte sich liebevoll an und tanzte eng umschlungen, da schluckte der Koch aus Hameln tief, sah Doreen vor sich die " Whitney " von Jamaica wie sie ihn anlaechelte und sagte " Ich geh mit Dir ueberall hin ", die Saengerin sang den Song ziemlich original, die Gaeste im Beachrestaurant lauschten und am Ende gab es viel Applaus von den Tischen fuer die Band und die Taenzer. Bald wurden die Pfeffersteaks und die Cheeseburger serviert und die vier Zombies dazu, die Viererbande konnte loslegen. " Mann die Zombies werden ja immer staerker hier", rief Horst " Und sie schmecken immer besser ", gab Konrad seinen Senf dazu. Nach einer Weile spielte die Band einen Song von Bob Marley " One Love ", das Lied gefiel Bruno, doch Doreen war in seinem Kopf, der Nachfolgesong ertoente " Don't worry about a thing " oh my God, Bruno guckte nach oben, sah einen wundervollen Sternenhimmel, er schlitterte in eine melancholische Stimmung hinein, schnell war die Erinnerung da nachts auf der Terasse wie er die Stimme hoerte aus dem Dunklen kommend, er bekam einen Moralischen, Horst merkte es als erster dass etwas los sei, guckte seinen Freund an wusste gleich Bescheid " Bruno Du denkst an Doreen ". " Ja es war wunderschoen mit ihr ", antwortete dieser mit feuchten Augen, da sagte Horst mit klarer Stimme " Ja ich weiss wie man fuehlt, wenn man sich knallvoll verliebt hat, ich weiss wenn die Daemonen der Liebe einen am Kragen haben, da hilft nichts, da helfen keine grossen Worte oder die Philosophie dass alles vorbestimmt ist, da ist nur einer der Dir in so einer Situation helfen kann ". " Ja wer kann mir denn helfen ? " fragte Bruno. " Der Alkohol ", rief Horst siegessicher " er macht alles leichter, viel leichter, more easy verstehst Du? " Ja Sex and Drugs and Rock'n Roll, don't forget the Alkohol ", rief Konrad in die Runde. Was denn Bruno genau habe wollte Bobby wissen. " Er hat den Blues, den " Doreen-Blues ", klaerte Horst ihn auf. " " Oh den Doreen -Blues ", brummte dieser nachdenklich, er fuegte hinzu dass Doreen eines der schoensten Maedchen war, die er jeh auf Jamaica gesehen hat. Horst rief " Bruno Du musst jetzt das Getraenk wechseln, lass uns mal einen " I can't get no Flip " trinken wie in der Satisfaction-Bar in Thailand". " Ich will auch einen trinken so einen Flip ", kraechzte der Spinatmatrose. " Ja wenn ihr alle einen trinkt, dann trink ich auch einen mit ", schallte Jamaica's Roberto Blanco. Horst zaehlte nochmal auf zur Sicherheit, was da alles reingehoert in diesen Flip.

" Wodka, Gin, Thekila, Kokosnusssaft, Ananasssaft, Grenadine und Eis ". Bobby gab gleich die Bestellung an den Kellner weiter sagte ihm Bescheid ueber die Mischung und es solle ein bisschen schneller gehen, weil wir hier einen Notfall am Tisch haben. " Ja vier Notfaelle " rief Konrad. Der Kellner notierte alles nahm das Essgeschirr beiseite und verschwand. Geduldig wartete man auf die Getraenke, hoerte der Band zu wie sie wechselten zu dem Song " No Woman no cry ". Bobby erzaehlte er gebe jezt dann eine Einlage, ploetzlich schallte er temperamentvoll, vielleicht am letzten Abend in Montego Bay sollten alle zusammen singen, noch einmal Bruno's Lieblingssong " Don't worry about a thing ". " Oh ich kann nicht singen ", rief Bruno " Konrad kann nur kraechzen und Horst kann den Text nicht, da haettest Du einen schoenen Gesangschor Bobby". Bobby quakte laut wie ein Frosch. " Erst muessen wir die Flips trinken ", toente Horst, " dann singen wir wie die Engellein, dann gehen wir alle auf die Buehne mit Bobby ". Abgemacht, bald war es soweit, sie kamen auf den Tisch serviert in runden Sektglaesern vier " I can't get no Flip's ", wundervoll sahen sie aus mit dem roetlichen Grenadine, dem gelben Ananasssaft ein wenig Eis oben drauf, da habe der Doreen-Blues keine Chance mehr gegen so einen Flip, kicherte Konrad vor sich hin. Es war Zeit fuer eine kurze Ansprache. Bruno erhob sich nahm sein Glas in die Hand, streckte es in die Hoehe und meinte " Freunde ich muss euch etwas sagen, da fingen alle an zu klatschen " ja lasst uns darauf anstossen auf die wunderschoene Zeit die wir hier miteinander erlebt haben auf Montego Bay, morgen gehts nach Kingston ein neues Abenteuer wartet auf den Horst und mich, wir freuen uns darauf okay Bobby, Konrad, Horst zum Wohle " Cheers Cheers, Prost Prost ! " Und die unglaublichen Vier tranken mit Genuss einen herzhaften Schluck. " O ja der schmeckt ja auch geil, der " I can't get no Flip ", den habe ich heute nicht zum letztenmal getrunken ", schmatzte Konrad. " Ja Mann schmeckt super, der hat Power, das ist eine ganz tolle Mischung ". Ein Kellner fasste ihn an der Schulter, es sei Zeit fuer ihn - Showtime, da nahm der Jamaicaner noch einen Schluck vom Flip. " Bis spaeter auf der Buehne ", rief er den drei Deutschen zu dann ging er los. Horst erkundigte sich bei seinem Freund ob es ihm besser gehe, der anwortete ganz erleichtert sein Doreen-Blues sei fast weg. " Darauf muessen wir trinken, dass er noch ganz weggeht, er muss vernichtet werden fuer immer dieser Blues ", sagte Konrad beherzt und das taten die drei dann auch. Bruno meinte die beiden sollten mal zur Buehne schauen, die Graefin sei da und singe gerade mit Bobby zusammen "Stand by me" tatsaechlich die Graefin heute in einem schicken roten Freizeitkleid, Bobby im weissen Leinenanzug sie sangen im Duett wunderschoen leidenschaftlich, die beiden ernteten viel Applaus. Danach machte Bobby auf englisch eine Ansage, er bitte jetzt seine Freunde aus Germany auf die Buehne um mit ihnen zusammen einen Song zu singen den die Band heute schon gespielt hat aber das macht nichts, das spiele keine Rolle, es ist fuer ihn einer der schoensten Songs auf dieser Welt. Mit kraeftiger Stimme rief er ins Mikrophon " Hello Mr. Bruno, Mr. Horst, Mr. Konrad please come on stage !" Und die Leute im Restaurant klatschten.

Was blieb den dreien am Tisch anderes uebrig, bevor sie sich erhoben tranken sie noch ihren " I can't get no Flip " mit Genuss zu Ende. Jetzt wanderten die drei aus Germany Richtung Buehne. Horst klopfte Bruno laessig auf die Schulter " Ja siehst Du mein Freund jetzt wirst Du auch noch zu einem Superstar in deinem Urlaub ". " Ja ist denn der Bobby verrueckt geworden wir sind doch keine Saenger!" " Lass Bobby nur machen ", kicherte Konrad " auf gehts ". Der Jamaicaner half den dreien galant auf die Buehne und wies jedem seinen Platz zu in einer Reihe vor der Band von links Bruno, Horst, Bobby, Konrad neben ihm die Graefin und dann gings los, die Band fing an zu spielen im coolen Reggaebeat, Bobby in der Mitte fing an zu singen " Don't worry about a thing, cause every little thing it's gonna be allright", die Musiker spielten nicht den ganzen Song nur diesen Anfangsteil, Bobby sang auch immer nur diese paar Zeilen, er ermutigte seine Freunde neben ihm mitzusingen ueber sein Mikrophon immer nur dasselbe, doch die scheuten sich noch, da gab die Graefin mit dem Ellebogen Konrad einen Stoss in die Huefte, dieser kraechzte gleich los ein wenig wie Joe Cocker ueber ihr Mikro in ihrer Hand, jetzt sang auch Horst Bruno dynamisch ins Ohr " Don't worry about a thing ", bis der Koch aus Hameln alle Hemmungen fallen liess und mittraellerte. Bobby rief dem Publikum zu alle sollen mitsingen, die Gaeste taten das auch, Mann das war ein Riesenchor, eine gewaltige Lautstaerke die Band, Bobby und die Urlauber, die Leute an den Tischen und alle sangen zusammen" Don't worry about a thing " auf Bobby's Zeichen Musik stop..und das Publikum und alle Saenger auf der Buehne sangen alleine weiter " cause every little thing, it's gonna be allright!'

Das war der absolute Hoehepunkt des Abends im Beachrestaurant, danach setzten die Musiker wieder ein und es ging noch kurz weiter so bis Bobby bruellte zum letztenmal " Every little thing it's gonna be allright ", dann war Schluss, das Publikum schenkte einen tosenden Applaus. Jetzt wurde das Tanzbein geschwungen, Paerchen erhoben sich von den Tischen und tanzten zum weit weniger bekannten Bob Marley-Song " Lifely up yourself ", ein fantastischer Song den die Band bravoroes spielte und der einfach grossartig in diese aufgeheizte Stimmung passte und Bobby der Showmann von Montego Bay schaffte es auch dass seine Chorsaenger auf der Buehne blieben und nebst der Graefin voll mit schrien " Lifely up yourself and don't be no drag !", jetzt war schon alles wurscht. Happy erschoepft von ihrem Starauftritt wanderten die drei neuen deutschen Reggaestars nach Beendigung des Songs unter Beifallskundgebungen der Gaeste zurueck zum Tisch. " Ist der Doreen-Blues jetzt weg? ", wollte Horst wissen. " Der ist voellig weg ", rief Bruno, "mir geht's super, das war alles so geil jetzt auf der Buehne, das war echt geil mit allen zusammen, das ist unvergesslich fuer mich dieser Abend heute, ich werde jetzt nochmal das Getraenk wechseln, weil wir ja in Jamaica sind moechte ich noch einen Zombie trinken zum Abschluss und dann ist Schluss. " Ja heut geht's los, alles Durcheinander " rief Konrad " erst Bier, dann Zombies, dann einen " I can't get no Flip, dann wieder einen Zombie o Gott, ich hoffe keiner muss hier kotzen auf den Tisch ". " Ja Deutschland weiss wie man feiert ", rief der Schimansky laut, bestellte beim Kellner zum letztenmal vier Zombies, einen mit fuer Bobby.

- " Ob ich noch einen Zombie schaffe ? ", murmelte der Pop-Eye, der schon voellig fett war, aber er war nicht fett allein. " Den schaffst Du noch den Zombie ", sagte Bruno " ein Mensch haelt viel aus ". " Ja ein Mensch kann viel aushalten ", pflichtete ihm Horst bei. Verschwitzt und keuchend kam Bobby der Entertainer zurueck an den Tisch. " Hallo Freunde das war ganz toll, ganz super mit euch heute abend ihr habt ja gesungen volle Power einfach super, sogar der Chef hier vom Resort war begeistert ". " Wenn jeder ein eigenes Mikro gehabt haette da haetten wir noch viel besser geklungen ", kraechzte Konrad , " Ja vor allem Du mit deiner Superstimme ".toente Horst. Gelaechter brach aus. Bobby guckte in gluecklich trunkene Gesichter und gab zum Besten, dass er sich freue seine Saenger scheinen ja noch ein bisschen Blut im Alkohol zu haben. Konrad meinte Bobby muesse die zwei am Tisch neben ihm in die Villa hochbringen, alleine werden die das kaum mehr schaffen, der Spinatmatrose lachte sein Mund wurde so breit, quer waere eine kleine Banane hineingegangen. Und da rueckten zwei Kellner an mit vier Zombiekelchen, noch einmal klirrten sie aneinander,mmh schmeckte dieser jamaicanische Rumcocktail ueberirdisch gut, aber er war auch megastark, die unverwuestlichen Vier tranken in grossen Schlucken, natuerlich konnte Konrad nicht mithalten " Ich kann nicht mehr, mir ist schon schwindlig ", aechzte dieser, " wenn ich weitertrinke dann muss ich kotzen , schade um den guten Zombie ", er schob seinen Kelch zu Bobby hinueber, der war noch am besten bei einander, dieser fragte Bruno und Horst wie es ihnen gehe, der Koch aus Hameln meinte, es gehe ihm unverschaemt gut aber eigentlich moechte er sich bald hinlegen, sich in die Horizontale begeben und ob er ein Taxi besorgen kann fuer die beiden Villabewohner. " Ein Taxi waere nicht schlecht ", kicherte der Schimansky der schon ziemlich hinueber war. Bobby nahm einen tiefen Schluck aus seinem Kelch, dann zog er los. " Morgen abend sind wir schon in Kingston, soll ja eine wilde Stadt sein, wenn das Leben ein einziges Abenteuer ist, dann wirds nie langweilig" philosophierte Horst und wenn jemand meint man kann sein Leben verfilmen, dann hat er bestimmt einiges richtig gemacht in seinem Dasein ". Horst hob die Hand zum Kellner sagte ihm er moechte die Rechnung bitte nebenbei leerten die drei genuesslich ihre Zombiekelche, man kann das gute Zeug ja nicht uebrig lassen. Konrad schloss ploetzlich seine Augen und ruehrte sich nicht mehr, Bobby kam zurueck im Schlepptau mit Charly er habe ihn im Supermarkt getroffen und er werde die Urlauber gleich hochfahren in die Villa, als Bruno und Horst Charly erblickten in seinem braunen Jeansanzug und mit rundschwarzem Huetchen auf dem Kopf da riefen sie gleich " Hey Charly, Viva Charly, Viva Mexico, Viva Mexico " der merkte sofort dass seine Fahrgaeste ziemlich dicht waren, der Kellner kam mit der Rechnung, Horst zog ein Buendel Jamaicadollars aus der Tasche bezahlte und gab dem Kellner noch reichlich Trinkgeld. Bobby guckte zu Konrad meinte er werde sich um ihn kuemmern, er werde ihn in seinen Bungalow bringen. Bruno und Horst erhoben sich in Zeitlupe " Bis morgen um 1 Uhr Bobby hier im Restaurant ", lallte Bruno. " Alles klar ich wuensche euch beiden noch eine gute Nacht, einen guten Schlaf uaah ".

Bobby quakte kraeftig wie ein Frosch, die beiden Freunde wankten mit Charly zu seinem Taxi das gleich an der Beachroad parkte. Als die beiden endlich mit Muehe und Not in den Wagen hineinfanden, da plapperten sie auf dem Ruecksitz in ihrem englisch Charly gleich voll, was fuer ein geiler Abschiedsabend es doch war heute im Beachrestaurant, Bobby holte sie auf die Buehne und sie sangen im Chor mit ihm zusammen Songs von Bob Marley " Don't worry und Lifely up yourself " und bald sang auch das ganze Restaurant mit, ja das war affengeil. Horst uebersetzte weiter dass Konrad den Vogel abschoss, der Pop-Eye sagte doch tatsaechlich zu Bobby wenn jeder ein eigenes Mikrophon zum Singen gehabt haette, dann haette der Chor noch besser geklungen vor allem er der Kraechzer, meinte Horst ah Konrad ist unglaublich er liebt ihn. Charly lachte schuettelte nur den Kopf sagte " Bob Marley im Himmel hat euren Auftritt bestimmt genossen ". " Sind wir hier auf der Achterbahn " rief Bruno vollfett als es schwungvoll die Serpentinen hochging zur Villa. " Auf der Geisterbahn sind wir jedenfalls nicht weil ich sehe ja keine Geister ", schnaufte Horst. " Ich seh auch keine Geister- ah wo ist mein Bett, ich lass mich sofort hineinfallen ". Bruno lachte ueber sich selber. An der Villa angekommen bekam Charly noch ein paar schoene Scheine von Horst und nach der Verabschiedung schaffte es Bruno noch tatsaechlich seinen Schluessel herauszukramen und die Tuer zu oeffnen, aufgestuetzt aneinander tapsten sich die beiden hoch in den ersten Stock. " Bis morgen mein Freund, morgen gehts weiter ". " Bis morgen Horst und noch eine gute Nacht ".

In seinem Zimmer liess sich Bruno vollbekleidet aufs Bett fallen und schloss die Augen, fuer neue Gedanken hatte sein Hirn keine Kraft mehr , der Schlaf uebermannte ihn. Bruno erwachte in seiner Unterkunft in Hameln, es war schon taghell - wouh er hatte alles noch einmal erlebt in seinem Traum was passierte auf der Insel, die Sache mit dem Wasserfall, die Nacht in den Slums, das Ende mit Doreen am naechsten Morgen, das Singen auf der Buehne mit Bobby am Abschiedsabend - wouh, er genehmigte sich einen grossen Schluck aus der Wasserflasche neben seinem Bett, musste mal fuer kleine Maedchen von der Toilette zurueckkommend fuehrte sein Weg wieder in sein warmes Bettchen hinein, nun wollte Bruno gleich weitertraeumen sich zurueck in die Jamaicawelt begeben, wie es denn weiterging zum zweitenmal die grosse Ueberraschung im Traum erleben die ihm Horst noch versprochen hatte was da noch alles passierte, ohne viel nachzudenken wurden die Augen geschlossen..Montego Bay kam immer naeher..immer naeher. Der Koch aus Hameln erwachte in der Villa sein Kopf war schwer, guckte auf die Uhr, es war kurz nach 12 Uhr Mittag ihm war schwindlig und dachte dass das bestimmt vom Durcheinandertrinken der letzten Nacht kommt, aber das musste eben so sein, er taumelte aus dem Bett heraus, befreite sich von seinen Klamotten, die darauffolgende Dusche tat ihm gut machte ihn munter, weckte seine Lebensgeister " Ja heute gehts weiter ", murmelte der Urlauber " Leben ist Bewegung auch im Paradies muss man mal ueber die Strasse gehn hat doch der Horst gesagt ,okay let's go ".

Seine Reisetasche war schnell gepackt, Stimmengewirr drang an sein Ohr, in kurzer schwarzer Sporthose nebst gruenem Safarihemd verliess er sein Zimmer in dem er doch sinnliche Stunden mit Doreen, mit dem anderen Geschlecht verbrachte und begab sich ins Erdgeschoss. Dort ueberreichte gerade Larry dem Horst seinen Pass und das Flugticket auch Bruno bekam gleich seine Sachen, dieser gab die Schluessel zurueck. Larry der wieder ein rotes Piratentuechlein um den Kopf gebunden hatte guckte seine Gaeste von oben bis unten an, ihre Alkoholfahne liess ihn ein wenig zurueckweichen und er feixte dass die beiden bestimmt auf ihrer Abschiedsparty mit Bobby ein paar Zombies getrunken haben. " Ja Zombies haben wir auch getrunken ", meinte Bruno. Larry sagte dass Bruno und Horst sehr angenehme Mieter waren und er wuensche den beiden Playboys noch viel Spass auf Jamaica. " Ja wer ist hier der Playboy der immer Nachschub bekommt von der Churchill-Disco ", rief Horst und deutete auf den kleinen Seeraeuber, da lachte Larry, seine Goldzaehne blitzten auf und er meinte " Every man want to be a Playboy ". Bruno machte ihm klar auf englisch, dass er und Horst sich sehr wohlgefuehlt haben hier und er werde Larry's Villa weiterempfehlen seinen Freunden in Germany in seinem Stammtischpub, da freute sich der Villaboss, ja alles war okay, alles war bezahlt und da hupte auf schon das Taxi das Larry vorher schon bestellt hatte. Bruno sagte noch zu ihm er soll die Sachen in seinem Zimmer, die Kleider von Doreen alle der Anna schenken wenn sie von ihrer Familie zurueckkomme, dieser nickte, das werde er tun. " Goodby Larry es war schoen in deiner Villa ", rief Bruno.

" Goodby Germany " rief Larry, seine Ex-Gaeste stiegen ins Taxi ein der Fahrer gab Gas zum letztenmal fuehren sie die Serpentinen hinunter und die Tierwelt verabschiedete sich von ihnen mit einem geheimnisvollen Summen, mit lustigem Zwitschern und mit stolzem Quaken. Horst heute in gruener Armeehose und grauem aermellosen T-Shirt gurrte ploetzlich auf der Beachroad los dass er einen grausamen Hunger habe, sein Freund pflichtete ihm bei, ja erst einmal was essen nur keine Hetze, keine Hektik im Urlaub aufkommen lassen, sie waren sich einig ein richtiges Fruehstueck waere jetzt genau das Richtige vor der Busfahrt nach Kingston das traf sich gut denn der Minibus stand schon am Platz, doch niemand war zu sehen. Nachdem sie das Taxi bezahlt hatten gingen Horst und Bruno schnurstracks in das Beachrestaurant, dort sassen schon Bobby, Konrad und Charly der Fahrer am Tisch zusammen, vor ihnen standen drei Red-Stripe Biere. Konrad in kurzer blauer Freizeithose und lila Bluemchenhemd tauchte gerade ein Cocktailbroetchen in eine cremige Suppe hinein, Bobby in ausgefranzter weisser Jeans nebst dunklem gelben Pulli biss gerade in einen Cheeseburger, Charly hatte sich heute nun endgueltig in einen Mexicaner verwandelt, braune Lederhose mit Silberguertel dazu ein rotes Hemd geschmueckt mit aufsteigenden gelben Feuerflammen, zuguterletzt sein schwarzer runder Hut auf dem Kopf, Charly sah einfach super aus wie auf einem Fiestamarkt in Mexico, er ass nichts. " Hallo Freunde der Nacht " begruesste Bruno die drei am Tisch " taeusch ich mich oder schaut ihr alle noch ein bisschen mitgenommen aus, ja essen und trinken haelt Leib und Seele zusammen ".

" Jah Mann, jah Mann " riefen Bobby und Konrad mit heiseren Stimmen und der Spinatmatrose kraechzte " Aber ihr seht ja auch nicht aus wie das bluehende Leben ". " Da hast Du recht darum muessen wir jetzt sofort was essen ", sagte Horst und nahm Platz sein Freund holte sich noch einen Stuhl dazu. Der Kellner kam flugs, die zwei dachten nicht viel nach bestellten Kaffee und Cheeseburger mit Pommes, Bobby meinte scherzend das sei ja eher ein amerikanisches Fruehstueck und alle fuenf am Tisch grinsten. Ob Bobby Konrad noch gut nach Hause gebracht habe erkundigte sich Horst, dieser meinte es war noch ein kleines Stueck Arbeit, Konrad war vollfett er stuetzte ihn, wanderte langsam mit ihm Arm in Arm bis zu seinem Bungalow, sperrte noch die Tuer auf, sofort liess sich Konrad voll aufs Bett fallen dann war er weg. " Aber ich habe nicht gekotzt " rief er freudig " ja Bobby nochmal danke, heute geht die Rechnung hier auf mich", die Anwesenden klatschten Beifall. Nun wurde kurz das Finanzielle besprochen, die Kosten der Busreise, Charly nannte den Preis, das war okay. Bruno meinte auf die Angst sich zu wiederholen, er finde es unheimlich nett dass Bobby und Konrad noch mitfahren in die Hauptstadt das freue ihn wirklich. Bobby schallte die Freude sei auch auf der Seite des Begleitkommandos. Ja man unterhielt sich ueber den gelungenen Abend von gestern, Horst wiederholte sich am besten gefiel ihm als Konrad zu Bobby sagte wenn jeder naemlich sein eigenes Mikrophon gehabt haette dann haetten die Chorsaenger noch viel besser geklungen. " Uaaha " da quakte Bobby herzlich, ja die ganze Fuenferbande lachte laut auch Charly der nichts verstand aber er lachte mit aus Sympathy.

Kapitel 5 Kingston

Charly erzaehlte auf englisch er kenne ein Hotel, ein Mittelklassehotel in Kingston, ein Freund von ihm arbeite dort im Roomservice, die Zimmer seien sauber, nicht allzu teuer und die Location sei auch cool und wenn Bruno und Horst sowieso nur eine Nacht bleiben wollen... " Ja one Night in Kingston ". rief Horst, die zwei waren mit Charly's Vorschlag sofort einverstanden, man entschied nach dem Fruehstueck gleich loszufahren bald kamen Cafe und Cheeseburger mit Pommes auf den Tisch, die zwei liessen es sich schmecken und als die Fuetterung der Raubtiere beendet war und der Konrad diesmal die Rechnung bezahlte wanderten die fuenf zum Minibus. Charly verstaute hinten die Reisetaschen der beiden Urlauber und Bobby nahm diesmal Platz vorne als Beifahrer, dann folgten Bruno und Horst auf dem Ruecksitz und hinter ihnen sass Konrad, der Vorrat an Wasserflaschen und Schinkensandwiches wurde noch nicht angeruehrt, man war satt vom Beachrestaurant. " Hey Viva Charly, Mr. Mexico let's go Kingston ", rief der Konrad." Ja Mann, ja Mann ", antwortete dieser mit kehliger Stimme, er gab Gas der Bus setzte sich in Bewegung und fuhr gemaechlich die Beachroad entlang, die zwei Deutschen oeffneten halb die Fenster schauten hinaus und riefen " By, by, by, by Montego Bay by, by..thank you very much..schoen wars hier ", meinte Bruno " ja Montego Bay hat uns viel Freude geschenkt, hat uns viel gegeben aber..", da fing er an zu kichern " aber Montego Bay hat auch wieder was zurueckgenommen ". " Du meinst Doreen ", toente Horst " aber der Doreen-Blues ist ja weg bei Dir ".

" Der ist voellig weg und ich bin froh darueber ", stellte der Koch aus Hameln fest. " Hey das waer ja lustig wenn Dir Doreen nochmal in Kingston ueber den Weg laeuft mit ihrem Disjockey, die sind jetzt bestimmt auf der englischen Botschaft und erledigen den ganzen Papierkram ", sagte Horst zu seinem Freund. " Das waere die Ironie des Schicksals wenn ich sie nochmal sehe in Kingston, aber vorbei ist vorbei, die schoene Zeit mit Doreen kann mir keiner mehr nehmen, soll sie jetzt doch gluecklich werden mit diesem Englaender ja und wenn sie nicht gestorben sind..", " Dann leben sie noch heute ", vollendete Horst den Satz. Bobby der die ganze Zeit gespannt zugehoert hatte meinte er habe noch was mitgenommen dass wir nicht so alleine in die Hauptsadt reisen, zog Rauchzeug hervor gab alles Bruno in die Hand, das sei erstklassiges Gras und er solle doch bitte so ein schraeges Kunstwerk fabrizieren, einen echten Brunojoint drehen jetzt gleich, der Jamaicaner war wirklich gut drauf " Oh welche Ehre grosser Animator, grosser Entertainer ich mache mich sofort an die Arbeit, der Auftrag wird erledigt ". Gelaechter brach aus unter den Reisenden auch Charly lachte mit wieder aus Sympathy. Es fing an zu troepfeln Charly schaltete die Scheibenwischer an und waehrend Bruno fieberhaft an seiner neuen Kreation arbeitete regnete es immer staerker, den fertigen schiefen Joint der aussah wie der Gloeckner von Notre Dame ueberreichte er dann Bobby zum Anzuenden, dieser revanchierte sich auch mit den Worten " Oh welche Ehre grosser Jointmeister ", zuendete das Ding an, zog ein und blies den Rauch wieder durch die Nasenloecher aus, schloss kurz die Augen, gab den Joint weiter an Bruno, der zog kraeftig dann bekam ihn Horst, inzwischen klatschte Bobby in die Haende fing leise an zu singen mit sonorer Stimme " Got to have Kaya now when the rain is falling ", nachdem auch der Spinatmatrose schoen eingezogen hatte wanderte der Joint zu Charly, der paffte so stark, dass man das Lenkrad nicht mehr sah vor lauter Rauch. Bobby stoppte das Singen, erzaehlte es gebe da einen wundervollen Song von Bob Marley der gar nicht so bekannt sei aber fuer ihn persoenlich einfach Weltklasse ist, der Song heisse " Kaya " soviel wie Marihuana, es gehe darum wenn der Regen faellt dann habe er Kaya und alles ist wunderbar und Bruno's Geraet bekam er jetzt von Charly, mit dem Ding zwischen seinen Fingern fing er wieder an zu singen seine Bassstimme ertoente " Got to have Kaya now, got to have Kaya now, got to have Kaya now when the rain is falling ", und der Roberto Blanco von Jamaica forderte die Busfahrer auf voll mitzusingen, das liessen sich die schon geuebten Chorsaenger von gestern nacht nicht zweimal sagen, es war unglaublich, da fuhr ein Minibus bei stroemendem Regen nach Kingston und die fuenf Insassen sangen freudig und hingebungsvoll " Got to have Kaya now got to have Kaya now....." und der Regen prasselte laut auf das Dach des Busses , Bobby leitete das Gesangsende ein mit" And the Rain is falling ". " Bobby, Bobby ", grosser Applaus fuer ihn. " Siehst Du heut hast Du kein eigenes Mikrophon gebraucht ", sagte Horst zu Konrad, der meinte nur das Kaya ist schon super gut das haue richtig rein. Und trotzdem ist es verboten ", ueberlegte Bruno laut.

" Das stimmt " bestaetigte Bobby " kennt ihr Peter Tosh, das war auch ein grosser Reggaesaenger von Jamaica der lebt nicht mehr, vor langer Zeit hat der gesungen " Legalize it, dont criticize it "," er meinte damit das Kaya, das Grass, das Marihuana ja dieser Song war sein groesster Hit". Bobby schunkelte mit dem Kopf leicht hin und her fing an zu singen " Legalize it, dont criticize it yeah..yeah..", der Jamaicaner war voll in seinem Element und der Bobby-Chor machte seinem Namen alle Ehre alle sangen mit auch Charly mit seiner kehligen Stimme " Legalize it..", Bobby machte noch einen letzten Zug von Bruno's Geraet, drueckte dann den Filterstiel in den Aschenbecher, hoerte ploetzlich auf zu singen und erzaehlte weiter " Ja Peter Tosh war auch ein Grosser, ganz frueher sang er mit Bob Marley in einer Band, als Bob dann ein Superstar wurde verliess er die Gruppe und machte eine eigene Solokarriere sang gegen den Atomkrieg und seine Version von Johnny B. Good von Chuck Berry ist legendaer geworden, spaeter wurde er in seinem Haus erschossen, wer weiss schon warum, ihm war auch nur ein kurzes Leben bestimmt aehnlich wie Bob Marley ". Bruno hatte das Gefuehl Bobby wusste mehr ueber die ganze Reggaeszene in Jamaica als er erzaehlte.Der Regen schwaechte ab und bald hoerte er ganz auf, die Wasserflaschen wurden geoeffnet und Charly genehmigte sich jetzt ein Schinkensandwich. Konrad fragte Horst was sie denn machen wollen in Kingston einen Tag lang Sehenswuerdigkeiten besuchen oder was. Horst erzaehlte er war schon mal einen Tag in dieser Stadt, tagsueber schlief er im Hotel am Abend besuchte er eine Disco er lernte ein nettes Maedel kennen und nahm sie mit ins Hotel, wir hatten eine schoene Nacht zusammen, am naechsten Morgen gings weiter nach San Antone, wenn ich so ueberlege eigentlich war dieses junge Maedchen meine Sehenswuerdigkeit in Kingston, eine lebendige Sehenswuerdigkeit und aeusserst sehenswert. Konrad schmunzelte meinte das sei eine sehr pragmatische Sichtweise, aus kleinen Aeuglein heraus sagte Bobby was man denkt kann oft unser Leben bestimmen. Horst fuhr fort er habe mal gelesen in einem Buch ueber den amerikanischen Hellseher Edgar Cayce, man nannte ihn auch den " Schlafenden Propheten " weil er im Tiefschlaf viele Botschaften von sich gab die dann jemand an seinem Bett sitzend aufgeschrieben hatte, unter vielen anderen " Readings " sagte er einmal soviel wie die Gedanken eines Menschen sollten schoepferisch sein, ja von Schoepferkraft durchdrungen, das hat ihm sehr gut gefallen, man muss kein Kuenstler kein Musiker, Maler Schriftsteller, Bildhauer oder eine grosse Sportskanone sein, jeder Mensch kann schoepferisch sein in dem was er tut. " Glaubst Du wie schoepferisch ich bin wenn ich meinen beruehmten Sauerbraten zubereite, was da alles reinkommt das ist mein Geheimnis ", sagte Bruno stolz in die Runde. " Genau das meine ich " rief Horst " jeder Koch, Handwerker, Architekt , jeder Designer und all die Leute die in der Modebranche arbeiten alle brauchen schoepferische Gedanken ". " Vergiss nicht die Jointdreher " aechzte Bobby, schau doch Bruno's Kunstwerke an die er da fabriziert ", da lachten alle im Bus, doch Horst der Philosoph war noch nicht fertig mit seiner Weisheit und sprach weiter " Alle Muetter wollen nur das beste fuer ihre Kinder, schoepferische Gedanken helfen auch ihnen, sie moechten dass ihre Nachkommen ein besseres Leben haben als es jetzt ihr eigenes ist, ich finde man sollte einem jungen Menschen den Rat geben " Tue was Du fuer richtig haelst, erschaffe Dich selber zu dem was Du sein moechtest in deinem Leben und finde deine Freude ". " Das ist es, genau das ist es " rief Konrad, erschaff Dich selber, das ist eine grosse schoepferische Aktion ". " Und dazu braucht man schoepferische Gedanken, jetzt sind wir wieder am Anfang, der Kreis schliesst sich ", ergaenzte Horst. " Ich komme mir vor hier wie in einer Philosophenschule und Horst ist unser Lehrer uaha..", schallte Bobby der ziemlich high aus der Waesche guckte " aber ich bin total einverstanden mit dem was ihr das redet, man sollte die grossartigste Version seiner selbst erschaffen ja Mann !" " Ja Mann..Ja Mann ", stimmten die drei Deutschen zu. " Eigentlich sollten wir einen darauf trinken auf alle diese schoepferischen Gedanken ", analysierte Bruno " aber wir haben ja nur Wasser hier im Bus ". " Das wird sich bald aendern ", kraechzte der Pop-Eye " wir haben ja nicht Jesus im Bus der Wasser zu Wein verwandeln kann, beziehungsweise Wasser zu Bier, hey Bobby sag doch mal zu Charly er soll beim naechsten Supermarkt kurz anhalten wir brauchen Bier hier ,das geht auf meine Rechnung, sonst werden wir noch zu Antialkoholikern auf unserer Abschiedsfahrt. " Da hast Du recht Konrad, das geht gar nicht ich sags ja ", toente Horst " die Gedanken eines Menschen sollten schoepferisch sein ". Gelaechter brach aus, Bobby sagte Charly Bescheid der nickte nur und bald hielt er an am naechsten Getraenkeshop, es ging alles ganz schnell,

Konrad und Bobby stiegen aus, kauften ein, mit zwei Sixpack-Red Stripe- Bier bewaffnet zurueck in den Minibus und die Fahrt konnte weitergehn, das Bier schmeckte der froehlichen Runde ausgezeichnet und Konrad outete sich er habe noch sein kleines Silberpfeifchen parat als Nachspeise fuer spaeter, der Spinatmatrose hatte wirklich gute Gedanken. Bruno sagte zu Bobby er glaube dass sie heute vollkommen high in Kingston ankommen werden. " Das ist doch wunderbar, wir feiern das Leben im hier und jetzt Prost Germany " rief Bobby laut und die Mitfahrer riefen " Prost, zum Wohle, zum Wohle ". Und der Koch aus Hameln verschaffte sich Gehoer naemlich weil alle im Moment so gut drauf sind moechte er eine kleine Geschichte zum besten geben die ihn doch sehr beeindruckt hat. Schon vor laengerer Zeit lief im Fernseher ein bayrisches volkstuemliches Theaterstueck mit dem Titel " Der Brandner Kaspar schaut ins Paradies ", in Kurzform erzaehlt die Lebenszeit des Brandner Kaspars ist vorbei und er betruegt den Tod der ihn hoch zum Himmel holen will, macht ihn betrunken mit Kirschwasser beim Kartenspiel und ergaunert ihm die Zusage ab auf viele weitere Jahre Lebenszeit und ihn erst mit 90 Jahren zu holen. Einge Jahre spaeter kommt die himmlische Buchhaltung dahinter dass dieser Brandner Kaspar schon laengst im Himmel sein muesste, der Tod beichtet dem Petrus den ganzen Schwindel und dieser schickt den Tod wieder auf die Erde um den Kaspar endlich zu holen nur um mal reinzugucken ins Paradies faehrt der Kaspar mit dem Tod hinauf in den Himmel, dort begegnet er dann seinen Liebsten und will bei ihnen bleiben im Paradies, der liebe Gott verzeit ihm die Schwindelei weil er ja in seinem Leben ein anstaendiger Mensch war und jetzt kommts, da sagte der Brandner Kaspar zu dem Petrus an der Himmelspforte " Guetiger Petrus frag doch mal den lieben Gott wie sollen denn die Menschen sein auf der Erde, dieser meinte er moechte einen Moment warten, ging und fragte Gott, als er zurueckkam wollte der Brandner Kaspar gleich wissen " Na was hat denn der liebe Gott gesagt, wie sollen denn die Menschen sein auf dieser Welt? Petrus antwortete der liebe Gott hat gesagt " Krierwig, ja krierwig sollen sie sein die Menschen, das hat der liebe Gott gesagt, er meint damit heiter, lustig sollte es zugehn, da unten auf der Erde, ein heiteres Gemuet haben, viel lachen und sich freuen, die Leute sollen krierwig sein. Ah jetzt verstand der Brandner Kaspar krierwig sollten die Menschen sein. Und Bruno sagte das ist das Ende der Geschichte und das Schoene daran ist wir sind ja auch krierwig. " Bravo " Bobby klatschte in die Haende " eine gute Geschichte, ich habe alles verstanden ja krierwig ich habe jetzt ein neues Wort gelernt, bei uns auf Jamaica gibt es ja ein aehnliches dafuer fuer heiter und lustig, das kennt ihr ja schon das Wort " Irie " es steht fuer Selbstrespekt, fuer gut, gute Stimmung, fuer alles ist okay und fuer good Vibrations, wenn die Menschen alle krierwig und Irie sind auf dieser Welt dann ist alles wundervoll ". Und die grossartigen Fuenf hoben ihr Bier in die Hoehe und prosteten laut " Krierwig, krierwig..Irie, Irie ! " Wie lange es noch nach Kingston sei fragte Konrad den Charly, der antwortete vielleicht noch eine gute halbe Stunde, ja unsere Jamaicahelden wurden jetzt ein bisschen ruhiger, die vergangene Abschiedsnacht steckte ihnen noch in den Knochen, doch sie fuehlten sich alle wunderwohl guckten aus dem Fenster und bewunderten die gruene Landschaft Jamaica's.

Doch diese Beschaulichkeit waehrte nicht allzulange, Konrad meinte er bekam gerade einen deutlichen Impuls da wir uns dem Zielpunkt unerbittlich naehern sei es jetzt an der Zeit fuer die Nachspeise, seine Mitfahrer guckten ihn gespannt an, Konrad fischte seine silberne Minipfeife hervor, er hatte Gras von Bobby, stopfte sie liebevoll und ueberreichte sie an Bruno liess ihm den Vortritt sie anzuzuenden. " Oh welche Ehre danke Konrad " sagte dieser, der Pop-Eye gab ihm Feuer, schnell machte Bruno einen tiefen Zug, reichte gleich weiter zu Horst, eiligst wanderte die Pfeife zu Bobby und Charly dann zurueck zu Konrad der voll paffte und sofort nochmal das kleine silberne Ding auffuellte mit neuem Gras, die Pfeife machte nochmals die dieselbe Runde, danach waren die Ausfluegler bedient, sie waren dicht bis unter die Haube. " Mann bin ich fett " sagte Bruno. " Das war die Nachspeise " kiekste Konrad vor sich hin liess die fertig gerauchte Pfeife in seiner Hosentasche verschwinden. " Na ist mein Gras gut ? ", roehrte Bobby wie ein Hirsch. " Das ist super, wirklich super ", bestaetigte Bruno. " Die werden schauen wenn wir da ankommen in diesem Hotel volldicht ", meinte Horst und fragte nach vorne den Fahrer wie denn das Hotel heisse in dem sie uebernachten werden, Charly stutzte ueberlegte den Kopf schuettelnd sagte er nach hinten der Name fiele ihm im Moment nicht ein, Horst liess nicht locker fragte weiter ob er noch den Weg zum Hotel kenne und weiss wie die Strasse heisst. " Ja Mann wait, wait " er guckte zu Bobby neben ihm und keuchte (uebersetzt) " O Gott ich bin so stoned ich weiss nicht mehr wo das Hotel genau liegt ". Charly hatte es vergessen. Gelaechter brach aus im Bus.

Horst toente los " Das ist schon geil, da fahren fuenf Leute vollfett in der Birne in eine Millionenstadt, ihr Ziel ist ein Hotel von dem man nicht mehr den Namen weiss und auch nicht weiss wo es sich befindet, das ist verrueckt, das glaubt mir doch keiner, wenn ich das jemand erzaehle, das glaubt mir niemand ". " Viva Jamaica " rief Bruno. " Viva Charly, Viva Mexico ", pustete Konrad. Und die einmaligen Fuenf lachten sich die Hucke voll Charly lachte mit, er rief nach hinten sie sollen sich keine Sorgen machen, es wird ihm alles wieder einfallen. " Sorgen machen wir uns nie im Urlaub " rief Horst nach vorne. " Sag mal was hat der liebe Gott gesagt wie die Menschen auf der Erde sein sollen ", kraechzte Konrad zu Bruno. " Der liebe Gott hat gesagt die Menschen sollten krierwig sein, krierwig verstehst Du, das hat er gesagt ". Ja sind wir nicht superkrierwig ", platzte Horst los jetzt riefen die drei Deutschen " Krierwig, Krierwig, Krierwig ", das turnte die zwei Jamaicaner auf dem Vordersitz total an, sie stiegen ein und schallten " Irie, Irie, Irie, es war unglaublich, da fuhren fuenf abgefahrene Insassen in einem Minibus die Landstrasse entlang schreiend laut riefen sie " Krierwig , Krierwig, Irie, Irie, " " Relax..Relax ", rief Charly mitten in diese glanzvolle Stimmung hinein. Bruno sagte erstaunt relax heisse doch entspann dich " Warum sollen wir uns denn jetzt entspannen wir sind doch alle Irie ! " Charly (uebersetzt) " Relax, das ist es, es ist ein gelbes Haus, ich sehe es vor mir, der Name des Hotels ist " Relax " rief Charly erleichtert. " Ah da sind wir aber alle froh dass Dir das wieder eingefallen ist " schallte Bobby " eigentlich ein passender Name fuer ein Hotel ".

Charly war froh, seine Erinnerung kam zurueck, er wisse jetzt wieder genau wo das Hotel sich befindet und wie er da hinkommt. " Und wie heisst dein Freund der dort arbeitet ", wollte Horst wissen, " Colin " antwortete dieser wie aus der Pistole geschossen. da herrschte allgemeine Freude ueber Charly's zurueckgekommenes Gedaechtnis und bevor er wieder alles vergesse meinte Bruno, solle er doch bitte direkt ins Hotel fahren, ein paar Stunden " cool down " ein bisschen Ruhe waere gut um fuer die Nacht wieder fit zu sein. Horst erzaehlte da gaebe es eine bekannte Disco, ihm gehe es jetzt so wie Charly den Namen hat er vergessen, vor ein paar Jahren war er mal in diesem Schuppen, dort werde internationale Musik gespielt und auch internationales Publikum ist dort anzutreffen, da werde man heute abend mal vorbeischaun. Bobby drehte sich nach hinten und meinte er moechte ihnen noch sagen Kingston sei nicht Montego Bay, die Stadt hat einen schlechten Ruf dass es dort sehr gefaehrlich sei fuer die Touristen, aber so schlimm ist es nun auch wieder nicht, dennoch ein gut gemeinter Rat auf jeden Fall vorsichtig sein, sich nicht einladen lassen von Jamaicanern zum Trinken oder irgendwo hingehn in der Nacht mit Maedels in irgendwelche Haeuser, Bobby grinste, keine Party's feiern mit fremden Menschen und bei den Girl's wenn ihr sie ins Hotel mitnehmt auf den Geldbeutel aufpassen, man weiss ja nie. Die beiden Deutschen bedankten sich fuer seine Ratschlaege " Du hast schon recht Bobby alles was Du gesagt hast ist richtig ", antwortete Horst " ja wir versprechen Dir die Augen offen zu halten ja Mann ". " Ja Mann ". Horst und Bobby klatschten sich mit den Haenden ab.

Bruno guckte zu Bobby und Konrad rief " Wir werden euch vermissen und Charly den Mexikaner auch ". " Wir werden euch auch vermissen " kraechzte Konrad " aber vielleicht kommt ihr ja mal wieder nach Montego Bay vorbei ". " Das ist gut moeglich " antwortete Horst. Bruno wollte sich noch einen Schluck Bier goennen doch alles war leergetrunken. Charly schaltete sich ein, sie erreichen schon die Vororte von Kingston, da gingen die Koepfe der Ausfluegler zum Fenster was aufregendes war nicht zu sehen kleine Holzhaeuser, Ackerflaechen und Gruenpflanzen huschten an ihnen vorbei, alles was sie eigentlich schon kannten von ihren Ausfluegen her nach Negril und Ocho Rios, mit der Zeit wurden immer mehr Steinhaeuser sichtbar ueberwiegend weiss gestrichen, mehr grosse Reklametafeln tauchten auf, die Strasse wurde breiter und der Autoverkehr staerker, es war bewoelkt die Sonne schien sich hinter ein paar Woelkchen zu verstecken und das Fludium der Grossstadt erfasste die Reisenden in ihrem Minibus immer mehr. Charly hantierte am Steuer herum, fuhr nach links nach rechts, ja er schien sich auszukennen wusste wohin er wollte, es herrschte ein geschaftiges Treiben auf den Strassen, Menschen boten ihre Waren feil, Auslaender, Touristen bekamen die am Fensterhaengenden kaum zu Gesicht. Irgendwann bog der Bus in eine gepflegtere Gegend ein mit sauberen Strassen und viel Palmgruen zwischen den Haeusern . Charly erzaehlte das sei hier ein Viertel in dem auch auslaendische Botschaften beherbergt sind, ruhig fuhr er eine breite Strasse entlang, da tauchte etwas gelbes auf, ein zweistoeckiges gelbes Haus klein aber fein, in dicken blauen Druckbuchstaben stand da unterm Dach " Relax ".

" Das ist es " rief Charly " das Relax-Hotel ", er hatte es wiedergefunden, zur linken und zur rechten Seite der Eingangsglastuere ragte jeh eine wunderherrliche Gruenpalme in die Hoehe, die Palmen passten gut zu dem dicht gruenen Teppich vor dem Eingang. " Ja super ", meinte Horst, " na ja ein Mittelklassehotel ist das hier nicht, eher eine kleine Luxusabsteige ". Charly parkte den Minibus seitlich auf einem Parkplatz des Hotels, dieser war ueberrascht, sagte zu Bobby der gleich uebersetzte, vor zwei Jahren sah das Hotel noch ziemlich einfach aus, es war nicht so rausgeputzt und vornehm mit Teppich, Glastuer und Palmen, wahrscheinlich haben sie renoviert und alles erneuert. " Es ist sehr schoen ", meinte Bobby. " Der Preis wird auch schoen sein ", kraechzte Konrad. " Das Relax gefaellt mir, ein Hotel wie ein gelbes Schmuckkaestchen ", war Bruno's Kommentar, er hatte das Geld schon parat plus Trinkgeld fuer die Hauptstadtfahrt uebergab die schoenen Jamaicadollars an Charly der sich freute, ja alle bedankten sich nochmal bei ihm mit " Viva Charly, Viva Jamaica ". Nun verliessen die wunderbaren Fuenf den Minibus, Charly teilte mit er werde noch gleich mit seinem Freund Colin sprechen und alles mit der Anmeldung fuer die beiden checken. Charly schritt voran, oeffnete die Glastuer, Bruno und Horst gingen mit ihren Reisetaschen hinterher. " Sind das hier die Kingstonvibrations, bei mir da dreht sich alles wie im Karousell ", liess Konrad wissen ". " Dein Kreislauf wird sich schon wieder stabilisiern, bei der Rueckfahrt trinken wir jetzt dann einen starken Kaffee ", beruhigte Bobby seinen Freund.

" Ich werde gleich eine halbe Kanne Kaffee trinken ", erwiderte Konrad. " Hey Colin ", rief Charly zu dem jungen schmalen Typ mit der gruenen Uniform an der Rezeption . " That is my friend Colin ', an die Reisenden gewandt. Die beiden begruessten sich herzhaft mit Abklatschen ueber den schwarzen Marmortisch der Rezeption hinweg hinter dem Colin stand, danach unterhielten sie sich auf jamaicanisch auch Bobby redete voll mit. Horst sagte zu Charly " Sag deinem Freund wir moechten gern zwei ruhige Zimmer fuer eine Nacht haben ", dieser uebersetzte zu Colin der nickte freundlich nannte den Preis fuer eine Nacht mit Fruehstueck, wouh der war nicht von schlechten Eltern doch das spielte keine Rolle, auf dem Marmortisch fuellten sie kurz zwei Anmeldezettel aus und bevor Colin mit seinem Mecki-Kurzhaarschnitt und den Schluesseln in der Hand den zweien ihre Zimmer zeigen konnte da folgte nun was folgen musste, was kommen musste - die gosse Verabschiedung. Bruno legte seine Haende auf Bobby's Schulter und sagte dass er ein Supertyp sei und es ihn sehr gefreut habe Bobby Barracuda kennengelernt zu haben, er moechte ihm danken fuer seine Freundschaft, seine tollen Tipps mit der Villa oben am Berg, danke fuer die Ausfluege und fuer all die lustigen Stunden mit ihm im Beachrestaurant auch der Auftritt auf der Buehne zusammen war super lustig. Bobby revanchierte sich jetzt mit Danksagungen fuer die Einladungen der zwei Deutschen zum Essen und Trinken, Bobby werde Bruno und Horst nie vergessen, das Wasser stand ihm in den Augen. Der Koch aus Hameln meinte " Ja was wir alles erlebt haben miteinander, das kann uns keiner mehr nehmen, oh beinahe haette ich mit das Wichtigste vergessen, tausend Dank fuer das allerbeste Marihuana der Welt von Dir das ich jeh geraucht habe, das war geil ". Bobby schien sichtlich geruehrt, doch alle waren geruehrt, es war ein Augenblick voll Liebe und Zuneigung. Der Jamaicaner fischte ein kleines Cellophantuetchen mit Gras gefuellt aus seiner Jeans, steckte es schnell in Bruno's Brusttasche seines Safarihemds, sein Abschiedsblues war weg, er quakte froehlich dass seine Freunde auch in San Antone etwas Gutes haben und nicht auf Entzug kommen. Horst der schnelle Bube gab Bobby ein paar nette Scheine in die Hand meinte er solle sich doch noch einen schoenen weissen Leinenanzug schneidern lassen, ein weisser Leinenanzug steh ihm besonders gut, da schallte Bobby " Thank you very much Horst ", und er umarmte den Schimansky. Jetzt war Konrad an der Reihe. " Konrad ", rief Bruno " Auch Dir alles Gute, ja machs gut danke fuer die deine Sprueche, Du bist einmalig und so unterhaltsam, ich liebe dein Kraechzen, ja das wird mir abgehn dein Kraechzen ". Bruno lachte laut, alle lachten mit. " Ihr beide seid auch abgefahrene Typen ", anwortete Konrad dem es wieder besser ging kreislaufmaessig " das war eine tolle Zeit mit euch, ihr zwei liebt das Leben, das Vergnuegen, die Maedels ihr habt schon recht, lasst euch mal wiedersehn in Montego Bay ". Konrad versprich mir was ", meinte Horst in ernstem Ton " Du musst mehr essen hoerst Du, das geht auf die Dauer nicht, sonst wirst Du noch krank ", der Pop-Eye schien zu ueberlegen was Horst gesagt hatte zu ihm, meinte nachdenklich " Wahrscheinlich hast Du recht, ich werde icn Zukunft ein Cocktailbroetchen mehr essen zu meiner Spargelsuppe, aber mit dem Bier dass ich weniger Red-Stripe trinke, das kann ich nicht versprechen Horst ". Was sollte man da noch sagen, Konrad ist eben Konrad. Nachdem Bruno und Horst auch Charly an ihre Brust gedrueckt hatten " Viva Charly, Viva Mexico " ihn lobten fuer seine sicheren Fahrkuenste nach Negril, Och Rios und hierher, da verliessen Bobby, Konrad, Charly nun endgueltig das Relax-Hotel, Charly sagte noch Goodby zu seinem Freund Colin. " Bis zum naechstenmal und noch eine gute Fahrt nach Montego Bay Ja Mann ", rief Bruno. " Viel Vergnuegen fuer meine deutschen Freunde in San Antone ", schallte Bobby zurueck, der Roberto Blanco von Jamaica. Bruno stand da gedankenlos, guckte ihnen nach, die Zeit blieb stehen, er schaute Horst gross an " Unglaublich was ich alles schon erlebt habe in Montego Bay ". " Ja es war fantastisch, eines duerfen wir nicht vergessen ", Horst redete im Schulmeisterton " wir waren immer high, auch dank Bobby mit seinem Supergrass vollfett in Negril auf dem Lachtrip und ueberhaupt das Bier, der Rum und die Zombies alles obergeil, das ist eben Jamaica und unser Urlaub ist noch nicht zu Ende ". Da bemerkten sie Colin mit den Schluesseln in der Hand der hinter ihnen stand, er gab den beiden ein Zeichen mit dem Kopf ihm zu folgen, mit ihren Reisetaschen in der Hand stapften die drei in den ersten Stock, Colin deutete auf Zimmer sechs und sieben, Horst machte dem schmalen Jamaicaner klar das sie erst einmal cool down sich aufs Ohr legen moechten, er solle sie doch bitte um 10 Uhr abend wecken, vorher sei sowieso nicht viel los nachtlebenmaessig, spaeter braeuchten sie dann ein Taxi, da gibt es eine ziemlich bekannte Disco in Kingston, er war mal dort vor ein paar Jahren, aber der Name sei ihm entfallen.

" Oh I think you mean " Alpha-Disco ", Colin lachte wusste gleich Bescheid " Yes Alpha-Disco I think so, thank you Colin ". Dieser meinte okay, okay ein Safe sei im Zimmer fuer die Wertsachen, die Minibar ist voll und wenn sie noch Wuensche haetten einfach zur Rezeption telefonieren, er uebergab die Schluessel meinte laechelnd im Moment seien sie die einzigen Gaeste im Hotel, dann ging er nach unten. Bruno sagte zu Horst bis spaeter schloss auf die Nummer sechs wouh, das Zimmer passte wirklich gut zu dem Namen des Hotels, die Waende in beruhigendem leichten himmelblau, die Bettueberzuege samt Kopfkissen in angenehm gruener Waldfarbe, ein grosses Fenster hinaus mit Palmenblick, nachdem Bruno ausgepackt und seine Wertsachen im Safe verstaut hatte goennte er sich eine laengere Dusche, danach legte er seinen nackten Koerper aufs Bett und wollte nur noch eines - schlafen, er schloss die Augen sein Wunsch wurde bald erfuellt. Das Telefon weckte ihn auf es war Colin der meinte es sei 10 Uhr abends, er bedankte sich bei ihm legte den Hoerer auf die Gabel. Dunkelheit umgab ihn hey jetzt gehts weiter, das Abenteuer Jamaica geht weiter, ausgeruht aus dem Bett steigend dachte er, ja ich fuehl mich relaxed das Hotel haelt anscheinend was es verspricht. Bruno schluepfte in eine schwarze Jeans, zu seinen braunen Sandalen waehlte er sein braunes Camelhemd mit den vielen Taeschchen, steckte noch genuegend Jamaicadollars ein verliess das Zimmer, klopfte an der Nebentuer, Horst oeffnete war schon angezogen im Schimanskylook, blaue Jeans weisse Turnschuhe einfarbig graues T-Shirt, sein Freund fragte ihn ob er auch gut geschlafen habe " Excellent " antwortete dieser,

" habe sehr gut geschlafen, ist schon toll hier, die Farben alles in blau und gruen". Hunger hab ich ", kehlte Bruno. " Ich auch der Colin soll uns jetzt ein Taxi rufen und dann gehts los, Kingston wir kommen !" An der Rezeption angekommen telefonierte der Jamaicaner gleich nach einem Wagen fuer die beiden sie sollen doch kurz auf der braunen Ledercouch Platz nehmen die gegenueber des Marmortisches stand, das taten sie dann auch und warteten, Bruno's Magen fing schon an zu knurren, die Zeit verging wann denn das Taxi kaeme rief Horst zu Colin " Oh Taxi soon come, soon come " es kommt bald, diesen gefluegelten Jamaicaspruch kannten die beiden Urlauber schon, warteten weiter das Taxi kam nicht " Taxi soon come " beruhigte Colin seine einzigen Hotelgaeste und da endlich ein Wagen fuhr vor, Sekunden spaeter eilte ein aelterer mittelgrosser Jamaicaner durch die Glastuer, ja ein drahtiges Muskelpaket " Sorry, sorry I come to late ", rief er mit scheppender lauter Stimme wandte sich zu Colin ratterte los auf jamaicanisch sein orange-weiss senkrecht gestreiftes Trikot stach einem sofort in die Augen, war es ein Fussballtrikot? Colin rief seinen Gaesten zu das sei Eddy der Taxifahrer, es taete ihm leid weil es so lange gedauert hat, aber heute ist viel Verkehr in der Stadt. Mit den Armen fuchtelnd rief er " My friends we can go ". Eddy schien ein dynamischer Typ zu sein mit dem man gleich warm werden konnte, Horst sagte zu seinem Freund dass er ihn ein wenig an Bobby erinnere in seiner Lebendigkeit, vielleicht ist Eddy Bobby Nummer zwei, Bruno erwiderte so einen Taxifahrer kann man gut gebrauchen in einer grossen Stadt.

Horst sagte noch zu Colin, das Fruehstueck werde sicher morgen ausfallen, es waere kein Problem zu Mittag wuerden sie dann das Zimmer verlassen. Colin nickte freundlich wuenschte allseits einen schoenen Abend. Die beiden gingen mit dem Jamaicaner zum Taxi, Horst sagte sie moechten in die Alpha-Disco, aber vorher noch etwas kleines essen irgendwo einen Imbiss wenn er da etwas weiss, sie stiegen hinten ein, dann gings los, die Fahrt begann, der Taxometer lief. Eddy braungebrannt mit Kraushaaren und Lachfaeltchen im Gesicht ratterte gleich los man werde schon etwas finden jetzt fahren sie erstmal in die Stadt hinein, er wiederholte sich heute abend sei viel Verkehr, auch an der Tankstelle musste er laenger warten als sonst, er fragte seine Fahrgaeste ob sie das erstemal Kingston besuchen, Bruno antwortete fuer ihn sei es das erstemal, sein Freund war schon einmal hier. " Why you speak so good englisch ", fragte ihn Horst direkt. Eddy (uebersetzt in deutsch) " Oh ich habe lange Zeit ein Restaurant gehabt mit meiner Frau zusammen, ich stamme ja aus Kingston, dort habe ich von den auslaendischen Gaesten viel aufgeschnappt englisch gelernt vom zuhoeren und sprechen, es gab da Jamaicafood und internationales Essen, aber ich habe das Restaurant aufgegeben, zuviel Muehe und Arbeit, oft zu wenig Gaeste, du bist immer angehaengt, ich bin jetzt 47 geworden, seit 10 Jahren fahre ich nun Taxi hauptberuflich, es ist mein eigenes Taxi, es macht mir Spass zu fahren, da fuehl ich mich frei, meine Frau arbeitet nun halbtags in einer Waescherei, unsere Kinder meine zwei Soehne sind schon aus dem Haus und arbeiten beide in einem Hotel in Negril ".

" Ja in Negril waren wir auch schon ", toente Horst von hinten nach vorne und weil Eddy so ein angenehmer Taxifahrer war, ein bisschen Bobby zwei, da sagte Bruno sie haetten schon einen tollen Urlaub in Montego Bay verbracht, Eddy fragte gleich wie lange sie denn in Kingston bleiben wollen " Nur fuer eine Nacht, fuer eine heisse Nacht " feixte Horst " morgen gehts dann weiter nach San Antone ". " Oh San Antone frohlockte Eddy dort ist es schoen, das ist eine schoene Gegend, der Strand ist super meilenweit es gibt auch kleine Hotels direkt am Meer alles gruent und blueht und die Girls dort o la la ". " Genau " rief Horst " Du hast es gut beschrieben Eddy San Antone ist ein kleines Paradies ". " Ja Paradies Jamaica ", bellte Bruno hob die Arme in die Hoehe. Wie sie denn da hinkommen wollen, wollte Eddy wissen, er hoerte das Horst zuletzt mit dem oeffentlichen Bus gefahren sei von Kingston aus. Der Jamaicaner guckte in den Rueckspiegel rief temeramentvoll " Ich kann euch auch fahrn nach San Antone , ich kann euch auch fahrn mit meinem Taxi wenn ihr wollt, ich mach euch einen guten Preis, einen Superpreis das ist kein Problem ". Die zwei auf dem Ruecksitz guckten sich an Bruno wollte den Superpreis wissen. Eddy stockte kurz nannte etwas kleinlaut die Summe, da schauten sich die beiden wieder an, Horst meinte das waere ein toller Preis man war sich einig mit dem Taxi sei es auch viel angenehmer und schneller als mit dem Bus , ausserdem soll man sich im Urlaub auch was goennen, Horst nickte " Okay, that's okay we go with you ", und morgen soll er doch bitte mit seinem Taxi um 12 Uhr ins Relax-Hotel kommen, dann geht's los ab nach San Antone.

Eddy freute sich ueber seinen Geschaeftsabschluss plaerrte" Ah ja Mann San Antone..thank you , wir werden eine schoene Fahrt haben " Die Urlauber stellten sich vor " My name is Bruno and this my friend Horst we come from Germany ", stellte er fest in seinem Koch-Englisch. " Oh Germany..good beer nice to meet you my friends ", er guckte kurz nach hinten zu ihnen und die Fahrt ging im Gewuehl der Nacht weiter. " Irgendwie erinnert mich sein Gesicht an jemand" sagte Bruno zu seinem Freund, es fiel ihm ploetzlich ein, er fragte Horst ob er denn den alten Hollywoodfilm " Verdammt in alle Ewigkeit " gesehn habe " Na klar " antwortete dieser, " das ist mir auch schon aufgefallen, ich weiss was Du meinst der Eddy sieht im Gesicht aus wie der "Fatzo" wie der Schauspieler Ernest Borgine ". Genau ", bestaetigte Bruno " wie der " Fatzo " der Boesewicht im Film der zum Schluss erstochen wird. Es ist schon unglaublich, da fahren wir mit dem " Fatzo " von Verdammt in alle Ewigkeit " in der dunklen Ausgabe nachts durch die bunte Lichterstadt Kingston auf der Suche nach etwas Essbarem, danach steht die Alpha-Disco auf dem Programm bin gespannt was heute noch alles passiert ", und er sollte recht behalten. " Das ist die Tankstelle wo ich vorher so lange warten musste ", rief Eddy an der sie gerade vorbeifuhren doch am Anschluss daran befand sich ein offener Grill direkt an der Strassenseite mit gebratenen Wuersten und Fleischstuecken das sah lecker aus, es rauchte und dampfte. " Stop " rief Bruno " hier koennen wir was essen ". Eddy meinte er dachte sie wollten in einem richtigen Restaurant essen, aber hier ist es auch okay, er fuhr noch ein Stueck weiter, parkte dann das Taxi am Strassenrand, die drei stiegen aus gingen zurueck zum Barbecuegrill. " Eddy wir laden Dich ein ",rief Horst lass uns da was essen und ein Bier trinken, danach fahren wir gleich weiter in die Disco ". Gesagt, getan, man bestellte reichlich nahm Platz an einem einfachen Holztisch, als das Gebratene ankam langte man kraeftig zu, die Bratwuerste die Schweinesteaks schmeckten rauchig wuerzig, das Toastbrot saugte auf die scharfe Fettsauce und das kalte Red-Stripe Bier passte dazu herrlich. Vom Hunger befreit ging die Fahrt weiter durch das naechtliche Kingston um die Uhrzeit waren die Strassen schon ziemlich leer, Auslaender sah man keine herumspazieren, doch das aenderte sich als das Taxi ploetzlich auf einen groesseren fast vollen Parkplatz zufuhr, der von weissen Laternen erhellt wurde, dahinter ragte ein hellblauer Rundbau in die Hoehe, huebsch kreisfoermig mit einer weissen Kuppel als Dach, in leuchtend geschwungener Neonschrift stand auf dieser Kuppel " Alpha ". " Das ist die Alpha - Disco ", rief Eddy, parkte den Wagen, bezahlte und bekam gleich einen Parkschein vom Waechter. " Waer doch schoen wenn Eddy auch mitkommen wuerde " meinte Bruno zu seinem Freund. " Na klar ", toente sein gegenueber " Hey Eddy kommst Du mit in die Disco Du kannst auch was zum Trinken bestellen, aber bitte keinen Champagner sonst muessten wir vorher noch auf die Bank gehen und die Banken sind alle zu jetzt ". " Nein, nein keine Angst ", schepperte der Jamaicaner los " ich mag keinen Champagner der ist mir zu kribbelig, mein Getraenk ist Rum-Cola ", ah da waren die zwei Urlauber schon beruhigt.

" Ja nochmal herzlichen Dank fuer eure Einladung, ich geh gerne mit euch mit ja Mann ". Horst sagte ganz frech zu ihm " Eddy Du bist jetzt unser Bodygard, da muessen wir Dir auch noch ein Bodygardgehalt bezahlen ", Oh no no " krakte Eddy " mit mir da passiert euch nichts und in dieser Disco sowieso nicht ". Ja der " Fatzo " war schon gut beieinander sein festes breites Kreuz konnte sich sehen lassen, seine Schuetzlinge klatschen in die Haende, lachend verliessen die drei das Auto gingen Richtung Disco, etliche Leute schwarz und weiss stroemten auf die silberne Eingangstuer zu. " Sieht ja alles ziemlich futuristisch aus, bin ja gespannt was fuer Musik die da drinnen spielen ", raetselte Bruno. Wie im Curchill in Montego Bay bezahlte man einen Betrag an der Eingangstuer, dafuer gabs einen Stempel auf den Handruecken gepresst, ein blaues "A" anscheinend fuer Alpha, doch im Inneren viel Publikum, nichts pompoeses, keine Weltraumausstattung, aber es sah doch toll aus ein ziemlich grosser runder Saal, dunkler Marmorboden, blaue graufarbene Waende senkrecht gestreift, zwei schwarze DJ-Pulte auf einem Podest direkt gegenueber, es wurde auch keine Weltall- oder Spaerenmusik aufgelegt, die Leute tanzten im Halbdunkel zu einfachem Hiphop und bewegten sich zu heissen Rapnummern, bunte Scheinwerfer fegten von oben herab pausenlos ueber die Koepfe der Tanzenden in der Mitte des Saales. Die Neuankoemmlinge wanderten gleich zu einem Getraenketisch an der Seite, Eddy orderte drei Real-Estate Rum-Cola, Horst bezahlte, Bruno nahm einen herzhaften Schluck sagte " Ah viel Rum scheint da nicht drin zu sein " auch Horst war seiner Meinung, da nahm Eddy die Glaeser stellte sie auf den Tisch rief zum Einschenker " Double Shot three times please ", der tat wie ihm geheissen, als er ordentlich Rum nachgeschenkt hatte sagte er zu Eddy " Double Shot - more Money ", Horst legte noch was drauf, ah jetzt schmeckte der Rum-Cola richtig gut, eigenartig die Leute die nicht tanzten, sassen fast alle am Boden kreisfoermig, ein paar braune Stuehle gab's auch aber nicht viele die waren alle besetzt, die beiden Disjockey's jeder auf seiner Seite, sie quatschten viel machten dauernd Ansagen, da war noch ein freies Plaetzchen neben dem Getraenketisch, die drei setzten sich nebeneinander auf den Boden beobachteten das Geschehen, Maedels alleine sah man kaum, dafuer schoen angezogene Touristengirls in Begleitung, viel in Schale geschmissene Auslaender, modisch gekleidete Jamaicaner mit heiss geschminkten braunen Schoenheiten, eine gemischte Gruppe tanzte miteinander und unterhielt sich dabei lautstark. Nein, eine Abschleppoase fuer ausgehungerte Sextouristen war das sicher nicht hier, eher eine sehen und gesehen werden-Disco fuer die Oberklasse. Da ploetzlich wurde die Tanzflaeche leer, die Leute setzten sich auf den Boden harrten der Dinge die da kamen. Nun riefen sich die DJ's in ihrem Jamaica-Slang allerlei Worte zu, das war sicher schwer zu verstehen fuer viele, es aenderte sich, da schrie der eine zum anderen " Ja Mann I wanna play good music for you " er spielte einen Rapteil und sang selber obendrauf -stop- nun kam der andere DJ an die Reihe " Yeah you listen to my new sound " schaltete die Musik an und rapte dazu -stop- und so ging das mit den kurzen Musikstuecken hin und her.

Das war eigentlich ganz witzig, es gefiel dem Publikum so eine gegenseitige DJ-Anmache, doch der echte Hoehepunkt sollte noch kommen, die Musikstuecke und ihre eigenen Gesaenge dazu wurden immer laenger bis am Ende zwei verschiedene Songs auf einmal liefen und obendrauf noch der DJ-Rap, das hoerte sich voellig verrueckt an, doch es war der Startschuss fuer viele Leute am Boden aufzustehn und weiter zu tanzen als waere nichts gewesen, die Musik normalisierte sich auch schnell wieder es droehnte nur ein Song aus den Boxen." Das war eine richtige Unterhaltungsshow ", meinte Bruno sichtlich beeindruckt " eine musikalische Animation ". " Yeah that's Entertainment al a Jamaica ", witzelte Eddy " machmal haben die ganz eigene Show's hier ". " Ich hab so eine Auffuehrung noch nie gesehn in meinem Leben " rief Horst " alle Achtung, alle Achtung aber ich seh auch dass mein Glass schon leer ist und eure Glaeser fast leer". " Oh no " rief der Bodygard der beiden er werde sich gleich darum kuemmern stand auf mit den Glaesern, Horst gab ihm Dollars bald kam Eddy mit drei vollen Rum-Cola zurueck, der lief gut herunter bei den Discobesuchern es ging ihnen blendend, die Musik war groovy, gedankenfrei schauten sie den Tanzenden zu, die Zeit verging wie im Flug, die Glaeser mussten irgendwo ein Loch haben denn sie waren schnell wieder leer doch als Eddy wieder mit drei neuen Getraenken zurueckkam, da sassen seine Schuetzlinge nicht mehr am Boden, sondern tanzten volle Sahne mit erhobenen Armen kraeftig in der Menge mit, der Rum-Cola " Double Shot " zeigte Wirkung, Bruno und Horst tanzten und tanzten bis sie voll ausgepowert sich wieder neben Eddy auf den Boden setzten, beide keuchten das Tanzen und huepfen zu dieser Hiphopmusik war geil, warum Eddy denn nicht tanze, der erwiderte (englisch ubersetzt) als Bodygard muesse er auf seine wertvolle Fracht aufpassen, das waere jetzt seine vornehmste Pflicht, Gelaechter brach aus am Boden, sie genossen ihr Getraenk guckten den Taenzern den Leuten zu wie sie sich bewegten zu einem laid-back gespieltem Rapsong. Alles war wundervoll aber nach einer huebschen Weile vermissten Horst und Bruno doch etwas naemlich die Maedels, den Kontakt zu den Maedels sie vermissten auch ihre Verfuegbarkeit, es wurde ihnen leicht langweilig in der Alpha-Disco, Horst meinte bald koennten sie dicht sein von dem " Double Shot ", Eddy muesste sie ins Taxi schleppen und spaeter dann im Relax-Hotel abladen, natuerlich hatten sie in ihrem Urlaub schon ein hartes Training hinter sich und grosse Standfestigkeit bewiesen, ihr Konsum an Bier, Marihuana, Rum-Cola, Zombie-Cocktails, Rotwein plus "I can't get no Flip" konnte sich sehen lassen, so schnell haute den Koch aus Hameln und den Kommissar Schimansky nichts mehr um, Horst fuhr fort zur Sicherheit befor sie vollfett sind und zu gar nichts mehr faehig sollten sie jetzt die Disco verlassen und noch woanders hingehn, ja da wo Maedels sind, nette Maedels vielleicht in eine Bar. Als Eddy dies alles hoerte fingen seine Gehirnzellen an im Dreieck zu springen, er sagte mit eindringlicher Stimme zu seinen Schuetzlingen natuerlich kenne er Kingston wie seine Westentasche aber fuer Auslaender sei es nachts zu dieser Uhrzeit aeusserst gefaehrlich, es war schon nach ein Uhr morgens, einfache Touristenbars haetten schon geschlossen und die wilden Spelunken in der Downtown, da traue sich kein Urlauber rein, das koenne einem das Leben kosten, Eddy nahm einen grossen Schluck Rum schepperte los " Nein in die Downtown brauchen wir nicht zu fahren", er guckte die beiden ernuechternd an " ich bin ja kein Sterbehelfer ". Bruno lachte fragte weiter " Ja wo koennen wir denn sonst noch hingehn ? " " Oh Maedels um diese Uhrzeit..Maedels " er grinste " wir haben noch einen sehr beliebten Strassenstrich hier ". " Ah einen Strassenstrich ", rief Bruno " und was gibts sonst noch ! " Da kratzte sich Eddy an der Backe, verzog sein Gesicht da waere schon noch was, da gaebe es noch was, er wollte nicht so recht raus mit der Sprache " Spuk's schon aus Eddy was gibts da noch " sagte Horst bestimmend, dieser raeusperte sich verlegen " Nun gut ", meinte er " da gibt es noch den " Color-Club " er befindet sich etwas ausserhalb vom Zentrum, aber der ist auch hochgefaehrlich, ich meine im " Color Club " drin da ist es hochgefaehrlich von aussen sieht er aus wie ein heruntergekommener Countryschuppen, aber Maedels gibt es dort, huebsche junge Maedels ja dort kann man die heissesten Braeute der Stadt treffen, aber der Club ist nur ein Club fuer die Einheimischen, fuer die Jamaicaner und die sind ziemlich besoffen dort, vor einiger Zeit haben es zwei junge Englaender gewagt da hineinzugehn in die Hoehle des Loewen, es gab dort eine Eifersuchtsschlaegerei wegen Maedls, der eine von den beiden bekam ein blaues Auge und ein paar Boxhiebe und sie mussten eine uebergrosse Fantasierechnung bezahlen, trotzdem sind sie noch mit heiler Haut davongekommen und konnten noch zwei suesse Maedels dem " Color-Club" entreissen, so jedenfalls hats mir ein Taxifahrer erzaehlt, aber ich sage euch ehrlich,

ich rate euch ab in diesen Club zu gehn " fuhr Eddy fort seine Mutter habe oft zu ihm gesagt" Wer sich in Gefahr begibt, der kommt darin um ". " Muessen wir das heute noch haben morgen sind wir in San Antone, da brauchen wir nur die Hand auszustrecken und die Maedels sind um uns herum ", sagte Bruno zu Horst. Horst gab seinem Freund recht, er kannte diesen Club auch nicht von seinem letzten Besuch, aber wie Eddy gerade erzaehlt hat dort koenne man die schoensten Maedels von Kingston treffen das reize einen schon. Es schien als haette Bruno einen Geistesblitz " Hey fuer was haben wir denn einen Bodygard ". Ja Eddy Du koenntest uns ja beschuetzen im " "Color-Club" das waere eine richtige Bodygardaufgabe fuer Dich, eine Herausforderung, im Ernst Du bekommst auch einen Geldbonus wenn Du mit uns zusammen in diesen Club hineingehst und aufpasst auf uns ", rief Horst. " Ohne einen Leibwaechter gehen wir da nicht hinein das ist sicher " bestaetigte Bruno. Eddy war leicht durcheinander zugleich beeindruckt von dem Mut der beiden, ausserdem sah er im Geiste schon seine Hosentasche voller Dollarscheine " Na ja ihr beide habt Mut alle Achtung, ich mache euch einen Vorschlag, weil ihr auch nur eine Nacht in der Stadt seid, wir koennen ja mal ganz unauffaellig bei diesem Club vorbeifahren, wenn dann nicht schon vorm Eingang die Hoelle los ist, keinerlei Geschrei stattfindet und niemand auf die Fresse geschlagen wird dann koennten wir versuchen ob wir da reinkommen, ich war ja auch schon ein paarmal drin "
" Aber Du hast doch eine tolle Frau zuhause ", meinte Bruno. " Das stimmt schon ", Eddy wackelte mit seinem Kopf hin und her,

" aber jeden Tag Erbsensuppe essen, Tag fuer Tag, Jahrein, Jahraus nur Erbsensuppe, man moechte auch mal eine Huehnersuppe essen ". Gelaechter brach aus " Okay let's go, let's move " rief Eddy " abgemacht jetzt fahren wir Richtung "Color-Club". Sie verliessen die gut besuchte Alpha-Disco auf dem Weg zum Parkplatz fragte Bruno " Sag mal Eddy koennen wir vorher noch beim Strassenstrich vorbeifahrn, der sich ja anscheinend grosser Beliebtheit erfreut "." Ihr wollt noch zu den Maedels ?" " Na ja " meinte Horst " die Sehenswuerdigkeiten der Nacht wollen wir uns nicht entgehen lassen ". Das verstand der Jamaicaner gut und er schepperte los " Okay auf zum Strassenstrich ". Die Fahrt durchs naechtliche Kingston verlief sehr ruhig, es gab auch nicht viel zu sehen, da sprach Bruno " Weisst Du Eddy wir wollen halt ein bisschen rumschaun, ein bisschen glotzen noch ein wenig Spass haben, verstehst Du? " " Oh ich verstehe sehr gut das ganze Leben sollte spassig sein, ich weiss schon ihr beide liebt das Vergnuegen, ihr moegt die Frauen es scheint eure Leidenschaft zu sein". " Mensch Eddy, Du koenntest ja dein Geld als Hellseher verdienen, Du hast ja voll ins Schwarze getroffen " ulkte der Schimansky. " Da muss man kein Hellseher sein nur ein bisschen Menschenkenntnis haben, das genuegt, was glaubt ihr denn was da jeden Tag alles einsteigt an Leuten in mein Taxi Touristen, Geschaeftsleute, schwarze, weisse, ganze Familien , Schwangere, Halbstarke, Angeber, sexy Lady's, Gauner, Besoffene, Psychopathen wo man denkt der koennte dich in der naechsten Minute gleich anfallen, mit den meisten kommt man auch noch ins Gespraech, da erfaehrt man viel wie die Leute drauf sind, da lernt man Menschen kennen, aber ihr zwei, ihr seid schon okay, ihr wollt nichts anbrennen lassen, ihr liebt das Vergnuegen, ja ins Leben reinpacken was geht".. " Das hat der Frank Sinatra auch schon gesagt, reinpacken ins Leben was geht", unterbrach ihn Horst, bald erreichte das Taxi eine Landstrasse Richtung stadtauswaerts, dort standen sie nun am Wegrand in Abstaenden nebeneinander unter schwach beleuchteten Strassenlampen die Maedels, die Erfinder der Lueste und hier war Betrieb kaum zu glauben, Autos fuhren langsam an den Suessen vorbei hielten an mit heruntergelassenem Seitenfenster, die Maedels sprachen mit den Kunden auch Fussgaenger gingen auf und ab nur Einheimische, sie unterhielten sich mit den Girls die sich alle aufgeputzt sexy hergerichtet hatten ja " dressed to kill" in kurzen bunten Hoeschen und schwarzen Lackstiefeln damit man auch ihre heissen braunen Beine begutaeugen konnte, Eddy meinte er fahre jetzt erst einmal im Schritttempo die Strasse lang damit seine beiden Fahrgaeste all die Angebote in Ruhe betrachten koennen, das tat er auch und die zwei glotzten was das Zeug hielt, es war eine laengere Reihe die das Taxi abfuhr " Wouh das sind ja heisse Braeute hier, da sind ja tolle Angebote dabei ", meinte Bruno beeindruckt, als das Taxi das Ende der Reihe erreicht hatte kehrte es wieder um. Horst rief belustigt " Ich sehe hier sehr schoene Maedchen, schoene Maedchen, ein bisschen schoene Maedchen und nicht ganz sehr schoene Maedchen". Als Eddy das hoerte da lachte er laut auf " Oh Horst so eine charmante Bewertung, so eine nette Betrachtung der Maedels habe ich in meinem Leben noch nie gehoert ".

Bruno meinte, er haette da auch noch eine Idee, man koennte doch hier am Weg ein paar Getraenketische aufstellen mit Tischen und Stuehlen dabei und nur Bier verkaufen, die Freier koennten dort sitzen die sich noch nicht entschieden haben fuer ein gewisses Maedel, nach ein paar Bierchen und nach einem neuerlichen Rundgang durch die Reihen der Versuchung sehen dann die huebschen Suessen noch besser aus als zuvor und wenn die Kundschaft dann angenehm dicht ist, dann faellt die Wahl auch nicht mehr schwer. Mit einem geilen Bierausschank, vielleicht sogar aus einem richtigen Bierfass, da wuerden noch viel mehr Leute vorbeischaun hier, ja da wuerden die Menschen eine Mitternachts-Strassenstrichparty veranstalten, das gaebe es wohl nur einmal auf der Welt. " Ihr habt schon Ideen " rief Eddy " aber eure Ideen sind gut ". Als das Taxi wieder am Ausgangspunkt ankam ebbte der Andrang der Besucher noch nicht ab, ja schier umlagert waren die Maedels von all den Schaulustigen, es sah so aus als wuerden sie heute morgen noch genug Kasse machen. Eddy fragte nach hinten ob seine werten Gaeste schon genug gesehen haben. " Ja wir haben genug gesehen, da ist ja richtig was los hier, das ganze Angebot und die Freier hier ja super! " meinte Bruno. " Hey Condor-Club, hey ihr Maedels wir kommen jetzt zu eurer emotionalen Befreiung ", feixte Horst gut gelaunt. " Der heisst nicht Condor-Club, ein Condor das ist ein Vogel glaub ich, der heisst Color-Club so wie die Farben eben - Color-Club ", verbesserte Eddy. " Oh da muss ich etwas durcheinander gebracht haben ", meinte Horst er wandte sich an Bruno fragte ihn was er vorher gerade fuer einen Ausdruck verwandt habe, nachdem die Kundschaft ein paar Bier getrunken hat, was war das gleich wieder, Bruno fiel es gleich ein " Ah Du meinst wenn die Kundschaft dann angenehm dicht ist ". " Angenehm dicht, das ist es, das klingt grossartig - bringt das nicht unseren ganzen Urlaub auf den Punkt ? " fragte Horst seinen Freund. " Natuerlich diesen Zustand sollte man im Urlaub anstreben, ich bin jetzt auch angenehm dicht besser als unangenehm nuechtern ha ha", Gelaechter brach aus. " Ist es denn noch weit zu diesem wilden Club ", wollte Horst wissen. " " Nicht mehr allzuweit ", Eddy fasste noch einmal zusammen, er wuerde mit Horst und Bruno da reingehn in die Hoehle des Loewen und beide sollten sich ziemlich cool benehmen, niemand anglotzen oder anlachen auch bei den Maedels sich etwas zurueckhalten am Anfang mit der Anmache, die kaemen schon selber aus der Deckung heraus, bitte auch keine Trinkeinladungen annehmen, doch wenn ein Besoffener unbedingt will, darauf besteht dass du an seinem Rumglass kurz nippst, dann vielleicht in Gottesnamen um des lieben Friedenswillen ein Schluecklein trinken, aber nur einmal und nicht mehr und sich dann bedanken, sehr hoeflich bedanken, wenn beide diese Vorsichtsmassnahmen beachten dann stehn die Chancen gut aus diesem Club wieder mit heiler Haut rauszukommen, Eddy drehte sich rueckwaerts mit bestimmendem Blick " Hat jemand noch Fragen? " " Ja Mann " rief Bruno " hey Eddy das klingt ja alles so als haetten wir einen beforstehenden Polizeieinsatz gegen ein Drogenkartell vor uns, vielleicht sollten wir die ganze Sache abblasen ". " Na ja so schlimm ist es nicht ", meinte dieser " ich will nur dass nichts passiert versteht ihr wir koennen da schon reingehn, aber ich sage euch falls es wirklich Aerger gibt aus welchen Grund auch immer, wenn die Situation ausser Kontrolle geraet dann nichts wie weg". Das war deutlich und irgendwie stieg die Spannung bei allen dreien an, mittlerweile fuhr das Taxi durch eine aermlichere Gegend man sah geschlossenes Fabrikgelaende, holzverbarrikatierte Geschaefte, kaputte Reklameschilder, doch da leuchtete in der Ferne etwas auf in einem roten Schein. " Wir sind gleich da", raeusperte sich Eddy, ging vom Gas herunter, fuhr erheblich langsamer, ja schlich sich richtig an mit seinem Wagen an dieses rote etwas, bald erkannte man deutlich, es war ein braun gefaerbter Holzschuppen im Countrystyle, quadratisch gross gebaut von aussen beleuchtet mit vielen, vielen kleinen roetlichen Gluehbirnchen vom Dach herunterhaengend. Eddy parkte den Wagen an der anderen Seite der Strasse. " Sieht ja eigentlich ganz einladend aus der Club von aussen ", stellte Bruno fest, aus dem Seitenfenster heraus schaute man hinueber, neben dem Eingang lehnte ein Farbiger an der Wand rauchte eine Zigarette, sonst war niemand zu sehen. Eddy meinte, es scheint alles ruhig zu sein hier. Wouh in diesem Moment riss jemand die Tuer da drueben auf, ein Maedel stuermte laut lachend heraus in einem weissen Minikleid lief einfach die Strasse entlang. " Das faengt ja schon gut an ", toente Horst, die Tuer ging nochmal auf, ein schwarzer Krauskopf lief auf die Mitte der Strasse, schrie dem Maedel nach und rannte ihr dann hinterher. " Was war das denn ", wunderte sich Bruno. " Keine Ahnung " antwortete Eddy " aber da wir schon mal da sind, jetzt gehn wir auch da rein". Der mit der Zigarette dampfte ruhig weiter.

Die drei stiegen aus dem Auto, ueberquerten die Strasse, Eddy ging voran sprach mit dem Rauchtyp kurz jamaicanisch, ueber der Tuer, erblickte Bruno ein braunes Schild mit bunten Druckbuchstaben " Color-Club ". Musik droehnte nach draussen durch die senkrecht braunen Holzlatten, der Typ oeffnete die Tuer die drei traten ein, wouh das war ein Farbflash der da auf die Neuankoemmlinge loszischte, der sie da empfing, dieser grosse ebenerdige Raum war ein eigenes rosarotes Universum fuer sich propenvoll mit schreienden tanzenden Leuten. Bruno fielen gleich die Maedels ins Auge die sich auf zwei gegenueberstehenden schwarzen Podesten hin- und her bewegten, barfuss und aufreizend zum Rythmus der Rap-Musik. Wie um das goldene Kalb tanzten die Jamaicaner um die goldenen Kaelber herum die fast nichts anhatten, Minihoeschen noch kuerzer als die Girls vom Stassenstrich, sie trugen nur noch Bikinis die einem einen freien Einblick gewaehrten, Horst sagte zu Eddy " Hier ist es doch schoen !", dieser antwortete " Ich habe nicht gesagt dass es hier nicht schoen ist, ich habe nur gesagt es ist gefaehrlich hier ", da lachte Horst, die Stimmung im Club schien sehr gut zu sein und niemand kuemmerte sich um die Bleichgesichter. " Ich glaube die meisten hier fuehlen sich auch angenehm dicht ", meinte Bruno " Ja hoffen wirs Hauptsache sie lassen uns in Ruhe ", feixte Horst. Eine normale Tanzflaeche gab es hier nicht, dafuer standen in der Mitte des Clubs einige Sofas herum und Tische und Stuehle wahllos durcheinander. Eddy fuehrte seine Schuetzlinge zu einem braunen Sofa das noch frei war, das Trio nahm Platz. Bruno guckte nach oben doch Rauchschwaden verhinderten den freien Blick zur Decke.

Ein Maedel kam vorbei, blaue Jeans weisser Kittel sie guckte zu Eddy der bestellte gleich drei Rum-Cola, sie nickte und verschwand, die anderen Sofa's rundherum waren alle besetzt mit Paerchen die sich unterhielten und abknutschten, auf den Stuehlen sassen Kleiderschraenke von Jamaicanern mit Bierflaschen in der Hand zigarettenrauchend, die Tische voll mit Rum-Colaglaesern, Tabakbeutel und Aschenbechern. " Die Waende sind witzig hier " rief Eddy " die haben sie bemalt mit lauter ineinanderlaufenden Farben deswegen heisst der Club wohl auch Color-Club ". Horst ulkte " Also fuer mich sieht das aus als wenn sie einfach kleine Farbbeutel an die Wand geschmissen haetten, die Farben haben sich dann von selber gemischt, vielleicht waren sie auch dicht als sie das gemacht haben ". " Ja angenehm dicht " feixte Bruno. Die mit dem weissen Kittel kam in Rekordzeit zurueck stellte drei Rum-Cola an einem der Tische ab, Bruno bezahlte. Die Maenner auf den Sofa's und den Stuehlen nahmen jetzt doch Notiz von den zwei weissen Eindringlingen in ihre schwarze Welt, scharfe Blicke, grosse Augen, schwitzende Gesichter sahen die zwei Deutschen um sich herum. Eddy hob sein Rum-Cola und stiess mit den beiden an " Ja Mann alles okay hier cheers my friends from Germany ". " Wouh der haut ja rein, puh ist der stark das muss eine besondere Marke sein " gab Bruno von sich. " Da braucht man keinen Doubble-Shot mehr bestellen ", meinte Horst. Eddy war derselben Meinung der Rum haette hier Pferdestaerken in sich, ob sich da noch ueberhaupt Cola in diesem Glas befinde. Auf einem der Sofa's huepfte ein Mann in die Hoehe schrie los " Yeay, yeah Lady's go, ,go.. ", viele Jamaicaner erhoben sich, pfiffen schrill, alle Aufmerksamkeit galt jetzt den Taenzerinnen, auf jedem Podest tanzten vier Maedels und warum alle losplaerrten, ein huebsches Ding hatte ihr Hoeschen geoeffnet, es fiel zu Boden, in ihrem knappen weissen Slip schob sie ihr Becken lasziv vor und zurueck und imitierte dabei einen Geschlechtsverkehr, da wankte ein Typ zum Podest und schob dem Maedel einen Jamaicadollarschein zwischen ihre Titten, ja da hielt sie ganz still die suesse Braunhaeutige, das gefiel den zwei Deutschen und ihrem Taxifahrer. Horst wiederholte sich " Hey Eddy es ist doch schoen hier ", dieser rief wieder " Ich habe nicht gesagt, dass es hier nicht schoen ist, ich habe nur gesagt es ist gefaehrlich hier ", da lachten alle drei. Doch auf dem Maedelpodest gings weiter, ein anderer kraeftig gebauter Typ suchte sich ein neues Maedel aus wandte sich ihr zu hob einen US-Dollarschein in die Hoehe so dass alle die Banknote sehen konnten, danach schob er den Dollarschein langsam unter dem Gejohle der Zuschauer dem Maedel hinten in den Arsch hinein, zwischen ihre Arschbacken. Wouh nun war die Hoelle los hier im Color-Club, die meisten johlten klatschten Beifall, andere spritzten Rum-Cola und Bier in die Luft " Hier geht's ja zu wie im Fussballstadion " rief Bruno begeistert hob sein Glas " auf unseren Urlaub !" " Auf unseren Urlaub ", toente Horst , Eddy freute sich dass im Grunde doch alles friedlich verlief und die zwei tranken mit Eddy ex. Mit Adleraugen beobachtete die Bedienung mit dem weissen Kittel diesen Vorgang , sie guckte zu Eddy der bestellte wieder drei neue Rum-Cola, doch die Aufmerksamkeit schwappte nun ueber zu den Maedels auf dem anderen Podest, als diese naemlich schnallten dass da Dollarscheine kommen wenn sie nur in Slips tanzen, sie oeffneten ihre Hoeschen, wouh da johlte der ganze Color-Club auf, auch die Bleichgesichter schrien mit " Hey hey sexy Lady " die Hoeschen fielen nach unten, die Maedels tanzten weiter nur in Slips und Bikinis, die drei Girls auf dem anderen Podest taten es ihnen gleich, auch sie befreiten sich von unoetigem Stoffballast, darauf entbrannte ein neuer Schreisturm und nun passierte etwas voellig Unerwartetes, die Bleuchtung im Club veraenderte sich deutlich von rosarot in ein dunkelrot. " Ja jetzt wirds geil, jetzt lassen sie die Sau raus ", frohlockte Horst " hey Eddy das ist schon geil hier". " Ich habe nicht gesagt dass es hier nicht geil ist, ich habe nur gesagt, dass es hier gefaehrlich ist ", verschaffte sich Eddy Gehoer. Auch die Musik legte einen Zahn zu wurde lauter. Bruno fragte Eddy ob es hier immer so zugeht wie jetzt, dieser verneinte, nein nicht immer so, aber heute nacht da strotze hier alles voller Energie. Unter Anfeuerungsrufen torkelte ein junger Typ in gruener Jeans und schwarzem Unterhemd auf das erste Podest der Begierde zu, wedelte mit Jamaicadollars umher in beiden Haenden, er zog ein Maedel zu sich herunter steckte ihr einen Dollarschein vorne in ihren Slip hinein, die Suesse mit ihren festen Schenkeln quietschte los, sein anderer Schein verschwand in ihrem Bikini, der Bursche griff nach dem Busen doch das liess das Maedel nicht zu, sie klopfte ihm auf die Finger rief irgendwas Unverstaendliches, ja das gefiel dem Publikum, dafuer schleckte er ploetzlich ihren Oberschenkel ab hinunter bis zum Knie, das liess sie zu und sie fuhr mit ihren Fingern durch sein dicht krausiges Haar - das war die Zuendung, das eindeutige Ja zu diesem Vergnuegen.

Nun begann das grosse Schlecken, viele Maenner klatschten, verloren ihre Hemmungen, ihnen lief das Wasser im Mund zusammen, die goldenen Kaelbchen der Lust wurden jetzt abgeschleckt und betatscht, in alle Oeffnungen die vorhanden waren wurden Geldscheine hineingesteckt, spendabel waren sie die Jamaicaner, oft hingen drei Typen an einem Maedel schleckten an ihr herum, drueckten und kuessten sie ab, soweit sie es eben zuliess, ein fetter Typ steckte einer Taenzerin zwei US-Dollar in den Mund hinein, die haette die Kohle beinahe aus lauter Schnaufen hinuntergeschluckt. " Ja das ist ja super unglaublich hier, gut dass Du uns den Tip gegeben hast Eddy ", freute sich der Koch aus Hameln " sowas habe ich in meinem Leben auch noch nie gesehn ". Da haette er wieder was zu erzaehlen an seinem Stammtisch fuegte sein Freund hinzu. Ja nun begann fuer die goldenen Kaelber eine goldene Zeit, etwa so wie Weihnachten, Geld kam herein, die Dollars flossen reichlich auf beiden Podesten, die Typen waren nicht geizig, sogar weibliche Gaeste beteiligten sich an der Spendenaktion, die Maedels lachten, mit ihren dollargeschmueckten Koerpern machte es noch mehr Spass zu tanzen. Nun zog es auch Bruno, Horst und Eddy nach vorne zu einem Podest dort wo das Leben pulsierte, einige ziemlich angetrunkene Burschen stiegen auf das Podest wollten mittanzen mit den Maedels, doch die verteidigten ihr Terretorium vehement mit aller Kraft, sie liessen die Invasion nicht zu und schubsten die Eindringlinge vom Podest herunter, die Menge unten fing sie groehlend auf, Bruno und Horst mischten sich jetzt unter die Einheimischen traten ganz nahe an ein Podest heran, die gluehenden Fans der Weiblichkeit inspizierten jetzt ganz professionell das tanzende Angebot, eigentlich gab es nicht viel zu inspizieren, denn das waren lauter superheisse Braeute die da ihre Arbeit verrichteten im Schweisse ihres Angesichtes, ihre Slips und Bikinis waren teilweise ueberfuellt von Geldscheinen, befor diese zu Boden fielen nahmen sie die Scheine einfach in die Hand. Eine Suesse stach Bruno doch ins Auge mit hochgesteckten Haaren, knochiger Figur, bekleidet mit schwarzrot gepunktetem Minislip und schwarzrot gepunktetem Bikini, sie hatte rotgeschminkte Baeckchen und ihre leicht runde Gesichtsform strahlte Sympathy aus, ja Rotbaeckchen schien nicht mehr ganz nuechtern zu sein, das konnte man an ihrem spitzbuebischen Laecheln schon erkennen, bestimmt war sie angenehm dicht, auch sie war bepflastert mit Dollarscheinen. Bruno guckte ihre Schenkel an dann weiter zu ihrem Schritt, dann hoeher zu ihrem Busen immer hoeher bis er die roten Baeckchen voll im Blick hatte. " Die ist ja geil " sagte Bruno zu Horst der nebem ihm stand. " Genau, aber die auf dem anderen Podest da drueben die ist auch geil ", meinte Horst, deutete mit seinem Rumglas in der Hand auf ein heisses Teil die hueftmaessig einen gekonnten Bauchtanz zelebrierte doch Bruno rief " Aber die daneben, die ist ja noch geiler, die kleine Laszive da mit der Blondlocke !" Ja der Koch aus Hameln war jetzt in dieser Erotikwelt angelangt, da fuehlte er sich wohl, er hatte ein Gespuer dafuer welches Maedel geil und welches Maedel noch geiler erschien. " Du hast recht, die ist echt heiss " Horst's Worte kamen zeitlupenmaessig aus seinem Mund.

Auf jeden Fall die Blondlocke mit den halblangen hellbraun gefaerbten Haaren, dieses kleine, schlanke agile Ding, sie machte schon was her wenn sie dann noch mit den Haenden bewusst ueber ihren schwarzen Bikini fuhr und dazu ihre Hueften kreisen liess dann parkten die Augen des Betrachters automatisch auf ihrem schwarzen Slip. " Der stecke ich gleich einen Dollarschein rein, weiss nur nicht wo werde schon noch ein leeres Plaetzchen finden, neben all den anderen Geschenkscheinen " entschied Horst. " Ja und ich werde dem Rotbaeckchen etwas hineinschieben, einen strammen Schein das mach ich jetzt gleich ". Eddy meinte dass die beiden noch zu echten Jamaicanern werden. Horst stellte sein Rum-Cola ab machte sich auf den Weg zur Blondlocke die auf dem anderen Podest tanzte und Bruno draengte sich nahe genug an das Maedel seiner Wahl heran. Eddy stand da verwundert- hilfe - seine Schuetzlinge gingen getrennte Wege. Und Bruno war nicht der einzige Verehrer im Club dem das Rotbaeckchen gefiel, eingekreist unter vielen anderen Maennern glotzte er sie an, rief ihr mutig zu " Hello Lady you look very nice " reichte ihr einen Dollarschein zu den sie flink mit ihrem Haendchen grabschte. " Thank you " antwortete sie mit suessem Stimmchen. " What is your name ", rief er zu ihr hoch " My name is Cherry " rief sie zurueck mit ihren Haenden voller Dollars. Das Maedel war gefragt hier, begehrt. " And your name? " " Bruno..my name is Bruno". Dem Typ daneben passte das anscheinend gar nicht, dieser Smalltalk zwischen ihr und dem Auslaender , er guckte Bruno grimmig an als wuerde er ihn am liebsten fressen, rief dem Maedel etwas zu, die trat naeher und der Grimmige schob ihr einen Dollarschein in den Bikini , sie nickte dankend drehte sich weg von ihm, voellig spontan schob Bruno dem Rotbaeckchen noch eine Dollarnote hinten in ihren Slip hinein, da kiekste sie auf, der Typ neben Bruno schien aergerlich zu sein, er hob die Hand und verschwand mit einem Fluch auf den Lippen, Bruno verstand gut " Bloodcloud Bombercloud " diese Worte hatte er schon zweimal gehoert in Montego Bay von dem Typ im Strassenkreuzer mit seinen Maedels auf dem Ruecksitz spaeter auch mit seinen Boys. Ploetzlich ertoente eine Fanfare die wie eine Autohupe klang - Tanzpause. Die Girls verliessen laechelnd und schweissnass die Podeste mit den Dollartipps in ihren Haenden, Bruno guckte gleich zum Rotbaeckchen, die fragte mit heller Stimme " Mr. Bruno can you buy me a drink ". " Yes.. yes okay Cherry ", sie sprach verstaendlich gut englisch, muesse sich nur kurz umziehen wie die anderen Girls, dann kaeme sie zurueck zu ihm, er nickte Cherry solle dann zum Sofa kommen, das Maedel verschwand, da kam auch schon Horst daher, neben ihm die Blondlocke sie war schon umgezogen, gelbes Hoeschen, blaues Jeanshemd mit ausgebeultem Taeschchen in dem die Dollarscheine eine neue Heimat gefunden hatten. Horst stellte Eddy das Maedel vor, die beiden redeten kurz miteinander, die zwei Urlauber verstanden kein Wort. Nun kam auch Cherry das Rotbaeckchen dazu im roten Morgenmantel und brauner Handtasche umgeschnallt. " Die braucht gleich ne Tasche um ihre Kohle zu transportieren " ulkte Horst und rief " Hey Eddie wir haben die Maedels zu einem Drink eingeladen ist das okay, kein Problem ? "

" Nein, nein kein Problem " konterte Eddy nervoes, aber vielleicht nur fuer einen Drink, dann muessen wir raus hier, versteht ihr, da sind schon einige Typen ganz eifersuechtig, weil ihr euch die Topmaedels geschnappt habt, ich krieg das schon mit ". " Ja das ist eben unser Spezialgebiet die Topmaedels, da koennen wir auch nichts dafuer ", feixte Bruno, klopfte Eddy dabei auf die Schulter. Und alle fuenf nahmen jetzt Platz auf einem noch freien Tisch etwas abseits der Mitte, die Musik auch das Gerede der Leute , alles schallte laut so dass eine Unterhaltung schwer moeglich war. Das Maedel im weissen Kittel kam vorbei nahm die neue Bestellung auf, die Taenzerinnen waehlten zwei " Club-Zombies spezial " o Gott, die Maenner drei Rum-Cola, die Bedienung machte den Abgang. Die Blondlocke hiess Nicole, das Rotbaeckchen Cherry.." Nice to meet you..nice to meet you.." Bruno und Horst betrachteten zufrieden ihre Beute. da haben wir ja mit die heissesten Braeute von diesem Club an uns herangezogen ", stellte der Schimansky fest. An jedem Ohrlaeppchen von Nicole hingen zwei Silberringe, die Blondlocke sehe schon aus wie eine halbe Punkerin ulkte Horst, gut dass sie keinen Nasenring traegt oder sich eine Sicherheitsnadel durch die Zunge gestochen hat, nein das waere nichts fuer ihn. " Wollt ihr denn die Maedels mitnehmen ins Hotel ", wollte Eddy wissen, der schon leicht zu schwitzen begann. " Ja schon wir sollten sie gleich fragen", meinte Bruno und das taten die Urlauber auch fragten ob sie denn fuer eine Nacht mit ihnen ins Hotel kommen wuerden, dieses Angebot erfreute die zwei Huebschen, doch sie muessten vorher noch eine kurze Runde tanzen, das sei mit dem Club hier so abgemacht, aber dann waeren sie frei.

Ah die Bedienung tauchte auf mit den Getraenken stellte alles auf den Tisch ab, nickte freundlich ging von dannen. Die Club-Zombies spezial wurden nicht in ueppigen Kelchen serviert sondern in schmal laenglichen Glaesern, man stiess miteinander an, das Rotbaeckchen meinte Bruno soll doch mal probieren, wouh war der Zombie stark gemixt " Der zieht einem ja die Schuhe aus " hustete Bruno, da lachten die zwei Maedels erzaehlten dass sie schon ziemlich muede seien vom vielen Tanzen, ja heute nacht sei eine Menge Betrieb hier. Eddy fragte die Suessen kurz wann der Club schliesse, die meinten wenn viel los ist wie jetzt dann bleibt er noch offen. Die Fanfare toente wieder Zeit fuer die Maedels noch einmal hoch aufs Podest zu steigen, sie verabredeten sich mit den Urlaubern dass sie danach gleich losziehen koennen, die Maedels gingen laechelnd, der Disjockey in der Ecke spielte Laidback-Rapmusik und Eddy wurde immer unruhiger meinte es sei schon nach 2 Uhr frueh und um diese Uhrzeit kann alles moegliche noch passieren, er sollte recht behalten. " Jetzt mal den Teufel nicht an die Wand das ist auf jeden Fall der letzte Drink hier ", sagte Bruno schmunzelnd. " Ausserdem haben wir einen Bodygard dabei ", toente Horst. " Jah Mann ", schepperte Eddy los " gegen so viele Wilde hier da kann auch ein Bodygard schwer helfen, die sind doch alle ausser Rand und Band, da ist doch keiner mehr nuechtern hier ". " Sag mal haben wir eigentlich noch genuegend Geld dabei ", fragte Bruno pletzlich seinen Freund, beide kramten in ihren Taschen kamen zum Schluss es wuerde schon reichen. Horst meinte sonst muessten sie hier noch die Glaeser waschen oder Eddy muesste sein Taxi als Pfand da lassen bis morgen frueh, da koennten sie ja wieder von der Bank Geld abholen. Bruno fiel ein dass sie mit den Maedels auch noch keinen Preis ausgemacht hatten wieviel fuer eine Nacht. Da ploetzlich veraenderte sich der Color-Club noch einmal, die Beleuchtung wurde noch dunkler, anscheinend begruessten die Leute das am fruehen Morgen, sie johlten zustimmend, schrien um die Wette, viele Jamaicaner erhoben sich tanzten halb zu den Podesten, streckten die Haende hoch zu den Maedels betatschten sie etwas kraeftiger als vorher steckten ihnen wieder Dollarscheine zu, schleckten an ihren Koerpern herum, oft hingen drei Typen an einer Suessen, ein Maedel bewegte sich aufreizend mit gespreizten Beinen, da fuhr ein Typ mit seiner Hand in ihr Hinterteil hinein, sie schrie auf , ein anderer zog einer Taenzerin den Slip herunter sie tanzte nackt weiter, da kreischten die Maedels los auf dem Podest. " Das ist Sodom und Gomorrha ', rief Bruno " es ist soweit ". " Wenn jetzt das Licht noch ganz ausgeht dann gehts hier noch zur Sache Schaetzchen ", toente Horst siegessicher. " Ich habe es gesagt es ist gefaehrlich hier " rief Eddy der mit seinen Nerven am Ende war " wir muessen sofort bezahlen und raus hier ". " Aber die Maedels, wir wollen doch die Maedels mitnehmen ", keuchte Bruno. " Oh mein Gott" rief Eddy " Gott steh uns bei". " Wir bezahlen jetzt gleich die Rechnung eine gute Idee " sagte Horst, er stand auf hob den Arm suchte mit den Augen die Bedienung mit dem weissen Kittel, die bemerkte ihn gleich und eilte herbei. " We want to pay..pay okay ? " rief der Schimansky aufgeregt, das Maedel nickte holte einen Block aus der Schuerze notierte mit dem Kuli liess Horst die Summe sehen " What ? ", rief dieser " Oh no I think this is too much ".

zeigte den Betrag seinen Begleitern " Das gibts doch nicht " fuhr Bruno hoch, Eddy redete mit der Bedienung, sie erklaerte die hohe Summe kaeme dadurch zustande dass die Entertainment-Show der Maedels mitberechnet werde, obendrauf kaeme noch der Mitternachtszuschlag auf all die Getraenke und sie mache hier nicht die Preise. Bruno wollte gegen diesen Fantasiebetrag noch etwas einwenden, aber ihm blieb irgendwie die Luft weg. " Lass es gut sein ", meinte Horst beide guckten nochmal auf die Rechnung ob sie auch richtig gesehen hatten, ja hier war Widerstand zwecklos, sie kramten den horrend hohen Betrag zusammen und uebergaben das Buendel Geldscheine der Kellnerin, die bedankte sich ganz cool und verschwand. Bruno kam das Lachen aus er glaube das nicht mit dem Nachtzuschlag und mit der Tanzshow der Maedels. Horst ulkte " Da haben sie eben zwei Dumme gefunden und die haben sie richtig gerupft" "Eddy nickte zustimmend dass sie da zwei Opfer gefunden haetten. " Aber trotzdem war es nicht umsonst " fuhr Horst fort " hier ist wenigstens was geboten im wahrsten Sinne des Wortes und wir bekommen auch noch die Blondlocke und deine Cherry, gut dass wir da reingegangen sind mit Eddy, ohne Eddy waeren wir hier nicht reingegangen. Der Taxifahrer schaute zu einem Podest was da im dunkelroten Schein ablief das war sogar fuer ihn - shocking. Nein, eine Massenorgie war es nicht die da stattfand zwischen den Taenzerinnen und ihren maennlichen Bewunderen, es war eher eine ziemliche Massenschleckerei und ein allgemeines Fingergebohre in alle moeglichen Oeffnungen hinein die zur Verfuegung standen.

Bruno musste mal Wasser lassen, stand vom Stuhl auf wouh da war einiges in Bewegung in seinem Kopf, mit Sicherheit befand er sich im Jamaica Rum-Universum, dort war es gar nicht so unangenehm, doch langsam langsam ein paar Gaenge herunterschalten, das war hier die Devise, sagte zu den beiden am Tisch er bewege sich jetzt ganz cool auf die Toilette zu. Die Minitoiletten befanden sich ganz hinten an der Wand da die meisten Jamaicaner zu den Podesten guckten und die Haelfte dort mit den Lustgeschoepfen verbandelt waren erreichte Bruno die Herrentoilette ohne Probleme, da gab's zwei Pissbecken plus einer Kabine, doch die ganze Toilette war uebervoll mit sich liebenden Paerchen eng umschlungen im Stehen, ein paar Leiber lagen am Boden ineinander gekrallt und ziemlich nackt, aus der Kabine hoerte man eindeutig Lustgestoehne " ah..ah..good..good". Hier zu pissen, da war die Chance gleich null. Was sollte der Koch aus Hameln tun, da wanderte er doch knallhart zur Damentoilette daneben, auch hier dasselbe Bild, die Toilette voller Leute, Maenner und Frauen, halbnackte Leiber-Gefuehlsschreie drangen an sein Ohr, ein Kleiderschrank hielt Bruno seine abweisende Riesenhand vor's Gesicht " No, no, no here only Lady's ", aber er war doch ein Mann, egal hier nicht die geringste Moeglichkeit fuer Bruno Wasser zu lassen. Oh Gott was sollte er tun, er konnte doch nicht in die Hose schiffen, vielleicht konnte ihm Eddy helfen, ja Eddy musste eine Loesung finden, zurueck am Tisch rief er schon hin und her wippend, er kann hier nicht pissen. Eddy fragte was denn mit der Toilette sei. Bruno antwortete " Da ist Sodom und Gomorrha ", Eddy lachte.

" Ja und auf der Damentoilette" rief Horst. " Da ist auch Sodom und Gomorrha "
" Das wird ja immer wilder hier " toente dieser. Jetzt verging Eddy das Lachen. "
Das gibts doch gar nicht" grummelte er, wurde leicht sauer. " Komm wir gehen
da zusammen hin " der Jamaicaner ging voran, Bruno folgte ihm. Als die beiden
die Herrentoilette erreichten und Eddy dieses Chaos sah da sprach er den Typ
an, der am Boden auf einem Maedel drauflag , doch dieser nahm ihn nicht ernst,
grinste nur, jetzt wurde Eddy boese, sein Gesicht veraenderte sich, bekam einen
furchterregenden Ausdruck, ja jetzt sah er aus wie " Fatzo " der Boesewicht aus
dem Film " Verdammt in alle Ewigkeit ", er schrie los, packte den Typ am Arm,
riess ihn vom Boden hoch, plaerrte ihm ins Gesicht etwas Unverstaendliches,
doch ploetzlich verstand Bruno " Bloudcloud ", der Bodentyp zitterte wie
Espenlaub, er und seine Gespielin machten sich schnellstens vom Acker, auch
die zwei anderen Paerchen die das Pissbecken belagerten verliessen eiligst die
Toilette und aus der Kabine hoerte man keine Lustschreie mehr. " Ja super Eddy,
das hast Du gut gemacht ich danke Dir ", rief Bruno sichlich beeindruckt. "
Nichts zu danken ", meinte dieser, das waren doch kleine Fische, jetzt kannst Du
pinkeln gehn mein Freund ". " Ja jetzt kann ich pinkeln gehn ah geil ". " Bis
gleich am Tisch ", rief Eddy und verschwand. Als Bruno zurueckkam, wusste
Horst schon Bescheid, " Mann Horst der " Fatzo " hat da aufgeraeumt auf der
Toilette und geschrien das haettest Du sehen sollen ". " Eddy der Mann fuer
alle Faelle " freute sich Horst, dieser guckte ungeduldig auf seine Uhr, da endlich
das erloesende Hupen der Fanfare erklang.

" So jetzt sind die Maedels frei " rief Bruno, das Menschenknaeuel vor den Podesten war in seinem Element, da wurde umarmt, geschleckt, festgehalten, hin und hergeschubst, gelacht, losgeschrien, es schien nicht so als wuerde der Color-Club demnaechst seine Pforten schliessen, fuer die Taenzerinnen war es schwer sich einen freien Weg zu bahnen, doch Cherry und Nicole schafften es verhaeltnismaessig schnell schon umgezogen an den Tisch der Urlauber zu kommen, das Rotbaeckchen auch schon dicht streichelte Bruno an der Brust, mit grossen Augen fragte sie wieviel sie denn bekommen wuerden fuer heute nacht, Bruno schaute zu Horst, da sprach Nicole Horst eine Summe ins Ohr. " Oh ganz schoen " rief dieser sagte seinem Freund Bescheid, der meinte " Okay Hauptsache wir kommen hier jetzt raus ". Die Fuenf wollten gerade aufbrechen, da wurde ihnen der Weg versperrt. Oh nein da stand der Grimmige von vorher der dem Rotbaeckchen auf dem Podest Geld zugesteckt hatte, der Jamaicaner schien voellig betrunken zu sein, deutete mit dem Finger auf Bruno schimpfte los, dann packte er das Rotbaeckchen am Arm, die wollte sich losreissen doch der Bursche im rotweiss gestreiftem Hemd war kraeftig liess sich nicht abschuetteln. " Eddy jetzt brauchen wir Dich als Bodygard ", sagte Horst mit ernster Stimme. " Ich hab's gewusst, hab's gewusst ", rief Eddy " aber wie sagen die Spanier so schoen " Auf in den Kampf Torero ". Und Eddy waltete seines Amtes, zeigte jetzt wirklich was er als Bodygard draufhatte, riss den Arm des Grimmigen weg von dem Maedel, der schlug mit seiner anderen Hand voll auf Eddy's Brust, das haette er nicht tun sollen, denn Eddy wurde jetzt noch einmal zum " Fatzo " aber deftig, er schlug mit beiden Haenden auf den Grimmigen ein, dieser deckte sich ab und wich zurueck, das hatte er nicht erwartet, O Gott Eddy wurde umringt von mehreren Gestalten, die Agressivitaet in ihren Gesichtern sprach Baende, da schepperte Eddy los " Hey no problem, no problem..we want no problem..we go now ", doch zu allem Aerger kam noch ein Riese aus dem Dunkel daher und schimpfte los. " Eddy das ist der Kleiderschrank von der Damentoilette " rief Bruno " schau mal seine Haende an, die sind ja wie Kloodeckel ". Eddy zischte zu Bruno und Horst sie sollten schon mal Richtung Ausgang gehen, jetzt gleich, er selber blieb mit den Maedels am Tisch, die Atmosphaere war gespannt, ein Funke vielleicht nur ein dummes Wort genuegte um das Fass zum ueberlaufen zu bringen und dann wuerden die Schwarzen alle herfallen ueber die Bleichgesichter. Der Kleiderschrank schrie zu Bruno und Horst " You not take away our girls ". jetzt mischte sich Nicole ein, zeitgleich gab Eddy den Urlaubern nochmal ein Zeichen endgueltig zu verschwinden, das taten sie auch auf Zehenspitzen als sie an der Minibar neben dem Ausgang vorbeikamen bummste es erschreckend laut, eine Taenzerin und zwei Maenner krachten zusammen auf den Boden, sie lachten und es roch saustark nach Alkohol, der Holztresen der Bar auf dem eine leere Rumflasche lag war ueberschwemmt. Bruno sagte zu Horst " Wenn ich da ein Streichholz auf die Theke schmeisse, dann gibt's hier ein schoenes Feuer, das koennte das Ende des Clubs sein " " Und auch das Ende von Sodom und Gomorrha ", ulkte Horst. Waehrendessen stritt sich Nicole die halbe Punkerin mit dem Kleiderschrank auf jamaicanisch und englisch, sie schrie den Riesen an, dass naemlich sie entscheide mit wem sie gehe und mit wem nicht, der Grimmige konnte es nicht lassen, als er wieder nach Cherry's Arm griff, da wurde es ihr zu bunt, sie befreite sich von ihrem Ledertaeschchen und schlug es dem Grimmigen auf den Kopf, der fiel auf den Boden so dicht war er schon, da johlten die Jamaicaner auf, die Bedienung im weissen Kittel erschien auf der Bildflaeche wollte die Maenner den ganzen Haufen beruhigen, doch die schienen immer wilder zu werden bruellten durcheinander..nun ging Eddy einfach los mit den zwei Maedels so lange es noch ging schnellen Schrittes Richtung Ausgang, er rief laut zu Bruno und Horst die dort warteten" Jetzt raus hier sofort, sonst kommen wir hier nicht mehr lebend raus ", denn der Riese von der Damentoilette und der Grimmige der wieder auf den Beinen war, beide folgten Eddy und den Maedels wutentbrannt und der Riese bruellte " You have to pay money for the girls..money..money ", und eine Gruppe Betrunkener schloss sich dem Riesen und dem Grimmigen an. Eddy zischte deutlich zu den Urlaubern " Hoert mal sobald wir draussen sind rennt so schnell ihr koennt ueber die Strasse zum Taxi hin, das ist kein Witz okay ?" " Okay !", zu den Maedels sagte er dies auf jamaicanisch.   Und das war die Rettung, Eddy nahm die Girls an der Hand, zur Linken Cherry, zur Rechten Nicole, Horst riss in Lichtgeschwindigkeit die Eingangstuer auf und alle Fuenf stuermten hinaus ins Freie Horst, Bruno, die Maedels, dann Eddy und alle rannten los wie der Teufel, wenn ein Mensch sich in echter Gefahr befindet dann kann er rennen schneller als die Sau. Oh das ueberraschte die Verfolger, damit hatten sie nicht gerechnet, doch der Kleiderschrank und der Grimmige gaben nicht auf, sie liefen ihnen nach, dem Grimmigen ging schon in der Mitte der Strasse die Puste aus, er blieb stehen die Haende nach vorne gestreckt Richtung Taxi, fluchte etwas Unverstaendliches, die Fuenf erreichten das Auto, Eddy sperrte eiligst die Tuer auf, oeffnete nach hinten, alle huschten hinein so schnell wie moeglich, Horst auf den Beifahrersitz, die Maedels und Bruno hinten rein, da kam auch schon der Kleiderschrank angewalzt in langen Schritten als er das Taxi erreichte ruettelte er mit seinen Riesenhaenden an dem Wagen " You have to pay money for the girls ", seine Stimme klang wie eine ruehrende Zementmaschine. " Yeah we pay money for the girls but not for you ", bruellte Bruno durch das geschlossene Seitenfenster, Eddy drueckte voll auf die Hupe und blieb drauf der Riese erschrak, Eddy liess den Motor aufheulen der Riese war chancenlos doch er schaffte es noch und schmetterte seine Riesenfaust auf das Taxidach, die Maedels schrien auf, das Taxi fuhr los und der Riese plaerrte draussen " Yeah fuck you, fuck you all..fuck you ". Im Taxi brach inzwischen Jubel aus sie hatten es geschafft zu entkommen es war nochmal gut gegangen auch die Girls waren sichtlich erleichtert " Eddy thank you very much " rief Bruno zu ihm nach vorne " Du bist der beste Bodygard von Kingston ". " Ja ja ", schepperte Eddy los " aber wenn sie zu fuenft oder zu sext zusammen auf Dich losgehn dann hast du keine Chance, dann haun sie dich zusammen, der Riese allein war schon supergefaehrlich, ich meine was wollen die eigentlich, spinnen die, ich bringe ihnen Kundschaft, gute Kundschaft und dann machen sie so einen Zirkus Mann.. Ja Mann das ist der Alkohol Mann ".

Die Blondlocke wollte wissen wohin die Reise geht, Horst klaerte sie auf die Reise gehe ins Hotel, sie wollte den Namen des Hotels wissen. " Das Hotel heisst Relax-Hotel for relaxing, es heisst wirklich so ", sagte Bruno und knutschte das Rotbaeckchen auf den Mund, das gefiel ihr anscheinend, denn sie stoehnte nicht unangenehm. " Aber wisst ihr wer uns wirklich gerettet hat ? " meinte Eddy ploetzlich. " Ja Du Eddy " riefen beide Urlauber gleichzeitig. " Ja natuerlich ich, aber die ganze Bande auch der Kleiderschrank, die waren so betrunken, dass sie kaum noch laufen konnten es war auch der Alkohol der uns am Ende mitgerettet hat ". Eddy's Logik erschien keinesfalls unlogisch. Bruno warf ein dass sie ja auch dicht sind aber sie hatten ja ein gutes Training in Montego Bay mit Rum-Cola, Zombies und Rotwein, das haette sich jetzt ausgezahlt. " Der gute alte Alkohol ", feixte Horst " der hat auch bei meinem Freund Bruno den Doreen-Blues verschwinden lassen, ja Sex and Drugs and Rock,n Roll don't forget the Alkohol ". Hey da lachten die Maedels und Eddy, den Spruch kannten sie alle. Die Strassen waren ziemlich leer so nach 2 Uhr morgens und die siegreichen Fuenf genossen die Fahrt durch das naechtliche Kingston. Bruno meinte zu Eddy es waere schade wenn er sich jetzt nicht mehr im Color-Club sehen lassen koenne, doch dieser antwortete, das sei gar kein Problem die Jamaicaner seien nicht nachtragend und morgen weiss von denen sowieso keiner mehr was gestern nacht los war, er redete auch mit den Maedels, die bestaetigten Eddy's Ansage. das Rotbaeckchen rief " Tomorrow everybody forget already, no problem ". Okay okay then everyting its gonna be allright like Bob Marley sings ", ulkte Bruno.

Eddy hielt kurz an, stieg aus, guckte die Dulle an die der Riese mit seiner Faust in das Dach geschlagen hatte, stieg wieder ein, meinte das waere nicht so schlimm und die Taxifahrt ging weiter. Horst in sueffisantem Ton der Schaden kaeme noch auf die Bodygardzahlung darauf. " O Gott sagte Bruno zu Horst " Wir muessen mal zusammenrechnen was wir alles noch bezahlen muessen, ja erstmal die ganze Taxifahrt fuer Eddy heute nacht dann eben den Bodygardbonus plus Autodachdulle ", Horst unterbrach ihn " Und dann die Maedels und das Hotel und morgen die Fahrt nach San Antone mit Eddy soviel Bargeld haben wir gar nicht mehr, wir muessen morgen sofort wieder Geld wechseln ". " Ich habe noch Bargeld im Zimmersafe ", beruhigte Bruno " das kriegen wir schon hin, genuegend Reiseschecks haben wir ja noch". " Wir sind bald da" liess Eddy wissen " das Hotel erwartet euch schon, aber wie ich euch beide kenne, das werdet ihr nicht viel schlafen mit eurer suessen Begleitung ", die Maedels kicherten auf, sie verstanden ja auch ein bisschen englisch, da griff Horst nach hinten der Blondlocke zwischen ihre Beine, die packte seine Hand " Huch you cannot wait ? " " Sorry " rief dieser grinsend, es war nicht er, es war seine Hand die sich da selbststaendig gemacht hatte, Nicole antwortete spitzbuebisch dass sie ihm kein Wort glaube. Da bog das Taxi schon ein in die ruhige Gegend in der normalerweise auslaendische Regierungen ihre Botschaften haben, es war soweit sie erreichten das Relax-Hotel, man verliess das Taxi, da merkten alle fuenf wie sie schon schwankten. " Erst muessen wir einmal Eddy bezahlen ", sagte Bruno zu Horst, man kramte in den Taschen, war sich einig, zaehlte die Dienstleistungen von Eddy zusammen Taxifahrt, Touristenfuehrung, Bodygard, Retter in der Not plus Taxibeschaedigung Bruno ueberreichte ihm ein Buendel Geldscheine und fragte ihn " Ist das okay Eddy ? " " Ja Mann, ja Mann that's okay ". Eddy freute sich wie ein Schneekoenig, zufrieden steckte er die Dollars in seine Hosentasche, ja der " Fatzo "hatte es sich wirklich verdient, er gehe noch mit rein zur Rezeption sagte er, klopfte an die verschlossene Eingangstuer, klopfte ein paarmal, es dauerte eine Weile bis jemand oeffnete, es war Colin in einem weissen Schlafanzug, er erschrak als er die fuenf Gestalten in glueckstrunkenem Zustand erblickte, laechelte leicht verlegen, brachte ein hello ueber die Lippen, verschanzte sich gleich hinter seinem Marmortisch, guckte zu Eddy sprach mit ihm in nervoesem Ton, der schaute zu den Maedels sagte zu ihnen sie muessten ihre ID-Card abgeben an der Rezeption, Cherry durchsuchte ihre braune Ledertasche, Nicole guckte in ihrem schwarzen Lacktaeschchen nach, Cherry gab gleich ihre ID-Card eine Art Personalausweis dem Colin, Nicole suchte und suchte fand sie nicht, oh Jesus das Maedel meinte sie habe die Karte zuhause vergessen. Colin machte ein langes Gesicht redete mit Eddy, der widerum teilte den Anwesenden mit der Boss von Colin haette gesagt ohne ID-Card ist eine Uebernachtung im Hotel nicht moeglich. Bestuerzt hob das Maedel die Haende in die Luft was kann sie schon tun, die Karte ist nicht da, Colin zuckte nur mit den Schultern. Die Blondlocke wurde leicht wuetend schimpfte in der Landessprache los, breitete nebenbei den gesamten Inhalt ihres Taeschchens auf dem Marmortisch aus,

Tempotuecher, ein Schminkkaestchen, Koerperspray, Deostift, Geldbeutel eine Haarbuerste, danach sah sie Colin in die Augen fauchte " Here is my ID-Card und schmetterte eine schwarze Packung Kondome auf den Tisch, da brach herzhaftes Gelaechter aus unter den Nachtschwaermern, Colin blieb die Spucke weg, sein Freund Eddy sagte zu ihm mit den Girls sei alles okay, das Rotbaeckchen mischte sich ein dass jeder mal etwas vergessen kann und ob er noch nie in seinem Leben etwas vergessen haette, Nicole sei ihre Freundin sie sei total okay. " Das sind zwei tolle Taenzerinnen no problem, no problem ", schaltete sich Horst ein. Bruno sagte zu seinem Freund " Ich glaube wir muessen den auch noch bezahlen, den muessen wir auch noch schmieren, da kommts jetzt nicht mehr drauf an ". " Ja wir sind ja Millionaere ", rief Horst " wir koennen uns das leisten, er fischte seinen letzten schoenen Schein aus der Tasche, gab ihn Eddy, der hatte keine lange Leitung, kapierte sofort nahm den Schein legte ihn vor Colin auf den Marmortisch, guckte seinen Freund mit schelmischem Blick an " Ah da ist ja die ID-Card, ja Mann wir haben sie doch noch gefunden ". Colin glotzte auf die wertvolle Banknote, schaute hin zu Eddy, dessen Blick war jetzt selbstsicher, unnachgiebig, dieses Angebot seines Freundes konnte er nicht ablehnen, da veraenderte sich sein Gesicht, es hellte deutlich auf, fing an zu glaenzen, ja Sonne in der Nacht und das um 3 Uhr morgens " Yes okay ", sagte Colin rasch " No problem ", er schob den Geldschein schnell ein, drehte sich um gab Bruno und Horst die Zimmerschluessel wuenschte ihnen laechelnd noch eine angenehme Nacht.

" Er ist schon ein guter Junge der Colin " grinste Eddy zu den beiden Urlaubern, die verabredeten sich mit ihm morgen mittag um 12 Uhr soll er zum Hotel kommen, weil dann muessen sie gleich zur Bank fahren - Geld wechseln. Bruno sagte zu Colin er soll sie um 11Uhr 30 wecken, danach bedankten sich die beiden Deutschen noch einmal fuer die unglaubliche Nacht bei Eddy und verschwanden dann mit ihren Eroberungen nach oben. " Eigenartig wir sind die einzigen Gaeste hier da haben wir ja ein ganzes Hotel fuer uns, ich hoffe Du hast noch Bargeld im Safe ", meinte Horst " ich hab nur noch Schecks, wir muessen auch noch das Hotel bezahlen und die Maedels ". O Gott ich schau mal gleich nach ", sagte sein Freund, man wuenschte sich gegenseitig noch eine gute Nacht und verschwand in den Zimmern. Cherry legte sich gleich voll aufs Bett, raekelte sich, Bruno guckte nach im Safe, ah- da war noch genug Bargeld vorhanden, er schloss das Ding ab und ueberbrachte gleich die gute Nachricht, klopfte an die Tuer von Horst rief dass alles okay ist, es sei noch genug Kohle vorhanden, die Antwort kam promt " Okay super,super ". In seinem Zimmer lag das Rotbaeckchen auf dem Bett mit halbgeschlossenen Augen, sie schien sehr muede zu sein, doch da war das Maedel nicht allein, auch er war nahe am Ende mit seinen Kraeften, Bruno guckte sie an wie verfuehrerisch sie da lag in ihrem schwarzem Seidenjaeckchen darunter der rot schwarz gefleckte Bikini, die schoenen braunen Beine, dieser dunkelrote Lederrock gab Bruno das Gefuehl in einfach hochzuschieben zu muessen, das tat er dann auch und erblickte ihren rosa Slip, er dachte hoffentlich schlaeft die nicht gleich ein, er holte zwei Red-Stripe Bierchen aus der gut gefuellten Minibar, oeffnete die Flaschen, bot ihr eines an, da wurde sie leicht lebendig " Yes Darling " ah das Bier tat beiden gut, er setzte sich neben ihr aufs Bett, seine Augen parkten auf ihrer geilen Figur, Bruno fiel nichts anderes ein als seinen Standardspruch den er meistens den Maedels servierte und auch bei der Taenzerin Cherry war der Spruch angemessen " Cherry you are sexy Lady ", " You think so ", ihre Stimme klang rauchig und sonor. " Yes I think so ", er kuesste sie auf ihre Lippen, fuegte hinzu dass die Zeit so schnell vergeht waehrend er ihr nochmal einen langen Kuss verpasste, warum er denn nur eine Nacht in Kingston bleibe wollte das Maedel wissen, Bruno sagte das er und Horst fast am Ende ihres Urlaubs angelangt sind und sie zum Schluss noch einige Zeit nach San Antone wollen, dann wuerden sie zurueckfliegen nach Germany. " San Antone ", lispelte Cherry leise," da war ich auch schon mal, dort ist es sehr schoen", voellig entspannt mit kleinen Aeugelein nahm sie ein Schlueckchen Bier stellte die Flasche auf dem Nachtkaestchen ab, nahm seine Hand in ihre Hand legte sich auf den Ruecken meinte mit kratzender Stimme " Mr. Bruno you can make Love to me if you want now..I am alraedy a little bit tired but no problem ". Ah Passiv-Sex durchfuhr es ihn, das war also die Ansage des Rotbaeckchens , ja laengere Gespraeche zu fuehren daran war niemand mehr interessiert, fuer ein zaertliches Verwoehnungsprogramm war es eh zu spaet und doch paradoxerweise fand dies auf eine cool Art doch statt, Bruno fuehlte keine Eile, Cherry liess alles mit sich geschehen, wahrscheinlich war sie zu muede um zu irgend etwas das Bruno tat nein zu sagen.

Er schaffte es seine Gedanken auszuschalten, tat nur das was er fuehlte, befreite das Maedel von ihrem schwarzen Jaeckchen, betatschte ihren sexy Bikini, streifte ihn ab nach unten, verwoehnte genuesslich ihre festen Tittenknospen mit heissen Kuessen, entkleidete sie zeitlupenmaessig, seine Hand fuhr an ihrem Koerper auf und ab, er leckte ihren Bauchnabel, seine Zunge ging Richtung abwaerts und er steckte seinen Mittelfinger sachte in ihr fast rasiertes Foetzchen hinein ah da stoehnte sie auf, eiligst zog er sich selber voellig nackt aus, sein Ding war schon angeschwollen, da fragte sie ihn schnell ob er ein Kondom habe, er verneinte natuerlich, sie streckte sich holte aus ihrer braunen Tasche ein Einzelkondom und stuelpte es ihm gekonnt ueber sein einfuhrbereites Rohr, er hatte Lust Cherry zu stossen Bruno fuhr ein und es tat beiden gut, er fuehlte sich schwer auf ihrem zarten Koerper, sie guckte dezent zur Seite, er kuesste sie ab schleckte auch an ihren Rotbaeckchen herum bis er merkte er schiesse gleich los und sein Schuss der durchblutete seinen ganzen Koerper, regungslos blieb er auf ihr liegen, Cherry stoehnte, atmete aus, bald zog er seine erschlaffte Pistole aus ihr heraus und schmiss den vollen Kondom in den Abfalleimer. Ob es denn gut fuer ihn war raeusperte sich Cherry, Bruno gab ihr einen dicken Kuss und meinte es war sehr schoen mit ihr, fuer sie war es auch gut war ihre Antwort, ob sie denn morgen wieder tanzen werde im Color-Club fragte Bruno ploetzlich, ihr Haendchen ging nach oben " Ja fuenfmal die Woche Darling ", dann drehte sie ihren Kopf zur Seite und schlief ein, Bruno nahm noch einen Schluck Bier knipste die Nachttischlampe aus und stuelpte dann die Bettdecke ueber sich und Cherry.

Das Abenteuer Kingston war vorbei, Bruno hatte noch einen schoenen Ausklang mit dem Rotbaeckchen erlebt, er merkte gleich uebermannt ihn der Schlaf, seine letzten Gedanken waren da gibts wieder was zum erzaehlen am Stammtisch, die Kumpels werden mir noch einen ausgeben wenn sie das alles hoeren, ja die geben mir sicher einen aus. Das Telefon klingelte Bruno zurueck ins Leben, es war Colin, es sei 11Uhr30. " Thank you Colin " Bruno fuehlte sich breit, befand sich noch im Jamaica Rum-Universum, dachte ein paar Minuten die Augen zumachen, das geht schon, nur keinen Stress im Urlaub, doch er schlief ein und erst ein Klopfen von Horst an der Tuer liess ihn erwachen, O Gott es war schon nach 12 Uhr. " Hab verschlafen Horst in 15 Minuten bin ich unten an der Rezeption ". " Okay bis gleich ". Bruno weckte Cherry mit einem Kuss, langsam kamen ihre Lebensgeister zurueck, er sagte dass sie jetzt das Hotel verlassen muessen. Da hielt Cherry ihn im Bett fest, streichelte seine Brust, sagte mit suesser Stimme " Bruno you take me to Germany ". Das ueberraschte den Koch aus Hameln voellig," Oh no Cherry I cannot do that, sorry ", war sie so naiv zu glauben das ginge so schnell nach einer Nacht und alles waere so einfach, er wollte noch erklaeren warum das nicht geht, doch sie hielt ihm ihre Finger vor den Mund, er muesse nichts sagen. Und es ging weiter, als sie ihre Finger zurueckgezogen hatte, fragte das Maedel erneut laechelnd " Bruno you take me to San Antone " " Oh no I cannot " er schuettelte den Kopf es war ihm schon peinlich, aber er wollte eben nicht ein Maedchen aus Kingston nach San Antone mitnehmen, dahin wo es angeblich so viele huebsche Maedchen gibt.

238

Cherry klatschte in die Haende " It's okay, okay " meinte sie in spassigem Ton " dann werde ich heute abend wieder in den Color-Club gehen und weitertanzen bis mich mal jemand mitnimmt nach Germany oder England oder Amerika ". Bruno nahm das Rotbaeckchen gefuehlvoll in die Arme, fluesterte ihr ins Ohr " Cherry das mit uns beiden, das war nur fuer Kingston verstehst Du, Du und ich nur fuer eine kurze Zeit ". Ihre Antwort war sie verstehe Bruno will in San Antone ein Maedchen aus San Antone und nicht ein Maedchen aus Kingston haben. Das war eigentlich die Wahrheit was sie da sagte, ploetzlich riss es ihn " Hey Cherry we must go we are late ". " Money Money " rief sie mit rauchiger Stimme. " Yeah no Money no Honey ", Bruno hatte sein Herz auf der Zunge, das Geld war im Safe und in seinem Koch-Englisch rief er " Okay you go shower I take money from Safe ". Das verstand Cherry und huschte unter die Dusche. Bruno kleidete sich schnell an, machte sich am Safe zu schaffen, leerte ihn steckte Pass, Flugticket, Reiseschecks in die Brusttasche seines Safarihemds und das Bargeld in die Hintertasche seiner Jeans, mit einem frischen Red-Stripe Bier aus der Minibar setzte er sich aufs Bett trank ein paar Schluck um nicht gleich wieder voll nuechtern zu werden, er befand sich ja im Urlaub. Wie er so da sass und auf das Maedel wartete dachte er ja die Doreen wollte ich mitnehmen nach Deutschland aber die wollte nicht und die Cherry moechte nach Deutschland aber das will ich nicht..man kann im Leben nicht immer haben was man will " Cherry are you ready " rief er ploetzlich, mit einem Handtuch bekleidet kam sie aus der Dusche danach gab ihr Bruno die vereinbarte Summe mit einem leichten Knicks bedankte sich die Taenzerin sonorte" Thank you Bruno "', sie koenne schon runtergehn zur Rezeption meinte dieser, er kaeme nach wolle sich nur kurz frisch machen und zusammenpacken " Okay Darling " laechelnd verliess sie das Zimmer. Bruno steckte seinen Kopf unter den Wasserhahn eine ewige Sekunde lang, putzte seine Zaehne das wars dann, mit Reisetasche und Zimmerschluessel verliess er eiligst den Raum ging nach unten, dort warteten schon alle auf ihn. " Alles okay ", fragte Horst seinen Freund, der gab ihm gleich die Kohle in die Hand die er dann weiterreichte an die Blondlocke. Bruno bezahlte noch die Hotelrechnung bei Colin, Cherry hatte schon ihre ID-Card zurueck. Eddy, die Urlauber und die Maedels verabschiedeten sich von Colin, der schien auch zufrieden zu sein. " Ist schon unheimlich wir waren die einzigen Gaeste im Hotel unglaublich ". murmelte Horst zu seinem Freund im Hinausgehen. Und da stand er wieder der weisse Toyota frisch gewaschen und abfuhrbereit, das Taxi von Eddy zuerst fuhren die Maedels noch ein Stueckchen mit, bald huepften sie raus Bussi Bussi und Goodby, weiter gings zu einer Bank, Schecks zu Bargeld machen, danach endete man in einem Fast Food-Restaurant bei Cheeseburger und Kaffee, das war auch gut. Nun wurde geredet und gerechnet, Eddy machte den beiden Urlaubern einen Superpreis fuer die Fahrt nach San Antone, das war ein Angebot dass sie nicht ablehnen konnten und mit einem tollen Typ wie Eddy war es angenehm und stressfrei zu reisen. Jetzt wurden genau die Tage ausgerechnet wie lange sie doch noch bleiben konnten, man kam mit dem heutigen Tag auf vier ganze Tage, am fuenften Tag das war der siebzehnte Tag, der Abflugtag von Montego Bay, da machte Eddy den beiden einen Vorschlag, er koenne sie abholen von San Antone schon um 10 Uhr morgens und sie dann direkt nach Montego Bay fahren, ihr Flug gehe ja erst am Spaetnachmittag, er bot ihnen wieder einen tollen Spezialpreis an, dem konnte man nur zustimmen, da freuten sich die beiden Deutschen dass auch diese Angelegenheit geregelt war, sie waren einverstanden, ein klatschender Haendedruck folgte zwischen den dreien, Eddy sagte noch falls er wirklich nicht um 10 Uhr morgens in San Antone auftauche, dann sollen sie ein anderes Taxi nehmen, aber er werde bestimmt in fuenf Tagen noch am Leben sein und sie sicher abholen. Bruno und Horst waren froh dass all diese Termine geklaert wurden, nun konnte man sich ganz entspannt zuruecklehnen und wieder an die angenehmen Dinge des Lebens denken, an einem Supermarkt hielt Eddy kurz an, machte seinen Fahrgaesten klar er spendiere was zum Trinken, er soll noch Zigaretten und Zigarettenpapier mitnehmen, sagte Bruno zu ihm der auf dem Beifahrersitz sass. Eddy erledigte alles mit Bravour, kam zurueck mit einer Packung Six Pack-Bier nebst den Rauchwaren und die drei stiessen an dass sie jetzt die Fahrt geniessen werden. " Ja auf nach San Antone, auf ins letzte grosse Jamaica-Abenteuer ", sagte Bruno mit Nachdruck, es war ein herrlicher Sonnenscheintag, Eddy fuhr in gemaehchlichem Tempo in knapp zwei Stunden wuerden sie ihr letztes Urlaubsziel erreicht haben. Horst meinte es wird Bruno bestimmt gefallen da wo sie jetzt hinfahren.

Kapitel 6 San Antone

War's noch schoen mit der Blondlocke ", fragte dieser. " Ja schon schoen mit der sexy Punkerin in ihrer fleischfarbenen Unterwaesche, einmal haben wirs getrieben, aber Du weisst ja der Kavalier geniesst und schweigt ". " Ach so " meinte Bruno, nahm einen Schluck aus der Pulle, dann will ich jetzt von Dir einen genauen Bericht in allen Einzelheiten mindestens vier Blaetter voll, was da heute frueh noch alles passiert, alles vorgefallen ist, hoerst Du, ich will alles wissen jedes Detail ". Da lachten Horst und Eddy, quakten wie die Froesche, das amuesierte sie anscheinend. Bruno erzaehlte dass Cherry ihn gefragt habe, ob er sie mitnehme nach Germany, als er sagte das sei nicht moeglich, da fragte sie nochmal ob sie mitfahren kann nach San Antone, aber das wollte er auch nicht. Eddy meinte, die Maedels moechten halt was erleben, ja raus aus Jamaica nach England, Amerika oder Germany, sie denken dort haben sie mehr Moeglichkeiten was auch stimmen kann, sie erwarten einfach ein besseres Leben im Ausland als hier auf der Insel. " Das ist schon wahr Eddy das ist richtig ", antwortete Horst auf dem Ruecksitz " aber ein Maedchen von Kingston mitnehmen nach San Antone, das ist etwa so als wuerde man einen Kuehlschrank nach Alaska mitnehmen ". " Ja Mann " schepperte Eddy " in Alaska da brauchst Du keinen Kuehlschrank mehr ". " Wir wollen eben frei sein fuer neue Abenteuer " sinnierte Bruno. " Du meinst frei sein fuer neue Maedels ", meinte Horst. " Ja ist das nicht das Gleiche ? "fragte dieser unglaeubig. " Ja irgendwie schon, irgendwie schon ", rief Eddy.

Horst sagte zu seinem Freund er soll doch mal einen Joint drehen, einen echten Bruno-Joint und er hoffe dass Eddy auch mitrauche, der erwiderte gleich Jamaicaner sagen selten zu so einem Angebot nein, die Weichen waren gestellt, Bruno ging an die Arbeit, es wurde wieder ein krumm schiefes Kunstwerk, eigentlich sah es grauenhaft aus, Horst beruhigte Eddy er soll sich von diesem Anblick nicht abschrecken lassen ,die Joints von Bruno sind schon legendaer auf Jamaica, sind schon mit Komplimenten ueberhaeuft worden, weil sie am Ende eben reinhaun wie ein Tornado, oft viel mehr als ein gerade schoen gedrehter Joint, ja Eddy werde schon sehen. Bruno erklaerte wenn sie dieses Ding geraucht haben, dann werden sie ganz geloest ihr Ziel erreichen. " Ganz geloest ", grinste Eddy " das klingt ja spannend ". Der langen Rede kurzer Sinn, Bruno machte sich an die Arbeit, tat das ganze Stueck Marihuana hinein das ihm sein Freund Bobby Barracuda zum Abschied geschenkt hatte, der wird kaeftig werden, dachte er bei sich der Eddy soll auch mal was Gutes rauchen naemlich Premium-Qualitaet, der Joint wurde dick und buckelig, man konnte an den Gloeckner von Notre Dame denken, Bruno zuendete dieses Gewaechs an, gab dann das Unikum gleich weiter an den Bodygard neben ihm, der zog so fest daran dass die Glut lavamaessig aufgluehte, genuesslich kam der Rauch wieder aus seinen Nasenloechern heraus " Wouh that's a good one, that's a good one ", hustete Eddy gab das Ding nach hinten zu Horst der auch professionell inhalierte, seine Lungen bediente um dann wieder alles hinaus zu blasen, die naechste Runde war auch die letzte Runde, der Joint war am Ende, Horst drueckte ihn aus er verschwand im Aschenbecher.

" Mann bin ich fett von dem Ding ", feixte Bruno, die Fenster wurden weit geoeffnet und eine tolle Wolke entstieg aus dem weissen Toyota, schon wieder rauchte es aus einem Gefaehrt heraus in dem die Urlauber sassen. " Eddy kannst Du noch Taxi fahren ", scherzte Horst von hinten. " Ja Mann Irie, Irie..besser als zuvor hi.hi. ", er schaltete das Radio ein da lief gerade ein Song von Neil Young " Heart of Gold " Ah den Song mag ich gerne , es ist zwar kein Reggae aber ein toller Song ", seine Mitfahrer nickten zustimmend, Eddy fuhr fort ueberhaupt mag er auch andere Musik nicht nur Reggae oder Rap, er hoere gern alte Beatles-Songs sogar Tom Jones oder Frank Sinatra, ja Frankieboy mag er besonders gern, den kann er immer hoeren " My Way " sei ja super, von den Frauen hoere er gerne Whitney Houston , Barbara Streisand und natuerlich auch Tina Turner, er lachte vor sich hin guckte dann zu seinem Beifahrer, da merkte er erst das Bruno eingenickt war und auch Horst schlief hinten mit dem Kopf zur Seite gedreht, das Kingston-Abenteuer steckte den beiden noch in den Knochen, Eddy liess seine wertvolle Fracht weitertraeumen, drehte die Musik ein wenig leiser und fuhr voellig geloest wie Bruno es vorausgesagt hatte dem gemeinsamen Ziel entgegen. Nach einer guten halben Stunde wachten die Ausfluegler wieder auf streckten sich beide teilten Eddy mit, dass sie wunderbar geschlafen haetten. Die Landschaft hatte sich inzwischen veraendert, sie war flacher geworden und die Sonne bedeckte mit ihren Strahlen bunte Wiesn, Baeume und Blumen. Das gefiel Bruno, er fragte seinen Freund ob es noch weit sei zur Ankunft, Kingston lag schon weit hinter ihnen, sie waeren bald da ,meinte Horst.

Das Taxi bog jetzt ein auf eine lange gerade geteerte Strasse zur linken Seite blaues Meer und weisser Sand, zur rechten Seite befand sich gruen leuchtendes Dickicht, braune Holzhaeuschen, Kioske Geschaefte, Restaurants, grosse Hotelbauten fehl am Platz. Doch mit der Zeit tauchten auch auf der Meerseite Bungalows auf, kleine Ferienhaeuser mit Liegestuehlen am Strand und der Sand, war es eine Fata Morgana erschien weisser und weisser. Viele Einheimische spazierten herum im Sonnenschein, vor allem Maedels auf dem Gehweg junge huebsche Dinger, gingen oft Hand in Hand guckten in das Taxi hinein lachten, gruessten freundlich, natuerlich gefiel das Horst und Bruno sehr, Horst sagte zu Eddy er koenne ruhig ein bisschen langsamer fahren damit man die vorbeiziehende Weiblichkeit noch ein bisschen mehr geniessen kann. Eddy meinte das waere hier einer der schoensten Flecke von Jamaica, alles ziemlich naturbelassen herrlich weisse Straende, nicht hektisch laut im Gegensatz zur Touristenhochburg Negril hier leben fast nur Einheimische aber Maedels gibt's hier wie Sand am Meer o la la..nicht zu wenig. Das sei genau der richtige Platz fuer den Urlaubsausklang meinte Horst auf dem Ruecksitz und bald wuerden sie am Zielort angelangt sein. Bruno's Augen erfreuten sich an den jungen Geschoepfen die ihm von draussen neugierige, ja erwartungsvolle Blicke zuwarfen, da fiel ihm ploetzlich ein, er guckte nach hinten " Sag mal Horst Du hast mir doch von der grossen Ueberraschung erzaehlt fuer mich in San Antone, wann kommt die eigentlich? "

Horst schmunzelte " Ja die grosse Ueberraschung, schau mal aus dem Fenster mein Freund die zieht unentwegt an Dir vorbei, die grosse Ueberraschung ja , das sind die Maedels sexy junge Maedels hier in San Antone ". Bruno war erstaunt verbluefft, das musste er erst einmal verdauen, wusste anfangs nicht was er sagen soll, er schuettelte den Kopf holte Luft. " Mann Horst Du bist schon ein alter Gauner und ich hab immer ueberlegt was das wohl sein koennte-die geheime Ueberraschung, na da bin ich ja gespannt ". Ja mein Freund wenn ich Dir erzaehlt haette hier in San Antone gibt es einen ganzen Haufen junger Maedels dann waere das nichts besonderes fuer Dich gewesen ", meinte Horst " das waere verpufft, aber ich wollte deine Aufmerksamkeit, eine Spannung erzeugen hin auf den letzten Urlaubsort den wir bereisen". Eddy verstand nichts, denn die beiden redeten deutsch, doch er spuerte insgeheim bei den Urlaubern geht es wieder um ihr allumfassendes Lieblingsthema naemlich um die Frauen. Horst erzaehlte weiter dass er bei seinem letzten Urlaub hier viele Male zusammen mit einem Taxifahrer auf der Strandstrasse herumgefahren sei und die huebschesten Maedels mitgenommen habe in sein Hotel, nein es ist kein Stundenhotel aber die Girls blieben eben nur fuer ein paar Stunden, das war einmalig und er dachte eben dies koenne er mit Bruno wiederholen. " Ah ich verstehe ", sagte dieser " Du warst ein Jaeger, ein Maedchenjaeger ". " Das stimmt nicht ganz, dieses Wort stimmt nicht ganz ". " Ja was warst Du dann ein Grosswildjaeger, ein Kammerjaeger ", feixte Bruno. Horst grinste " Nein ein Kammerjaeger war ich bestimmt nicht, ich war eher ein Sammler".

" Ah jetzt weiss ich ein Schmetterlingssammler " rief Bruno. " Nein kein Schmetterlingssammler und auch kein Antiquitaetensammler oder Briefmarkensammler nein ich war ein Einsammler, aber meine Sammlung verduennisierte sich schnell wieder, die loeste sich buchstaeblich in nichts auf, weg war sie ". " Na das kann ja heiter werden hier, ich lass mich wirklich ueberraschen ", toente Bruno. " Und der Taxifahrer vom Hotel wenn er noch derselbe ist, den wirst Du auch kennenlernen " freute sich Horst " na da wirst Du Augen machen..hey Eddy das Strandhotel auf der linken Seite das ist es, wir sind am Ziel. Bruno erblickte auf der Meerseite ein weisses zweistoeckiges Haus, es machte eher den Eindruck eines Familienhauses als eines Hotels, natuerlich war die Lage hier wonnevoll, so nahe vielleicht dreissig Meter von den Wellen des Meeres entfernt, Horst klaerte seine Mitfahrer auf, das Hotel hier ist kein fuenf Sterne-Hotel, aber die Gegend rundherum, die hats in sich, die bringts. Eddy parkte sein Taxi vor dem Hotel, da konnten alle lesen ueber der Eingangstuer in schnoerkelloser blauer Schrift " White Sand Hotel ". " Na hab ich euch gut hierher gebracht " schepperte Eddy leicht erleichtert . " Ja super " rief Bruno und gab ihm gleich seine Gage, die vereinbarten Dollars in die Hand." Thank you very much my friends" freute sich Eddy und steckte das Geld gleich weg. Nun folgte eine herzliche Verabschiedung, Eddy wuenschste seiner Kundschaft noch tolle Urlaubstage hier und er denke die Maedels werden sich auch freuen ueber den Besuch der beiden, der Jamaicaner wusste schon Bescheid ueber die beiden Schuerzenjaeger was denn ihre Leidenschaft sei, er werde wie abgemacht am fueften Tag um 10 Uhr morgens hier mit seinem Taxi stehen und sie dann nach Montego Bay zum Flughafen fahren. " Eddy Du warst ein Gluecksfall fuer uns bis in fuef Tagen pass auf auf Dich ", toente Horst und die zwei Deutschen umarmten ihren Fahrer, ihren Bodygard, danach stiegen sie aus dem Taxi aus zusammen mit ihren Reisetaschen und Eddy fuhr geloest zurueck nach Kingston. Bruno guckte um sich meinte dass er immer noch voll drauf ist, voll high von dem Joint im Taxi, Horst kicherte es gehe ihm genauso das sei eben Jamaica, er guckte zur anderen Strassenseite hinueber, dort befand sich ein Supermarkt, daneben ein kleines Restaurant vor dem ein gelbes Taxi stand auch ein Modell Toyota, Horst meinte er muesse jetzt gleich einen Freund begruessen wenn er noch da ist, diese Person waere naemlich auch ein Taxifahrer, so stapften die beiden auf das gelbe Taxi zu von aussen sah es ziemlich mitgenommen aus, es war staubbedeckt und die gelbe Farbe plaetterte schon ab an einigen Stellen, da sass ein Mann drin im Auto der jetzt die Tuer oeffnete, ausstieg und sich an den Wagen anlehnte." Hey Joe " rief ihm Horst zu " how are you? " " Oh Mister Horst thank you I am fine ". Bruno erschrak als er den dicken Mann mit seinem Schmerbauch erblickte " Nein das gibts doch nicht " fluesterte er zu Horst " der sieht ja aus wie Kater Carlo von der Panzerknacker-Bande aus den alten Micky Maus- Heften von frueher ja original ". " Ich weiss schon" meinte Horst leise, das ist der Kater Carlo von San Antone, ich hab Dir ja gesagt Du wirst noch Augen machen, ja die Aehnlichkeit ist unglaublich die ganze Statur, aber das weiss der Joe auch selber dass er aussieht wie der Kater Carlo von den Panzerknackern aus den Walt Disney Heftchen, das haben ihm andere Touristen schon gesagt, aber Joe ist nicht boese wie der echte Kater Carlo, er ist ein ganz lieber Kerl ". Als die beiden Urlauber das Taxi erreichten umarmten sich Horst und Joe herzlich, danach stellte er seinen Freund aus Germany vor, man begruesste sich freundlich mit einem hello und Bruno musterte ihn genau. Joe hatte einen Meckihaarschnitt aber nicht kurz geschnitten, wie schwarze Stacheln schossen seine Haare geradewaerts in die Hoehe, er besass kleine Stechaeuglein und eine spitze Nase, doch sein breites unrasiertes, bartstoppeliges Untergesicht, diese ausladende weite Fresse mit seinen ausufernden Backen das war original die Comic Figur Kater Carlo. Horst erzaehlte Joe dass sie zum Urlaubsende noch ein paar Tage hier verbringen und sich jetzt erstmal anmelden im White Sand-Hotel, man werde sich spaeter auf jeden Fall treffen, mit seiner tiefen warmen Stimme sagte er zu Horst er freue sich ihn wiederzusehen und schoen dass er auch einen Freund mitgebracht habe. " Oh Mister Horst good to see you again " begruesste ihn eine junge Jamaicanerin an der Hotelrezeption in einem gruenen langen Hosenanzug und hochgesteckten Kraushaaren. " Das ist Sandra, sie leitet mit ihrem Ehemann das Hotel und sie haben zwei suesse Kinder ", klaerte Horst seinen Freund auf, danach stellte er Bruno vor und fiel gleich in ein Gespraech mit Sandra, er checkte alles wieviel Tage sie hierbleiben, redete ueber die Zimmer und den Preis fuer eine Nacht plus ein wenig Smalltalk.

Mittlerweile sah sich Bruno ein bisschen um, schaute sich die Bilder an den Waenden an alle schwarzgerahmt, es waren Gesichter die er irgendwie schon kannte guckte genauer hin, Mensch da waren ja lauter Hollywoodstars abgebildet Robert Taylor, Humphrey Bogart, Lauren Bacall, John Wayne, Gregory Peck, Ava Gardner, Burt Lancaster, Frank Sinatra ja unglaublich und die waren alle schon hier in diesem Hotel, eigentlich kein Wunder an diesem herrlichen verschwiegenem Platz, hier konnten die Prominenten untertauchen, unerkannt Urlaub machen sich entspannen, abschalten, hier waren sie weit weg von Blitzlichtern und Autogrammjaegern, von Zeitungsreportern und Kameras, in diesem Hotel wurde die Privatsphaere gewahrt. Als Horst an der Rezeption alle Formalitaeten erledigt hatte, die Wertsachen gab man hier ab in einen Safe, bezog er sein altes Zimmer im Erdgeschoss wieder, das er schon bei seinem letzten Urlaub bewohnt hatte. Sandra ging mit Bruno hoch in den ersten Stock und wies ihm ein Zimmer zu mit einem tollen Fensterausblick aufs Meer, im Vergleich zum Relax-Hotel in Kingston hatte das White Sand-Hotel auch andere Gaeste, Sandra erzaehlte noch drei Zimmer seien belegt oben zwei und im Erdgeschoss eines, dann verliess sie ihren neuen Gast. Bruno's Zimmer war eher spartanisch eingerichtet, gelbgraue Waende, weiss ueberzogenes Bett, ein Tisch zwei Stuehle, ein Kleiderschrank und Duschraum mit Toilette das wars dann, wie hatte Horst doch gesagt das Hotel ist nicht das wichtigste hier, die Gegend rundherum die bringts. Nachdem er ausgepackt hatte genehmigte er sich eine laengere Dusche, ah das tat gut nach der langen Taxifahrt, danach legte er sich aufs Bett, goennte seinen Gedanken eine Pause fuehlte sich geloest und zufrieden. Es klopfte an der Tuer, Bruno oeffnete, es war Horst " Na hast Du dich schon eingelebt. " Bruno meinte es gaebe hier nicht viel einzuleben, am liebsten wuerde er jetzt die Augen schliessen und ein Nickerchen machen bis zum Abend, das sei eine gute Idee antwortete sein Freund, er verspuert auch Lust sich aufs Ohr zu hauen, das Gras von Bobby sei eben auch ein natuerliches Schlafmittel. Horst setzte sich aufs Bett zu Bruno, dieser fragte ihn ob denn wirklich all diese Filmstars von den Bildern im Erdgeschoss hier im Hotel geschlafen haben. Horst bejahte dies mit Nachdruck, meinte die waren alle hier, aber das sei schon eine ewige Zeit her, Sandras Vater habe seiner Tochter alles erzaehlt, die haben hier auch Party's gefeiert und trotzdem ist nichts an die Oeffentlichkeit gekommen. Horst schlug vor heute abend einmal gegenueber im Restaurant zu essen den Joe dazu einladen, der freue sich bestimmt, Bruno war einverstanden, schwaermte los " Es ist schon einmalig, wir haben es hier in Jamaica mit den Taxifahrern zu tun, okay Bobby Barracuda natuerlich ungeschlagen der " Roberto Blanco" von Montego Bay , dann unser Busfahrer Charly der " Mexicaner ", danach in Kingston Eddy der " Fatzo " von dem Film Verdammt in alle Ewigkeit und hier in San Antone Joe der " Kater Carlo von der Panzerknackerbande " das wenn Du den Leuten erzaehlst die sagen der spinnt doch, die liefern dich ein in die Nervenheilanstalt ". " Du hast Konrad vergessen ", ulkte Horst " den Pop-Eye, den Spinatmatrosen , das ist schon eine heisse Company die wir hier kennengelernt haben,

251

natuerlich nicht zu vergessen "Whitney Houston" und "Donna Summer" von Jamaica, Doreen und Anna und Larry der Piratenboss von der Villa am Berg oben, okay ich leg mich nochmal ins Nest so gegen 7 Uhr komm halt runter zu mir, tschuess Bruno bis spaeter ". " Bis spaeter Horst tschuess ". Das lief aber gar nicht so einfach ab, denn der Schlaf hatte beide fest im Griff es war schon kurz vor neun Uhr abends als Bruno aufwachte " Au weia " rief er " hab ich tief geschlafen" zog sich schnell an, schwarze Jeans, gruenes Safarihemd, weisse Turnschuhe dann gings ab nach unten klopfte an die Tuer, Horst oeffnete er sei auch gerade vorher aufgewacht, aber sie haetten ja Urlaub. Das Restaurant auf der anderen Strassenseite sah aus wie eine bunt bemalte Scheune in gruen-gelben Farben, es hatte nur sechs Tische , aus einem angeschlossenem Raum ganz hinten rumorte und dampfte es heraus, es schien die Kueche zu sein, drei Tische waren schon belegte mit Touristen und Einheimischen die assen tranken und sich lebendig unterhielten, Joe sass an einem der Tische redete mit einem Landsmann, Bruno und Horst erblickend ging er gleich auf die beiden zu begruesste sie freundlich. Horst erzaehlte dass sie das Abendessen beinahe verschlafen haetten, maechtig Hunger haben und jetzt Joe zum essen einladen moechten. Oh ja , dieser meinte gegessen habe er schon, aber zu einer Rum-Cola kann man nicht nein sagen, die beiden Urlauber nahmen Platz, der Jamaicaner setzte sich gleich zu ihnen fragte was sie denn trinken wollen, die Entscheidung fiel auch auf Rum-Cola, ein kleines Flaeschchen bestellen da kaeme man guenstiger weg als Glas bei Glas meinte Joe.

Horst gab Bruno zu verstehn, dass Joe immer gute Ideen habe, von Anfang an stimmte die Chemie zwischen den dreien und Joe sprach ausreichend englisch. Ein junger Kellner kam vorbei mit der Speisekarte, Joe gab die Getraenkebestellung auf waehrend die beiden das Angebot beguckten, Burgers, gegrillter Fisch, Steaks. " Ich kann euch Currygoat empfehlen ", meinte der Jamaicaner treffsicher. " Was..was ist das ", fragte Bruno, " Currygoat " mischte sich Horst ein " das ist auf deutsch Ziegencurry verstehst Du so wie Chickencurry oder Beefcurry ". Ah jetzt fiel bei Bruno der Groschen " Ziegencurry schmeckt das gut, ich hab das noch nie in meinem Leben gegessen ". " Dann wird es heute das erstemal sein " haute Horst der Philosoph einen raus " es ist immer einmal das erstemal im Leben auch wenn Du mit einer Frau schlaefst, irgendwann ist es das erstemal ". Joe lachte herzlich und sein breites Untergesicht mit den ausufernden Baeckchen weitete sich, kein Zweifel da sass Kater Carlo am Tisch . " Das muss ich jetzt probieren dieses Currygoat " meinte der Koch aus Hameln " ich bin ja gespannt ". Auch sein Freund entschied sich dafuer, ja zweimal Currygoat mit Reis, der Kellner nickte ging mit der Speisekarte von dannen. Horst erzaehlte in die Runde von morgen an koennten sie noch drei Tage hier Urlaub machen, am darauffolgenden Tag wuerde ihr Taxifreund Eddy sie abholen und die beiden dann direkt nach Montego Bay zum Flughafen fahren, er laechelte sueffisant, meinte zu Joe morgen wuerde er gerne wieder mit dem Taxi eine Spritztour machen, er wisse schon eine spezielle Tour. " Ah ja ich weiss schon wie beim letzten Mal " Joe guckte Horst schlitzaeugig an " a little hunting..ha ha..

Mr. Horst will wieder auf die Jagd gehen und ich bin der Jagdhund..ha..ha aber ich bin auch der Joe oder der Kater Carlo wie mich einige Touristen immer wieder nennen, ich weiss schon um meine Aehnlichkeit mit dem Typ von den Micky Maus-Heftchen, ist schon unglaublich, ja ich habe viele Namen ihr koennt mich nennen wie ihr wollt ". " Ich glaube wir bleiben erstmal bei Joe ", schmunzelte Bruno. " Ich bin morgen frei, da ist keine Fahrt gebucht, da ist noch ein anderer Fahrer, wir haben hier zwei Taxis zur Verfuegung fuer die Gaeste, der andere er heisst Jack ist noch unterwegs und wenn ich frei bin dann helfe ich hier mit im Restaurant so als Maedchen fuer alles auch ein bisschen mit den Touristen reden ". Der Kellner kam, stellte ein kleines Flaeschchen Rum auf den Tisch, dazu drei Cola und einen Kuebel Eis. " Na das Flaeschchen wird aber nicht lange reichen, dessen bin ich sicher ", ulkte Bruno. Joe schenkte kraeftig Rum ein, mischte alles gut, man stiess an auf eine schoene Zeit in San Antone. " Auf eine gute Jagd " scherzte Joe, der Jagdhund. " Ja Waidmannsheil, Waidmannsdank " rief Horst. Mmh..der Rum-Cola schmeckte wunderbar, warum Joe so gut englisch spreche wollte Bruno wissen, dieser erzaehlte er sei jetzt 38 Jahre alt, seine Eltern stammen aus Kingston, da habe er auch seine Jugend verbracht und sei zur Schule gegangen und er haette auf der Insel schon ueberall gearbeitet als Minibusfahrer in Hotels in Negril, in Montego Bay, in Ocho Rios er holte die Touristen vom Flughafen ab und fuhr sie wieder zum Flughafen zurueck, er sei autodidakt das meiste an englisch habe er sich selbst beigebracht durchs zuhoeren und lernen aus Buechern, ah da kam auch schon das Essen dazwischen, zweimal Currygoat mit Reis als Beilage, es duftete typisch nach Schaf und es wurde sehr heiss serviert, Bruno probierte gleich ein Stueck Ziegenfleisch in Currysauce, es schmeckte wuerzig nach Pfeffer, aber nicht zu scharf, das Fleisch war butterweich leicht fettig, es war ein Genuss fuer den Koch aus Hameln. " Ja Schaffleisch muss man heiss essen ", gab Horst seinen Senf dazu, die beiden liessen es sich munden, es harmonierte wunderbar mit dem Reis zusammen, auch der Rum- Cola passte vorzueglich zu diesem Gericht. Joe freute sich dass es den Ankoemmlingen so schmeckte, meinte stolz neben Ackee and Saltfish ist das Currygoat die zweite Nationalspeise in Jamaica. " Das werde ich oefters essen " schmatzte Bruno " das bestelle ich gleich morgen wieder ". Joe erzaehlte weiter vor zehn Jahren traf er seine Frau im selben Hotel in dem er arbeitete als Busfahrer, sie war damals in der Kueche angestellt, ja morgens aufstehn, die Touristen zu den Sehenswuerdigkeiten fahren, anhalten, Fotos machen, zurueckfahren ins Hotel Tag fuer Tag, das wurde ihm mit der Zeit zu stressig, der Zufall wollte es auf einem Ausflug nach San Antone packte ihn dann die Liebe zu diesem Fleckchen Erde, er hat dann umgesattelt wurde ein Taxifahrer, das Taxi ist sein eigen, es ist laengst abbezahlt, er ist verheiratet und seine Frau arbeite jetzt in einem anderen Hotel in Kingston als Koechin, Kinder haetten sie keine, hier in der Naehe habe er ein Zimmer und zum Wochenende fahre er meistens nach hause zu seiner Frau nach Kingston, er mache das schon seit acht Jahren so, auch von anderen kleinen Hotels bekomme er hier Kundschaft fuer sein Taxi.

Bruno salzte sein Essen nach meinte nebenbei, er koenne das gut verstehn hier in dieser Gegend fuehle sich Joe eben frei, dieser nickte zustimmend. " Ja Salz ist ein Geschmacksverstaerker, aber das weisst Du ja als Koch" sagte Horst zu seinem Freund, auch dieser nickte zustimmend. Die Rumflasche war am Ende, gleich bestellten die Urlauber beim Kellner eine neue Flasche, der nahm die Essensteller gleich mit. Das Nachtleben sei hier ziemlich duerftig, es gaebe ein paar Bars mit Musik doch die waeren nachts mit Vorsicht zu geniessen meinte Joe, ja die weissen Straende tagsueber im Sonnenschein, die Ruhe, die wunderschoene Natur hier und die Abgeschiedenheit, das ist es warum die Leute nach San Antone kommen. Und die naechste Flasche Rum mit Cola stand schon im Eiltempo auf dem Tisch, Joe machte sich an die Arbeit mixte fleissig. " Wir wollen die Naechte nicht in Bars verbringen, wir haben etwas anderes vor hier " schmunzelte Horst. " Oh mein Freund from Germany ist schon im Jagdfieber " rief der Jamaicaner belustigt . " Aber heute nacht nicht mehr, heute nacht haben sie noch Schonzeit die Frischlinge ", erwiderte Horst. Darauf hob Bruno sein fertig gemixtes Glas, die drei stiessen auf die Frischlinge an. Jetzt erzaehlte Joe dass die Urlauber auch im " Come In " Restaurant fruehstuecken koennen der Fruehstuecksraum im Hotel wuerde gerade neu gestrichen, neu renoviert bis da alles fertig ist seien Horst und Bruno schon wieder weg, nebenan im Supermarkt wuerden sie alles bekommen was sie braeuchten, aber sie haben ja eine Mini-Bar im Zimmer. Nachdem auch die zweite Rumflasche leer war meinte Bruno, sie sollten noch einen Absacker trinken, er haette Lust auf ein Bier, sein Vorschlag wurde einstimmig angenommen, er bestellte drei Red-Stripe und nach dem Genuss der Bierchen konnte man wirklich nicht sagen dass jemand an diesem Tisch noch nuechtern war, Joe mit seiner melodisch praesenten Stimme erzaehlte dass viele junge Girls ihn natuerlich kennen, machmal klopfen einige an seine Zimmertuer, sie wollen sich halt ein bisschen was dazu verdienen, aber er mache nichts mit ihnen, man kennt ihn hier ueberall, er lachte ja man kennt den Kater Carlo von San Antone wer so ein Gesicht hat wie ich..so ein Gesicht vergisst man nicht, ausserdem habe er ja seine Frau Sonja in Kingston die reiche ihm voellig. " Du hast schon ein Superleben hier Joe die gruene Landschaft um Dich herum das Meer ein bisschen Taxifahren sonst kannst Du tun und lassen was Du willst das ist schon ein schoenes Leben " sagte Bruno ernsthaft meinend. " Und ich hab jetzt die schoene Bettschwere " feixte Horst, sein Freund verlangte nach der Rechnung. Joe grinste es freue ihn morgen zusammen mit den beiden die Jagdsaison zu eroeffnen, er wisse ja schon vom letzten Mal mit Mr. Horst ja das war ein Riesenspass, man verabredete sich morgen um 11 Uhr nach dem Fruehstueck hier im "Come In" Restaurant loszufahren die Sandstrasse entlang und der Dinge harren die da kommen. Nachdem Bruno die Rechnung bezahlt hatte, es schien ihm hier etwas billiger zu sein als in Montego Bay und nach einer kurzen Umarmung mit Joe verliessen die zwei das Restaurant. An der Rezeption bekamen sie von Sandra die Zimmerschluessel.

"Morgen gehts los ", gurrte Horst zu seinem Freund " schlaf gut !" " Ja Du auch bis morgen ". Bruno stapfte hoch in den ersten Stock, in seinem Zimmer vor seinem Bett stehend dachte er wenn jeder Mensch sich nur ins Bett laege wenn er absolut hundemuede ist, dann wuerde niemand mehr auf der Welt unter Schlaflosigkeit leiden, muss mich nur ausziehn und die Zaehne putzen, doch er machte den Fehler sich kurz aufs Bett zu setzen, sein Oberkoerper ging automatisch nach hinten und weg war er, total weg. Ein Tuereschlagen liess ihn aufwachen, wouh es war schon kurz vor 11 Uhr, vollbekleidet lag er in seinem Bett mit seinen weissen Schuhen, hatte geschlafen wie ein Baer, noch ziemlich benebelt befreite er sich von seinen Klamotten huschte unter die Dusche, heute war der Tag eins von drei Tagen Aufenthalt in San Antone, ready to go in kurzer schwarzer Sporthose, gruenem Safarihemd und weissen Turnschuhen verliess er sein Zimmer, klopfte ihm Erdgeschoss an die Tuer von Horst, dieser oeffnete, sein Freund guckte auch ziemlich benebelt aus der Waesche, schaute ein bisschen quer drein, befand sich schon im Schimansky-Outfit, blaue Jeans, graues T-Shirt, schwarze Turnschuhe. " Das war gestern nacht schoen mit Joe, mit dem Kater Carlo " hustete Horst. Bruno raeusperte sich meinte dass sie mit ihm noch tief ins Glas geschaut haetten. " Ja die leckeren Genussgifte das Gras, der Rum und das Bier, man kann auch nicht immer nein sagen im Urlaub " erwiderte Horst. " Nein das kann man nicht, das geht nicht, da hast Du recht auf zum Fruehstueck, ich hab schon einen Baerenhunger ". Diesmal war Sandra's Mann an der Rezeption, seine zwei Jungs spielten am Boden mit Legoautos, er entschuldigte sich gleich fuer die Umstaende dass der Fruehstuecksraum jetzt geschlossen sei, er werde renoviert, die zwei Deutschen meinten das waere kein Problem, sie wuerden gegenueber im Restaurant fruehstuecken, Bruno fragte ihn nach seinem Namen " Don " war seine Antwort. " Ah wie Donald " " Yes my full name is Donald ", anwortete dieser, " Ah Donald okay wie Donald Duck " rief Bruno da lachten alle drei und Donald wuenschte den beiden noch einen schoenen Tag, das wuenschten sie ihm auch und verliessen das Hotel, ueberquerten die Strasse zum Restaurant da sagte Bruno zu Horst " Schon eigenartig, hier scheint die halbe Micky Maus-Familie zu leben der Kater Carlo, der Donald Duck es fehlt nur noch Onkel Dagobert und die Micky Maus " " Und all die Panzerknacker und noch ein paar Figuren wie Goofy und Gustav Gans der Glueckspilz " ergaenzte Horst. Im Restaurant bestellten die beiden Cafe und was dazu natuerlich Cheeseburger, von Joe war nichts zu sehn " Wo ist der Jagdhund ! " Horst guckte um sich, doch bald fuhr ein gelbes Taxi vor, es war Joe er setzte sich gleich zu ihnen an den Tisch " Hallo ihr zwei, habt ihr gut geschlafen, schon wieder nuechtern ha ha schaut mal raus heute ist ein wundervoller Sonnentag, wenn ihr wollt nach dem Fruehstueck koennen wir gleich losfahren, nebenbei bestellte er Cafe schwarz. Horst meinte er moechte noch kurz das Finanzielle regeln wieder eine Tagespauschale, das ging ganz schnell, man vereinbarte dieselbe Summe wie beim letztenmal, Joe wurde gleich fuer drei Tage gebucht, er sei dann eben verfuegbar fuer alle Spazierfahrten wie sich Horst auszudruecken pflegte, das war geklaert, die zwei teilten sich die Summe,

Bruno meinte im Urlaub soll man nicht auf jeden Pfennig schauen, da fuhr ein Taxi vor, Joe heute in seiner blauen Fahreruniform die aussah wie ein einteiliger Handwerkeranzug sagte das sei sein Kollege Mr. Jack, zur Zeit habe er viel zu tun, durch die Glasscheibe des Restaurants konnte man sehen fuenf Touristen stiegen aus seinem Taxi, viele Dollars bekam der Taximann in seine Haende, die Touristen gingen ins Hotel und der Fahrer der schon mehr Jahre auf dem Buckel hatte als Joe kam ins Restaurant. Mr. Jack hatte krausig schwarzes Haar das langsam in weiss ueberging, ein rundherum grauer kurzgeschnittener Bart zierte sein doch dominantes braunes Gesicht, in roter Jacke und schwarzer Hose begruesste er Joe mit einem hello, schenkte den Urlaubern einen freundlichen Aufblick, nahm dann Platz an einem Nebentisch, bestellte Cafe studierte die Speisekarte unterm Tisch fing er dann an sein Geldbuendel nachzuzaehlen. " Ja Mister Jack ist Geschaeftsmann " liess Joe wissen, " er ist sehr fleissig und spart sein Geld tut alles auf die Bank, er wohnt hier auch in der Naehe hat eine Haushaelterin die sein Haus sauber macht, manchmal meckert er ein bisschen herum das mit der Zeit auf der Insel alles teurer wird ". " Das ist der Dagobert " toente Bruno " das ist Onkel Dagobert ich sags ja den Rest der Familie werden wir auch noch zu Gesicht bekommen ". Cafe und Cheeseburger kamen auf den Tisch man liess es sich schmecken, ihr Fahrer hatte schon zuhause gefruehstueckt. Horst dachte nach beim letztenmal war der Dagobert noch nicht da, er sei erst seit einem Jahr hier, vorher fuhr er Taxi in Kingston sagte Joe. Mr. Jack guckte rueber zu ihrem Tisch mit neugierigem Blick fragte er Joe wohin es denn heute gehe, der meinte ganz abwiegelnd, nur ein bisschen in der Gegend herumfahren, die frische Luft geniessen. Mr. Jack musterte die Gaeste seines Kollegen ganz genau mit zusammengekniffenen Aeuglein, irgendwie spuerte Onkel Dagobert dass diese zwei Typen nicht ganz koscher seien, keine ganz normalen Touristen sind, vielleicht auf geheimer Mission unterwegs. " Die Sonne lacht schon " meinte Joe in Aufbruchstimmung als die Cheeseburger verdrueckt waren. " Ja sag der Sonne einen schoenen Gruss wir kommen gleich ", feixte Bruno, nachdem er den Kellner bezahlt hatte verliessen die drei das Restaurant. " Wuensche noch viel Spass heute " rief Mr. Jack ihnen nach und so bestiegen der Koch aus Hameln, der Kommisar Schimansky und Joe der Jagdhund das gelbe Taxi, neben dem Jamaicaner vorne Horst auf dem Ruecksitz Bruno. " Auf in den Kampf Torero " stimmte Horst wie ein Opernsaenger an, " Auf zur grossen Ueberraschung " platzte Bruno los " Hallo Sonne schoene Gruesse an Dich ", rief Joe mit dem Kopf nach oben, setzte sein Taxi in Bewegung fuhr die gut zwanzig kilometerlange Strandstrasse entlang die dann irgendwann in ein Marktplaetzchen hinein muendet, ja es war wirklich ein strahlender Sonnentag zur rechten Seite erblickten die Ausfluegler weissen Sand und blaues Meer zur linken Seite herrlich gruene Natur und zur Mittagszeit sah man auch schon viele Leutchen auf dem Gehweg zu beiden Seiten, Horst meinte Joe solle noch ein bisschen langsamer fahren, dass man die Frischlinge besser beaeugen koenne, Touristen waren nicht zu sehen, Einheimische saeumten den Weg, Maenner, Frauen mit Kinder aber um der Wahrheit die Ehre zu geben am meisten spazierten doch junge huebsche Maedels herum in bunten sexy Minikleidchen, in heissen kurzen Jeanshoeschen und knappen Bikinis, viele gingen zu zweit zu dritt Hand in Hand oder alleine den Weg entlang, Bruno und Horst streckten ihre Haelse zum Fenster hinaus, Kater Carlo verzog sein Gesicht " So jetzt sucht euch aus was euch gefaellt ". " Mann so viele Frischlinge, was fuer ein Angebot ", rief Bruno entzueckt " man kann doch nicht alle mitnehmen ". " Wer die Wahl hat hat die Qual ", meinte Horst ganz cool. Nun begann ein Durcheinandergerede, Bruno " Hey die zwei da.. die zwei da vorne rechts..die koennen wir mal fragen.." Horst " Ja schau mal die eine links an..die mit dem Arsch nach oben..die ist geil ". Der Jagdhund bekam die Anweisung noch langsamer zu fahren, zwei Maedels gingen auf das Auto zu, Joe hielt an, sie guckten in das Taxi hinein fragten freundlich " Hello how are you where you go ", andere draengten von hinten nach, im Nu versammelte sich ein halbes Dutzend Lady's vor dem Taxi, sie lachten und unterhielten sich, ein paar davon sprachen gleich mit Joe auf jamaicanisch, der antwortete kurz zuckte hilflos mit den Schultern " Oh we only drive around a little bit " versuchte Horst die Situation zu klaeren. " O Gott das sind ja viel zu viele auf einmal " rief Bruno " das ist nichts fuer uns, so viele passen auch nicht ins Taxi rein, Mensch Joe fahr weiter, fahr weiter" dann laechelte er gequaelt hinaus zu der Ansammlung " By by by by Lady's thank you very much ". Joe gab Gas fuhr los quakte mit melodischer Stimme " Ah ja da seht ihr mal wie beliebt ihr seid ha.. ha..ja die Maedels sind hier super ".

" Aber es war ja ein halber Volksstamm " roehrte Horst " da Joe da vorne die zwei rechts, das sind zwei schoene Maedchen schlank und jung, fahr mal hin, halt mal an ", dieser tat wie ihm geheissen, die Maedels gingen Hand in Hand, zwei aparte junge Dinger, mit suesslicher Stimme beugte sich Horst zu ihnen hinaus " Hello how are you " die beiden Suessen traten ans Taxi heran, die eine hatte dicke Kusslippen, die andere laechelte sanft wie ein Buddha, Horst fiel gleich mit der Tuer ins Haus, ob die beiden mitkommen moechten mit ihnen eine kleine Party feiern im Hotel " Party-what Party " fragte die mit den Kusslippen, ja da musste Horst Farbe bekennen " Yes Party-Loveparty " " Loveparty oh no" erschrak die andere leicht, das Buddhalaecheln in ihrem Gesicht verschwand " I have already boyfriend ", dabei packte sie energisch die Hand der Kusslippe und ging weg vom Taxi. " Pech gehabt " meinte Horst, Joe gab Gas, es ging weiter. " Aber trotzdem macht mir das einen Heidenspass " schwaermte Bruno auf dem Ruecksitz. " Ja das ist die grosse Ueberraschung die ich Dir versprochen habe " rief Horst nach hinten " die Maedchenjagd in San Antone, sich im Jagdfieber befinden das ist geil !" " Ich geniesse jeden Augenblick, mit deiner grossen Ueberraschung hast Du wieder ins Schwarze getroffen mein Freund Schimansky ". " Danke Herr Koch aus Hameln ". " Schaut mal das Maedel links da vorne an, die da geht, die sieht ganz gut aus " unterbrach Joe die beiden. " Ja aber lass uns erstmal versuchen zwei auf einmal ins Taxi zu bekommen ", meinte Horst " wir haben ja den ganzen Tag Zeit ". " Okay" bestaetigte sein Freund " wir muessen nicht ins Buero oder in die Bank gehen noch heute um zu arbeiten".

Was der Maedchenhaufen mit Joe geredet habe fragte Horst, dieser antwortete die wollten nur wissen wo es denn hingeht, wo wir hinfahren, habe dann gesagt soviel wie immer der Nase nach. Ploetzlich waren auf der linken Seite zwei Maedels zu erblicken die im Sonnenschein locker voranschritten. " Die packen wir jetzt ", ulkte Bruno belustigt " wir sind ja nicht zum Vergnuegen hier, jetzt versuch ich es mal ". Joe hielt an direkt neben ihnen " Hello how are you " rief Bruno den Maedels zu " what is your name..you come with us make Party together okay..okay ?" Huch die zwei schauten auf, fingen sich gleich wieder, die eine sagte ihr Name sei Gina und ihre Freundin heisse Bibi, bei naeherer Betrachtung merkten die Urlauber dass die Maedels eigentlich ganz sexy aussahen, beide hatten tolle Figuren, Gina halblang glatte Haare, enger bunter Ringelpulli, schwarzes kurzes Hoeschen, sie machte einem Appetit auf mehr als nur eine Unterhaltung, Bibi geflochtene Zoepfchen, weisser Bikini, blaue lange Schlabberhose Bibi war ein wenig kleiner als Gina, die Maedels erfuhren von einer Party im Hotel, da schauten sich die beiden grinsend an Gina fragte gleich " Ah how much you can give money and how long Party ", Bruno und Horst merkten gleich diese beiden Jamaicanerinnen, diese Premiumteile das sind keine Unschuldslaemmer, sie beratschlagten sich, Bruno nannte den Maedels eine Summe alles in allem fuer ein paar Stunden, die waren einverstanden. Gina redete kurz mit Joe, Horst verstand die Woerter " White Sand-Hotel ", danach oeffnete sich die Taxituer und die Neuankoemmlinge setzten sich nach hinten zu Bruno, sein Freund meinte er wuerde gerne die mit den Zoepfchen nehmen,

Sein Freund hatte nichts dagegen, beide waren ja sehr attraktiv, Joe fragte in die Runde ob alles okay sei, alle Taxiinsassen nickten " Ja Mann " rief Bruno, die Maedels kicherten. Ja Beute eingefangen, Jagd erfolgreich, so kehrte das Taxi um und Joe fuhr schnurstracks zurueck Richtung Hotel, waehrend der Fahrt erfuhren die Urlauber dass die zwei nachts in einer Bar arbeiten als Kellnerinnen wie sie erzaehlten, aber manchmal auch mitgehen mit jemand wenn diese Person eine nette Person ist. Gina fluesterte Bruno ins Ohr ob er einen Kondom habe, oh der meinte im Moment nicht aber sein Freund habe einen, nebenbei streichelte er auf den braunen Schenkeln von Gina herum auch Horst sich nach hinten drehend fasste Bibi an der Hand, die zwei Suessen guckten happy, sie waren das Gegenteil von ernst. Viel huebsche Weiblichkeit spazierte noch an diesem Sonnentag die Strandstrasse auf und ab, aber das Taxi war voll, Mission beendet. Am " White Sand-Hotel " angekommen, machte man aus dass Joe der Jagdhund jetzt Freizeit haette, erst gegen Abend wuerde man wieder auf die Pirsch gehen und auf neues Jagdglueck hoffen. An der Rezeption ueberreichte Donald seinen Gaesten mit Anhang diskret die Zimmerschluessel, das " White Sand-Hotel " schien ja bekannt zu sein fuer seine Diskretion aus frueheren Zeiten, nur ein Paerchen neben ihnen guckte leicht verwundert die braunhaeutigen Schoenheiten an, Horst fragte ganz frech " Hello where you come from ", bei einem kurzen Smalltalk stellte sich heraus dass die beiden aus Kanada kamen und zum erstenmal auf Jamaica Urlaub machten, Ted hiess der Bursche, ein beleibter Mitvierziger, seine braunen vollen Haare waren ordentlich zurueckgekaemmt, seine Gattin hiess Stella eher klein im Wuchs, ihre glatten dunkelblonden Haare schulterlang, beide in echter Freizeitkleidung kurze Jeans, weite T-Shirts, Turnschuhe, die zwei machten einen sympatischen Eindruck man wuenschte sich allseits noch eine gute Zeit, Horst verschwand mit Bibi in seinem Zimmer, Bruno, Gina und die Kanadier gingen die Treppe hoch, man war gerade mit dem Tueraufsperren beschaeftigt als Horst von hinten dazukam und seinem Freund noch etwas in die Hand drueckte, dieser steckte das Ding sofort in die Hosentasche, es war ein Gummi, Horst verschwand schnell nach unten. " Have a good Holiday " sagte Bruno nochmal zu den Kanadaurlaubern Ted und Stella, einen schoenen Urlaub wuenschten die beiden auch ihren Zimmernachbarn, sie wussten ja nichts vom einsammeln und jagen. In Bruno's Zimmer sassen beide auf dem Bett, er musterte seine braune Errungenschaft von oben bis unten mit lebendigen Blicken und die Beute hoerte den Standardsatz der wieder einmal stimmte " Gina you are sexy Lady " " Thank you very much", sie laechelte, ihre Zaehne blitzten schneeweiss, ihr schoenes braunes Gesicht wirkte entspannt und erfahren, viel mehr gab es im Moment nicht zu sagen, der langen Rede kurzer Sinn Bruno fing an Gina zu entkleiden, sie hatte nichts dagegen, er genoss es den gestreiften Ringelpulli ihr ueber den Kopf zu ziehen um dann einen schwarzen Bikini zu erblicken, der Bruno in seiner Hose erwachte streckte, reckte sich , jetzt kuesste er Gina leidenschaftlich auf den Mund, zugleich befreite er sie von ihrem Bikini, danach wurden ihre festen Knospen liebkost, es ging alles glatt und schnell ueber die Buehne, bald lag das Maedel voellig nackt auf dem Bett, wouh was fuer ein Anblick, in Lichtgeschwindigkeit war Bruno ohne Klamotten, seine Pistole stocksteif, eiligst grabschte er nach dem Gummi in seiner Hosentasche stuelpte ihn ueber, legte sich auf Gina schob gefuehlvoll seinen dicken Pfeil in ihr schwarzes Dreieck hinein und beide zusammen genossen von Anfang an ihr gemeinsames Zusammensein bis Gina immer lauter stoehnte, ihren Kopf zur Seite drehte ah..ah..ah..sie wurde immens lauter bis sie schrie ah..ah..ah..und das hoerte nicht auf, oh Gott Bruno dachte an seine Nachbarn, an die Kanadier, an das ehrenwerte Paerchen nebenan, ja das mussten sie eben ertragen, das mussten sie aushalten, er selber musste es ja auch aushalten, er dachte nicht mehr an die Lautstaerke, Bruno setzte noch einen markerschuetternden Schrei darauf als seine Pistole zu feuern begann. Wouh das war ein heisser Ritt und das wars dann auch, sein Kondom verschwand im Abfalleimer, die zwei Akteure umklammerten sich befriedigt, Bruno machte Gina ein ehrlich gemeintes Kompliment dass es schoen war mit ihr, eigentlich wollte er sagen " Es war geil mit Dir " aber das haette sie nicht verstanden, das Maedel bedankte sich grinsend huschte unter die Dusche, Bruno lag derweil zufrieden nackt ausgestreckt auf dem Bett und dachte wie es wohl weitergehn wird als Maedchenjaeger auf San Antone, doch allzulange hielt er es dort nicht aus stand auf und ueberraschte Gina unter der Dusche umarmte sie , genoss die prasselnden Wasserstrahlen die seinen Koerper erfrischten, nebenbei zwickte er dem Maedel in den Po die quietschte los aber viel mehr passierte nicht mehr im Duschraum.

Nachdem sich beide in Schale geschmissen hatten, bekam Gina ihren Beutelohn von Bruno " Thank you very much " sie setzte sich auf die Bettkante wippte mit den Beinen herum fragte Bruno ob sie ihn etwas fragen kann, der setzte sich daneben meinte das waere kein Problem sie solle nur fragen, leicht laechelnd die Augen zur Seite drehend liess Gina dann die Katze aus dem Sack " Bruno glaubst Du dass dein Freund mich mag ? " " Ach Horst ja warum soll er Dich nicht moegen ", er kapierte nicht gleich, hatte lange Leitung. " Glaubst Du er moechte mit mir Liebe machen ", dabei schaute sie ihm frech in die Augen. Bruno war voellig ueberrascht " Was Du willst mit Horst Liebe machen - jetzt! " Grinsend zur Decke guckend meinte sie " Wenn er moechte ", jetzt kapierte er. " Wouh Gina " rief Bruno verwundert den Kopf schuettelnd " you are very professional, you are a real businesswoman oh my god ". " You can take Bibi if you want ", der Koch aus Hameln kam aus dem Staunen nicht mehr heraus " Oh thank you why not", deshalb schlug er gleich vor Horst im Erdgeschoss zu besuchen, gesagt, getan auf Bruno's Klopfen oeffnete sich die Tuer, sein Freund stand da mit einer Flasche Bier in der Hand, Bibi sass auf dem Bett trank Wasser, die beiden traten ein " Na wars schoen ", fragte Bruno " Aber sicher doch und bei Dir ? " " Bei mir wars auch schoen ". Die Maedels kieksten miteinander in der Landessprache. Bruno wollte gar nicht lang um den heissen Brei herumreden, fragte seinen Freund ob dieser noch gut beieinander sei denn er habe jetzt auch fuer ihn eine grosse Ueberraschung, Horst war gespannt, nachdem er erfuhr dass Gina mit ihm schlafen moechte war seine Antwort ein " Derselbe Herr die naechste Dame-Spiel " waere ihm gar nicht in den Sinn gekommen. " Ja und Du nimmst dann die Bibi fragte Horst " die San Antone-Girls die sind ja drauf ". " Es ist die letzte Station hier in unserem Urlaub da kam man doch nicht nein sagen " ulkte Bruno. " Nein da kann man nicht nein sagen ", schmunzelte Horst. " Dann muessen wir uns halt opfern ", toente Bruno, sein Freund meinte wenn das opfern immer so angenehm ist dann koennten sie sich noch oefter opfern, genug Jamaicadollars haetten sie ja noch, die Angelegenheit war entschieden, die zwei Urlauber guckten zu den Maedels und nickten " Okay, okay " sagte Bruno, da stand Bibi vom Bett hoch und haengte sich an seinen Arm, Gina fuhr Horst mit ihren Fingern lasziv ueber die Brust. " Okay ich geh wieder aufwaerts " feixte Bruno " erst aufwaerts, dann abwaerts und wieder aufwaerts ", hob die Hand zum Grusse, Horst steckte ihm noch einen Gummi zu " Das ist der letzte " meinte er " dann muessen wir den Jagdhund fragen ob der noch welche hat ", Bruno nickte und verliess mit Bibi seiner neuen Freundin das Zimmer. An der Rezeption guckte der Donald schon komisch als er das neue Duo erblickte doch es kam noch schlimmer Bruno stand mit Bibi vor seiner Tuer da ging die Nachbarstuer auf, Jeff und Stella platzten heraus, oh als sie ihren Nachbarn mit einem neuen Maedel sahen da atmete Jeff schwer schluckte tief, seine Stimme klang heiser " Oh party again I hear, I hear bevor ", Bruno war dies peinlich, was sollte er antworten " Yeah sorry, sorry too much party " " Now we go to the beach " fistelte Stella mit gequaeltem Laecheln

" you can make party again if you like " dann verdrueckten sich die Kanadier schnell. " Oh thank you very much ", rief ihnen Bruno noch nach, sperrte die Tuer auf und verschwand mit Bibi in seinem Zimmer die ja auch ein schoenes junges knackiges Maedel war, der praechtige Busen in ihrem weissen Bikini hatte es Bruno angetan doch halt, vorher der Standardsatz der wieder der Wahrheit entsprach das Maedel hoerte " Bibi you are sexy Lady " " Oh thank you very much ", an die Hand nehmend fuehrte er sie zum Bett umarmte seine neue Errungenschaft hauchte ihr ins Ohr " Oh I love your titts ", Bibi oeffnete gleich ihren Bikini und legte sich mit dem Ruecken aufs Bett und Bruno bestaunte die ganze Pracht ihrer braunen vollen Brueste ah das war ein geiler Anblick, genussvoll betatschte, knetete er ihren Busen, kuesste ihn, verschluckte spielerisch ihre festen Knospen, Bibi schien das zu gefallen, irgendwie halfen sich beide in Rekordzeit von ihren Klamotten loszukommen, Bruno war schon im Feeling von der heissen Busenmassage, eiligst zog er den Gummi ueber, jetzt war der Weg frei und er drang mit seiner harten Speerspitze in Bibi ein, diese roechelte melodisch vor sich hin, ja fuer Bruno begann ein neuer Ritt in San Antone, er lebte die Ueberraschung von Horst in vollen Zuegen, diesmal dauerte es laenger bis zu seinem Hoehepunkt, er konnte gut auf Bibi reiten und die schob auch kraeftig an sie war leise bei der Liebe im Gegensatz zu Gina, dafuer wurde Bruno laut als es bei ihm soweit war, die Nachbarn, die Kanadier waren ja am Strand und so bloekte er sich gluecklich zum Orgasmus. Das war geschafft, ob es gut fuer ihn war fragte das Maedel, beantwortete ihre Frage gleich selber natuerlich war es gut fuer ihn, klopfte ihm dabei anerkennend auf die Schulter, gleich befreite er sich von der kleinen Kapuze schmiss sie in den Abfalleimer nahm Bibi danach in die Arme schmusste in ihrem Gesicht herum ihre frische junge Maedchenhaut roch fermentartig suess, sagte dass es schoen war mit ihr. " Fuer mich auch ", lachte sie, stand auf ging zum Duschraum, im Grunde lief jetzt alles ab wie bei Gina, Bruno lag noch ausgepowert auf dem Bett, ueberraschte aber bald Bibi unter der Dusche genoss die herunterprasselten Wasserstrahlen umarmte das Maedel, zwickte in ihr Hinterteil die quietschte auf, nach zwei Nummern mit zwei Maedels fuehlte sich der Koch aus Hameln entspannt und voellig befriedigt, spaeter gab es auch fuer Bibi die gleiche Summe die Gina bekam, er konnte es sich nicht erlauben dem einen Maedchen mehr Geld geben als dem anderen Maedchen, dass die eine mehr kriegt als die andere fuer dieselbe Leistung, oh Gott das koennte den dritten Weltkrieg ausloesen. Er konnte es sich nicht verkneifen nebenbei zu bemerken dass heute die Geschaefte ganz gut gelaufen sind. Bibi gab ihm ein Kuesschen auf die Lippen und sie meinte grinsend auch fuer Bruno und Horst war dies ein guter Tag, dagegen sei nichts einzuwenden meinte dieser, das waere wahr. Angezogen und gut gelaunt verliessen sie dann das Zimmer, Bruno klopfte an die Tuer seines Freundes der oeffnete hatte wieder ein Bier in der Hand, Gina lag entspannt auf dem Bett " Na wars wieder schoen " feixte der Schimansky " Aber sicher doch und bei Dir ? " " Ja auch schoen bei mir " antwortete dieser in leicht seliger Stimmung " Waidmannsheil " rief Bruno " Waidmannsdank " entgegnete Horst die beiden traten ins Zimmer und die Freunde kicherten " Das war geil aber jetzt brauche ich erstmal ein Bier " meinte Bruno holte sich ein Flaeschchen aus der Minibox oeffnete es und stiess mit Horst an. Bibi schlaengelte sich derweil an ihn fragte mit suesser Stimme nach ein bisschen Taximoney, sie muessten schon bald zur Arbeit und der Weg sei noch weit, Gina erhob sich vom Bett haengte sich in Horst's Arm ein " Taximoney why not, it's okay bin ja kein Unmensch " schmunzelte Bruno, ja es war schoen mit den Maedels eine problemlose freie Zusammenkunft nicht mehr und nicht weniger, nur bei Doreen der " Whitney Houston " von Jamaica hatte Bruno Feuer gefangen, da hatten ihn die Liebesgoetter gepackt, doch als alles in die Brueche ging, da halfen gute Freunde Bier, Zombiecocktails und Rum-Cola den Doreen-Blues in die Knie zu zwingen, er gab Bibi und Gina ein schoenes Taxigeld, die freuten sich, noch ein Kuesschen fuer die Urlauber ein by by, dann verschwanden sie. Bruno und Horst setzten sich aufs Bett, tranken Bier und waren happy dass alles so cool abgelaufen war. " Aber ein bisschen schwach bin ich jetzt schon auf der Brust ", rief Horst " aber gut gehts mir trotzdem ". " Mir gehts aehnlich so ", kicherte Bruno " aber wir koennen auch eine Jagdpause einlegen, wir sagen dem Kater Carlo wir machen eine Jagdpause ". Horst meinte das gehe auch, er gab zu bedenken sie haetten heute gerade angefangen zu jagen deshalb waere es besser es offenzulassen fuer heute abend mit der Jagd. " Auf jeden Fall will ich heute abend etwas kraeftiges essen " sagte Bruno " am besten Spaereribs ". " Ja aber einen ganzen Haufen Spareribs, hoer mal ich habe eine Idee wir haben einen Superstrand hier lass uns jetzt zum Strand gehen ".

Sein Freund meinte das sei jetzt genau das Richtige, sie verliessen das Hotel es waren nur wenige Meter bis sich vor ihnen ein wunderschoener Strand ausbreitete und dieser Sand hier war bluetenweiss, ja feinstaubmaessig, das Meer plaetscherte einladend vor sich hin, ueber einem wolkenlos blauen Himmel breitete sich die Sonne aus, zwei Touristen sassen auf Stuehlen unter einem Sonnenschirm, Bruno erkannte sie sofort " Das sind die Kanadier, die haben sich schon erschreckt wegen der beiden Maedels die sie gesehen haben mit mir". In gehoerigem Abstand pflanzten sich die Urlauber auf zwei Liegen unter schattenspendenden Sonnenschirmen streckten sie die Beine aus, lagen da vollfett und genossen die neue Kulisse. " Jetzt fehlt nur noch etwas zu trinken " aechzte Bruno, kaum hatte er seinen Satz beendet, da kam von der Seite her ein junger Jamaicaner, ein Eisverkaeufer des Weges " Eiscreme, Eiscreme ", bot er feil mit seiner hohen klaren Stimme, flugs ging er auf die Urlauber zu " Eiscreme, Eiscreme, Cheapcreme "(uebersetzt) Billigcreme rief er nochmal der Bursche barfuss in schlabbrig weissem Anzug und rot-schwarz gepunkteter Krawatte trug eine gelbe Eisbox unterm Arm oeffnete sie " Eiscreme Water, Coca Cola ", " Der hat ja gar kein Bier " meinte Horst " No Bier ,no Bier ? " " Oh sorry no Bier ", laechelte der junge Typ huepfte von einem Bein auf das andere, er besass spitze Lippen und lustige Augen, war ueberaus freundlich schien auch sehr gelenkig zu sein, die Urlauber kauften zwei Wasserflaschen plus zwei Himbeerbecher Eis die er ihnen galant ueberreichte, ja was suesses nach den Suessen.

" Oh thank you very much " huepfte das halbhohe Buerschlein auf dem Fleck , reichte den beiden galant Wasser und Eis. " Weisst Du wer das ist " sagte Horst schmunzelnd zu seinem Freund. " Nein ". " Das ist die Micky Maus ". " Die Micky Maus a jah das kommt hin " meinte sein Freund ueberraschend " ein bisschen schlaksig und das lustige Gesicht ". Horst fragte ihn nach seinem Namen, der erklaerte stolz sein Name waere Sunny. " Nice to meet you Sunny " stellte sich selber und seinen Freund vor, bezahlte die Getraenke und das Eis, da guckte Sunny hinueber zu dem Paerchen aus Kanada, Ted hob seine Hand in die Hoehe " Oh I must go see you later " rief Sunny, verschloss die Eisbox und machte sich auf den Weg zu den Kanadiern " Yeah by by Sunny " rief ihm Bruno noch nach " ha..das ist ja unglaublich " stiess einen Juchzschrei aus " jetzt haben wir bald die ganze Micky Maus Familie zusammen, wir haben Kater Carlo, Donald Duck, Daisy Duck dann Onkel Dagobert und Micky Maus es fehlt nur noch die Panzerknackerbande, Goofy und Vetter Gustav der Glueckspilz " " Und Tick, Trick und Track " ergaenzte Horst, die werden alle noch auftauchen dessen bin ich sicher, das hab ich im Gefuehl. Bruno schaufelte genuesslich mit einem Loeffelchen sein Himbeereis, nahm einen Schluck aus der Wasserflasche, bemerkte dass er nach dem Eisende fuer ein paar Minuten die Augen schliessen werde und dem Meeresrauschen zuhoeren wird, aufs schwimmen waere heute keine Lust vorhanden, auch Horst meinte ein kleines Nickerchen haetten sie sich verdient, nachdem sie heute schon so viel gearbeitet haben, horizontal versteht sich.

Und das goennten sie sich auch, doch aus einem Minutennickerchen wurden ein paar Stunden nur weil Bruno's Magen nicht mehr aufhoerte zu knurren erwachte dieser, oh es war schon kurz vor sechs Uhr abends die Sonne strahlte noch spaerlich am Himmel " Mann hab ich einen Hunger jetzt " rief Bruno, Horst schlug die Augen auf fragte wie spaet es ist meinte auch seine Gedaerme krummeln schon, die beiden kaempften sich hoch aus ihren Liegestuehlen und entschieden jetzt sofort etwas zu essen im Come Inn - Restaurant " Ich weiss schon was ich bestelle " liess Bruno wissen " Ich weiss schon was Du bestellst Currygoat-Ziegencurry stimmts ?" " Stimmt " " Das bestell ich auch ", die Urlauber verliessen den Strand von dem kanadischen Paerchen war nichts mehr zu sehen, die Benutzung der Liegestuehle schien fuer die Hotelgaeste anscheinend frei zu sein. Schon beim ueberqueren der Strasse hoerte man aus dem Restaurant Stimmengewirr, Gelaechter, Bruno ging neugierig vor guckte durch die Glasscheibe, wouh da sah er Joe sitzen mit vier anderen Gestalten sich lautstark unterhaltend, auf dem Tisch standen Rumflaschen und Coca Cola, Bruno ging ein Licht auf fuer ihn war alles klar " Hey Horst sie sind da, sie sind angekommen " rief Bruno geistvoll " Wer ist angekommen ? " " Die Panzerknacker, die Panzerknackerbande sie sitzen da drin mit Kater Carlo die saufen und feiern eine Party", Horst ueberzeugte sich selbst mit einem Blick " Hab ichs mir doch gedacht, wo der Kater Carlo ist da koennen die Panzerknacker nicht weit sein " toente Horst " der Rest der Familie wird auch noch auftauchen ". Die Urlauber gingen in das Restaurant hinein und Joe begruesste sie gleich lautfroehlich " Hello hello my friends how are you..

bitte setzt euch doch zu uns, das sind alles meine Freunde hier ", rasselte vier Namen herunter und die Jamaicaner lachten, wedelten mit den Armen " Hello, hello welcome ", die Urlauber wedelten zurueck " Hello, hello welcome ", machten Joe klar dass sie einen furchtbaren Hunger haetten und jetzt sofort was essen muessten, die beiden nahmen an einem Nebentisch Platz bestellten beim herbeieilenden Kellner gleich zweimal Ziegencurry plus zwei Bier, sonst waren noch keine Gaeste im Restaurant zu erblicken. Joe prostete wieder hinueber zum Tisch der Urlauber. Bruno aeusserte Bedenken ob der Jagdhund ueberhaupt noch fahren koenne, der sei doch schon ziemlich dicht. " Hey Joe " rief Horst zu ihm hinueber " kannst Du noch Taxi fahren heute ". " Ah Mister Horst yes spaeter Spazierfahrt auf der Beachroad, oh Mr. Horst das ist kein Problem, ja ich hab schon was getrunken, aber ich fahr nur die Strasse lang immer gerade aus und dann fahr ich wieder zurueck, wieder die Strasse zurueck immer gerade aus, da koennte ich ja nebenbei noch eine Flasche trinken nebenbei...ha..ha..ha..". Joe lachte scheppernd laut, uebersetzte blitzschnell seinen Freunden in der Landessprache und dann fingen die an zu lachen bis sie alle von Herzen groehlten, die Panzerknackerbande zusammen mit Kater Carlo es war ein herrliches Schauspiel und die Urlauber genossen die Gegenwart, die vier Panzerknacker waren eigentlich lustige Gesellen, eher junge Naturburschen unrasiert, mit verschrobenen kantigen Gesichtern, dichten Kraushaaren und wilden neugierigen Blicken, einfach gekleidet in Jeans und dunklen T-Shirts. Ah da kam schon das Ziegencurry mit Reis auf den Tisch lecker duftend nach Schaffleisch, die Portionen schienen diesmal etwas kleiner zu sein als beim letztenmal, erst ein Schluck Red Stripe-Bier dann endlich wurde herzhaft gegessen. Ein Taxi fuhr vor, Leute stiegen aus kamen durch die Tuer ins Restaurant, es war der aeltere Fahrer Jack, ja der Onkel Dagobert zusammen mit einem asiatischen Paerchen und den beiden Kanadiern Ted und Stella, die zwei guckten Bruno an als wuerden sie ihm nicht mehr ueber den Weg trauen man gruesste oberflaechlich, danach nahm die Fuenfergruppe Platz an einem Tisch unterhielt sich und studierte die Speisekarte. Ein weiteres Auto fuhr vor der Motor verstummte, eine Wagentuer wurde geschlossen, Joe wusste gleich Bescheid " Ah das ist Mr. Richard, er ist jetzt der neue Boss der Eigentuemer hier vom Restaurant " rief Joe den Urlaubern am Nebentisch zu. " Den kenn ich gar nicht " entgegnete Horst. " " Nein, er hat das Come-Inn vor einem Jahr gekauft, seine Eltern haben ihn unterstuetzt dabei ". Und dann kam Mr. Richard zur Tuer herein, ein nicht mehr ganz junger doch jugendlich aussehender dunkelbrauner Jamaicaner mit Schmollmund und kurz gekraeuselten Haaren guckte um sich, eine gewisse Ausstrahlung konnte man ihm nicht absprechen, er war elegant gekleidet, sein weisses Hemd war sicher massgeschneidert, dazu trug er eine blau gebuegelte Jeans, seine weissen Lederschuhe sahen aus wie neu, als haette er sie gerade gekauft, aber am meisten stach einem doch seine sehenswerte lila Seidenfliege ins Auge passend zu seinem lila Jacket, noch mit seinen Autoschluesseln zwischen den Fingern spielend liess er seinen Blick kreisen, schenkte dem Gaestevolk ein diskretes Laecheln nur zu Mr.Jack zu Onkel Dagobert nickte er goennerhaft und ging dann nach hinten in die Kueche. " Das ist ja ein Pfau ", witzelte Bruno leise " ein modischer Pfau ", verspeiste nebenbei das letzte Stueck Ziegenfleisch. " Weisst Du wer das ist ? " Horst sah seinen Freund grossaeugig an als waere ihm gerade eine tolle Idee gekommen " Mr. Richard, das ist der Vetter Gustav der Glueckspilz ". " Ja da waer ich nicht draufgekommen, richtig das ist der Gustav Gans aber original ", rief sein Freund " unglaublich schau mal neben uns sitzen die Panzerknacker mit Kater Carlo am Tisch, daneben hockt Onkel Dagobert und in der Kueche befindet sich Vetter Gustav der Glueckspilz, nein das darf ich nicht am Stammtisch erzaehlen mit wem ich hier zusammensitze, dann liefern sie mich ein, mit Sicherheit ", darauf nahm er sein Bier in die Hand prostete Horst zu, meinte in San Antone gefalle es ihm immer besser. Joe rief hinueber ob ihnen das Ziegencurry geschmeckt habe " Ja es war nur ein bisschen wenig, eigentlich nur eine Vorspeise ", schallte Bruno zurueck. " Was essen wir jetzt ",wollte Horst wissen " satt bin ich noch lange nicht ". Als Joe das hoerte hob er die Hand hoch stand auf und setzte sich kurz zu den beiden an den Tisch gab zum Besten er haette eine Idee, da gaebe es in einem Waldgebiet vielleicht zehn Kilometer von hier ein tolles Barbecuerestaurant, es sei sehr populaer hier bei den Einheimischen dort kann man fantastische Spaeribs essen und auch Haehnchen vom Grill. " Spareribs ah..ich traeume schon von Spareribs das waere genau das richtige heute noch was meinst Du Horst? " " Ich werde gleich eine Doppelportion bestellen, das Ziegencurry war wirklich nur eine Vorspeise und wir benoetigen auch wieder Kraft fuer die Jagd hi..hi..Kraft fuer die Frischlinge okay Joe wir sind voll dabei ".

" Hab ich doch gewusst dass das nicht euer Abendessen war ", toente Joe " oh ich muss euch was erzaehlen meine Freunde hier die arbeiten alle im Green-Garden als Hilfskraefte oder wo eben Not am Mann ist, ja im Green-Garden so heisst das Barbecuerestaurant, okay wenn ihr wollt Abfahrt jetzt gleich in zehn Minuten". " Okay Joe abgemacht " antwortete Bruno und dieser setzte sich wieder an den Tisch zu seinen Kumpanen. " Hast Du das gehoert " sagte Horst erstaunt " die Panzerknacker arbeiten im Green-Garden Restaurant, da haben sie sich aber was Feines ausgedacht, vielleicht haben sie schon mit Kater Carlo zusammen einen Plan ausgeheckt wie sie das Restaurant um ein paar Jamaicadollars erleichtern koennen wer weiss ", die beiden lachten " aber das geht uns nichts an wir wollen ja nur was essen dort". Bruno verlangte nach der Rechnung, als alles bezahlt war erhoben sich die Leute an den zwei Tischen, Horst laechelte diskret wie Mr. Richard zum Fuenfpersonentisch hin, die winkten alle zum Gruss, Onkel Dagobert fragte wohin es geht, Kater Carlo antwortete in den Green-Garden. Draussen vor dem Restaurant erblickten die Urlauber einen alten gruenen Jeep, das war das Gefaehrt der Panzerknacker die stiegen ein, dahinter parkte ein hellblauer Strassenkreuzer ein tolles Auto gut gepflegt, Joe klaerte auf es sei der Cadillac von Mr. Richard, die Urlauber stiegen ins Taxi, diesmal Bruno vorne und Horst hinten. Joe's Freunde im Jeep gaben Gas und das Taxi folgte in gehoerigem Abstand. " Ein heisser Schlitten dieser Cadillac " meinte Bruno " er scheint ja gute Geschaefte zu machen dieser Mr. Richard vielleicht auch in der Grauzone ". " Allerdings die scheinen noch besser zu laufen als meine ", feixte Horst.

Waehrend der Fahrt sagte Joe wenn seine vier Freunde ankommen im Green-Garden dann binden alle ihre weissen Schuerzen um und losgeht's mit der Arbeit, ja das waeren fleissige Kerle Steve, Jonathan, Gary und Tom, er erzaehlte weiter Mr. Richard sei eigentlich okay der wohne in Kingston und komme nur nach San Antone um nach dem Rechten zu sehen wegen dem Restaurant, bleibe aber nie lange, was seine Geschaefte betrifft sagt er immer er kauft und verkauft. " Ah rief Horst " das kommt mir bekannt vor ". " Und was kauft und verkauft Mr. Richard " fragte Bruno nach. " Was er kauft und verkauft wahrscheinlich alles was Geld bringt " antwortete Joe, fuhr fort dass er ihn manchmal mit seinem Cadillac fahren liesse der wisse schon ihm mache das grossen Spass. " Dann frag ihn doch gleich morgen ob er Dir den Schlitten ausleiht fuer eine Spritzfahrt mit ein paar besonders guten Gaesten mit ein paar netten Stammgaesten, das waer doch was " schwatzte Horst ganz frech, " Maedchenjagd im Strassenkreuzer und offenem Verdeck, das lockt doch die Haeschen aus dem Versteck ". Gelaechter brach aus. " Okay Mr. Horst ich frage den Boss morgen, warum nicht wie Du sagst fuer besondere Gaeste ". " Fuer Vip- Gaeste " gab Bruno seinen Senf dazu. Es war schon dunkel und nicht mehr viel los auf der Beachroad, vereinzelt sah man noch ein paar huebsche Dinger herumspazieren, doch jetzt war Essen angesagt, Lichtmassten mit weissen Gluehbirnchen erhellten einen schmalen Waldweg in dem das Taxi bald einbog, es ging eine Weile geradeaus weiter bis sich auf einmal eine stark beleuchtete Lichtung auftat, ja mitten im Wald..voellig gerodet.. abgeholzt..

auf einer groesseren Flaeche befand sich das Green-Garden Restaurant, es war rundherum kreisfoermig angelegt in Abstaenden rauchende Barbecuegrills, Getraenketische, Geschirrtische, ein Kiosk, eine kleine Bar mit Tresen, Toilettenhaeuschen voellig ueberdacht, das sah alles aus wie eine amerikanische runde Wagenburg, aufgebaut zum Schutz vor Indianerangriffen, in der Mitte unter freiem Himmel standen braune Holztische und Holzstuehle ganz im rustikalen Stil, aus der Bar ertoente sanfte Reggae-Musik. Joe parkte das Taxi, die drei stiegen aus, spazierten ein wenig umher, hier war Selbstbedienung angesagt. Eine Anzahl Einheimischer sass hier in kleinen Grueppchen zusammen assen, tranken, und unterhielten sich. Die Panzerknacker waren schon angekommen, wie Joe gesagt hatte sah man sie in weissen Schuerzen herumlaufen mal hier mal da. " Das haben sie aber schon nett gestaltet hier mitten im Wald " schwaermte Bruno " so etwas herzubauen alle Achtung ". " Das war mal ein Geheimtip, aber jetzt ist es keiner mehr, mittlerweile kommen immer mehr Leute her, auch Touristen manchmal ", erzaehlte Joe " Hauptsache es regnet nicht, dann laufen sie unter die Ueberdachung ". " Schon eine tolle Atmosphaere in der Wildnis wo sich Fuchs und Hase gute Nacht sagen " staunte Horst " aber ich muss jetzt gleich was essen dort beim Schweinegrill, Joe Du bist natuerlich eingeladen ", dieser bedankte sich mit einem " Ja Mann " dann standen sie zu dritt vor leckeren Spareribs und bestellten was das Herz begehrt doch am leckersten gefiel Bruno das Maedel das die Spareribs grillte, sie war wirklich eine Schau in blauen kurzen Cowboystiefeln,

Minirock und Bluse in himmelblauem Stoff, sie war viel zu schoen angezogen auch zu warm, fuer diese rauchig feurige Arbeit bei der manchmal die Funken spruehten, beinahe haette er sich die Finger verbrannt als sie ihm die heissen Spareribs auf seinen Teller legte weil er sie so anglotzte, grosse dunkle Augen, Silberkettchen um ihren Hals, kleine Klammern hielten ihr volles glattes nach oben hochgestecktes Haar zusammen, sie wirkte kraeftig doch nicht dick, ihre Rundungen konnten sich sehen lassen, Bruno dachte die hat bestimmt Power, die hat Pferdestaerken im Bett, bei der muss ich noch ein paar Spareribs mehr essen, das Maedel merkte seinen langen Blick, guckte verschmitzt zur Seite, er wollte aber unbedingt ein paar Worte mit ihr wechseln, seinen Standardspruch konnte er in diesem Moment nicht loslassen. " Oh many smoke ", der Grill rauchte auf " I like spareribs " da guckte sie ihn an, er fasste sich ein Herz " what is your name " " Jannet " hustete sie grinsend, kuemmerte sich wieder um ihr Gebratenes, seine Freunde standen mit zwei vollen Tellern neben ihm, Horst fragte " Bruno willst Du jetzt essen oder jagen ". " Essen, essen natuerlich " und die drei bewegten sich weg vom Grill, Joe zeigte den Weg zur Kasse, Bruno zahlte, danach nahmen sie Platz an einem noch freien Tisch. " Wenn es hier regnet dann fluechten alle unter die Ueberdachung das hab ich auch schon erlebt " aechzte Joe, nachdem er vom Getraenketisch noch drei Bier zubrachte war es endlich soweit, man biss inbruenstig das Fleisch von den Ribs, es schmeckte leicht holzkohlemaessig rauchig, noch ein wenig Chillysauce drauf wunderbar, die Urlauber spuerten das war genau das Richtige fuer sie, die Kraft kam zurueck. " Das war eine gute Idee hierher zu fahren in diesen Green-Garden " schmatzte Horst " mal schaun was noch passiert auf der Rueckfahrt ". " Auf die Rueckfahrt ", Joe prostete " bin gespannt, ihr habt ja noch zwei Tage mehr auf San Antone ". Die Luft war wunderbar warm, man guckte um sich, huebsche Maedchen waren anwesend die meisten doch in maennlicher Begleitung, hier arbeiteten Griller und Grillerinnen, aber Jannet war eine Schau eine Schau in blau. " Die Barbecuelady hat es Dir wohl angetan ", meinte Horst zu seinem Freund, der wieder mal nach ihr schaute. " Ich hab noch Hunger ", schnaufte Bruno als die Knochen voellig abgefieselt auf dem Teller lagen, auf Beilagen wie Pommes hatten alle verzichtet. " Hunger auf die blaue Lady " witzelte Horst. " Erstmal Hunger auf Spareribs " erwiderte sein Freund " die sind so gut hier die schmecken goettlich ich werde mir noch einen Teller aufladen, diese Jannet ist schon ein heisses Teil aber ob die zu haben ist ? " " Okay nochmal was zum Knabbern holen " toente Horst, Joe komm mit zum zweiten Spareribsgang ", der war gleich dabei, so wanderten die drei mit ihren Tellern zum Grossgrill natuerlich wo die Barbecuelady grillte, mit ihren neu aufgeladenen Tellern gingen Joe und Horst weiter zur Kasse, so konnte Bruno mit Jannet ungestoert ein paar Worte wechseln, waehrend sie seinen Teller fuellte sagte er zu ihr er sei auch ein Griller in Deutschland und ein Koch und sein Name ist Bruno , sie guckte ihn neugierig an " Oh nice to meet you Bruno " " Nice to meet you Jannet " er fragte wie lange sie heute noch arbeite, das waere unklar war ihre Antwort, ob sie auch einen freien Tag haette in der Woche wollte er weiter wissen, die braunhaeutige Schoenheit meinte sie arbeite sieben Tage die Woche, einen freien Tag haette sie im Moment nicht, da quasselte Bruno los jeder Mensch brauche einen Ruhetag in der Woche, sie unterbrach ihn fragte wo er wohne und erfuhr im White Sand-Hotel, nebenbei noch zwei Tage Aufenthalt in San Antone. Bruno sagte zu der Lady in blau dass sie ja nicht 24 Stunden am Tag arbeite, ein Kurzbesuch ihrerseits wuerde ihn freuen im White Sand-Hotel, kopfschuettelnd meinte das Maedel leider keine Zeit, und damit war die Unterhaltung beendet. denn Gaeste draengten von hinten mit ihren leeren Tellern nach, ja die Lady hatte genug zu tun. Es ging nur ums Essen, die drei befanden sich jetzt im Spareribshimmel und assen in aller Ruhe ihr Gebratenes, etliche Male stand Joe auf brachte wieder neue Bierchen an den Tisch. Ja dem Gluecklichen schlaegt keine Stunde und die Zeit wartet auf niemand auch nicht auf die Urlauber, pappsatt und zufrieden genoss man das naechtliche Fludium des Green-Garden, Bruno schaute ab und zu zur blauen Lady, die stand noch voll am Grill und fuellte die Teller der Anstehenden, Horst guckte auf die Uhr sie zeigte kurz vor elf, meinte er sei so voll dass kein einziges Spareribsteil mehr in seinen Magen hineinpasse, da lachten die drei und man beschloss ins Hotel zurueckzufahren, schoener haette der Barbecueausflug nicht sein koennen, sie erhoben sich vom Tisch Bruno winkte der blauen Lady zu, die war ziemlich beschaeftigt winkte aber kurz zurueck. " Auf ins naechste Abenteuer " rief Horst als die drei Joe's Taxi bestiegen, dieser daempfte eher die Erwartungen dass da noch Grosswild auf der Beachroad umher spazieren wuerde um diese Uhrzeit,

Joe gab Gas, Bruno meinte er solle ruhig schoen langsam die Strasse lang fahren, dass auch die ganzen Spareribs in seinem Magen bleiben, das waere kein Problem fuer ihn und der Jamaicaner hatte recht auf der spaerlich beleuchteten Strandstrasse sah man kaum noch Leute gehen, die beiden Mitfahrer guckten aus dem Fenster, sehen konnte man nicht viel, Sternchen funkelten am Himmel herum, Bruno sagte es muss auch heute mit Maedels nichts mehr passieren, da sie ja schon zweimal gespritzt haetten, da lachten die Urlauber mit ihren vollen Baeuchen Joe wollte wissen was so lustig sei, da erzaehlte ihm Horst bruehwarm von den den zwei Suessen " Ah Maedchentausch, Ihr seid ja clever ". " Das war gar nicht unsere Idee, das ist uns gar nicht eingefallen, das wollten die Maedels ohne Witz ", klaerte Bruno den Sachverhalt. " Sie haben uns ein Angebot gemacht, das wir nicht ablehnen konnten ", gab Horst seinen Senf dazu. " Ja die Maedels sind schon ganz schoen geschaeftstuechtig hier " dachte Joe laut nach. Die Fahrt ging weiter, nichts passierte, niemand war zu sehen, die Strasse schien wie ausgestorben. Horst nuschelte mit seinem vollen Bauch er werde sich bald langlegen und im Bett noch ein Bier trinken um dann sanft hinueber zu gleiten in die Welt des Schlafes. Was war das ? Auf der rechten Seite wurde in der Dunkelheit ein Haeuschen sichtbar, die letzten Lichter wurden geloescht, ein paar Gestalten stroemten ins Freie. " Ah das ist ein kleines Restaurant, die schliessen gerade ab, das kenn ich da gehn auch manchmal Touristen essen " meinte Joe. " Schau mal da vorne " rief sein Beifahrer Bruno " da gehn doch zwei..sind das nicht Maedels ? "

" Das spuerst Du schon von weitem, das hast Du doch im Urin dass das weibliche Wesen sind ", witzelte Horst " okay auf zur Jagd, deshalb sind wir ja hier, hey Joe es geht los " , dieser machte einen Gruss wie beim Militaer mit der flachen Hand an die Schlaefe " Ay, Ay Sir ". Horst meinte Bruno solle dem Jagdhund sagen er koenne an die Maedels heranfahren und dann anhalten, gesagt, getan. Joe stoppte das Taxi ein paar Schritte vor den Maedels, natuerlich war es dunkel und die beiden erschraken kurz als der Wagen ploetzlich neben ihnen stand. Bruno der vorne sass uebernahm die Gespraechsleitung " Hello hello how are you " er kam gleich zur Sache " you want to come with us make a little party in our hotel ", jetzt wurden die Maedels naeher beaeugt und man war angenehm ueberrascht, beide waren jung, die groessere in ihrem gruenem Minikleidchen sah apart aus, kurze Kraushaare, tolle Schenkel , das kleine Maedchen wirkte suess mit dunkler Schiebekappe und braunblond gefaerbten langen Haaren schwarzer Pulli und blauer Jeans, die zwei grinsten sich an, die Grosse fragte " What party, what hotel ", sie erfuhr von Bruno den Namen des Hotels und die Party sei nur fuer vier Personen, da kicherten die Maedels und die Groessere ratterte maschinengewehrmaessig mit Joe auf jamaicanisch, dieser beruhigte die beiden anscheinend, sprach irgendwie dass seine zwei Gaeste im Taxi total okay sind. Da beugte sich die Kleine vor " How much you can give ? " als sie die Summe von Bruno hoerte fuer eine Nacht die Ueberraschung in ihrem Gesicht war nicht zu uebersehen und die beiden turtelten in ihrer Landessprache. Genug geredet, Horst oeffnete hinten die Tuer meinte mit charmanter Stimme " Come in please, come in, come in ", die beiden kletterten hinten hinein, das Taxi setzte sich in Bewegung, man machte sich gegenseitig bekannt, die Kleine nannte sich Susi, die Groessere Judy und sie lernten Horst und Bruno kennen. " Ich wuerde gerne die Kleine nehmen " saeuselte Horst zu seinem Freund. " Von mir aus ", antwortete dieser vielleicht kommen die Maedels wieder auf dieselbe Idee wie die zwei anderen von heute Mittag, will die Namen jetzt nicht nennen, der Feind hoert mit". " Von mir aus kein Problem " antwortete Horst grinsend " wenn die wieder tauschen wollen ". Nun folgte eine zwanglose Unterhaltung, Judy erzaehlte dass beide in diesem kleinen Restaurant als Bedienungen arbeiten und den ganzen Tag viele Gaeste hatten, eigentlich seien sie schon zu muede fuer eine Party. " Das macht nichts " rief Bruno " wir sind auch muede, das trifft sich gut, wir haben soviel gegessen heute abend dass wir jetzt auch muede sind ". Joe schaltete sich ein liess die beiden wissen dass sie alle im Green Garden-Restaurant waren und vielleicht ein paar Kilo Spareribs vertilgt haetten. Ah da lachten die Maedels der Green-Garden war ihnen bekannt. Judy erzaehlte weiter sie arbeite Vollzeit in dem Lokal das sich " Road-Restaurant " nenne, Susi dagegen ist nur als Aushilfe angestellt, die mache noch eine Schulung, sie moechte spaeter im Hotel als Buerokraft arbeiten. Horst fragte Susi wie alt sie denn sei. " Achtzehn Jahre " antwortete sie leicht verlegen mit kindlicher Stimme, er nickte, meinte zu seinem Freund ob das stimme, Bruno sagte ironisch Horst muesse aufpassen, dass er nicht der gute Onkel von San Antone werde, ja wie Horst ihn damals geneckt habe auf der Sonneninsel in Thailand, man nenne Bruno schon den guten Onkel von Lamai, weil er oft von jungen Maedchen umringt war. Horst meinte er koenne das Maedel jetzt nicht nach ihrem Ausweis fragen, ja die Susi ihr jugendliches Gesicht, die klaren Augen, braunblond glatte Haare verdeckten zur Haelfte ihre Baeckchen, sie guckte neugierig um sich, hatte aber doch etwas Zurueckhaltendes, etwas Unsicheres im Blick. Judy dagegen schien einfacher gestrickt zu sein, kurzes Kraushaar hochgesteckt, kleine Aeuglein, sie besass einen leichten Schlafzimmerblick als waere das Maedel allzeit bereit fuer die schoenste Nebensache der Welt, sie war eine begehrenswerte junge Jamaicanerin, Bruno konnte es nicht lassen mit seiner Hand ihre glatten langen Schenkel zu betatschen waere am liebsten unter das gruene Minikleidchen gefahren aber er beherrschte sich doch im letzten Moment. Judy redete wie ihr der Schnabel gewachsen war, fragte ob Bruno sich nichts dabei denke fremde Maedchen von der Strasse zu einer Party einzuladen und mitzunehmen. Dieser erwiderte das Problem sei dass er sich immer einsam fuehle in der Nacht und seinem Freund gehe es genaus so. Darauf nahm Judy grinsend seine Hand von ihrem Schenkel und drueckte sie, sie schien Bruno zu moegen. Horst wollte Susi ein Kuesschen verpassen auf den Mund, sie wich zurueck hielt ihm ihre Backe hin. " Sie ist ein bisschen scheu Fremden gegenueber die sie nicht kennt " meinte Judy leicht entschuldigend " aber das gibt sich noch ". " Hoffentlich " sagte Horst und gab ihren einen Schmatz auf die Backe, darauf lehnte Susi ihr Koepfchen an seine Schulter. Joe fuhr indessen unbeirrt die Strandstrasse entlang mit neuer Beute fuer seine beiden Auftraggeber.

Als die Maedels anfingen miteinander zu quatschen unterhielten sich auch Horst und Bruno leise, sie zogen Bilanz dass der erste Jagdtag doch ein voller Erfolg war, jetzt in der Nacht war das Taxi noch einmal besetzt mit zwei jungen Damen, praktisch vier Maedels an einem Tag. Horst machte zum Spass eine Rechnung auf, theoretisch am Tag vier Maedchen drei Tage zwoelf Maedchen, er musste kichern und wenn die zwoelf Maedels Lust haetten zu tauschen, dann haette jeder von ihnen zwoelf Maedels in drei Tagen. " Oh mein Gott ", meinte Bruno " ob wir das schaffen, ich bin doch kein Zuchtbulle, aber schaun wir mal wie alles weitergeht, was alles noch passiert, auf jeden Fall ist es super dass wir jetzt soviel Kontakt haben mit diesen braunhaeutigen jungen Dingern. " Hey beinahe haette ichs vergessen," sagte Horst" wir muessen uns noch Kondome besorgen, die gibts bestimmt im Supermarkt gegenueber vom Hotel ". Wahrscheinlich eine Familienpackung " raeumte sein Freund ein. Inzwischen hatten sich die Maedels zurueckgelehnt und aufgehoert zu reden. Bruno fragte Joe ob es noch weit sei bis zum Hotel, dieser antwortete sie waeren bald da, er meinte Kompliment, dies sei ein erster vollbepackter Urlaubstag fuer die beiden gewesen in San Antone und sie haetten noch zwei Tage dazu. Horst guckte neben sich zu Susi, sie war eingeschlafen, Judy raeusperte sich es waere heute ein langer Tag fuer die zwei gewesen. Horst meinte er habe das Gefuehl da wird nicht mehr viel laufen mit einer grossen Party. Allmaehlich wurde die Gegend den Urlaubern immer vertrauter, es dauerte nicht mehr lange und die Umrisse des Hotels wurden sichtbar, das Restaurant lag im Dunklen, es war schon geschlossen. Joe parkte das Taxi vor dem Hotel, jetzt bekam der Jagdhund erst einmal seine Tagespauschale, freute sich sehr ueber die schoenen Scheine die er von Bruno bekam, ein herzliches " Ja Mann " entsprang aus seinem Mund. " Bis morgen Mittag Joe " rief Horst und seine kostbare Fracht verliess das Taxi, der Jamaicaner fuhr ab nach Hause. Horst wartete mit den Maedels vor dem Hotel, erklaerte ihnen sein Freund muesse noch was besorgen. Bruno hechtete hinueber zu dem kleinen Supermarkt, es brannte noch Licht doch die Tuer war verschlossen da kam ein laenglicher Typ zum Vorschein und schloss sie auf, Bruno fing gleich an zu plappern " Oh hello, sorry, sorry you close already..can I buy something..(kann ich noch etwas kaufen)". " Yes " antwortete dieses duerre Gestell ziemlich freundlich. Der Urlauber trat ein, bedankte sich bei diesem noch ziemlich jungen Jamaicaner der eine blaue schlabbrige Trainingshose trug, dazu ein rotschwarz kariertes Countryhemd, sein Haarschmuck sah lustig aus, kleine Krauszoepfchen hingen ihm in die Stirn hinein. Bruno's Augen wanderten gleich umher nach dem was er haben wollte, nahm nebenbei ein paar Tueten Kartoffelchips aus einem Regal, suchte, guckte ah.. da entdeckte er sie neben Toilettenartikeln neben Seifen, Zahnbuersten und Deosprays.. da lag eine Packung Kondome, der Supermarktbursche schluerfte ihm hinterher mit seinen schwarzen, langen Sandalen bestimmt Groesse fuenfundvierzig, er hielt sich die Hand vor den Mund kicherte als Bruno die Kondome an sich nahm, da ging dem Koch aus Hameln ein Licht auf, er dachte "Mensch das ist ja der Goofy, der Goofy wie er leibt und lebt, jetzt haben wir die ganze Micky Maus - Familie hier zusammen, fehlt nur noch Tick, Trick und Track ", da fragte er den Jamaicaner nach seinem Namen, der schnodderte gleich " My name is Dave " " Hi Dave my name is Bruno " " Hi Bruno nice to meet you ". dieser sagte dass seine Freunde draussen auf ihn warten, er muesse los, Dave nannte ihm den Preis fuer die Chips und die Kondome, Bruno bezahlte meinte er komme morgen wieder vorbei und verliess rasch den Supermarkt. Horst die zwei Maedels umarmend rief seinem Freund entgegen wenn er in den naechsten zwei Minuten nicht aufgetaucht waere dann haette er drei Leute schlafend im Stehen beobachten koennen. " Weisst Du wen ich gerade kennengelernt habe " er musste die Neuigkeit gleich loswerden, nebenbei oeffnete er diskret die Kondompackung im Dunklen und schob Horst ein paar Gummis zu, " ich habe den Goofy getroffen, der arbeitet im Supermarkt ". " Das ist ja wundervoll aber lass uns jetzt ins Hotel gehen mit den Maedels, danke fuer die Dinger ". Die Vier gingen zur Rezeption und die zwei Gaeste bekammen ihre Zimmerschluessel ohne eine sueffisante Bemerkung von Donald und Sandra die heute zusammen Dienst machten. Danach sagte Horst in die Runde " No big party tonight everybody very tired ", die zwei Bedienungen schmunzelten anscheinend hatten sie nichts dagegen, Horst legte seinen Arm um Susi schnappte sich eine Chipstuete und wuenschte dem anderen Paerchen noch eine gute Nacht. " Waidmannsheil " rief Bruno. " Waidmannsdank " echote Horst. Und es kam wie es kommen musste, von draussen hoerte man das Quietschen der Reifen, das Autotuerzuschlagen , da oeffnete sich auch schon die Hoteltuer und das kanadische Paerchen stapfte herein, oh wouh, denen wollte Bruno eigentlich gar nicht begegnen, nahm Judy an der Hand und hastete leicht ueberstuerzt die Treppe nach oben, da rutschte er ab an einer Stufe fiel platzvoll nach vorne als wuerde er einen Bauchklatscher machen im Schwimmbad vom Beckenrand aus. Judy half ihm hochzukommen, gottseidank hatte er sich nicht verletzt, war nur besorgt dass die Spareribs in seinem Magen nicht hochkommen und als er mit Judy vor seiner Zimmertuer stand hatten ihn die Kanadier natuerlich eingeholt, sie traten naeher und sie sahen was sie nicht sehen wollten, Stelle schaute leicht verwirrt als sie das neue Maedchen, das dritte Maedchen mit Bruno sah, Ted blieb kurz die Spucke weg, schaltete dann aber schnell um und meinte soviel wie dass Bruno seinen Urlaub ja wirklich in vollen Zuegen geniesse. Dieser laechelte leicht verlegen antwortete Ted " Ich geb mir Muehe man hat ja nur einmal Urlaub im Jahr " fuhrwerkte nebenbei mit seinem Schluessel im Schloss herum und fragte das Paerchen " You have a good time ? " " Oh yeah " antwortete Ted siegessicher " it seems everybody have a good time here ". Stella guckte leicht beschaemt zu Boden. " Yeah good night Ted and Stella " meinte Bruno aufmerksam " Yeah good night Bruno for you and...". " This is Judy " er half Ted aus der Klemme. " Yeah good night Judy " " Yeah good night thank you very much ". Stella hatte inzwischen ihre Zimmertuer geoeffnet und zog Ted am Armel nach. Auch Bruno und Judy verschwanden jetzt in ihrer Behausung. " Oh ich glaube ich habe mir eine kleine Prellung zugezogen " liess er das Maedel wissen, dagegen helfe am besten ein Bier, er ging zur Minibox holte zwei Flaschen heraus, oeffnete sie, gab Judy ein Bier in die Hand

" Cheers Judy ", " Cheers Bruno ", sie tranken setzten sich dann aufs Bett, er nahm sie in die Arme kuesste das Maedel auf den Mund, langsam oeffnete sie ihre Lippen und seine Zunge drang ein spielte mit ihrer Zunge, ah das war lecker, Bruno fuehlte sich wohlschwer, befriedigt der Tag hatte ihn satt gemacht, dieser Tag war letztendlich eine volle Wohlseinzeit, Judy unterbrach den Zungenkuss und legte sich rueckwaerts nach hinten, jetzt konnte er genuesslich an ihren langen glatten Schenkeln auf und abfahren, unter ihr gruenes Seidenkleidchen fahren das im Taxi vom Jagdhund natuerlich nicht moeglich war, seine Hand erreichte ihren Schritt den Slip spuerend, mit den Fingern zog er ihn nach unten und massierte dann ihre Scham, Judy schien nichts dagegen zu haben, er beugte sich kussbereit ueber sie, kleine Aeuglein guckten ihn an, ploetzlich erkannte er wie muede das Maedel doch war, ihr Gesicht voellig entspannt, sie befand sich kurz vorm Einnicken, jetzt wurde ihm bewusst dass auch sein Wegdoesen bald passieren wuerde, dachte jetzt gleich noch einen Kondom ueberziehen und dann mit Judy schlafen - nein das wuerde nicht funktionieren, heute nacht gaebe es keine Kondom-Liebe mehr, seine Hand fuhr zurueck in die Normalitaet und er fluesterte ihr ins Ohr, dass beide sehr muede seien und sie koennen auch morgen frueh Liebe machen, da saeuselte das Maedel zurueck das waere eine gute Idee griff nach der Bettdecke " Yeah good night Bruno " Good night Judy ", sie schloss die Augen und schlief ein. Bruno guckte noch auf die halbvollen Biere die da auf dem Nachtkaestchen standen, dachte schade um das gute Bier, das ist noch ein guter Verteiler fuer all die Spaereribs in meinem Bauch, er trank noch genuesslich auf dem Bett die zwei Flaschen leer bis sie auch wirklich leer waren befreite sich von seinen Klamotten, eine Dusche fand heute nicht mehr statt, bald schlief er wohligst neben Judy ein. " Ted are you coming now " diese laute spitzhohe Stimme von Stella liess Bruno am naechsten Tag aufwachen. " Ah die Kanadier die machen Laerm " grummelte er " vielleicht weil die Gina im Bett gestern so geschrien hat ". Danach hoerte man Ted und Stella ganz happy miteinander im Gespraech was fuer ein herrlicher Tag doch heute sei und die Sonne scheine ja wunderbar ..amaizing ..   amaizing. Es war schon nach 11 Uhr , Judy lag schlafend neben ihm, wie einladend sie doch aussah in ihrem gruenen Kleidchen und den braunen Beinen, ah da spuerte er wieder seine leichte Rippenprellung vom Treppensturz gestern nacht doch die war gleich vergessen, jetzt hiess es das Gesternnachtversprechen einzuloesen, jetzt war Zeit fuer die Liebe. " Good morning Darling " fluesterte jemand in ihr Ohr. " Yeah good morning Bruno " raekelte sich Judy heraus aus dem Schlaf, sie wusste was er wollte, wusste schon was ihr bevor stand, nun war es Zeit seinen Standardspruch hinaus zu posaunen, doch vor lauter Geilheit verhaspelte er sich verlor die Konzentration und plaetterte " Gina you are sexy Lady ". " My name is Judy, not Gina " kiekste sie auf und lachte, er erschrak, oh mein Gott das war ihm peinlich " Oh sorry Judy, sorry I have problems with names " doch auch der Koch aus Hameln musste jetzt kurz lachen, beinahe waere ihm sein Revolver unten zusammengefallen, doch er kriegte nochmal die Kurve sagte zu ihr angespannt " Judy you make me very hot ", im naechsten Augenblick fing er an sie immens zu kuessen, ihren Hals abschmusen, unter dieser Schlecklawine half man sich gegenseitig nackt zu machen, nachdem Bruno einen Gummi ueber gezogen hatte schob er seinen strammen Bohrer langsam aber sicher in Judy's Liebesgrotte hinein. Und die zwei arbeiteten gut im Teamwork diese aktive Zusammenarbeit steigerte ihr gemeinsames Wohlbefinden immer mehr und mehr und die schoenste Nebensache der Welt wurde zur schoensten Hauptsache der Welt bis sie irgendwann fuer ein paar Sekunden verschmolzen und einen nachhaltigen Hoehepunkt erlebten. Besser geht's nicht, dachte Bruno rollte sich herunter von Judy und liess sein Gummiding verschwinden, danach fluesterte er ins Ohr " Make Love okay for you ? " " Okay, okay " kam aus ihrem Mund, klopfte ihm dabei mit ihrem Haendchen auf seine nackten Pobacken, leise gesprochen meinte das Maedel sie haette noch einen Wunsch " Ja was denn " fragte ihr Liebhaber " Judy moechte noch ein bisschen weiterschlafen " war ihre Antwort. " Kein Problem Judy schlaf noch ein bisschen", darauf drehte sich die Jamaicanerin zur Seite und schloss die Augen. Bruno konnte nicht mehr weiterschlafen, sein Verlangen war gestillt, er fuehlte sich quirlig verschwand unter der Dusche genoss das Wasserprasseln von oben auf seinen Koerper, schon angekleidet mit gruenem Safarihemd und kurzer schwarzer Sporthose setzte er sich neben Judy aufs Bett, sie schlief tatsaechlich fest, ein innerer Impuls machte sich bemerkbar einmal nach Horst zu schauen, irgendwas in ihm stachelte ihn dazu an, er guckte noch zu Judy, die schlief den Schlaf des Gerechten, Bruno steckte sein Geld ein und verliess leise auf Zehenspitzen das Zimmer klopfte unten an die Tuer von Horst der oeffnete, schuettelte nur den Kopf, Bruno trat ein und er sah die Bescherung Susi lag zusammengeknuellt auf dem Bett vollbekleidet sogar mit Kaeppchen, Horst schloss die Tuer hinter seinem Freund sie standen da nebeneinander guckten beide hin zum Doppelbett " Hey was ist denn passiert ", fragte Bruno " Das weiss ich auch nicht " antwortete der Schimansky " eigentlich ist nichts passiert, gestern nacht wollte ich ganz sanft zum Angriff uebergehen sie umarmen und kuessen wouh da hat sie mich voll weggedrueckt " No, no I don't want " waren ihre Worte hat vor mir mit ihren Armen gerudert als waer ich ein Monster verstehst Du, hey ich bin doch nicht der Frankenstein, bei Dir oben alles okay mit Judy ? " " Alles okay " "Hab dann gefragt was sie hat da war nur ein Kopfschuetteln von ihr, hab gefragt ob sie wieder gehen will, warum sie denn ueberhaupt mitgekommen ist wegen der Judy kam aus ihrem Mund, die ganze Nacht hat sie so im Bett gelegen wie jetzt die ganze Nacht, ich hab neben ihr ein paar Stunden eingenickt aber auch nicht richtig, Mann ich fuehl mich wie geraedert ". Das konnte man sehen, Horst sah mitgenommen aus. " Einmal hab ichs noch versucht wollte ihren Arm streicheln oh no no hab ich gehoert von ihr ". Horst guckte besorgt " Vielleicht ist sie nicht ganz dicht ". Bruno war sprachlos wollte auch mal mit ihr sprechen ging zu ihr hin ans Bett. " Hey Susi you okay " das Maedel guckte vorsichtig zu ihm " Susi what happen ", " I don't know I not want make Love " " Judy is in my room you want to come see Judy ? " " Yes I want to see Judy " " Okay let's go no problem ", meinte Bruno. " Mensch Horst ich kann Dir ja die Judy runterschicken verstehst Du..

die Judy ist gut drauf die schlaeft jetzt noch ". " Ja hast Du denn sie schon gefragt ? " " Noch nicht, ich wusste ja nicht dass hier unten eine mittlere Katastrophe stattfindet ", die beiden Urlauber lachten, Horst rief " Am besten wir gehen alle hoch zu Dir ins Zimmer, come Susi we go to Judy ". Da stand das Maedel auf vom Bett und die drei verliessen das Zimmer gingen gemaehchlich die Treppe hoch noch bevor Bruno seine Tuere oeffnen konnte kam jemand hinter ihnen schnaufend daher, es war Ted der Kanadier (uebersetzt) " Oh ich habe die Sonnencreme vergessen fuer Stella " rief er laut sah dann das Maedel zwischen den beiden Maennern, das war endgueltig zuviel fuer ihn, guckte die Urlauber fassungslos an " Oh wouh was laeuft hier ab, eine neue Party, eine Mittagsparty mit Maedchen Nummer vier glaub ich..". " Nein Ted nein ", Bruno wusste er konnte das nicht erklaeren " it's not like it seem Ted it's different "   " It's different okay " meinte Ted ziemlich aufgeloest " anyway it's not my business, everybody have a good day ", er huschte an dem Trio vorbei, sperrte seine Tuer auf weg war er, auch Bruno verschwand mit Anhang in seinem Zimmer. Judy sass aufrecht im Bett, wunderte sich was denn los sei, jetzt sprachen die zwei Maedels in ziemlicher Hektik miteinander, die Urlauber verstanden kein Wort. Nach einer Weile meinte Judy es taete ihr sehr leid wegen Susi, aber sie wusste selber nicht dass Susi ja vielleicht noch nie mit einem Mann Liebe gemacht hat. " Oh weia dann ist sie ja noch Jungfrau ", toente Horst " ja diese Arbeit muss ein anderer uebernehmen, ein Eingeborener, ein Jamaicaner ". Bruno wandte sich an Judy und machte ihr weiss dass sein Freund Horst wegen dieser Sache mit Susi fast die ganze Nacht nicht geschlafen, er moechte fragen ob sie sich um ihn ein bisschen kuemmern koenne, guckte dabei augenzwinkernd direkt in ihr Gesicht, Susi kann ja hier oben bleiben wenn sie unten mit seinem Freund im Zimmer sei. Horst stieg sofort ein, setzte sich aufs Bett spielte den Einsamen, den Vergessenen streckte seine Haende in die Hoehe, klagte los wie der traurigste Clown auf der Welt, flehte hoch zur Zimmerdecke " Oh I am so lonley..nobody loves me..I am so lonley ", seine Mitleidshow kam gut an, da musste Judy herzlich lachen und auch Bruno, sogar Susi lachte mit. Okay, Judy meinte sie werde erst einmal duschen und dann mit Horst zusammen einen Stock tiefer gehen, huellte sich in eine Bettdecke ein und verschwand im Duschraum. Mittlerweile setzte sich Susi aufs Bett, Bruno und Horst nahmen Platz auf der Zimmercouch. Bald rief Judy nach ihren Kleidern, Susi suchte alles zusammen und brachte die Sachen in den Duschraum, es dauerte nicht lange und ihre Freundin erschien erfrischt und gut gelaunt im Zimmer, sie sprach kurz mit Susi, als alles geklaert war zwischen den beiden Maedels wanderte ihr Blick zu Bruno, der wusste natuerlich um was es ging und schob ihr die schoenen Scheine in die Hand, Judy steckte die Dollars weg noch ein Kuesschen auf die Backe fuer den Urlauber, mit einem weiteren Blick gab sie Horst zu verstehn let's go. Susi wollte in Bruno's Zimmer auf Judy warten, das war kein Problem. " Viel Vergnuegen " rief er Horst noch zu, dieser nickte zustimmend, dann verliessen Judy und Horst das Zimmer. " Jetzt wenn der Kanadier die beiden wieder sieht, dann flippt er noch total aus ", sagte Bruno zu sich selber " was muss er auch immer hier herumspazieren", er spazierte zur Minibox holte ein Coca Cola heraus oeffnete es, setzte sich neben Susi aufs Bett ueberreichte ihr das Cola, das Maedel dankte trank einen vollen Schluck, Bruno wollte der Sache auf den Grund gehen sich ein wenig unterhalten mit ihr, doch viel kam dabei nicht heraus, fragte mit etwas Zurueckhaltung er wuerde sie gerne etwas fragen, sie nickte sofort, da wollte Bruno wissen ob sie tatsaechlich noch eine Jungfrau sei. Susi guckte ihn schuechtern an, stockte als wuerde ihr huebsches Koepfchen sich die Antwort ueberlegen, doch dann kam mit fester Stimme (uebersetzt) " Ja, ich bin noch Jungfrau, ich bin einfach mitgegangen ohne nachzudenken, ja ohne viel nachzudenken, ich habe vor Judy angegeben ich haette schon mal mit einem Jungen, aber das ist nicht wahr, die Judy ist ja schon oefters mit Maennern mitgegangen, ich habe gedacht irgendwie wird sich das alles schon regeln ". Susi lachte auf, schuettelte den Kopf, nahm einen Schluck Cola. " Weisst Du dein Freund Horst, das ist ein netter Kerl der konnte nichts dafuer, aber ploetzlich, ich wollte nicht mit ihm". " Susi wie alt bist Du sag es ehrlich". " Ich bin achzehn Jahre ganz ehrlich ". " Ja ich weiss auch nicht Susi aber vielleicht waere es besser wenn Du mit einem jungen Typ in deinem Alter mit einem Gleichaltrigen etwas machen wuerdest verstehst Du? " " Ach die Jungen " erwiderte das Maedel leicht desillusionierend, die wollen alle nur das Eine und dann sind sie wieder weg ". Bruno sah ein, sagte zu ihr es sei schwer in Liebesangelegenheiten jemandem irgendeinen Rat zu geben, es komme sowieso wie es komme.

Da lachte Susi, er guckte das huebsche jungen Ding an und gab ihr einen Kuss auf ihr Baeckchen, ploetzlich war da ein Feeling zwischen den beiden, ein Gedanke kam hoch wenn er jetzt mit ihr..nein Bruno blockte innerlich ab, er wollte nicht mit Susi schlafen, wollte nicht der Erste sein bei ihr, stattdessen stand er auf holte sich ein Bier aus der Minibox, oeffnete es und setzte sich wieder zu Susi aufs Bett prostete mit ihrem Cola, guckte das junge braune Jamaicamaedel an, dachte vom Alter her koennte sie ja meine Tochter sein, mit leicht vaeterlicher Stimme meinte er dann " Hoer mal Susi ich will Dir ja keine Vorschriften machen aber Du solltest wissen wenn Du mit einem Mann mitgehst was dann auf Dich zukommt, das musst Du wissen, der Typ will Sex, der will mit Dir schlafen und wenn Du das nicht willst dann geh gleich gar nicht mit, hast Du das verstanden Susi? " " Ja Bruno " " Was glaubst Du denn warum Dich ein Mann mitnimmt, glaubst Du er will Dir seine Briefmarkensammlung zeigen ? " " Nein Bruno " " Bestimmt nicht er will Dir was anderes zeigen ", " Ja Bruno " jetzt mussten beide lachen, der Urlauber stand auf und guckte zum Fenster hinaus, Susi fragte ob sie eine Dusche nehmen kann " Natuerlich " war seine Antwort und Susi verschwand im Duschraum, Bruno dachte nach was er denn der Kleinen geben soll, die volle Gage natuerlich nicht doch ein paar Dollars kann sie schon haben er sei ja kein Unmensch, danach nahm er Platz auf der Couch trank sein Bier ueberlegte wie lange Horst wohl braucht mit der Judy, auf jeden Fall nach dem Mittagessen im Restaurant gehts wieder auf die Jagd heute, das mit Susi war kein grosses Problem, alles kann ja nicht immer reibungslos im Leben ablaufen..

und als er so ueberlegte fielen ihm die Augen zu, erwachte wieder als Susi angezogen aus der Dusche kam und sich aufs Bett pflanzte. " Die da unten die machen jetzt Liebe " , kicherte sie zu Bruno gewandt. " Darauf kannst Du wetten Susi". " Wie lange wird es noch dauern ? " " Das weiss ich nicht, aber sicher nicht allzulange", und so war es auch, nach einer Weile hoerte man Schritte, jemand klopfte an die Tuer, Bruno oeffnete es war sein Freund und Judy " Alles klar Horst " " Alles klar " " Das ging aber rasch " " Rasch aber gut ", die beiden traten ein ins Zimmer, Judy machte Susi gleich Anstalten aufzubrechen " Hast Du Judy schon bezahlt ? " Horst nickte, jetzt zueckte Bruno ein paar kleine Scheine gab sie der achzehnjaehrigen Jungfrau in die Hand sagte zu ihr" Okay in Zukunft ueberlegst Du Dir vorher was Du willst und was Du nicht willst ist das okay ? " " Okay, thank you Bruno " erwiderte sie machte noch einen kleinen Knicks " Bin auch kein Heiliger " sagte er zu seinem Freund. Judy verzog ihr Gesicht zu einer lustigen Grimasse ihre Hand ausstreckend zu Horst " Taximoney please..please Taximoney ". " Okay no problem " fasste in die Hintertasche seiner Jeans, da waren noch ein paar Dollar mehr die gab er Judy und wuenschte den Maedels noch einen schoenen Tag. Nochmals ein thank you very much fuer die zwei Urlauber dann verliessen sie schnatternd das Zimmer. " Uff das waere geschafft " plusterte der Schimansky " das war ja ein Ding mit den beiden, was sich die Susi dabei gedacht hat mitzukommen, hat die gedacht wir spielen Monopoly hier im Zimmer oder elektrische Eisenbahn unglaublich, aber man muss die Maedels nehmen wie sie kommen ". " Ja aber alles ist schon wieder Vergangenheit " warf sein Freund ein.

" Auf jeden Fall habe ich jetzt einen gemeinen Hunger " rief Horst laut an die Decke hoch. " Ich auch wir gehn sofort essen und ich weiss auch schon was ich esse ". " Ziegencurry ? " " Ziegencurry ! " Die zwei Freunde verliessen das Zimmer. " Hey Gustav Gans ist da, der Glueckspilz " rief Horst als er den hellblauen Cadillac erblickte der vor dem Restaurant parkte. Joe sah die beiden hereinkommen winkte ihnen zu sie sollen sich gleich zu ihm setzen, er sass allein am Tisch mit einer Flasche Bier, die zwei nahmen Platz. " Hello my friends how are you..you had a good night hi hi..a good time ? ", er schien in blendender Laune zu sein. " Habt ihr den Cadillac vor der Tuer gesehn ? " " Ja natuerlich " meinte Bruno. " Heute fahrn wir auf die Jagd mit dem Cadi-Schlitten wenn ihr wollt, da werden die Pueppchen aber gucken wenn wir daher rauschen, wenn wir auftauchen mit dem Strassenkreuzer auf der Flaniermeile, da faengst doch an zu jucken bei den Maedels, da gehn doch die Beinlein von selber auseinander ". Der Jagdhund schien nicht mehr ganz nuechtern zu sein. " Joe ist das dein erstes Bier das Du heute trinkst " fragte Horst vorsichtig. " Nein, das ist das dritte Bier, hab auch schon gegessen, aber im Ernst ich habe gestern mit Mr. Richard gesprochen und ihm von euch erzaehlt, von meinen zwei Freunden aus Deutschland ". " Was hast Du denn erzaehlt ueber uns ", wollte Horst wissen. " Nur Gutes, nur Gutes ", Joe holte Luft, trank einen Schluck Bier. Der Kellner kam an den Tisch, die Urlauber bestellten zweimal Ziegencurry mit Reis und zwei Tassen Kaffee, als der Kellner den Tisch verlassen hatte, fuhr Joe fort " Na was habe ich erzaehlt, dass ihr echte Jamaicafans seid und sehr grosszuegig, dass ihr Land und Leute moegt, das Essen liebt und den Rum, dass wir auf Maedchenjagd gehen das kam nicht ueber meine Lippen hi..hi.. aber Mr. Richard hat euch ja selber gesehen gestern mit ein paar Maedels, das findet er cool, da muesst Ihr euch nichts denken, er ist ja auch ein kleiner Playboy und weil er heute frueh mit einem tollen Jeep in die Berggegend gefahren ist, ein Freund von ihm hat dort einen Fischweiher da fischen sie tagsueber und spaeter braten sie dann ihren Fang ueber offenem Feuer, Mr. Richard meinte wir koennen heute den ganzen Tag den Schlitten haben, er komme erst morgen frueh zurueck ". " Scheint ja schwer in Ordnung zu sein dieser Mr. Richard ", meinte Bruno ziemlich beeindruckt. " Ja Vetter Gustav scheint uns zu moegen " kicherte Horst. " Wenn ihr wollt nach dem Essen koennen wir gleich losfahren " sagte Joe, seine Augen glaenzten. " Gerne, auf eine heisse Spritztour mit dem Cadillac da freue ich mich " meinte Bruno entzueckt. " Auf eine Spritztour " schmunzelte Horst " na erstmal muessen wir jemand kennenlernen der uns spritzen laesst ". " Mensch Horst Du bist unglaublich ! " " Ich weiss schon ich bin unglaublich ". Joe verstand nicht, Bruno sagte zu ihm Horst mache Witze, er denke nur an die Maedels. Das Essen kam auf den Tisch, zweimal leckeres heisses Ziegencurry mit Reis und zwei Tassen Cafe. Bruno lief schon das Wasser im Mund zusammen, Joe wuenschte den beiden einen guten Appetit die bedankten sich und liessen es sich schmecken. " Was hast Du heute gegessen ? " fragte Horst den Jamaicaner, nahm einen Schluck Cafe. " Ich habe gegessen was Ihr gerade esst " Currygoat ".

" Mm schmeckt das lecker ", Bruno schob ein weiches Stueck Ziegenfleisch in seinen Mund hinein, " das Curry so gut hinzukriegen, das ist schwer und wer weiss obs den Leuten dann auch schmeckt in Deutschland " Was der Bauer nicht kennt, das frisst er nicht " nein da mache ich lieber meinen einmaligen Sauerbraten weiter, der kommt immer an ". Allmaehlich fuellte sich das Lokal zur Mittagszeit. Horst witzelte Joe's dunkelblauer Handwerksanzug passe ja farblich gut zum hellblauen Cadillac, er selbst wieder heute im Schimanskylook blaue Jeans, graues T-Shirt, weisse Turnschuhe, Bruno in kurz schwarzer Sporthose, gruenem Safarihemd und schwarzen Sandalen. Wohlgestaerkt und pappsatt hob Horst nach dem Essen die Hand zum bezahlen ubernahm die Rechnung am Tisch, die zwei bedankten sich bei ihm und dann rief Joe " Okay let's go to the Cadillac ! ". " Ja auf zum froehlichen Jagen ", toente Bruno und sein Freund der Philosoph meinte " Ja vergesst nicht vor tausenden von Jahren was waren die Menschen da, sie waren Jaeger und Sammler, das steckt immer noch in unseren Genen so jagen und sammeln wir wieder heute, aber nicht mehr wie vor einer Million Jahre mit Pfeil und Bogen und Speer, nein heute jagen wir im hellblauen Strassenkreuzer die Frischlinge sofern uns Jagdglueck beschieden ist ". Da lachten die Urlauber und nach der Bezahlung verliessen die drei das Restaurant und bewunderten den frischgewaschenen blitzblank geputzten Cadillac. " Setz Dich nach vorne Bruno " meinte sein Freund " das ist dein erster Urlaub auf Jamaica ", das liess sich dieser nicht zweimal sagen nahm Platz auf dem roten Ledersitz neben Joe. Horst pflanzte sich nach hinten ,

" Hey wir brauchen Sonnenbrillen, da sehn wir noch cooler aus " rief er ploetzlich " Sonnenbrillen gibts im Supermarkt " liess ihn Joe wissen. " Hey Horst nimm auch gleich eine fuer mich mit eine Sonnenbrille, ich sitz gerade so gut hier, Du wirst jetzt gleich Dave treffen im Supermarkt das ist der Goofy, der Goofy in Person da wirst Du schaun ". " Okay ich kauf gleich zwei Brillen ", mit einem eleganten Hueftschwung schwang sich der Schimansky vom Ruecksitz auf die Strasse und verschwand in dem Laden. Es dauerte nicht lange und er kam zurueck mit einem Cellophantuetchen in der Hand oeffnete die hintere Wagentuer nahm Platz auf diesen glaenzend roten Ledersitzen. " ich habe gleich drei Brillen gekauft " posaunte er los, " auch eine fuer Joe, Du der Dave da drin in dem Markt, hey das ist wirklich der Goofy mit seiner Kaugummifigur und seinem schiefen Laecheln, das ist ein netter Kerl ", er oeffnete das Tuetchen " schau mal Bruno das sind fast drei gleiche Brillen ". " Wouh die sehn ja geil aus " rief sein Freund. Horst gab auch Joe eine Brille in die Hand, dieser setzte sie gleich auf " Wouh Joe jetzt siehst Du aus wie ein Mafiaboss, aber sie steht Dir ausgezeichnet ", auch die Urlauber setzten ihre Dinger auf, es waren schwarze grosskalibrige Sonnenbrillen. " Die lassen wir jetzt auf, hey my friends ich sehe hier drei Mafiosi sitzen im Auto, okay ich fahr jetzt los ", rief Joe. " Okay, auf zum froehlichen Jagen " toente Bruno und das Wetter spielte natuerlich auch mit, es war einfach ein herrlicher Sonnentag und Joe fuhr schoen langsam protzig dahin damit die Leute auch dieses tolle Gefaehrt bewundern konnten.

Die zwei Deutschen genossen die Gegenwart, fuehlten sich pudelwohl. Bruno feixte, konnte es nicht glauben " Ja unser Urlaub wird noch besser, jetzt fahren wir schon mit eigenem Chauffeur in einem hellblauen Strassenkreuzer auf Maedchenjagd mit offenem Verdeck die Strandstrasse entlang..unglaublich das..das muss ich dem Dr. Merk erzaehlen, ob er mir das glaubt, die Kumpels vom Stammtisch wenn die das hoeren die verschlucken sich, die huepfen im Kreis ". " Da hast Du schon recht ", stellte der Schimansky fest, " schoener koennte unser Urlaub nicht sein ". Natuerlich wurde der extrem langsam fahrende Cadillac bestaunt von Kindern, Jugendlichen, Frauen , Maennern von allen moeglichen Zweibeinern, doch wenn die Leute nahe an den Wagen herankamen wichen einige erschreckt zurueck. " Wir muessen die Sonnenbrillen abnehmen, da traut sich kein Maedel einzusteigen, wir sehn ja aus wie drei Mafiosi ", rief Joe.   Recht hatte er und die schwarzen Brillen wurden abgenommen, ab jetzt war alles wieder normal und neugierige Blicke der Weiblichkeit haeuften sich. Ja wer die Wahl hat, hat die Qual, es ging wieder los, die Urlauber waren in ihrem Element, das Jagdfieber hatte sie ergriffen " Hey schau mal die an..die mit den langen Beinen..die da vorne die mit der kurzen Jeans..hey die mit dem roten Kleid da auch nicht schlecht ", ah die braunhaeutigen Suessen, sie waren alle so huebsch und bunt angezogen und wunderbar anzuschaun, aber man einigte sich wieder darauf entweder zwei mitnehmen oder keine, der Cadillac hielt oefters vor den Frischlingen, die Maedels kamen ans Auto hoerten interessiert zu was Bruno und Horst ihnen anbot eine kleine Party im Hotel, die meisten sprachen noch kurz mit Joe auf jamaicanisch, doch trotz des Strassenkreuzers eine Zusage, ein Flirtglueck war ihnen nicht beschieden, Joe gab wieder Gas und fuhr gemuetlich weiter, nebenbei erzaehlte er eine lustige Geschichte die er von seinem Taxikollegen Mr. Jack hoerte, naemlich dass manchmal Maedels beim Verabschieden von ihren Touristenfreunden noch kurz erwaehnen sie haetten heute Geburtstag und einige geben dann den Geburtstagskindern ein paar Dollar mehr und singen " Happy Birthday to you ", natuerlich stimmt das nicht mit dem Geburtstag, aber wer fragt schon " Kann ich deine ID-Card sehen ? " Dass nicht gleich zwei huebsche Maedels in den Strassenkreuzer sprangen, das tat der Stimmung keinen Abbruch, im Gegenteil es erhoehte den Reiz was noch kommen wuerde, was noch passiert, wenn jetzt schon zwei Girls im Cadillac sitzen wuerden dann waere die Jagd zu Ende. Im Auto langsam die Strandstrasse entlang fahren im Sonnenschein und herrlich herumglotzen, das genossen die beiden sehr und sie waren sehr froh dass sie auch Joe den Jagdhund als Fahrer hatten, ploetzlich witterte er etwas " Was haltet ihr denn von den beiden da vorne " meinte Joe aus heiterem Himmel. " Okay, fahr mal hin, fahr mal hin ". da spazierten zwei heisse Figuren auf dem Gehweg, eine groessere und eine kleinere, beide schoben Chips aus einer Tuete in den Mund hinein. " Hey Joe, Du hast ja einen guten Geschmack " bestaetigte ihm Horst. Joe hielt an, sie kamen gleich an den Wagen heran, wouh das waren schon zwei appetitliche Kaliber, beide hatten Taillenumfang wie Models in Magazinen, die groessere hatte einen geilen Rahmen, anders konnte man das nicht ausdruecken, ein braeunliches Stretschkleidchen an beiden Seiten verziert mit laenglich gelben Streifen eng auf ihren Koerper gepresst, das sah scharf aus, ihr Busen stand kerzengerade waagrecht als lechze er nach einem Zugriff, ihre goldbraunen Krauslocken fielen ihr ins Gesicht und ihr breiter Mund war der absolute Blickfang. Auch das kleine Maedel schien eine Tochter der Lust zu sein, megakurzer Minirock, schwarzes T-Shirt, sie besass einen halbhohen Meckischnitt und leichte Schmolllippen, ein Maedchen gebrauchsfertig fuer die Liebe. Als beide von dem Partyangebot hoerten und auch von den Dollars die sie bekommen wuerden meinte die Groessere ganz frech ihr gefalle der Cadillac, die Chips krachten zwischen ihren Zaehnen und sie sagte zu Horst ganz laessig" If I go with you I want your car ", beide Maedels lachten. Horst entgegnete cool dass das ja ein toller Witz sei, erstens ist das nicht sein Cadillac und zweitens wenn es sein Cadillac waere dann wuerde er ihr den Wagen niemals geben, sie koenne das Auto doch gar nicht fahren , aber kein Problem er koenne ihr ja was ganz anderes schenken wie es denn waere mit einem Hubschrauber oder mit einer Luxusjacht mit allen Schikanen, jetzt begannen Bruno und Joe laut zu lachen. Die Kleine meinte eine Jacht waere gar nicht schlecht, zur Not wuerden sie auch ein Schiff nehmen. Horst wollte jetzt wissen wie sie heissen, die Groessere nannte sich Nelly und die andere Lulu. " Lulu ? " rief Horst " haben wir schon eine Lulu gehabt Bruno ? " " Nein " anwortete dieser " eine Lulu haben wir noch nicht gehabt ". Horst riss leicht der Geduldsfaden " Wollt ihr nicht mitkommen jetzt ihr beiden ? " Nelly sprach kurz mit Joe in rasantem Tempo, er verzog sein Gesicht, guckte krumm zu seinen Mitfahrern " Die wuerden ja gerne mitkommen, aber die Nelly sie hat die Periode und die Lulu will nicht allein gehn ohne die Nelly ". " Ach so das verstehe ich " meinte Bruno, Nelly steckte zwei Finger in die Hoehe und rief " (uebersetzt) In zwei Tagen komm ich mit zur Party ". " Oh in zwei Tagen da sind wir nicht mehr hier " meinte Bruno " okay no problem Ladys and goodby, by, by ". " By, by " schallten Nelly und Lulu zurueck. Joe gab Gas und das hellblaue Gefaehrt setzte sich in Bewegung. Horst toente man kann nicht immer alles haben was man will, die Nelly gefiel ihm, die haette er schon gerne beglueckt, das war schon ein heisser Zahn gewesen ploetzlich fing er an leise zu dichten " Hey Nelly komm her...komm her " danach gingen seine Arme nach oben und Horst fing an zu singen zu traellern " Hey Nelly komm her, ich fuehl mich so leer, ich denk nur an Dich, hey Nelly komm her ", sein Freund stieg natuerlich voll mit ein und die zwei plaetterten aus voller Brust " Hey Nelly komm her, ich fuehl mich so leer..". Joe verstand nichts, aber nach dieser Gesangseinlage uebersetzte ihm Horst eben so gut es ging. " Oh God ", jetzt rief der Jamaicaner los er haette voellig vergessen zu erzaehlen, dass heute in einem Freizeitheim eine junge angesagte Reggaeband aus Kingston auftritt und diese Burschen nennen sich doch ganz frech " Rastaman Vibration ", erstens weil sie wirklich die traditionelle Reggaemusik spielen a la Bob Marley und zweitens weil natuerlich dieser populaere Name bestimmt Publikum anzieht auch Auslaender. In diesem zweistoeckigem rosa-gruenen Bau unten gruen, oben rosa da kann man unten tanzen und oben werden Veranstaltungen und Livekonzerte abgehalten, wenn Bruno und Horst Lust haetten auf eine Live-Band heute abend dann wuerde er sie gerne dort hinfahren natuerlich im Cadillac, zum Essen gebe es dort nur Burgers und Pizzas, der Eintritt kostet fuenf Dollar, los gehe es um sieben Uhr, das Freizeitzentrum stehe in der Naehe vom Green-Garden Restaurant. Die zwei guckten sich an " Warum nicht, wir sind nur noch heute und morgen hier in San Antone " meinte Bruno. " Ja immer in Bewegung bleiben, ausserdem mag ich Reggaemusik " feixte Horst " hey Joe da fahrn wir heute abend hin ". " Okay die Abendunterhaltung ist schon gesichert " freute sich der Kater Carlo und die Fahrt im Sonenschein ging weiter. " Bin ja gespannt wer heute noch in den Strassenkreuzer einsteigt " sagte Bruno nachdenklich. " Ich habe das Gefuehl, wir werden noch zwei passende Gefaehrten finden die uns verzaubern , die uns noch heissmachen koennen ", meinte Horst der Philosoph. Da brauchten sie gar nicht lange zu warten, schreiend und lachend liefen drei junge Huehner auf das Auto zu in kurzen Freizeithoeschen und bunten T-Shirts. Joe hielt an, die schnatterten gleich aufgeregt mit dem Jamaicaner, fuchtelten mit den Haenden nach vorne, ah Joe wusste gleich was sie wollten, er berichtete seinen Fahrgaesten nach ein paar Kilometern kaeme eine Eistation und ob wir so freundlich waeren sie diese kurze Strecke mitzunehmen, ihnen taeten schon die Fuesse weh und es waere ja so heiss heute. Da schmunzelten die beiden Freunde, nein , diese Bitte konnten sie dem jungen Nachwuchs nicht abschlagen sie waren einverstanden und Joe befahl zwei Maedels nach hinten und eine nach vorne, die befolgten was ihnen der Fahrer sagte, sie freuten sich, kirrten, waren happy, ihre braunen Gesichter schwitzten und weisse Zaehne blitzten, Joe gab Gas und weiter ging die Fahrt. Ein allgemeines " Hello ,hello nice to meet you, thank you very much " erklang im Strassenkreuzer. " Die sind ja noch minderjaehrig " meinte Bruno zu seinem Freund, dieser fragte gleich die zwei jungen Geschoepfe neben ihm " How old are you ? " " Sixteen, fifteen ". " " Die eine ist sechzehn und die andere fuenfzehn wenns stimmt " schmunzelte Horst fuegte hinzu " die befinden sich noch in der Grauzone ". " How old are you ? ", das Maedel neben Bruno antwortete " Fourteen Years ". " Finger weg vom Baum der Versuchung ", meinte Horst " die sind alle zu jung fuer uns und die wollen ja nur ein Eis lutschen ". Die blutjungen Dinger quatschten miteinander und die Sechzehnjaehrige neben Horst fragte ihn " Where you come from ? " Dieser antwortete sein Freund und er kommen aus Germany. " Oh Germany good soccer ! " Das Maedel lachte und meinte sie kommen alle aus San Antone und im Schnellverfahren wurden alle Namen ausgetauscht, die eine neben Bruno fragte ihn kichernd ob er auch Eiscreme mag, ach das sei zu suess fuer ihn lieber trinke er ein Bier. " Uh " rief der junge Frischling " Bier..Bier I drunk ", worauf die drei loslachten sich fast ueberschlugen vor Uebermut. Bruno sagte zu Joe zur Abwechslung solle er mal Gas geben, so richtig voll losfahrn, das liess sich der Jamaicaner nicht zweimal sagen, wouh der Cadillac pretschte im Sommerwind ueber die Strandstrasse, dass die drei Huehner losjauchzten und die Leute am Gehweg dem Auto gespannt nachguckten.

" Hey das macht Spass " rief Horst legte seinen Arm um die Sechzehnjaehrige. " Ja super " meldete sich sein Freund auf dem Beifahrersitz, doch die wilde schnelle Fahrt dauerte nicht allzulange, bald sah man in der Ferne auf einem Holzpfeiler ein grosses blaues Schild mit weisser Aufschrift in Druckbuchstaben " Eiscreme ", daneben wurde ein Kiosk sichtbar. Joe verlangsamte das Tempo fuhr gerade auch ihn zu und hielt an mit quietschenden Reifen. Oh das junge Gemuese bedankte sich nochmal freundlichst, die Maedels waren wirklich suess, Bruno konnte nicht anders fischte ein paar nette Scheine aus seiner Sporthose und uebergab die Dollars dem Maedel neben ihm, meinte damit sie sich noch ein bisschen Sahne aufs Eis leisten koennen. Da freute sich die Jugend ungemein " Oh thank you very much and goodby..by..by..", die drei Maedels stiegen aus dem Auto aus und liefen gleich zum Kiosk. Joe gab wieder Gas und fuhr in gemaechlichem Tempo weiter. " Fuer all die Dollars da kriegen sie ja einen Kuebel voll Eis ", witzelte Horst. " Na die sollen auch mal eine schoene Zeit haben, eine leckere Eiszeit bin ja gespannt was als naechstes daherkommt " meinte sein Freund. " Da kommt schon was daher, da kommt uns schon was entgegen " bemerkte Joe " schaut mal die zwei an die da Haendchen halten ", er stoppte das Auto. " Hey you how are you " rief Bruno zu den zwei nicht mehr ganz jungen Geschoepfen, in ihren gruenen und blau laenglichen Kleidchen traten sie heran an den Cadillac, ihre offen getragenen Haare flatterten leicht im Wind, ihr Gesichtsmakeup sah toll aus, sie waren gut geschminkt, rote Lippen, farbige Augenbrauen machten einen gepflegten Eindruck. " Hello what's your name ? ", fragte Bruno in charmant rauhem Ton, er hoerte die Namen Donja und Amelia fuhr gleich fort beide sehen toll aus und ob sie mitkommen auf eine kleine Party im Hotel. Die beiden guckten verwundert, immer noch halbumschlungen, Bruno sagte zu Horst dass diese zwei Maedels etwas Unnahbares an sich haben. " Oh sorry we love eachother " meinte Donja mit suesslicher Stimme. " Okay so what " Bruno stand auf der Leitung. Amelia stimmtrocken (uebersetzt) " Du verstehst nicht wir machen keinen Sex mit Maennern we love eachother ". " Das sind Lespen " sagte Joe wissend zu seinen Beifahrern. " Oh " meinte Bruno zu Amelia gewandt in seinem Kochenglisch " You are lesbisch, you make Love only to Lady ". Yes " lachte Amelia neigte ihr Koepfchen zu Donja " I am lesbisch ". " And I am schwul, I am gay ", rief Horst ganz frech in die Runde. Jetzt mussten alle lachen Joe, Donja, Amelia und die zwei Urlauber. " Bei denen koennen wir nicht landen, keine Chance da kommen wir nicht zum Schuss " meinte Bruno " ich habe nichts gegen Lespen aber das ist nicht unsere Zielgruppe ". " Genau " saeuselte Horst " den beiden koennen wir nur einen schoenen Tag wuenschen, okay no problem Lady's, have a good day and by, by ". Da meinte Donja ploetzlich in diesem schicken Schlitten wuerden sie schon gerne ein bisschen mitfahren, das mache bestimmt viel Spass, man kann sich auch miteinander gepflegt unterhalten und eine Einladung zum Essen die wuerden sie auch nicht ausschlagen, es gehe auch alles ohne Sex. " Oh was ist denn heut los " wunderte sich Bruno, " wir sind auf der Jagd, nur Maedels rumfahren um mit ihnen zu quatschen, sie zum Essen einladen und dann sagen sie tschuess war nett, hey wir sind doch nicht bei der Heilsarmee, wir sind auch nicht vom Sozialamt. Horst sagte zu Donja und Amelia das klinge sehr langweilig was sie da vorschlagen, nein sie wollen nur eine kleine Hotelparty machen, mit allem was dazu gehoert. Da wichen die beiden Frauen zurueck, die Gegensaetze waren unueberbrueckbar und Horst rief " By, by Lady's have a nice day ". " Yes by, by ..by ,by " hoerte man noch von Donja und Amelia. Joe startete den Motor fuhr los " Das ist ja eine interessante Spritzfahrt heute " rief der Jamaicaner gut gelaunt " erst hat ein Maedel die Periode, dann rennen Eiscrememaedels auf uns zu und dann kommen die Lespen. Gelaechter brach aus. " Aber wir werden schon noch etwas Brauchbares finden " rief Horst siegessicher und die Fahrt wurde fortgesetzt im hellblauen Amischlitten. " Fahr nur weiter gerade aus Joe bis wir was eingefangen haben, bis die Jagd erfolgreich ist " toente Bruno. " Und wenn wir bis nach Kingston fahren muessen " kicherte sein Freund. " Ja Mann " Joe lachte laut " ihr beide seid wirklich hartnaeckig, ihr gebt nicht so schnell auf ". Und da waren doch viele Maennlein und Weiblein jeglichen Alters praesent auf der Beachroad die sich die Augen verdrehten nach dem Cadillac, doch nichts Eindeutiges spazierte herum das man haette ansprechen koennen. Die zwei Deutschen sassen laessig in ihren roten Ledersesseln bis auf einmal Joe rief " Hey da vorne rechts, die blonden Maedchen, die zwei sehn doch nett aus ". " Wouh das sind ja Auslaenderinnen ", wunderte sich Bruno.

" Na das wird ja interessant " feixte Horst, der Cadillac kam immer naeher an die beiden heran und was man da erblickte das war doch sehr erfreulich, beide Maedels hatten lange blonde Haare bis zur Schulter herab die in der Sonne schimmerten, sie waren bekleidet mit aermelfreien weissen T-Shirts, kurzen blauen Jeans und schwarzen Turnschuhen, waren es Zwillinge? Leicht gebueckt gingen die zwei, denn jede trug einen groesseren Rucksack auf dem Ruecken. " Das sind Tramperinnen oder Backpacker wie man sagt ", meinte Bruno. " Oder einfach Rucksacktouristen auf Abenteuerurlaub, wir sind ja auch auf Abenteuerurlaub nur wir haben keinen Rucksack auf dem Buckel und gehen nicht zu Fuss sondern fahren im Strassenkreuzer die Beachroad entlang " gab Horst zu bedenken. " Oder es sind einfach zwei schoene Hippies " fuhr Bruno fort. " Egal was sie sind " schmunzelte der auf dem Ruecksitz " Hauptsache sie sind nett und kommen mit ". " Ihr koennt sie ja mal ansprechen ", schaltete sich Joe ein. " Probieren geht ueber studieren " stimmte Horst zu. " Ich denke das sind Schwedinnen, es koennten auch Girls aus Daenemark sein, zwei Wikingerbraeute aus dem Norden auf Jamaica warum nicht, bin ja gespannt ob die zwei hergehn ", meinte sein Freund. Und als der Cadillac sich auf gleicher Hoehe mit den Blondies befand da rief Bruno laut " Hello how are you..where you come from ? " " Hello we are coming from Holland " antwortete eine der beiden. " Oh das sind Hollaenderinnen nicht Schwedinnen " zischte Horst. " And where you come from " fragte das Maedel. " We are coming from Germany you know ", meinte Bruno " koennt Ihr auch deutsch sprechen ? "

" Ja wir koennen auch deutsch sprechen ". " Ah dafuer koennen wir kein hollaendisch sprechen " sagte Bruno, da mussten alle lachen, eine gewisse Schuechternheit der Maedels verflog sogleich, sie traten nahe heran an den Wagen, man konnte an ihren Blicken erkennen, dass sie ziemlich beeindruckt waren von diesem heissen hellblauen Schlitten auch die zwei Jagdgenossen waren beeindruckt von den blonden Sommermaedels. Bruno fragte nach ihrem Namen, Linda und Saskia bekam er zu Gehoer und sie erfuhren die Namen der Urlauber auch dass der Fahrer Joe hiess, nein Zwillinge waren die beiden nicht, obwohl ihre Aehnlichkeit verblueffend war. Horst schaltete sich ein, machte Schluss mit dem ganzen Kennenlernengeplaenkel kam zur Sache, fragte direkt in verfuererischem Ton, ob sie nicht einsteigen moechten in den Cadillac und ins Hotel mit ihnen fahren, dort eine kleine Party feiern nur zu viert. " Was fuer eine Party " fragte die die sich Linda nannte. " Oh eine kleine Loveparty, ihr beide seht einfach super aus " . Die Tramperinnen guckten sich an, kicherten sprachen kurz auf hollaendisch, man merkte ihre Unschluessigkeit, merkte aber auch ihre Faszination fuer das Auto. Bruno legte nach " Okay Ihr steigt jetzt ein in diesen Superschlitten, in diesen geilen Strassenkreuzer dann fahren wir schoen laessig ins Hotel, lernen uns ein bisschen naeher kennen und zum Schluss bekommt ihr eine schoene Aufbesserung eurer Reisekasse, die koennt ihr bestimmt gut brauchen ". Da wurde Saskia hellhoerig, guckte mit hoch gezogenen Augenbrauen ihre Freundin an, fragte dann schnippisch wie hoch denn die Aufbesserung der Reisekasse sei. Bruno antwortete knallhart fuer beide Maedels eine Summe, dass den Blondies die Luft wegblieb.

Da verflogen alle Zweifel schnell, dieses Angebot konnten die Maedels aus Holland schwer ablehnen. Mit einem Schalk im Blick meinte Linda " Ja aber wir haben nicht soviel Zeit wir muessen heute noch packen in unserer Unterkunft hier und morgen frueh fliegen wir von Kingston aus nach Amsterdam ". " Das Packen kann ja nicht solange dauern, ihr habt schon alles in euren Rucksaecken, nein die Hotelparty dauert nicht laenger als zwei Stunden, weil heute abend wollen wir uns noch eine Reggaeband anhoeren ", meinte Horst. Bruno oeffnete die Tuer des Cadillacs streckte seine Hand aus " Komm Linda setz Dich neben mich ", sie stieg ein nahm ihren Rucksack von den Schultern, man merkte das Maedel fuehlte sich wohl in diesem Luxusgefaehrt, auch Saskia nahm Platz hinten neben Horst befreite sich von ihrem Ungetuem das sie auf dem Ruecken trug und fuhr mit ihrer Handflaeche ueber die roten Ledersessel. Der Jagdhund glotzte die beiden leckeren Geschoepfe an " Die gefallen Dir wohl auch ", meinte Bruno leise zu Joe, " Ja sehr nette Maedchen ", er guckte verschmitzt " schwarz und weiss passen ja gut zusammen ". Sein Beifahrer kicherte " Okay Joe turn around zurueck zum Hotel ", dieser tat wie ihm geheissen und kehrte um. Eigentlich war es egal sich fuer Linda oder Saskia zu entscheiden, beide waren gleichwohl attraktiv, sexy, hatten wunderschoene blonde Haare, weiche Lippen einen vollen Busen und huebsche Beine, die Beute war an Bord, die Jagd war erfolgreich . Saskia wollte den Namen des Hotels wissen als sie ihn erfuehr aeusserte sie Bedenken ob da auch Backpacker hinein duerfen, Horst beruhigte das Maedel, das waere kein Problem, in diesem Hotel seien schon zu frueheren Zeiten nette Party's gefeiert worden.

Nun begann eine anregende Unterhaltung, die Rucksackschoenen erzaehlten sie haetten einen Billigflug bekommen, ein Schnaeppchen ergattert von Amsterdam nach Kingston, jetzt waeren sie schon sieben Tage unterwegs in Jamaica und alle Plaetze wurden aufgezaehlt die man besucht hatte Negril, Montego Bay, Ocho Rios, Kingston und jetzt San Antone, die Deutschen berichteten in all den Orten war man auch schon und sie wuerden in zwei Tagen zurueckfliegen nach Germany. Ob sie denn den Wasserfall von Ocho Rios besucht haetten fragte Bruno Linda neben ihm, nein dazu waere man nicht mehr gekommen, aber sie haben von einem Taxifahrer gehoert dass das Wasser einen besonders frisch macht wenn man sich darunter stellt, sich abduscht. Horst berichtete dieser Wasserfall habe wirklich geheime Kraefte die einem Menschen eine Weile spaeter ein wunderbares Wohlgefuehl schenken, es sei einfach unerklaerbar, dann fuegte er noch spassig hinzu, den Maennern schenkt das Wasser Kraft und Gesundheit, den Frauen Schoenheit und sie werden von Liebeshunger erfuellt. Die Maedels lachten auf. " Das muessen wir gleich unseren Freundinnen in Holland erzaehlen " rief Saskia belustigt, " wenn sie mal nach Jamaica kommen dann ab unter den Wasserfall ". Joe gab ein bisschen mehr Gas und die Tramperinnen genossen sichtlich die Fahrt im hellblauen Cadillac. " Ist das dein Auto? " fragte Linda. Bruno meinte ein Freund von Joe habe ihnen den Schlitten fuer eine Spritzfahrt ausgeliehen, das tat den Blondies keinen Abbruch, sie hoben die Arme hoch, wedelten mit den Koepfen, ihre Haare wehten im Sonnenwind, dann fingen sie an sich auf hollaendisch zu unterhalten.

Bruno drehte sich nach hinten zu Horst sprach in gedaempftem Ton so dass niemand hoeren konnte was da gesprochen wurde. " Heute haben wir zwei Blondinen bekommen auch nicht schlecht ". " Ja die sind toll ich nehm die gleich neben mir, die sehn sowieso fast gleich aus ". " Okay ich nehm dann die Blondine neben mir ", antwortete Bruno " ich kenn sogar einen Blondinenwitz jetzt pass auf " warum nehmen Blondinen wenn sie zum Einkaufen gehen eine Leiter mit ?" " Das weiss ich nicht ". " Weil die Preise so hoch sind ". " Ha ha der ist gut, pass auf ich kenne auch einen " Eine Bruenette und eine Blondine huepfen von einem Hochhaus in die Tiefe, wer kommt zuerst unten an ?' " Weiss ich nicht ". " Die Bruenette, die Blondine muss erst nach dem Weg fragen ". " Ha, ha Horst fuhr fort " was heisst Blondine auf chinesisch ". " Weiss nicht ". " Dumm Ding ". " Oh ho ". " Ja die Chinesen ", meinte Horst nachdenklich, " die breiten sich aus, die werden immer mehr bis sie ueberall praesent sind ", er ueberlegte " stell Dir vor Bruno Du kaufst im Supermarkt ein, wer steht neben Dir an der Kasse -ein Chinese, Du isst eine Currywurst am Kiosk, wer isst eine Currywurst neben Dir - ein Chinese, Du sitzt auf einer Parkbank und liest die Zeitung, wer sitzt neben Dir -ein Chinese, Du schwimmst im Freibad und wer schwimmt neben Dir -ein Chinese, Du stehst auf dem Fussballplatz, wer steht neben Dir -ein Chinese, Du trinkst ein Bier in der Kneipe, wer trinkt ein Bier neben Dir -ein Chinese, Du steigst in ein Taxi ein, wer sitzt am Steuer -ein Chinese, Du tanzt in der Disco, wer tanzt neben Dir -ein Chinese und wenn Du ein Maedel fragst ob sie mit Dir tanzen will, woher kommt sie -aus China ". " Na hoffentlich ist sie huebsch ", meinte Bruno.

" Ja die Chinesen sie kommen und keiner merkts ", beendete Horst seinen Chinesenvortrag, beide hoerten kurz den Maedels zu wie sie sich unterhielten, " Um was es geht weiss ich nicht, aber ein paar Brocken versteh ich immer ", meinte Bruno. " Hollaendisch ist doch nahe an der deutschen Sprache " antwortete sein Freund, fuer mich klingt diese Sprache lustig wie die sprechen, klingt fuer mich ein bisschen wie kaputtes Deutsch. Die Blondies merkten dass die beiden ueber sie redeten, Bruno outete sich, er kenne nur ein Wort auf hollaendisch " Godverdomme ", da lachten die zwei aus dem Land der Windmuehlen, aus dem Land der leckeren Heringe, der Tulpen und des Goudakaese. " Ja Scheisse so eine Scheisse ", diesen Fluch kennen wir auch aus Deutschland " toente Saskia. " Godverdomme " riefen die Deutschen, " Scheisse, Scheisse " riefen die Hollaender. Joe unterbrach das muntere Geplauder seiner Fahrgaeste und machte eine Ansage " Ladies and Gentleman..soon we are back home ". Horst ueberlegte sprach in die Runde dass im Hotel vier Personen und zwei Rucksaecke in einem Zimmer doch etwas viel waeren, schmunzelnd fuegte Bruno hinzu in ihren zwei Zimmern jeh eine Party zu zweit zu veranstalten das sei doch sinnvoller, die Maedels guckten sich laechelnd an und nickten, waren einverstanden, wussten ja was auf sie zukommt. Und dann war es soweit, man kam an am Ausgangspunkt. Joe parkte den heissen Schlitten elegant vor dem Come-Inn Restaurant, die Urlauber bedankten sich bei Joe fuer die tolle Ausflugsfahrt und auch danke und schoene Gruesse an Mr. Richard, sie haetten die Spritzfahrt mit dem Cadillac doch sehr genossen.

Man war sich einig mit Joe Treffpunkt um halb sieben Uhr im Restaurant, denn heute abend stand ja das Reggaekonzert auf dem Programm. Der Jamaicaner ging ins Lokal hinein auf ein Bier, die Vier ueberquerten die Strasse und betraten das White Sand-Hotel. " Oh ne schicke Bleibe " sagte Linda " Ne coole Unterkunft " meinte ihre Freundin. Donald an der Rezeption war schon leicht irritiert, guckte auf die weibliche Begleitung seiner Gaeste, betrachtete ihre Rucksaecke doch er verlor nicht die Fassung und ueberreichte wortlos mit Diskretion im Blick den beiden Deutschen ihre Zimmerschluessel. Horst fragte noch " How are you Mr. Don " " Everything okay Mr. Horst thank you, have a good day ". " Thank Mr. Don you too ". " Jetzt muessen nur noch die Kanadier auftauchen, der Ted mit seiner Frau das wuerde das Kraut noch fett machen, vielleicht wuerden sie aus dem Hotel ausziehn " witzelte Bruno. Doch wenn man vom Teufel spricht, dann kann es passieren dass er auftaucht, ploetzlich oeffnete sich die Eingangstuer und wer kam herein es war das kanadische Paerchen Ted mit weissem Stohhut auf dem Kopf, blauem T-Shirt und roten Bermudashorts, Stella in schwarzer Jeans nebst zuechtig gruener Bluse, wie hypnotisiert guckten sie auf die zwei Blondinen, glotzten auf die Rucksaecke in ihren Haenden, Ted schaute zu Stella mit leichtem Irrblick, wandte sich aber dann an seinen Zimmernachbarn, seine Stimme klang kirrig. " Hello Mr. Bruno geht's gut (uebersetzt)ja wen man hier alles trifft, wieder eine neue Party was, das ist doch super ". Bruno antwortete in einem hellen ueberzeugenden Ton " Weisst Du Ted das ist hier ein internationaler Treffpunkt " hoehnte weiter

" hast Du das nicht gewusst, das Hotel ist international, hier trifft man Leute aus aller Welt ". " Ja das sehe ich " schaltete sich Stella ein mit einem Blick der nicht mehr an eine Moral glaubt, leicht abwertend toente sie dass man dieses Hotel doch wirklich weiterempfehlen kann, schnell nahm sie Ted an der Hand bekam von Don die Schluessel und die beiden fluechteten rasch die Treppe hoch. " Noch einen schoenen Tag Kanada, tschau tschau ", rief ihnen Bruno nach. " Hast Du noch einen Gummi " fluesterte Horst. " Ja einen hab ich noch ". " Okay ich auch ". Bruno nahm Linda an der Hand. " Ja bis spaeter " verabschiedete sich von Horst und Saskia. " Ja bis spaeter ". Und so gingen die beiden zusammen in den ersten Stock. Horst verschwand mit Saskia in sein Reich im Erdgeschoss. In seinem Zimmer nahm Bruno Linda's Rucksack stellte ihn neben die Couch, ob sie ein Bier trinken moechte " Warum nicht " war ihre Anwort, er holte aus der Minibar zwei kleine Flaeschchen Bier, oeffnete sie und der Koch aus Hameln und die Blondine aus Amsterdam tranken zusammen ein Prost, nach der langen Fahrt im Sonnenschein schmeckte so ein Schluck Bier wunderbar, man stellte die Flaschen am Tisch ab, Linda wanderte zum Fenster guckte hinaus hinunter zum Strand, Bruno ging ihr nach umarmte sie von hinten und meinte er haette in seinem Leben noch nie ein Maedel mit so schoenen blonden langen Haaren kennengelernt, sie drehte sich um guckte ihm frech ins Gesicht laechelte " Und das soll ich glauben, ich glaube eher Du bist ein kleiner Casanova ! " Bruno versuchte ganz ernsthaft zu sein, sagte dass man Maedchen mit herrlich blonden Haaren meistens nur in Filmen sieht oder in Modemagazinen,

Bruno drueckte sie an sich, fuhr mit seinen Fingern durch ihr blondes Haar, fragte kurz wie alt sie sei " Zweiundzwanzig und Saskia dreiundzwanzig ", er setzte an zu einem Kuss da stoppte sie ihn " Ich moechte kurz duschen bevor wir uns naeher kennenlernen ". Ah das ist okay " er hatte kein Problem damit, Linda verschwand im Duschraum, Bruno machte es sich auf der Couch bequem trank weiter an seinem Bier. Gedanken durchzogen sein Gehirn, schluepfrige Gedanken wie das wohl jetzt weitergeht mit Linda , stellte sich schon vor ihren nackten Koerper zu erblicken, ihr huebsches junges gut geschnittenes Gesicht, die schoenen blauen Augen, er hatte das Gefuehl, dass sie alleine duschen will nahm noch einen Schluck aus der Flasche, bald wechselte er von der Couch ins Bett, legte sich auf den Ruecken streckte alle Glieder von sich, dachte das sei der Platz wo er hingehoert, glotzte an die Decke hoch und freute sich auf das junge Maedchen. Diese liess nicht lange auf sich warten mit einem Handtuch um die Hueften, mit weissem Bikini spazierte sie aus der Dusche und legte sich neben ihm ins Bett. Wie schoen die Hollaenderin doch wahr, er beugte sich ueber sie nun war die Zeit gekommen fuer seinen Standardspruch der ja auch wieder der Wahrheit entsprach " Linda Du bist eine sexy Lady " da lachte sie sagte er solle doch bitte die Vorhaenge zu ziehen, oh war sie so schuechtern doch er erfuellte ihren Wunsch stand hoch zog die Vorhaenge zu und flutschte wieder neben ihr ins Bett hinein. Jetzt im Halbdunkel war sie gar nicht mehr scheu schmiegte sich an Bruno an, das war das Zeichen zum Angriff fuer ihn, er kuesste sie sanft auf den Mund, seine Hand fuhr unter ihren Bikini, sie selber schob das Ding nach unten den Bikini aus dem Weg, seine Haende wanderten weiter unter ihr blaues Handtuch " Hast Du einen Kondom ? " " Hab ich ja ". Flugs befreite sich der Mann aus Hameln von seinen Kleidern, praeparierte sich mit einem Gummi und ging zum Tagesgeschehen ueber, naemlich Liebe machen mit Linda. Und sie machte mit, zierte sich nicht wollte ein Zusammensein, ein Schaeferstuendchen erleben mit ihrem Bettgenossen. Bruno kuesste ihre Lippen, ihr Gesicht, kuesste ihre blonden Haare, seine lebendige Lust erregte Linda und sie verpasste ihm jetzt gefuehlvolle Kuesse, eine Hand von ihr wanderte nach unten immer tiefer bis sie seinen Schlegel umklammerte, das tat ihr wohl, ja die Hollaenderin war auch nur ein Mensch aus Fleisch und Blut " Ganz schoen gross dein Ding da " hauchte sie ihm ins Ohr. Ihr Gerede turnte Bruno an, das Handtuch das sie bedeckte schob er zur Seite und es turnte ihn noch mehr an, sie war nicht nur oben blond sondern auch unten blond , es machte ihn so heiss dass er ihre weissen Schenkel auseinanderdrueckte, sich auf sie legte und seinen Wonneschlegel samt Gummi langsam in ihr kleines blondes Paradies hineinschob. Ja und die zwei Europaeer machten in Jamaica flotte Liebe miteinander, es haette gar nicht besser sein koennen fuer beide, Linda's hohe Lustrufe und Bruno's bassiges Gestoehne harmonisierten, passten klanglich gut zusammen, das war bestimmt wieder was fuer die Kanadier im Nebenzimmer, diese Liebesgeraeusche der beiden konnte man schwer ueberhoeren. Und sein staemmiger Brunftschrei signalisierte den Zimmernachbarn dass es zu Ende war, vorbei mit dem Liebemachen. Ruhe kehrte ein.

Entspannt und zufrieden schmusste sich die deutsch-hollaendische Verbundenheit noch ein wenig ab " Das war schoen mit Dir echt " meinte Bruno " Godverdomme das war schoen ". " Scheisse, Scheisse ja das stimmt " rief Linda. Bruno liess sich auf die Seite fallen und das Maedel verschwand im Duschraum. Ausgestreckt lag er im Bett dachte das sei ein Gluecksgriff gewesen mit den Hollaenderinnen ob da noch ein Maedchentausch sinnvoll sei, im Moment fuehlte er sich absolut befriedigt, seine Gedanken gingen weiter ja noch morgen, noch einen Tag hatten sie in San Antone zum Geniessen, am Tage darauf wuerde sie dann Eddy aus Kingston abholen und sie direkt mit dem Taxi nach Montego Bay fahren wo das Flugzeug schon wartet um sie nach Kingston zu fliegen, von dort aus zurueck in die Heimat nach Deutschland. " Bruno willst Du nicht duschen ? ", Linda's freundliche Stimme holte ihn zurueck in die Gegenwart, diese Einladung nahm er an, hechtete aus dem Bett spazierte zum Duschraum " Okay ich komme, ich komme ", Linda grinste als er neben ihr stand " Du bist doch gerade gekommen " Und Du bist sehr schlagfertig Linda " . Danach wuschen sich die beiden gegenseitig ab und er konnte noch einmal die schoene nackte Hollaenderin beaeugen, doch sexuelle Handlungen wurden nicht mehr vollzogen. Bruno verliess als erster die Dusche kleidete sich an, setzte sich auf die Couch, als das Maedel bereit zum Abmarsch war setzte sie sich neben ihn und sie unterhielten sich ein bisschen ueber dies und das, dass sie morgen von Kingston aus mit Saskia nach Amsterdam fliegt, beide wuerden ja in der Gastronomiebranche arbeiten, deshalb koennen sie sich den Urlaub immer schoen einteilen.

Nun war der Augenblick gekommen. Bruno uebergab Linda ein paar schoene Scheine zur Aufbesserung ihrer Reisekasse, diese bedankte sich herzlich mit einem sanften Kuesschen meinte davon werden noch einige Souveniers in Kingston gekauft, jetzt moechte sie gerne nach Saskia schauen, das war kein Problem, Linda packte ihren Rucksack unter den Arm und die beiden verliessen das Zimmer gingen die Treppe hinunter. Nach einigem Klopfen oeffnete Horst die Tuer, Saskia sass schon angezogen auf der Couch und der Schimansky grinste zufrieden. " Alles okay Horst ? ". " Alles okay auch bei Dir ? " " Alles okay ". Die zwei Tramperinnen schienen auch gute Laune zu haben, anscheinend hatte auch schon Saskia ihre Reiseaufbesserung schon kassiert, sie gingen aufeinander zu und unterhielten sich ziemlich fitfrisch auf hollaendisch. " Okay es ist Zeit wir muessen jetzt gehn " meinte Linda " vielleicht sieht man sich ja irgendwo wieder im Urlaub, man weiss ja nie ". " Das ist schon moeglich ", antwortete Horst. Zum Abschied gabs noch Rundherumkuesschen und gute Wuensche fuer alle, danach verliessen die zwei Rucksackmaedels das Zimmer. Die Urlauber standen da mitten im Raum. " Ja Horst das war schoen mit dieser Linda ". " Bei mir auch mit Saskia, das lief richtig locker ab mit dem Blondie..ah da faellt mir ein, da gabs mal eine LP einen Plattentitel von Rod Stewart der hiess " Blonds have more fun " ich erinnere mich hi hi..". " Ach was " erwiderte Bruno " das ist auch nur Seemanngarn, was machen wir jetzt mit diesem angebrochenen Tag, es ist noch purer Nachmittag ". " Wir gehn zum Strand " toente Horst " ich zieh mich nur kurz um ".

" Okay dann treffen wir uns am Strand in zehn Minuten ". " Okay bis gleich ".
Wouh Bruno wachte auf in seiner Unterkunft in Hameln, diesmal hatte er lange
geschlafen und viel getraeumt, es war voll hell, beinahe schon mittag, gut dass
er heute noch einen freien Tag hatte, jetzt musste erstmal eine Dusche her und
dann nochmal ins Nest hineinhuepfen, wieder weiterschlafen und den
Resturlaub im Traum noch einmal zu erleben, gedacht, getan. Nach der Dusche
wieder im Bett liegend genehmigte er sich einen grossen Schluck aus der
Wassserflasche,danach schloss der Koch aus Hameln die Augen und bald, sehr
bald sah er sich am Strand von San Antone mit freiem Oberkoerper in seiner
schwarzen Sporthose sitzen in einem Liegestuhl neben ihm sein Freund Horst
auch nur bekleidet mit einer kurzen Freizeithose und er hoerte ihn sagen dass er
im Moment viel zu faul sei ins Wasser zu gehn, er moechte nur sitzen und
doesen. Diesmal sah man mehr Strandgaeste im Sand sitzen, auch im blauen
Meer zeigten Leute ihre Schwimmkuenste und einige liessen sich von den
Wellen hin und her treiben. Bruno sagte ploetzlich " Schau mal wer da fuenfzig
Meter weiter von uns sitzt. " Ah das sind sicher deine Freunde die Kanadier ". "
Meine Freunde..das ist gut, das war jetzt nett mit den Blondinen " schwaermte
Bruno " die eine sah ja aus wie die andere, man haette meinen koennen es sind
Zwillinge, da eruebrigt sich ja ein Zwillingstausch ". " Der Saskia hat es richtig
Spass gemacht, die war ausgehungert ". " Die Linda auch, die waren beide
ausgehungert ". " Ja morgen ist unser letzter Tag hier auf diesem schoenen
Fleckchen Erde ", ,meinte Horst in nachdenklichem Ton

" aber heute steht noch eine heisse Fahrt mit dem Cadillac zum Reggaekonzert auf dem Programm, na die werden schauen wenn wir da aufkreuzen mit diesem Superschlitten ". " Genau alles der Reihe nach wie es kommt, ein Fest nach dem anderen, einen Hoehepunkt nach dem anderen geniessen ". Heute hatten wir ja schon einen Hoehepunkt " unterbrach Horst seinen Freund " ja Du hast schon recht nur keine Hektik, kein Durcheinander aufkommen lassen ". Gelaechter brach aus. Da naeherte sich jemand den beiden im Liegestuhl.

Horst erkannte die Person gleich barfuss in gelbem T-Shirt und weisser langer Hose meinte er das sei Sunny wieder, der Eisverkaeufer Sunny mit seiner Eisbox unter dem Arm. " Ah Sunny " sagte sein Freund " Sunny ist die Micky Maus ". Und die Micky Maus begruesste die beiden freundlich mit einem " Hello, hello ". " Hey Sunny how are you (uebersetzt) wie geht's Dir " rief Bruno " hast Du wieder kein Bier dabei, aber nein das macht nichts, dann nehmen wir halt nochmal ein Eis, ich nehm einen Vanillebecher ". Horst entschied sich fuer einen Schokobecher. Ah die Micky Maus huepfte von einem Fuss auf den anderen, schaute lieblich drein und ueberreichte die gewuenschten Eisbecher, Bruno bezahlte " Danke Sunny, na heute hast Du ja mehr Kundschaft als beim letztenmal ". Dieser guckte interessiert um sich, vielleicht koenne er ja heute die ganzen Eisbecher in seiner Box verkaufen und noch ein paar Cola dazu. " Dann gib noch zwei Cola her fuer uns " sagte Horst, da freute sich der Micky und haendigte noch zwei Dosen aus, Horst bezahlte, da hob schon von weitem Ted der Kanadier den rechten Arm in die Hoehe, das war das Zeichen fuer Sunny weiterzuziehen.

" Thank you very much my friends " rief Sunny. " Thank you very much Sunny " echoten die zwei Deutschen und die Micky Maus machte sich auf den Weg. " Jetzt sitzen wir hier am Strand und loeffeln Eiscreme, haben schon laenger nichts mehr Gutes geraucht ", sagte Horst. " Ja weil wir immer auf der Jagd sind, man kommt ja zu nichts mehr ", toente sein Freund " dann muss man die Beute noch geniessen, das kostet einen ja die ganze Kraft, nein man hat fuer nichts mehr anderes Zeit ". " Das stimmt " fuegte Horst hinzu " wir haben schon ein hartes Leben voller Termine und immer diese anstrengenden Fahrten in diesem Cadillac mit Kater Carlo dem Jagdhund, nein so ein hartes Leben das wuerde ich meinem aergsten Feind nicht wuenschen ". Kichernd hockten die beiden in ihren Liegestuehlen. " Aber siehst Du Horst wir koennen auch ohne den Rauch, ohne einen Joint Spass haben, viel Spass sogar ". " Ja das ist eben die alte Weisheit Du kannst von allen Fruechten dieser Erde kosten aber bleibe an keiner Frucht haengen werde nicht suechtig nach ihr ". Bruno hakte nach " Ja was ist denn die beste Loesung mit all den Drogen, man hoert verschiedene Aussagen, die einen sagen alle Drogen verbieten zum Schutz der Kinder der Gesellschaft , die anderen sagen weiche Drogen wie Haschisch und Marihuana freigeben nur die harten Sachen verbieten wie Kokain und Heroin, doch widerum andere meinen die beste Loesung sei alle Drogen freizugeben, dadurch schaffe man die ganze Drogenkriminalitaet ab und die Drogenhaendler verdienen kein Geld mehr mit dem Verkauf ihrer Ware , was meint Horst der Philosoph, was ist die beste Loesung ? "

Horst wiegte seinen Kopf hin und her sprach langsam " Na ja ich weiss auch nicht, das ist nicht so leicht, ueber die Drogenfreigabe habe ich mir auch schon Gedanken gemacht, ich weiss nur eins ich denke man sollte mal was ausprobieren, dann wird man sehen, ja probieren geht ueber studieren also mein Vorschlag waere ein Experiment zu veranstalten vielleicht in einem kleinen Land wie die Schweiz dort fuer ein halbes Jahr alle Drogen freigeben und ich meine alle, Haschisch, Marihuana, Kokain, Heroin, Mescalin, LSD, Opium und Ekstasy und alle Speedtanzdrogen einfach alles feigeben fuer ein halbes Jahr nicht laenger in einem kleinen Land wo die Wirtschaft floriert, wo die Kinder zur Schule gehen und das Familienleben einigermassen intakt ist und nach Ablauf eines halben Jahres wird das kleine Land dann besucht, dann wird man sehen, wenn dort das gesellschaftliche Leben weiterhin funktioniert, es allen Menschen gutgeht, alle gesund und munter sind dann kann man nachdenken ueber eine Drogenfreigabe ". Horst schob einen grossen Brocken Schokoeis in seinen Mund hinein danach fuhr er fort " aber wenn die Haelfte der Bevoelkerung vollbekifft und dicht von allerlei Drogen nur noch herumliegt auf Wiesn und Freizeitparks und in den Haeusern, wenn sich die Mehrzahl der Menschen im Drogenrausch befindet, keiner mehr arbeitet und das oeffentliche Leben zusammenbricht dann ist das Experiment gescheitert, denn wenn es in einem kleinen Land nicht funktioniert, dann funktioniert es auch nicht in einem grossen Land und es wird keine Freigabe aller Drogen auf der Welt geben " . " Was denkst Du Horst, was ist deine persoenliche Meinung ? "

Horst guckte seinen Freund nachdenklich an meinte cool " Ich bin eher skeptisch, koennen wirklich Menschen fuer ein halbes Jahr diszipliniert mit all diesen Drogen umgehen, was ist wenn Kinder und Jugendliche an diese Sachen herankommen, aber nichts destotrotz, man sollte so ein Experiment durchfuehren, dass dann nach einem halben Jahr die ganze Welt das Ergebnis sehen kann ". " Warum gehst Du nicht an die Oeffentlichkeit mit deinem Wissen ? " " An die Oeffentlichkeit mit meinen Ideen warum, das wissen doch viele andere auch, die in der Regierung sind die Politiker werden niemals so ein Experiment starten aus vielerlei Gruenden, sie sagen dann zum Schutz der Jugend, zur Aufrechterhaltung der Sitten, aus wirtschaftlichen Gruenden auch aus Angst vor Machtverlust nein, so ein Experiment wird wahrscheinlich nie durchgefuehrt werden aber es koennte auch die Einstellung zu Drogen veraendern so oder so, die Menschheit sollte das Ergebnis akzeptieren und daraus lernen, das waere schon ein Fortschritt in die richtige Richtung das Drogenproblem zu loesen ". " Gut gesprochen Herr Schimansky ", sein Freund nahm einen Schluck Cola " mir fallen jetzt gleich die Augen zu nach dieser super Drogenunterhaltung, ich muss jetzt doesen, ein bisschen doesen ". " Ja " meinte Horst " das ist gut, ein bisschen doesen, also bis spaeter ". " Ja bis gleich ". Und die beiden in ihren Liegestuehlen nickten ein, schliefen laenger als sie dachten. Laut gaehnend erwachte Bruno, es war kurz vor sechs Uhr abends, jetzt machte auch sein Reisekumpel langsam die Augen auf guckte um sich " Mann Bruno ich hab getraeumt, nach unserm Drogengespraech hab ich getraeumt - wouh die Sonne war heiss, ich sah mich auf einer belebten Strasse gehn, weiss nicht wo, lauter angeturnte Leute liefen an mir vorbei, Frauen , Maenner, Jugendliche alle lachten, gruessten mich freundlich, ich gruesste freundlich zurueck, auf Parkbaenken sassen Menschen jung und alt, die kicherten, die lachten, da kam ein junges Maedchen auf mich zu mit bunten langen Haaren in Regenbogenfarben, wouh sie war wunderschoen in einem weissen Minikleidchen und sie laechelte mich an, ich wollte zu ihr etwas sagen, doch dann bin ich aufgewacht, ja so was Bloedes "! " Vielleicht hast Du eine Variante getraeumt Horst von deinem Halbjahresexperiment ", feixte Bruno " hoer mal, wir haben heute noch volles Programm, ja ein volles Urlaubsprogramm, erst einmal Joe treffen im Come Inn - Restaurant, dann eine leckere Vorspeise essen, danach gehts wieder auf Tour auf die Beachroad mit dem Cadillac zum Reggaekonzert und spaeter auf dem Rueckweg sind wir wieder im Jagdfieber, na das ist doch ein schoenes Programm, da kann man nicht meckern ". " Ja wunderbar " rief Horst, die zwei beschlossen den Strand zu verlassen, erhoben sich aus ihren Liegestuehlen , gingen zurueck ins Hotel, Treffpunkt in einer guten Viertelstunde im Restaurant. " Hello my friends, everything okay ? " so begruesste Joe heute in weisskariertem Countryhemd nebst hellblauer Jeans seine beiden frischgeduschten Auftraggeber im gut gefuellten Restaurant. Der Kater Carlo sah schick aus, sass allein am Tisch vor einer Flasche Bier und das Ziegencurry mit Reis schien ihm zu schmecken. " Yeah everything okay Joe ", meinte Bruno, die beiden setzten sich an den Tisch zu ihm, auch sie hatten sich heute in Schale geschmissen.

Horst in gruenem Freizeitpulli, gut gebuegelter schwarzer Jeans und schwarzen Sandalen, auch Bruno in langen Jeans hellblau wie Joe heute, sein weisses T-Shirt hatte einen grossen Elefantenkopf auf der Vorderseite, die weissen Turnschuhe rundeten sein Outfit ab. Der Kellner war schon im Kommen und die beiden bestellten natuerlich was - zweimal Ziegencurry mit Reis und zwei Bier. Joe schmatzte an einem grossen Stueck Ziegenfleisch herum fragte gleich neugierig ob alles okay ging mit den Blondies, mit den Tramperinnen. Horst beantwortete seine Frage es habe Spass gemacht mit dieser Saskia, auch Bruno gab seinen Senf dazu " Diese Linda, die hatte auch Spass die hat richtig mitgemacht ". Joe guckte mit grossen Augen, da sagte Horst " Warscheinlich war die eine wie die andere ", und Bruno meinte " Und die andere war bestimmt wie die eine ". Jetzt wusste Joe mehr, wusste Bescheid, ja diese Blondinennachrichten waren so detailliert gut, dass er gleich einen Mordsschluck aus der Bierflasche nahm und dann kund tat, er freue sich dass die Jagd wieder mal so erfolgreich war. Joe wiederholte gutlaunig heute abend haetten sie noch einmal den Strassenkreuzer zur Verfuegung fuer die Fahrt zum Konzert und anschliessend fuer die Jagd. Und es gaebe noch eine Neuigkeit zu berichten morgen kommt Mr. Richard von seinem Landausflug zurueck, am Abend gebe er dann einen kleinen Empfang, einen Umtrunk hier im Come Inn - Restaurant fuer Freunde und Leute die hier arbeiten auch fuer Gaeste vom White Sand - Hotel und Mr. Richard wuerde sich freuen wenn Mr. Horst und Mr. Bruno Zeit faenden und vorbeikommen wuerden " Das ist ja eine Einladung " sagte Bruno.

" Ja Mann das ist eine Einladung " meinte der Kater Carlo grinsend. " Na da kommen wir doch vorbei ", rief Horst siegessicher, klopfte seinem Freund dabei auf die Schulter, " wenn uns dieser Mr. Richard schon seinen Strassenkreuzer , seinen Cadillac zur Verfuegung stellt da lassen wir uns schon blicken wenn uns Vetter Gustav der Glueckspilz einlaedt, wir sind doch nicht undankbar, ah das wird sicher nett ". Ja der Kellner kam auch sicher an den Tisch mit einem Tablett " Zweimal Ziegencurry mit Reis " erklaerte er stellte flugs die zwei Teller vor die Nasen der zwei Urlauber mh..das duftete dieses Ziegenfleisch. Da kam noch ein junger Typ in einer weissen Schuerze von hinten heran brachte zwei Red Stripe-Biere, alles gut, alles war paletti und nach einem herzhaften Schluck aus der Flasche liessen sich die zwei diese jamaicanische Koestlichkeit schmecken waehrend Joe meinte nach dem Essen koennten sie dann gleich losfahren, er beendete gerade seine Mahlzeit, erklaerte aber Zeit sei genug vorhanden denn die Bands hier in dieser Gegend nehmen es nicht so genau mit der Puenktlichkeit. Mann das Curry schmeckte derartig lecker dass die zwei alles rundherum vergassen und sich diese Delikatesse mit Hochgenuss in ihre Muender hineinschaufelten, das Bier passte wunderbar dazu, am Ende streckten sie ihre Glieder, hielten sich die Baeuche doch so gross waren die Portionen auch wieder nicht. Bruno hob den Arm gab dem Kellner ein Zeichen , nach einer Weile kam er mit der gesamten Tischrechnung und freute sich ueber ein schoenes Trinkgeld. Joe sagte " Thank you very much , der Cadi wartet schon auf euch ". " Ja los geht's, die Beachroad wartet " rief Horst, die drei erhoben sich von ihren Stuehlen, verliessen das Restaurant, stiegen ein in ihr Luxusgefaehrt diesmal Horst vorne als Beifahrer, sein Freund pflanzte sich auf den Ruecksitz, Joe gab laessig Gas und der Wagen fuhr los. Die Urlauber hatten volle Laune waren sich einig mit so einem geilen Auto herum zu kutschieren, das ist schon cool, sie fuehlten sich doch wie zwei kleine Beachroadkoenige in ihrem hellblauen Cadillac mit Chauffeur, genossen es mit dem heissen Schlitten in einen glutroten Sonnenuntergang hineinzufahren. Joe lenkte den Wagen schoen langsam dass seine Mitfahrer auch alles mitbekommen was sich da auf der Strandstrasse alles abspielte. Obstverkaeufer mit vollem Fruchtangebot auf ihren Tischen, umherziehende Souvenierhaendler, spazierende Gruppen von Jugendlichen bewaffnet mit Radio's und Kassettenrecordern, einzelne Touristenpaerchen, einheimische Maedels zu zweit, zu dritt sich an der Hand haltend. Bruno lief schon das Wasser im Mund zusammen sprach nach vorne zu Horst " Heute ist ja wieder leckeres Gemuese unterwegs ". " Ja mal schaun was da noch uebrig ist fuer uns bei der Rueckfahrt " meinte dieser "vielleicht nur noch ein paar Salatblaetter hi..hi ". Joe schaltete sich ein meinte beim Reggaekonzert kann man auch viele huebsche Maedels treffen. " Ach so dann wird das ein Jagdkonzert fuer uns werden ", feixte Horst " mal was ganz Neues ". " Mann ich hab einen Brand " rief Bruno ploetzlich , " ich hab einen Durst, einen grausamen Durst ". Das kaeme vom Ziegencurry meinte Joe, das war heute sehr salzig und scharf gewesen, ja an sehr heissen Tagen wie heute, da salzt der Koch nach, da wuerzt er nach, ihm gehe es genauso, er haette auch einen grossen Durst.

Bruno bat Joe gleich am naechsten Getraenkekiosk anzuhalten um Bier zu kaufen einen Sixpack, das sei eine tolle Idee meinte der Jamaicaner, es dauerte nicht lange ein Minisupermarkt tauchte auf. Joe hielt direkt vor dem Markt, ein aelterer Typ vor der Tuer stehend laechelte, war ganz weg von dem Strassenkreuzer, Horst reichte seinem Fahrer ein paar Scheine, Kater Carlo bewegte sein Gewicht aus dem Auto heraus, er und der Mann verschwanden im Laden, Joe erschien bald wieder mit einem Sixpack unterm Arm, der Kioskmann hob noch freundlich die Hand zum Abschied. " By, by good luck " schallte es aus dem Strassenkreuzer heraus. Joe stellte die Packung auf den Ruecksitz, auf seinem Schluesselbund befand sich ein Bieroeffner, in Windeseile oeffnete er drei Flaeschchen stieg danach vorne ein startete den Motor, die Fahrt ging weiter. Ah das kuehle Bier schmeckte wunderbar, nach ein paar kraeftigen Zuegen wunderte sich Bruno dass eine Flasche sich so schnell leeren kann, das waere ja unglaublich. Bald wurden die drei anderen Flaeschchen geoeffnet um den Durst der drei weiter zu loeschen. Inzwischen war es dunkel geworden und im warmen Abendlueftchen fuhr der Cadillac aufreizend gemaehchlich die Beachroad entlang. " Vielleicht koennen wir ja ein bisschen mitsingen im Chor mit der Band ", schmunzelte Bruno. " Du willst mit der Band singen " rief Joe, da erzaehlte der Mann aus Hameln die ganze Geschichte dass sie doch am letzten Tag in Montego Bay im Cornwall Restaurant auf die Buehne geholt wurden von Bobby dem Saenger der Band, seine Wenigkeit, Horst und Konrad ein Deutscher der dort lebt und alle zusammen sangen dann einen Song von Bob Marley " Don't worry about a thing ".

Und zum Beweis der Richtigkeit dieser Behauptung fing Horst mit hochgestreckten Armen zum Singen an. " Don't worry about a thing ". Der zweite Song hiess " Lively up yourself " meinte sein Freund, er koenne sich erinnern. " Ja Mann das ist ja super ", rief Joe, laechelnd klaerte er auf das Lied heisst nicht " Don't worry " sondern " Three little birds ". " Ach so " meinte Horst " das haben wir schon vergessen ". " Ich kann ja mal die Jungs von der Band fragen, die freuen sich bestimmt wenn ihr da mitsingt und Bob Marley Songs spielen die auf jeden Fall ". " Das kann was werden " rief sein Beifahrer uebermuetig. " Uebrigends wir sind bald da" ,meinte Joe " die Jugendlichen nennen dieses Freizeitheim " Come together " das auch von der Stadt Kingston finanziell unterstuetzt wird. Wie vorausgesagt tauchte ploetzlich auf der linken Strassenseite ein zweistoeckiges Gebaeude auf erhellt von weissgelben Neonlampen die vom Dach herunterschienen. Als der Cadillac naeher herankam meinte Horst, dieses Monstrum sehe eher aus wie ein Wuerfel in der Horizontalen etwas fett geworden. " Ja Mann gut gesprochen ", kicherte der Jamaicaner. Es war wie Joe es beschrieben hatte ein rosa-gruener Bau, unten gruen, ab der Mitte aufwaerts dann rosa. Vor dem Eingang da tummelte sich eine ganze Meute Jugendlicher ausser Rand und Band plaerrend, umher huepfend, aus den Fenstern oben schauten Leute hinunter beobachteten die Szene. Als der Strassenkreuzer vollfett vorfuhr lief ein ganzer Schwarm Maedels und Jungs auf das Auto zu, Joe stoppte den Cadillac, einige Halbstarke lehnten sich vorne auf die Haube, sie schrien " Wouh cool " sie pfiffen durch die Finger, Joe redete mit den Jugendlichen, fragte ob die Band schon da sei

" Soon come " schallte ihm die Jugend entgegen. " Ah soon come " feixte Bruno " das kennen wir schon - es kommt bald ". Joe redete mit den Cadillacfans, sie sollen die Haube vorne freimachen, er moechte noch ein Stueck vorfahren und dann parken, das verstanden sie, nachdem der Jamaicaner dies gemacht hatte verliessen die drei den Schlitten gingen zurueck zum Eingang. Joe zueckte ein paar Dollars mehr uebernahm das mit dem Eintritt, heute kostete es mehr wegen der Band, dafuer bekamen die Besucher von einem Typ an der Kasse jeh einen Stempel auf den Handruecken gepresst, danach gingen sie in Innere. Auf der rechten Seite befand sich ein groesserer Raum mit Getraenketischen und Sitzbaenken nebst einer Minitanzflaeche, die Decke und die Waende waren ueberzogen mit knallbuntem Glanzpapier. " Sieht aus wie auf einer Faschingsparty hier " rief Bruno entzueckt. Maedchen und Jungs bewegten sich zu tanzenden Disco-Rythmen. Wouh da waren einige heisse Kaefer sichtbar. " Na was habe ich gesagt ", meinte Joe stolz, " hier kann man sehr huebsche Maedels treffen ". " Ja wirklich" stimmte ihm Horst zu " da faellt einem die Wahl schwer ". Joe fuhr fort hier unten werde Alkohol ausgeschenkt, oben bei den Veranstaltungen gibts nur was zum Essen und keinen Alkohol. " Da schaun wir doch mal nach oben was da los ist ", toente Bruno " aber dann gehts wieder nach unten weil es da oben nichts zu trinken gibt, ich meine kein Bier ". Die drei Konzertbesucher stiegen die Treppe hoch, dort befand sich ein kleiner Saal mit einer noch kleineren Buehne, davor sassen Leute auf Stuehlen die auf die Band warteten. " Es ist schon nach halb acht Uhr und die Musiker sind immer noch nicht da " sagte Joe zu sich selber, redete dann mit einem jungen Typen der tolle Rastalocken bis zur Schulter trug, dieser war voellig ueberzeugt " The band soon come..Rastaman Vibration soon come ". Bruno's Blick fiel auf zwei Maedels die nebeneinander auf Stuehlen sassen, die eine in einem weissen Sommerkleidchen mit gestecktem Blumenschmuck in ihrem gelockten Haar, das andere Teil sah auch huebsch aus, aermelloses blaues T-Shirt , kurze gruene Sporthose. " Guck mal die zwei an die da vorne sitzen ,sehn die nicht begehrenswert aus ". " Ja beide sehr apart, aber hier sind ja so viele tolle Maedels die apart aussehen, ueberall links und rechts ". Jetzt fiel Bruno's Blick auf einen Seitentisch voll mit winzigen Hamburgern, Coca Cola und Sodaflaschen. Hinter dem Tisch stand eine kraeftige Jamaicafrau. " Hey die Hamburger sehn ja putzig aus, richtig niedlch " , meinte dieser " wenn die Musik noch nicht da ist, da ess ich jetzt einen Hamburger oder besser gleich zwei, die sind ja so klein ". " Das sind Chicken-Hamburger mit Haehnchenteile Ketschup und Mayonnaise sehr lecker " stellte Joe fest, nahm auch zwei Dinger davon, Horst liess sich nicht lumpen griff auch doppelt zu, Joe regelte das Finanzielle. Im Stehen mampften die drei genussvoll ihre Miniburger, ein Soda oder Cola wollten sie nicht dazu trinken. " Jetzt muessen wir aber wieder runtergehn, ich brauch jetzt ein Bier das gibts nur unten " rief Bruno als alle ihre Burger verzehrt hatten. Und so stapften sie die Treppe hinunter besuchten wieder diese bunte Minidisco, wouh die Weiblichkeit schenkte ihnen viel Aufmersamkeit, neugierige Augenpaare musterten sie, Horst kaufte drei Bier zueckte die Dollars, die drei nahmen Platz auf einer Bank und liessen sich das Bier schmecken.

Einige Paerchen bewegten sich laessig cool auf der Tanzflaeche, doch man merkte einige Jugendliche unterhielten sich nervoes, guckten auf die Uhr, wo war die Rastamann Vibration - Band . Niemand wusste Bescheid es gab noch keine Nachricht von irgendwo her, man konnte nur eines tun, naemlich warten und so wartete das Freizeitheim " Come together " auf die Musiker. Nach einer guten Weile holte Horst noch einmal Nachschub und meinte " Mein Vorschlag waere wir trinken jetzt noch ganz gemuetlich diese drei Flaeschchen leer und wenn die Band immer noch nicht erscheint, dann haun wir ab, dann fahren wir los ". " Dann gehn wir wieder auf die Jagd " rief Bruno ganz erfreut " wir sind ja nicht zum Vergnuegen hier ". Gelaechter machte sich breit, die drei stiessen an, nichts passierte. Etwas spaeter schuettelte Joe den Kopf meinte dass es die Bands in dieser Gegend mit der Puenktlichkeit nicht genau nehmen. " Aber wir warten jetzt fast schon eineinhalb Stunden " rief Horst " in Deutschland waere das undenkbar ". " Aber das ist leider so hier, manchmal kommen die Bands sehr spaet ", schmunzelte Joe " und manchmal kommen sie ueberhaupt nicht mehr ". " Ah das sind ja tolle Aussichten , haben wir nicht einen Musikzuschlag bezahlt ", wollte Bruno wissen. " Den kann man noch zurueckfordern ", grinste Joe etwas unsicher. Da riss ein Typ die Tuer auf, schrie los dass die Band bald kaeme " Soon come, soon come " dann verschwand er wieder. Doch der Laerm, der Krach von draussen wollte nicht aufhoeren, da musste irgendetwas im Gange sein. Joe meinte man sollte mal nachschaun was da los sei und die drei verliessen den Discoraum.

Draussen auf der Treppe standen eine Menge Konzertbesucher, oben im ersten Stock wurde laut geklatscht, gejohlt und gestampft. Joe fragte seine Begleiter ob es ihnen schon aufgefallen ist, dass sie heute die einzigen Auslaender hier im " Come together " sind, danach verschaffte er sich Gehoer wollte wissen ob die Band schon da sei. " No, no, no "plaerrten einige Leute um ihn herum. " Lass uns mal hochgehn und schaun was da oben los ist " ueberzeugte Joe die beiden. Gesagt, getan. Wouh und die drei staunten nicht schlecht, inzwischen war der Veranstaltungsraum voll mit Publikum, man hatte die Stuehle beiseite gestellt in eine Ecke , uebersteuerte Musik droehnte aus einem Kassettenrecorder gab den Rythmus an, auf der kleinen Buehne da ging ein Typ auf den Haenden und drehte sich dann um die eigene Achse, die Jugendlichen standen da im Kreis, schrien und klatschten in die Haende feuerten den jungen Burschen noch an, schnell huepfte ein anderer duerrer Typ dazu, der auf den Haendengehende beendete seinen Auftritt verliess die Buehne, der duerre Typ dafuer machte zwei Saltos hintereinander unglaublich. " Hey Mann hier laeuft ja eine Breakdanceshow ab " rief Joe sichtlich ueberrascht " die veranstalten ein Happening, ich glaube die Leute hier machen sich ihre eigene Unterhaltung, die warten nicht mehr bis die Band endlich kommt, da laeuft jetzt eigene Action, ja die Jamaicaner die haben Rythmus, die haben Musik im Blut. Das gefiel den zwei Deutschen " Yeah good vibrations ich weiss schon was Joe meint " toente Horst " die Jungen haben schon recht dass sie selber was machen, dass sie das Heft in die Hand nehmen, hier kocht ja die Bude ".

Bruno guckte zum Nebentisch, ein paar Miniburger waren noch uebrig, die Verkaeuferin stand da als wuerde sie das Ganze nicht beruehren. " Ja wenn kein Reggaekonzert stattfindet, dann ess ich halt noch was ", meinte dieser, die drei langten zu, jeder fuehrte sich nochmal zwei Stueck zu Gemuete. Joe zueckte die Scheine, gab sie der Lady hinter dem Tisch. Bruno schob sich einen Burger zwischen die Zaehne, die Dinger wurden gleich im Stehen verdrueckt. " Schmecken wirklich gut diese kleinen Appetitanreger, danach muesen wir aber wieder runter, weil es hier oben kein Bier gibt " stellte Bruno trocken fest. " Wir wollten doch abhaun " meinte sein Freund. " Richtig wir gehn wieder auf die Jagd ". Inzwischen entwickelte sich seitwaerts neben der Buehne ein lautstarker Disput zwischen einem aelteren Jamaicaner und zwei Jugendlichen, einer von den beiden klopfte mit einer Colaflasche auf einen Stuhl dass es bummste, der andere guckte dauernd auf die Uhr und fuchtelte mit seinen Haenden herum. " Hey Joe kannst Du uns das uebersetzen um was es da geht ? " fragte ihn Horst. Dieser ging einen Schritt nach vorne, seine Ohren lauschten, danach drehte er sich auf dem Absatz um und berichtete " Es geht darum dass die Band immer noch nicht da ist, des aeltere Mann arbeitet hier im Freizeitheim und die Jungen sind sauer, nicht nur weil die Band nicht kommt, sondern auch weil sie keine Nachricht erhalten ob die Musiker ueberhaupt noch erscheinen, der Mann vom Freizeitheim sagt er weiss auch nicht was los ist. Da nahm der Typ mit der Colaflasche einen Stuhl hoch und schmiss ihn krachend auf andere Stuehle. Dieses Getoese lenkte viele von der Breakdance-Show ab, sie guckten auf, Leute schrien durcheinander, der naechste packte einen Stuhl schmiss ihn wuchtig auf einen Berg leerer Stuehle. " Ich glaube wir sollten jetzt gehn " rief Joe bestimmt " die Jugend ist ziemlich veraergert jetzt weil die Band nicht kommt ". " Eine gute Idee bevor noch mehr Stuehle durch die Luft fliegen und sie alles zusammenschlagen hier lasst uns die Fliege machen ", feixte Bruno. Die drei verliessen den Saal bahnten sich zwischen den Wartenden auf der Treppe einen Weg nach unten, sie wollten das " Come together ' verlassen, doch mit einem Schwung ging die Eingangstuer auf und was war das..wouh Hollywood-Sternenglanz kam hereingeschwebt in der Form von zwei schlanken braunhaeutigen Schoenheiten, silberweisse Ministernchen klebten auf den Gesichtern, in ihren hochgesteckt schwarzen Kraushaaren tummelte sich eine Art silbernes Lametta wie es zu Weihnachten auf dem Christbaum haengt. " Hello " rief die eine den Urlaubern zu, diese geschmueckten Maedels sahen aus wie heisse Models, sie waren " dressed to kill ". " Hello " rief Horst zurueck, den zwei Deutschen gingen die Augen ueber, nein zwei Ladyboys waren das sicher nicht. " Das sind zwei Professionelle " schmunzelte Joe leise. " Egal, professionell oder nicht, die sehn geil aus " murmelte Bruno. " Hello Im Jill and this is Mariana, where you go ? " " Yeah we go outside now ", Bruno fand seine Sprache wieder. Die Urlauber guckten die zwei huebschgestylten Braeute an von oben bis unten. Jill bewegte sich in einem kurzen Sonnenblumenkleidchen das heruntergerissen aussah wie das Sonnenblumenbild von dem hollaendischen Maler Vincent van Gogh, dazu rotgestrichene Lippen und weisse hohe Stoeckelschuhe, das Maedel sah toll aus.

Mariana dagegen erinnerte sofort an den rosaroten Panther in ihrem rosa roetlichem Hosenanzug von den Knien abwaerts mit blaugruenen Punkten verziert. " Let's go outside, we can talk outside " meinte Joe, das verstanden alle und die fuenf gingen zusammen nach draussen. Dort stand viel Publikum herum, die Leute wussten nicht so recht sollen sie bleiben noch weiterwarten auf die " Rastamann Vibration " oder gehen. Da kam Bruno mit einem Kompliment herueber " Oh Lady van Gogh I like your dress "." Thank you " aber sie koenne nicht malen wie van Gogh, es waere schoen wenn sie es koennte. Horst grinste das andere Maedchen an meinte sueffisant " Your name is Mariana, da denkt man ja gleich an Marihuana ". Das Maedel erwiderte ja das haette man ihr schon oft gesagt aber sie selber rauche ueberhaupt nicht und fragte Horst wie er heisse, da erfuhren sie die Namen der Urlauber. Joe hoerte zu sagte aber kein Wort. Dieser kleine Smalltalk neigte sich dem Ende zu denn Bruno meinte da die Band nicht mehr kommt werden sie jetzt zurueckfahren ins Hotel. " Ihr koennt mit uns kommen wenn ihr wollt auf eine kleine Party zu viert " meinte Horst direkt geradeaus. " What Party " fragte Mariana " Make Love not War " toente Bruno siegessicher. " Oh we understand " sagte Jill (uebersetzt) " und was koennt ihr uns geben ? " " Ihr koennt bei uns im Hotel schlafen bis morgen frueh kein Problem ja und ein bisschen Dollars gibts natuerlich auch zum Abschied " und dann nannte Bruno eine Summe die sich sehen lassen konnte. Die van Gogh-Lady und die Pink Panther-Lady guckten sich an und ein leises okay kam ueber ihre Lippen. Jetzt sprach Joe mit den Girls in der Landessprache irgendwie dass sie jetzt alle zum Auto gehen sollen und die fuenf setzten sich in Bewegung. Als Jill und Mariana den hellblauen Cadillac erblickten, da staunten sie nicht schlecht, waren entzueckt, Jill meinte gleich dass Bruno und Horst sehr reich sein muessen, die Urlauber versuchten ihnen klar zu machen das sei nicht ihr Auto, es ist der Wagen eines Freundes. Joe nickte zustimmend, doch nach ihren Gesichtern zu urteilen schienen die beiden Sternemaedchen der Nacht das nicht ganz zu glauben. Sie setzten sich auf den Ruecksitz neben Bruno wollten wissen wie das Hotel heisse, als sie den Namen "White Sand " hoerten da grinsten ihre Muender, dieser fragte gleich ob sie das Hotel kennen, nur vom Hoerensagen war Marianas Antwort. Joe und sein Beifahrer stiegen vorne ein und los ging die Fahrt. Horst drehte sich nach hinten zu seinem Freund " Und damit ist fuer heute die Jagd beendet ", doch es kam alles ganz anders. Zunaechst erzaehlten die Maedels beide wuerden in einer Bar arbeiten und nur wenn sie mal richtig ausgehn, dann macht man sich huebsch und ziert sich mit Sternenschminke. Bruno langte Jill auf das Baeckchen huch, einige Silberplaettchen fielen ab, nach dem Lametta zu greifen in ihrem Haar das verkniff er sich. Die beiden Sternenfeen fingen an zu tuscheln, geheimnisvoll als wuerden sie irgendetwas ausbrueten, ploetzlich redete Jill mit Joe ziemlich schnell, der zuckte immer wieder mit den Achseln. Sein Beifahrer mischte sich ein " Um was gehts denn Joe ". " Ja die Lady's meinen sie kennen euch ja nicht lange und es waere ihnen lieber wenn sie die Haelfte des Geldes schon im voraus bekaemen und die andere Haelfte dann morgen frueh. " Oh " raeusperte sich Horst " das gefaellt mir nicht, das gefaellt mir gar nicht ".

" Mir auch nicht " sagte Bruno von hinten, " da ist kein Feeling mehr es geht dann nur noch ums Geld ". Mariana antwortete locker leicht sie und Jill haetten immer noch ein gutes Feeling . Die zwei Deutschen guckten sich an. " Nein das machen wir nicht " meinte Bruno cool " auf keinen Fall ". Die Maedels spuerten gleich dass sie in dieser Angelegenheit auf Granit beissen. Nach einer kurzen Weile quasselte Jill wieder mit Joe, dieser hoerte zu, zuckte abermals mit den Schultern. " Um was geht's denn jetzt " fragte sein Beifahrer doch bevor Joe antworten konnte sagte Jill in etwas ernstem Ton zu Bruno " Koennt ihr uns ein bisschen mehr Geld geben, ich meine wir bleiben bei euch die ganze Nacht im Hotel und wir werden bestimmt viel Spass miteinander haben ". Bruno fehlten die Worte, das Geldangebot fuer die beiden war mehr als grosszuegig. " Ich glaub ich spinn " feixte Horst ziemlich unverstaendlich " fuer dieses Geld koennen sie hier eine Woche leben oder laenger. " Huch " toente Jill ploetzlich, ich habs ganz vergessen Mariana hat heute ihren Geburtstag happy Birthday Mariana ". Jetzt schaute Kater Carlo auf, wurde hellhoerig und die Ausfluegler dachten gleich was Joe ihnen erzaehlt hatte wenn Maedels ploetzlich Geburtstag haben. " Oh wouh " rief Horst " Marihuana hat heute Geburtstag wouh Congratulation can I see you ID-card please " I have not ID-Card with me when I go out you know ", fauchte sie leicht angefressen . " Wie alt bist Du heute geworden Mariana " mischte sich Bruno ein. Diese stutzte kurz doch dann sagte sie " Today I am 22 ".

Jill gab nicht auf, sie stupste Bruno kurz in die Rippen, meinte ein bisschen mehr Money " Okay..okay ? ". "No " ! Sie erntete ein vehementes no. Bruno wurde es zuviel, wandte sich an seinen Freund auf dem Beifahrersitz " Hey ich hab gar keine Lust mehr die beiden ins Hotel mitzunehmen, es geht nur ums Geld ". " Ja es ist zu anstengend mit den Sternschnuppen hier, die haben den Sex weggeredet ". " Sag mal dem Jagdhund er soll anhalten, einfach anhalten ". " Joe stop the car please ". Dieser guckte auf, aber er wusste genau warum und was kommen wuerde, mit quietschenden Reifen hielt der Strassenkreuzer seitwaerts auf der Beachroad an und dann gings los. " Hey Ladies listen " meinte Bruno in belehrendem Ton " we don't want to take you in the hotel, you only speak about money, money..there is no feeling anymore to make party with you, you understand ? " Die Van Gogh-Lady und die Pink Panther-Lady waren von dieser knallharten Ansage sichtlich ueberrascht. Nun meckerte Jill los wenn sie das vorher gewusst haetten dann waeren sie gar nicht in den Cadillac eingestiegen und ihre Zeit muss fuer sie und Mariana bezahlt werden. " Was fuer Zeit ? " rief Horst. " Die Zeit die wir hier mit euch verbringen " antwortete Jill empoert " die muss bezahlt werden ". Jetzt sprach Mariana in der Landessprache mit Joe auch Jill redete auf den Jamaicaner ein. " Ich glaub wir muessen sie zurueckfahren ins Freizeitheim, das muessen wir schon tun " dies stand fuer Bruno fest. Joe wandte sich an seine beiden Auftraggeber, es waere gut wenn die Maedels trotzdem ein bisschen Geld bekommen wuerden. " Daran soll es nicht scheitern " sagte Horst zu Joe " wir sind ja keine Unmenschen ".

dann wandte er sich an die Girls (uebersetzt) " Hoert mal Ladies, wir fahren euch jetzt zurueck ins " Come together " und ihr bekommt noch Geld von uns fuer eure kurze Zeit die ihr mit uns verbracht habt, wir nennen das in Deutschland eine Entschaedigung sagen wir "...und er nannte eine Summe, die Maedels waren gleich einverstanden, "und jetzt ist wieder alles schoen und Irie okay !" " Irie " riefen die Sternemaedchen. " Irie, Irie " riefen die drei Maenner im Cadillac und alles war wieder im gruenen Bereich. Joe startete den Amischlitten fuhr einen Bogen, es ging zurueck zum Freizeitheim. " Jetzt kannst Du mal ordentlich Gas geben Joe mal schaun was der Wagen hergibt " feixte Horst neben ihm, das liess sich der Jamaicaner nicht zweimal sagen und der Cadillac rauschte ziemlich schnell durch die schwarze Luft dahin auf der Beachroad, viel Verkehr herrschte sowieso nicht, ja die Fronten waren geklaert und es war gut so. Die zwei Sternschnuppen guckten leicht bockig drein unterhielten sich in leisem Ton. " Und bei uns geht die Jagd weiter " schmunzelte Horst, " die Beute wird freigelassen aber das Jagdglueck ist uns bestimmt wieder hold noch heute an diesem angebrochenen Abend ". " Eine verrueckte Nacht , erst kommt die Band nicht zum Konzert, dann wollen die Maedels dies und das und mehr, haben nur noch die Kohle im Kopf, ein komischer Abend ", sinnierte Bruno. " Aber die Miniburger haben gut geschmeckt " rief Joe ploetzlich und fetzte weiter den Cadillac durch die Dunkelheit. " Die Miniburger, die kleinen Dinger die waren lecker " meinte Bruno von hinten. Horst fragte Joe, er merke dass es ihm Spass mache schnell zu fahren,

" Jah Mann auf jeden Fall, man faehrt ja mit diesem Schlitten fast wie auf Wolken ". Huch der Wind pustete Jill silbernes Lametta aus dem Haar, so ging es auch Mariana einige Silberplaettchen loesten sich von ihrer Stirn...vom Winde verweht. Natuerlich guckten viele Gesichter verwundert dem Strassenkreuzer nach, der da auf der Strandstrasse ziemlich flott dahindueste wie ein Sanitaetsauto das einen Schwerverletzten eiligst ins naechste Krankenhaus befoerdern muss. Joe's Blick sah nachdenklich aus, deshalb wollte Horst wissen, was ihn gerade beschaeftige, dieser antwortete er denke ob die Band noch kommt, aber eigentlich glaube er nicht daran, doch Joe sollte sich taeuschen. " Wir sind gleich da " rief der Jamaicaner. Wouh da sah man schon von weitem etwas hellgelb erleuchtet, es war das Freizeitheim und als sie naeherkamen da hoerte man Musik aus dem Gebaeude-Reggaemusik, ja die Baesse droehnten unueberhoerbar. " ah da spielt die Band, die " Rastamann Vibration " sind doch noch gekommen, sie haben es noch geschafft super, Ja Mann ! " Vor dem Eingang ging es ziemlich chaotisch zu, eine ganze Horde von Leuten belagerte die Tuer, es herrschte ein Geschiebe und Gedraenge, Dutzende versuchten ins Innere des " Come together " zu gelangen, sie johlten, schrien und sangen " Rastamann Vibration yeah, yeah, yeah..Rastamann Vibration yeah, yeah, yeah ". Diese happy Aufbruchstimmung beeindruckte die Cadillacfahrer doch sehr. " Aber jetzt ist hier was los, hier gehts ja zu wie zu Bob Marley's Zeiten Donnerwetter " rief Horst. " Ja wenn die Jamaicaner einmal Irie sind, dann sind sie richtig Irie " toente Joe mit Stolz in der Stimme.

Er stoppte den Strassenkreuzer kurz nach dem Eingang. Jill wandte sich gleich an Bruno " Okay we go now can you give us please..". " Oh ja das haette ich beinahe vergessen " sagte er , grabtschte die vereinbarten Entschaedigungsdollars zusammen und uebergab sie Jill, diese bedankte sich mit einem leisen " Thank you very much " die Entaeuschung war ihr schon im Gesicht abzulesen, noch ein Blick zu Joe und Horst, ein Abschiedskuesschen gab es diesmal nicht, danach verliessen die Sternemaedchen den Cadillac. " Goodby Lady Van- Gogh, goodby Lady Pink-Panther " rief ihnen Bruno lautstark nach, mit einem lachenden und einem traurigen Auge. Horst der freche Bube konnte es nicht lassen " Goodby Marihuana happy Birthday ". Die Maedels drehten sich nochmal um " By, by " und verschwanden dann in der Menschenmenge. " Ich habe gleich gesagt das sind Professionelle " murmelte Joe ernuechternd. " Nichts gegen Professionelle das ist kein Problem fuer mich " toente Horst " aber findest Du nicht Joe das Geld was wir ihnen geboten haben war okay ?" " Das war mehr als okay Jah Mann, dass sie mit diesem Haufen Dollars nicht zufrieden waren, ich denke einfach die beiden haben den Bogen ueberspannt, alles sollte so ablaufen wie sie es wollen und dann kommt noch die Gier dazu, viele Maedels denken immer noch die Auslaender sind doch alle halbe Millionaere und dann geht der Schuss nach hinten los wie es sich gerade abgespielt hat ". Bruno machte Jill nach " Wir bleiben bei euch die ganze Nacht im Hotel und wir werden bestimmt viel Spass miteinander haben , das hat komisch geklungen, das hat sie bestimmt nicht zum erstenmal zu jemand gesagt ".

" Aber wir haben ja auch unsere Standardsaetze " schmunzelte Horst " ich kenn ja deinen Bruno " hey you are sexy Lady ". " Das stimmt mein Freund, das ist mein Standardsatz und der stimmt auch meistens, eigentlich fast immer ". Gelaechter machte sich breit. " Hey Joe mit dieser Geburtstagssache hast Du voll ins Schwarze getroffen, nie im Leben hat die Mariana heute Geburtstag gehabt " feixte Horst. " Jah Mann, manchmal wird die Geburtstagsshow aus dem Hut gezogen ". Das Geschreie und der Menschenauflauf vor dem Eingang wollte nicht enden. Joe fragte einen jungen Rasta Mann Vibration-Fan der einen neugierigen Blick auf den Cadillac warf ob er denn wisse warum die Band so spaet daherkam, dieser erwiderte man habe ihm erzaehlt der Bandbus hatte zehn Kilometer nach Kingston einen Platten, ein Reifen war geplatzt und sie hatten keinen Ersatzreifen dabei, der Typ erzaehlte kichernd weiter dass alle Musiker im Bandbus ziemlich high waren und es lange dauerte bis man ein Telefon fand um Freude anzurufen die dann mit dem Auto einen neuen Reifen brachten, da verging viel Zeit, aber jetzt waeren sie da, er guckte nach oben " Hoert Ihr wie sie spielen, ich versuch jetzt noch reinzukommen ". Joe bedankte sich bei dem Fan fuer die Auskunft und wuenschte ihm noch eine gute Zeit so oder so. " Ich glaube wir kommen da nicht mehr rein, alles ueberfuellt ", meinte Joe. " Muessen wir auch nicht wir hoeren ja auch von unten die Musik " rief Horst. " Ja der langen Rede kurzer Sinn wir muessen uns jetzt wieder auf uns konzentrieren, auf die Jagd " wetterte Bruno " wir brauchen zwei neue Maedels ". " Schaut euch nur um meine Freunde, hier ist ja eine bunte Auswahl um uns herum " stellte Joe fest.

" Viele huebsche Girls hier, da faellt die Auswahl schwer ". Bruno schien ratlos, Horst liess seinen Blick schweifen, guckte um sich. " Ja was machen wir da bloss ". " Hey ich habe eine Idee, eine verrueckte Idee " anscheinend hatte Joe einen Geistesblitz " die Maedels die den tollsten happy Blick auf den Cadillac werfen, die am meisten von dem Schlitten fasziniert sind, die koenntet ihr ja mal in Betracht nehmen ". " Eine gute Idee " meinte Horst " aber das sind eine Menge Maedels die ganz unverwundert den Wagen anglotzen". " Guck mal die eine da links mit dem braunweiss gestreiften Kleidchen, die hat ein schoenes Gesicht und volle schwarze Haare " sagte Bruno " die guckt ja ganz sehnsuechtig auf den Cadillac ". Zwei andere Maedels draengten sich nahe an die vordere Wagentuer zu Horst heran, sie schienen sehr beeindruckt zu sein von dem Strassenkreuzer, es waren zwei huebsche junge Dinger, die eine in einem hellgruenen T-Shirt mit Bananen und Melonen verziert, eine schwarze Strumpfhose verhuellte ihre Beine, das andere Maedel stach hervor durch ein knallrotes T-Shirt und durch einen rot geschminkten Erdbeermund, nicht genug auch ihr Zopfschleifchen glaenzte in der Farbe rot, wenigsten die kurzen Short's die sie anhatte waren nicht in rot sondern ockergelb. " Gefallen euch die beiden, die sehn doch toll aus, also mir gefallen sie ". Das war Joe's Meinung. " Die mit dem Obst T-Shirt die macht schon was her " sagte Bruno " sie ist nicht dick, aber vollschlank verstehst Du Joe ". " Ach so ". " Die ist mir zu kraeftig, zu kraeftig gebaut ". " Okay ich verstehe ". " Und die andere ist mir zu dominant " toente Horst " die hat so einen intensiven Blick und die Rotlippen und ihr vollrotes T-Shirt, die rote Schleife im Haar, ich seh nur rot, ja ein Mann sieht rot !" Seine beiden Mitfahrer kicherten leise. " Ich kann auch verstehn " feixte Joe, wer laenger auf der Jagd ist der wird anspruchsvoller. waehlerischer ". Horst witztelte dass dominante Weiblichkeit heute abend nicht mehr erwuenscht sei. lieber etwas einfaches . " Hausmannskost " meinte sein Freund. " Ja Hausmannskost, das ist genau das Richtige fuer uns ". Joe's Blick schweifte auf die Strassenseite gegenueber, die zwei Maedels die sich da unterhielten die wuerden ihm gefallen, jetzt nahmen die Freunde der Jagd die jungen Frischlinge genauer unter die Lupe. Horst guckte zu ihnen war sich sicher die beiden haetten etwas Anziehendes an sich, auch Bruno's Augen fingen an sie zu mustern, das eine Girl in kurz blauem Jeansroeckchen, ja lila Strapse verhuellten ihre Beine, mit Strapsen hatte er nicht so gute Erfahrungen gemacht, die Telefonlady von Montego Bay kam ihm in den Sinn. Nebst einem dunklen T-Shirt trug sie noch ein extra kurzes Jeansjaeckchen in blau darueber ,ihre schlanke Figur dazu machte das Maedel zu einem Hingucker. Das andere junge Teil praesentierte sich ebenfalls in einem blauen Miniroeckchen, dazu trug sie ein schlichtes weisses Hemd die schoenen Beine kamen toll zum Vorschein, ihre Haare trugen beide hochgesteckt. " Die waeren doch was fuer uns das ist gepflegte Hausmannskost " sinnierte Bruno. Manchmal wurden die zwei Auserwaehlten verdeckt von vorbeiziehenden Leuten, verschwanden aus dem Blickfeld . " Sollen wir jetzt da ruebergehn und sie ansprechen " ueberlegte Horst " hey Joe koennstest Du mal hupen ". Joe hupte kraeftig und die Mitfahrer kamen in den akkustischen Genuss dieser Hupe, sie klang eher wie eine helle Fanfare, irgendwie angebermaessig, doch der allgemeine Laerm der Leute und der Musikbaesse uebertoente anscheinend alles. Horst fragte Joe ob er ihnen einen Gefallen tun koenne, kurz zu den jungen Dingern hinuebergehn mit ihnen sprechen dass sie hier ans Auto kommen um sie kennenzulernen. Das war fuer den Jamaicaner kein Problem, er nickte und lachte " Das mach ich doch gerne fuer meine zwei Bosse, fuer meine zwei Grosswildjaeger ". Gesagt, getan. Joe stieg aus , ueberquerte schnell die Strasse, redete mit den Girls, deutete mit dem Zeigefinger auf den Cadillac, es schien zu klappen. Nebenbei meinte Horst zu seinem Freund " Mensch, der Jagdhund ist schon dufte, jetzt holt er uns schon die Beute in den Cadillac ". " Der Kater Carlo ist schwer in Ordnung " bemerkte dieser. Die beiden Girls gingen gleich mit Joe und als sie den hellblauen Strassenkreuzer von der Naehe aus erblickten, da erstrahlte Bewunderung aus ihren jungen Gesichtern. Nach einem allgemeinen hi, hello, how are you setzte sich Joe wieder ans Steuer. Bruno fragte die Maedels ob sie noch ins Konzert gehen wollen, die antworteten gleich es waere jetzt zu voll, keine Chance mehr da hochzukommen, sie konnten gut englisch sprechen. Horst mischte sich ein, eigentlich wollten sie auch das Konzert besuchen, von Jill und Mariana erzaehlte er natuerlich nichts und jetzt fahren sie zurueck ins Hotel und ob die beiden mitkommen moechten fuer eine Party zu viert. Die zwei Maedels guckten sich an und grinsten, die mit den lila Strapsen sprach mit Joe ratterte maschinengewehrmaessig " Die ganze Nacht " fragte sie. " Die ganze Nacht " war Bruno's Antwort. Das andere Maedel guckte ganz fasziniert auf den Amischlitten.

" Wieviel fuer uns beide " fragte die mit dem schlichten weissen Hemd. Bruno bot ihnen dieselbe Summe, die er der Van Gogh-Lady und der Pink Panther-Lady angeboten hatte. Na da schauten sie freundlich in die Runde, das war eine Ueberraschung, ein freudiger Schreck, sie waren sofort einverstanden. Die mit dem weissen Hemd stieg vorne ein zu Horst und die Strapslady nahm auf dem Ruecksitz neben Bruno Platz. Joe startete den Motor setzte den Schlitten langsam in Bewegung. Man machte sich bekannt, das Maedel neben Horst nannte sich doch Anna, die auf dem Ruecksitz mit den Strapsen sagte Eve sei ihr Name. " Mensch Horst, die heisst ja so wie deine Verflossene in Montego Bay, jetzt hast Du eine neue Anna, auch nicht schlecht ". Dieser gab ihm gleich eine Retourkutsche " Und Du hast eine neue Strapsausgabe, wie hiess deine grosse Liebe aus der Telefonzelle doch gleich wieder ?" " Buggy " murmelte sein Freund. Joe liess die gelbhelle Lichterwelt des " Come Together " Freizeitheims hinter sich, sie erschien immer kleiner, bis sie gaenzlich verschwand, er fuhr geradeaus hinein in die warme schwarze Luft Richtung Hotel. Die neue Jagdbeute unterhielt sich mit Joe ueber den Cadillac, gab ihr Erstaunen preis, dass der Wagen wirklich eine Schau sei, sie fuhren mit ihren Haendchen ueber die roten Lederpolster, die hellblau gelackte Tuer des Cadi's wurde auch ehrfuerchtig befuehlt, niemand fragte wessen Auto das sei. Waehrenddessen begutaeugten die Freunde der Sinnlichkeit die Objekte ihrer Begierde von oben bis unten, als wuerden sie ein Gemaelde der alten Meister genau unter die Lupe nehmen, es gefiel ihnen was sie sahen, diese hellbraun jungen Gesichter, diese knackigen Figuren wo die eigene Hand gleich das Beduerfnis verspuert den Koerper des anderen zu betatschen und zuguterletzt die tollen Beine der Beifahrerrinnen. " Die sehn schon geil aus die zwei ", fluesterte Bruno. " Das find ich auch " erwiderte sein Freund. Aus einem Smalltalk der sich ergab erfuhr die Jagdgemeinschaft dass beide Maedchen in einem groesseren Lokal arbeiten als Bedienung, Anna sei einundzwanzig Jahre alt und Eve sei neunzehn und leider haette es heute mit dem Konzertbesuch nicht geklappt. Auch die Girls erfuhren waehrend der Fahrt einges von den Urlaubern wo sie schon ueberall waren, natuerlich war es eine zensierte Erzaehlung, ihre frivolen Erlebnisse verschwiegen sie. Die zwei Bedienungen hatten ja keine Ahnung wer da neben ihnen im Auto sass, naemlich die Einsammler, die Frauenjaeger von San Antone. In leisem Unterton meinte Bruno " Da haben wir wieder Glueck gehabt, dass wir noch schoene Beute gefunden haben ". Horst nickte zustimmend " Der Jagdgott ist eben auf unserer Seite ". Weiss der Teufel warum die beiden Cadillacfahrer ziemlich spitz auf ihre sexy Fracht waren, Bruno bandelte auf dem Ruecksitz schon ein wenig an, guckte Eve verschmitzt in die Augen fuhr dabei auf ihren lila Strapsen auf und ab. Auch Horst war von Sinnlichkeit befallen konnte es nicht lassen die heissen Schenkel dieser Anna zu beruehren und leicht zu kneten. Doch den Maedels machte das nichts aus, im Gegenteil sie genossen diese koerperliche Aufmerksamkeit. Joe guckte ein wenig diskret zur Seite. Doch auf einmal fiel ihm ein dass es heute abend die letzte Spritzfahrt mit dem Cadillac sei, morgen wuerde Mr. Richard den Wagen wieder benoetigen.

Selbstverstaendlich stehe dann sein Taxi wieder zur Verfuegung. " Morgen ist unser letzter Tag in San Antone " rief Horst, er ueberlegte wandte sich nach hinten zu seinem Freund " Was meinst Du Bruno, sollen wir noch am letzten Tag auf die Jagd gehen oder alle viere gerade sein lassen, einfach nur entspannen, vielleicht ein bisschen schwimmen gehen, was meinst Du ". " Von mir aus , heute nacht haben wir noch Beute, das sind hier die zwei letzten Suessen die wir mitnehmen und morgen ist die Jagd vorbei, morgen da tun wir ueberhaupt nichts mehr, ja Joe morgen tun wir ueberhaupt nichts mehr, da trinken wir noch einen guten Rum zusammen im Restaurant auf jeden Fall ist heute nacht Jagdschluss ". " Sie war ja sehr erfolgreich eure Jagdzeit " stellte Joe fest. " Sie war super, truper " kicherte Horst. " Sie ist gutgelaufen " feixte sein Freund. " Ah beinahe haett ich's vergessen, morgen abend gibt Mr. Richard eine kleine Party im Come-Inn Restaurant fuer alle die hier rundherum beschaeftigt sind, auch fuer ein paar Hotelgaeste, es wuerde ihn freuen wenn ihr auch kommt so gegen sieben Uhr das habe ich heute gehoert vom Koch ". " Na da kommen wir doch vorbei, da koennen wir uns gleich bedanken bei diesem Mr. Richard dass er uns seinen Cadillac geliehen hat, okay abgemacht wir kommen " meinte Horst. Unterdessen genossen die beiden huebschen Bedienungen die Fahrt im Strassenkreuzer ungemein, ab und zu erhoben sie die Arme um den warmen leichten Wind noch besser zu spueren, da tauchte in der Ferne ein gruen-blau erleuchteter Getraenkemarkt auf, die beiden Suessen meinten gleich sie haetten Durst, haetten Lust auf zwei Cola, das war okay.

Joe stoppte den Schlitten vor dem Getraenkemarkt, da stand eine Gruppe Leute herum die sich die Beine vertraten. Anna oeffnete die Wagentuer und verschwand schnell im Inneren des Marktes, natuerlich glotzten die Umherstehenden den Strassenkreuzer an, ein huebsches Maedel in einem kurzen Bluemchenkleid und braunen Stiefelchen loeste sich von den anderen trat mit ihrer Coladose in der Hand naeher an das Auto heran meinte " Wouh that's a nice car " . Dann erspaehte sie Joe ihr Bick blieb kurz haften an ihm, vorne um das Auto herumgehend zur Fahrerseite fing die Suesse an mit ihm zu reden auf jamaicanisch in freundlichem Ton. " Ich glaub die steht auf ihn " meinte Bruno leise zu seinem Freund. " Denk ich doch und die sieht auch ganz gut aus " fluesterte dieser " weisst Du was wir spendieren ihm das Maedel zum Abschluss ". " Das ist eine tolle Idee " sagte Bruno klopfte Joe auf die Schulter " Hey Joe, Horst und ich wir wollen Dir dieses Maedel spendieren, nimm sie mit, die ist doch nett, die Bezahlung uebernehmen wir ". " Oh nein " der Jamaicaner war ziemlich ueberrascht " meine Frau die bringt mich um, das geht nicht, nett von euch wirklich nett von euch, ihr seid sehr grosszuegig aber was glaubt ihr wenn ich mit der jetzt vorfahre im Cadillac vor das Restaurant, das verbreitet sich wie Lauffeuer, ja die Buschtrommeln wuerden anfangen zu trommeln, die koennte man noch in Kingston hoeren ". Inzwischen verliess Anna mit zwei Coladosen den Getraenke markt stieg in den Wagen ein ueberreichte Eve ein Cola. Der Redefluss zwischen Joe und dem Maedchen stoppte, den Motor startend rief er ihr laechelnd noch ein paar Wortbrocken zu und gab Gas, man merkte dass Joe froh war hinter dem Steuer zu sitzen und weiter durch die schwarze Luft zu fahren. " Aber die hat Dich schon gemocht Joe , der hast Du gefallen " feixte Horst. " Ja das Maedel hatte nur Augen fuer Dich und uns hat die gar nicht gesehen als waeren wir alle unsichtbar gewesen, was hat die denn so gesprochen " wollte Bruno wissen. " Erstens hat sie gemeint das waere ein sehr schicker Wagen und ob die zwei Maedels zu euch gehoeren, dann hat sie gefragt wohin wir jetzt fahren " Joe schmunzelte und er fuhr fort " , sie hat gesagt dass ich ihr gefalle, ich sei ein netter Kerl und wenn da irgendwo eine Party stattfindet, da haette sie Lust mitzukommen, sie wuerde sich dann auch um mich kuemmern, Ja Mann ich hab sie auch nett gefunden, aber mitnehmen das ging eben nicht ". Und so war dieses Thema gegessen. Die Maedels tranken brav ihre Cola, Anna fragte Joe ob es noch weit sei bis zum Hotel, der erwiderte laechelnd es kann sich nur noch um Stunden handeln, da lachten die Suessen auf und die Jagdherrn lachten mit umarmten ihre Beute, streichelten ihre Koerper das gefiel Anna und Eve. Horst meinte zu seinem Freund in leisem Ton dass sie im Supermarkt bei Goofy noch was besorgen muessten, er wisse schon was, etwas gummiartiges. Dieser antwortete auf dem Ruecksitz waehrend er die Schenkel von Eve knetete und des Maedels Hand zwischen seinen Beinen verschwand, das haetten sie beinahe vergessen, er fuegte hinzu mit ein bisschen Glueck werden wir morgen abend bei der Party von Mr. Richard die gesamte Micky Maus - Familie zu Gesicht bekommen , nach den Worten des Cadillacbesitzers kommen doch alle vorbei die rundherum beschaeftigt sind.

" Ich bin ja gespannt ob wir sie wieder treffen an der Rezeption " sinnierte Bruno . " Wen treffen ? " " Na die Kanadier, Ted und Stella, jedesmal wenn ein Maedel an meiner Seite ist da tauchen die auf, entweder oben vor meiner Zimmertuer oder unten beim Eingang, dem Ted gefallen die Maedels , auch wenn er immer so empoert tut " mokierte sich Bruno. Sein Freund meinte die Stella denkt sowieso sie ist in einem Bordell gelandet, hoffentlich bekomme das Paerchen kein Trauma ab dass sie ihren Urlaub in einem Puff-Hotel verbracht haben. " Wir sind gleich da " rief Joe " wir sind zurueck von der Spritzfahrt " er kicherte leise " das war ja wieder ein einmaliger Ausflug ". Joe parkte den Cadillac ein paar Meter vor dem Restaurant, sagte sorry zu seinen Mitfahrern dass das mit dem Konzert mit den " Rastamann Vibration " heute abend nicht so geklappt hat, am Ende war es ja doch eine erlebnisreiche Ausfahrt. Bruno meinte gleich darauf Joe brauche sich nicht zu entschuldigen, er koenne ja nichts dafuer dass die Band so spaet gekommen sei, ja soon come..soon come, aber wie man sehe, er guckte auf die zwei Maedels zum Schluss haben doch alle Beteiligten bekommen was sie wollten. " Ja Mann " wetterte der Jamaicaner " Ihr beide seid unglaublich ".   Nun war es Zeit fuer Joe's Tagesgage, das uebernahm jetzt Horst, uebergab ihm die schoenen Dollars die gleich in seiner Hosentasche verschwanden. " Thank you very much my friends for everything ". Anna und Eve guckten neugierig. Bruno meinte noch zu dem Jagdhund dass es ein ganz toller Abend war wie immer mit ihm und morgen wenn keine Begegnung vorher stattfinde, sehe man sich auf jeden Fall um sieben Uhr auf der Party von Mr. Richard im Come Inn - Restaurant.

Horst zwickte Anna kurz in ihr apartes Hinterteil, es war Zeit den Strassenkreuzer zu verlassen. Joe ging ins Restaurant und die vier besuchten den Supermarkt daneben, die Maedels hatten noch Lust ein bisschen was einzukaufen. Bruno begruesste gleich Dave der wirklich aussah wie der Goofy von der Micky Maus-Familie erzaehlte ihm gleich morgen sei ihr letzter Tag hier in San Antone ob er auch morgen abend komme zur Party ins Come Inn-Restaurant, Goofy kicherte hielt sich die Hand vor den Mund " Yes, yes I come too ". Und waehrend die Girls die Regale mit all den Chips und den Keksen begutaeugten schnappte sich Bruno ein Sixpack-Bier, Horst suchte kurz, bald wurde er fuendig, fand eine Packung Kondome. Goofy packte alles ein in eine grosse Tuete, da kamen auch schon die zwei Auserwaehlten fuer die Nacht hinzu mit ihren Chips und Schokoriegeln in den Haenden. Bruno bezahlte alles zusammen. Mit einem Blick auf das Schokozeugs werfend toente Horst " Na ihr beiden, ihr moegt ja gerne suesse Sachen ". " Ja wir stehn auf Suesses, auch auf suesse Typen " meinte die eine mit dem schlichten weissen Hemd. " Okay wir nehmen dies als Kompliment " feixte Horst, die Urlauber fuehlten sich geschmeichelt und die Girls lachten , Bruno packte die Tuete unter den Arm, noch ein by by zu Goofy dann verliessen die vier den Supermarkt, ueberquerten die Strasse gingen hinein ins Hotel. Anna und Eve waren voellig gepaeckfrei, kein Jaeckchen, kein Taeschchen nichts. " Jetzt werden sie bald daherkommen die Kanadier, sie werden bald erscheinen " meinte Bruno umherguckend, doch von Ted und Stella keine Spur.

Sandra die Frau von Don hatte diesmal Dienst an der Rezeption ueberreichte ihren beiden Hotelgaesten mit einem freundlichen Laecheln die Zimmerschluessel. Alles war okay, alles schien seinen gewohnten Lauf zu nehmen, doch daraus wurde nichts. Bruno nahm die mit den Strapsen an der Hand wollte sich von seinem Freund und Anna verabschieden, da ruettelte die Kleine an seinem Arm meinte in suesslichem Ton " Wir wollten doch Party zu viert machen " , Anna nickte zustimmend. Hoppla, was war da los ? " Ach ja das stimmt schon, aber Party zu zweit ist auch schoen ". " You want party for four ? " fragte Horst jetzt ernsthaft sein Maedel. " Why not " grinste Anna schmiegte sich deutlich an Horst an. Die Jagdgemeinschaft von San Antone war etwas ueberrascht und die Vierergruppe bewegte sich ein wenig weg von der Rezeption da Sandra schon ueberlange Ohren bekam. " Du die wollen einen Vierer machen im Ernst " meinte Bruno mit gedaempfter Stimme. " Auch nicht schlecht " erwiderte Horst " ich bin zu jeder Schandtat bereit, ach Quatsch zu jeder Freudentat natuerlich ja super, wir muessen ganz happy sein findest Du nicht mein Freund, wir schlagen zwei suesse Fliegen mit einer Klappe ". " Du meinst zwei suesse Fliegen mit einem Schwanz Du hast recht das ist super, besser geht's nicht " freute sich Bruno " aber wo machen wir die Party, bei Dir unten oder bei mir oben ". " Es ist besser wir machen das oben in deinem Zimmer, hier unten im Erdgeschoss ist zuviel Betrieb ". Bruno wandte sich wieder an die Suessen, teilte ihnen die Entscheidung mit dass die Party zu viert oben in seinem Zimmer stattfindet, alles sei okay. Er schritt voran die Treppe nach oben mit zwei Haenden das Sixpack das gute Bier tragend, hinter ihm ging Eve, danach folgte Anna und am Ende trappte Horst hinterher, er hatte nur die Kondome zu tragen. Waehrend des Hochsteigens witzelte Bruno zu seinem Freund es haette sich ja schon im Cadillac waehrend der Fahrt angedeutet, positiv abgezeichnet dass ihre letzten Eroberungen doch sehr zugaenglich waren, gar nicht abgeneigt erschienen gegen einen Koerperkontakt " Weisst Du was Horst, die zwei sind geil, die wollen es wissen ". " Ja die sind genau so geil wie wir, das kann ja heiter werden ". " Hallo Ted, hallo Stella wo seid Ihr, wir machen wieder eine Party, eine Party zu viert " rief Bruno uebermuetig vor seiner Zimmertuer stehend " hey die gehn mir schon richtig ab die Kanadier ". Er sperrte die Tuer auf und alle verschwanden schnell im Inneren, nur zwei Nachttischlampen wurden angemacht um eine intime Atmosphaere zu erzeugen und das Bier landete auf dem Tisch vor der Couch. Die Maedels schauten sich kurz um im Zimmer, es gefiel ihnen anscheinend, Anna fragte ob sie die Dusche benuetzen duerfen. " Natuerlich " meinte Bruno und da verschwanden die zwei auch schnell, man hoerte Gekicher und Gerede. Etwas abgespannt von der Spritzfahrt mit all ihren Ueberraschungen setzten sich die beiden Jaeger auf das Sofa und oeffneten zwei Flaschen, ah das Bier haette ein wenig kaelter sein koennen, destotrotz schmeckte es wunderbar. Aus dem Duschraum hoerte man Gelaechter oder waren es Lustschreie, die zwei Urlauber fuehlten sich auf dem Sofa ploetzlich wie bestellt und nicht abgeholt, Bruno meinte schnaufend man koennte ja mal nachschaun was da los ist unter der Dusche, vielleicht fuehlen sich die zwei einsam und vermissen uns.

Sein Freund war ganz Feuer und Flamme von dieser Idee " Los geht's lass uns mal nachschaun, aber wir brauchen einen guten Spruch fuer die Maedels warum wir jetzt zu ihnen unter die Dusche kommen ". " Ich weiss schon was wir sagen " toente Bruno selbstbewusst, sie gingen zum Duschraum er oeffnete die Tuer " Hello, hello, party for four, shower for four (uebersetzt) Party zu viert, Dusche zu viert ". Wouh da kieksten die Maedels, jauchzten, es war schoen beide nackt zu sehen. " Okay, okay take off (ausziehn) rief Anna, in Lichtgeschwindigkeit befreiten sich die Freunde von ihren Klamotten warfen alles auf einen Stuhl, dann mit Indianergeheule unter die Dusche zu den Suessen, es herrschte ein schoener Laerm, ein angenehmes Gekreische, jetzt wurde eingeseift gegenseitig, man betatschte den Koerper des anderen, es wurde gestreichelt, geknetet, Finger verschwanden in allen moeglichen Oeffnungen, lustvolles Seufzen und Gestoehne machte sich breit " Ah big banana, big banana " die mit den Strapsen hatte ploetzlich Bruno's fast steifen Schwanz in der Hand. " Oh Horst same, same " kicherte Anna. Nun begann eine wilde Kuesserei unter den vieren beinahe haette Bruno aus Versehen noch Horst gekuesst. Die allgemeine Geilheit naeherte sich dem roten Bereich in dem alles moeglich ist, doch bis zum aeussersten wurde nicht gegangen weil Bruno auf dem Seifenschaum ausrutschte und im Fallen noch den Plastikvorhang der Dusche mit zu Boden riss, es platschte richtig kraeftig. " Oh Scheisse " rief er laut. " Hey Bruno ist alles okay ", wollte Horst wissen. " Ja alles okay ich bin ausgerutscht, so ein Scheiss "! Da mussten alle Anwesenden lachen und Horst half seinem Freund wieder auf die Beine.

" Duschparty sehr gefaehrlich hier " witzelte Bruno " darauf brauch ich ein Bier ". Gesagt, getan, noch ein nasses Kuesschen fuer die Maedels, mit Handtuechern rund um die Hueften geschwungen verliessen sie den Duschraum nahmen Platz auf der Couch, oeffneten zwei neue Flaeschchen Bier die wieder schnell leergetrunken waren. Bald tauchten auch die Maedels auf in Badetuechern eingehuellt, beide legten sich wortlos in Bruno's Bett. " Die liegen da nebeneinander so wie kommt her und bedient euch ", sinnierte Bruno. " Ich glaube das wollen die so, alle zusammen in einem Bett, ich weiss auch nicht, aber das werden wir gleich herausfinden ", meinte Horst. Die zwei Urlauber erhoben sich, stellten sich vors Bett betrachteten ihr Jagdbeute. Horst sagte in sonorem Ton zu Anna ob sie nicht zu ihm auf die Couch kommen will. Anna stutzte kurz, ueberlegte, nickte, huepfte aus dem Bett ging auf Horst zu, dieser nahm sie in den Arm verpasste ihr einen dicken Kuss auf den Mund. Danach ging es Richtung Sofa, er klappte es horizontal, ein neues Bett war geboren. Bruno knipste noch eine Nachttischlampe aus fragte Eve ob sie was zu trinken moechte, ein Bier vielleicht oder ein Cola aus der Minibar, sie schuettelte den Kopf " Later, later . " Bruno war sich sicher als er zu ihr sagte " Ich weiss schon was Du willst, Du willst mich ". Da lachte sie zog ihn an sich kuesste ihn kurz auf die Lippen. Jetzt oeffnete er ihr Handtuch das tat sie auch mit seinem, wouh ihr Koerper sah so einladend aus. Ja ein allgemein heisses Begehren machte sich ins Bruno's Zimmer breit, in dem fast dunklen Raum war fuer ein laengeres Vorspiel keine Zeit, das Verlangen den anderen voll zu spueren schien zu gross und das fuehrte dazu, dass man direkt zur Sache kam. Wonnevoll kuesste Bruno die mit den Strapsen ab, kuesste alles was sie zu bieten hatte und sie hatte einiges zu bieten, ihre breiten Lippen, die sanfte Gesichtshaut, dieser knackige feste Busen excellent, natuerlich ihr lecker schwarzes Dreieck, nicht zu vergessen ihre heissen Schenkel. Das Maedel streckte die Zunge in seinen Mund, kraulte genussvoll seine Eier, umklammerte sein bestes Stueck, sie spreizte die Beine immer mehr, oh wouh da fielen ihm die Kondome ein, sie lagen auf dem Tisch, es half nichts er loeste sich kurz von seinem Kussvergnuegen " I come back " fluesterte er, schwang sich mit seinem schon steifen Kloeppel aus dem Bett, guckte in der Dunkelheit kurz zu Horst auf das Sofabett erblickte eine intensive Umarmung der beiden, aber das ging ihn ja nichts an, er fingerte einen Gummi aus der Packung, dann gings schnell zurueck in Lotterbett. Da wartete schon jemand auf ihn und als Bruno praepariert war, schob er sein Rohr in die Kleine hinein, es passte alles, sie machten Liebe als waeren sie ein eingespieltes Paerchen, das schon viele Vereingungen hinter sich hatte und wusste wie man das groessten Genuss zusammen erzielt. Bruno dachte ploetzlich mit der Strapsenlady laeuft es so gut als haetten sie schon viele Male in einem frueheren Leben zusammen Liebe gemacht und er dachte weiter dass es das letzte Maedel in seinem Urlaub ist mit der er schlaeft, denn morgen ist die Jagd vorbei, doch der Mensch denkt und Gott lenkt. Eve, die Suesse gab keinen Laut von sich, vielleicht auch wegen Anna die nicht weit weg von ihr sich amuesierte mit Horst doch sie schnaufte tief aus und ein und die beiden liessen sich Zeit, keine Eile war geboten, es wurde kein Erotikmarathon, aber die laengste Nummer mit einem Maedel in seinem Jamaicaurlaub und irgendwann kuendigte ein friedvolles Stoehnen seinen Hoehepunkt an der auch dann stattfand. Wie zusammengeschweisst blieben die zwei noch laenger in dieser vorteilhaften Stellung liegen, die ihnen doch zweifellos Befriedigung verschafft hatte. Es war vollbracht. Bruno hatte einen trockenen Hals, er raeusperte sich fragte Eve ob sie jetzt was zu trinken moechte, ein Bier waere nicht schlecht war ihre Antwort, er haette auch Lust auf ein Bier meinte dieser, doch beide gingen vorher kurz unter die Dusche. Danach huepfte die Strapslady gleich wieder ins Nest waehrend Bruno vom Tisch zwei Bier holte und oeffnete " Hey Horst alles okay bei Dir ? " " Alles okay wir haben es auch schon getrieben, wenn Du jetzt ins Bett gehst dann geh ich mit der Kleinen unter die Dusche ", meinte Horst sichtlich zufrieden. " Okay alles super hey nach der Dusche kommt doch gleich zu uns in unser Bett rein, Du weisst ja Party zu viert ", feixte Bruno. " Das machen wir aber wir kommen nicht allein zu zweit, wir kommen mit Verstaerkung, wir bringen noch zwei Bier mit " erwiderte sein Freund. " Dann sind wir ja zu acht, vier Zweibeiner und vier Bier, ob das Bett uns alle aushaelt, ja kommt nur vorbei ". Gesagt getan. Bruno ging zurueck in die Federn, ueberreichte der Strapslady eine Flasche " Cheers Lady Eve " " Cheers Bruno ". Waehrenddessen verschwand Horst mit Anna unter der Dusche. Ploetzlich fiel es seinem Freund wie Schuppen von den Augen dass er seinen Standardsatz beinahe vergessen haette zu erwaehnen, das holte er gleich nach in dem er zu dem Maedel sagte " Eve you are sexy Lady ". Darauf laechelte die Suesse und meinte " I don't know ".

Spaeter als sich alle in Bruno's Bett versammelt hatten, eingehuellt in Handtuechern und Bier trinkend, da fuehlten sich die Anwesenden ziemlich gut, doch Anna fragte " Haben wir keine Musik hier ? " " Ja leider nicht weil wir ja immer unterwegs sind, immer in Bewegung sind, da haben wir keine Zeit mehr Musik zu hoeren " meinte Bruno. Anna grinste " Eine Party zu viert ohne Musik was ist das ? " " Das ist eben eine Party zu viert ohne Musik " meinte Horst ganz trocken, aber sie haetten noch genug zu trinken da , die Minibox wuerde ihr Ueberleben schon sichern bis morgen frueh. Die Maedels guckten auf, vielleicht dachten die beiden da sind wir an zwei Alkoholiker geraten. Eine zeitlang knabberten sie an ihren Suessigkeiten herum, erzaehlten ein wenig von ihrer Arbeit im Restaurant, waehrend Bruno sich darum kuemmerte dass die Getraenke nicht ausgingen, doch alle vier so dicht nebeneinander sitzend, daraus entwickelte sich eine sexuelle Spannung die immer staerker wurde und das beste daran war, igendwie spuerten alle dass es bald vorbei sein wird mit dem munteren Geplauder, der Redeverkehr fing an zu stoppen, es wurde stiller und Bruno's Augen parkten immer laenger auf Anna's leckerer Figur, waehrend sein Jagdkollege ziemlich offensichtlich die mit den Strapsen begaffte. Horst der freche Bube kuesste ploetzlich die Strapslady auf den Mund " Deine breiten Lippen gefallen mir ". Die entgegnete selbstbewusst " You only like my lipps ?" Das war das klare Startzeichen fuer Bruno zum Angriff ueberzugehn, er stellte sein Bier beiseite auf den Nachttisch " Deine Lippen gefallen mir auch gut " er kuesste Anna ohne Vorwarnung auf den Mund, diese hatte nichts dagegen und legte ihren Arm um ihn, das tat auch Eve bei Horst und da sassen sie nun die zwei die das Jagdglueck anscheinend gepachtet hatten von ihrer Beute umarmt, das einzige Problem bestand darin, dass Bruno's Bett viel zu klein war fuer vier Leute die aeltesten Bewegungen der Welt nebeneinander zu vollziehn, die Gefahr bestand darin dass ein Paerchen wenn es zum Ende hin heftig wird einfach aus dem Bett fallen wuerde, deshalb sagte Horst zu Bruno er werde sich jetzt wegen Platzmangels mit der Strapslady in sein eigenes Reich zurueckziehen. Laechelnd reckten sich die beiden hoch und wanderten zum Sofabett. Nein da stand keine angebrochene schwarze Pralinenschachtel auf dem Tisch mit leckeren Pistazien- und Marzipanstuecken, da gabs nur " Pariser " eben Kondome, Horst bediente sich nochmal, da kam auch kurz sein Freund in der Dunkelheit hinzu und holte sich ein Ding ab. Er wollte ja keine kleinen Jamaicababys produzieren, das wollte er nicht. Aber was jetzt passierte geschah im gegenseitigen Einvernehmen, das wollten beide Seiten, die mit den Strapsen amuesierte sich mit Horst und die mit dem schlichten weissen Hemd tat dasselbe mit seinem Freund. Wer war hier der Aktive und wer war der Passive, wer war der Fuehrer und wer war der Gefuehrte, das spielte keine Rolle. Die Vier von der Party taten das was sie wollten und sie bekamen was sie wollten und mit der Zeit wurde es lauter, deutlich lauter, ein Gestoehne und Geseufze machte sich breit, vermischt mit heiseren Lustschreien und da hatten sie doch am Ende Musik auf der Viererparty die sie selbst erzeugten. Nachdem die Musiker ihren Konzerthoehepunkt erreicht hatten kehrte Ruhe ein und die letzte Nachtischlampe wurde ausgeknipst.

Die Party war vorbei, es wurde mucksmaeuschen still, der Schlaf uebermannte alle im Zimmer. Nach einer Weile raeusperte sich Bruno, er hatte einen Brand, sein Hals war strohtrocken, irgendwas zu trinken musste her am besten ein Bier. Anna neben ihm schlief fest, krabbelnd verliess er nackt das Bett erreichte die Minibox. Oh Schreck sie war leer, kein Bier mehr, keine Wasserflasche. " Hey Bruno alles okay ? " fluesterte eine Stimme in der Dunkelheit, nur Laternenlicht von draussen schimmerte ein wenig durch die halb zugezogenen Vorhaenge. " Ja alles okay, ich habe einen Wahnsinnsbrand, ich muss unbedingt was trinken, aber hier ist alles leer. ". Horst stieg aus dem Bett kam zu seinem Freund, auch ihn luesterte es nach etwas Trinkbarem. Da knieten sie nun beide im Adamskostuem vor der Minibox " O Gott wir sind am Ende, ein Koenigreich fuer ein kuehles Bier jetzt " kraechzte Bruno, beide ueberlegten fieberhaft wo sie noch Bier herbekommen koennten, der Supermarkt war schon geschlossen und auch das Restaurant, vielleicht bei Donald an der Rezeption, nein der hatte kein Bier gebunkert " Hey ich hab doch ein eigenes Zimmer " gurrte Horst " Mann das haett ich jetzt beinahe vergessen, ich hab auch eine Minbox und die ist voll ". Bruno verschluckte sich fast vor kichern " Ja richtig wir sind gerettet, Rettung naht vor dem Verdursten ". Horst beschloss jetzt zu handeln, er zog seine Hose an streifte sein T-Shirt ueber hob den Daumen nach oben und verliess klammheimlich das Zimmer. Bruno wartete vor der Minibox auf die Rueckkehr seines Freundes, laechelte in sich hinein, wenn jetzt die Kanadier Horst sehen aus meinem Zimmer kommend mitten in der Nacht, dann sind sie fertig, das gibt ihnen den Rest, das kann ihnen keiner mehr erklaeren.

Es dauerte nicht allzulange, die Tuer war nur angelehnt, der Schimansky kam zurueck mit einer Plastiktuete in den Haenden " Hier vier Red-Stripe hab ich ergattert aus der Minibox ". " Ah super Horst, das ist ja geil, wir sind gerettet, halleluja " frohlockte Bruno, er hatte inzwischen einige Handtuecher auf dem Boden ausgebreitet vor der Minibox, Horst setzte sich zu ihm erzaehlte als er an der Rezeption vorbeikam, dass der Mr. Don ihm nur zuwinkte, freundlich zuwinkte, ja aussergewoehnliche Vorkommnisse in der Nacht das war anscheinend nichts Neues fuer dieses Hotel, hier sei eben Diskretion Ehrensache. Er oeffnete schnell zwei Flaschen, man stiess leise miteinander an und mit Freudenwonne liessen sie das Bier hineinlaufen in ihre duerstenden Kehlen, ah das tat gut, fast haetten sie beinahe die ganze Flasche in einem Zug ausgetrunken. Die beiden Urlauber hielten kurz inne und als sie wieder bei Atem waren fragte Bruno " Sind wir schon Alkoholiker die mitten in der Nacht auf dem Boden sitzen vor der Minibox und Bier trinken, nachdem wir vorher schon zwei schoene Nummern mit zwei schoenen Maedels gemacht haben ". Na gottseidank wissen wir ja beide dass wir keine schweren Trinker sind, der Urlaub ist schuld wir trinken nur ein bisschen mehr weil der Urlaub so schoen ist " meinte Horst, Gedanken schienen durch seinen Kopf zu wandern, er fuhr fort " ja morgen ist unser letzter Tag hier auf San Antone, morgen werden wir gar nichts mehr tun, keine Jagd mehr, keine Maedels, keine Plaene fuer irgendwas nur noch die Party von Mr. Richard besuchen, morgen gibts kein Programm mehr, da ist nichts mehr wie im Nirvana da ist auch nichts mehr " schmunzelte Horst " das sei ja das Ziel vieler Menschen das Nirvana zu erreichen, ins Nirvana zu kommen. " Davon hab ich auch schon gehoert " meinte Bruno nachdenklich " im Nirvana da gibts nichts, da gibts ja gar nichts, da gibts kein Bier, keine Maedels, keinen Sauerbraten mit Nudel und wie gehts mir dort..hab ich dort ein Bewusstsein dass ich dort bin..wie fuehl ich mich dort..gehts mir gut..man sagt wenn man alle Sinnesfreuden hinter sich gelassen hat und befreit ist von allem Verlangen dann wartet das Nirvana auf einen ". Die zwei prosteten und tranken das Flaeschchen leer. " Ich weiss nicht " fuhr Bruno fort mit Nachdruck, " wenn da das Nichts auf mich wartet, das gar nichts, ist es dann wirklich so erstrebenswert das Nirvana ? Fuer mich klingt das alles ziemlich dubios diese ganze Nirvanaanhimmelei, da ist mir das Paradies im Himmel schon lieber wo ich alles bekomme was ich will ". " Genau wenn ich nicht alles bekomme was ich will dann ist es auch kein Paradies " erwiderte sein Freund und die letzten zwei Flaschen wurden geoeffnet und es schmeckte wieder phaenomenal. " Mir ist gerade noch eingefallen das Nirvana betreffend " liess Bruno wissen " das Beste waere doch das Nirvana einmal zu besuchen, ganz unverbindlich wie auch wir die Paradiesinsel in Thailand besucht haben und jetzt gerade Jamaica besuchen, so sollte man auch das Nirvana besuchen als Tourist, dann wird man schon sehen ob es einem gefaellt, einfach abwarten was so ein Nirvanabesuch zu bieten hat ". Horst traellerte leise los " Ja im Nirvana gibts keine Indiana, gibts keine Afrikaner und keine Amerikaner .." Bruno stoppte seinen Freund " Psst..sonst wachen noch die Maedels auf, lieber noch zum Wohle ", und sie tranken mit Genuss. "

" Also wenn dieses Bier zu Ende ist dann werden wir schlafen wie die Maeuschen bis morgen frueh, unsere Maedels werden bestimmt eher wach sein als wir " meinte sein Freund " diese Flaeschchen hier sind ja wirklich nach ein paar Schluck megaleer unglaublich, okay prost Bruno ". " Prost Horst ". Als alles ausgetrunken war legten sich die beiden Urlauber ins Bett, neben ihnen lag schlafend ihre Beute, die Biere zeigten gute Wirkung und die Augen fielen ihnen schneller zu als sie dachten. " Hello good morning " oh was hallte da an Bruno's Ohr, es war natuerlich die sanfte Stimme seiner Beischlaeferin Anna, die mit dem schlichten Hemd. " Oh good morning Anna how are you " kraechzte dieser sich noch im Halbschlaf befindend. " Thank you I am fine and you ". Oh I am okay ", er sah auf seine Uhr, es war schon nach elf. Auch im Sofabett machte sich Leben bemerkbar, die Strapslady kicherte, sie befand sich im Clinch mit Horst der ihr anscheinend einen fetten guten Morgen-Kuss versetzte. Bruno guckte was sich da auf dem Sofabett abspielte, dachte das sei eine gute Idee, er zog das Maedel an sich und so bekam auch Anna einen saftigen Kuss auf ihre Lippen, sie lachte rief gleich hinueber zu ihrer Freundin in der Landessprache, schnell entwickelte sich eine lockere Unterhaltung, was da gesprochen wurde verstanden nur die beiden. Anna sagte zu Bruno ploetzlich, klaerte ihn auf dass heute ihre Arbeit schon um 1 Uhr mittags beginne und sie jetzt gleich los muessten. Dieser nickte " Okay kein Problem " ob es wahr war oder nicht das spielte keine Rolle. Die zwei braunen schoenen Maedchen huepften aus den Betten und verschwanden im Duschraum, die zurueckgelassenen Maenner folgten ihnen diesmal nicht.

Doch Bruno hatte wieder einen Brand, einen Morgenbrand und da nichts mehr trinkbares im Zimmer war, liess er seinen Freund wissen, dass wenn sie die Maedels verabschiedet haben er gleich hinuntergeht um einen Sexerpack zu kaufen, sie wollen ja nicht verdursten hier in dem Zimmer. Horst meinte sueffisant, was Besseres waere ihm auch nicht eingefallen. Die Urlauber kleideten sich kurz an, setzten sich aufs Bett, redeten ueber die Bezahlung, legten Dollars aufeinander bis die Summe erreicht war die sie den beiden versprochen hatten. Ja und die liessen nicht lange auf sich warten, frisch geduscht und vollbekleidet waren die Maedels ready to go. Die Maenner gingen auf sie zu " Thank you very much for the nice party " gockelte Horst und ueberreichte Anna die schoenen Scheine. " Yeah thank you very much too ", meinte die mit den lila Strapsen laechelnd, deren Strapse man jetzt wieder bewundern konnte. Es gab noch einige Bussis und Umarmungen fuer die Partybosse, dafuer begleiteten sie die Maedels zur Tuer, Anna oeffnete trat nach aussen, ihr folgte Eve " By ,by sexy Ladies " Bruno stand an der Tuer " By,by Partymen " rief Anna zurueck, da kam Gepolter von links die Treppe hoch, oh nein, das konnte nicht sein..kann man seinem Schicksal entrinnen..es waren die Kanadier als wenn sie es gerochen haetten, vorne Ted hinter ihm Stella die gleich einen lauten Schrei ausstiess " Oh whats that ! " Die Maedels erschraken und fluechteten schnell an ihnen vorbei die Treppe hinunter, das Paerchen guckte ihnen nach doch Stella war nur positiv verwundert als sie die braunen Suessen erblickte " Mm they look nice (die sehn nett aus), hoerte man sie sagen, doch Ted war aufgewuehlt, er wandte sich an Bruno, seine Stimme klang wie ein Blechkuebel " Oh mein Gott noch eine Party, was ist denn da los ". Jetzt tauchte Horst der freche Bube auf sagte zu Ted ihn gross anguckend (uebersetzt) " Heute nacht hatten wir eine Orgie hier, eine Massenorgie ja wir haben viel Spass gehabt ". Oh my god " knurrte Ted in seinem blau gestreiften Strandhemdchen und seiner kurzen blauen Hose, er schien ganz blass zu werden im Gesicht. " Hey Ted " rief Bruno " Du warst doch auch einmal jung oder nicht ". " Ja ich war auch einmal jung " polterte der Kanadier " da scheine ich etwas versaeumt zu haben ", darauf stiess ihn Stella von hinten ins Kreuz " Gar nichts hast Du versaeumt mein Lieber " und Ted wanderte weiter von Stella gefolgt zu ihrer Zimmertuer. " Heute ist wieder ein heisser Tag, ein wunderschoener heisser Urlaubstag " sagte Bruno ploetzlich weil ihm im Moment nichts anderes einfiel, waehrend Ted gerade nach seinem Schluessel grabschte, da setzte Horst noch einen drauf und meinte laechelnd zu den beiden dass heute ihr letzter Tag auf San Antone sei und unsere Nachbarn bestimmt froh sind wenn die Deutschen morgen frueh ausziehn aus dem Hotel. " Tja " meinte Ted suesssauer laechelnd " man kann sich seine Nachbarn nicht immer aussuchen, ja es wird dann wieder ruhiger werden hier im ersten Stock ". " Und die Sitten werden auch wieder eingehalten " kiekste Stella dazwischen.

Ted sperrte seine Tuer auf und die beiden verschwanden. " Na da haben wir jetzt eine Abmahnung bekommen " kicherte Bruno. " Das ist doch Quatsch " mokierte sich sein Freund " wir waren die ganze Nacht ruhig wie die Maeuschen , keine laute Musik, kein lauter Sex , keine Lustschreie, kein Gestoehne nichts ,

Mensch wir sind doch die harmlosesten Hotelgaeste auf dieser Welt ". " Genau und ab und zu ein Maedchenbesuch auf dem Zimmer, das wird doch wohl noch erlaubt sein, wir sind ja schliesslich schon ueber 21 Jahre alt, aber jetzt hab ich so einen Brand ich geh gleich los und hol was zum Trinken " meinte sein Freund und stapfte die Treppe nach unten, der Donald an der Rezeption gruesste ihn freundlich, Bruno gruesste freundlich zurueck, entschwand nach draussen, ueberquerte die Strasse, ging rein in den Supermarkt, da guckte ihn Goofy aufmerksam an der sich heute in einem weiten rosaroten Hemd praesentierte das die Haelfte seiner Blue-Jeans bedeckte, doch sein Outfit flatterte leicht, irgendwie schien seine Bekleidung eine Nummer zu gross fuer ihn. " Hello how are you today " fragte dieser " Thank you I am fine Dave (uebersetzt) oh ich bin sehr durstig heute " antwortete Bruno mit etwas heiserer Stimme, wanderte gleichzeitig zum Kuehlschrank und nahm ein Sixpack-Bier heraus. " Ja es ist wieder sehr heiss heute" stellte Goofy fest, er fuegte hinzu " Oh you like the Jamaicanbeer very much ". Bruno mit dem Sixpack unterm Arm guckte Goofy mit grossen Augen an " Ja weisst Du ich komme ja aus Deutschland und die Deutschen die moegen Bier sehr gerne, das ist ja schon das Nationalgetraenk bei uns und wir haben auch das beste Bier der Welt ." Da laechelte der Supermarktverkaeufer und meinte bestimmt auch er liebe Bier und er habe oft schon von deutschem Bier gehoert dass es super schmecken soll. Da fiel Bruno's Blick auf ein Regal voller Sandwiches, meinte zu Dave er solle ihm vier Stueck einpacken, zwei mit Thunfisch und zwei mit Kaese, Dave packte gleich alles zusammen in eine Tuete, seine Kundschaft bezahlte mit Dollars und wuenschte ihm noch einen schoenen Tag, dies wuenschte ihm der Goofy auch. Als Bruno mit dem Bier unterm Arm an der Rezeption vorbeikam dachte er gestern Nacht mit einem Sixpack hoch ins Zimmer und jetzt zur Mittagszeit schon wieder mit so einem Ding nach oben, doch die Toleranzgrenze in diesem so angenehmen Hotel war wegen vergangener Zeiten so gross, dass der Donald nur schmunzelte als sein Hotelgast an ihm vorbei marschierte. Oben in seinem Zimmer wartete Horst schon sehnsuechtig auf das kuehle Bier und bald sassen sie nebeneinander auf dem Sofa und tranken genuesslich eine Flasche Red Stripe. Bruno meinte er habe noch ein paar Sandwiches mitgebracht denn der naechste Hunger kommt bestimmt, die zwei kamen ueberein nachdem das Bier leergetrunken ist sich ein paar Stunden Schlaf zu goennen, heute am letzten Tag war nichts mehr geplant, man hatte keine Verpflichtungen mehr ausser der Party am Abend im Come-Inn-Restaurant, aber es sollte anders kommen, doch vorher taten die Urlauber was sie sich vorgenommen hatten. Horst ging nach unten in sein Zimmer mit zwei Bierchen und zwei Thunasandwiches. Bruno entschied sich fuer die zwei Kaesesandwiches, er ist kein Fan von allem was mit Fisch und Seegetier zu tun hat, schmatzte im Bett ein Sandwich, streckte sich breit in den Federn, freute sich auf ein herrlich entspanntes Schlafen, bald nickte er ein. Doch der Schlaffriede dauerte nicht allzulange, Gehupe in der Naehe seines Fensters machte ihn wach, es hupte weiter. Bruno stieg aus dem Bett und schaute aus dem Fenster, da stand Joe der Jagdhund winkte hoch zu ihm " Mr. Bruno, Mr. Bruno, somebody come for you " rief Joe nach oben.

Hinter ihm stand sein Taxi. " Okay I am coming down " schrie dieser zurueck. Fuer mich, wer soll denn da kommen fuer mich, Gedanken gingen durch seinen Kopf, die ganzen Maedels kamen ihm in den Sinn, die sie hier schon ins Hotel mitgenommen hatten, nein keine Ahnung wer das sein koennte. Er zog ein weisses T-Shirt mit einem Elefantenkopf ueber, schluepfte in seine schwarze kurze Sporthose, hinein in die Lederschlappen, nahm seinen Zimmerschluessel in die Hand, verliess das Hotel, ging um die Ecke herum. Da stand Joe und die Taxituer hinter ihm oeffnete sich langsam und wer kam heraus, oh wouh er konnte es gar nicht glauben wen seine Augen da erblickten - die Barbecuelady vom Green Garden - Restaurant. Das war eine Ueberraschung toll sah sie aus, ihr freundlich laechelnder Blick den sie ihm zukommen liess schenkte ihm ein Gefuehl der Lebendigkeit, ihre dichten schwarzen Haare waren hochgesteckt, klare Augen guckten ihn an, sie ging auf Bruno zu in ihrer hellblauen kurzen Freizeithose, darueber ein aermellanger blauer Pulli verziert mit allerlei Bluemchen. " Hey Mr. Bruno die Lady wollte Dich besuchen, ich war heute mittag im Green Garden-Restaurant und da hab ich sie gleich mitgenommen ". " Das hast Du super gemacht Joe, alle Achtung, thank you very much ". " Hi Bruno you remember me " meinte das Maedel mit cool warmer Stimme ihn von oben bis unten inspizierend. " Ja natuerlich " stotterte dieser leicht aufgeregt, eigentlich mehr erregt als aufgeregt, diese klassisch schoene Jamaicanerin, diese blaue Lady hatte so etwas Anziehendes an sich, am liebsten haette er sie jetzt gleich umarmt ihr ans Hinterteil gegriffen und sie abgekuesst.

Bruno sah wuest aus, ja eher verwuestet, er strich sich die Haare nach hinten, versuchte eine zivilisierte Miene zu machen, doch sein Gesicht war gezeichnet als haette er einen laengeren Ausflug in einer Whiskybar hinter sich mit einer anschliessenden Viererparty. " You remember my name " fragte ihn diese heisse Erscheinung. " Oh warte, warte.. Janneth dein Name is Janneth und Du kennst ja meinen Namen ". " Oh Bruno " kicherte sie " ich denke Du hast letzte Nacht eine laengere Party gehabt..Du siehst ein bisschen muede aus, bist Du okay ? " " Ja ich bin okay ", aber ihr Frauenzauber hatte ihn schon laengst eingefangen und er fragte ohne viel nachzudenken ob sie in sein Zimmer hochkommen moechte. Janneth schien nicht abgeneigt zu sein, gab aber zu bedenken, dass sie nur ein paar Stunden Zeit haette, danach wuerde sie Joe wieder zurueckfahren ins Green Garden -Restaurant, denn die Arbeit ruft. Ploetzlich nahm sie Bruno an der Hand und sagte " Komm ich zeig Dir mein Zimmer ". Das Maedel nickte, er bedankte sich nochmals bei Kater Carlo dass er ihm diese Lady zugestellt hatte, sie praktisch abgeladen hatte vor der Haustuer, spaeter am Abend werde man sich dann wiedersehn bei der Party im Restaurant und so loeste sich diese Dreiergruppe auf. Joe wuenschte den beiden noch eine schoene Zeit stieg ins Taxi fuhr los und der Mann aus Hameln ging mit seiner Ueberraschung Hand in Hand zurueck ins Hotel. Jetzt stand Sandra die Frau von Donald an der Rezeption und sie guckte doch erstaunt auf als sie neben Bruno so ein Prachtweib erblickte , ja so eine heisse Fracht hat die Sandra schon laenger nicht mehr gesehn, dachte er bei sich und Sandras Blick veraenderte sich leicht von Verwunderung in Bewunderung was da ihr Hotelgast Bruno wieder an Land gezogen hatte.

Doch Bruno schon in der Erwartung des Kommenden elektrisiert schenkte Sandra nur einen fluechtigen Blick, ihm war es egal was sie dachte ueber ihn. Die beiden gingen jetzt ein wenig schneller und Bruno sagte zu ihr in aufrichtigem Ton er freue sich dass sie ihn noch besucht hat, denn heute sei ihr letzter Tag in San Antone, das wisse sie bereits, das habe ihr Joe schon im Garden-Restaurant erzaehlt, meinte das Maedel. Da wird der Horst aber Augen machen, ging es in seinem Kopf herum wenn er die Barbecuelady hier erblickt im Hotel, ob sie denn mit ihm auch noch was macht das wisse er nicht. Schnaufend fixiert auf die sexy Grillerin zog er sie auf der Treppe ploetzlich unverhofft an sich und schmuste ihre Backe. " Huch " das Maedel rollte mit den Augen meinte leise " Bruno what you do". " I like you " antwortete er verschmitzt, darauf sagte sie nichts. Oben angekommen fuhrwerkte er hektisch mit seinem Zimmerschluessel im Schloss herum als wuerde sein Pimmel auch schon gern in einem Schoss herumfuhrwerken. Die blaue Lady trat ein, sah das unaufgeraeumte Zimmer verstreute Bierflaschen, umherliegende Tueten, ausgebreitete Badetuecher im Bett, sie ging gleich zum Fenster und oeffnete es. Das Zimmer in diesem Zustand war ihm peinlich darauf meinte er leicht entschuldigend er haette leider noch keine Zeit gehabt hier richtig aufzuraeumen. Etwas umherblickend hey da ist noch ein Bier uebrig und ein Kaesesandwich, vorsichtig fragte er ob sie denn ein Bier trinken moechte und das Kaesesandwich kann sie auch haben. " Oh thank you yes " antwortete ueberraschend Janneth die jetzt zum Fenster hinaus schaute " you can bring it to me ".

Schnell oeffnete er das letzte Bier, packte das Kaesesandwich nun vergass er alles den ganzen Zimmermuell, vergass das ganze Zimmer, sah nur noch die die Barbecuelady zum Fenster hinausschauend mit dem Ruecken zu ihm, sah die dicht schwarzen Haare, ihr hellblaues kurzes Freizeithoeschen, ihre prallen Pobacken, da verhaertete sich etwas auf sehr angenehme Weise zwischen seinen Beinen, er ging langsam auf sie zu, stellte sich neben das Maedel ueberreichte Bier und Sandwich. Ah da trank sie los und biss gleich kraeftig in das Ding hinein, es schien ihr zu schmecken, dann bekam der Zimmerherr die Flasche der auch einen herzhaften Schluck nahm. Das sei ja ein toller Ausblick hier fing das das Maedel zu reden an, der weisse Strand und das super blaue Meer, na ja Bruno nickte beipflichtig, aber offen gesagt interessierte ihn das blaue Meer im Moment herzlich wenig, er hatte nur noch Gefuehle fuer die blaue Lady, die trank weiter Bier und liess sich das Sandwich schmecken. Bruno wurde immer schaerfer auf dieses heisse Teil, es kam richtig ueber ihn, nur neben ihr stehn und zum Fenster hinausgucken, diesen Zustand hielt er nicht mehr aus, legte seinen Arm um sie fluesterte ihr zu dass sie Bruno bestimmt ein bisschen mag und schmatzte dabei vampirmaessig ihren Hals ab. Das Maedel verschluckte sich beinahe liess ihn aber gewaehren, er fasste ihren Busen an jetzt war die Zeit gekommen um seinen Lieblingssatz zu praesentieren " Janneth you are sexy Lady, you so sexy " da kicherte sie leise , schnaufend fuhren seine Haende dabei an ihren brauen Schenkeln auf und ab, die Geilheit stieg ihm zu Kopf und sein Gehirn vernebelte leicht vor lauter Verlangen, endlich war das Sandwich aufgegessen und das Bier getrunken,

Widerum griff er an mit einer Umarmung, sagte dass sie doch nur kurz Zeit hat hier zu sein bei ihm, deshalb muss man die Zeit auch gut nutzen. " Wie denn ", fragte sie ganz frech. " Let's make Love ". Huch da wanderte ihr Blick in sein Gesicht " Oh really " gluckste das Maedel. Ja, Bruno ihrem Blick standhaltend war inzwischen schon sehr selbstbewusst geworden, er war nicht mehr leicht scheu im Gemuet und er fand sich auch nicht mehr interessant unattraktiv, nein er fand sich interessant attraktiv. Auf seine Aussage hin " Let's make Love " meinte sie in galantem Ton, dass die Maenner wahrscheinlich immer nur an eines denken, nur an das eine. " An was sollen die Maenner denn sonst denken wenn sie mit einem schoenen Maedchen allein in einem Zimmer sind und nur wenig Zeit miteinander verbringen koennen " meinte Bruno in leicht resolutem Ton. Da lachte Janneth, guckte aber weiter zum Fenster hinaus, von Geld von einer Bezahlung fuer die Liebe da hoerte man kein Wort von ihr. Bruno spuerte die Barbecuelady braucht eine starke Fuehrung, an der Hand packend wollte er sie vom Fenster wegziehen, da laechelte das Girl meinte lasziv " Hey Bruno , was machst Du ". " Ich versuche Dich von diesem Fenster wegzukriegen oder willst Du die ganze restliche Zeit hier an diesem Fenster verbringen, dafuer bist Du doch nicht gekommen, dafuer hat Dich Joe nicht hierher gefahren " sagte Bruno mit Nachdruck. Nun gab die blaue Barbecuelady ihren Widerstand auf und er fuehrte sie hin zu seinem Bett, dort angekommen guckte er die braune Schoene von oben bis unten an " Janneth you are very beautiful " , es folgte ein Kuss von ihm auf ihre Lippen auch das Maedel umarmte ihn jetzt, da gab es kein Halten und nichts mehr konnte ihn stoppen.

Fiebernd begann er das Maedel zu betatschen, sie zog selber ihren blauen Pulli aus, ihr schwarzer Bikini kam zum Vorschein mit ihren   festen Bruesten, da griff er bewundernd ins Volle rein, blieb aber nicht an ihnen haftend, es ging weiter Richtung abwaerts. Langsam streifte Bruno ihr das hellblaue Hoeschen hinunter bis zu den Knien, oh was gab es da zu erblicken, sie trug auch einen hellblauen Slip. Doch Janneth machte nicht dasselbe wie ihr Liebhaber, befreite ihn nicht von seinen Kleidern, nein die Grilllady legte sich nun halbnackt auf den Ruecken und liess Bruno tun was er wollte. Dieser bestaunte ihren leicht muskuloesen Koerper. " Du betreibst bestimmt Sport " fragte er ploetzlich aus dem Nichts heraus " Sport nein " ihn gross anguckend " ich habe keine Zeit fuer Sport ehrlich, ich arbeite viel da brauch ich keinen Sport mehr zu machen ". Jetzt fing Bruno an sich auszuziehn, er hatte ja nicht viel an. Und dann gings ans Eingemachte, es war ein Genuss ihr den Bikini voellig bewusst herunterzustreifen, wouh seine Lippen kosteten sofort ihre schwarzen Knospen und durch sein leidenschaftliches Lutschen wurde seine Kanone im unteren Bereich stocksteif. Die Lady vom Barbecuegrill guckte aufmerksam zu wie der Urlauber aus Deutschland sich an ihr verkoestigte. Bruno straffte jetzt den hellblauen Slip herunter und seine Augen erblickten ihr Glanzstueck, ihr schwarzes Dreieck das sehr einladend aussah. " Kondom, Kondom " sagte die Lady mit fester Stimme. Ah da war noch was da , anscheinend hatte sie die schwarze Packung auf dem Tisch gar nicht gesehn, wie dem auch war, er bewegte sich mit seiner harten Kanone zum Tisch und stuelpte ein Ding gleich ueber.

Da schaute die Barbecuelady aber als Bruno auf sie zukam, die Fahne hoch , fuer diesen Riesenschwengel mit Gummiueberzug gingen ihre Schenkel gleich freiwillig auseinander. Und er verlor keine Zeit legte sich behutsam ueber das Maedel , verpasste ihr heisse Kuesse waehrend er gleichzeitig versuchte mit Hilfe seiner Finger die Kanone in sie hineinzuschieben und mit ein bisschen Geduld klappte es auch. Wouh jetzt taute auch die Grilllady auf bewegte locker ihr Becken und mit der Zeit schoben beide kraeftiger und Bruno dachte so ein Rohr bekommt Janneth bestimmt nicht jeden Tag frei Haus geliefert. Endlich waren ihre Koepfe leer von allem Gerede, es zaehlte nur noch die Lust und die Liebe lief wie ein gut geoelter Mercedes Benz, den beiden wurde es immer heisser und heisser bis die enorme Hitze sich in einem gluehenden Orgasmus entlud. Die zwei Liebenden hielten einander fest eine kurze Ewigkeit, schnauften tief ein, tief aus. " You come " fragte Bruno direkt die Lady. " Yes I come " antwortete sie felsenfest. " I come too " gurrte dieser. " I know you make good Love to me Bruno, okay I take shower now " . " Okay ". Das Maedel aechzte sich hoch gab ihrer Urlaubsbekanntschaft noch einen Kuss danach verschwand sie in den Duschraum. Derweil lag Bruno hochzufrieden im Bett, er war ausgepowert doch er fuehlte sich grossartig, angenehme Gedanken durchstreiften sein Gehirn. Mann das war jetzt ein geiler Schuss mit der blauen Lady von Grillrestaurant, ja in einem Guss von Anfang bis zum Schluss und das Ende war bombastisch, das war grottenbombastisch, freut mich dass sie auch einen schoenen Abschluss erlebt hat, so muss es sein , aber ich denke nicht dass sie noch eine Nummer mit dem Horst mit dem Schimansky macht, sie erscheint mir doch ziemlich konservativ, kicherte in sich hinein, kann ihm ja den genauen Ablauf erzaehlen, den Ablauf in einem Guss besser als nichts das muss ihm halt dann genuegen, ausserdem haette das Maedel sowieso keine Zeit mehr fuer eine neue Nummer, sie muss zurueck ins Grillrestaurant die Arbeit ruft. Und er dachte weiter Wahnsinn was ich in den letzten vierundzwanzig Stunden erlebt habe angefangen mit Lady van Gogh und dem rosaroten Panther, dann habe ich die mit den lila Strapsen im Bett gehabt, wenig spaeter die mit dem schlichten weissen Hemd und jetzt noch die Barbecuelady, na da kann man wirklich nicht meckern, ja das war schon ein Traumtip von Horst mit Jamaica. Was gebe ich denn der blauen Lady, von Geld hat sie kein Wort gesprochen, was koennte ich ihr schenken, weiss nicht, ach was das ist kein Problem, ich gebe ihr schoene Dollars genau soviel wie die anderen Maedels bekommen haben, sie kann dann selbst waehlen was sie sich davon kaufen moechte. Eingehuellt in Handtuechern spazierte die Lady aus dem Duschraum fing an sich laechelnd zu bekleiden, erzaehlte nebenbei ganz entspannt dass sie jetzt dann wieder zurueckfahren werde ins Restaurant das war mit Joe so abgesprochen. Bruno der sich schon seine schwarze Sporthose uebergestreift hatte und aus dem Bett aufgestanden war umarmte das inzwischen vollbekleidete Maedel in ihrem blauen Outfit und sagte dass er ihr ein kleines Geschenk machen moechte weil sie ihn auch besucht habe hier in seinem Hotel, er habe nur Bargeld sie soll sich davon kaufen was ihr gefaellt .Dezent zog er genug Dollars aus seiner Sporthose heraus und drueckte ihr das Geld fest in die Hand, darauf senkte das Maedel nickend den Kopf und antwortete ihn am Arm haltend dass sie nicht gekommen sei wegen Geld, ihr habe seine einfache direkte Art gefallen, sie bekam eine Einladung von ihm und bei seinem Blick war es gleich klar was er wollte. " I think you are a playboy Bruno, but a nice one " meinte die Lady mit suesslicher Stimme. " Oh ich bin kein Playboy " rief Bruno " ein echter Playboy hat viel Geld und viele Frauen, aber manchmal lerne ich doch ein nettes Maedchen kennen wie zum Beispiel Janneth vom Barbecuegrill ". " Du bist nicht nur ein Playboy, Du bist auch ein Charmeur " stellte die Grillerin fest. Bruno wusste nicht so recht was er darauf antworten sollte doch aus seinem Mund kamen Roeslein einem so schoenen Maedchen wie sie es sei kann man doch kaum widerstehn. " Oh ich muss schaun ob Joe schon da ist " sie ging zum Fenster guckte hinunter " das Taxi ist schon da der wartet schon okay ich geh jetzt, ja vielen Dank fuer das Geschenk es war schoen mit Dir Mr. Bruno, vielleicht kommst Du ja mal wieder vorbei irgendwann ". " Ich moechte Dir noch etwas sagen Janneth " dabei schloss er die Arme um sie, guckte in ihre braunen Augen " fuer mich bist Du die schoenste Barbecue-Lady der Welt ". Eine angenehme Waerme schoss durch seine Brust und ein letzter Kuss des Urlaubers auf ihre Lippen folgte. " Thank you Bruno, thank you by, by ". Er stand da wie angewurzelt, Janneth ging los noch ein kurzes Abschiedslaecheln und die Tuer schloss sich hinter ihr. " Oh hello, hello ist die Party schon vorbei ? " " No party yeah have a good day by, by ". Bruno hoerte Stimmen auf dem Gang was war da los. Oh nein das konnten nur die Kanadier sein, schon wieder, als wenn sie auf der Lauer liegen wuerden, abwartend um dann im geeigneten Moment ganz zufaellig auf der Bildflaeche zu erscheinen. Bruno oeffnete die Tuer, da waren sie wieder die Kanadier guckten der Barbecue-Lady nach, heute Ted und Stella im Partnerlook schwarze kurze Freizeithosen, orange T-Sirts sie sahen aus wie hollaendische Fussballfans. " Hello everything okay " fragte ihr Zimmernachbar. " Ja, ja alles okay das war aber ein schoenes Maedchen " meinte Ted anerkennend. " Ja Jamaica hat wirklich schoene Maedels " antwortete Bruno laessig, als wuerde er sich schon fachmaennisch auskennen in der Damenwelt Jamaica. " Ja und viele sind auch leicht zu haben hier, anscheinend sehr leicht ", das musste Stella einfach hoehnisch grinsend loswerden. Bruno nahm den Seitenhieb gelassen, seine Retourkutsche traf voll ins Schwarze. " Weisst Du Ted vielleicht machst Du ja mal einen Solourlaub hier, aber solo wirst Du hier nicht lange bleiben, dessen bin ich ganz sicher ". " Das koennte euch Maenner so passen, aber zum Glueck der Ted hat ja mich, dabei gab sie ihm einen leichten Stoss in die Huefte, dieser sperrte jetzt wortlos seine Zimmertuer auf. " Na dann ist ja alles klar " resuemierte Bruno sichtlich belustgt, wuenschte den beiden noch einen schoenen Tag und weg waren die hollaendischen Schlachtenbummler. Er ging zurueck ins Zimmer und da passierte die Katastrophe wieder bekam Bruno einen Brand , einen grauenhaften Brand, da war nichts mehr trinkbares im Raum , kein Bier mehr, kein Wasser, die Minibox gepluendert, das konnte der Urlauber nicht aushalten, er zog sein gruenes Safarihemd ueber, verliess das Zimmer ging unten an der Rezeption an Sandra vorbei mit einem netten Okay-Laecheln und besuchte den Supermarkt. Goofy begruesste ihn gleich freundlich, der mit dem Brand gruesste zurueck diesmal hatte er es eilig, schnappte sich gleich ein Sixpack erzaehlte Goofy sein Hals sei ganz trocken und er habe einen Riesendurst, dieser hielt sich die Hand vor den Mund grinste leicht verlegen. Der Urlauber bezahlte rasch wuenschte Goofy noch eine schoene Zeit und verliess den Supermarkt. Die Verstaendnisgrenze an der Hotelrezeption wurde bis zum Aeussersten strapaziert als Bruno wieder einmal gepaart mit seinem alles okay-Laecheln an Sandra vorbeimarschierte. " You really like beer " huestelte sie. " Yes I am from Germany what can I do ". " Ja ich weiss schon viele Deutsche moegen Bier sehr gern, kein Problem ". " Okay Lady Sandra see you later ". " Yes see you later ".Mit den Sixpacks unter dem Arm dachte er eigentlich koennte ich bei meinem Freund vorbeischaun , ob der noch schlaeft, ach was fuer ein Bier ist der immer zu haben. Er klopfte an seine Tuer " Hey Horst bist Du schon wach ? " Dieser oeffnete gleich guckte noch etwas verschlafen aus der Waesche " Oh ein Sixpack " meinte Horst " da bist Du immer willkommen bei mir ". Bruno sprudelte er muesse ihm gleich was erzaehlen, die Barbecue -Lady haette ihn besucht, Joe hat sie hierher gefahren aber die ist schon wieder weg. Wouh das sei ja hochinteressant, meinte sein Freund er selber konnte gar nicht richtig schlafen, Horst schlug vor sie sollten sich jetzt in die Liegestuehle pflanzen, Bier mitnehmen, die frische Meeresluft einatmen und sein Freund soll dann von der Grilllady erzaehlen. " Okay Horst in zwanzig Minuten am Strand, ich muss erst im Zimmer meinen Brand loeschen, ich lass Dir gleich ein Bier da hier ". " Super, danke okay bis in zwanzig Minuten am Strand ". " Okay bis dann ".

Schnurstracks flott befoerderte sich Bruno hoch in sein Zimmer und dann passierte es, in Lichtgeschwindigkeit schnalzte er ein Bier auf, das erloesende Nass floss in seine ausgetrocknete Kehle ah-das tat gut, hoerte gar nicht mehr auf, setzte nicht mehr ab, ja er trank die Flasche total aus-ex. Zufrieden setzte sich der Urlauber auf das Sofa, vier Flaschen waren noch uebrig, was war als naechstes angesagt ach ja faulenzen am Strand doch vorher noch eine schoene Dusche. " Die werde ich jetzt gleich nehmen " sagte er zu sich selber " man soll im Leben immer gleich alles erledigen was es zu erledigen gibt ". Und er genemigte sich jetzt gedankenlos eine laengere Dusche, die tat ihm auch wohl. Danach kleidete sich Bruno an schwarze Sporthose, gruenes Safarihemd, die vier uebrig gebliebenen Biere tat er in eine Plastiktuete, dachte dass dieser Urlaub doch traumhaft ablief wie am Schnuerchen nur mit Doreen aus Montego Bay mit der " Whitney Houston " von Jamaica da lief es schief irgendwie, es sollte nicht sein, da kann man nichts machen. " So auf geht's zum Strand, raus aus der Huette, rein in den Sonnenschein ". Der Urlauber im Selbstgespraech. Unten bei Sandra an der Rezeption meldete er an dass man jetzt in seinem Zimmer die Betten machen kann und bitte auch die Minibar auffuellen das waer super. Sandra nickte wohlwollend und ihr Hotelgast wanderte in seinen schwarzen Sandalen nebst seiner Plastiktuete zum Strand. Ja das Wetter war herrlich, das blaue Meer zemlich ruhig, nur ein Liegestuhl war besetzt nahe am Wasser auf dem lag Horst breitbeinig mit nacktem Oberkoerper und kurzer blauer Sporthose. Sein Freund rueckte einen anderen Stuhl zurecht setzte sich neben ihn zog sein gruenes Safarihemd aus.

" Da hab ich was mitgebracht zum Trinken " freute sich Bruno oeffnete gleich zwei Flaschen, reichte eine seinem Freund man prostete sich zu. Das Bier schmeckte wunderbar. Horst gab zum Besten das sei hier ein toller Ausklang am Strand sitzen und Bier trinken am letzten Tag, die Jagd sei vorbei. " War sie nicht erfolgreich " fragte er seinen Jagdkumpel. " Aeusserst erfolgreich " antwortete der neben ihm im Liegestuhl. Jetzt erzaehlte Bruno alles was er mit der Barbecue-Lady so erlebt hatte, fuegte aber hinzu dass sie kurz angebunden war, noch ein Schaeferstuendchen mit Horst zu verbringen das war leider nicht mehr drin. Das spiele keine Rolle meinte Horst, er sei voll auf seine Kosten gekommen , auch die zwei letzten Maedels waren super Eve und Anna, die mit den lila Strapsen und die mit dem schlichten weissen Hemd, beide hatten Lust den Partner zu tauschen, das waren schon tolle Girls und Bruno habe ja in den letzten vierundzwanzig Stunden gleich drei Jamaica-Lady's beglueckt. " Das stimmt " meinte dieser " das war traumhaft. " Ja lebe deinen Traum " jetzt wurde Horst wieder philosophisch, " das ist das Beste was man tun kann, das gilt auch fuer durchschnittlich begabte Menschen, die nicht ein grosses kuenstlerisches Talent haben, die nicht Supersportler sind, die keine klugen Geschaeftsmaenner, Wissenschaftler oder grosse Staatsmaenner sind. Was ich eigentlich damit sagen will dass Leute wie wir die keine ueberdurchschnittlichen Faehigkeiten haben auch ihren Traum leben sollen ". " Ich protestiere du sagst keine ueberdurchschnittlichen Faehigkeiten mein Sauerbraten der ist mehr als ueberdurchschnitlich, der schmeckt goettlich, das sagen viele Leute zu mir wo ich koche und grille auf den Party's und im Krankenhaus ".

" Mensch Bruno ich weiss doch Du machst den besten Sauerbraten der Welt und Du lebst doch auch deinen Traum, deine Leidenschaft ist das weibliche Geschlecht und Du lebst sie voll aus im Urlaub in Thailand und in Jamaica ". Bruno ueberlegte laut " Ja wenn die Leidenschaft einens Menschen zugleich sein Traum ist, das ist natuerlich von grossem Vorteil, die Leute koennen auch einen einfachen Lebenstraum haben, naemlich ein schoenes zufriedenes Leben fuehren, eine gute Arbeit haben, gesund zu sein, sie moechten sich in jemand verlieben, sie moechten heiraten, eine Familie gruenden, das sind einfache Traeume von einfachen Menschen ". Bruno streckte seine Glieder, nahm einen Schluck Bier. " Ja nicht alle Traeume werden wahr ", fuhr Horst fort " wir koennen nicht alles beeinfussen was sein soll und was nicht sein soll und trotzdem sollten wir alles in unserer Macht stehende tun, um unsere Traeume Wirklichkeit werden zu lassen. Dieser Mr. Richard mit seinem hellblauen Cadillac ist bestimmt ein weitaus erfolgreicherer Geschaeftsmann als ich, wie auch immer, aber was solls ich bin ihm null neidisch auf seinen Erfolg, jeder hat sein Leben, jeder hat sein Schicksal und am Ende muss jeder mit sich selber leben, darum ist es gut wenn man von sich selbst eine gute Meinung hat ", jetzt nahm auch Horst einen tiefen Schluck aus der Flasche. " Ja lebe deinen Traum, finde deine Freude was immer es auch sei " darauf leerte Bruno sein Bier guckte dann auf's blaue ruhige Meer mit Augen die weit weg schienen. Nach einer Pause fragte ihn Horst " An was denkst Du jetzt gerade ? " " Ich hab gerade an Doreen gedacht, an die Villa in Montego Bay als ich sie auf der Terasse spaetabends gefragt habe als ich sie eingeladen habe nach Deutschland zu kommen zu mir ja da hab ich mich verliebt in das Maedel, hab mich verknallt und eine Weile spaeter als alles klar war dass sie nach Deutschland kommt, da hab ich sie geliebt, ja Liebe ist doch das schoenste Gefuehl auf dieser Welt, Liebe ist wie eine andauernd warme Welle die dein Gemuet erhellt " meinte der Koch aus Hameln sichtlich bewegt. Horst setzte noch einen drauf. " Aber weisst Du was das Allerschoenste ist ? " " Du wirst es mir sicher gleich sagen ". " Das Allerschoenste ist wenn deine Liebe erwidert wird von der anderen Person, dann befinden sich diese zwei Personen im Himmel der Liebe ". Darauf trank Horst sein Bier leer oeffnete die letzten zwei Flaschen und beide prosteten " Auf die Liebe " rief Bruno " Auf die Liebe " rief sein Freund. Am Ende meinte Horst soll man alles lieben was es zu lieben gibt, man sollte sich erst einmal selber lieben, das sei ein gesunder Egoismus, das Leben lieben ist auch wichtig, man sollte seine Eltern lieben, die Familie und natuerlich die Vergnuegungen des Lebens . " Ja die lieben wir besonders " toente Bruno, darin sind wir Weltmeister, wir lieben das Bier, das gute Essen, die Maedels, die Musik und die " I can't get no Cocktails "von der Satisfaction-Bar ". " Und die leckeren Zombies " unterbrach ihn Horst " das gute Grass und auf die Jagd gehen, das lieben wir auch ". " Ja Waidmannsheil, die Jagd die lieben wir auch ". Die Euphorie der beiden Urlauber wurde unterbrochen durch Sunny den Eisverkaeufer der ploetzlich auf der Bildflaeche erschien und auf sie zuging. " Hello my friends how are you today " rief die Micky Maus gutgelaunt. " Hello Sunny everything okay " antwortete Bruno " you see today we have beer..beer.. sorry Sunny no Eiscream today ".

" No Problem , no problem Sir maybe tomorrow, see you later, have a nice day, by, by " und Sunny wanderte weiter den fast leeren Strand entlang, konnte nicht wissen dass die Urlauber morgen frueh abreisen. Bruno ihm nachschauend meinte Sunny sei ein netter Kerl, ueberhaupt die Leute in Thailand und auch in Jamaica die sie kennengelernt haben waren doch sehr freundlich. Horst pflichtete bei gab aber zu bedenken wenn er den Fernseher aufmache in Deutschland da komme schon eine Menge Blut heraus und was da Menschen mit Menschen machen das waere unglaublich. Jetzt war der Schimansky wieder in seinem Element, fuhr fort der Mensch sei auch ein gefaehrliches Raubtier und er koenne noch viel grausamer sein als ein Tier, in der Natur heisst es eben fressen und gefressen werden, aber kein Tier foltert ein anderes Tier langsam zu Tode oder sperrt es ein fuer viele Jahre " Ja ich weiss schon wir sitzen hier an diesem wunderbaren Strand und reden ueber solche Dinge das macht nichts, wir koennen ueber alles reden ". Bruno nickte zustimmend nahm einen Schluck Bier, Gedanken geisterten durch sein Gehirn " Horst ich sag Dir was machmal denke ich wirklich die Menschheit ist eine primitive Rasse, sie bekriegen sich, toeten sich gegenseitig, vergewaltigen einander und das schon seit tausenden von Jahren, hoert denn das nie auf, geht das immer so weiter und es scheint immer schlimmer zu werden, gibt es da nichts das Rettung verspricht, wer kann die Welt retten ? " " Spiritualitaet kann die Welt retten " toente Horst " nicht Religion, darum sind sich Spiritualitaet und Religion auch spinnefeind, die Religion will dass Du das tust was sie Dir vorschreibt, die Spiritualitaet meint eher " Probier mal aus..

schau mal, mach deine eigenen Erfahrungen ". Mit spirituellem Denken koennte man auch die groessten Bedrohungen der Menschheit entschaerfen, die schlimmsten Katastrophen vermeiden. " Was ist denn fuer Dich die groesste Bedrohung der Menschheit " fragte ihn sein Freund. " Die groesste Bedrohung der Menschheit sind die Menschen selber, an erster Stelle steht die Bevoelkerungsexplosion, dann kommt die Umweltzerstoerung und die atomare Verseuchung, ich glaube das reicht fuer's erste " . " Bravo Horst, ich denke in einem deiner naechsten Leben wirst Du ein spiritueller Fuehrer sein oder ein Politiker ". " Ja wer weiss, wer weiss ". antwortete dieser. Bruno streckte seine Glieder und meinte auch wenn der Weltuntergang kurz bevor stehe und nicht mehr aufzuhalten sei, spuere er jetzt dass ihm bald die Augen zufallen, er haette ja schon ein stattliches Programm hinter sich. Da schmunzelte Horst erwiderte dass er sich dieser grandiosen Idee gleich anschliessen werde. So passierte es auch, von einer Sekunde auf die andere doesten die zwei weg, losgeloesst von allem und die Zeit verging. Horst erwachte als erster guckte schlaefrig hinueber zu seinem Freund der sich noch im Reich der Traeume befand, seine Armbanduhr zeigte kurz vor sechs Uhr an, der Spaetnachmittag war vorbei und er beschloss seinen Urlaubskollegen zu wecken, schuettelte ihn am Arm " Hey Bruno schlaefst Du noch ? " Dieser fuhr hoch " Was..ja.. nein, Mensch hab ich gut geschlafen ". " Ja sorry ich musste Dich wecken, wir muessen los das naechste Abenteuer wartet schon auf uns ". " Was fuer neues Abenteuer ". " Na die Party von Mr. Richard heute abend im Come Inn-Restaurant, da werden wir bestimmt einige Figuren treffen, die uns schon bekannt sind von hier ". " Erstmal das Bier leertrinken " meinte Bruno " wann beginnt denn die Party ? " " Joe hat gesagt um sieben Uhr Treffpunkt im Restaurant ", antwortete Horst. " Okay dann klopf ich um sieben Uhr an dein Zimmer " sagte Bruno " und jetzt weg mit der Pfuetze ". Das Restbier wurde ausgetrunken, danach packte der Urlauber die leeren Flaschen in die Plastiktuete und man verliess den superweissen Sandstrand von San Antone ging zurueck ins Hotel. Jetzt stand Don an der Rezeption fragte sie gleich ob sie am Abend auch zur Party ins Restaurant kommen , " Ja natuerlich " klaerte Horst auf, sie sind auch eingeladen worden von Joe dem Taxifahrer, Don erzaehlte er und seine ganze Familie werden da sein, ein guter Freund von ihm uebernehme dann aushilfsweise die Rezeption. " Okay Mr. Don see you later at the party " rief Bruno. " yes, yes see you later " erwiderte der Donald haendigte ihnen die Zimmerschluessel aus und die beiden wanderten in ihre Gemaecher. Bruno war ueberrascht wie schoen doch sein Zimmer aufgeraeumt war, die Betten frisch ueberzogen, der Anblick der aufgefuellten Minibar gefiel ihm am besten. Schnell raus aus den Klamotten, schnell unter die Dusche, ah das erfrischte wunderbar, danach guckte er in den Spiegel ueber dem Waschbecken, ja die Aehnlichkeit mit dem Fussballer, mit dem Strafraumungeheuer Horst Hrubesch war nicht zu uebersehen, ihm gefiel der noch jugendliche Ausdruck in seinem kantigen Gesicht und er fand sich selber attraktiv, interessant aussehend, schnell noch kurz mit dem Rasierapparat uebers Gesicht fahren das wars dann. Fuer den Abend waehlte er eine schwarze lange Hose und ein weisses T-Shirt mit einem Bob Marley - Kopf auf der Vorderseite.

Noch eine Viertelstunde war Zeit in voller Montur legte sich Bruno aufs Bett schloss die Augen ueberlegte was das wohl fuer eine Party sei, was es da zu essen und zu trinken gibt, sein Koerper war voellig entspannt und seine Gedanken verschwanden allmaehlich, Schlaefrigkeit machte sich breit, da spuerte er ploetzlich die Gefahr sei gross einzuschlafen, so beschloss der Urlauber loszuziehen, das Zimmer zu verlassen. Horst praesentierte sich wieder mal im original Schimansky-Look, hellblaue Jeans, weisse Turnschuhe, graues T-Shirt. " Ich hab schon Hunger " rief Bruno " Und ich hab Durst, mal schaun was das heute abend wird " war seines Freundes Antwort. " See you later " sagten beide zu Don nachdem sie beide an der Rezeption ihre Zimmerschluessel abgegeben hatten. Aus dem Restaurant toente schon Musik und als Horst die Ture oeffnete da war die Party schon in vollem Gange, viele Tische waren zusammengestellt zu einem groesseren Quadrat, Leute sassen rundherum unterhielten sich, assen und tranken, einige bekannte Gesichter stachen den beiden sofort ins Auge." Hey hallo my friends " rief Joe gleich laut als er seine Jagdbosse erblickte " please come here ". Hinten an der Mitte des Tisches von dem man aus das ganze Lokal ueberblicken konnte, da sass doch Mr. Richard persoenlich, man konnte auch sagen da trohnte Vetter Gustav der Glueckspilz. Die beiden Urlauber gingen auf Joe zu , der aussah als haette er ein paar Tage Urlaub vom Militaer bekommen, gruene Armeehose nebst rotem T-Shirt. Joe machte die zwei sofort bekannt mit Mr. Richard der einen sehr gepflegten Eindruck machte seine kurzgeschnittenen, gut geoelten Kraushaare waren ein Blickfang dieser erhob sich in seinem gut gebuegeltem weissen Hemd und brauner langer Stoffhose gab Bruno die Hand, danach schuettelte er die von Horst, meinte bestimmt Joe habe ihm schon erzaehlt dass Mr. Bruno und Mr. Horst gerne in der Gegend herumfahren und all die Sehenswuerdigkeiten bestaunen die es hier zu sehen gibt, laechelte dabei etwas zweideutig. " Mit ihrem hellblauen Cadillac herumzufahren macht natuerlich noch mehr Spass als mit einem normalen Taxi ", sagte Bruno nachdruecklich " ja erstmal ein Dankeschoen dass Sie uns ihren Strassenkreuzer zur Verfuegung gestellt haben ". " Das habe ich gerne gemacht, aber bitte nehmt doch Platz hier bei uns " antwortete Mr. Richard in freundlichem Ton. " Sehr gerne " meinte Horst und jetzt sassen die zwei Urlauber direkt neben dem Restaurantboss. Horst deutete auf die riesige Glasschale in der Mitte des Tisches gefuellt mit roter Fluesigkeit " Was ist das, sieht aus wie eine Sangria aus Spanien ". " Nein das ist eine jamaicanische Rumbowle mit Fruechten, die besteht aus Rotwein und verschiedenen Rumsorten, sie ist schon etwas kraeftig schmeckt aber sehr gut " klaerte Mr. Richard auf. Joe neben Bruno sitzend gab bekannt heute abend seien Essen und Trinken frei, dabei zeigte sein Finger auf zwei grosse Eisboxen voll mit Getraenken die auf Tischen an der Wand standen, Joe fuhr fort auf der anderen Seite des Lokals da sei das Buefett aufgebaut mit Haehnchenkeulen, gebratenen Wuerstchen, Hamburgern, Sandwiches und Pommes. " Super " sagte Bruno zu Joe " ich probier jetzt erstmal die Bowle ". " Da schliesse ich mich an " meinte Horst vergnuegt. Mit einem Schoepfloeffel fuellte der Taximann zwei Glaeser mit Rumbowle und reichte diese den Ausflueglern. Dann stiess man miteinander an, Mr. Richard, die Urlauber und Joe " Cheers cheers ". Die zwei Deutschen nahmen einen tuechtigen Schluck. " Wouh die ist aber stark, sehr gut " toente Bruno ueberraschend " da bleibt einem ja die Luft weg", auch der Schimansky blies Luft aus, atmete tief, die zwei Jamaicaner grinsten. " Ja Mann very strong but good " rief Joe. " Das ist wirklich eine tolle Bowle nichts fuer Anti-Alkoholiker " plusterte Horst. Mr. Richard laechelte nur souveraen. Ja diese Rumbowle schenkte einem ein wirklich gutes Gefuehl und weil dieses Getraenk so ungeheuer anregend schmeckte genehmigten sich die zwei Bierliebhaber aus Germany noch einen kraeftigen Schluck aus dem Glas, aber jetzt haute die Bowle rein bei den beiden auf nuechternen Magen, die Ex-Jaeger hatten ja schon laenger nichts mehr gegessen. Bruno rief " Ja jetzt bin ich so richtig schoen im Jamaicafeeling ". " Hey wollt ihr nichts essen " fragte ploetzlich Joe " alles frei, alles frei ". " Das ist eine sehr gute Idee " meinte Horst " das werden wir jetzt auch machen ". Inzwischen liess Bruno seinen Blick rundherum schweifen, da entdeckte er schon einige Bekannte. An einem Tisch sass Mr. Jack der schon aeltere Taxifahrer in einem bunten Bluemchenhemd der Dagobert Duck von San Anton und unterhielt sich mit den anderen Leuten am Tisch, was war das - das war die Panzerknackerbande, Joe's Freunde drei junge Arbeiter vom " Green Garden-Restaurant. Na so ein Bild gab's bestimmt noch nie in einem Micky Maus-Heft, Dagobert Duck und die Panzerknacker friedlich vereint zusammensitzend miteinander ein Bierchen trinkend. " Horst schau der Dagobert und die Panzerknacker sitzen zusammen hier ist das eine Fata Morgana "?

" Nein das ist keine Fata Morgana, die scheinen sich ja gut zu verstehn " meinte dieser " ich habe das Gefuehl heute abend taucht hier noch die gesamte Micky Maus -Familie auf, die Haelfte ist ja schon anwesend, aber jetzt muessen wir unbedingt was essen ". Und die beiden Urlauber erhoben sich vom Tisch und wanderten langsam Richtung Buefett auf dem Weg dorthin begruessten sie freundlich Onkel Dagobert und die Panzerknacker. Da ging ploetzlich die Eingangstuer auf, wer kam herein - Ted und Stella , die Kanadier die schon so viele Frauen von Bruno Tag fuer Tag zu Gesicht bekamen, leicht unverstaendlich mussten sie das alles mitbekommen. Huebsch rausgeputzt sahen beide aus. Ted in weissem Leinenanzug laenglich braun gestreift, Stella im dunkelgelbem Faltenrock nebst weissem T-Shirt. " Hello, hello " rief Bruno " party again ". Der Stimmungspegel des kanadischen Paerchens schien anscheinend hoch zu sein, gut gelaunt maulte Stella " Yes, yes party again (uebersetzt)aber Mr. Bruno wo sind denn ihre huebschen Frauen heute, haben die sie alle schon verlassen ? " Da schaltete sich Horst der freche Bube ein " Nein, nein die Maedels haben wir alle eingeschlossen in meinem Zimmer, die kommen alle dran, die nehmen wir uns alle vor nach der Party ". Mit verkniffenden Augen und zusammengepressten Lippen guckte Stella Horst von oben bis unten an, holte tief Luft und meinte ziemlich cool " Tja das koennte ich mir bei Ihnen schon vorstellen " wandte sich an ihren Ehemann " was meinst Du Ted ". " Das ist gut moeglich " rief Ted sichtlich belustigt " aber die Girls gehen ja alle freiwillig mit ". " Mensch Ted wir sind voellig harmlos " gab Bruno zum Besten. " Ja wir sind ueberhaupt die harmlosesten Hotelgaeste auf der Welt " toente Horst, wir bewundern nur die lokalen Sehenswuerdigkeiten hier ". Und dann nehmt ihr Kontakt mit ihnen auf, ich verstehe sie kommen ja auch alle freiwillig mit euch mit diese Touristenattraktionen, warum nicht, auf jeden Fall noch einen schoenen Abend auf der Party " rief Ted. " Ja euch beiden auch, wir muessen jetzt gleich was essen " meinte Bruno " sonst fallen wir noch um, die Bowle kann ich euch zwei empfehlen, die hat's in sich ". " Danke und habt noch eine gute Zeit " riefen die Kanadier gingen Richtung Mr. Richard der sie dann begruesste. Endlich am Buefett angelangt, schnappte man sich leere Teller und dann wurde aufgeladen Haehnchenschenkel, gebratene Wuerstchen, Hamburger und Pommes. " Guten Appetit " wuenschte Mr. Richard den Urlaubern als sie mit vollbeladenen Tellern an ihren Platz zurueckkamen. " Ihr scheint ja grossen Hunger zu haben, das freut mich, lasst es euch nur schmecken " meinte Joe mit einer Flasche Bier in der Hand. Die Kanadier sassen an einem Nebentisch zusammen mit anderen Hotelgaesten vor ihnen zwei Glaeser Bowle. Das Lokal war jetzt ziemlich voll, in einer lebendigen Stimmung wurde getrunken, gegessen, gequalmt, die Leute unterhielten sich gut gelaunt, baerenstark laut. Wieder oeffnete sich die Eingangstuer, ein junges Paerchen kam herein, der Typ hatte eine Gitarre umgeschnallt. Von einem Tisch her wurden sie schon mit Helloschreien begruesst, die zwei setzten sich gleich zu den Jamaicanern, der junge Mann erhob sich wieder und holte zwei Flaschen Bier vom Getraenketisch. " Die zwei machen Musik " erzaehlte Mr. Richard " das Maedel singt und er spielt Gitarre, sie spielen bekannte Reggaenummern nur so zum Spass die sind schon bekannt hier in der Gegend ".

Abermals oeffnete sich die Tuer und wer kam herein - zwei Micky Maeuse kamen herein, Goofy und die Micky Maus, der Supermarktbursche Dave und der Eisverkaeufer Sunny, beide winkten gleich zu Mr. Richard der die Hand hob und zurueckwinkte, danach setzten sie sich zu Bekannten an den Tisch. " Siehst Du " sagte Horst schmatzend eine Haehnchenkeule verschlingend " jetzt fehlen nur noch Donald Duck, Daisy und Tick, Trick und Track , dann haben wir die ganze Familie zusammen, ist das nicht wunderbar, pass auf die kommen auch noch, da bin ich sicher ". Bruno fuellte inzwischen zwei neue Glaeser auf mit der herrlichen Rumbowle dann hob er sein Glas nun hoben alle ihre Glaeser Mr. Richard, Joe, Horst und noch ein paar andere am Tisch sitzende Gestalten. " Cheers, cheers, cheers ". " Mann die Bowle ist ja immer noch so stark " witzelte Bruno zu Joe. " Daran wird sich auch nichts aendern " meinte dieser nachdruecklich. Unterm Essen guckte Horst den Cadillacbesitzer freundlich an, musterte ihn eine kurze Ewigkeit, dieser spuerte dass der Deutsche ihn betrachtete. " Alles okay Mr. Horst " sagte der Restaurantboss ploetzlich zu ihm. " Alles okay Mr. Richard (uebersetzt) ich habe gerade gedacht dass sie bestimmt ein erfolgreicher Geschaeftsmann sind, das ist doch schoen ". Nun musterte dieser seinen Ansprechpartner. " Na ja " meinte Mr. Richard " ich habe mir alles aufgebaut, habe auch viel gearbeitet dafuer ". Man konnte in seinem zufriedenem Gesichtsausdruck erkennen, es schmeichelte ihm was Horst da gesagt hatte. " Und sie Mr. Horst, wie verdienen sie ihr Geld auf dieser Welt ". Dieser liess ihn wissen er sei auch ein Geschaeftsmann, er kaufe und verkaufe.

" Ah das klingt ja interessant ", meinte Mr. Richard, das schien ihn zu interessieren. " Und was kaufen und verkaufen Sie Mr. Horst ". " Alles moegliche , alles was Geld bringt ". " Ach so " dieses Gespraech schien den Jamaicaner zu amuesieren " ja und was koennten Sie mir denn verkaufen Mr. Horst ". Ja was brauchen Sie denn Mr. Richard ? " " Ha ha ha " der Geschaeftsmann lachte, klopfte ihm auf die Schulter " eins zu null fuer Sie Mr. Horst, ihre Antwort war sehr aufschlussreich, nun weiss ich ja schon ein bisschen mehr ueber ihr Geschaeftsgebahren ". Bruno war ganz beeindruckt von seinem schlagfertigen Freund. Horst trank einen Schluck von der Rumbowle und meinte eher bestimmt " Mr. Richard natuerlich wuerde ich mich nie vergleichen mit Ihnen als Geschaeftsmann, das waere wie David gegen Goliath und vergleichbar im Fussball da spielen Sie in der ersten Liga meiner Meinung nach und meine Liga " er grinste schief " meine Liga die ist doch ein bisschen weiter unten als ihre, aber das ist auch okay fuer mich ". Nun war der Unternehmer aus Jamaica an der Reihe guckte Horst und Bruno an mit offenem Blick, nahm einen Schluck aus der Bierflasche, wippte mit dem Kopf leicht vor und zurueck, man merkte Gedanken gehen durch seinen Kopf, dann fing er an in aktivem Ton zu reden (uebersetzt) " Ja Freunde ich moechte euch gerne ein wenig von meinem Leben erzaehlen, ich stamme aus Kingston aus einfachen Verhaeltnissen, meine Eltern waren beide Lehrer haben dort in der Grundschule unterrichtet, ich war das einzige Kind, ein sehr lebhaftes Kind, das viele Schulegehen war nichts fuer mich, beruflich wusste ich ueberhaupt nicht was ich wollte, deshalb fing ich mit fuenfzehn Jahren eine Kochlehre an die ich auch beendete ".

doch danach wollte ich nicht mehr als Koch weiterarbeiten, bin dann mit achtzehn Jahren von zu Hause weg, das Einzige was ich eigentlich wollte jetzt, ich wollte Spass haben, sonst nichts. Ich fing an herumzuziehn, bandelte mit Maedels an, ging auf Party's war tagelang betrunken und voellig high vom guten Gras. Ja ich habe diese Zeit genossen doch auch viele Jahre vergammelt, hab gearbeitet hier und dort in Hotels als Maedchen fuer alles, bin Taxi gefahren und verkaufte Obst an Marktplaetzen und war sogar mal kurze Zeit Saenger in einer Tanzband, doch egal was ich auch versuchte, nigendwo hielt ich es lange aus . Doch dann kam der Wendepunkt, ein paar Tage vor meinem siebenundzwanzigsten Geburtstag bekam meine damalige Freundin ein Kind von mir, nun spuerte ich deutlich so geht's nicht mehr weiter, muss mein Leben veraendern, muss jetzt Gas geben bin jetzt nicht mehr allein. Zu dieser Zeit arbeitete ich in der Touristenhochburg in Negril in einem tollen Beachhotel als Touristenbetreuer. Etwas abseits vom Superstrand bot ein aelterer Jamaicaner ein Mini-Resort zum Verkauf an. Das Resort bestand damals aus nur vier reparaturbeduerftigen alten Holzbungalows und einer baufaelligen Huette die den Namen Restaurant nicht mehr verdiente, alles war ziemlich herunter gewirtschaftet. Als ich das vor meinen Augen sah liess mich mein Herz fuehlen das ist es, das ist deine Chance. Sofort sprach ich mit dem Besitzer, erzaehlte ihm dass ich sein Resort kaufen moechte um es neu zu renovieren, er soll mir doch einen guten Preis machen umd mir zwei Wochen Zeit geben fuer die Bezahlung, der alte Mann willigte sofort ein. Natuerlich hatte ich noch keine Ahnung wie ich das Geld zusammenbekommen wuerde.

Ich fuhr also zurueck nach Kingston, sprach mit meinen Eltern, ueberzeugte sie dieses kleine heruntergekommene Resort in Negril waere meine grosse Chance und ich wuerde arbeiten wie der Teufel dafuer, dass dieses Resort neu renoviert und erfolgreich wird. Die zwei vertrauten mir auf Anhieb und stellten mir eine groessere Summe zur Verfuegung doch das reichte nicht aus und so gingen wir alle zusammen zur Bank, ein Bankkredit wurde genehmigt, doch meine Eltern mussten ihr kleines Haeuschen als Sicherheit ueberschreiben falls der Kredit mit den Zinsen nicht termingemaess an die Bank zurueckbezahlt werden wuerde. Okay die erste wichtige Huerde war genommen, nach einem herzlichen Dankeschoen an Mama und Papa fuhr ich mit dem geliehenen Geld zurueck nach Negril machte vertraglich alles klar, bezahlte den Resortbesitzer aus und das Resort samt Grund und Boden war mein. Danach begann die harte Arbeit, ich liess alles abreissen, die kaputten Bungalows und die Restauranthuette, bekam vier neue Holzbungalows und ein kleines Restauranthaeuschen, nannte mein eigenes Reich jetzt " Sunny Resort " weil es trotz Abgelegenheit vom luxurioesen Hauptstrand den lieben langen Tag lang von der Sonne durchflutet wurde. Ja die Sonne meinte es gut mit diesem Fleckchen Erde das zudem auch noch angenehm ruhig war, nicht laermend was spaeter viele Gaeste schaetzten. Anfangs war es nicht leicht, Tag und Nacht verbrachte ich im Resort war immer praesent machte alles selber, ueberzog die Betten, wusch die Waesche, reinigte den Strand, kaufte Essen ein, kochte selber fuer die ersten Gaeste arbeitete bis zum Umfallen, unterhielt mich mit Ihnen, trank mit ihnen Rum-Cola oft die halbe Nacht, war immer da fuer sie, das hat sich allmaehlich herumgesprochen, bald waren meine vier Bungalows auf laengere Zeit ausgebucht, das " Sunny - Resort " wurde zum Geheimtip, ich konnte langsam den Bankkredit zurueckzahlen hatte nach einem Jahr schon acht Bungalows und die waren alle belegt ". Darauf nahm der Unternehmer einen weiteren Schluck aus seiner Bierflasche. " Bravo Mr. Richard ". Horst klatschte anerkennend Beifall fuer seinen tollen Aufstieg. Inzwischen fing der Jamaicaner am Tisch an Gitarre zu spielen leicht im Reggaefeeling, das Maedel sang dazu und es klang gut. " Was ich sagen moechte " fuhr Mr. Richard fort " ich habe das Sunny - Resort in einem Jahr von null auf hundert gebracht, mittlerweile kann ich noch ein weiteres Resort das " Green - Resort " mein eigen nennen auch mit acht Bungalows, dazu besitze ich in Kingston noch ein kleines Fischrestaurant und hier in San Antone eben das " Come Inn - Restaurant " meinte der Jamaicaner mit Stolz in der Stimme. " Und Sie haben ja auch den hellblauen Cadillac " toente Bruno. " Den Cadillac habe ich mir besorgt in Kingston nach meinem zweiten Geschaeftsjahr, nach meinem zweiten Resortkauf, ich habe jetzt insgesamt ueber zwanzig Angestellte, festangestellte Personen die fuer mich arbeiten, diese Verantwortung spuere ich jeden Tag. Meinen Eltern habe ich ein schoenes Haus gekauft fuer ihre grossartige Hilfe als ich vor ueber zwei Jahren ganz am Anfang stand. Natuerlich sind die beiden sehr stolz auf mich, ich wohne jetzt in Kingston, meine damalige Freundin ist jetzt meine Ehefrau und unser kleiner Sohn macht uns viel Freude ". " Sie sind ein Glueckspilz Mr. Richard, das ist doch wunderbar " sagte Horst mit fester Stimme. " Danke Mr. Horst ich denke ich bin auch sehr zufrieden mit meinem Leben doch man muss auch dahinter sein dass der Laden laeuft und die richtigen Entscheidungen treffen, neulich war ein Typ bei mir sehr modisch gekleidet in einem tollen weissen Anzug, der wollte doch das " Sunny Resort " kaufen. Angeblich ein Investor er hat gross herumgeredet was er fuer Ideen hat alles noch zu verbessern hier, doch als es um die Bezahlung ging da hat er auch rumgeredet ob ich eine Ratenzahlung fuer das Resort auch akzeptieren wuerde und mit der Zeit habe ich herausbekommen dass dieser Mann gar kein Geld besitzt um das Resort zu erwerben, aber er hat mit lauter Stimme gesprochen, doch wenn man kein Geld hat soll man nicht mit lauter Stimme sprechen, ich sag euch was meine Freunde " , dabei guckte der Boss alle laechelnd an Bruno, Horst und Joe " ich sag euch Geld ist immer die lauteste Stimme " ! Horst war leicht fasziniert von dieser Aussage " Geld ist immer die lauteste Stimme " toente er " das ist schon ein Supersatz und auch wahr ". " Und jeh mehr Geld du hast, desto lauter kann deine Stimme sein " schallte Joe. " Und jeh weniger du hast, mit wenig Geld sollst du besser die Klappe halten ", gab Bruno seinen Senf dazu. Darauf waren sich alle einig, Gelachter brach aus. O Gott die wuchtige Glasschale war fast leer. Mr. Richard und Joe redeten gleich in der Landessprache, erhoben sich, meinten sie waeren gleich wieder da und verschwanden in die Kueche. Wouh da oeffnete sich nochmals die Eingangstuer, jetzt kamen sie alle herein, die restliche Micky Maus-Familie, Donald Duck, Daisy, Tick, Trick und Track mit buergerlichem Namen Mr. Don, Sandra, ihre zwei Kinder und noch ein kleiner Wanst dazu. Donald Duck's Augen suchten Mr. Richard, der mit Joe gerade aus der Kueche kam bepackt mit einigen Flaschen unter ihren Armen.

" Hello Mr. Richard ". " Hi Mr. Don ". Sandra nickte freundlich und die lieben Kleinen guckten gross, die Neuankoemmlinge nahmen alle Platz, setzten sich an den Tisch zu Goofy und der Micky Maus. " Hab ich's doch gesagt die restliche Duckfamilie kommt auch noch, jetzt sind sie alle anwesend " feixte Horst. Derweil wurde die Glasschale von Joe und dem Boss wieder aufgefuellt mit vier weiteren grossen Flaschen Rotwein, ein Typ kam aus der Kueche und schuettete einen Teller voll kleingeschnittener Fruechte in die Schale, dann uebergab er Mr. Richard noch eine Flasche mit schwarzbraunem Etikett und verschwand. " Das ist ein ganz edler alter Rum " sagte der Chef mit erhelltem Gesichtsausdruck. Geschwind oeffnete er die Flasche und genoss es den Rum langsam in die Schale fliessen zu lassen. " Der hat ein Aroma, der riecht ja wunderbar " meinte Bruno halb ehrfuerchtig. " Der riecht nicht gut, der duftet richtig " stellte Horst fest. " Das ist wirklich ein edler Tropfen, der ist schon ueber zwoelf Jahre alt, ich glaube die Bowle wird nochmal kraeftig aber gut ", dabei beugte er sich genussvoll nach vorne und zog die Luft ein, hops - beinahe waere der Boss vornueber gefallen, er stemmte sich gerade noch mit den Haenden am Tisch ab, nicht auszudenken Mr. Richard faellt mit dem Gesicht in die Rumbowle. Nun wurden mit dem Schoepfloeffel die Glaeser aber hurtig aufgefuellt. Bruno genehmigte sich einen leckeren Schluck Bowle" Wouh die schmeckt ja geil, die hat hat ja wieder Pferdestaerken in sich ". Ja langsam trinken, wir brauchen noch ein Nebengetraenk, ein Bier, nur die Bowle saufen da sind wir in einer halben Stunde volldicht " meinte Horst " und dann ist die Party fuer uns vorbei ".

" Das ist eine gute Idee mit den zwei Getraenken, manchmal kommt ein Mann in Not und er braucht mehr als ein Getraenk so wie jetzt " feixte Bruno, sein Weg fuehrte ihn zum Biertisch mit zwei Flaschen in den Haenden kam er zurueck setzte sich wieder oeffnete die zwei Dinger und es wurde losgetrunken. Unterdessen stand Mr. Richard auf, er startete eine Begruessungsrunde in seinem Lokal ging von Tisch zu Tisch verbeugte sich leicht vor seinen Gaesten gepaart mit goennerhaften Handbewegungen machte ein bisschen Smalltalk hier, ein wenig Smalltalk dort. " Na gefaellt euch die Party " rief Joe den beiden Urlaubern zu. " Ja super, schoener koennte sie doch gar nicht sein und die Bowle schmeckt Weltklasse " prahlte Bruno zu Joe, dessen Gesicht ihm jetzt breiter erschien als normal. " Riechst Du das, riechst Du das was da vom Micky Maus - Tisch zu uns herueberduftet " sagte Horst zu seinem Freund " der Goofy und der Micky die rauchen was, das ist gutes Gras , schau Bruno jetzt haben wir alle zusammen, dort am Tisch steht Mr. Richard Vetter Gustav der Glueckspilz, er spricht gerade mit Dagobert Duck mit Mister Jack dem aelteren Taxifahrer, die beiden scheinen sich gut zu verstehn, an dem Tisch sitzt auch Donald Duck, Daisy und Tick, Trick und Track, daneben Goofy der Supermarktbursche Dave und Micky der Eisverkaeufer Sunny, die zwei rauchen gerade einen Joint und an dem anderen Tisch siehst Du die drei Gestalten da sitzt die Panzerknackerbande und wer sitzt neben uns ? " " Kater Carlo der Chef der Panzerknacker ". " Ja genau " meinte Horst und die beiden hielten sich die Baeuche konnten das Lachen nicht mehr verbergen in dem sie Joe anguckten. Der fragte warum sie denn so lachen und war gleich auf der richtigen Faehrte, meinte wenn man was getrunken hat und in sein Gesicht schaut dann koenne man schon denken man erblicke Kater Carlo von den Panzerknackern. Jetzt mussten die Urlauber nochmal lachen und Joe lachte mit. Horst meinte ihr Taxiboss haette ins Schwarze getroffen, darauf stiess das Trio an mit Rumbowle und mit Bier denn manchmal braucht ein Mann zwei Getraenke. Zurueck von seiner Lokaltournee fragte Mr. Richard Bruno was er denn so mache um seinen Lebensunterhalt zu bestreiten, ob er auch kaufe und verkaufe wie Mr. Horst. Da erzaehlte er Mr. Richard in vollmundigem Ton nein, er sei kein Haendler wie Mr. Horst, er sei ein Koch und koche schon viele Jahre in einem Krankenhaus in Deutschland, seit einiger Zeit koche er auf Einladungen auf privaten Zusammenkuenften so an die sechs bis acht Personen ungefaehr, und er biete eine eigene Essensspezialitaet an und die Gaeste sind ganz verrueckt nach seinem Spezialgericht Sauerbraten mit Nudel, er uebersetzte in seinem Kochenglisch " Beef in Vinegargravy with noodles ". Ausserdem buche man ihn jetzt fuer Grillparty's und Sommerfeste als Griller und er sei sehr zufrieden mit seiner Arbeit. Mr. Richard meinte laechelnd falls die beiden Freunde wieder Urlaub in San Antone machen, dann muesste Mr. Bruno unbedingt sein Spezialgericht hier im Come Inn - Restaurant fuer ihn und seine Gaeste zubereiten, natuerlich bekomme er auch eine Bezahlung fuer seine Arbeit. " Versprochen, abgemacht, okay " und darauf tranken Mr. Richard, Bruno, Joe und Horst. Ja die Party war nun in vollem Gange, die Leute lachten, assen, tranken und die Zeit verging. " Schau mal da vorne die Kanadier Ted und Stella die da neben den Panzerknackern sitzen, die sind bestimmt nicht mehr nuechtern " toente Bruno

" wie ich auch nicht mehr nuechtern bin o Gott " es stiess ihn, sein Koerper zuckte " ich frage mich wirklich wie wir heute noch in unsere Zimmer kommen, schuld ist die Bowle, die ist zu gut, man kann ihr nicht widerstehn, Widerstand ist zwecklos ". " Ja Hauptsache wir wissen wer schuld ist " rief sein auch schon beschwipster Freund " aber es kann uns nichts passieren, wir haben ja Joe den Jagdhund, der passt schon auf dass wir unser Hotel noch finden, das doch eigentlich nur gegenueber ist ". " Das stimmt " stellte Bruno fest " dein Humor ist schon super " und schoepfte abermals mit dem Schoepfloeffel die leckere Rumbowle in sein Glas, beide unterschaetzten die kraftvolle Wirkung dieses Getraenks a la Jamaica. Das gemischte Duo fing nun an Songs von Bob Marley zu singen. Es ist immer von Vorteil wenn Lieder gespielt werden die alle kennen, das hebt die Stimmung immens, weil dann das Publikum mitsingen kann, das passierte auch. Das Maedel und ihr Freund stimmte an " One Love " zu diesem gefuehlvollen Song sang schon das halbe Restaurant mit, darauf folgte " Get up, stand up " eine echte Jamaicahymne der unteren Bevoelkerungsschicht, ein Funke sprang ueber, die Gaeste klatschten in die Haende groehlten kraftvoll mit " Get stand up ", die Gitarrenbegleitung hoerte man kaum noch, ging unter im allgemeinen Laerm. Bruno und Horst warteten naruerlich auf ihre Lieder die sie kannten, die sie schon mitgesungen hatten im Chor mit Bobby in Montego Bay. Und dann passierte das Unerwartete. Von einem Augenblick auf den anderen ging die Musikanlage los und aus den Boxen droehnte die Basspower " Wouh das ist schon ein geiles Gefuehl, das durchstroemt meinen ganzen Koerper " rief Horst und die Urlauber erkannten bald da schallte ihr Song.

" Three little birds ". " Hey, hey das ist unser Song ". Bruno erkannte ihn sofort, nach einigen Takten war klar das war der Song der Urlauber den sie irgendwo immer wieder hoerten, den die Leute jetzt mitsangen im Come-Inn Restaurant. " Don't worry about a thing..cause every little thing it's gonna be allright ". Das war nicht genug, mit Geschiebe und Gekrache erhoben sich ploetzlich die Gaeste von ihren Stuehlen fingen an zu tanzen, jubelten, schrien durcheinander. Auch Mr. Richard und Joe schwenkten stehend die Haende in die Luft. " Hey macht ruhig mit " rief der Boss, der Vetter Gustav den beiden Urlaubern zu, " Ihr koennt ruhig mitmachen ". Das liessen sich die Deutschen nicht zweimal sagen, bewegten sich in die Hoehe die Haende zum Himmel und stimmten ein in ihren Lieblingssong. O Gott, Bruno spuerte intuitiv dass er sich schon im Reich des Jamaicarums befand, sein Koerpergefuehl war heiss, lebendig, angenehm . Es herrschte Bewegung, Aufbruch im Restaurant, eine Art Polonaese Blankenese a la Jamaica fand statt, die Gaeste hakten sich nicht ein an der Schulter des anderen, doch sie zogen nacheinander singend im Reggaebeat ziemlich langsam durch das Lokal. Bruno war begeistert rief zu Horst " Mensch, das ist ja eine Superparty hier an unserem letzten Tag in San Anton ". Auch sie setzten einen Fuss vor den anderen wippten dabei rythmisch ihren Koerper. " Ja wenn die Jamaicaner eine Party feiern, wird richtig gefeiert ha ha " donnerte eine Stimme an die Ohren der beiden, es war Joe der hinter ihnen herumtanzte " ja dann feiern sie Rasta, Irie, ja Mann, dann brechen sie alle Regeln " und der Kater Carlo lachte aus vollem Herzen. Dann brechen sie alle Regeln die Jamaicaner, hatte das Bruno nicht schon vorher irgendwo gehoert, na klar, das hatte auch Bobby der Roberto Blanco von Montego Bay von sich gegeben. " Ja feiern koennen sie wirklich hier auf der Insel " schnaufte Bruno " und sie haben eine tolle Musik ". Da ploetzlich unglaublich ertoente ein anderer Lieblingssong der Urlauber " Lively up yourself ". Horst rief sofort dass sie den Song auch schon gesungen haben im Cornwall Beach-Restaurant im Chor zusammen mit dem Kraechzer, mit Konrad dem Pop-Eye, der hatte doch gemeint wenn wir ein eigenes Mikrophon gehabt haetten, dann waeren wir noch besser ruebergekommen. " Ja vor allem seine Kraechzstimme, der Konrad war einmalig, er bleibt unvergesslich " feixte sein Freund und mit grosser Freude sangen die beiden Ausfluegler aus voller Brust " Lively up yorself ". Bruno bewegte sich vorwaerts wie ein happy Tanzbaer erreichte den Tisch von Goofy und Micky, die Haende nach oben kommunizierte er mit der halben Micky Maus-Familie die es auch genoss mitzusingen mit Bob Marley. Danach verstaendigte er sich mit den Panzerknackern " Hello, hello " rief er, doch die waren anscheinend schon voellig zugeraucht, sie schenkten ihm ein breites, zufriedenes Grinsen. Da waren ploetzlich die Kanadier in seinem Blickfeld Ted und Stella, die sich ein wenig scheu, ein wenig steif herumbewegten. " No Girls today, where are the girls " rief Ted ziemlich belustigt, waehrend er in die Haende klatschte, (uebersetzt). " Die Girls, ja da warten schon zwei suesse Maedels vor meiner Zimmertuer, ich freue mich schon auf sie ", antwortete Bruno in lustvollem Unterton . Ah da guckten die aus Kanada mit offenem Mund, Stella wollte noch etwas sagen aber es war inzwischen so laut geworden, dass sie ihm nur noch zulaechelte. Von den beiden wegtanzend rief ihnen Bruno zu

" Noch einen schoenen Abend wuensch ich euch beiden ". Und da passierte es, im Blick auf die Kanadier hakte sich sein rechter Fuss um ein Stuhlbein ein, sein Koerper wirbelte um die eigene Achse und Bruno fiel krachend auf den Tisch der Panzerknacker, von da aus rutschte er mit dem Tischtuch zusammen auf den Boden. Oh ein Aufschrei ging durch's Lokal, das Tanzen wurde unterbrochen, was war geschehn. Bruno guckte nach oben und sah all die Gesichter der Micky-Maeuse die ihn sorgenvoll und mit Guete im Blick anschauten, trotz des Geschehens, dies empfand er als richtig suess. Die Gaeste liefen herbei, ja die Anteilnahme des ganzen Lokals war gross. Sofort kamen jetzt Horst und Joe hinzu " Hey Bruno alles okay mit Dir, hast Du dich verletzt " rief sein Freund " Nein, nein gottseidank alles okay bin irgendwie ausgerutscht ". Horst und Joe packten ihn an den Armen und halfen ihm wieder auf die Beine. Onkel Dagobert klopfte ihm auf die Schulter und freute sich dass nichts ernsthaftes passiert war, auch Mr. Richard und die Kanadier schienen erleichtert zu sein. Die Panzerknacker streckten die Arme in die Hoehe riefen " Ja Mann, ja Mann ". Zwei Jamaicaner eilten aus der Kueche herbei mit Schaufel und Besen, putzten die Scherben weg, Glaeser waren zu Bruch gegangen. " Mir fehlt nichts, es kam mir vor als waere ich auf Watte gefallen " sinnierte der Umgefallene. " Das war der Rum, die Rumbowle die Dich unverletztbar gemacht hat " schallte Joe laut, die Urlauber gingen zurueck zum Tisch und setzten sich wieder. Nach " Lively up yourself " folgte nun der Song " Stir it up " der beruhigte nun die Partygemeinde, das Tanzen war zu Ende und die Leute unterhielten sich wieder an ihren Tischen. " So jetzt brauch ich was zu trinken auf diesen Schreck hin " meinte Bruno sichtlich frohgestimmt.

" Ich hole gleich zwei neue Bier " sein Freund machte Anstalten aufzustehn. " Okay aber ich brauch jetzt noch ein Glas Rumbowle zum Abschluss fuer das gute Feeling ". "Mensch Bruno Du musst ein bisschen aufpassen, hast Du nicht schon genug Glaeser Bowle getrunken " erwiderte Horst. Dieser lachte " Das stimmt aber der Rum hat mich doch unverwundbar gemacht bei meinem Sturz, bei meiner Showeinlage, ausserdem ist heute unser letzter Abend hier in San Antone. Dagegen gab es nichts einzuwenden, waehrend Joe seinem Jagdboss mit dem Schoepfloeffel noch einmal leckere Bowle in sein Glas fuellte, brachte Horst zwei neue Bier an den Tisch. " So jetzt habe ich wieder zwei Getraenke vor mir, jetzt ist wieder alles in Ordnung, wie gehts Dir Horst mein Freund ". Der meinte schmunzelnd " Danke der Nachfrage mir gehts ungefaehr so wie Dir ". Dann gehts Dir gut, sogar sehr gut ". Gelaechter brach aus zwischen den Urlaubern und Joe, der sich auch schon angeturnt in den Faengen des Jamaicarums befand. Der Geraeuschpegel der Party im Come Inn-Restaurant ging jetzt deutlich nach unten. Die Anwesenden schienen ziemlich dicht zu sein beschwipst und zugeraucht, an den Tischen wurde nur noch gekichert, gelacht, zugeprostet. Rauchschwaden standen in der Luft, man haette sie mit einem Messer zerteilen koennen und der Geruch des Jamaicarums duftete wunderbar ueber den Koepfen der Leute. Bruno trank sein Glas Bowle genussvoll aus, meinte dies sei sein letztes Glas gewesen, jetzt nur noch eine Flasche Bier zum Nachspuelen und dann herrlich schlafen. Er fragte Joe ob er sie noch begleiten wuerde bis ins Hotel hinein, weil er sich selber nicht mehr sicher war, weil sicher sei sicher. Doch der Kater Carlo war sich seiner selber auch nicht mehr sicher, doch er schallte laut

" Das ist kein Problem, das schaffen wir schon irgendwie, wir schaffen das ! "
Die beiden Ausfluegler stiessen noch mit Mr. Richard an der inzwischen wieder
seinen Platz eingenommen hatte und sich nicht mehr unterschied von seinen
anderen Partygaesten, ja er schien schon ziemlich breit zu sein. Bruno schluckte
sein Bier in grossen Zuegen " Okay Mr. Richard das ist unser letztes Bier ", rief
Bruno " ja wir moechten uns nochmal bedanken fuer die Einladung fuer die
Superparty hier ". " Und fuer die Fahrt im Cadillac ". fiel ihm Horst ins Wort. "
Das ist kein Problem " toente Mr. Richard " Mr. Bruno und Mr. Horst sind immer
willkommen hier in San Antone, ich muss auch sagen, eigentlich trinke ich selber
nicht soviel wie heute abend, aber mit guten Freunden da wird es schon mal ein
Glaeschen mehr " meinte Mr. Richard schon leicht lallend. Ein Glaeschen mehr
das entsprach nicht ganz der Wahrheit, Vetter Gustav der Glueckspilz war
hackevoll bis oben hin, er war dicht wie eine Eiche. Bald war es soweit,
vorsichtig erhoben sich die Urlauber zusammen mit Joe, noch ein Nicken zu Mr.
Richard und zu den anderen am Quadrattisch, sie gingen dann weiter zu den
Mickymaeusen, alle bekamen ein Winken ab, Goofy, Micky, Donald, Daisy, die
Kinder Tick, Trick und Track, Onkel Dagobert und auch die Panzerknackerbande
die wieder " Ja Mann, ja Mann " riefen. Unterm Hinausgehen meinte Bruno zu
seinem Freund " Wenn ich das noch am Stammtisch erzaehle dass ich am letzten
Abend auf der Party mit Rumbowle zugedroehnt war und dass wir uns dann
noch von der Micky Maus-Famile verabschiedet haben, das nehmen mir die
Kumpels nicht mehr ab, das kann ich ihnen nicht mehr zumuten ". " Das kannst
Du schon erzaehlen " kicherte Horst

" sag unser Taxifreund hat sich in feuchtfroehlicher Stimmung zu einem Leibwaechter verwandelt und uns beide sicher ueber die Strasse gefuehrt wie ein junger Mann der sich um zwei alte Damen kuemmert, nicht genug er hat uns auch noch die Hoteltuer aufgehalten, nebenbei aufgepasst dass bei keinem der Rum herauslaeuft auf den Tisch der Rezeption, oder schlimmer noch dass einer den Tisch vollkotzt. Das kannst Du alles berichten, dafuer haben wir ja unseren Freund Joe, unseren Exjagdhund ". Und so lief es dann auch ab, die drei ueberquerten leicht schlangenlinienmaessig die Strasse, im Hotel bekamen sie von einem aelteren Jamaicaner mit weissem Stoppelbart ihre Zimmerschluessel. Joe machte klar dass die Urlauber puenktlich morgen frueh um neun Uhr geweckt werden, er wuenschte seiner Abenteuerkundschaft einen schoenen Schlaf und er sehe die beiden morgen um zehn Uhr wenn sie abgeholt werden von Eddy dem Taxifahrer aus Kingston. " Ja bis morgen Joe und danke fuer alles " rief Horst. " Noch einen schoenen Abend fuer Dich " meinte auch Bruno. Joe war in guter Stimmung und feixte dass er jetzt zur Party zurueckgehe und sich noch ein Glas Rumbowle goenne. " Trink noch ein weiteres Glas auf unser Wohl " rief Bruno. Das sei eine sehr gute Idee meinte Kater Carlo und verliess das Hotel. Bruno sagte zu seinem Freund fuer ihn sei es leicht er falle gleich in sein Zimmer hinein, er dagegen habe noch die ganze Treppe vor sich. " Da musst Du die Zaehne zusammenbeissen, bis morgen frueh, schlaf gut " plusterte Horst und verschwand. Bruno befolgte den Rat seines Freundes, arbeitete sich langsam hoch Stufe fuer Stufe, oben angekommen sperrte er die Zimmertuer auf ging hinein diesmal ohne weibliche Begleitung.

Ah wie tat ihm das wohl sich vollbekleidet aufs Bett zu pflanzen, alle Glieder streckend dachte Bruno alles ist gut, alles ist okay und nach dem naechsten Augenzwinker bin ich schon weg. Boing, so war es dann auch. Heftiges Klopfen weckte ihn auf " Okay, okay " grollte er mit tiefer Grabesstimme, sein Kopf fuehlte sich an zweimal groesser als normal und sein Koerper schien in einem weichen Kaugummianzug zu stecken sich nach allen Seiten angenehm ausdehnend, langsam zur Tuer bewegend hatte er das Gefuehl von Schwerelosigkeit. " Das ist der Rum, der gute Rum, der macht mich schwerelos, Mann bin ich noch dicht " schnaufte der Koch aus Hameln und oeffnete die Tuer. " Good morning Mr. Bruno it's nine o clock " sagte der aeltere Jamaicaner mit den weissen Bartstoppeln freundlich zu ihm . " Thank you Mr...Mr.? ". " Mr. Jim, Mr.Jim ", dieser wich einschnaufend zurueck, er hatte wohl einen ziemlichen Rumdampf eingeatmet. " Oh Mr. Jim, thank you very much Mr. Jim see you later ". " Yeah see you later ". Der alte Mann ging weg, Bruno schloss die Tuer befreite sich zeitlupenmaessig von seinen Klamotten und stapfte dann in den Duschraum. Er stand schoen lange unter der Brause, voellig gedankenfrei, genoss das herabprasselnde Wasser. Spaeter folgte die Ankleidung, gruenes Safarihemd,, schwarze kurze Sporthose, schwarze Lederschlappen. Viel zu packen war ja nicht. Bruno wusste wenn man viel Bier trinkt wie man sich da fuehlt..schoen gesellig, lustig, angenehm rauschig. Jetzt wusste er auch wenn man viel Rum trinkt wie man sich da fuehlt..schoen kraftvoll, gut gelaunt, man spuert Rhytmus im Blut lechzt nach Musik, so aehnlich fuehlte sich Bruno im Moment, auch wenn seine Aeugelein noch ganz klein waren.

" By, by Zimmer schoen wars, machs gut " rief Bruno. Mann was hatte er in diesem Raum mit den Maedels alles erlebt, hier wurden sie alle beglueckt eine nach der anderen und die Jagdbeute hatte auch ihren Spass dabei, noch ein Blick zurueck dann schloss er die Tuer hinter sich. Horst wartete schon abmarschbereit in seinem legendaeren Schimansky-Outfit, blaue Jeans, weisse Turnschuhe, grauer aermelloser Pulli, sein Blick war schlaefrig gab von sich wenn er jetzt die Augen zumachen wuerde koenne er auf der Stelle weiterschlafen. " Lass die Augen lieber auf, nicht zumachen, hey das war eine geile Abschiedsparty gestern " schwaermte sein Freund " ich kann noch gar nicht viel reden heute ". " Ich auch nicht ". Die beiden gaben ihre Zimmerschluessel an der Rezeption ab fragten den alten Jamaicaner Mr. Jim der in ein langes dunkelblaues Badetuch eingewickelt war ob Mr. Don noch schlafe. Mr. Jim ueberschlug sich beinahe mit der Stimme sprudelte heraus ja Mr. Don schlafe noch, ueberhaupt alle schlafen die gestern nacht auf der Party waren. " Hast Du gehoert die ganze Micky Maus - Familie schlaeft noch " sagte Bruno zu seinem Urlaubskumpel . " Ich glaube wir sind die Einzigen die schon wach sind " meinte Horst zu sich selber und wandte sich an Mr. Jim " Ja Mr. Jim, wir fliegen heute nach Hause nach Deutschland, sonst wuerden wir auch noch schlafen den ganzen Tag noch einen schoenen Tag und alles Gute fuer Sie Mr. Jim, " dabei holte er noch einen schoenen Dollarschein aus seiner Jeans drueckte ihn in seine Hand. " Goodby Mr. Jim " Goodby Mr. Horst, Mr. Bruno ". Und die beiden Ausreisenden verliessen nun das White Sand-Hotel mit seiner glorreichen Vergangenheit das jetzt durch den Besuch der beiden Maedchensammler noch mehr Aufmerksamkeit bekommt denn sowas spricht sich natuerlich herum und Joe der Taximann kann seinen Gaesten nach ein paar Glas Rum erzaehlen wie es damals war mit den zwei Deutschen als man nachts im hellblauen Cadillac die Beachroad entlang fuhr und auf Maedchenjagd ging. Nach erfolgreichem Beutefang ging es dann zurueck ins Hotel und ich hoerte immer wie der eine zum anderen sagte " Waidmannsheil " darauf antwortete sein Freund " Waidmannsdank ". Ja das waren schon zwei tolle Typen und sehr grosszuegig. Als die Urlauber mit ihren Reisetaschen ins Freie traten erblickten sie vor dem Come Inn - Restaurant zwei Taxis, dahinter parkte der hellblaue Cadillac. Joe und Eddy standen vor dem Taxi aus Kingston zusammen, unterhielten sich. Die Urlauber ueberquerten die Strasse. (uebersetzt) " Hey Eddy how are you, Du bist schon da, ja super " rief Bruno " alles okay bei Dir "? " Alles okay bei mir Ja Mann " antwortete Eddy, er machte einen frischen Eindruck, praesentierte sich heute in schwarzer Cordhose nebst leichter blauer Jacke mit weissen Bluemchen verziert, der Kingston-Mann sah lebendig aus, ausgeruht. Ganz anders Joe, dies konnte man von ihm wahrlich nicht behaupten. Die Kleidung, gruene Armeehose und rotes T-Shirt verknittert, seine Augen schienen stecknadelmaessig klein, das Kater Carlo-Gesicht ziemlich faltig. Joe sah aus als haette er eine Woche kein Bett mehr gesehen. " Hey Joe wie geht's Dir so " fragte Horst etwas vorsichtig, dieser grinste leicht " Schau mich an dann weisst Du wie's mir geht ", da lachte das vierblaettrige Kleeblatt auf der Strasse. Joe erzaehlte dass die Party seiner Meinung nach noch zu lange ging, am Ende waren alle stockvoll, ausser den Kindern von Mr. Don.

Joe fuhr fort Mr. Richard der Boss war gestern nacht voll wie ein Fass Rum, legte sich in die Kueche vom Restaurant, da schlaeft er immer noch, der war gestern nicht mehr von dieser Welt. Auch seine Freunde vom Green Garden-Restaurant konnten nicht mehr laufen, die schlafen auch in der Kueche neben Mr. Richard. " Er meint die Panzerknacker schlafen jetzt auch in der Kueche neben Vetter Gustav dem Glueckspilz " feixte Horst zu seinem Freund, dieser fuegte hinzu es sei schon bizarr, Mr. Richard hat uns gestern erzaehlt, er trinke nur ab uns zu mal mit guten Freunden ein Glaeschen mehr, es scheint ja dass wir wirklich gute Freunde von Mr. Richard sind. Eddy aus Kingston hoerte aufmerksam zu, er wackelte mit dem Kopf grinsend hin und her, es schien ihn zu amuesieren was da geredet wurde. Joe sprudelte weiter " Mr. Don, Sandra und die Kinder die haben es noch selber ins Hotel geschafft, ebenso Dave der in seinen Supermarkt gefluechtet ist, heute ist der Markt geschlossen, da haengt ein Schild vor der Tuer " Wegen Renovierung geschlossen ", Dave sei heute wahrscheinlich zu nichts mehr faehig, wo Mr. Jack mein Taxikollege und Sunny der Eisverkaeufer abgeblieben sind, das weiss ich nicht, die habe ich aus den Augen verloren. Ach ja eure Nachbarn das Paerchen aus Kanada auch voellig dicht, komisch der Mann hat gelallt, sie wollen noch einen Spaziergang am Strand machen, die Meeresluft geniessen, aber seine Frau war strikt dagegen und so sind sie auch im Hotel verschwunden ". " Ja sag mal Joe wo hast Du denn geschlafen? " " Ich habe auch in der Kueche geschlafen unter einem Tisch wie die anderen, wachte aber immer wieder auf weil ich wusste um zehn Uhr fahren meine deutschen Freunde ab und ich wollte mich unbedingt von ihnen verabschieden ", dabei guckte Kater Carlo ganz treuherzig drein. " Das hast Du jetzt aber lieb gesagt " meinte Bruno mit weicher Stimme " hey Joe lass Dich umarmen ". Und nun folgte eine filmreife Umarmungsshow, Bruno umarmte Joe, Horst kam hinzu und hielt die beiden fest und als sich die drei so umarmten, da kam von hinten noch Eddy breitete seine Arme aus und umgarnte die drei auf der Strasse " Ja Mann, Ja Mann " schallte Eddy los " Rasta, Rastafarai ". Wieder voneinander geloest guckte Bruno Joe ins Gesicht " Hey joe was wir mit Dir hier erlebt haben, das wird der Horst und ich nie vergessen, alles Gute fuer Dich, hab Dank fuer alles, bleib gesund, vielleicht sehn wir uns mal wieder, aber versprechen koennen wir nichts ". Noch einmal grabschte er in seiner Sporthosentasche herum und drueckte Joe dann noch ein paar nette Scheine in seine Hand. " Da trink heute abend noch einen guten Rum auf unser Wohl ". Dieser war sichtlich geruehrt, der Kater Carlo bekam feuchte Augen. " Mr. Bruno, Mr. Horst danke fuer alles, euch beiden auch alles Gute, es war super, richtig Irie mit euch auf die Jagd zu gehn, das war richtig abenteuerlich wouh Ja Mann, okay have a good flight to Germany and maybe we see us again ". Jetzt packte Eddy die Reisetaschen der Urlauber und verstaute sie hinten im Kofferraum. Noch ein by, by von allen zu Joe, danach stiegen die beiden ein in das Taxi von Eddy, Bruno vorne und Horst pflanzte sich gemuetlich auf die hinteren Plaetze. Eddy hupte kurz zu Joe, gab Gas und fuhr los, meinte zu seinen Gaesten er habe schon mitbekommen, dass hier in San Antone ganz schoen was los war. " Mensch Eddy " rief Horst " ich sage Dir hier war volles Programm aber das erzaehlen wir Dir alles waehrend der Fahrt ".

Heute war wieder ein herrlich blauer Himmel und von der guten Sonne begleitet fuhr das Taxi gemuetlich dahin. " Okay " schallte Eddy " wir fahren jetzt direkt zum Flughafen Montego Bay, natuerlich zu einem Spezialpreis fuer meine Freunde ". Er nannte eine Summe, die Ausfluegler waren sofort einverstanden. Eigentlich haetten die beiden auch von Kingston nach Hause fliegen koennen, aber das wollten sie nicht, alles der Reihe nach, erst Montego Bay, dann Kingston und dann weiter nach Frankfurt. Eddy fragte ob sie denn schon gefruehstueckt haetten, nach einem heftigen Kopfschuetteln der zwei liess er die Katze aus dem Sack, berichtete lachend er habe Sandwiches gekauft, dazu ein paar Bierdosen als kleine Aufmerksamkeit fuer seine VIP-Gaeste, fuer seine very important persons. Eddy holte unter dem Fahrersitz eine volle Einkaufstuete hervor reichte sie seinem Beifahrer, der guckte hinein und gab gleich zwei Sandwiches nach hinten. " Hey Horst hier haben wir einmal Thunfisch und einmal Schinken-Kaese und eine Dose Bier ". " Na das nenn ich eine Bedienung, Eddy thank you very much ". Schnell die Verpackung runter, dann wurde im Taxi gemampft, Bier getrunken vorne und hinten. " Schmeckt wunderbar " toente Horst " besser kann's im Fuenf Sterne-Lokal auch nicht schmeccken ". " Ja wenn ihr fertig seid mit dem Essen dann habe ich noch eine Ueberraschung fuer euch ", gurrte Eddy in geheimnisvollem Ton. " Noch eine Ueberraschung nach der Aufmerksamkeit wouh " meinte Bruno zu Eddy " der Horst hat mich auch ueberrascht in San Antone, das war eine grosse Ueberraschung, ja ich liebe Ueberraschungen. " Ich habe noch eine Nachspeise fuer euch, aber esst erstmal zu Ende, wir haben genuegend Zeit ".

Nach Beendigung des Sandwichfruehstuecks wollten die Urlauber natuerlich wissen, was es mit dem Nachtisch auf sich hat. Da zog Eddy mit der rechten Hand ein Cellophantuetchen aus der Hosentasche, anscheinend gefuellt mit Gras und einigen Zigaretten schuettelte es hin und her, als wuerde er mit seinen Autoschluesseln herumspielen, guckte in den Rueckspiegel und frohlockte in suessem Ton " Das ist Kingston-Gold". " Was ist das ? " rief Horst verwundert von hinten nach vorne. " Kingston-Gold ja das ist ein Supergrass, ein besonderes Gras " meinte er mit Stolz in der Stimme " es waechst nur in der Naehe von Kingston, sonst nirgendwo auf der Insel und wenn man dieses Marihuana raucht fuehlt man sich herrlich leicht, einfach wunderbar, es ist auch als Schlafmittel geeignet wegen seiner Staerke ". " Ah hat das Gras vielleicht auch Wunderkraefte wie der geheimnisvolle Wasserfall in Ocho Rios " toente Bruno " Kingston- Gold das klingt so als waere es etwas besonderes ". " Etwa wie eine goldene Kreditkarte " roehrte Horst " eine goldene Kreditkarte ist ja auch was besonderes ". " Ich hab gleich zwei kleine Joints fertiggedreht fuer euch, fuer uns " freute sich Eddy " Mr. Bruno zuende mal einen an ". Das liess sich sein Beifahrer nicht zweimal sagen holte ein Zigarettchen aus der Tuete, ein Feuerzeug lag auf dem Aschenbecher, Eddy verstaute das Tuetchen unter dem Fahrersitz. Bruno zuendete das Ding an, paffte los, es dampfte ganz schoen, zog gleich tief ein, blies aus " Wouh das spuerst du gleich in den Fuessen und es geht hoch in die Beine , das Kribbeln " gab die Zigarette weiter zu Horst der ganz locker daran zog, auch er meinte " Mann der haut ja ganz schoen rein ".

Das Ding wanderte zurueck zu Eddy, es machte nochmal die Runde und fand dann sein Ende im Aschenbecher. Wouh wunderbar entspannt lehnten sich die Urlauber zurueck. Bruno meinte das Fahrvergnuegen sei jetzt noch genussvoller als in nuechternem Zustand, die Angebote die Jamaica einem anbietet sollte man nicht ausser acht lassen, die sollte man sich einverleiben. Nach einer Weile hoerte man Horst von hinten sagen, dieses Kingston-Gold sei wirklich toll, es komme gut, kraeftig und macht einen zufrieden und wenn er einschlafe, einfach wegnicke das sei auch kein Problem. " Aber soweit sind wir noch nicht " schmunzelte Bruno auch in Kingston-Gold-Schwingung . Er begann Eddy ein bisschen zu erzaehlen in Kurzform was sie alles so erlebt hatten in San Antone, speziell die Jagdgeschichten im hellblauen Cadillac auf der Jagd nach den weiblichen Sehenswuerdigkeiten in der Gegend . " Ja nach den leckeren Sehenswuerdigkeiten " feixte Horst von hinten. Eddy am Steuer lachte laut los " Ah ich verstehe, das kann ich gut verstehen Ja Mann, ich kenne euch beide ja von Kingston, da haben wir auch schon ein paar heisse Sachen erlebt , Ja Mann das war auch Irie..Ja Mann ". " Da hast Du recht Eddy " toente sein Beifahrer " Kingston war auch geil mit Dir und jetzt sind wir auf Kingston-Gold, na geht's noch besser ? " " Geht's noch besser ? " rief Horst. Gelaechter brach aus im Taxi. " Wie ist denn das Wetter bei euch in Deutschland im Moment " fragte Eddy seine Mitreisenden aus heiterem Himmel. Die Urlauber ueberlegten erst bis sie antworteten " Ja bei uns zu Hause, das weiss ich nicht, wir haben jetzt Winter, ich bin ja immer noch in Jamaica ". " Auf jeden Fall ist es nicht so angenehm warm wie hier, das ist sicher " stellte Horst fest.

" Morgen sind wir schon in Deutschland, morgen ist unser Urlaub vorbei, unglaublich wie schnell die Zeit vergeht ", der Sehnsuchtsklang in Bruno's Stimme war nicht zu ueberhoeren. Eddy schaltete das Radio ein, leise Reggaemusik ertoente. Horst hatte ein feines Gespuer dass irgendetwas seinen Freund beschaftigte " Hey Bruno, alles okay bei Dir, ist da was ? " Bruno drehte sich nach hinten zu Horst guckte ihn an mit beichtendem Blick und redete mit leiser Stimme " Ja da ist schon was, es ist mir manchmal in San Antone blitzschnell durch den Kopf gegangen, dann wieder verschwunden, ich war mir nicht sicher, aber jetzt bin ich mir sicher ". " Ja was ist es denn ? " fragte sein Freund sichtlich neugierig. Da nahm Bruno einen tiefen Schnaufer sagte in freudigem Ton " Ja Horst ich muss Dir etwas mitteilen, ich werde im Krankenhaus kuendigen ". " Was du kuendigst in deinem Krankenhaus wouh das ist ja eine Ueberraschung die Du mir da erzaehlst " antwortete Horst verwundert. " Ja das stimmt, aber ich will nicht mehr so weitermachen in Deutschland wie bisher, ich will nicht mehr den Rest meines Lebens im Krankenhaus arbeiten, ich habe dort schon lange genug gearbeitet, ich moechte jetzt weitermachen als selbststaendiger Koch ". " Eigentlich eine gute Idee, aber bist Du auch sicher dass das klappen koennte, ich meine auch finanziell ". " Bin ziemlich sicher " in seinem Blick stand Zuversicht " dank Dr. Merk habe ich schon viele Adressen von Leuten die private Essen und auch Party's veranstalten auf denen ein Koch benoetigt wird. Hab auch schon Telefonnummern von Kunden gesammelt und sie in einem kleinen Buechlein aufgeschrieben. Ja mein Freund ich muss und ich will diesen Schritt einfach wagen, muss mir dann auch eine kleine Wohnung suchen ".

" Da kann ich Dir dabei helfen mein Freund Du weisst ja wenn man in der Grauzone arbeitet, da hoert man vieles ". " Das ist ja wunderbar, das waere super wenn Dir was zu Ohren kommt ". " Na ja ich wohne in Hannover und Du in Hameln, mal schaun was da geht ". " Auf jeden Fall kuendige ich, ich kuendige sofort bei meiner Ruckkehr, gehe dann gleich zu Dr. Merk und rede mit ihm, der wird natuerlich grosse Augen machen, aber er wird mich verstehn ". " So das klingt ja alles wunderbar, ich sehe schon deine Geschaeftskarte vor mir, Bruno-Privatkoch fuer Galas und Grillfeste " schmunzelte Horst, " vielleicht kannst Du deinen beruehmten Sauerbraten auch mal fuer die oberen Zehntausend zubereiten ". " Eher fuer die mittleren Zehntausend " hoehnte sein Freund " aber eines ist klar ohne die grossartige Hilfe von Dr. Merk mit seinen super Kontakten, da koennte ich meine Traeume von der Selbststaendigkeit begraben, ja ich habe ihm viel zu vedanken dem Oberarzt Dr. Merk, aber jetzt habe ich einen Brand vom vielen Reden ". Da fragte Horst Eddy ob er freundlicherweise beim naechsten Supermarkt anhalten koenne, weil sie ja beide eine trockene Kehle haetten. Dieser meinte das waere ueberhaupt kein Problem, ihn plage auch ein grosser Durst. Es dauerte nicht lange, mit quietschenden Reifen hielt Eddy vor einem kleinen Getraenkemarkt. Bruno und Horst stiegen aus dem Taxi, grell heisse Sonnenstrahlen schossen ihnen entgegen, beide hielten sich die Haende vors Gesicht " Wouh bin ich high " rief Bruno, drehte sich um die eigene Achse, an der frischen Luft merkten die Urlauber erst wie dicht sie schon waren. " Ja wir sind auf Gold auf Kingston-Gold " toente Horst. " Ja Mann, ja Mann " kam von Eddy der inzwischen auch ausgestiegen war und sich an die Taxituer lehnte.

" Hui " rief Horst, taenzelte hin zum Markteingang " was wollen wir denn kaufen? " " Na einen Sixpack was sonst " feixte Bruno. " Ai, Ai   Sir " antwortete sein Freund und verschwand im Inneren des Ladens kam auch schnell wieder heraus mit einem Sixpack unter dem Arm, bei der enormen Hitze heute, blieb der Verkaeufer unsichtbar im Laden, liess sich nicht blicken. " Fuer jeden zwei Bier " strahlte Horst, schnell rein ins Taxi und die Fahrt ging weiter Richtung Montego Bay, da war noch ein schoener Schlauch zu fahren. Die Biere wurden geoeffnet, flossen gleich in die durstigen Kehlen hinein , danach lehnten sich die Ausfluegler zurueck und guckten mit grossem Wohlgefuehl zum Fenster hinaus, genossen die gruenfarbig, malerische Landschaft die an ihnen vorbeihuschte. " Was gibt's Neues aus Kingston " fragte Horst ploetzlich von hinten. Und da fing Eddy der Fatzo aus dem Film " Verdammt in alle Ewigkeit " ganz ruhig an zu plaudern dass eigentlich nicht so viele Auslaender die Hauptstadt Kingston besuchen, die meisten Besucher wuerden doch ans Meer reisen in die Touristenhochburg Negril, ein paar Familien habe er herumgefahren tourmaessig in der Stadt tagsueber, sie kamen aus England und Amerika, die wollten ein Haus begucken in dem einmal Bob Marley gewohnt haben soll, aber sonst haette er nur Einheimische durch die Strassen kutschiert, ah ein paar junge Jamaicaner habe er nachts zu den Maedels gefahren die da auf der Strasse stehn, wir waeren da auch gewesen, " Und im Color-Club war ich auch " fuhr Eddy fort

" dort war niemand boese, die haben gelacht was sich damals bei unserem Besuch alles abgespielt hat und geaendert hat sich im Color-Club nichts. Eure Maedels haben fleissig getanzt die Cherry und die Nicole sie haben mich freundlich begruesst, haben mich gleich nach euch gefragt ob ihr beide mal wieder vorbeikommt, das weiss ich nicht hab ich geantwortet, aber Mr. Bruno und Mr. Horst geht es sicher gut in San Antone, der Color-Club war fest in jamaicanischer Hand, auslaendische Besucher Fehlanzeige " endete Eddy seinen Vortrag guckte zu seinem Beifahrer. Da merkte er dass Bruno eingeschlafen war, den Kopf leicht nach vorne gebeugt noch die Bierflasche in der Hand. Geistesgegenwaertig schaute Eddy nach hinten dort auch dasselbe Bild, na sowas, auch Horst war eingenickt schnarchte sogar ein bisschen, na diesen wohlverdienten Schlaf der Urlauber wollte der Taximann aus der Hauptstadt auf keinen Fall stoeren, er goennte ihnen diese Pause, das machte ihm nichts aus und so ging die Reise weiter viele Kilometer lang, es war ja doch ein ziemliches Stueck Fahrt von San Antone nach Montego Bay, die Ausfluegler wachten auch nicht mehr so schnell auf. " Hello, hello my friends, ja wir sind bald da am Flughafen ja Mann " rief Eddy, viel Zeit war inzwischen vergangen. Die Urlauber erwachten raekelten, streckten sich " Oh wouh oh Mann hab ich gut geschlafen " meinte Bruno " ja sind wir schon da ". Auch Horst war wieder unter den Lebendigen und guckte ausgeruht um sich. " Auf Kingston-Gold schlaeft man wunderbar " schallte Eddy " ich habe noch einen fertiggedrehten, einen kleinen Joint fuer uns nochmal Kingston-Gold fuer euch, was sagt ihr dazu ? "

" Ja super Eddy, wir lassen nichts aus am Ende unseres Urlaubs " aechzte Bruno
" wouh dann werden wir ja wie auf Butter fliegen ". " So aehnlich " schallte er , "
vielleicht denkt Ihr Ihr fliegt auf einem fliegendem Teppich in der Luft herum ". "
" Wir fliegen eben auf Kingston-Gold nach Deutschland ". stellte Horst
nuechtern fest. " So ist es " liess der Taximann wissen, kurz vor der Ankunft am
Flughafen fuhr der Wagen auf einen Seitenstreifen, er hielt an unter seinem Sitz
holte Eddy das Cellophantuetchen hervor, seinen kostbaren Schatz, zog die
Zigarette heraus, zuendete sie selber an, genehmigte sich einen schoenen Paff,
gab dann gleich weiter an Bruno, der tat nach einem vollen Zug dasselbe,
reichte das Ding nach hinten zu Horst, eine sympatische Rauchwolke erfuellte
das Taxi allmaehlich, ja angenehm duftend. Und das Gras wirkte jetzt bei den
beiden Nichtjamaicanern in Sekundenschnelle. " Pah bin ich breit und doch
leicht wie eine Feder " meinte Bruno euphorisch, " die ganze Menschheit sollte
einmal Kingston-Gold probieren, da wuerden sie schauen ". Nachdem auch die
zweite Wunderzigarette ihr Ende im Aschenbecher gefunden hatte fuhr das Taxi
weiter die letzten paar hundert Meter zum Flughafen. Die Urlauber wippten auf
ihren Plaetzen hin und her, herrlich high und ganz happy ueber ihren fetten
Zustand. Der Taximann fuhr fast bis zur Eingangshalle und hielt an " Eddy das ist
fuer Dich, fuer alles , fuer deine Hilfe und fuer dein Supergrass ja Mann " toente
Bruno und uebergab ihm reichlich schoene Dollarscheine. " Oh thank you very
much, it's time to say goodby, es war mir eine grosse Freude euch
kennenzulernen, ihr beide seid einfach unglaublich, ja Maximum Respect, ja
Mann was wir miteinander erlebt haben das werde ich nie vergessen ".

" Unsere Erlebnisse mit Dir werden wir auch nicht vergessen Eddy, ja Mann " rief Horst mit Nachdruck. Und die Gefuehle der drei im Taxi wurden auf einmal so stark, dass sie nicht anders konnten als sich irgendwie chaotisch gegenseitig zu umarmen. Danach stiegen alle aus, Eddy kuemmerte sich ums Gepaeck uebergab den beiden ihre Reisetaschen. " Okay my friends, ich wuensche euch noch einen guten Flug " laechelnd meinte er noch zu ihnen " aber bitte passt auf ihr seid ja auf Kingston-Gold, dass ihr nicht in das falsche Flugzeug einsteigt und dann vielleicht in London oder Paris landet ha..ha." schallte Eddy noch zum Abschied , es schien ihn zu amuesieren. " Wir werden uns bemuehen die richtige Maschine herauszufinden " droehnte Horst, noch ein By-By- Wink zu Eddy der ihnen nachguckte, dann marschierten die Urlauber los hinein in den Flughafen, versuchten sich zurecht zu finden, guckten um sich. Da ploetzlich schuettelte es Bruno auf seiner Wohlfuehlwolke, ein Zittern ging durch seinen Koerper, da sah er sie, ja das war sie schon, das Maedchen das ihn in der ersten Nacht in Montego Bay mit ihren Reizen total verwirrte und die ihm beinahe seine ganze Barschaft abgenommen haette, die ihm beinahe seine Reiseschecks gestohlen haette, nur seiner Hartnaeckigkeit war es zu verdanken, dass diese Sache noch gut ausging. Er erblickte ihre weissen Strapse, sie trug wieder den gelben Schlitz-Mini-Rock, hatte wieder ein rosa T-Sirt an, der Prallbusen, ihre lockigen Haare, all das sah er jetzt wieder. " Hey Horst " keuchte Bruno " siehst Du das Maedel da vorne auf der Bank sitzen mit diesem alten Mann, Mensch das ist diese Buggy, dieses Miststueck, die Lady aus der Telefonzelle , ich hab Dir ja von ihr erzaehlt ".

" Ah das ist dieses Weib also so so, die sieht ja ganz schoen sexy aus " roehrte Horst " anscheinend hat sie ein neues Opfer gefunden ". " Am liebsten wuerde ich hingehn zu ihr und diesen Mann warnen vor dieser Schlange, aber was solls das ist nicht mehr meine Sache " erwiderte Bruno. " Genau da hast Du recht, vielleicht sind sie ja ganz gluecklich zusammen, schau nur wie sie sich nett unterhalten wie verliebte Turteltaeubchen " feixte sein Freund " nein jeder soll seine eigenen Erlebnisse machen, aber einen geilen Rahmen hat sie schon diese Telefonzellenversuchung " ." Ich hab auch keinen Groll mehr gegen sie auch wenn es das unschoenste Erlebnis meines Jamaicaurlaubs war ", stellte Bruno fest " man sagt doch auch in jeder Rose ist auch eine Dorne ". Da bemerkte Buggy ploetzlich die beiden Urlauber die zu ihr hinguckten, das Maedel erschrak als sie Bruno erkannte, schnell drehte sie den Kopf zur Seite, redete ueberhastet auf ihren Begleiter ein, der blondgelockte aeltere Typ in seinem blauen Freizeitanzug sah ganz passabel aus. Buggy deutete mit dem Finger auf einen Getraenkekiosk, die beiden standen auf und verschwanden im Gemenge der Leute. Der Spuk war vorbei und das Schuetteln auf Bruno's Wohlfuehlwolke fand ein Ende. Nun konzentrierten sich die Ausfluegler wieder auf ihren Abflug, sie waren gut in der Zeit und checkten problemlos ein fuer den Flug nach Kingston. Schon auf ihren Plaetzen sitzend feixte Bruno " Es ist doch schoen mal wirklich angeturnt zu fliegen alles ist so farbenfroh, die Stimmen der Leute und die Flugzeuggeraeusche kristallklar ". " Ich hoffe es haelt noch eine ganze Weile an das gute Gras aus Kingston " kicherte sein Freund. Der Montego-Flug nach Kingston dauerte nicht allzulange aber als die Maschine mit Getoese vom Boden abhob und in die Luft marschierte toente Bruno in seinem dichten Zustand, hatte er das Gefuehl er sitze in einem Raumschiff und fliege hoch ins Universum. " Ja auf geht's zum Mond wir werden ihm einen Besuch abstatten " laesterte Horst. Doch dieser Flug war ein Genuss fuer die zwei in ihrem schwebend leichten Zustand. In Kingston klappte es gut mit dem Anschlussflug nach Frankfurt, das Flugzeug war nur zur Haelfte belegt, ihre Plaetze waren komfortabel, Bruno hatte einen Fensterplatz, Horst sass neben ihm und das Kingston-Gold-Grass schenkte ihnen noch immer ein unbeschreiblich entspanntes Gefuehl. Horst klopfte seinem Mitstreiter auf die Schulter " Na war das ein geiler Urlaub mein Freund ? " " Ja unglaublich besser haette er nicht sein koennen, wir haben auch tolle Leute kennengelernt, tolle Helfer mit denen wir uns gut verstanden haben " stellte Bruno fest " da war erst einmal Bobby der " Roberto Blanco " von Montego Bay, dann kam Eddy aus Kingston der " Fatzo ' aus dem Hollywoodfilm " Verdammt in alle Ewigkeit " und zuguterletzt trafen wir Joe den " Kater Carlo " von San Antone. " Ja die drei Jamaicaner Bobby, Eddy und Joe die wurden wichtig fuer uns " feixte Horst " ueber unsere Maedels brauchen wir gar nicht zu reden, die waren eine Klasse fuer sich und die Panzerknackerbande haben wir auch getroffen, man glaubt's kaum ". " Eigentlich muessten wir das alles aufschreiben, ich bin ja kein Schriftsteller, " meinte Bruno nachdenklich " aber das alles festzuhalten fuer die Menschen waere es wert wie man denn einen netten Urlaub auf Jamaica verbringen kann ". " Einen netten Urlaub verbringen das ist gut " rief Horst " unser erster Urlaub auf der Sonneninsel in Thailand war ja auch vom Feinsten ".

" Ja der war sowieso vom Allerfeinsten " gurrte Bruno. Die Stewardess kam vorbei bot Getraenke an, man entschied sich gleich fuer zwei Bier, die auch bezahlt werden mussten, Schinkenbroetchen gab es gratis. Nachdem die Urlauber gegessen und getrunken hatten merkten sie dass ihnen bald die Augen zufallen wuerden. Doch eine Reihe vor ihnen sass eine Frau mit ihren zwei kleinen Kindern, ploetzlich fing der Junge an hey, hey, hey zu rufen, er hoerte nicht mehr auf, es wurde schon unangenehm, sein Rufen wurde zu einem Krakeelen und die Frau sagte nichts zu ihm, unternahm nichts, auch keiner der anderen Fluggaeste wies ihn zurecht er soll das Schreien aufhoeren. " Das ist ein Schreikind, ein richtiges Schreimonster " plusterte Bruno. Und als das Krakeelen gar kein Ende mehr fand meinte Horst der freche Bube, dass er diesen Zustand jetzt beenden werde, stand auf ging ein paar Schritte nach vorne, drehte sich dann um, stellte sich vor den Jungen, zog seine beiden Augenlider mit Zeige und Mittelfinger tief nach unten, gleichzeitig presste er mit Daumen und Ringfinger seine Unterlippe weit auseinander, zu dieser haesslichen Grimasse bloekte er noch monsterartig laut dazu, der Junge erschrak fuerchterlich und jetzt schrie er noch lauter, die Frau und das kleine Maedchen guckten Horst entsetzt an als waere er ein Psycho, doch die Vorstellung war zu Ende fuer ihn, er ging nach hinten und setzte sich wieder auf seinen Platz. Ueberraschenderweise auf einmal hoerte der Junge auf zu schreien, er schnaufte nur noch tief, weinte leise vor sich hin, auch dies war nur von kurzer Dauer dann kehrte Ruhe ein. " Na wie hab ich das gemacht " fragte Horst seinen Freund. " Das hast Du ganz toll gemacht Schimansky Du hast dem Terror ein Ende gesetzt, alle Achtung " Bruno war beeindruckt.

Nun war es an der Zeit sich zurueckzulehnen, das taten die Heimreisenden auch, sie schlossen die Augen und waren im Nu eingenickt. Doch ein Marathonschlaefchen wurde das nicht, denn als es an der Zeit war stand wieder die Stewardess vor ihnen mit der Speisekarte in der Hand, eigentlich wollten sie gar nicht essen nur weiterschlafen, entschieden sich aber doch fuer den Hauptgang. Bruno waehlte Chicken-Curry, sein Freund Fischfilet mit Gemuese. " Bist Du noch drauf auf Kingston-Gold " fragte dieser. " Ja ja ich bin noch drauf, noch schoen drauf, nicht mehr so stark, aber noch sehr angenehm ". " Das kann ich von mir auch behaupten, das Premium- Gras haelt an " spoettelte Horst. " Mann ich habe getraeumt "murmelte Bruno verbluefft, tief gaehnend " ich habe getraeumt von der Kuendigung wie mich der Dr. Merk angeschaut hat als ich ihm dies mitgeteilt habe, lauter gruen-gelb laengliche Farbstreifen waren ploetzlich zwischen mir und dem Doktor, die Farbstreifen waren wie eine Wand zwischen uns und keiner hoerte mehr den anderen reden, dann langsam bin ich aufgewacht, ich sage Dir Horst fuer mich war das eine Mitteilung, eine Nachricht ". " Vielleicht eine Warnung " meinte sein Freund. " Hoer mal Horst, ich habe mal nachgedacht, ich aendere meinen Plan, ich werde noch nicht kuendigen, arbeite noch ein Jahr im Krankenhaus, ich haenge noch ein Jahr dran, werde Geld zusammensparen und dann kuendige ich aber mit Sicherheit. Vielleicht denkst Du jetzt dein Freund der Koch aus Hameln ist auch schon verrueckt geworden, einmal kuendigen, dann wird die Kuendigung widerrufen ". Nein nein, das denke ich ueberhaupt nicht, im Gegenteil Du hast eine Botschaft bekommen, eine wichtige Botschaft und das wunderbare Gras, das Kingston-Gold war der Uebermittler ". " Genauso war es , das ist die einzige logische Erklaerung fuer mich, na gut, dann geht's also noch ein Jahr weiter im Krankenhaus auch okay fuer mich " meinte Bruno mit Zufriedenheit in der Stimme. Das war also geklaert, die zwei Heimkehrer lehnten sich wieder entspannt zurueck. Bald schon rollten die Essenswaegelchen durch die Reihen, Rotwein bestellten die zwei zu ihrem Dinner und sie liessen es sich munden. Auf einen Film danach verzichtete man, nun folgte eine lange Schlafperoide der beiden, die Stewardess hatte Gnade mit ihnen liess sie weiterschlafen, weckte sie nicht auf um zu fragen nach weiteren Snack-und Getraenkewuenschen und so erwachten sie erst wieder durch die Stimme des Kapitaens der den Anflug auf Frankfurt ansagte. Bald war es soweit, nach der Landung am Vormittag merkten die beiden dass es in Frankfurt bitterkalt war, an diesem hellen Wintertag pfiff der Wind ganz schoen herum, leichter Schnee lag auf den Strassen.

Kapitel 7. Zurueck in Deutschland.

Nun fuhren sie zusammen von Frankfurt mit dem Zug nach Hannover, dort stiegen die zwei aus. Beim Abschied auf dem Bahnsteig rief Bruno " Mensch Horst, schoener haette unser Urlaub nicht sein koennen, es war der Wahnsinn, unglaublich danke fuer deinen Supertip, ja machs gut, ich werde Dich bald besuchen kommen, dann gehn wir zusammen in die Kneipe und trinken ein Bier oder zwei Du bist natuerlich eingeladen ". " Aber das dritte Bier zahle ich dann " toente Horst der schnelle Bube . " Dir auch alles Gute Bruno, pass auf auf Dich! " Es folgte eine herzliche Umarmung, dann gingen beide getrennte Wege. Im Zugabteil nach Hameln sitzend ueberlegte sich der Heimkehrer heute noch etwas leckeres zu essen, er wuerde sich beim Metzger einen schoenen Wurstaufschnitt kaufen, Semmeln und ein paar Flaschen Bier dazu. Das wird sein Abendessen sein, essen und trinken, dann den Fernseher einschalten schauen was auf der Welt so los ist, danach freue er sich auf einen guten Schlaf, auf eine gute Nacht, morgen habe er ja noch einen Tag Urlaub, aber er werde trotzdem im Krankenhaus vorbeischaun und Dr. Merk besuchen, der wird sich bestimmt freuen, dessen war er sich sicher . Alles passierte so wie er es sich vorgenommen hatte. Am naechsten Tag am Spaetnachmittag besuchte er seine Arbeitsstelle, sein Weg fuehrte gleich zum Oberarzt, der sass in seinem Buero hinterm Schreibtisch. " Ja Gruess Gott Herr Doktor Merk, ich bin wieder da, ich wollte mal vorbeischaun, mal hello sagen " sagte Bruno in hellem Ton. " Ja Herr Bruno, das ist aber nett dass sie mich kurz besuchen, das freut mich wirklich, aber bitte nehmen Sie doch Platz ".

Das liess sich sein Besucher nicht zweimal sagen, setzte sich in den schwarzen grossen Ledersessel vor des Doktor's Schreibtisch. " Ja ich hab schon an Sie gedacht Herr Bruno " sagte Dr. Merk gutgelaunt " an ihren Urlaub, da wird bestimmt viel losgewesen sein, ich geb's zu ich bin gespannt, ja wenn Sie jetzt ein wenig Zeit haetten ein bisschen was von ihrem Urlaub zu erzaehlen, das wuerde mich freuen, sehr freuen sogar, ich habe Freizeit bis nachmittag ". " Ja gerne erzaehle ich Ihnen etwas von meinem Urlaub mit meinem Freund Horst zusammen, der mir ja den Tip mit Jamaica gegeben hat " meinte Bruno " was wir alles erlebt haben, das war wirklich unglaublich, es waer mir doch recht Herr Doktor wenn Sie alles fuer sich behalten wuerden, sie wissen die Leute reden und reden dann ". " Kein Sterbenswoertchen wird jemand erfahren von mir, wie auch bei Ihnen kein Sterbenswoertchen ueber ihre Lippen kam wegen Schwester Lisa, Sie wissen schon, moegen Sie ein Coca-Cola ? " " Gerne danke ". Dr. Merk stand auf ging zu seinem Minikuehlschrank holte zwei Coladosen heraus, oeffnete sie geschwind gab eine Dose seinem Gast in die Hand " Prost Herr Bruno, ein Bier waer natuerlich besser, aber im Moment kann ich Ihnen nur eine Cola anbieten ". " Das macht nichts Herr Doktor, das ist kein Problem " meinte Bruno ganz entspannt. Der Oberarzt setzte sich mit seiner Coladose wieder hinter seinen Schreibtisch, er schien ganz aufgeregt zu sein, die Neugierde stand in seinem Gesicht. " Na wie war's denn so, erzaehlen Sie mal ein wenig " geiferte der Doktor " bestimmt viele schoene Maedchen " schnaufte er erwartungsvoll.

Und dann erzaehlte Bruno dynamisch und in freudvollem Ton von seinem Urlaub von Anfang an bis zum Schluss, von seiner ersten Station Montego Bay, von dem Entertainer Bobby vom Cornwall Beach-Resort, ein ganz lieber Typ der sich sehr um ihn kuemmerte, von Konrad dem Spinatmatrosen, von der Telefonzellenlady Buggy, da schaute der Doktor auf, er berichtete weiter von der Villa hoch oben am Berg die er bewohnte, von den braunhaeutigen Schoenheiten die ueberall herumliefen, von den sexy Maedels im Churchill-Club die erotischen Details erzaehlte er natuerlich nicht. Dr. Merk staunte nicht schlecht, sass da mit offenem Mund. Jetzt erfuhr der Oberarzt dass sein guter Koch beim Tanzen in einer Disco ein wunderschoenes Maedchen kennengelernt habe, sie hiess Doreen und war fuer Bruno das schoenste Maedchen das er in Jamaica zu Gesicht bekam, im Aussehen aehnelte sie sehr der Saengerin Whitney Houston und er der Glueckspilz war zusammen mit ihr, sie wurde seine Freundin. Dr. Merks Blick wurde schwaermerisch " Ja das ist ja alles wunderbar was Sie da erzaehlen Herr Bruno". Dieser fuhr fort dass auch sein Freund Horst ein tolles Jamaicamaedchen hatte, sie nannte sich Anna und haette die Zwillingsschwester von Donna Summer sein koennen. " Ah Donna Summer die Saengerin die kenn ich auch " rief der Doktor. Er hoerte von dem Ausflug mit dem Bus in die Touristenhochburg Negril, auf der Fahrt dahin rauchten sie miteinander ein wunderbares Marihuana, voellig high und zugekifft sassen sie dann spaeter in einem Cafe in Negril und sie kamen alle auf einen Lachtrip der nicht enden wollte. Dr. Merk war fasziniert von Bruno's Schilderungen, meinte er muesse irgendwo noch eine Flasche Cognac haben, ein Geschenk von einem Freund zu seinem letzten Geburtstag, er stand auf ging zu einem Schrank, wuehlte zwischen Aktenordnern hin und her und siehe da ein kleines Flaeschchen war da ploetzlich in seiner Hand, er oeffnete es, in zwei Glaeser auf dem Kuehlschrank stehend schenkte er den Cognac ein und reichte ein Glas seinem Besucher " Auf ihre Rueckkehr Herr Bruno ". " Auf ihr Wohl Herr Doktor ". Die beiden tranken mit Genuss ". Mit der Flasche in der Hand setzte sich der Oberarzt wieder hinter seinen Schreibtisch und Bruno erzaehlte weiter dass er seine Freundin Doreen eingeladen hatte nach Deutschland zu kommen urlaubsmaessig fuer drei Monate zu ihm , sie freute sich und sagte ja, das freute ihn auch sehr, denn er hatte sich verliebt in dieses schoene Geschoepf. Natuerlich hoerte Dr. Merk die Geschichte von dem geheimnisvollen Wasserfall in Ocho Rios mit seinen Wunderkraeften, darauf schenkte der Doktor noch Cognac nach und die zwei tranken ihre Glaeser leer. Bruno berichtete auch von der Liebesnacht in den Slums von Montego Bay und der unglaublichen Wende mit Doreen die ihm fruehmorgends beichtete die Einladung eines Disjockeys anzunehmen, sie wuerde mit ihm ein neues Leben beginnen in London und dort bleiben. " Ja so passierts im Leben, das kann passieren " meinte der Doktor nachdenklich " noch einen Cognac ? " sein Gegenueber nickte zustimmend und der Oberarzt fuellte die Glaeser, fuegte hinzu " aber sie hatten ja auch eine schoene Zeit mit diesem huebschen Maedchen ". " Da haben Sie recht Herr Doktor, soll sie gluecklich werden mit ihrem Englaender ". Darauf genehmigten sich die zwei einen schoenen Schluck Cognac. Und weiter ging es mit der Urlaubsgeschichte, jetzt kam Kingston dran.

Bruno erzaehlte von Eddy dem Taxifahrer mit dem sie zusammen den wildesten Club in Kingston besuchten, den Color-Club, dort herrschte ein bisschen Sodom und Gomorrha auf jamaicanisch, doch sein Freund Horst und seine Wenigkeit schafften es mit Eddy's Hilfe noch mit heiler Haut und zwei Maedels im Gepaeck da wieder herauszukommen. Weiter ging die Reise mit dem Taximann Eddy nach San Antone. Dort hatte Horst fuer seinen Freund einen Ueberraschung parat, der ja selber vor ein paar Jahren in San Anton Urlaub machte. Seine Ueberraschung war mit Joe einem lokalen Taxifahrer auf Maedchenjagd zu gehen, die Beachroad entlang zu fahren und einfach huebsche Girls ansprechen ob sie denn fuer eine kurze Party mit ins Hotel kommen wuerden und Bruno versicherte laechelnd dass diese Jagdausfluege doch sehr erfolgreich verliefen, zumal sie spaeter noch in einem hellblauen Cadillac eines Freundes den Maedels noch mehr imponieren konnten. " Unglaublich, das ist ja unglaublich " . Dr. Merk schuettelte anerkennend sein Haupt hin und her, schob seine schwarze Hornbrille nach oben, schnaufte hektisch ein " Ja Wahnsinn " jetzt schenkte er reichlich Cognac in die Glaeser, die Flasche war fast leer " das sind ja Weltklasseabenteuer, die ihr beide da erlebt habt, das ist aeusserst beeindruckend ". Der Oberarzt war jetzt in voller Fahrt " Ja Herr Bruno ich haette wirklich eine Bitte an Sie, wuerden Sie mich denn mitnehmen bei ihrem naechsten Abenteuerurlaub egal wo es hingeht, ist egal wo es hingeht "." Aber natuerlich Herr Dr. Merk, ich verspreche Ihnen hier jetzt beim naechsten Urlaub sind Sie dabei, Sie gehn mit uns auf die Reise, der Horst mein Freund hat ja immer die Supergeheimtips auf Lager ".

" Ja wunderbar " rief der Doktor, nuechtern waren beide Gespraechspartner nicht mehr " darauf trinken wir, auf unseren naechsten gemeinsamen Urlaub ". Der Krankenhauskoch und der Oberarzt stiessen miteinander an und tranken ihre Glaeser leer. " Der Cognac schmeckt ja wirklich gut " toente Bruno jetzt in guter Stimmung. Darauf schenkte der Doktor noch den Rest der Flasche in die Glaeser " Ja weg mit der Pfuetze " rief der Doktor schoen angeheitert und die Pfuetze war gleich getrunken. In dieser Euphorie brauchte dieser nicht mehr weiter zu erzaehlen von der Micky Maus-Familie in San Anton, das war nicht mehr noetig. " Okay " meinte Bruno erhob sich aus dem schwarzen Ledersessel und reichte dem Doktor seine Hand " Auf Wiedersehn Herr Doktor Merk, morgen ist ja mein erster Arbeitstag, vielleicht sehn wir ja uns morgen in der Kantine ". " Das ist gut moeglich, ja auf Wiedersehn Herr Bruno, bis bald ". Beschwipst noch vor dem Mittagessen verliess der Koch das Buero des Oberarztes.   Nun erwachte Bruno in seiner Behausung, seine Uhr zeigte Sonntagabend kurz vor acht. Jetzt hatte er doch seinen vollstaendigen Urlaub noch einmal im Traum erlebt, durchlebt von A bis Z und auch die Unterredung mit Dr. Merk, unfassbar, er dachte wie wunderbar es doch ist wenn man seinen ganzen Urlaub zweimal erleben kann, einmal in der Wirklichkeit und noch einmal danach im Traum. Morgen hatte er Dienst am Vormittag in der Kueche, morgen wuerde er wieder seinen einmaligen Sauerbraten mit Nudel zubereiten. Ja alles war im Lot in seinem Leben, der Mutter ging es gut, ueber die Geschenke aus Jamaica hatte sie sich gefreut und er besuchte seine alte Dame doch regelmaessig.

Hellauf begeistert waren die Stammtischkumpel von Bruno's Urlaubsschilderungen, einige von ihnen konnten es fast nicht glauben, zweifelten kurz an der Wahrheit seiner Geschichten, doch am Ende spuerten sie er luegt nicht, er ist kein Dampfplauderer. Wouh jetzt war er wirklich ihr Held. " Bruno Du bist unser Superstar " sagte einer seiner Fussballfreunde zu ihm " und wir sind alle stolz Dich hier in unseren Reihen zu haben ". Darauf hoben alle am Tisch ihre Bierkruege und Weinglaeser und liessen ihren Urlaubshelden hochleben " Hoch, hoch, hoch Mister Superstar schallte es kraeftig am Stammtisch auch der Wirt der Gaststaette schaltete sich nun ein und spendierte eine Runde Getraenke. " Vielleicht kommen wir alle mit Dir mit bei deinem naechsten Urlaub " verschaffte sich ein Kumpel Gehoer " wuerdest Du uns denn alle mitnehmen ? " " Ja natuerlich " rief Bruno " Ihr koennt alle mitkommen, das wird dann eine Stammtischinvasion aus Deutschland in ein fremdes Land. ". " Okay wir kommen alle mit beim naechstenmal " schrie ein anderer, ja es wurde ein unvergesslicher feuchtfroehlicher Abend mit den Kumpels und Bruno fuehlte Fuelle und Zufriedenheit. Ab und zu besuchte er seinen einmaligen Freund Horst in Hannover, zusammen gingen sie dann in die Kneipe und tranken einige Bierchen, einmal bezahlte der Koch aus Hameln, das naechstemal bezahlte der Schimansky und beide wussten was sie alles auf ihren Urlaubssreisen in Thailand und Jamaica erlebten, das konnte ihnen keiner mehr nehmen. Horst erfuhr dass Dr. Merk fuer Bruno neue Nebenjobs eingeleitet hatte fuer private Kochparty's. " Bin ja schon gespannt auf deinen dritten tollen Geheimtip " feixte Bruno und trank mit Genuss einen Schluck Bier.

" Den kenn ich selber noch nicht, den dritten Geheimtip " meinte Horst, " aber wenn Du in der Grauzone arbeitest, da erfaehrst Du immer die heissesten Tips, allerdings gebe ich zu bedenken die Thailand- und Jamaicatips sind natuerlich schwer zu toppen, aber wir werden sehen, abwarten, irgendwas neues wird schon daherkommen. Ja und der Fruehling verbluehte, der Sommer wurde heiss und am Ende des Sommers Anfang September tauchte ploetzlich voellig unerwartet Horst in Hameln auf, er sass zu Mittag in der Krankenhauskantine und wartete auf seinen Freund Bruno. Dieser war ziemlich ueberrascht als er die Kantine betrat und dort seinen Freund Horst sitzen sah vor einem Glas Orangensaft, er ging auf ihn zu. " Hey Horst hey was machst Du denn hier, " toente der Koch " das ist ja eine Ueberraschung, bist Du krank oder bist Du nur vorbeigekommen um meinen leckeren Sauerbraten zu probieren ". " Nein, ich bin nicht krank und deinen Sauerbraten den werde ich mir gleich zu Gemuete fuehren, Mensch Bruno setzt Dich mal zu mir " meinte Horst etwas aufgeregt und sein Freund setzte sich an den Tisch. " Ja hoer mal, ich habe einen unglaublichen Tip bekommen von einem Freund von mir aus der Grauzone, von einer Insel in der Suedsee, da soll die Hoelle los sein erotikmaessig versteht sich, mein Hannoverfreund ist gerade davon zurueckgekommen, offiziell ist dieses kleine Fleckchen Erde deklariert als FKK-Insel, als Insel fuer Freikoerperkultur, da laufen sie alle nackt rum vestehst Du, aber inoffiziell gehts da ganz schoen zur Sache, dagegen soll ja Sodom und Gomorrha ein Kindergarten gewesen sein ". Bruno war baff war er da hoerte " Wouh das klingt ja ungeheuerlich, wollen wir dahinfliegen Horst, ist das dein dritter Geheimtip ? "

" Absolut " fuhr der Schimansky fort ganz aufgewuehlt " die Leute trinken dort viel Champagner, feiern Party's rund um die Uhr, es ist eine frivole Lustinsel auf der viel Liebe prakiziert wird, meine Ouelle hat mir weiter berichtet dass es so nicht mehr allzulange weitergehen kann, die Einreise koennte von den Behoerden verboten werden wegen Sittenwidrigkeit. Ja ein paar Details hat mir meine Quelle noch mitgeteilt, man muss einundzwanzig Jahre alt sein um dort reinzukommen und darf nicht aelter als sechzig Jahre sein, Kameras und Fotoapparate sind strikt verboten, der Eintritt kostet zweitausend Dollar pro Person und der Aufenthalt ist auf zwei Wochen begrenzt, ausserdem soll ein grosses Geheimnis ueber dieser Insel schweben ". " Hoer mal Horst, der Dr. Merk der will unbedingt mit, unbedingt und ich habe es ihm versprochen " sagte Bruno mit Nachdruck. " Kein Problem, er ist ja noch keine sechzig Jahre, ob er das durchsteht ich meine diese eindeutigen Angebote die man ihm macht, das ist eine andere Sache ". " Ja das geht schon klar mit meinem Oberarzt, er ist ja ein Supertyp noch in seinem Alter, ich kann ihn dann gleich um einen Vorschuss bitten wegen der zweitausend Dollar Eintrittsgeld " antwortete der Koch freudig " das wird bestimmt affengeil , das wird bestimmt ein Superabenteuer ". Horst schlug vor im Oktober loszufliegen erst nach Hawai und dann auf verschlungenen Wegen weiter zur Insel. " Okay wir fliegen zu dritt " schlug der Schimansky vor " Bruno , Horst und Dr Merk, offiziell fliegen wir nach Hawai fuer vierzehn Tage Badeurlaub ". " Sag mal Horst wie heisst denn eigentlich diese Wunderinsel ? " " Sie heisst Nakadia und vielleicht ergruenden wir auch das Geheimnis dieser Insel.   Ende des Romans.

Bibliografische Information der Deutschen Nationalbibliothek:
Die Deutsche Nationalbibliothek verzeichnet diese Publikation
in der Deutschen Nationalbibliografie; detaillierte bibliografische
Daten sind im Internet über http://dnb.dnb.de abrufbar.

TWENTYSIX – Der Self-Publishing-Verlag
Eine Kooperation zwischen der Verlagsgruppe Random House
und BoD – Books on Demand

© 2019 Murray, Edgar

Herstellung und Verlag:
BoD – Books on Demand, Norderstedt

ISBN: 978-3-7407-3252-3